范小青

# 不要问我在哪里 /

*The collected works of Fan xiaoqing*

范小青文集

〔中篇小说集〕

山东人民出版社

全国百佳图书出版单位 国家一级出版社

**图书在版编目（CIP）数据**

不要问我在哪里/范小青著.—济南:山东人民出版社，2015.8（2021.1重印）
（范小青文集）
ISBN 978-7-209-08884-8

Ⅰ.①不… Ⅱ.①范… Ⅲ.①中篇小说－小说集－中国－当代 ②短篇小说－小说集－中国－当代 Ⅳ.①I247.7

中国版本图书馆CIP数据核字(2015)第049998号

**不要问我在哪里**
范小青 著

主管单位 山东出版传媒股份有限公司
出版发行 山东人民出版社
社　　址 济南市英雄山路165号
邮　　编 250002
电　　话 总编室（0531）82098914
　　　　 市场部（0531）82098027
网　　址 http://www.sd-book.com.cn
印　　装 三河市华东印刷有限公司
经　　销 新华书店

规　　格 16开（170mm×240mm）
印　　张 32.75
字　　数 500千字
版　　次 2015年8月第1版
印　　次 2021年1月第2次
ISBN 978-7-209-08884-8
定　　价 79.00元

目录

## ·不要问我在哪里·

## ·杨湾故事·

# 不要问我在哪里

## 第一季　从冬天开始

听说那个事情的时候，我可是一点也没往心上去，只是在耳边刮了一下而已，也不会有人专门来告诉我这种消息。单位要选派一个同志参加民调队。民调队是个简称，它的全名叫作“贫困落后地区农村和农民状况调查队”，这事跟我一毛钱关系也没有。据说他们还贴了告示，要求同志们主动报名，一个月内确定人选，三个月后出发，时间一年。我也没有看见那个告示贴在哪里，年前的那一段时间，我什么东西也看不进去，基本上就是目空一切。那时候我眼睛里有什么呢，只有一件事，那就是我的婚礼。

你说，一苦B女青年，家境一般，工作底层，两眼茫然，前途渺渺，除了婚礼，我还有什么梦可做的呢？

三个月很快就过去了，这中间发生了很多事情，关于我的事情，稍后再说，先说那个和我没有关系的事情，我们的那个民调队员，他应该出发了。

其实我一点也没有想起他来，只是那天在走廊上，我无意中注意到我们的不管部部长的脸色，他本来是个笑弥陀，这会儿却满面愁容，像被坑了爹似的。我其实心里有事，但为了表现自己没事，我故作镇定地“嗨”了他一下。他的目光只是在我脸上扫了一扫，好像我根本就不是他单位里的一个同志。我有点扫兴。本来我兴致也不高，就走开去了。不料他却在背后“嗨”了我一下，我回头一看，他正站在他的办公室门口，朝我招了招手。

我就这样稀里糊涂被招进去了。

我还稀里糊涂地被他请着坐下了。

原来，那个本应该马上就出发的民调队员一直没有产生，今天已经是最后的期限了，不管部长无缘无故地把一件和我完全不相干的事情告诉我，我听了，也不知道他是为什么，摸不着头脑，只好干笑一声，说，嗨，这件小事三个月你都没管好，所以叫你不管部长是对的。他那个不管部，其实叫作行管部，因为管的事情太多，结果什么也不行了，什么也管不了了，大家干脆就叫他不管部，也算是叫得准了。这么大的一个单位，混饭吃的年轻人比苍蝇还多，找三个月还找不出一个队员来。

不管部长盯着我问，你说怎么办？我从嗓子眼里憋出一点笑声，笑得很难听，嘻嘻，我说，你跟上头汇报没人去就得了嘛，难道他还敢来绑了人去。那部长说，他们不会绑人去，他们会到老板那儿告我的状。我说，那你就恶人先告状，你先去跟老板摊牌。那部长又叹气说，老板才不管谁告状呢，老板只要我完成任务，可这任务我恐怕是完不成了，完不成你知道我会怎么样吗？我说，我不知道，该不会叫你下岗吧？那部长说，你想得美。那就得本人亲自去了。我幸灾乐祸说，你上有小下有老，怎么走得掉哇。那部长的思维却和我不一样，说，不是走得掉走不掉的问题。我脑子不够用了，问道，那是什么问题呢？那部长说，你想想，老板要是知道我连个搞民调的人也找不到，还得我自己亲自上前线，说明什么？说明我能力不行，我会死得很惨。他确实想得远，想得复杂，所以他是部长我不是呢。

其实这事情还是跟我一毛钱关系也没有，这个部长平时和我也没有什么交情，这会儿他推心置腹地和我谈起民调队来，虽然开始的时候我毫无防备，但我毕竟还不算太笨，渐渐地就感觉到事情有些不妙了。

果然地，敷衍了几句微言和几句大义之后，他就直捣黄龙说，刚才在走廊上看到你的时候，我还没有反应过来，可是后来我忽然灵光闪现，有如天助，民调队员有人了。我头皮一麻，赶紧说，领导，你仔细看看，我可不是你要的人。他的苦脸瞬间就甜了起来，坚定不移地说，你怎么不是我要的人，你就是我要的人。我站起来做出一副立刻就出去的样子，他又招手让我重新坐下，笑道，帮帮忙啦，帮帮忙啦，我也不是随便拉人的，我选你是有条件的。我奇怪说，你都选了三个月了，也没有选到我呀。他说，三个月前，你不是没出状况吗？我心里“咯噔”了一下，心就往下沉，沉到一个捞不着的地方，我悬空着自己的心脏，硬着头皮装蒜说，出状况？出什么状况？那部长像妇女似的撇了撇嘴，说，好事不出门，丑事传千里嘛。我一急之下，跟他计较说，谁丑事，你说干净点，谁丑事？

他才不跟我计较，抓起电话就打了起来，在电话里报了我名字，完了放下电话，见我无语，又笑道，好了，好了，拿得起，放得下。我不服，说，拿得起放得下，那是你们男子汉，我又不是男子汉，我凭什么要拿得起放得下，我偏拿不起放不下。这话正是这个人要听的，正中了他的奸计，他立刻就接了过去，说，我就知道你拿不起放不下，所以给你个机会，让你离开一段时间，怎么说来着，时间是治疗一切的良药，距离是治疗一切的良药，是不是？贾春梅同志。

他没有叫错我的名字，我是叫贾春梅，未婚。我老大不小的了，未婚不是我想要的。本来我已经在筹备婚礼了，如果筹备成功，我现在应该是一个幸福的新娘。可惜的是，我没有成功。

我把我没结成婚的事情写了一篇文章，本来是想放到博客上去引起民愤的，但后来我却优柔寡断，思来想去，最后没有放。没有放的那就不是博文，而是日记。就像雷锋日记，一直要等到雷锋同志牺牲以后，才公开出来。那时候我虽然悲情绵绵，但暂时还没有牺牲的打算。不是我害怕牺牲，主要是大仇未报，壮志未酬，还没到牺牲的时候呢。所以，这篇文章就留在我的电脑文档里，想看的时候随时可以看。其实我写下以后，就从来没有再看过。

我没有把我的事情放到博客上去，坦白地说，主要原因是不想让我的同事知道我的遭遇。我的文中的人名都是用汉语拼音字母代替的，比如我叫贾春梅，在文章里我就是 Jcm，其他以此类推，看起来像是给大家都取了个英文名字。但是这种做法简直是此地无银三百两，他们要想弄清情况那是分分钟的事情，尤其是对我的情况了如指掌的阿美这一类女同事和阿切那样的男同事。我得防着他们一点。

我碰到的事情和我写的文章一样的没有创意，我的新郎和别的女人结婚了，把这种烂事写成文章，要文字没文字，要结构没结构，要跌宕起伏没跌宕起伏，只有一样是拿得出手的，那就是事实真相。Jcm，Jqy，Jyb，这都是我根据真人演化出来的名字，谁是生活中的谁，大家一眼就能猜出来，我只是搞乱了汉字和汉语拼音以及英文字母的关系。为什么不能打乱，事实上他们已经先打乱了一切。

这就是不管部长所说的我的“状况”。

这种状况并不是人人能够碰上的。

不过话又说回来，碰上这种状况，或者说碰上类似状况的人也并不少。单说我们办公室的小敏，一个人见人爱的知性美女，犯了重婚罪还一直蒙在鼓里，生了孩子还宝宝地叫唤呢，最后才知道那是个无人认领的黑孩子。

这说明什么？说明男人真不是东西？

也有女人不是东西的。

比如像我们隔壁办公室的好男蒋少君，就碰到一个女人——

罢了罢了，不再一一列举了，这样列举，疑似我是在用别人的痛疗自己的伤呢。其实别人的痛哪里疗得了本小姐的伤啊！亲，你懂的。

不管部长把我送到老板面前，跟老板汇报说，这是小贾，贾春梅，主动报名参加民调队。老板才不上他的当，他看了看我的脸，笑笑说，嘿嘿，主动报名？不像。

我看不见自己的脸，但我知道老板说得对，我才不像主动报名的样子，我那是昨天刚买了股票的样子。老板拍了板，说，小贾，遭灾了吧，出去避避邪也好嘛。

老板到底是老板，他总是善于总结和升华，能够将一些事情的表面现象归结于命运，归结于无可抗争的力量。

从老板那里出来的时候，我问不管部长，你是怎么知道我出状况的？那部长惊讶地看了看我，说，我怎么知道？我怎么不知道？你保密了吗？你又没有保密，人人都知道，为什么我不能知道？我比他更惊讶，我什么时候让人人都知道的。部长说，你不是还写了博文帖给大家看的吗？不等我有更强烈的反应，他很快又说，噢，我貌似想通了，一定是有人帮你贴了出去。

事情正是这样的。

有人从我的文档里看到了我的日记，在我还没有牺牲的时候，就替我公开了日记。

我冲回办公室破口大骂，变态、垃圾、烂人，没等我骂爽了，阿美已经沉不住气了，哎哎哎，贾春梅，你好心当作驴肝肺还说驴肝没有味。阿切接着说，姐，哥加你为好友，只是为了让姐夫知道，姐是春梅，不是村花。他们一个接一个地上哦，柳苏说，姐，姐夫伤害了你，你多久才会原谅他？大帆说，原谅他是上帝的事情，姐的任务是送他去见上帝。钱理说，你们一个逗一个捧，说相声呢。然后又几个人同声说，贾春梅啊，你改名贾白梅得了。

办公室成了欢乐的海洋，那一瞬间我彻底明白了，本来我还想找出那个“有人”，其实哪里来的“有人”。我被所有的人出卖了，我一个人的痛苦成为他们所有人的乐子。

有个年纪稍长的老孙，说了一句，哎哟，这是尼罗河上的惨案，东方快车上的谋杀案啊。我们都不知道尼罗河上和东方快车上发生了什么事情，都瞪着老孙等他介绍案情呢，不料老孙却长叹一声说，我老孙，混到现在，还跟你们一起混在大统间里上班，我买块豆腐撞死算了。

腹黑啊，上班的那些故事果然一演再演，经久不衰。

阿美意犹未尽，有脸来继续打探我的隐私说，贾春梅，你就是 Jcm 吧，这个 Jyb，我们也知道，是你男朋友季一斌，可是还有个 Jqy，她是谁呢？我啧她说，少来，你早就把我扒干净了，我闺蜜江秋燕，你会不知道？阿美作惊讶状说，啊，还有江秋燕这个人？我说，我身边的人，有你不认得的吗？阿美笑道，有啊，外星人，我就不认得。我说，外星人在我身边吗？阿切他们紧密配合阿美，齐齐地说，我们都是外星人。

你们瞧瞧，我身边就是这些货，我不知道你们怎么看，反正我就这么看，别说贴了我的日记不奇怪，把我踩成一只蚂蚁也不稀罕。算了算了，搞不过他们，我还是灰溜溜地走吧。

## 第二季　春天来了

我在回家的路上，接到了我妈的电话，让我绕到花鸟市场，带点花肥回来。我妈不说我也知道，家里那盆牡丹眼看着就不行了。

我家的这盆牡丹，说来话长，那是当年我刚认识狗男季一斌的时候，季一斌的外婆送给我的。我其实不喜欢花，我妈也不喜欢花，因此我们家里从来不养花。我不知道那老太太是怎么回事，头一回见我的面，就一定要把这盆牡丹花送给我，难道老太太觉得我长得像朵牡丹？才怪呢。那种大脸盘，圆下巴的MM，那才是牡丹花，或者是向日葵。季一斌可没说我像牡丹，他说我是出水芙蓉，这是我爱听的比喻，当然这更是事实，我可是长了一张标标准准的瓜子脸，小嘴唇削薄，小下巴削尖，那些去韩国削了骨的女明星远不如我这小样可爱呢。

老太太牵着我的手，把我带到他家的院子，我就看到了那盆牡丹，正是开花的季节，那牡丹花大红大红的，把人的眼睛都照红了。不过那时候我还不知道是花的缘故，我看到季一斌眼睛红了，还以为他是为我们的爱情而感动呢。

我刚刚爱上那狗日的，简直爱得一个死，别说带一盆花回去，就算让我带一颗定时炸弹回去，我也会照带不误的。

我只是觉得疑惑，我问季一斌怎么回事，季一斌笑着说，说来话长，留在以后慢慢说吧，我们有的是时间。我想也是，我们有一辈子的时间呢。

我呸！

那一天我接受了季一斌外婆的牡丹花，带回家去，我妈看到了，颇觉奇怪，问我怎么回事，我照直说了，老妈竟然有些魔怔，怔了半天，后来问我，那老外婆多大岁数了，身体怎么样？我告诉她，老外婆九十三了，身体很棒，头脑也灵清，看上去像六十三。我妈听了，摇头无言。我不知道我妈犯了哪根筋。

第二天，季外婆就去世了。

我妈说，我昨天看到这盆花时就感觉不对。我吓得起了一身鸡皮疙瘩，问我妈，难道你是大仙？是通灵人？老妈呸我说，那是老人家托孤呢，她已经知道自己要走了，才托付给你的。我说，为什么要托给我？我妈说，你真以为我是大仙，我怎么会知道？反正老太太肯定觉得你就是她要托的那个人。

我后脑勺发凉，心里对那牡丹也起些了畏惧，可是，如果真要我天天日日地用心伺候这盆牡丹花，我可做不到，我忙着呢，我要种菜偷菜，我要魔兽世界，我还要淘宝购物，我还要什么什么什么，我哪有时间养牡丹花。奇怪的是，我妈忽然就变成了我的接班人，从我手里接过了这个任务。我不知道我妈出于什么想法，是怕那逝去的老外婆不高兴呢，还是老妈转了性情，喜欢上花花草草了，我只知道老妈像伺候我一样伺候起那盆莫名其妙的牡丹花来。

好像那老外婆一直就在某处看着我们似的。

我妈从此开始了她的花鸟市场之行，她在那里买了许多养花的工具，还有花的营养品，花的药品等等，还买了养花知识之类的书，我说，老妈，你不必买这些书的，要查什么，网上都有。我妈说，网上那些东西归你，我不行。

我早就教会了我妈上网，我妈可以在网上看到任何东西，可她偏偏不行，过目就忘，看了等于没看。

我妈还说，网上的东西，她永远也抓不住，像空中的飘浮物，就像过眼的烟云之类等等。我妈真是麻烦，她几乎就是棵白菜，但我不敢说出来，毕竟我对我妈还是有点敬畏的。幸好我的良好习惯跟我妈正相反，我想要看什么东西，必须得到网上看去，那纸质书对于我，就像催眠药，抓在手里就要睡觉，不像到了网上，精神倍儿振奋。

我妈将季老外婆留下的牡丹伺候得像女王似的。我有空的时候随便到网上看了看，人家还真是女王不假呢，吹捧牡丹的内容概不嫌肉麻，名贵花卉、花大色艳、雍容华贵、富丽端庄、芳香浓郁、品种繁多、国色天香、花中之王、富贵吉祥、繁荣兴旺，哎哟我的妈，谢谢牡丹花，她的兴旺，见证了我和季一斌爱情的发达哎。

我呸！

季一斌甩我那天，我奔回家去，拉开阳台门，我妈以为我要跳楼呢，不料我一眼看见牡丹，爆了一句粗口，端起来就往外跑，我妈还不知道事情的来龙去脉呢，在背后大喊，怎么啦，怎么啦？

我从楼上奔下来，刚要出楼道，劈头盖脸就扑下来一阵暴风骤雨，把我扑了回去，我妈从楼上追下来给我送伞，结果伞被风刮跑了。

你就不知道我妈的眼睛有多厉害，反正我觉得那不能叫眼睛，叫X光嫌也不够，基本上就是“拜他 CT”，我妈早已经看出问题的实质来了，她跟我说，你和季一斌的事情，是人和人的事情，碍不着花呀，人是人，花是花嘛。她从我手里接过牡丹，捧上楼去。

我跟在后面愤愤地想，人都不是人了，花还是花吗？

第二天风雨停了，阳光也出来了，我端了牡丹又往外去，我妈说，你打算把它弄到哪里去？我气不打一处来，说，切，丢垃圾箱里去吧。我妈没有应声，我有些奇怪，一边回头看她，一边跨出门去，后脚跟被门槛拉了一下，一屁股坐在地上，疼得半天爬不起来，手里倒还稳稳妥妥地端着那盆花呢。我妈说，你看你看,你就不该有这样的念头。又顺手把花接了过去,重新搁到阳台上去了。

我哪里咽得下这口气，可是当我第三次端着牡丹要出门的时候，正有个人捧着一盆花进来了，我认得他，他是我妈的男朋友，他们在花鸟市场认识的，他给我妈送来一盆芍药，不过我当时不认得它是芍药。我说，哎哟，李叔，我家已经有一盆牡丹了，你怎么又送一盆来？李叔说，梅子，这不是牡丹，这是芍药。他看了看我手中的牡丹，奇怪说，你怎么把牡丹往外拿呢？我正送了芍药来给它作伴的呢。我妈就再一次从我手里接过牡丹，说，算了吧，让它们作个伴吧。我心想，哼，到底是它们要作伴，还是你们要作伴呢？

李叔送来的芍药长得和牡丹很像，李叔告诉我们，等到它们开出花来，你们会觉得更像。我呛白说，既然它们那么像，为什么还要叫两个不同的名字，干脆都叫牡丹，或者都叫芍药好了。李叔说，像只是像而已，不等于就是，虽然它们并称花中二绝，而且外貌相似，但人家还是有比喻的，说，牡丹为花王，芍药为花相。一个是王，一个是相，到底还是不一样的。我不知道李叔算不是算是在拍我妈的马屁。

自从来了芍药，紧靠在牡丹旁边，牡丹不仅没有如了李叔的愿，反而蔫得更厉害了，那芍药也不显精神。我说，妈呀，李叔的芍药克牡丹吗？我妈说，谁能克得了牡丹啊，牡丹是花中之王哎，牡丹克人家还差不多。我妈认真研究了一番之后，以为可能是互相影响的原因，它们可能是抢空气，抢阳光，还抢我妈的温度呢，便将它们搬开来，离得远一点，可是一搬开来，它们立刻朝着对方的方向生长起来，叶子杆子都歪了过去，似乎又想靠拢一点，再将它们搬近一点呢，又蔫了。奇了怪啊，我妈却说，不奇怪啊，这不就是一对夫妻吗，太近了不行，整天吵吵闹闹的，离远了呢，又互相惦记，这花和花相处，也有一定的距离。

我问我妈,你说“一定”的距离,这“一定”到底是多少呢？我妈肯定不知道，她要是早知道，也许当年就不会和我爸离婚了，她要是现在知道，也许就会爽快地和李叔去登记了。

我也不知道。我要是知道，季一斌会离开我吗？我不知道。

季一斌走了，花还在，本来我和我妈接下来就是等待了，等待着暮春和初夏的时候，牡丹和芍药次第而开。可惜的是，春天还刚刚来到呢，我却要走了。

我去了花鸟市场，里面臭烘烘的，却琳琅满目、生机勃勃，鸟鸣狗叫，各种宠物，花木也繁多，我找到那个老摊位，跟摊主说，怎么你的肥不管用？摊主说，你是什么花啥？我说是牡丹，摊主嘀咕说，阴茶花，阳牡丹，现在的人，不会养花乱养花，不会养鸟乱养鸟。我说，谁不会养啊，牡丹我都养了几年了，今年忽然就不行了，难道她老了？摊主说，我的牡丹比你的牡丹年纪老多了，它怎么长那么好？

我这才知道，他摊位前面一直搁着那一盆花，原来也是牡丹，只是我从来就没有在意过它，因为我来的时候，它不曾开花，它开花的时候，我却不来。现在听摊主说了，我才留意地看了它一眼，也不过如此。我不知道他一个卖种子和花肥的，为什么放一盆牡丹在自己摊位跟前，难道是为了炫耀他的种子好，花肥壮吗？我不屑地哼了一声。那摊主却不乐意了，说，怎么，你还不相信，牡丹寿命很长的，从前我在一户人家，看到一株牡丹，四百多年，明朝那时候留下来的，还是从皇宫里出来的哩，到现在还年年开花。我笑道，你就吹吧。摊主不高兴说，我吹啥，我跟你吹啥。我听不出他是哪里的口音，但是我听得出他瞧不上我，他认为我是个菜鸟。

唉，菜鸟就菜鸟吧，物是人非，我已经天旋地转，不知道世间鸟为何物，直教鸟混沌迷糊。

亲，你们替我想想，我晴天霹雳毫无征兆地被相恋数年的男友甩了，甩就甩了吧，还跟我的闺蜜好了，跟我闺蜜好就跟闺蜜好了吧，还立等可取地就结婚，结婚就结婚了吧，还给我发了一张请柬请我喝喜酒，喝喜酒就喝喜酒吧，还——我呸，我怎么有脸去喝他们的喜酒？

亲，你们再替我想想，我又毫无还手之力地被单位的同事算计成了民调队员，也就是说，我要到贫困落后的农村去待上一年，这一年去了也等于白去，若是去扶贫，回来还有提拔的可能，若是去挂职，下去就是某长，最差也得是个副村长，若是去交流，也许交到一叉高枝让我顺势攀上去，可独独就是这个民调队员，去了啥也不是，回来仍然啥也不是。

网上说：我的那些叫作“秋高”的大哥们哎，可是把我给“气爽”了。网上又说：杯具碎了剩下的是玻璃，心碎了剩下的是眼泪。玻璃刺痛了心，杯具盛满了眼泪。网啊网啊，你真比我的亲爹还亲，无论何时，无论何地，你都是我的内心深处的真实写照。

自从那季一斌变成狗日的以后，我日日泥马，夜夜抓狂，我妈却让我去买花肥，让我忽然间就柔情似水地说起了花来，还牡丹，还芍药，奇了怪，你们会不会以为我是犯了花痴病，把我自己想象或打扮成一朵花。

我才不是一朵花，更不是一朵可爱的花。若一定要说我是花，也是那专吃其他植物的一枝黄花，是恶之花。我这个人从不记仇，一般有仇我就当场报了。只可惜对于季一斌和江秋燕，我无法当场报仇。我的心里充满了恨，充满了恶意。听说有个姓基的大叔，为了复仇，花了十多年时间作准备，我可等不及，我没有那么好的耐心，我也没有那么多的时间，十多年，我都残败成一朵老菊花了。

我能够想得到的唯一的复仇的办法，就是让所有认识他们的和所有不认识他们的人都知道他们的事情，先把他们的脸丢尽了再说。这件事情已经有单位的同事帮我做了。但其结果是，居然有人赞扬他们的作为，说他们为了真爱，敢破世俗。

我呸!

估计就是狗男女他们自己写的。

我从花鸟市场回来，把花肥交给我妈，我妈打开纸包看了看，怀疑说，不会是假的吧，现在什么都玩假。她又闻了闻，又说，一股子泥土气，不会就是泥巴粒子吧。

我悲催地说，老妈啊，现在只有一件事情是真的，我当上民调队员了，三天后出发。

## 第三季　倒春寒

民调队长是某农林部门的一个领导，从前是八竿子也打不着的，现在一上车，就像八辈子以来都是亲人似的，自称说，从今天起，我就是你们老大。我一听就不爽，提醒他说，别以为老大就一定是被众人吹捧的人，他也可能是被众人暴打的人。老大正在落座，回头朝我看了一眼，说，你是贾春梅，你还真是个女的。这几乎是句废话。我心情不好，听别人说什么话都不好听，我才不管他是不是老大，呛白他说，你看名字不就知道是个女的吗？他笑了笑说，也不一定哦，我们单位有个人叫巧妹，男的。一车人都笑了。我恼怒说，队长，你是不是歧视女同志，你是不是不想要我参加民调队，你早说——你也不用早说，你现在说也来得及——我立马下车。老大说，贾春梅同志，你不要激动，我绝无歧视你的意思，我只是好奇，你们单位里那么多男人，却偏偏弄个女的出来做民调,真是笑话。我脱了口就说,你要是知道我们单位派我当民调的原因，那才叫笑话呢。见大家都想听，我就人来疯，干脆再脱个口，说，因为我的新郎娶了别人当新娘，我们老板说，民调队可以疗伤。

瞧我这张嘴。他们把我的日记放到博客上，真是应该。

大家嘻嘻哈哈，谁也没把我的话放在心上，我真是以真乱假，他们都以为我胡说八道呢。

车子就开了起来，老大说，大家要有心理准备，即使一路正常，也需要八小时行车时间。大家都咋咋呼呼，大惊小怪，我却正中下怀，或者反过来说，这正是我想要的时间。

你们应该看出来了，我可不是什么兵败如山仓皇逃窜，我这是使的缓兵之计。我一肚子坏水，我计划着复仇。

所以我需要时间，我需要空间和距离，让自己先冷静下来，先舔干净伤口，再面对仇人。

我的仇人？多了啦，除了你们知道的江秋燕和季一斌，办公室里阴谋发我博客的一个也逃不掉，赶我下乡的不管部长也算一个，我们老板？老板就算了吧，主意不是他出的，他只是没有反对而已，虽然不够意思，但我也想得通，对我们这些泛滥地离他十万八千里的下级，他就算有意思，我也够不着呀。

我做的第一件事，就是在出发前开通了微博，现在微博的发布密码就在我手心里攥着呢，我只需要动一动手指，一百四十个恶毒的字眼就像一百四十把利箭，瞬间就射出去了。

我要把这件事情上升到某个高度，道德的，精神的，社会的，全社会的，人类的，全人类的。现在不是有人说，经济发展，道德滑坡吗，还有人说得更厉害一点，是经济腾飞，道德崩溃。

我就是一个现身说法的牺牲者啊。

在去往贫困地区的颠簸的道路上，我的第一条微博发出去了。

“求救、求助、求解之一：未婚夫在结婚前一天告诉我，新娘不是我，而是我的闺蜜。没有一点点征兆，是我太傻X，还是他们太牛X？是我大惊小怪，还是世界太疯狂？我应该自杀，还是杀掉他们？”

我闭上眼睛等待了一会，大概有十几秒钟，我上去看看反应，正如我所料，已经来了十几条，第一条还没读完呢，又来了十几条。

有一个人连发三条，上面全是写的“自杀”，总共是二百一十个“自杀”，服了 you，你那手指是人的手指吗，人的手指头有这么快的吗？

也有好心眼的，写满了“淡定”，手指头一样够快。

有一个批评我无聊的，说：“你灌水，我闪。”

怪得着我无聊吗？

我又发了第二条，把办公室同事出卖我隐私的事情写了出去。

立刻有一条来了，写道：“贾春梅，你就冒名吧，别说套个马甲，你穿上龙袍我也知道你是谁？你烧成骨灰级我也认得你，本来我的事情没有人知道，你居然用微博公开我的秘密，让大家耻笑我，我早就知道，你就是那个让我恶心到吐的‘同桌的你’。”

这一条把我吓住了，我惊恐地嚼咀了一会，觉得这应该是我诅咒阿美的内容呀，怎么有人反咬我一口？正心有余悸呢，忽然发现身边多了一双脚，抬头一看，原来是后面位子上的一个队员跑到前面，正在我身边站着呢，见我一抬头，他又回到后边坐下了。

我有些迷惑，过了一会，他又过来看看我，看过之后，又回去了。

我怀疑他也是爪机党，跑到后面一看，果然的，他正忙着呢。见我过来，跟我说，刚才好像听到老大说，你叫贾春梅？你微博注册的是贾春梅，就是贾春梅吧，恭喜你啊贾春梅，你已经有三千粉丝啦。

我知道那是僵尸粉，但多少也满足了一点虚荣心，至少我的话题是有人感兴趣的嘛。我撇了撇嘴说，你倒关注我啦，我还不知道你的名字呢。那队员说，我叫刘有，你就叫我小刘吧。我朝他瞧了瞧，也没瞧出他的年纪来。刘有又说，哎，贾春梅，你真是因为失恋参加民调队的？我没好气说，你以为是我想参加民调队吗？我是被人设计陷害的，不过，反而挑了我。刘有说，挑了你什么好处？我说，我不正在发微博呢吗？刘有笑了笑，说，原来你们开微博就是为了骂人的哦。我朝他翻了个白眼，没好气地说，难道他们不该骂？刘有举手投降说，好男不和女斗，尤其不和怨妇斗。

没趣。

车子猛烈地颠了一下，我被颠得一屁股坐在过道上。那老大一直在睡觉，这会被颠醒了，回头朝大家看看，也朝坐在地上的我看了看，说，小贾，你怎么了，这么无聊？我说，不是我无聊，是车子太颠了。老大不再睡觉了，他坐直了身子，开始翻自己的公文包，翻了一会，拿出一沓材料，见我还扶着刘有的座椅靠背站在过道里呢，老大朝我招招手，我走过去，他把材料塞到我手里，说，贾春梅，你既然闲得要往地上坐，不如就开始工作吧。

我低头看了一下，手里有了三份材料，一份是我们民调队的名单，一份是定为调查对象的村名和村支书的名字，再有就是调查内容和对民调队员的要求。我将这三个材料瞄了一眼后，问我们老大说，老大，你是让我当老二吗？老大见我站在车上摇摇晃晃，招手让我坐到我原来的位子上，说，我们队里这么多人才，你觉得你能算老几？我说，老几老几还不是老大说了算。老大说，你呢，当老几都够不上，你就当秘书吧。我说，老大，在这种穷山恶水的地方做一年民调，你还有胃口搞个小秘？大家哄堂大笑。老大看一看我，又说，贾春梅，难怪你们单位把你踢出来了。我虽然喊他老大，但那是给他面子，我才不买他的账呢，我不客气地反问，老大，那你单位又是为什么把你当个屁给放出来的呢？

同样的话，老大说出来就无事，谁也没放一个屁，我一说，大家就不依了，纷纷攻击我说，贾春梅，你糟践自己，我们管不着，可你不能把我们看低了，我们不像你，我们可是通过层层推荐公开竞争才产生出来的优秀分子。我哼哼说，老俗话你们听过吗，一粒老鼠屎，坏了一锅粥，我就是那粒老鼠屎，你们就是那锅坏粥，我们都搅和在一起，融化成一摊，还分得清你我吗？我简直是尖嘴利牙，舌战群雄，他们也不是吃素的，何况他们人多势众，还仗着老大当后台，合着伙欺负一个花季少女，这些男人要多自私有多自私，要多猥琐有多猥琐，不肯怜香惜玉、不当护花使者也就算了，还恨不得把花撕了当下酒菜。

只可惜他们搞错了对象，本小姐可不是任人踩踏的落地花。我大声宣布，本小姐黑名单上，早已经有了一长串名字，也不在乎再多加你们这一伙。大家又哄闹起来，刘有说，这几天刚刚开播一部电视剧叫《暗杀名单》，可惜参加民调队了，乡下不知道能不能看到。张小汾说，贾春梅，你把我们上了你的黑名单，是要暗杀我们呢，还是要关爱我们？

一场舌战后，老大等我们暂停片刻给大脑补养的时候，插话说，贾春梅，就这么定了，民调队秘书。你呢，先将这几份东西认真看一看，到了驻地，就分组，分组的情况由你掌握。

我一听，可以管分组，至少可以把自己分到一个条件好一点的地方哈，这还有点小权呢，赶紧认了说，好吧好吧，生活多艰难，为了多掌握一门吃饭的手艺，有人还专门练左手使筷子，我也练一门吧，当个小队秘书，总比练左手使筷子容易些吧。老大立刻又纠正我说，错，第一，不是小队，是大队——贾秘书同志，你记清楚了，我们是赴西城市西河县西墩乡民调大队，不是小队；第二，做大队秘书不见比左手使筷子更容易，你可不要掉以轻心哦。我“哈”了一声说，西城市西河县西墩乡，都是西啊，条条大河向东方，我们这是逆流而动啊。

老大还没说话，老二立刻对我表示怀疑，说，她这个人看起来没头没脑，没心没肺，怎么能让她负责分组。张小汾也挤到前边，抢着说，是呀，她有什么资格决定我们的命运。还是刘有有点头脑，知道老大的心思，说，哎，这正是老大看中她的原因，你们想想，如果让老大或者老二分组，大家挑三拣四，都要拣路途近的、条件好的地方去，可是哪里有这么多的好地方，都去了好地方，差的地方谁去呢？你叫老大怎么办，你叫老二怎么办？叫贾春梅分组，相当于大家抓阄罢。张小汾似乎恍然大悟，说，噢，这才明白了，原来贾春梅的脑子，就等于没有脑子。大家朝老大看，老大笑眯眯地点头，还朝刘有抛了个媚眼，看起来蛮中意刘有的。

我才不管他们眉来眼去，我也等不及到了驻地再分组，近水楼台先得月，我一眼看到我手里的名单上有个村的村名叫西地村，我嘴又快了，快嘴说，我分配自己到西地村吧，西城市西水县西墩乡西地村，反正一西到底了。话音没落，我就觉得应该给自己一个嘴巴，情况都没搞明白，就把自己给分出去了，谁知道西地村是个什么样的村子，凭我这苦命、穷命、丫环命，那八成就是一个最穷、最偏远，最落后的地方。

怎么不是，随着我的话音落下，老大笑眯眯地递给我一张地图，说，我正愁这个村没人肯去呢。他指着地图的一个角落说，你认一认自己的地盘吧，从西墩乡乡政府到西地村，十八盘山地。

我一受惊吓，当场打了个嗝，面包车居然也跟着我打嗝，上下一颠，坐在后排的一个同志“啊呀”了一声，手就捂着头顶心了。老大紧张得赶紧往后跑，边跑边说，不好了，不好了，我从前一个同事，就这样顶了一下，就去了。那后排的同志听了，气得说，老大，本来我已经够高风亮节，让你们坐前排，我坐最后，你还咒我？老大说，我不是咒你，我听你“啊哎”那一声惨叫，我就想到我的那位同事了。后排的同志说，你想得美，你想让我壮志未酬身先死，没门，告诉你，一根汗毛也没碰到。老大松了一口气，说，那你“啊呀”个啥呢，手还捂着头顶？那同志说，我是提醒你老大，我坐在后排多辛苦多危险。

老大回头又往前边来，到司机那儿，跟司机说，路况不好，你慢点开。司机没理他，连哼也没哼一声。老大也不显尴尬，重新落了座，没事似的。

我倒奇了怪，这面包车是老大的单位赞助的，司机也是老大单位的司机，一路上尽黑着脸，老大跟他说话也爱理不理，看起来一点也不惧怕老大，老大应该是很没面子，很不下来台的，可老大还故作没事，我肚子里恶虫水又拱出来了，我凑到老大耳边说，这个司机，根本不把你放在眼里，你还不拿出点威信和权力让他知道你的厉害？说得老大脸上青一阵红一阵的。

因为老大的单位是队长单位，所以得多承担一些，还有一个副队长老吴，他单位承担了一个副驾驶，那人一直坐在副驾驶的位子上，比开车的司机更酷，带了副超大墨镜，压根儿就没有人看清过他的脸。

本来嘛，牛什么牛，这都是些什么人啊，连司机都不尿的人，还跟我装什么老大老二。

说到尿，我就想尿了，但我不大好意思说，憋了半天，憋不住了，凑到前边问司机，前面有没有服务区？司机照例黑着脸，脸和眼睛一直都正视前方，连我这样的花容月貌都不带拐一眼的。

完了完了，难不成让我尿裤子？这民调队还真不是人待的地方，工作还没开始呢，先叫尿给憋死？

心里正猛烈地诅咒民调队，猛然间，车子“嘎”的一声巨响，我反应贼快，以为定是出了车祸，赶紧抱着脑袋赖到地上，片刻之后，我听到了大家的哄然大笑，才知道我反应过度了，不是什么车祸，只是司机停车而已。

车停了，司机仍然没有说话，那副驾驶这才说了一句话，下车方便吧。

我以为到了服务区，探头朝窗外一看，两边都是田野，一无遮挡，哪来的什么服务区，连个茅坑也没有。男的都下了车，也不避什么，就在路边方便起来，我可就不方便了，看看田野里的庄稼，才寸把长，挡不住人啊。尿又急，心又气，责问司机说，你什么意思，你停在这里叫我怎么办？

司机不说话，副驾驶仍然戴着墨镜，但是我看到他的没被墨镜遮住的嘴角嘻了一下，我还没来得及跟他计较，老大从车门旁边抽出一把雨伞递给我，说，用这个挡一挡吧，小姐。

我顾不得和他们论长短，先下车解决当务之急，没想到下面风很大，顾了伞又顾不了人，顾了人又顾不了伞，狼狈不堪地解决了问题之后，我愤恨不已地上车来，就听到大家伙正在议论呢，说老大的主意是馊主意，又说老大是蓄谋已久早有一手所以早就配备了雨伞。老大说，冤枉呐，我怎么知道这个贾春梅真是个女的呢。

我看了看手里的民调队员的名单，主意来了，说，我认输，我认输，既然老大信任我，我先工作了再说。

车里这才安静下来，他们都睡觉去了，我开始给大家分组，等我分好了组，给每人发一张纸，纸上是民调队员的姓名和所到村的村名。

张小汾接过去一看，嚷了起来，哎，贾春梅，你把我的名字写错了，我是三点水的汾，不是米字旁的粉。我说，啊？你这么娘，怎么看都应该是米字旁边的粉啊。这边张小汾还没说完，那边又有几个嚷了起来。嘿嘿，亲，你知道的，这都是我的杰作，名字里有个光的，给加上月字旁，成了胱，有文的变成坟，有军的加三点水成浑，还有个风，就让他疯，等等，哈哈。

张小汾说，一见面都以为你是不幸跌落人间的天使，你好歹也多装一阵子，这么快就暴露出来是魔鬼。我说，我正努力将天使磨炼成魔鬼。

我想把这句充满哲学意味的话发到微博上去，拿起手机来一看，我的妈，针对我发的前两条微博，已经收回来几百条，有嘻哈的，有咒骂的，有说活该的，还有求爱的，有要我更密切的联系方式的，还有发来照片的，有一个人说，姓贾的，小心老子阉了你。我明明说明我是个女的，他怎么要阉我呢，我有什么给他阉的呢？他一定怀疑我是个假冒的女人。

我本来是跪求同情、泣诉委屈的，结果这个楼还没有拔起来就已经歪出去十万八千里，歪到令人瞠目结舌。我在歪楼中耐心地攀爬了一会，忽然就觉眼前一亮，果然有人中枪了。

江秋燕负伤出现了。

她和我隔空对骂起来，她骂道，贾春梅，扒掉你的羊皮吧，露出你的真相吧。有胆量的，我们约个地方见面单挑。我回骂道，姐现在不见你，貌似姐低下了头？错，姐是在找砖头。江秋燕又骂道，搬起砖头砸你的猪头去吧，变态猪，我不认得你。我骂说，你不认得我，我可是认得你，扒了你的皮我认得你，不扒你的皮我也认得你。江秋燕的气焰矮下去一点，说，真倒霉，躺着也中枪。我的气焰更加高涨，我继续射击说，你是躺在我老公床上中枪的。江秋燕说，你老公？你老公是谁？我骂道，你他妈的抢了我的老公还不知道我老公是谁？

那围观的，那个热闹啊，真是目不暇接、眼花缭乱啊。

这里斗得且酣且欢，无意中一抬头，忽然看到坐在我前排的老大正扭回脑袋看着我呢，我说，老大，干什么，你别吓唬我。老大微微一笑，对我说，西地村是个花木村。我沉浸在和江秋燕的论战中，一时没有听懂他什么意思，愣了一下。老大随即叹息说，代沟啊，真正断代的就是你们这一代啦，连花木村都不知道，还让你们来做民调，真是滑了天下之大稽。我赶紧从歪楼中回过神来了，我不服说，花木村我怎么不知道，你也太小瞧我了，我家里还养了一盆百年牡丹呢。

老大一听，顿时眼睛发亮，说，贾春梅，你也喜欢牡丹花啊？我赶紧说，那倒不是，那是别人送的，我妈养着呢，与我无关。老大的眼光又黯淡下去。

后来我才知道，老大本人，就是一个农林专家，而且是一个专门研究花木的专家。

## 第四季 如期开花

民调队终于达到了目的地。

车子开进了一个招待所，老大指了指，跟我们说，到了。没等我们开始庆幸，老大立刻打击我们说，你们别高兴得太早，这不是我们的最终目的地，明天我们还得赶路。

其实不用他打击，谁不知道，民调队是要下到村里去的，现在在县里，离村里还差两个级别呢。晚饭是县委的领导请客的，但其实县委领导只沾了一下屁股，开始不多久，就转场子去陪另外的客人了，看得出老大有点挂不住，但是我们却乐得轻松，不用老是奉承着老大和县领导。

可惜老大情绪一低落，饭桌上就没什么气氛了，匆匆收场，老大说，休息半小时后，到会议室集中。

我们走出来的时候，刘有说，这个县委领导太不给老大面子，不管老大多么边缘，好歹级别要比他高个档次的呢。我听出些话外之音，说，老大怎么边缘啦？刘有说，唏，不边缘的人，谁会来民调队啊。又说，老大呢，搞业务的，恃才傲物，和自己的老大搞不好关系，只能来民调队当老大。我立刻幸灾乐祸，说，别光说老大了，你自己呢，你怎么到民调队来的？刘有说，我想离开家庭一段时间。我貌似尖锐地剜了他一眼，假装老成地说，怎么，有故事啦？刘有说，有故事倒好，关键是没有故事，什么也没有，却不想待在一起。我说，刘有，你这是试离婚吗？刘有没趣地说，试离婚有什么好玩的，就抛下我一个人走开了。

真是个没趣的人。

我回自己的房间，掏出手机给我妈打电话，忽然就问，老妈，牡丹开花了吗？我妈可能在电话那头奇了怪，别说我老妈，我自己也奇怪呀，我在家的时候，从来不管牡丹的事。果然，电话那头我妈说，今年倒春寒，还没开呢——咦，你不是今天早晨才出的门吗？我说是吗，我怎么觉得自己已经离家好几个年头了呢？老妈说，在家千日好，出门一时难了吧，你在家的时候，是身在福中不知福，所以出去才会想家。我油嘴滑舌说，妈，我们都是梦想家，现在梦没有了，就只剩下想家了。我妈说，到了我们这把年纪，才没有了梦呢，你年纪轻轻，正是做梦的大好时光呢。我说，好吧，老妈，我争取今天晚上做一个牡丹花开的美梦。我妈敏感地说，梦见牡丹开花？小梅，你是不是和季一斌又——我“呸”了一声，把我妈的“又”字给吓回去了。

收了手机，就听到老二在走廊里喊开会，我们集中到会议室，重新给大家发了分组名单，两人一组。我很郁闷，说，老大，原来你是在车上叫我分组是拿我练枪的哦。老大说，不是练枪，你哪来的枪，是练你的本事，你看看，这个新名单，除了把一人变成两人，其他我都按照你的意思分的嘛。比如你，就还在西地村嘛。我把名单一看，发现老大把自己分到我的那一组，他也去西地村。

老大似乎有点心虚，解释说，我没有私心，不是因为小贾是女的，我才和她一个组，我到西村地，是因为西地村最远最艰苦，我是队长，要带头嘛，第二个原因，因为西地村是个花木村，和我的专业对口。

大家大笑起来，说老大此地无银三百两，又说老大饥不择食，这话我一听，来气了，这不是拐着弯在骂我呢吗，我说，我不去西地村了，你们谁愿意去谁去。这话倒是真吓着他们了，没人敢接嘴了。气氛有点僵了，老大出来圆场说，唉，你们这些人啊，村长分块地，也要闹意气，首长骑个马，也要提抗议。大家又笑了笑，那真是苦中作乐。老二又吩咐了一些生活上的事情，我这才知道，原来我们不是要住到村子里去，我们叫作“住县赴村”，也就是说，白天我们下村去搞调查，晚上还是集中回到县城来住，也就是说，我将要和这些家伙一起住上一年的时间，

最后老二又通知大家，招待所晚上热水供应到九点钟，要洗要刷的抓紧时间。我赶紧跑回房间，打开水笼头，将一块白毛巾凑过去，一下子，白毛巾就变黄了，把我吓了一跳，我以为是我的水管子锈了，找到刘有的房间，敲门问，水怎么样，刘有说，嘿，脏水不脏身。虽然他这么说，但我还是没敢冲澡。本来我也不白，如果不涂脂抹粉，脸上就是黄拉拉的，再用黄水洗上一年澡，差不多就是一只得了黄胆肝炎的恐龙了。只不过，躺到床上后，我一直在想，今天不洗，明天不洗，难道我真能熬上一年不洗澡？

晚上我也没有做梦。到了这个地步，我连梦也懒得做。做个好梦吧，醒来

一看，现实不是梦，纠结；做个噩梦吧，那就更亏了，生活已经像噩梦了，梦里还要恶心人？所以这梦不做也罢。奇了怪，我还真是心想事成，不想做梦，竟然就真的没做梦，没做梦我就醒来了。

醒来出门一看，发现情况有所变化，招待所里多出些人来了，一问，才知道是各个村的村支书赶到县城来接民调队员的，我不知道他们怎么会一大早就到了，刘有告诉我说，他们也是昨天晚上来的，但是没有住县招待所。

我看了看村支书的名单，西地村的支书姓蒋，我就喊了一声，西地村的蒋支书？

一个老头应声说，哎，西地村来了。他过来和我握手，说，首长好。又自我介绍说，我是老蒋。我指了指老大说，他是我们老大，他也到西地村。老蒋又和老大握手，说，首长，县上早就通知我们了，来的都是首长。老蒋又回身招呼一个人说，来，来，过来，你过来认识一下。那是个年轻人，有些腼腆，他磨蹭过来，和老大握手说，老师好，我是小蒋。我“哈”了一声，说，你们是父子俩？老蒋惊讶地“咦”了一声，说，到底首长眼睛尖，有水平，一眼就看出来了，其实人家都说我们父子长得不像，还有狗日的说小蒋不是我亲生的呢。小蒋难为情地笑了笑。

大伙分别接上了头，我们就跟上老蒋和小蒋，出了招待所的大门，门口有几辆拖拉机，也有一些三轮小货车，只有一辆四轮货车算是个正经汽车，不知道是哪个村的，我失望地想，西地村恐怕就是拖拉机了。还真让我想对了，老蒋拍了拍一个拖拉机手的肩，说，接上了，走吧。

我和老大爬上了拖拉机，老蒋想得很周到，给我们准备了两把凳子，凳子上还绑了稻草垫子，怕委屈了我们的屁股。

拖拉机刚要开，有人追上来了，二话没说也爬了上来，缩在一边，尽量不影响我和老大。老蒋抱歉地看了看老大，看了看我，解释说，村里的，搭个便车。开出没多久，又搭上一个，等到拖拉机开出县城，上了乡间公路的时候，拖拉机上已经挤得满满的了。

有个人挤在最边上，勾过头来对老大和我说，首长，可惜你们每天是早下晚上，我们不够方便，你们要是早上晚下，我们就更方便了。老蒋呸他说，有的给你搭个便车就够你便宜的了，你还嫌时间不够凑巧，你想让首长凑你的时间啊？那个人赶紧摇了摇头，说，不是的，不是的。老大关心地问他，你是昨天来县城的吧，那你昨天晚上住哪儿的呢？那个人笑了起来，说，我们不用住的，就在桥底下铺张席子。老蒋说，首长不要笑话我们，我们西地村——唉，也不多说了，反正你们就是来调查的，你们调查了就知道。

大家说话的时候，小蒋一直不说话，他坐在拖拉机的边厢扶手上，被拖拉机颠得歪来歪去，好像自己都撑不住自己的身子，我有些担心他一不小心掉下去，我说，小蒋，你往里边坐坐吧。小蒋脸红了一下，朝我摇了摇头，坐直了身子，似乎在努力控制着自己不再歪来歪去。刚才那个说话的农民又说了，你别看他有气无力的样子，咬人的狗不叫唤，他很厉害的。

小蒋被比作狗，小蒋和老蒋都不生气，还跟着笑，老蒋说，那是，我们小蒋皮实的。话虽这么说，老蒋还是把小蒋拉下了边厢，让他坐在地上，挤到了一个老农民，老农民嘀咕了一声，小蒋又往另一边靠了靠，靠到老大跟前，尊敬地说，周教授，您好！老大没奇怪，我倒奇了怪，说，咦，你怎么知道，我还不知道老大是个教授呢。小蒋还没说话，有个农民又插嘴说，上网查呗，网上什么都有。我心里又奇怪，看上去西地村的农民很傻很天真，居然也知道网上什么都有。心头一喜，问道，你们西地村有网吧啊？那农民说，有屁网吧，网都没有，哪来的吧。我说，那你怎么知道网上什么都能查到？看那农民又要放粗话，老蒋赶紧挡他，对我说，首长，那都是小蒋告诉他们的。又朝老大说，首长，我们小蒋很用心的，西地村是花木村，您是花木专家，您到我们村来做民调，这是我们最好的机会啊。老大说，我了解过你们西地村，你们有个苗木基地，以培育牡丹为主。老蒋说，是呀，是呀，我们的牡丹，西地牡丹，好品种。老大说，我看过些资料，提到过西地牡丹，但是比起洛阳牡丹、菏泽牡丹的盛名还差得远啊。

原来他们都做过功课呢，不过，我才不以为然，不就搞个民调嘛，这么认真干吗呀，又不加奖金，又不升官，这老大也真是，真是应该当我们的老大。

接下去，小蒋就和老大谈论种植花木方面的内容，我不知道别人能不能听懂，反正我是一头雾水，我只是注意到，小蒋和老大说话的时候，老蒋一直没有插话，他坐在一边，笑眯眯地看着小蒋，满脸的欣赏和崇拜。

叫你吃不透。明明一直小蒋是跟在老蒋屁股后面的，结果反而是小蒋唱了主角，不过我也没想把他们吃透，这关我何事，我才没兴趣。我拿出手机，准备继续发微博，那对狗男狗女还在我心尖上搁着呢，无论到了哪里，我也不会忘记他们。

我“哗哗哗”又写了一百四十字，一直到按了发送键，才知道这路上手机没有信号，我大急，叫喊起来，啊？啊？难道西地村连手机都不能用？我是冲着老蒋喊的，可是老蒋傻呆呆地看着小蒋，小蒋说，老师，您别着急，一会儿转过这个弯可能就有信号了。

等转过了弯，信号果然来了，只是还没等我干成我要干的事情，信号又弱下去了，就这样手机信号一会儿有，一会儿无，恰巧这时候，有个电话进来了，我一看，好像是我们不管部长的来电，心头好歹温暖一点，我赶紧说，部长，我惨啦。部长听不清，说，小贾啊，是不是乡下风景很赞啊，难怪现在城里的人都要往乡间去，小贾，好好享受世外桃源啊，哪像我们，吊死在一根绳上，闷死在一间屋里。我说，那我跟你换一下，我回去吊死，闷死，你来享受世外桃源。部长又听不清，说，小贾啊，既然你在那里很赞，你就饶过人家吧。我心里忽然一惊，人家？人家是谁？难道是那对狗男女？又被我料中，果然那部长说，小贾啊，那个新娘子上门来找你啦。我说，她竟然有脸去找我？那部长说，你就别再发微博骂人家了，人家都已经结婚了，你也离开了，到乡下去了，都八竿子打不着了，就算了吧。我说，你凭什么帮他们说话。那部长说，你以为我爱管闲事，我自己单位的事都管不过来，那女的一直就守在我办公室，我跟她说，你下乡做民调去了，一年以后才回来，她才不相信，认为我们把你藏起来了，如果不把你交出来，她就吊死在我们走廊里，连哪个柱子她都选好了，贾春梅，你怎么会有这样的朋友。我说，你现在知道我的厉害了。部长说，她说还有一种死法，去买炸药把我们的办公室炸了，然后抱着我一起跳楼。你知道我在十八层办公，跳下去必进十八层地狱。我说，她抱你？抱得动吗？你堂堂一个部长，难道一个泼妇讹诈你，你都相信，你都害怕？部长说，难怪你愿意去民调队，你一走了之，把麻烦扔给我了。我幸灾乐祸说，你叫她来找我就是了，你告诉她，我在西城市西水县西墩乡西地村。那部长说，贾春梅，从前我还不知道你如此腹黑。我说，部长，你最擅长的就颠倒黑白，混淆是非。部长说，你这一招很歹毒，微博是什么，微博就是一个世界大喇叭，那女的说，男的没脸见人了，要和她离婚了。我说，本来他们就不应该结婚嘛。部长说，贾春梅，你以为现在的人都那么好对付，人家说了，死也要拉个垫背的，你记住了，垫背的就是你哦，如果你不在微博上更正或者道歉，人家要到法院告你。我说，我正等着呢，就怕法院找不到被告亲自签收传票哈。我把我们不管部长气得够呛，但是说到底，这事情他也是活该，谁让他落井下石，在我受重伤的时候让我去做民调，现在他被逼无奈地掮起了我的事情，成了一个掮客。可我的事情，那是夺夫之仇，失夫之辱，是他轻易就能掮动的吗？

一拖拉机的人都听到了我的话，但是我想除了老大，其他人恐怕都听不懂的，不料那小蒋居然也听出了点意思，他朝我笑笑，问说，老师，您也开了微博？听他用了一个“也”字，我想他至少是知道微博这事情的。我回头看了看老蒋，问他，小蒋是你的助理吗？老蒋“嘿嘿”了一声，小蒋也“嘿嘿”一声，有个农民看不过去，说，“嘿嘿”算什么，是什么就说什么吧。我没有听明白，有点疑惑，另一个农民又说，他是大学生哦。再一个农民疑惑地说，大学生？他不是研究生吗？

我仔细朝小蒋看了看，还没把疑惑吐出来，拖拉机又颠了我们一屁股，我和老大虽有草垫子垫着，那屁股早已经被掼得叫苦连天了，我心疼我的屁股，很想站起来让它休息一会，喘一口气，可是拖拉机始终在左右摇摆，我无法站起来，我看了看那些坐地上、坐在扶手上的农民，他们丝毫没有在意自己的屁股，他们的屁股早已经千锤百炼，几乎已经不是屁股了。

草垫子已不足以保护我的没有经过锻炼的屁股，我将自己的两只手塞到屁股底下垫着，苦 BB 地叹息了一声，正要发表感慨，拖拉机一个侧倾，又转过了一个山弯弯，我顺势一抬头，顿时被对面山坡的情形惊呆了。

亲，你们猜得着吗？满山遍野地开着艳红艳红的牡丹花。

我被满山遍野的花激动着了，我发誓，我要是站着，我肯定会一屁股坐下去，我要是坐着，我肯定会弹跳起来，只可惜，我虽是坐着，却是坐在摇晃不定的拖拉机上，我要是想从小矮板凳上弹跳起来，我至少得借助我的两只手，而此时此刻，我的两只手正在安慰我的痛苦的屁股，我不能撑着跳起来，只能矮着身子喊了一声“哇噻”。

老大的眼神也有点奇异，他问小蒋，今年春寒，应该会延后开花期，它们怎么如期开了？我不知道老大怎么不问老蒋却问小蒋，果然的，小蒋还没有说话，老蒋就抢了他先，说，花有灵性的，知道首长要来，它们就赶紧开了。

马屁是这么拍的哦，我和老大都笑了，除了笑，你还能拿老蒋怎么样？

哪料到我们笑得太早了，在我们的笑声中，拖拉机一阵颤抖后停了下来，我往前一看，一条河挡住了我们的去路，河上是有桥的，但是桥塌了，是一座断桥。

远远的，河上来了一条船，这我猜得到，我们将摆渡过河。

## 第五季　等到大伏

我的民调队员的生涯就此展开了。

我可是经过了残酷的自我心理素质训练才来的，在我千百遍的想象中，西地村就是一穷山恶水之地，除了黄土，我不知道这里还能有什么，没想到这里还有牡丹，还有这么多的牡丹，确实给了我一点惊喜。只不过，我的惊喜很快就过去了，很快我就没有什么情绪了，本来我也不怎么喜欢牡丹，心情不好的时候，看着还来气。难道不是吗？这牡丹也没什么好的，人精心伺候它一年，它才开一二十天给你看一下，要是这一二十天你正好出差，对不起，你大姐才不等你，就回去冬眠了，明年想拜拜，还得看本大姐高不高兴。还有人说牡丹大气呢，我看它是再小气不过了。果然的，我和老大到西地村不几天后，漫山遍野的花就眼看着一天一天地萎下去，瘪下去，有一天，来了一场风雨，就几乎都凋谢了。

风雨后的第二天，老大到山坡上去，我跟在背后问，老大，你干什么，你要葬花吗？老大回头看了我一眼，说，奇了怪了，贾春梅你也知道葬花。我哼唱起来，侬今葬花人笑痴，他年葬侬知是谁。哼了哼，见老大不感兴趣，我停下来，又补充说，这谁不知道，霸王别姬时姬唱的嘛。老大说，贾春梅，你真有知识。我说，这算不上知识，最多就是一点信息而已。

不知道什么时候，小蒋已经像跟屁虫一样跟在我们背后了，我回头看他的时候，发现他的脸色太白了，我挖苦他说，你哪里像你爹的儿子，你该跟你爹一起去照照镜子，比较比较。小蒋有些羞涩地笑了笑，我还觉不爽，又追着他滥打说，八成你仗着你爹是干部，你在农村养尊处优了吧，不接地气了吧。小蒋且没生气，老大却喝住了我，说，你走开。他把我晾到一边，和小蒋热热乎乎地聊了起来。

老大指了指断桥对小蒋说，先得把桥恢复起来吧？小蒋点了点头，说，我们已经筹到了款，正在做方案。老大听说修桥的款子齐了，似乎心有不甘，追着说，款子齐了？哪来的款子？乡里拨的？县上支持的？除此之外，我倒看不出你们还能从哪里筹钱呢。小蒋憨憨地一笑，不回答款子是哪来的，只是重复说，款子齐了。老大不甚满意，又说，你说这桥都塌了快一年了，筹款怎么筹了这么长时间啊？这下子小蒋的脸红了起来，似乎十分难为情，他是在为老蒋惭愧吧，这真是父责子担哦。

其实也没有人要他承担什么，老大又不是乡党委书记，更不是县委书记，他只是个民调队长，在我看来，他都没有资格说人家西地村怎么怎么样，可是老大还偏要揽一点事情在自己身上，他先问小蒋修桥款够不够，准备得足不足，听那意思，好像不够的话他要自己掏腰包了，我见他瞄了我一眼，赶紧躲开一点，别惹到自己身上。既然小蒋坚持说修桥款够了，老大又问修桥工程队有没有落实，小蒋说落实了，他又不甘，怀疑小蒋联系的工程队的资质，硬要给小蒋介绍其他工程队，小蒋从山坡上朝河边指了指了，我们顺着往下一看，人家工程队已经开来了，已经安营扎寨，老蒋正在那儿指手画脚地协调着什么呢。老大这才停止了对桥的幻想，把念头转到牡丹上来了，他语重心长地说，小蒋，你们可能不太了解现在城市里的情况，现在城里人养花成风，西地村的牡丹品种好，花朵大，花色艳，搞成大量的盆栽卖到城里，一定会有市场。小蒋笑眯眯地听着，还不停地点头，最后老大说，我替你们联系花木公司吧。他满面春风地看着小蒋，必是等着小蒋感恩戴德地感谢呢吧。结果小蒋说，老师，其实，从三年前开始，我们就已经在做了，我们有长期合作的花木公司，合作得很好，只是因为去年桥塌了，暂时停了，桥一修好，我们就继续。老大愣了愣，过了一会才讪讪地说，那，就好。

这些事情我只是顺耳听一下而已，反正不关我事，我每天上午从县城颠过来，找一些农民，问一些情况，填一些表格，下午再颠回去，就此而已。有时候碰到农民不会填的，我就代他们填，这期间我也曾想过，既然是我替他们填，他们也不知道我填的什么，我胡乱填来也没有人管我，我岂不是不下村子也能做成这事。但那也只是想想而已，我虽然调皮，却没有胆大到胡作非为的地步。

修桥工程正式开始的那一天，他们还在河边放了鞭炮，全村的人都来看，大家欢天喜地，可我却看见老蒋站在一边抹眼泪，我不知道他是为什么，我问老大，老大似乎很蔑视我，说，你不用问的，跟你没关系。

确实跟我没关系。我只负责我自己每天往返而已。

有一天路上不顺利，回到招待所已经晚饭时间，队员凑在一起吃饭，互相询问一些情况，我说，没意思，做一天和尚撞一天钟罢了。他们哄堂大笑，我不知道他们笑什么，这话有什么可笑的，难道因为我是个女的，就不可以引用俗语，难道我还要改成做一天尼姑念一天经吗？小汾说，你这是领导的口气，领导搂着小姐时就说，我现在是做一天和尚撞一天钟，没啥意思，小姐说，我是做一个钟撞一个和尚，挺有意思。他们又大笑，我很恼怒，说，小粉，小心我把你扁成K粉。

西地村修桥的进度很快，我们每天从河上摆渡的时候，眼看着它一天一个样，我也没有什么感叹，只是觉得等桥修好了，我不用天天在河上摆渡了，这是唯一和我有一点点关系的事情。

可我没想到，桥修通的那天晚上，我居然做了一个梦，梦见我家的那株牡丹开出了无数的花。我数啊，数啊，怎么也数不清有多少朵。醒来以后很长时间，这个梦还一直清清楚楚地出现在我眼前。我不知道做这样的梦，是不是因为在我内心深处，对老蒋和小蒋修桥的事情还是蛮在意的。只不过，无论在意不在意，我的心可不在这个桥上，也不在西地村，亲，你们知道的。

这中间老大放了我们几天假，我回去了一趟，我妈沮丧地告诉我，今年牡丹连花都没开，一直等到大伏也没开花，看起来这牡丹是不行了，既然不行了，我妈说她也就不打算伺候它了。我似乎听出了我妈的言外之意，我问我妈，你不打算伺候牡丹了，你打算伺候谁呢，难道是那盆芍药吗？我妈立刻说我是知她者。果然不出我的预感，我妈打算和李叔领证了，只是因为他们都这把年纪了，又是再婚，不想搞隆重的婚礼了，准备出去旅行结婚。

我心里倍感失落，愤愤不平，我的婚姻失败了，我妈的婚姻倒成功了，她不仅成功了，还把成功搭建在对牡丹的抛弃上，对牡丹的抛弃，是否意味着我妈认定季一斌再也不会回来了。

季一斌当然不会再回来了。

只是在我的内心深处，可能还残存着一线希望，现在我妈用她的希望消灭了我的希望，让我清醒过来，让我明明白白地想清楚，我没戏了。

我早就没戏了。人家结婚都快半年了，我除了在微博上骂人和被人骂，我还有什么招数。

一切都是不可逆转的。

我应该毫不犹豫把那盆半死不活、蔫不拉叽的牡丹扔到垃圾筒里去，可结果我却鬼使神差地对我妈说，妈哎，我们西地村，那牡丹哟，那才叫牡丹哟。我妈奇怪地看了看我，说，你们西地村？喔哟，你才下乡几个月，就当自己是农村人啦，你真把自己当自己人。我说，我才不当我自己人呢，所谓“我们西地村”，和我一毛钱关系也没有。我妈说，那你还夸他们的牡丹。我说，老妈，你真是没见过世面，你的眼光真短浅，你都不知道他们的牡丹有多大。我比划了一个手势，我妈立刻说，你那比划的不是牡丹，是水缸。我说，老妈，你说对了，他们就称牡丹叫水缸，还有更大的叫水塘。我把手机递到我妈眼前，我说，幸亏我拍下证据，否则你认为我吹牛呢。我妈看了我拍的牡丹，这才服了我，说，天哪，真有如此之大的牡丹，那是什么东西养大的啊？我说，也没什么东西啊，也就是一般养养啊，比我们家那破牡丹待遇差远啦。我妈认真地想了想，说，我知道了，那是水土，你们西地村的水土，适合种养牡丹。

为了我妈的幸福生活，我决定把牡丹带走，带到西地村去，带到那个适合牡丹生长的水土中去。那盆牡丹好重的，李叔讨好地一直把我送上长途车，帮我把牡丹搁妥了，回头还给了司机一包烟，请他多多关照我这个乘客，因为我随身携带着重要的东西。司机没有要他的烟，却回头看了看我，疑惑地说，就她？携带着贵重物品？你别吓唬我，我胆小。李叔也知道自己犯了错，赶紧说，不是贵重物品，是比较重的物品，就是，就是，你瞧，她脚跟下的那盆花。司机说，什么花啊？李叔现在学乖了，又赶紧说，就是普通的牡丹花，花鸟市场卖几十块钱一盆。不是大花惠兰，更不是紫睡莲。司机这才从李叔手里拿了烟，说，路上颠的时候，你叫她自己护稳了就行。李叔这才放心下了车，车子开起来，李叔在车下朝我挥手，我扁了扁嘴，没给他好脸色。

我们的长途车在半路上遇到了警察的检查，我心里不痛快，看到警察也不爽，就抬了抬屁股调戏警察说，警察叔叔，抓杀人犯，还是查毒品啊？警察凶我说，坐好。我坐好了，又说，我有一盆花，你们要不要挑开泥巴看一看。警察生了气，看了看我的牡丹，说，你这是什么花？我说，牡丹花。另一个警察也上前看了看，怀疑说，这是牡丹花吗？你要带到哪里去？我说，我坦白，这真是牡丹花，我要带到西地村去。警察说，为什么？我说，我的牡丹不开花。警察嘲笑我说，带到西地村它就开花了吗？我说，你想要知道的话，就跟我到西地村去，等到明年春天，看看它开不开花。

警察不再理睬我，点了几个人，要了他们身份证看了看，没看出什么名堂，警察就下车了，车子重新开起来，车上的人议论了一会，有人说是例行检查，有人不同意，说例行检查不会带枪的。也有自以为懂的人说看出来那不是真枪。又有人说司机肯定知道，但是那司机始终不说话，也不知道他到底知道不知道。

坐在过道那边的一个年轻女孩看了看我的花，又看了看我，我正在揣摩她的用意，她就开口了，问我说，你是到西地村去吗？我说是呀，你知道西地村？女孩说，西地村的村支书姓蒋。我“哈”了一声，说，想不到老蒋这么有知名度。女孩说，他看上去很老了吗？我说，也还好吧，不算太老，只不过乡下风大太阳辣，可能显老一些吧。我指了指自己的脸，说，你看看我，才下乡几天，你得喊我阿姨了吧。

那女孩似乎是笑了笑，但是她又似乎笑得很不情愿，她的眼神是飘忽的，好像不能确定下来，又好像永远飘在某个远方。

不过人家的眼神跟我可没关系，她情愿不情愿，她飘忽不飘忽，我管不着，我自己的一脑门心思还没人帮我排解呢，我重新坐直了身子，面朝前方，暗示我不想再和她多说话了。她果然就沉默了。

我又要搞微博了，上去一看，奇迹出现了，季一斌居然也来了，他在微博上说，贾春梅，求你别闹了。我冷笑一声说，你终于浮起来了。季一斌又低三下四地说，贾春梅，你告诉我，你到底在哪里啊？我喷他说，别装了，江秋燕都已经跑到我单位去过了，你会不知道我在哪里？季一斌停顿了一会，说，江秋燕？江秋燕是谁？我实在忍不住了，骂道，孙子哎，你就装吧，你有种就装到底。季一斌说，贾春梅，你是不是病了，你是住在精神病院吗？我说，做梦去吧，你以为我会被你们的卑劣行径气出精神病来，我还偏不，我告诉你，我在一个你八辈子也不会见到的地方。季一斌大惊说，我八辈子也不会见到的地方，那会是什么地方，难道是十八层地狱？

我呸！

我继续骂道，季一斌，你才地狱，你和江秋燕才入地狱，你们不下地狱谁下地狱？季一斌忽然笑了起来，说，不管地狱还是天堂，不管怎么说，我今天是有收获的，我至少知道，贾春梅你还活着，你不仅还活着，你还在骂人，说明你身体也不错，精神也可以呵。我说，我精神好得很，大仇尚未报，我还要加倍努力啊。季一斌似乎又有些怯了，假装小心翼翼地问道，贾春梅，你到底要报谁的仇，你到底要想干什么？我说，我要颠覆整个世界。季一斌傻傻地问，为什么？我说，为了摆正你颠倒的身形。季一斌彻底趴下了，哑巴了。那围观的七嘴八舌，好不热闹。季一斌大概心有不甘，过了一会又来了，又试探说，贾春梅，你以为我真的找不到你？我被他一激将，也激将他说，季一斌，有种的，你来找我呀。我倒想看看他有什么脸来答我，可是手指一摁发送，我立刻就发现自己的问题了，问题大了，恨不得抽自己的一个大嘴巴，人家都已经扔了你和你的闺蜜结了婚，还会天涯海角山旮旯地来找你吗？

我为什么要激将他来找我？难道在我的内心深处，还念着他，还想着他，甚至，还爱着他？

我呸！

真是个没出息的货。

不是他没脸，现在轮到我没脸见他的回复了。幸好这时候，信号没了，我的脸面暂时保住了，我和季一斌的第一次微博之战也就这么不了了之了。

手机没了信号，我就像没了魂，一刻也定不下来，我四处张望，还好，没让我郁闷太久，车子到县城了。

## 第六季　秋波

我带着牡丹花到达县城招待所的时候，老大已经在等我了，我本来想请老大看看我的牡丹花，可老大似乎有心事，根本没有把我的花放在眼里。我生气说，你不是花木专家吗？原来你对花没有感情的哦。老大看了看我，说，贾春梅，你明天别下村去了。我说，怎么，升我当驻地秘书了。老大没心思跟我贫，说，小蒋生病了，住在县医院，你这几天都不要下去了，到医院去照顾小蒋，送一日三餐去。我听了有些奇怪，说，老大，我觉得你对小蒋太过热情了，小蒋又不是你的儿子，人家老蒋都没有来照顾，凭什么我作为一个“首长”要去照顾他。老大说，老蒋有老蒋的工作，桥通了以后，事情就多起来了。我本来不情不愿，还想饶舌，但是看到老大脸色忒不好，我没敢多嘴。

第二天一早我就到了县医院，到病房找到小蒋住的那一间，病房里已经有个人在照顾他，再仔细一看，意了外，原来就是和我同车来的那个女孩，我“啊哈”一声说，原来你是来找小蒋的。那女孩点了点头，没和我说什么，我看得出她眼睛里有秋波，那是送给小蒋的。小蒋给我介绍说，她是我大学同学。我既然连秋波都看出来了，我就不该妨碍他们，想赶紧撤退，不料小蒋却喊住我，说，老师，你别走，我有事求你呢。那女同学说，你还谈工作？小蒋说，不妨碍的，我就说说话，又不去干活。那女同学便闭了嘴，我又忍不住去注意她的眼神，那秋波里又似乎飘忽着一点疑虑。我觉得他们之间怪怪的，我搞不懂他们，也没想搞懂他们。

小蒋将身子竖起来一点，跟我说，老师，西地村出了点事情。我吓了一跳，说，我才回去几天，怎么就出了事情。小蒋说，本来桥修好了，一切就会好起来，我们的牡丹就能继续销售出去，可没想到的是，桥修好了，原来一直和我们合作的那个花木经销商却失踪了。我又觉得奇怪，我说，经销商失踪？这算什么事情呢，这是什么意思呢，一个经销商失踪，不能再换一个吗？现在做花木经销的，恐怕比种植花木的还要多得多噢。小蒋说，我们可不是一般的合作伙伴，我和他早就认识，早就是朋友，而且我们已经合作了很长一段时间，双方都守信用，都依赖对方，再说了，我们是有合约的，不能说换就换。我说，人家人都失踪了，你还守着他的合约干什么？小蒋说，我想再找一找他，如果实在找不到，再想办法。我说，哦，你是让我帮你找他？小蒋说，我已经试过许多方法，都联系不上，才想到借助你的微博。我说，小蒋，你太有才了，能够通过微博做生意。小蒋说，这也不算是做生意吧，只是找个人而已。我说，行吧，你说说这个人的情况吧，他是怎么失踪的？小蒋说，其实一开始他也没有失踪，他只是告诉我，他那边出事了。我说，他出了什么事，多大的事，连长期定购牡丹的合同也要撕毁了？小蒋说，蛮奇怪的，他就要结婚了，但结婚前夕新娘子失踪了，他急坏了，到处找，只要和新娘子有一点关系的地方都找遍了，也没找到。我说，咦，是奇怪，他不能问人吗？小蒋说，他所到之处，和新娘子认识的所有的人，看到他，都鄙视他，甚至还骂他，没有人告诉他事实真相。我心里“咯噔”了一下，脱口说，这倒和我的事情有点像。不过我立刻否定了自己的想法，赶紧说，不对，不对，本质上是不一样的，我可不是在我的新婚前逃跑的，我是被他们的新婚气跑的。

小蒋没法理解我的心情，他还是固执地把话题引回到那个失踪了的花木经销商身上去，说，后来他干脆就失去了联系，手机也关机了，电子邮件也不回复，我猜想他一定是去找新娘子了——我着急，他要是再找不着新娘子，我们今年的牡丹销售就要误期了。我听了小蒋的话，心里很不以为然，因为我真不知道一个人是找新娘子重要，还是做工作重要，我正想问问小蒋，就看到几个医生和护士进来查房，把我和那女同学赶了出来。

我们坐在走廊上的长椅上，我说，怎么搞的，前两天还好好的，怎么一下子就病了呢，他到底是什么病啊？那女同学不回答我。我又说，你是听说他病了专程来看他的吗？那女同学才说，才不是，前几天我告诉他我要来找他，他也没说自己病了，等我到的时候，他居然已经住院了。我说，你的话，听起来有点奇怪。她说，本来就有点奇怪嘛。我说，我看得出来，你们是一对，是吧？她没劲地说，是一对又怎么样？我说，哈，果然你们中间有问题啊。我这口气很有点幸灾乐祸，好像我自己碰到了问题，就希望全世界的人都和我一样倒霉。好在那女同学却不生我的气，只是低声说了一句，我们早就分了。

我很八卦，想听他们“分”的故事，可那女同学却不肯开口。不过她不开口也不要紧，我自己能够解决，我这个人，你们知道的，别的本事没有，编排人的本事还是有一点的。我知道他们是大学同学，谈上了对象，后来小蒋回到农村，他们就分了，就这样吧，还能怎样？

那女同学听了我替他们编的故事，既不说是，也不说不是，她将话题一转，说，你们周队长是他的大学老师。我愣了一愣，才渐渐回想到我们老大对小蒋的种种关切，比他爹还爹。她又说，小蒋大学毕业后，分配在省农研所工作，他的研究项目就是牡丹。我又愣了一愣，听她再说，其实，小蒋家不在农村。我没有愣出那第三愣来，忍不住说，怎么可能，他爹是村干部，他家怎么会不在农村。那女同学还没有回答这个问题，那边查房的医生护士出来了，女同学就回进病房去了，我到门口探了一下头，知道没我的事，赶紧开溜。

当然，我也不是个完全没心没肺的人，我至少还记着小蒋委托我的事情，我赶紧用“民调队员手记”的样式，发了一条微博寻找那个花木经销商，等到我撰写内容的时候，才想起小蒋还没有告诉我那个失踪的人叫什么名字呢，且不管他，先发上去再说。

过了不多久我又看到季一斌了，他说，贾春梅，你到底在玩什么鬼花招。我觉得他问得有点奇怪，也有点含糊，正要和他计较个明白，老大在招待所的走廊上看到我了，他大概没想到我这么快就从医院回来，对我皱了皱眉，我怕他不满意，赶紧报告小蒋有女同学陪着。老大正准备出去，一听我说女同学，他似乎吓了一跳，赶紧收回脚步说，女同学，你是说小蒋的女同学来了？我觉得老大的神情很离奇，我说，老大，你这么激动？人家是小蒋的女同学，又不是你的女同学。老大说，不管是谁的女同学，女同学总之不是太好搞的。我觉得老大的话有点意思，赶紧问老大，老大，你们同学聚会的时候，你有没有和女同学拥抱啊？老大说，怎么说到我呢，我们说小蒋呢。我说，那就说说小蒋，老大，那小蒋看起来也不像病入膏肓的样子呀，他到底得的什么病？老大搪塞我说，还没查出来吧，医生也头疼，疑难杂症吧。说着老大脚下一生风，人就走了。我倒了杯水喝，水里一股漂白粉的味道，很呛人，我咳了几声，就听到有人敲门，开门一看，是小蒋的女同学追来了。

她一进来就对我说，骗子，我早就料到他是个骗子，果然不出我所料。我估计她说的就是小蒋，因为在这个地方，她除了认得我，就只剩小蒋了。可是要将小蒋那样子和骗子两个字联系起来，还是有点难度的。我劝她说，你冷静一点，说小蒋是骗子，没人会相信的。她却不听我的话，只顾自己说，我就看他不像，我怎么看也不像。我赶紧插嘴问，不像什么，不像骗子？她反问我说，难道你觉得他像生病吗？我也觉得不像，但我还是闭了嘴，我不想挑拨他们。那女同学说，我深入一了解，果然是装的，哼，还医生查房，护士发药，配合得天衣无缝。我不明白他们唱的哪一出。我说，他为什么要装病呢？那女同学说，知道我要来找他，就假装生病，那笔钱才好继续赖下去。我说，什么钱啊，他欠你的钱吗？她沉默了一会，终于说到那个她一直不愿意说的“分”字了，她说，我们虽然分了，可是后来我听同学说他生病了，治疗费很贵，我就把以前我们两个积攒下来的准备买婚房的钱打给了他，谁想到，他也不和我商量，就擅自把那钱用在别处了。我突然灵光闪现，灵感毕至，我说，哎哟，你惨啦，你那钱，他拿去修桥了。那女同学似是而非，不知道算不算是承认了我的判断，我进一步自作聪明说，你一定是知道了这个事情，来和他算总账的吧，难怪我在车上看你的脸，就是一张债主的脸。

她朝我黑着一张脸，好像欠债赖账的不是小蒋而是我。其实这些才不关我事，可我又起了老毛病，闲吃萝卜淡操心，问她说，那你怎么办呢，他现在人呢，还在医院里装病吗？那女同学说，他被戳穿了，没脸见我了，就从医院逃走了。

小蒋回西地村去了，我留在县城伺候他一日三餐的工作没着落了，我得继续到西地村去做民调，我嘀咕说，走那么快干什么，他不是让我替他找人吗，他还没有告诉我他要找的人是谁呢？

那女同学没有随我到西地村去，她说她只请了两天的假，得赶回去上班了，我问她有没有什么话要我转告小蒋的，她却若有所思地问我，你觉得他像生病的样子吗？你也觉得他不像生病的样子吧？

## 第七季　今夜有雪

冬至前的那个晚上叫冬至夜，比冬至那一天重要多了，有点像圣诞节和平安夜的关系，那天晚上我们大家都集中在城县招待所，老大去搞了点酒，老二去搞了点菜，热气腾腾的，不知道窗外开始飘雪了。

晚一点的时候，听到有人敲门，吃货都不动，我坐得靠门近，只好去开门，门一开，好戏来了，你们猜得着吗，门口站着谁？

是季一斌。

我顿时就灵魂出窍了。那灵魂一出窍就张口说，季一斌你怎么来了？

为了这句话，我悔得肠子都青了。我忘记了我曾经发过誓永远不再理睬他，我忘记了我曾经告诫自己要彻底忘记他，我还忘记了我曾经说过要怎么怎么他，但是这一切的怎么怎么他，到他突然出现在我面前的时候，神马就立刻变成浮云了。

季一斌的身边，还站着一个人，一个女人，年轻的，蛮漂亮，但是我不认得她。

那女的见我开口叫季一斌，立刻回头问季一斌，你说的就是她吗？季一斌点头说，就是她，贾春梅。

那女的顿时死死地盯住我，瞧她那眼神，那脸色，好像看到鬼一样，龇牙咧嘴，惊异万状，我吓得赶紧摸了摸自己的脸，还好，脸还在脸上，头也还在头上，我不知道她有什么好惊异的，我虽然长得不算美艳，但也至少是五官端正，面目清爽的，我不知道她怎么会这样看着我，我只是在乡下做了一年民调而已，难道现在的我真有那么可怕、真有那么怪异吗？

那女的惊异过后，就直摇头，直往后退，一边说，不是她，肯定不是她，我认定的人，不会有错的。我忍不住问她，你认定的谁呀？她说，穿了马甲、用了假名在微博上骂我的人，我知道她是谁，她就是我的闺蜜吴清雨。我赶紧说，我不是吴什么雨，我不认得吴什么雨。她撇嘴说，我以为你是她，你竟然不是她。我听不懂她的话，当然我也没有很想听懂她的话，我的心思也不在她身上，我的心思在哪儿呢，你们当然是知道的，在季一斌身上嘛，我一直就是这样一个没出息的屌丝嘛。

她虽然朝后退了退，但似乎又不甘心，回头瞪了季一斌一眼，责怪他说，季一斌，我上了你的当。季一斌一脸无辜说，是你自己说要找贾春梅，我就带你来了嘛。那女的说，贾春梅是个假名字。这下我着急了，我说，贾春梅可不是假名字，我生下来爹妈给我取的这个名字，从来没有换过。她又撇了撇嘴，冲我说，跟你说不清，我也懒得跟你说清楚。这话我不高兴听，我反击说，你懒得说，我还懒得听呢，你以为我稀罕认得你啊。

她果然愣住了。哈哈，面对现实，她怎么也想不明白了。当然，不止是她，我也没有想明白。倒是季一斌似乎很明白，他笑了笑，用揭开谜底的口气对我说，你怎么会不认得她呢，她就是被你骂了大半年的江秋燕啊。

我的那个惊骇，你们完全可以往死里想象，江秋燕？江秋燕居然是一个陌生人。一个完全陌生的人，我凭什么骂人家大半年，我凭什么到处败坏她的名声？一向伶牙俐齿的我，结巴起来，我指着江秋燕说，你、你、你是江、江秋燕？

那江秋燕牛哄哄地道，我，江秋燕，如假包换。季一斌在一边不怀好意或者满怀深意地笑着，说，贾春梅，你现在知道你是怎么回事了吧？

我怎么知道我是怎么回事，我晕，我抽风，我喷鼻血，我一直坚持认为我的闺蜜江秋燕抢走了我的新郎季一斌，所以才有了后来的许多事情和许多骂战。难道其实根本就没有江秋燕这个人？也不对呀，江秋燕明明就站在我的面前，没有江秋燕，那她是谁呢，何况她和季一斌都说她是江秋燕，怎么会没有江秋燕呢？

大冬天的，我居然出了一身冷汗，浑身僵硬，好像被鬼上了身。老大老二他们早已经站到我的背后，他们是我的坚强的后盾，他们是我的救命稻草，我对着他们喊，老大，你说，老二，你说。

老二和刘有他们把我拉到一边，让老大和他们交涉，我还大喊大叫，为什么把我拉开，为什么要把我拉开。他们没有搭理我。就听到老大开始盘问季一斌和江秋燕，他声色俱厉地说，你们两个，一个叫季一斌，一个叫江秋燕，你们是一对夫妻吗？他们两个同声说，呸，什么夫妻，我们根本就不认得。老大说，那就奇怪了，贾春梅怎么会把你们两个扯在一起？季一斌说，这也是我想弄明白的事情。江秋燕说，我以为她是另一个人。

老大似乎有点懵，停顿了一会，他又说，这也讲不通呀，你们既然相互不认得，怎么会结伴来到这个偏远的县城？季一斌和江秋燕又同声说，我们看到贾春梅发在微博上的内容。老大说，她是在微博上骂你们吧。季一斌说，冤枉哪。江秋燕说，我吐血。

我目瞪口呆，我的一向清澈如山间小溪的思想这会儿遭遇了梗阻，上下不通了，我急得连气都岔住了，狠狠地呛了几声，还是说不出话来，一回头，看到刘有张小汾他们正幸灾乐祸地在我背后坏笑，因为刘有年纪稍长，我不太方便欺负他，只敢凶一凶张小汾，我说，张小汾，我以为你们是我的亲友后援团，哪知道你们是些莫名其妙的奸细团，潜伏团，小心我把你——张小汾笑道，我知道，我会小心的，不让你把我扁成开粉啦。我说，这回不扁你成K粉，把你扁成一只过不了冬的癞蛤蟆。

小汾赶紧跳了起来，说，我要尿了。他出去方便了一下，回来跺了跺脚说，下雪了，下大雪了。季一斌一听，竟愣了片刻，然后过去拉开窗帘朝外看，他一撩窗帘，我也看到了，外面已经是一地的雪，积得老厚了。季一斌着急说，糟糕了，我去不了西地村了。我一听他说西地村，奇怪道，你要到西地村去干什么，瞻仰我做民调的遗址？季一斌说，我要找小蒋，我是他的牡丹花经销方。我头脑里“轰”的一声，个狗日的，原来他不是来找我的，个狗日的，原来他是小蒋要找的人。季一斌说，前一阵因为找你，我一直没有和他联系，后来发现你在微博上出现了，我就放心了。我说，不对吧，你怎么知道微博上的贾春梅就是我这个贾春梅呢，人家江秋燕不还误以为我是吴什么雨呢吗？季一斌说，贾春梅，你一冒泡我就知道是你，必定是你，除了你，有谁会这么无聊。

聊着聊着，夜就深了，到深夜的时候，又人来敲门，打开一看，是老蒋，老蒋披着一身雪来了，嘴里直呵热气，老蒋虽然老了，眼却不花，一下就看到季一斌，赶紧过来和他握手说，季总，我一看下雪了，知道你明天下不去村子了，我就赶来了。我不满说，小蒋怎么不来，他年纪轻轻，怎么让老头子赶夜路。老蒋没说话，老大却无端地呵斥我说，贾春梅，你闭嘴！我虽然不知道我说错了什么，但我还是乖乖地闭上了嘴。

我虽然闭了嘴，但是我的话倒是提醒了季一斌，他也疑惑说，怎么蒋支书他自己不来？老蒋“嘿嘿”一声，说，小蒋，老蒋，老蒋，小蒋，一样的，一样都姓蒋。

直到这时候，我才知道原来西地村的村支书是小蒋，不是老蒋。这不是因为我太蠢，实在是小蒋太阴险，他一直躲在老蒋背后，什么事情都由老蒋出面，够狡猾的，当个骗子足够资格了。只可惜，西地村的村支书到底是老蒋还是小蒋，我真的不感兴趣，我只对季一斌感兴趣，我在季一斌面前晃了晃，吸引了他的注意力，我说，季一斌，我还以为你是专门来找我的呢，原来你是来签合同的。季一斌说，话也不能这么说，像我这样的人才，如果没有一举两得、一箭三雕的机会，我一般是不会干的。

果然，季一斌随身带着合同，老蒋随身带着公章，他们当下就签了约，我觉得他们似乎在玩儿戏，嘴痒痒地说，你们就相信这一张破纸？老蒋说，这不是破纸，这是我们西地村明年一年的收益。季一斌添油加醋地说，多少大事要事，也都是靠一张纸起家的哦，比如两个人结婚，不就是一人手持一张纸吗？

真是哪壶不开提哪壶，我还没上阵呢，那江秋燕已经杀出来了，她可不是盏省油的灯，若是省油，她不会因为有人在微博上骂了几句，还没搞清是不是骂的她，就千山万水地冲过来较真。江秋燕朝着季一斌号叫说，你个乌鸦嘴，别提结婚两字。我也杀将出来，搅和说，江秋燕，是我惹的你，有本事你冲我来。江秋燕果然中计，回头对我说，我本来就是冲你来的——贾春梅，我也不知道你是不是真的叫贾春梅，我且叫你贾春梅吧，你说这事情怎么解决吧，你害得我抬不起头来见人，你害得我同事我邻居都对我指指戳戳的，你害得我老公要和我离婚了。我说，咦，既然你老公不是季一斌，我骂的就不是你和你老公，你老公怎么会和你离婚？那江秋燕满身上下冒着气泡说，他受不了别人的眼光，他怀疑我有见不得人的前科，他说我莫名其妙，他什么什么，什么什么什么，什么什么什么什么——我真是弱爆了，赶紧讨饶说，江秋燕，你不是我骂的那个江秋燕，你不要对号入座。江秋燕说，我才不想对号入座，可是大家硬是把我钉死在这个座上了。贾春梅你告诉我，你骂的那个江秋燕，真的和我同名同姓？

所有的人哄堂大笑，差点把屋顶掀翻了。

我抱住脑袋，想得脑壳子发胀，也没有想起来我从哪里认得过一个叫江秋燕的人，我怎么会把她认定为我的闺蜜，怎么还认定她抢了季一斌，怎么还给他们编了那么真情实感的故事，我真是天马行空，创造奇迹。

我不客气地打断了一旁季一斌和老蒋老大的关于花木培育和花木经销的话题，我说，季一斌，你给我说清楚了，这一切都是你造成的。季一斌委屈得不行，说，你说的这一切，到底是哪一切，怎么是我造成的呢？我说，去年冬天的时候，我们明明已经在筹备婚礼了，你承不承认？季一斌说，我当然承认，我不仅承认，我还要跟你往下说呢，我们不仅筹备婚礼，我们连办喜宴的饭店都订好了，大鸿雁饭店，我都交付了定金，结果鸿雁飞走了，你失踪了，害得我一大笔定金白搭进去了。我就奇了怪，我说，不对吧，你明明是办了喜宴的，只不过新娘不是我，我还收到你们给我的请柬呢——没再等季一斌说下去，老大似乎已经看出了什么，他狐疑不定的眼光已经从季一斌那儿转到我这儿来了，他对我说，贾春梅，无论出于什么原因，有一个事实你是不可抵赖的，你在结婚前突然失踪了，是不是？

我简直要疯了，情急之中，想到了我的亲，赶紧求助，发了一条，说，婚前突然失踪，是怎么回事，求解。立刻有许多回复，虽然眼花缭乱，但我眼尖，一下子就从中看到这么几个字：婚前恐惧症。

我奇怪地嘀咕，什么症？婚前恐惧症，没出听说过。季一斌说，你终于知道自己的病情了，其实我早就替你排查过了，婚前恐惧症，因为不相信世界上有可靠的人和安全的婚姻，在婚前产生焦虑和恐惧。不等我回应，他又加重语气说，贾春梅同学，你的这个症，还属于非典型婚前恐惧症。我老大还是蛮关心我的，问季一斌，为什么是非典型呢？季一斌说，或者换一种名称，叫婚前恐惧综合征。我老大又问，为什么还综合？你猜季一斌个狗日的怎么说，他居然说，因为她不止焦虑恐惧，还妄想，她竟然妄想出一个江秋燕来，这就是非典型性哦，这就是综合征哦。

亲，你们知道的，我早已经惊得魂不附体，难道我真的会幻想出一个江秋燕来？为什么我偏偏幻想她叫江秋燕，不叫江冬燕，不叫江夏燕呢。当然，我也想得通，无论我幻想出一个什么燕来，都会有人来找我求证的。

他们给了我两片舒乐安定，我活了二十多年，还没吃过这东西呢，吃下去效果极佳，两分钟后就开始做梦了。

亲，你们觉得我应该做一个什么样的梦呢？对了，我梦见季老外婆了，她问我牡丹养得怎么样了，我潜意识里有一点惊恐，我对老外婆说，外婆，您不会是要我把牡丹给您送去看看吧。那老外婆摇头说，我住的地方，你可找不到。我这才放了点心。

早晨起来的时候，大地一片白茫茫。老蒋已经回西地村去了。我奇怪这么大的雪，老蒋怎么回得了村，我虽然提出了疑问，但是没有人回答我。

因为大雪封路，我们的民调工作暂停了，老大开恩，提前给我们放年假了。

## 第八季　尾声

春天来临的时候，我们终于完成了民调的任务，大部分人都回到了各自的单位。

但是也有少数人的情况发生了一点变化，比如老大吧，他下决心回去搞业务了，到农林大学当了教授，这也没什么了不起的，他本来就是从那里出来的嘛。

刘有呢，也下决心和那个已经不爱他的太太离婚了。不过当我们一身尘土从面包车上下来挥手道别的时候，刘有还没有作最后决定呢。

我们建了一个民调群，在 QQ 上互通信息，刘有的事情，是他自己交代出来的。

小汾也坦白了一件事情，一件他曾经做过的很娘的事，他把同事陆林的名字写成陆玲，说人家是兰花指，又说颈脖子里没有喉结，暗示小陆性取向有问题，慌得小陆只好马马虎虎找个对象赶紧结婚。张小汾看到他们的结婚照了，又说，小陆，你和你妈合影留念啊。结果真把小陆气走了，但是小陆走了，张小汾也没当上项目经理，落得一肚子的空洞和愧疚。

切，喊他张小粉还真没喊错，真是因果报应啊。

我的同事阿美阿切他们也要求加入进来，和我一起分享民调的故事。只有我们老大，很少上线，不知道他算是有身份，不与我们为伍，还是一直在潜水。

有一天，老大上来了，告诉我们，小蒋走了。

其实我们先前就有预感的，只是没有想到事情真的就来了，我们在网上一起悼念小蒋，并且共同寻找小蒋的女同学。

但是小蒋的女同学一直没有再出现。不知道她的情况怎么样，她是不是知道小蒋的情况，或者她是自始至终一切都不知道，或者她是早就知道了一切，无论怎样，她曾经是小蒋生命中一个重要的部分，我们也一样想念她。

对了，还有一件事情要说的，我关闭了我的丢人现眼的贾春梅微博，以“西地村”的名字又重新开了，很快我的粉丝已经有好几万，我现在真正地变成了一个花痴，而且是专痴牡丹。我只是没想到有那么多的人和我一样喜欢牡丹。

我从家里带到西地村、又从西地村带回家的那盆牡丹开花了，我实在忍不住要显摆它，我请同事、请同学、请各种各样的熟人来我家看牡丹，不喜欢串门的人和对花不感兴趣的人我也都死皮赖脸地弄来了，最后能请的人都请过了，我还没过瘾，我干脆带上它去了花鸟市场，我把牡丹往那个卖种子花肥的摊贩面前一搁，我激动地说，你看看，你看看，有碗口大——呵不，比碗口还大，差不多是一口小锅了，是不是，你见没见过这样的牡丹？不料那摊贩却一点也不惊讶，淡定地跟我说，这有什么，那地方的牡丹都这样。我心里一惊，脱口问他，那地方？你说的那地方，是哪地方？那摊贩说，哪地方，就是西地村呗。

我大惊失色说，你也知道西地村，难道你也是西地村人？可是你的口音不对呀。那摊贩说，我不是西地村人，但是我的那盆牡丹，是西地村的老蒋送给我的，那一年，老蒋来花鸟市场考察行情，我们就聊上了。

我这才注意到，一直搁在他摊前的那盆牡丹不见了。那摊主见我寻找他的牡丹，告诉我说，给一个女的买去了。我说，啊？一直以为你是做样品的，原来你肯卖噢。摊主说，我哪里肯卖噢，那女的要买西地牡丹，别人介绍说，我这里的一盆最好，就找来了，我才不肯卖给她，可是她居然哭起来了，我只好卖给她了。

摊主一边说话，一边掏出一张照片给我看，我一看，是摊贩本人、老蒋、小蒋三人的合影，我奇怪说，这小蒋是老蒋的儿子吗？那摊贩说，才不是，你仔细看看，他们长得可是一点也不像。那时候小蒋大学毕业在研究所研究牡丹，老蒋在西地村种牡丹，他们本来八竿子也打不着的，结果却在我这里碰见了，小蒋听了老蒋的介绍，就跟老蒋说，他一定帮老蒋把西地牡丹推出去。我以为小蒋只是随便说说，没想到他真的到西地村去了，还当了村官。

我四下里一看，真有些惊呆，以为自己眼花了，其实我眼没花，西地牡丹已经在这个花鸟市场遍地开花了，难怪我捧着我的惊艳的牡丹进来的时候，他们都视而不见呢。

那摊贩说，也不知道现在怎样了，好久没来我这儿了。

我没有告诉他我所知道的一切。

停顿了一会，我忽然又想到一个问题，我说，你们三个人合影，你还记得是谁给你们拍的照片吗？那摊贩立刻说，当然记得，那个人是搞花木经销的，是小蒋的朋友，姓、姓——

我替他说出来了，姓季，叫季一斌。那摊贩高兴地说，是季一斌，就是季一斌，你也认得季一斌啊？他们说得真不错，这个世界真的很小哎。

# 高楼万丈平地起

## 一

玉涵楼明明是座平房，没有楼，却偏叫个楼。

其实那也与我们无关，那又不是我们的房子，那是别人的房子，叫楼也好，叫房也好，叫什么都好，叫狗窝也无所谓，你较什么真呢。

但偏偏有人要较真的。较真的人还不少，历代历年都有。他们想，是不是从前曾经有楼，后来塌了，或者被火烧了，或者被人扒了，或者怎么怎么了，总之是从有楼到无楼了，从楼房到平房了，但原先的名字没有改，仍然叫个楼。他们持着这种坚定的信念，到史书里考证，到地底下挖掘，到传说中窃听，还在自己的大脑里推理，可是考来考去，推来推去，也没有什么确凿的东西可以证明玉涵楼曾经是一座楼。他们心怀不满，心有不甘，说，这不可能呀。

这确实是不大可能。因为以这个地方的习惯，凡大户人家盖房，就没有盖平房的，除非他是穷人。但如果他是穷人，他就不会有玉涵楼这么大的地方，大概也不会给自己的家起个玉涵之类的名字。

据说，玉涵楼的楼主是清朝的一个状元，后来在京城做了大官，又后来从京城回来，就盖了玉涵楼，占地数亩。他可不是穷人，可是他却盖了一座没有楼房的楼。

于是，楼只是个传说。

传说就传说吧，即使是在传说周边的那些楼，那些真正存在的楼，比如听枫楼，比如丽夕楼，现在你看见它是有楼的，但是从前你又没有看见，从前也未必真有什么楼，也许它正是从前的一个传说呢。

这传说中的事情要说起来，就没个准了。有楼的不叫楼，没有楼的叫个楼，真没什么大不了，这样事情多得是，比比皆是。比如有一处叫天赐庄的，据说是某某朝代天子所赐，其实那庄主跟天子八竿子都没打着过，哪来的天子，更没有天子赐的庄，那只是他自己的庄。又比如有一处叫皇废基的，顾名思义，就是从前皇帝待过的地方，住过的房子，玩过的花园，后来时间长了，皇帝也不在了，那地方也废了，所以叫皇废基。可是又不对，这地方从来没有皇帝，从来不出皇帝，皇帝也从来没有来过，是不是因为口音的差错，应该是王废基呢，不是皇帝，可能是某个王吧，但是这地方也一样没有王，那这个“王废基”或者“皇废基”的叫法又是怎么来的呢？

哎哟，管他怎么来的呢，啰里巴唆说一大堆传说，传说与我们有什么关系呢？

可是，谁又能保证传说真的与我们无关、永远与我们无关呢？

世界上的事情时时刻刻在变化着，本来有关的变得无关，本来无关的变得有关，谁又能想到，有一天，传说中的玉涵楼，竟然和我们牵扯上了关系。

那是因为红姐。因为红姐要盖楼。

红姐是我们这座城市里的风云人物，她的大名叫林红，她和她的老公周老师，原来都是中学老师，曾经十分安心于自己那一份稳定的又不失风度的职业。其实那样的人生也不错。

某一年教师节前夕，他们被一位家长请去吃饭，席间，那家长喝了点酒，兴奋起来，就吹嘘起自己的事业，他是做房地产的。

他忍不住吐露了房地产生意的秘诀，那就是一个字：地。

只要你有本事拿到一块地，你就成功了。他说。

你就立刻不是你了。他又说。

无论你是转手他人，还是自己造楼，或是立刻动手，或是闲置几年，你都成功了。他说。

但是，现在拿地很难了，地都差不多卖光了，我的成功，就在于我抢先了一步。他又说。

那天晚上，林老师回家后，上网看看有没有电子邮件，随手就搜索了一个“楼”字，结果林老师钻进楼去再也没有出来，她对周老师说，我要辞职。

周老师吃了一惊。

林老师又说，我决定了。

她决定不再当中学老师，她要去拿地，造楼。

周老师吃惊地望着她，半天也没才缓过神来，张着嘴就是说不出话来。

林红说，你不用说，我知道你要说什么，我可以替你说出来——确实如此，人家是说了，现在拿地很难了，我们晚了一步——但是，林老师又说，有句老话，革命不分早晚。

周老师觉得林老师太异想天开，他以为林老师只是说说而已，所以他只是稍微地歪了一下嘴，没有发表意见。

其实林老师不只是说说而已，她付诸行动了。

有如神助，林老师居然成功了。几年以后，她已经成了这个地方的房地产大鳄，业内业外，都喊她红姐，颇有大姐大的风范。

短短的几年时间里，红姐的楼盘已经遍布了这个城市，许多人都住着红姐造的楼，许多人买楼的时候，并不太关心楼盘的名称，而是关心它的开发商是不是红姐，如果是红姐造的楼，他们立刻就多了几分信任。

红姐和那位当年给了她启迪的学生家长，现在既是合作伙伴，又是竞争对手，一会儿是伙伴，一会是对手。那位伙伴加对手对红姐十分佩服，因为红姐比他晚许多年进来，现在却走到了他的前面。

正如红姐说的，他是她的第一推动力，他曾经说过，现在拿地已经很难了，地差不多都卖光了。

这话刺激了红姐，红姐当时就想，就算地卖光了，总还是有东西可卖的。

她想到了天。

卖光了地皮卖天空。这是后来人们才总结出来的。

红姐一开始就把自己定位在高楼上。红姐打造的所有的楼盘，都是高层的，超高层的，她不做平房，不做别墅，也不做花园洋房，她只做高楼。

就这样红姐成了这个地方的名人，几乎人人都知道红姐，甚至许多人会觉得红姐就是自己的一个朋友、一个熟人，甚至是亲戚，谈起红姐，有人还会有一些骄傲和亲切的感觉。

也正如那个第一推动力曾经说过的，你只要拿到一块地，你就立刻不是你了。不知道红姐有没有感觉她已经不是她自己了，但是在周老师和其他一些人的眼中，红姐确实不是林老师了。他们的看法也没有错，一个房地产大鳄，和一个中学老师，怎么可能是同一个人呢？不过周老师始终没有参与红姐的生意，开始他是不相信,后来他是不适应,到了最后,他和红姐完全是两条路上的人了。但是他们并没有吵架，更没有离婚，他们各过各的日子，各做自己该做的事情，相安无事。

于是，红姐就做呀做呀，有一天，她做到玉涵楼这里来了。

我和老蒋，也就这样被扯进玉涵楼来了。

先说我吧，我是林红的助理，但不是唯一的，大公司的董事长，一般都会有几个助理，各司其职。我是专司拍马的，红组特别启重我，不是因为我有多能干，就是因为我会拍马屁。

我拍红姐的马屁，绝不是我人品有问题，众所周知我的人品是没得说的。那实在是因为我太崇拜红姐了，我对红姐五体投地，心服口服，一天不拍几遍，我心里就没着没落似的。

但是如果你们就此认为红姐是个吃马屁的人，你们就大错特错了。

我其实是跳槽跳到林红公司的。先前我在一家国有企业干活，刚刚打拼到中层管理，我手下的小孩都开始管我叫姐了，可是有一天我忽然就不想当姐，忽然要去叫别人姐了。这个别人就是红姐。

面试的时候，面试官问我跳槽的原因，我说不出来，遭到了怀疑，面试官觉得我很荒唐，他们不大相信我这样一个面目不清、老大不小的半吊子。我那时候并不知道红姐在幕后亲自看着台前的面试呢。

我跳槽的理由面试官不得而知，进而对我的履历表示怀疑，我已经有那么好的履历了，怎么会跳到这儿来当个小跟班呢。

从他们的眼神中，我看到了我即将来临的失败，狗急跳墙的时候，我急吼吼地喊了一声，我，我喜欢高楼。

面试官们相视而笑，当然那是嘲笑。谁不喜欢高楼。

我那时候还不知道，红姐已经看上我了，她拨通了面试考场的电话，通知面试官，说，这个人我要了，她叫什么？

我叫江秋华，从前大家叫我秋姐，从今往后，我不再是姐。我无所谓我是不是姐。我只崇拜红姐，因为走在我们城市的大街上，到处能够看到红姐建造的一幢又一幢的高楼。

我跳槽的事情没有告诉白晓光，一直到后来他听别人说了，才来问我，我说是的，我现在是红姐的助理。白晓光和面试官一样怀疑的我动机，我坦白说，白晓光，其实我跟你说过好多遍，你听不进去，我想住最高的楼。白晓光说，什么叫最高的楼。我说，就是现在红姐手头的那个造楼计划。

先前红姐造过许多高楼，我都没有轮上，也可能因为我心里还隐隐觉得它们不够高，我相信红姐还能再造更高的楼。果然我的预感没有错，我到红姐公司后不久，红姐就开始了一次新的征战，她要建一座多少多少层的楼。

白晓光似乎十分疑惑，他问我，你说的多少多少层，到底是多少呢？我说，反正是最高的楼。白晓光说，你想要住全市最高的楼？我说，还不一定是全市最高呐。白晓光说，是全省？全国？难道会是全世界最高的楼？我才不理会他的挖苦。可白晓光偏要跟我较真，又说，你要住那么高的楼干什么呢？我说，高好啊，高高在上啊。白晓光说，要高高在上干什么呢？我说，你在高楼上往下一看，人和车，再大的东西，都像蚂蚁，你就感觉你拥有了一切。白晓光长叹一声说，大姐哎，你要拥有一切干什么呢？他还真没完没了了，一口一个干什么呢？我不想跟他一般见识也不行了，我反问了他一句，那你拣那么多破烂货干什么呢？他这才无言以对了。我乘胜追击说，你姓了白，真是姓对了。姓白的傻傻地看着我，我说，白痴也姓白。

我早就在红姐那儿登记排队了，无论白晓光愿不愿意，我都会买一套最高的楼宅。只是，从目前的情况看，这个最高的楼，还在图纸上。红姐建高楼之所向披靡是路人皆知的，可是这一次，红姐碰上了玉涵楼。

所以我火烧火燎来找玉涵楼了。

玉涵楼我是找不到的。我根本就不知道玉涵楼，我又没有历史知识，更没有什么历史兴趣。头一次看到玉涵楼三个字，是在一张图纸上。红姐吩咐我说，你照着这图纸去做吧，凡是有挡道的，都拆掉它，你去搞定吧。

我顶着红姐的名头，先找到了玉涵楼所在区的区长，然后我又顶着区长的名头，找到了玉涵楼所在街道的街道主任，最后，主任将我打发给了老蒋。

老蒋是街道办事处的一个办事员，专门负责管理这个街道范围里的一些老房子。

老蒋真沉不住气，还没听完我的话，就和我一样火烧火燎起来，急赤白赖地说，那不来事的，那不来事的。我说，怎么不来事，我有区政府的红头文件的。老蒋说，跟区政府无关的，跟红头文件无关的。我说，奇怪了，难道你们街道办事处可以不听区政府的指令。老蒋说，哎呀，跟你说不清，区政府也不能私开人家的门呀。我这才听明白了一点，说，你的意思是说，玉涵楼的门没人开？老蒋撇了撇嘴，说，假如我们的法律允许私闯民宅就好了。话说得这么绕，哪像个老爷们，比个老娘们还琐碎。我也撇了撇嘴说，这天下都是——本来我想说天下都是政府的，后来一想不对，立马改口说，这天下都是人民的，你以为这是什么朝代，还会有什么私闯民宅的事——我实在是看他不顺眼，又顺嘴损他几句说，你以为你生活在封建社会，清朝，明朝，你这把年纪了，不会也想玩穿越吧。不料这老蒋嘴真的很碎，也不记着好男不和女斗的古训，居然应我声说，不瞒你说，我还真想穿越到我老祖那儿去，我到了那儿，就不用在这里躲猫猫了。我没听出来躲猫猫是什么意思，网络上倒是广泛流传关押的犯人因为玩躲猫猫玩死了，但这和我要找的玉涵楼有一毛钱的关系吗？

虽然老蒋心思叵测，声东击西，可我偏是个不屈不挠的个性，何况我要办的那可是大事，是天大的事，怎么能让这个老蒋的几句话就给糊弄过去呢，那我还有什么脸给红姐当助理？我不仅自己丢脸，我会把红姐的脸都丢尽的。想到了红姐，我犹如注射了兴奋剂，振奋起来，我朝老蒋挥了挥手，说，算了算了，既然你不配合我工作，我可以请你们主任另派一个人，如果你们主任不同意，我还可以请求你们区长。老蒋一听，又着急起来，说，你不可以的，我们街道就是我负责这个工作，没有别人能够替代我。我才笑了起来，说，那就是了，既然只有你，你就好好配合吧。

老蒋沉默了一会，他好像是在调整战略战术，我耐心地等了一会，老蒋果然改变了风格，主动说，玉涵楼的门确实开不了，我知道你不相信我的话，不如我先带你去看看玉涵楼吧。

区政府和街道办到底不是吃素的，老蒋到底退让了，我得胜不饶人，嘴不应心地说，看不看都无所谓啦。话虽这么说，脚下倒是跟紧了老蒋的步伐，说实在的，我心里可是焦急着要见识见识玉涵楼呢。

就这样，老蒋带着我第一次来到了玉涵楼的门前。

我没想到玉涵楼有这么破旧，我“呀”了一声，说，歪成这样了，还没有倒坍。老蒋说，你别看它歪成这样，还蛮有骨子的，从前的东西，和现在的是不一样的。我说，也没有人给它修理修理。

老蒋奇怪地看了我一眼，说，你不是打算来拆它的吗，要是修理，不就白修理了吗？我说，我不是才来吗，我来之前你们都在那里干什么呢？再说了，市里许多老宅都修复了，为什么这个玉涵楼就让它这么破落。老蒋这才笑了笑，说，你问得好，因为玉涵楼的主人不知去向，谁也不能动玉涵楼，所以玉涵楼就一直这样歪着，既不倒坍，也不修旧。

我听了听，听出些意思来，我说，老蒋，你好像对不修旧挺满意的？老蒋说，你看看那些修旧的老宅，说是修旧如旧，其实天晓得。我说，你觉得它们没有修旧如旧？老蒋说，修旧如旧？可能吗？开玩笑。我说，我听你的意思，不修旧才是对的。老蒋说，无所谓对不对，反正这个玉涵楼，因为房主长期没有音讯，造成几不管，无人问津，才保留下来。我总结说，可是保留到现在，总还是要拆掉它了。老蒋毫不客气地说，那是你一厢情愿。说话时他指了指大门边上竖着的一块石碑，提醒我注意它。

我才看到这块不大的石碑，石碑脏兮兮的，很不起眼，上面的字总算还依稀可辨，是“陆钱逊故居”几个字，但是没有落款。我有些奇怪，说，这块碑是谁竖的？老蒋说，是我们街道竖的。我说，怎么不落款呢，算是哪一级的文物保护？老蒋说，落不落款不重要，是不是文物才重要。我说，嘻，那要是这样说，谁家门口都可以竖个东西。老蒋说，谁爱竖就竖吧，你要不是文物你有那个脸竖吗？他虽然不是骂的我，我听了心里却不舒服，说，是不是文物也不是你街道说了算的吧？老蒋说，玉涵楼，状元故居、清中期建筑，你认为它不应该是文物？我不想和老蒋争执什么文物不文物，我只想早点找到拆掉玉涵楼的办法，让红姐的高楼快一点造起来，我也好早一天登上高楼把一切尽收眼底。

我靠近玉涵楼的门看了看，门上有一把老锁，已经锈得像一堆烂铁了，或许一拧就断了，但是我没有去拧，这毕竟是人家私人的房子，要拧也得老蒋去拧。可是老蒋才不会去拧呢，他理直气壮地朝我说，这几年来看玉涵楼的人也不少，但是谁也不能进去，谁也不能拿它怎么样。我说，但是这一次的人不同啊，这一次是红姐来了。老蒋说，红姐是谁？我气得说，红姐你都不知道，造高楼的那个红姐啊。老蒋说，高楼，有多高？我说，有多高，我不说了，说出来不要吓你一跳。老蒋十分不屑地说，高楼，谁知道呢，也许它并不是高楼，甚至不是楼。他说出这种怪话来，我也能理解他，他心理不平衡，一看就是那种吃不到葡萄说葡萄酸的人。我正想嘲笑他嘴酸，却看到他指了指玉涵楼，又说，什么事情都有可能噢，你看这玉涵楼，明明是个平房，并没有楼，它却叫个玉涵楼，你说为什么？我怎么知道为什么，我也不想知道为什么，无论它叫个什么，它最后的命运都是一样的。我正是为了它的最后的命运才来的，我直截了当地对老蒋说，老蒋，你不要和我绕圈子了，我们站在这里说了半天，还没有进门呢。老蒋说，进门？你想进门，那是没门——不是没门，是没门的钥匙。

我这才知道了一些关于玉涵楼的事情，这当然都是老蒋告诉我的。可是谁知道老蒋说的是真是假，既然我已经看出来老蒋心怀鬼胎，对于老蒋的话，对于老蒋讲的故事或者往事，我都得留几分心眼。

老蒋说，这个地方谁都知道玉涵楼的楼主是陆状元，但是谁也没有见过陆状元，因为他在一百多年前就离开了这个世界，陆状元有许多子孙，其中有一位，有一些老人还能依稀地记起来，那是一个潦倒了一辈子的人，五十年代初期，他把状元留下的一些东西包括玉涵楼都献给了国家，就离世了，至于他的子孙后辈都到哪里去了，很少再有人提起。一直到八十年代，有个人从美国回来，又重新出钱买下了玉涵楼，办回了房产证。他购回玉涵楼以后，就一去不复返了。三十年时间，没有任何信息，到现在，当年留下的联系方式，也早已经联系不上任何人了。

所以出现了这样的一个难题，一个人人知道的玉涵楼，现在变成人人都不知道的玉涵楼，不知道它到底有没有主人，不知道它的主人到底在哪里。

听了这么一个没头没脑的故事，我对老蒋说，我明白了，你的意思就是，谁也不知道玉涵楼，谁也动不了玉涵楼，是不是？老蒋说，我没有这么说。我说，那就算是我的理解。

我似乎是一无所获。

但其实我还是有一些收获的，至少我收获了一点信息，就是老蒋不会配合我，他心底里肯定不希望红姐把玉涵楼拆掉了盖高楼。他的心思我太能理解了，一个和旧居老宅打了多年交道的人，就像这些房子都是他自己的孩子，怎么会没有感情，怎么肯拱手相让，怎么舍得拆掉？但是理解归理解，甚至我都可以同情他，但我却不能不完成红姐交给我的任务。

我直接把状告到区长那里，区长又找到主任，主任又丢回到老蒋这里，果然如老蒋所说，除了他，不可能有第二个人来处理这件事情。

不过话得说回来，我还是有希望的，因为老蒋第二次见到我的时候，态度比第一次好多了，我想可能是上级给他施加压力了吧。

老蒋主动跟我说，我再陪你过去看看玉涵楼吧。我奇怪说，你有钥匙了？老蒋说，你去看了就知道。

我第二次来到玉涵楼，我眼尖心细，一下子就看见门口那块石碑换成了另一块石碑，是一块崭新的石碑，更重要的不是它新，是它有了落款，落款是区人民政府。也就是说，就在短短的几天时间里，玉涵楼已经正式成为区级文物保护单位了，谁要是随便动它一砖一瓦，那就是犯法。我说，老蒋，你动作好快啊。他的动作确实快到令人难以置信，即便是新打磨出这块有了落款的石碑，也不是一两天能够完成的事情，似乎老蒋早已经将这块碑准备好了，一直搁在某处，单等我一出现，或者是类似我这样的对玉涵楼有威胁的人一出现，他就把石碑搬出来，让它变成一块石敢当，镇住我。

幸好，在头一次到玉涵楼来和第二次到玉涵楼来之间的这段短短的时间内，我努力做了一些功课，至少现在我已经不像头一次那样面对老蒋毫无招架之力。我对着这块新碑琢磨了一下，对老蒋说，老蒋，别说是区一级保护，即便是市一级的，省一级的，国家一级的，也不是不可以动的，你也不是没有看见，这么多年来，动得还少吗？不容老蒋开口，我又说，何况，这只是一个区的区法而已。老蒋没有正面接我的招，扯开去说，江助理，主任让我好好配合你，你看看，我能帮你做点什么事情呢？我说，你先帮我找一架梯子来吧。老蒋说，你想爬进去，那是违法的。我说，我不会进去的，我就想趴在墙头看看这个玉涵楼里边什么样子。老蒋果然配合，去借了长梯来，我爬上去，趴在围墙的墙头上朝里看，一看我就“咦”了一声。

老蒋在下面说，你“咦”什么，你发现什么了？我不作声，不想上他的当，我爬了下来，让他上去看看，老蒋爬上去看了一看，下来说，里边倒是收拾得很干净，院子里也没有杂草。他停顿了一下，又说，门是锁的，锁已经上锈，谁能进去呢，是怎么进去的呢？我才不理会他作怪，我说，像我这样，像你这样，搭个梯子爬进去，就不用开锁了。老蒋哼哼了一声，说，你这个女同志，蛮会开玩笑的，你怎么不说是田螺姑娘，狐狸精。我“哈”了一声，回他说，狐狸精，还蜘蛛精呢。老蒋说，怎么，你真以为老房子里有什么东西吗？

瞧这老蒋，上了这把年纪的半老男人，居然连哄带吓带诈骗，只可惜我不吃他这一套。

我决定绕开老蒋行动。

我先静下心来分析了一下形势，回顾了一下历史，玉涵楼被购回的时间是八十年代初期，那时候，还是个小蒋，他离玉涵楼还远着呢，还八竿子打不着呢。我完全可以也完全应该摆脱老蒋，独立行动。

我找到了老蒋的前任老方，老方说，玉涵楼的事情，我也说不清，也不是在我手里办的。他又把我介绍给他的前任老郭，也就是老蒋的前任的前任。

我找到老郭时，看到老蒋正在和老郭说话，看见我，老蒋并不尴尬，只是说，江助理，你也来了。我说，我还真绕不开你，你又抢在我前面了。老蒋不客气地说，这有什么抢不抢的，又不是一块糖。我说，虽然玉涵楼不是一块糖，但从本质上讲，它们都是实实在在存在的物质，都是可以被抢的。老蒋又跟我计较嘴皮子，说，你是不是觉得凡是看得见的东西，就一定存在。我也毫不客气，说，那倒不一定，比如我现在看得见你，但是也许你不存在。

老郭在一边笑了起来，说，说吧说吧，你要问什么，问玉涵楼是吧？老郭上了年纪，头脑却很清楚，说话口齿也清晰，牙齿齐齐白白，一点也不漏风。老蒋赶紧又和我抢，他抢在我前面说，老郭，你要是记不清了，就算了。老郭却不高兴了，说，你怎么知道我记不清，我记得很清，陆子乌拿到房产证以后，就找了当时的邻居，把玉涵楼的钥匙托付给——老蒋急得打断他说，老郭，你是不是记错了，那地方哪来的邻居，有这么一个邻居吗？老郭说，当然有啦，你别以为我老了，我记性好着呢，特别是从前的事情，我记得清清楚楚——而且，嘿嘿，不瞒你说，本来我都忘了那个邻居姓什么，现在被你一刺激，我想起来啦。

陆子乌的邻居许大妈早就搬迁了，根据周围的一些人的回忆，如果确实有陆子乌托付钥匙这件事情，那许大妈也就是在接受了陆子乌托付后没多久，就从这条巷子里搬走了。

从街道或者居委会的有关的档案记录中，也早已经没有了许大妈这个人，那几天我像只没头的苍蝇，围绕着玉涵楼乱拱乱撞，一会儿兴奋，一会儿沮丧。老蒋始终在我身边。我知道他是假装迫于领导的压力来配合我，其实他在暗中伺机破坏我的调查和追寻。

但是，老蒋的有些行为又打破了我的推测，比如当我陷入了既有许大妈、又没有许大妈的两难境地以后，老蒋建议说，有一个办法可以试试，你到报纸上登个启事，如果有知情人看到了，或者会来联系。

我还真听了老蒋的建议，因为除此之外我没有别的办法，何况这个建议怎么看，也看不出有什么险恶用心在里边。

我只是有些怀疑，真有人会看这样的启事吗，就算他们看到了，真的会来联系我吗？

似乎是为了印证老蒋的建议是行之有效的，启事登出去的第二天，就有线索了。

我和老蒋一起去许大妈的家，确切地说，那已经不是许大妈的家，因为许大妈已经去世，那是许大妈的儿子媳妇的家。打电话给我的是许大妈的媳妇。她告诉我们，她看到报纸了，许大妈活着的时候，确实跟他们说起过陆子乌托付钥匙的事情。可惜的是，许大妈去世的时候，并没有向小辈交代代人保管钥匙的事情，在许大妈的一大堆遗物中，倒是有许多钥匙，但是谁也不知道这些钥匙是干什么用的，更不知道这其中有没有可以开玉涵楼的钥匙。

有钥匙就好，我满怀信心揣上钥匙，去开玉涵楼的门，一把一把试过，正如你们所料，最后也没有找到开得了玉涵楼的那一把。

老蒋幸灾乐祸地看着我，说，你不相信吧，你现在相信不相信了？我说，相信什么，相信我进不了玉涵楼？老蒋说，你觉得你能进去？

我跟着老蒋回到街道办事处老蒋的办公室，老蒋虚情假意地给我倒了一杯水，说，忙了大半天了，喝口水歇歇吧。我不忙喝水，先揭穿他说，你早就知道许大妈的事情是吧，你早就知道许大妈不在了是吧，你早就知道他们家的钥匙开不了玉涵楼的门是吧，你早就知道我白忙活是吧，你早就知道——我被自己的气岔住了，赶紧停下来，咳了几声，老蒋说，喝口水，顺顺气。我说，难怪你主动建议我登什么启事，你明明知道没有结果的。老蒋说，江助理，话不能这么说，无论有没有结果，事情都要做的，这是必然的过程，这是你的工作，也是我的工作。我呛白他说，什么是你的工作，你的工作是什么？老蒋说，咦，我的工作就是配合你的工作呀，我不是配合了吗？我配合得还不好吗？

强龙斗不过地头蛇，他在这地方混了这么多年，大街小巷，老宅旧居，哪有他不熟的，我新来乍到，两眼一抹黑，哪里搞得过他？结果整个事情都倒过来了，本来应该是我缠住老蒋，让他配合我工作，结果是老蒋缠住了我，步步为营地监视我的工作。

出师不利，碰上了老蒋这样阴险狡猾的对手。

老蒋旗开得胜，哼起了小调，坐到电脑前，回头对我说，江助理，这款迷宫游戏你玩过吗，很刺激的，谁也别想找到出路。

我的迷迷糊糊的脑袋，忽然被老蒋的这道利剑闪亮了，迷宫？出路？老蒋哎，多谢你啦，我拔腿就往外跑，听到老蒋在背后急着说，哎，哎，怎么了，怎么了，我说什么了，提醒你了？

老蒋的声音已经呈现出紧张和恐惧，我就想，我大概离目标不远了。

我奔回家去，打开电脑，进入贴吧，先找了一找有没有“古宅吧”，一输入这三个字，果然有这个吧，我一激动，赶紧进去一看，结果发现里边全是讲鬼的，真晦气，出来，又输一个“旧居吧”，里边大多是抒情的，与我要找的真正的歪在小巷深处的那座玉涵楼仍然没有一毛钱关系。我又直接输“玉涵楼主”几个字，一敲回车，显出来的结果把我吓一跳，竟有七八万个相关的内容，只可惜，大多数的玉涵，是生活中的真人或者作品中的假人，这些真人和假人的事情不关我事。这里没有我要找的玉涵楼主。

我呆坐了半天，才想到，我连我的目标在哪里都不知道。在活生生的现实世界里，不知道玉涵楼主在哪里，在什么东西都可能有的网络世界里，也没有玉涵楼主，这个玉涵楼主，躲得真够远。

我再也想不出什么招来了，我盯着电脑呆了半天，我知道自己不能寄希望于虚拟的网络，就在我沮丧地退出贴吧的时候，无意中看到有一个神贴说“此帖历时三年，始终保持队形”，我好奇，进去一看，是这样一件事情，三年前，有个网名叫“我有病”的楼主，发了一个帖：“抽楼主丫的，楼下保持队形。”整整三年，这个楼已经高达几万层，有数万跟帖，队形却始终保持着，没有歪过：

“抽楼主丫的，楼下保持队形。”

“抽楼主丫的，楼下保持队形。”

“抽楼主丫的，楼下保持队形。”

……

楼主被抽了几万次，真有耐力。

真是一座高高的神楼啊。

楼主丫的，真有你的。

## 二

我隔了几天没去找老蒋，我一想到他那得意的小样儿，气就不打一处来，但是面对这样的对手，我得忍着点，得讲究一点策略，在他面前我按兵不动，我要让他误以为我已经认输了。

我怎么会认输呢，我是红姐的助理，我是不会认输的。

红姐的高楼一定会造起来的。

过了几天，我来了一个回马枪，直接杀到许大妈儿子家去了。可是一进门，从许大妈儿媳妇的表情上，我就看出来，她似乎知道我会再去的。我心里一急，说，大姐，你好像知道我会再来？是老蒋告诉你的？

如果是老蒋告诉她的，我岂不是又踩中了老蒋的圈套，老蒋必定早就和许家的人协商妥了。不料那大姐却笑了笑，说，用不着老蒋告诉，这么多年，来寻找玉涵楼的人，没有哪个是只来一次的噢。我说，有许多人来找玉涵楼吗，都是些什么人呀？那大姐说，什么人都有噢。看起来她有一种说来话长的意思，是否要和我大谈一下寻找玉涵楼的人们，可我并不想去了解那许多人的事情，我只想尽快完成自己的任务，既然这一次老蒋没有抢先我一步，我应该是有希望的。我说，大姐，你知道我找玉涵楼的目的吧。那大姐说，我知道的，你上次来就说过了，是红姐要造高楼。我说，是的是的，你知道的，我边说边做了一个手势，比划着高楼的样子，但是我觉得我的手太短了，我比划不出那样的高度，只好说，这一次，红姐要造的高楼，是最高的高楼。那大姐笑道，不过我从前听我婆婆说过，陆状元是不喜欢高楼的，所以他家的房子没有造楼，只是一座平房。我说，但是它却叫玉涵楼，如果他不喜欢楼，可以叫玉涵居，玉涵园，玉涵馆等等，可他怎么叫个楼呢？那大姐说，我婆婆说，他也不是完全不喜欢，他是又喜欢又不喜欢。她说得那么复杂。我可不想把自己也搞得那么复杂。我估算了一下时间，许大妈和陆状元肯定是碰不到面的，陆状元离世的时候，离许大妈出生的日期还远着呢。我说，一定是委托你婆婆代管钥匙的陆状元的后辈说的吧。那大姐说，也可能吧，他们家都是有学问的人噢。我虽然没有义务去了解状元家的学问，但是我马上发现我又犯了历史性的错误，我混淆了时光的概念，购回玉涵楼的状元后代，也不可能见陆状元本人，那么他们是怎么知道陆状元喜欢什么、不喜欢什么，说过什么、没说过什么的呢？

我被自己的问题问得心里一亮，我让自己豁然开朗了，找不到玉涵楼现在的楼主，我可以找玉涵楼最早的楼主、也就陆状元本人呀。

我当然不会到另一个世界去找他，即使我去了，即使我们在那儿真的见了面，我也认不出他来。我可以在我们现世的这个现实中，寻找他留下来的东西。

一个状元，能够留下什么东西呢？

我笨得直拍自己的脑袋，从前的状元，不就是一篇文章写出来的吗？如果想了解状元的什么事情，从他的文章里，岂不是有着最可靠的出处么，我怎么就没有想到呢？

我出了大姐家，直奔地方志办公室，接待我的是一个毛头小伙子，估计大学毕业也没多久，我就先不信任他，说，你们没有其他人了？小伙子脾气倒不坏，笑眯眯地说，你想要谁呢？我一看这个人是个腻歪性子，没时间和他磨蹭，赶紧说，就你吧，就你吧，你帮我找一找陆钱逊陆状元的有关资料，最好是他自己写的文章。小伙子点了点头，请我在外面稍坐，他就进了另一间屋。

我坐等了半个小时，也没见他出来，拉住一个路过的工作人员问他，这间屋子有后门吗？那人还没答我呢，那小伙子出来了，笑着说，你以为我会从后门走掉吗，怎么会呢？我说，那是，我可是有区政府的介绍信的。小伙子慢吞吞地说，我找过了，没有陆钱逊的文章。我充满希望等了半天，等来这句割肉都不出血的回答，我生气说，人家是状元哎，你们连状元的文章都没有，还地方志？小伙子温和地说，您性子真急，我这里没有，不等于其他地方也没有。我说，那你快说，什么地方可能有。小伙子说，可能有的地方太多了，博物馆，图书馆，档案馆，古旧书店，文物商店，还有，拍卖行，典当行，还有——他停了下来，我被他那几个馆几个店几个行已经弄得头晕了，我说，还有啊，还有哪里？小伙子笑了笑，说，还有，制假窝点。

给人指一条路那叫路，给人指多条路，那还叫路吗？我真不知道他是在讽刺我，还是真心在给我提供线索。可即使他是真心在帮助我，面对这么多的线索，我怎么可能一一去寻找。

寻找一个与我八竿子打不着的、一百多年前的状元的文章，我怎么知道他的文章里写的什么，我甚至都不知道我想在他的文章里看到什么。我忽然发现我似乎走岔了路，我怎么会想到要找状元的文章呢？回头一想，这不是许大妈家大姐提的醒吗？那个大姐，我头一次见她，就觉得她和老蒋之间有什么猫腻，我果然又中了他们的奸计了。

我垂头丧气地回了家，白晓光正龇牙咧嘴地高兴，手里照旧盘弄着什么破烂货。我来气说，又捡大漏啦。白晓光说，那是当然，还要拜你所赐呢。他扬了扬手里一本破本子，说，果然给我觅到了，陆钱逊的日记。

“陆钱逊”这三个字就是我的命门，我一下子就被击中了，我立刻变得神经兮兮，尖声说，你怎么会有陆状元的日记？你怎么搞到的？白晓光说，咦，是你提醒我的呀，你那天跟我说，有个许大妈，曾经接受过陆家的委托，代管过钥匙和其他一些物品。我警觉地看了看他，反对说，不对呀，许大妈代管的玉涵楼倒是还在那里，可是其他东西，在许大妈儿子结婚装修房子的时候，都当成旧物卖掉了。白晓光说，卖掉好呀，只要有人卖，就必定有人买嘛，我就是沿着“买卖旧货”这条路，找到了这本日记。

难怪那天我回家说起陆状元的玉涵楼，白晓光眼睛大放光明，一迭连声地说，陆状元？是陆钱逊陆状元吗？真的假的？我呛白他说，真的假的，那谁知道呢，你得去问陆状元本人才知道啊。他还真的转身跑了出去，我在背后咒他，你去找陆状元问个明白吧。

结果他倒是问了个明白，我却一无所获。

白晓光一直在翻看那个破本子，我凑近了想探到一点对我有利的东西，白晓光将破本子捧到我面前，说，你看也无用，这是状元抄写的古人诗词，我念给你听吧。也不问问我想不想听，他就自说自话地念了起来：

欲上高楼去避愁，愁还随我上高楼
无人见惆怅，独上最高楼
伤情处，高楼望断，灯火已黄昏
我欲乘风归去，又恐琼楼玉宇，高处不胜寒
独上高楼，望尽天涯路
……

我本来实在是不想听什么古诗旧词的，但是出乎意料地我竟然听进去了，不是因为白晓光念得好，而是因为状元抄录的古诗词中，竟然句句都带着高楼。我是个高楼控，凡有高楼之处，必定会让我动心的。白晓光还在絮絮叨叨地念着，我赶紧说，停。等白晓光停下来，我赶紧问，奇怪了，状元抄的这些古诗词，怎么回事，到底这些诗人是喜欢高楼还是不喜欢高楼，他们又要登高楼，登了高楼又发愁。白晓光说，古人就是这样，对于许多事情那是既爱又恨——我打断他说，高楼有什么好恨的呢，爱它还爱不够呢？白晓光说，登楼登得高了，心就会发虚，于是离愁别绪啦，惆怅啦，烦恼啦，都来啦。我说，又不是恐高症，怎么会心发虚呢？白晓光瞅了我一眼，反问说，大姐，你怎么知道谁有没有恐高症。趁我考虑这个问题的时候，他又说，所以嘛，人就是这样，爱登高楼，又怕登高楼，所以会有那么多的诗句写出来嘛。

咦，这白晓光还真有了一套啊，他本来只是个大专生，水平比我还差一截，何况他是个学汽车修理的，跟古代文化完全沾不上边，挂不上钩。自从搞上破烂后，白晓光似乎变得能说会道，肚子也有货色了，还博古通今了？只可惜我并不知道他说的关于古人对待高楼的这些话到底是真是假是对是错是有是无，只是从他那滔滔不绝，吹破牛皮的口气中，我看到了他的自大和自信。

白晓光要显摆，开了头就收不了场，我早没有耐心了，赶紧叹息一声说，郁闷，你说了这么多，那都是你觉得有意思的事情，对于我来说，等于是个零，古代的诗人喜欢不喜欢高楼，与我何干？白晓光说，切，这就是你的无知了，任何事情都有历史的延续性，高楼也一样。我说，你什么意思？白晓光说，你想想，陆状元为什么专门拣这些句子抄下来，说明一件事——在他的提示下，我想明白了，为了证明自己不是完全无知，我赶紧抢着说，陆状元也和他们一样，爱上高楼，又怕上高楼，难怪他给自己的不是楼的楼，取名为楼。白晓光鼓励我说，你终于肯动动你的脑子了。可是他这样一说，我有脑子又动不起来了，我说，不对呀，我现在碰到的问题，不是玉涵楼到底是不是楼的问题，而是玉涵楼的主人在哪里。白晓光说，我这是迂回曲折地开导你呢，我是真心地在关注你呢。

我又仔细地想了想，没感觉出来他开导了我什么，我说，算了算了，你不用加我关注了，我承受不起你的关注。白晓光学着流氓腔说道，哥加你为好友，只是为了让哥的黑名单不再空虚。

我彻底泄了气，状元的笔记本，状元抄的古人诗词，状元的不是楼的旧楼，那都是些什么呀，我为什么要被这些东西缠绕住，我的目的只是拆掉玉涵楼，让红姐造高楼，可是现在，我的路被玉涵楼堵住了，我怎么才能走通这条路呢？

但是有时候有些事情就会在一瞬间发生翻天覆地的变化，这不，说时迟，那时快，这变化说来它就来了。我只听得白晓光对我说，其实你们搞错了哎，你现在找到的这个玉涵楼，不是陆钱逊家的玉涵楼哎。

他这句话说出来，我一时间有些发懵，似乎听不懂他说的什么，玉涵楼不是玉涵楼，这是什么话，这话谁听得懂？

白晓光说，平时让你多了解一点知识，你不爱听，你只知道崇拜高楼，现在听不懂了吧。我虽然发懵，但是我心情无比紧张，无比激动，我已经预感到有什么事情要发生了，或者说，我已经预感到事情出现转机了。

白晓光告诉我，陆钱逊的日记中，记录了当年他购买和改建玉涵楼的一些情况，记得虽然不够详细，但是最关键的内容他记下来了，那就是玉涵楼所在的地址，和现在玉涵楼所在地完全不是一个地方，一个在城南，一个在城北，那是真正的南辕北辙。

白晓光见我坐立不安跃跃欲试，赶紧朝我摆了摆手说，你也用不着亲自核实了，我已经到档案馆查看过当年的地图，事实正是如此。

我想拿过那本破旧的日记本看看，它简直是我的救命星。可白晓光瞧不起我，说，你不用看，文言文的。我也顾不上计较他了，我说，不管什么文，只要它能够证明玉涵楼不是状元故居，红姐就成功了。白晓光嘲笑我说，明明是你在做这件事情，你还归功于红姐，我这才知道什么叫忠诚。我说，你干脆说你知道什么叫狗腿子。白晓光说，那是你自己说的，我可没这么说。

我心情大好，狗腿也无所谓，狗头也无所谓，我直捣老蒋黄龙，将状元日记拍在他的桌上。

我曾经想象老蒋看到这结果会是怎么样的表情，慌乱，否认，抵赖，强词夺理，垂死挣扎，我就没想到老蒋居然会如此的镇定，好像他早就等着这一天呢，因为他当时看了一眼破本子，说，你终于找到一堆烂纸头啦，不过，你找得可不算快，我都等了你好长时间了，我都快以为你不会再来了。

我看不出他是不是装出来的镇定，但是我已经不在乎他镇定还是慌张，我毫不客气地通知他，你这个玉涵楼，你这个状元故居，是假的。

老蒋说，你说它是假的，那它是谁家的故居呢，怎么会没有人来认领呢？又不是一块砖一片瓦，毕竟是一座房子呢，总会有人认的嘛。

我没再让老蒋将我的军，我一脚踢开他，就到区文保局去了。

我的思路是对头的，区文保局的一位女同志看了我的红头介绍信，知道是红姐的事情，十分热情，端茶让座。她又看了状元日记，说，喔哟，这个东西都给你们搞到了，红姐到底是红姐，看起来，传说不仅是传说，传说可能就是事实啊。你们看看，明明是我搞来的东西，她却归功于红姐，幸亏我是赞同她的观点的，才不吃红姐的醋。女同志又说，这个东西很重要，很能说明问题，看起来，红姐不仅是个能造楼的人物，她还是个能够毁楼的人物。我咂了咂滋味，没听出来她是在夸红姐还是损红姐。那女同志见我迷惑，赶紧说清楚，你别误会啊，你可能不太清楚情况，这许多年，多少人来打玉涵楼的主意，都没打成，最后让红姐给搞定了。我说，怎么搞定呢，还没定呢。她笑着说，其实，关于这个玉涵楼，早就有人来投诉了，投诉人给区文保局来了函，说他们手里有证据可以证明，现在这个玉涵楼，其实不是玉涵楼，不是陆状元的故居，而是他们孟家祖上的故居。我一听，顿时欣喜若狂，说，孟家？人呢，人呢，人呢？

那女同志有些遗憾地说，在美国。

文保局的女同志帮我翻阅了许多档案，终于找到了那份来函，格式很正规的，有个标题，“关于吁请复查文保单位陆钱逊故居玉涵楼命名问题的补充报告”，我看到上面还有某位领导的批示：请某某某同志关心。我不认得这位批示的领导，也不认得他写的某某某同志，那女同志告诉我说，这都是前任的事情。我看了看那个报告，问她，这怎么是个补充报告呢？那女同志说，可能前面还有过一份报告吧，不过，那个找不到了。不过，这个补充的我看过，反正内容都是齐全的。我说，既然人家房主早就来投诉了，你们怎么不处理呢？那女同志说，我也不太清楚，反正我来的时候，这个事情已经搁浅了，我在接受移交的时候，那么多的材料我记不得，不知怎么偏偏记住了这个函。我庆幸地说，幸亏你记住了。她笑了笑，说，你打算怎么办？我奇怪说，咦，这应该是你们文保局认定的事情。那女同志抱歉地说，对不起，我们领导没有布置下来，再说了，我手头工作都忙不过来，要不，我帮你把这个报告复印一下，你自己去试试吧。

就这样，我和她交换了双方的材料，她将孟家报告的复印件给我，我把我的状元日记复印了一份留给她。

我回去认真看了孟丁先生的报告，报告写得非常详细，以事实为准绳，逐一分析和梳理了玉涵楼不是陆状元故居的诸多理由，就算撇开我的工作，就算我是一个与玉涵楼、与整个事件毫无关系的人，我也会被这份报告所征服的。

但是这份补充报告也有让我想不明白的地方，那就是文保局的态度，对如此明白无误的事情，文保局为什么不予处理，我虽然不知道文保局当初是怎么答复孟丁先生的，但是从这份补充报告中，我看到了这样的内容：本案至今已有数年之久，不宜再久悬不决，或者所谓的择机更正。

择机更正？机在哪里，机在何时，现在我手里有两份材料，两份材料合起来，是一个铁证，也许，这就是文保局等待着的机。

我根据孟丁先生在报告最后留下的联系方式试图联系他，但是正如我所担心的，电话已经是空号，幸好还有一个邮箱地址，我往那个邮箱发了一封邮件，告诉他，我找到了陆状元的日记，日记可以证明，玉涵楼不是玉涵楼。

一个星期以后，我收到了回复，孟丁先生请我联系他在国内的律师，并把律师的电话发给了我。我很快就联系上了律师，才知道这位律师在北京工作，电话中他说他很忙，让我有事情给他发邮件。我发了邮件后，一直没有等到他的回复。那几天我心情焦虑，明明已经看到胜利的曙光了，可这曙光怎么乍一闪现又沉没了呢？

我天天守在电脑前，等待着曙光的再次闪现，我又想起了贴吧中的那座奇怪的高楼，我进去一看，几天不见，楼又长高了许多。

“抽楼主丫的，楼下保持队形。”

“抽楼主丫的，楼下保持队形。”

“抽楼主丫的，楼下保持队形。”

排得真够整齐的，一点不歪。

我失声笑了起来，随手注册了一个“你是谁”的网名，上去发表说：“见过欠揍的，但没见如此欠揍的，楼主，你真的有病。”

我的天，这有病的楼主还真拥有强大的粉团，顷刻之间，攻击谩骂如汪洋大海把“你是谁”淹没了。面临灭顶之灾，我吓得闭了眼睛，等我再次睁开眼睛的时候，我的帖子和那些骂我帖子都已经被黑了，楼主“我有病”发了一个帖警告我：“你是谁，你别想歪我的楼——抽楼主丫的，楼下保持队形。”

楼又重新竖直了往高里走。

我赶紧逃走，我怕被他们人肉出来，那多无聊。

我又一次无功而返。

但是我仔细地想了想，觉得我还是有所收获的，至少我受到启发，既然网络是个人肉大海，我何不将这玉涵楼的事情扔到大海里去，律师也好，孟丁也好，说不定就会被氽出海面，暴露在光天化日之下。

只可惜我的文笔太差，这个寻人的帖子怎么写也写不好，怎么写都觉得词不达意，我只得求助于白晓光，白晓光一听我的主意，冷冷一笑之后，一迭连声地责问我说，江秋华，你居然想得出这样的馊主意，你不知道现在网络暴民最恨什么吗？你竟然想求助他们帮你拆掉名人故居？你是活腻了找死是吧？你还想死得有节奏感是吧？你还想尝尝人家文武双全的水平是吧？你还——他一口气吐出的气泡，并没有呛着我，倒是呛了他自己，他咳嗽着咽了下了那些气泡，噼噼啪啪敲打了几下键盘，说，喏，这里有，我念几句给你听吧：

让推土机从我的胸膛上压过去吧
让挖掘机挖出我的五脏六腑吧
让螺旋机旋开我的头颅吧
让砸夯机夯碎我的灵魂吧
来吧
来试试吧
我血管里的血
任由你们去抛洒吧

血淋滴答的，很瘆人，我说，这是说什么的？白晓光说，说名人故居被拆的事吧，要用自己的身体阻挡吧，你要不要试试？

算了算了，我只是帮着红姐造高楼，我又不是屠夫，更不是电锯杀人狂。白晓光见吓着我了，才罢了休，最后他总结说，你就罢了吧，找什么孟丁，找什么律师，你觉得你真能找到他们？你觉得他们真的在什么地方等着帮你解决问题？

我恍惚起来。如果没有和孟丁通过的一封邮件以及和律师打过的一个电话，我说不定真的会怀疑他们是否存在。但是有邮件和电话作证，他们确实是存在的，如果他们不存在，那就是我疯了。

我才没有疯，我不仅没有疯，我仔细分析了前前后后的情况，我明白无误地感觉到，这事情背后有阴谋，一直有人在布局，这个人的手伸得够长，凡是我出现的地方，他都能够得着。

这个人还能是谁，老蒋吧。

我必须再次投入老蒋的罗网。本来我是义无反顾地一脚将他踢开，结果却发现不是我踢了他，而是他踢了我，现在我得重新回头去求他，我想着老蒋那小人得志的嘴脸，心里很不爽。

白晓光就是个不会看人脸色的人，他和老蒋一样，一副得志更猖狂的模样，我骂不着老蒋，就损他说，一个捡破烂的，无论捡到哪一天，也捡不成个知识分子。白晓光居然说，你造高楼造不起来，拿我出气有什么用。我说，你弄到那个状元日记，还是我提供你的线索呢，你倒如愿以偿了，我这儿八字还没见一撇呢。

你猜白晓光说什么，他竟然说，那我也帮不了你。真是个过河拆桥的狗东西。

他过了河，我还在河这边像条狗似的转来转去找不到桥，也找不到渡船。

不过老公毕竟是老公，隔了一日，他居然回来对我说，告诉你个消息啊，这两天区文保局要约他们见面谈玉涵楼的事情了。

他们？他们是谁？是孟丁吗？我一激动，赶紧问，孟丁从美国回来了？白晓光耸耸肩说，这个我就不知道了，他在美国吗？

我听了他的话，一开始是喜形于色，可是片刻之后，我冷静下来，细细想了一想，我大惊失色起来，这个事情的前前后后，我从来没有和白晓光细说过，他怎么会对玉涵楼的事情了如指掌？他怎么连孟丁在美国的情况都知道？就算是我在无意中说过，但又哪来那么巧的事情？怎么我想要什么，什么就来了呢？我立刻沉下脸说，别人欺负我，你也糊弄我。白晓光说，我糊弄你干什么，你又不是三岁小孩，你到那里一看，如果没有这事，如果没有人来谈玉涵楼，我不就被戳穿了么？

我还是不能相信世上有这么巧的事情，巧的不是孟丁从美国回来谈玉涵楼，巧的是白晓光怎么会知道这个事情，我的脑子已经乱成一锅粥了，白晓光可怜见地，这才向我坦白了。

原来白晓光和老蒋早就认得。

我冷笑一声说，难怪我的工作进展如此艰难，原来老蒋在我身边安插了一个奸细。白晓光说，这你就错怪老蒋了，我和老蒋认识的时候，你还没到红姐的公司上班呢，老蒋又没有先知先觉，他怎么知道日后你会对高楼这么有兴趣。更何况，老蒋到现在也不知道你是我的老婆，我也没有告诉他。我说，怎么，我是你的老婆你觉得丢脸？不敢告诉他？白晓光被我击中了要害，不回答丢脸不丢脸的问题，只是说，老蒋不知道我和你的关系，他只是在我面前抱怨，说红姐的公司来了个女助理，要毁掉玉涵楼，他千方百计抵挡，怕是抵挡不住——嘿，我一听，不就是说的你吗。听了白晓光的话，我心里略有一点成就感，虽然玉涵楼还没有拿下，但是老蒋已经知道我的厉害了，我得意起来，忘形地说，白晓光，你现在知道我是谁了吧？白晓光说，我本来还知道一点，但是听了老蒋的话，我反而不知道你是谁了。我立刻敏感地指出，怎么，老蒋把我形容成什么样子？白晓光朝我看了看，指了指自己的脑袋，似乎有什么话没说出来。我说，怎么，你脑子坏了？白晓光说，大姐，我不说你也就算了，你还来攻击我，我本来不想说的，现在不得不说了，老蒋认为你的脑子有问题。我说，白晓光，那你认为呢？白晓光阴险地说，脑子里的事情，我说不清的，我又看不见你的脑子里什么样。我气得说，白晓光，你到底还是老蒋的奸细，你们还想联手把我打成精神病，我老实告诉你，就算你们把我打成精神病，红姐也能把我救出去。白晓光说，这个我是相信的。见他嘴软了，我暂且饶过他，还是回到我关心的事情上来，我说，你利用老蒋的无知，出卖老蒋，你不怕被他指着脊梁骨骂你。白晓光坦然说，不会的，老蒋说过，他知道你一定会得到消息的，他说你一定会出现在那个会场上。

现在，我不仅觉得老蒋捉摸不透，我还觉得白晓光也捉摸不透，我更觉得我自己是个捉摸不透的人。

我先顾不得捉摸谁了，我真得混进那个谈判会场去，只有亲历亲为，我才能知道事实的真相，我才能拿到玉涵楼不是玉涵楼的第一手真实资料，我才能帮助红姐拆了那座假玉涵楼，造高楼。

我混进会场的时候，第一眼就看见了老蒋，我的心往下一沉，但奇怪的是，老蒋既不戳穿我的身份，也不怕我混进会场听到什么真实的情况，真有大将风度，可惜他只是街道办事处的一个小小的办事员，真是大材小用了他。

等一会儿我才会知道，老蒋为什么对我进入会场若无其事。

那是因为会谈的内容。

他们根本就没有围绕真假玉涵楼这个话题，他们谈的是玉涵楼的建筑风格，文保局的一位同志说，诸位，据我们考证，玉涵楼建造于清中后期，大约在1825年左右，所以，现在我们看到的玉涵楼，正是典型的清中期建筑风格，你们看，这砖雕、木雕、这圆柱、瓦当，都是十分典型的，唯一不能称作典型的，就是它缺少后进的二层楼。所以，也有部分专家对此持有重大疑义，他们认为，玉涵楼建造的年代，可能是在1828年。

我的天，他们到底要干什么？重大疑义，相差三年就是他们所谓的重大疑义？可是他们却十分认真地就着这个三年的时间差又一次深入探讨起来。

我又一次跌入云里雾里。

建筑特色的内容告一段落以后，会谈的话题倒是换了一个，但仍不是玉涵楼的真假问题，而是许多年来大家一直在谈的玉涵楼明明没有楼，为什么叫玉涵楼的问题。

尽管我一直待在云里雾里，但有一点我是早就辨别出来了，他们始终在兜圈子，始终没有涉及核心问题。我最终忍不下去了，问他们说，你们明明有一份证明，我提供给你们的那个状元日记的复印件，为什么不拿出来，那个东西一拿出来，什么废话都不用说了。文保局参加会议的两个同志，互相看看，其中一个说，什么状元日记复印件，我们没有看到过呀。我说，前些日子我来过你们这儿，是一位女同志接待我的，她给了我孟丁先生的这份补充报告，而我，就把陆状元的日记复印件给了她，难道她没有告诉你们？那两个男同志又对视一眼，一个说，你是说一位女同志？另一人说，可是我们单位女同志很少的，只有会计是个女的。第一个又说，还有一个清洁工。第二个又说，你说的是她们中的哪一个呢？

我晕。

那天我见到的女同志，既不是会计，更不是清洁工，她绝对是一个有文保知识和经验的同志。

我能够感觉到幕后的阴谋像冬天的冷风一样刮着我的背，我不由得打了个寒战，但是我努力地控制着自己的情绪，跟他们说，你们已经谈了两个小时了，该进入正题了吧。听了我的话，大家都面面相觑，愣了半天，才有一个人问我，你说的正题，是什么正题？我说，玉涵楼的真假呀，你们不是来谈真假玉涵楼的事情的吗？你们不是来证实，玉涵楼不是玉涵楼的吗？大家又愣了一会儿，一个人奇怪地对我说，小姐，你年纪也不大，说话怎么这么绕，让我听不明白。另有一个人问我，你说玉涵楼不是玉涵楼，那玉涵楼是什么呢？

所幸我带着我的一份日记复印件，我拿了出来，理直气壮地说，陆钱逊，陆状元曾经记载过他购买的玉涵楼的位置，不是现在这个位置，在城的另一个方向，所以，现在你们所谈的玉涵楼，不是陆状元家的玉涵楼。见大家朝我手上的东西看，我正在考虑交给双方中的哪一方，他们双方却不约而同地站了起来，一方说，今天的会谈结束了。另一方说，顺利圆满结束。

他们握了手，就离去了。

我赶紧追上去，和那位颇有风度的先生打招呼说，先生，您好，您是孟丁先生吧，我和您通过邮件。那位先生摇了摇头，说，我不是孟丁先生啊。我一急，问，那，孟丁先生呢？那先生似乎有些疑惑，说，孟丁先生？我不知道孟丁啊。我更急了，说，你们不是为了孟家的祖产来的吗，他怎么不亲自来？那人看了看我，更迷惑了，迷惑到说不出话来了。

倒是老蒋好心，走上前来对我说，江助理，你误会了，孟丁先生已经去世好几年了。

后来我才知道，来参加会谈的人，才不是孟家的后人，更不是来认证玉涵楼的真假，而是有关清朝建筑的一次会谈。事后，白晓光等我责怪他时，他又把事情全部推到老蒋身上，说情报是老蒋给他的。

但是情报的误差，并不是老蒋弄出来的，那是我自己想象出来的。

我设法搞到了老蒋的邮箱地址，我写了一封义正词严的信准备发给老蒋，输入老蒋的邮箱地址时，却发现我的电脑已经自动记录过这个邮箱了，那一瞬间，我忽然明白了，原来孟丁的邮箱就是老蒋的邮箱，果然一切都是老蒋在里边搞鬼，孟丁是假的，那个在电话中一口京腔的律师呢，当然也是假的。

老蒋真累，似乎他还需要有一个专供骗子使用的类似广东话“礼好，我系警察”的中转平台。

好在我有状元日记，铁证在手，走遍天下，总有讲理的地方。

白晓光见我茶饭不思，到底有些于心不安的，他和我分析说，江秋华，你是个榆木脑袋，你只会一根筋地往一个方向思考，其实，有时候，正面进攻如果攻不下来，可以试试反向思维，可以试试多向思维。

我确实就是一根筋，他这话我竟然还听不太懂，我呆呆地瞧着他的嘴脸，只是在想，这家伙，早就和老蒋沆瀣一气，不定又出什么馊主意引我上当、耽误我的时间呢。

白晓光却认真地跟我说，按你的推测，假定现在的这个玉涵楼是假的，那就应该想一想，怎么会有假的玉涵楼，是谁弄出这个假玉涵楼来，他弄出假玉涵楼来想干什么？我瞄了他一眼，说，是不是你早就知道答案？那就别玩猫捉老鼠了，告诉我算了。白晓光说，唏，我怎么会知道，你以为我是仙人啊，我只不过有一些历史和文化方面的知识而已，离仙人还差得远呢。我“呸”了他一口，说，那就少来套近乎，我要谨防小人。白晓光说，冤枉，我怎么是小人呢？我是看你神思恍惚，想提醒一下你。我立刻说，好呀，那你提醒呀，你提醒什么？白晓光说，那，我再跟你分析分析啊，假定现在的这个玉涵楼是假的，既然有假玉涵楼，就一定会有真玉涵楼，如果你能够找到真玉涵楼，这假玉涵楼不就显形了？

他还真说到点子上了。玉涵楼，陆状元的日记中记载过，写得清清楚楚，是城西的某某街道，可是那个地方早已经没有了，街和街名都没有了，取而代之的是一个大广场，许多人在广场上跳舞，也有人在做操，遛狗，我曾经上前询问他们，从前这地方是某某街吗？没有人能够回答我的问题，他们早就忘记了这地方从前是什么。那是不是就意味着，这条街和这条街上的玉涵楼早就随着时代的变迁而消失了。

不管怎么说，白晓光的提醒还是给了我一点动力，我抱着死马当作活马医的心情，跑到那个区域的拆迁办，问他们建广场的时候，是不是拆掉了玉涵楼。那拆迁办的人高度警觉，仔细看了看我包，说，这里边没有针孔摄像机吧？我说，我又不是记者，我要那东西干什么？拆迁办还是没放松警惕，又说，你是谁派来的，了解玉涵楼干什么？我心中一喜，说，你知道玉涵楼？那人立刻摇了摇头，说，我不知道玉涵楼，从来没听说过。我顿时气愤说，你别抵赖，明明是你们建广场的时候，拆了玉涵楼，玉涵楼是文保单位，不可以随便拆的，所以你现在要抵赖。拆迁办着急说，口说无凭，你凭什么说我们拆了玉涵楼？我说，玉涵楼本来就在这个地方的，现在不见了，不是你们拆的，它到哪里去了？那拆迁办居然说，没见过你这样不讲理的，没见过你这样反过来推理的，现在这些地方，不见了的东西多了去了，难道都是我们干的？比如吧，从前这里有一条某某河，后来不见了，难道也是我们填掉的？再比如吧，从前这里有一座某某塔，后来也不见了，难道也是我们毁掉的。我强词夺理说，你们拆迁办的口号，不就是生命不息、毁物不止吗？那拆迁办人倒笑了起来，说，照你这么说，枪毙我十回八回也不够哦。我气得说，可惜我没有枪。

我在回家的路上，细细地想了想，想搞明白自己是不是又中了白晓光的奸计，他可能早就知道会是这样的结果，他还撺掇我去白费工夫，等不及回家我就打电话责问白晓光。白晓光说，你怎么怪我呢，本来是你自己没脑子嘛。他的声音里明明夹着一张阴险的笑脸，比老蒋还阴险，我说，白晓光，玉涵楼的事情总能搞清楚的，等我找出真相来，你再笑吧。白晓光嘲笑我说，江秋华，你再找下去，别说玉涵楼是假的，不要连你自己，也成了一个假江秋华哦。

我回击他说，白晓光，你才是假的。白晓光没心没肺嬉皮笑脸说，假的就假的吧，大不了假人跟个假人做了对假夫妻。我咬了咬牙说，不光你这个人是假的，你的所有拣来的破烂货，都是假的！

这句话点着雷了，白晓光顿时大怒，翻脸骂起人来，江秋华，你个傻逼！

## 三

一座不是楼的楼，一座大家既知晓又不知晓的楼，一座找不到楼主的楼，它既是真真实实的存在，就挡在你眼前，就不让你走路，不让你建高楼，但它又不在你面前，你想靠近它一点也不行，你一点也吃不透它，你一点也摸不着它，因为它很虚幻，它刀枪不入，它软硬不吃。

你还有什么办法对付它呢？

我现在唯一的办法，就是把难题交给区长。

我把状元日记原件搁到他的办公桌上，又加上孟丁补充报告的复印件，区长立刻拿过状元日记，爱不释手地翻看着，以至于忘记了我还站在他面前，我忍不住提醒他说，区长，这是铁证，证明现在的玉涵楼，不是玉涵楼。区长说，玉涵楼不是玉涵楼？那它是什么？他想了一会，似乎才想明白我说的什么，他又朝那两份材料看了看，奇怪地说，你和孟家有什么关系？我说，没有关系，我是江秋华，我头一次来找您的时候，就向您报告过了。区长挠了挠头，说，啊，我想起来了，你是江助理，你是和孟家没有关系。我暗含嘲讽说，区长，你记得我是江助理，但是你大概不记得我是谁的助理吧？区长认真地说，怎么会不记得，红姐的助理嘛，看气质就能看出来。停顿一了下，他又加强语气补充说，江助理，你知道的，我和红姐，可是铁杆啊。我说，区长，你记得就好，现在我们的工程进展在玉涵楼这里碰到了阻碍，所幸的是，我有证据证明，它不是玉涵楼，或者说，它是假的玉涵楼。我自己都觉得太绕口，就指了指桌上的两份材料说，区长，这里边有最清楚最有力的证明。

区长又把材料拿起来，用心地翻了翻，说，江助理，真对不起，我不是专家，我这方面的知识，虽然也有一点，但毕竟不专业——但是你放心，我们会请专家来研究一下这个日记，你等我的通知吧。

区长倒是没让我等多长时间，他让秘书打电话给我，告诉我说，请专家看过了，我递交上去的那本陆状元日记是假的。

我如堕烟雾。

电话里那秘书的口气却轻描淡写，还哈了哈的，江助理哈，就这样了哈。我赶紧“喂喂”了两声，那边电话已经挂断了。

他算是完成任务了？哪有这么便宜的事情，我直接找到区长办公室，在走廊里就那被那个轻描淡写的秘书挡住了，说，区长正在开会呢。我说，我不着急，我慢慢等。秘书客气地把我让进接待室，泡了一杯袋泡茶给我，他就退出去了。

没过多久，他又进来了，说，江助理，区长请你过去。我知道他刚才是骗我的，跟他计较说，区长的会这么快就开完了，真是开短会啊。秘书倒不计较我，跟我笑笑。本来是他骗人，结果却搞得我像个小肚鸡肠似的。

进了区长办公室，区长请我到沙发上坐谈，他开始搞功夫茶，烧水，烫壶，洗茶，泡茶，等茶香飘出来，他闻了又闻，一步一步，动作很熟练，速度却很稳妥，有招有式，显得很有修养，很有风度。

我要讲究礼貌，只得耐心地等待，顺便看了看区长的办公室，其实我已经不是第一次来了，不过前两次区长并没有招待我喝茶，甚至没有邀请我坐下，我就站在他的办公桌前，说完了话就走人，我还没来得及细细地欣赏区长办公室呢。现在我看清楚了，和别的领导干部不太一样，区长办公室的墙上，既没有名人字画，也没有他自己的摄影作品，在所有的墙面上，贴满了各种各式的地图，有全新的本市地图，也有一些新的区域图，更多的是一些老地图，我仔细看了看，有些老地图已经老到发黄，老到画面模糊，老到斑斑驳驳。我再看了看，大多是这座城市各个片区的地图，也有城市全貌的，当然那是从前的全貌，跟现在的全貌完全不是一回事了。其中最早的一幅，注明是唐朝的。唐朝？吓我一跳，比明朝那些事还早几百年呢。

可惜我对地图没有兴趣，我掠过一眼，就再也不去看它们了，我回头发现区长还在继续他的工作——泡茶，我心里着急，忍不住说，区长，不喝茶了，刚才您秘书泡给我喝过了。区长说，他那是什么茶？江助理啊，我跟你说个工作中的体会吧，同样的一件事情，用不同的心情去处理，结果会是大不一样的。我没听明白他什么意思。区长见我发呆，又进一步说，茶这样一搞，人这样一坐，周身就松弛了，心情就轻快了，江助理，你感觉一下，是不是？我感觉了一下，没感觉自己的心情轻快了，看着他那慢悠悠的样子，我反而更着急了，我急着说，区长，你让秘书告诉我，陆状元的日记是假的，是哪个专家说的？区长不急不忙地给我添茶，一直看到我喝下了那一小杯滚烫的茶，才说，怎么样，这茶还可以吧？我说，茶可以的，但是专家怎么会说日记是假的？区长自己也喝了茶，品咂着茶的滋味，过足了瘾后，这才起身，到自己的办公桌上，拿起那本状元日记，郑重地交还给我，说，专家鉴定过了，这本日记是假的。见我发愣，区长又补充说，就是仿的。我回过神来，反问说，凭什么说它是假的？区长说，当然，口说无凭，有许多依据的。他又拿了一叠纸来，交给我，我一看，上面密密麻麻写满了理由，有字迹的剖解，有文风的比照，有墨水的分析，我只看了一小段，头都大了，看不下去了。区长指着下面说，你再往下看，还有最有说服力的。我找到最后一段一看，是对于日记本的纸张的技术分析，种种数据说明，这本本子的纸，是现代造出来的。

我目瞪口呆地看着那本破烂旧陋的状元日记本，就听到区长说，这种纸张的仿旧术，现在已经达到可以以假乱真的水平了，但还是逃不过专家的眼睛。我怀疑说，专家有那么大的本事吗？区长说，其实，也不止是专家的眼光凶，更凶的是现代科技，这是经过技术鉴定的，这是经过科学分析的——我打断了区长滔滔不绝的演讲，直接问道，他们造假日记干什么？

区长说，造假还能为什么，就一个利字吧，虽然状元日记算不得什么大件，也不会有多大的价值，但是你想想，连土豆、红薯还有人造假呢，只要有蝇头小利，就有人会上。我拒绝接受区长的理由，我毫不犹豫地说，不，造假日记不是为了赚一点蝇头小利，而是为了夺楼。

我越想越觉得这个推测太顺理成章了，有人想要含糊掉玉涵楼的概念，假造了状元的说法，让大家觉得，真正的状元故居玉涵楼，并不现在的这座玉涵楼，这样一来，现在的这座玉涵楼，岂不是成了无主之楼，岂不是可以随意夺取了。

区长终于笑了起来，说，江助理，想不到你的思维这么缜密，推理能力这么强。我忽然觉得区长的笑容似曾相识，忽然间我被他的笑容吓住了，或者说，我是被我自己的推测吓坏了，因为按照我现在的推测，既然状元日记是有人为了夺楼而假造，那就可以说明，现在的玉涵楼它就是玉涵楼，它是真正的玉涵楼，而不是我曾经希望的假玉涵楼，那岂不是意味着我绕了一大圈，又回到了起点，我忙乎了这么多天，起起落落，惊惊乍乍，难道一直都在原地踏步？惊吓之中，我保持了最后的一点冷静，我脱口而出，说，区长，你请的专家是老蒋介绍的吧？

区长并不失措，沉着稳重地点了点头，说，你说对了，我不太熟悉文物方面的专家，那是老蒋的擅长，当然请他过问——我头也不回地往外走，就听到区长办公桌上的电话响了起来，区长去接电话，心平气和地说，是我——一个“我”字还没有吐干净，顿时声音大变，大声地吼了起来，什么，怎么会错了？

我吓了一大跳，以为身后接电话的区长和刚才搞功夫茶的区长不是同一个人，我忍不住回头一看，人倒还那个人，面貌却大不一样了，我看到区长脸涨得通红，脖子里的青筋都爆了起来，嗓子里不断发出粗暴的责问声，怎么可能搞错，这么多人看过图纸，现场也去勘察过多次，是个人都知道那个地方，怎么可能出错，日他妈的大头鬼！

这样看起来，区长的功夫茶，还远远没能培养出区长的涵养功夫哦。

我直奔街道办事处找老蒋，老蒋不在办公室，问了他的同事，说是到某某街上的一座老宅去了。我赶紧追到某某街上的这座老宅，朝里一看，几落几进的大宅子里，挤满了住户，这些住户们此时此刻正死死地纠缠着一个人，声嘶力竭地指责他，批评他，还有人爆粗口骂娘。

你们一定猜得到，这个人就是老蒋。

老蒋被围在人群中，满脸焦虑之色，直喊“哎——哎——别挤别挤，一个一个来，有话慢慢说，别着急——”完全没有了留在我印象中的那种稳坐钓鱼船的大将风度，我赶紧挤了过去，有意让老蒋看到我。

老蒋居然目中无人，两眼茫然，根本看不见我，他只是一味地迁就着那些蛮横的住户说，好的，好的，好说的，好说的，会给你们满意的答复的。有人又骂了一句，骗人，骗子，你们都是骗子。另一个也跟着骂，满意个屁，不可能让我们满意的，哪一次让我们满意了？

我不知道老蒋碰到了什么难题，但那些都不关我事，我得抓紧做我自己的事，虽然老蒋对我视而不见，我还是厚着脸皮凑上前去，凑到老蒋跟前说，老蒋，是我。老蒋再也躲避不过去了，应付一声，啊，是江助理，你来啦。住户们被老蒋误导了，都朝我看，说，助理，她是什么助理？是主任助理吗？另一个声音尖叫着，她可能是区长助理噢。

结果大家丢掉了老蒋，都冲我来了，我吓得也不敢拉扯老蒋了，赶紧逃出人群，躲到一边等候老蒋。老蒋倒没让我待太久，过了一会儿，他就从包围圈里出来了，看到我后，长叹一声，对我说，老房子是个深渊，是个可怕的无底洞啊。

我才不管他深渊还是无底洞呢，我说，老蒋，你给区长请的什么狗屁专家？我这话一问，又被几个路过的居民听到了，指着老蒋说，老蒋，你只知道拍区长马屁，我们这儿早就应该请个专家来看看了，跟你说了多少回了。老蒋说，我不是来了吗，我来了好多次了呀。一个住户说，老蒋，你来算什么，你也算专家吗？另一个说，就算我们认你是专家，你来有屁用，你拿这个破老宅有什么办法呢？

眼看老蒋再次被围追堵截，老蒋也知道自己脱不了身，他拿出个小本子，写了一下，撕下那张纸递给我，说，喏，专家的名字和地址。

我接过那纸片一看，顿时一阵晕眩。

不知你们猜到没有，老蒋给区长介绍的专家，居然是白晓光。

我被他们搞惨了。

状元日记本来就是白晓光觅来的，白晓光自打耳光，自毁英名，自认那东西是假货？

我立刻奔回家，先找假专家说话去。

假专家白晓光却理直气壮，对我的指责拒不接受，说，我怎么是假专家呢，我是真的，我是文物鉴定师。我冷笑说，你师不师，别人不知道，我还不知道？白晓光居然打开抽屉，摸出个东西给我看。我不要看。他说，你看一眼，这是我的资格证。我说，资格证？谁发给你的，国务院吗？白晓光说，不用那么高的级别。硬把证书又塞给我看，我坚决不看。我说，无论是谁发给你的，我都知道是假的。白晓光被我戳穿了，没有恼，反倒笑了起来，说，嘿嘿，江秋华，自从你接手了玉涵楼的工作以后，你变聪明了。我说，你承认自己是假的了。白晓光说，我帮老蒋一个忙罢了，管他假的真的。我聪明地说，不对呀白晓光，这个陆状元日记，是你自己费尽心思弄来的，你肯定知道它是真的，但是为帮助老蒋对付我，你宁肯连自己的宝贝都否定了，你真是身在曹营心在汉啊。白晓光说，根本没有的事，其实我搞它的时候，我就知道它是假的。你如果不相信它是假的，我细细地给你分析一下，你就信了。我说，不用了，你给区长的报告够详细的了。白晓光得意说，怎么样，虽然你认为我是假的，但我的水平还可以吧，比真专家差不到哪里去吧。我说，等我找来真专家再比较吧。白晓光听说我要去找真专家，“噗”的一下笑出了声，跟我说，江秋华，我刚刚还夸你聪明了，你怎么又变回去了，你真以为真专家就能辨出真假来？我恨恨地说，他们至少能让假专家原形毕露。白晓光叹息一声，说，古董古董，古人才懂，江秋华，原来你比从前还更愚蠢了。

我虽然很生白晓光的气，但其实我又离不开白晓光，离开了白晓光，我到哪里去找真专家，谁又能保证那真专家就是真的专家呢？更何况，我早就发现，在玉涵楼的问题上，我走到哪里也走不出老蒋设置的陷阱。

我一直都在老蒋的陷阱中拼命挣扎，但我不能泄气，我还得一鼓作气地往上爬，爬出陷阱，找到真相，红姐还等着我的结果，红姐的高楼等着我的努力呢。

我对白晓光说，我就不相信，就算老蒋阴谋诡计，设置阻碍，呼风唤雨，掌控一切，但事情总有真相。白晓光拍了拍那本状元日记说，你也不想想，多少年前的这个东西，谁能证明它的真假。他这话顿时让我想起以前我曾经诅咒过他的一句话，你自己找陆状元去问个明白吧。现在看起来，这句话应该还给我了，我嘀咕说，看起来，我得找陆状元本人去了。白晓光朝我看看，说，我讲个故事给你听吧。我才不要听他讲故事，但是我要看他怎么继续玩花招，看他能玩到哪一步，看老蒋的计策到底有多远，我就耐心地听他讲。

白晓光说，从前有一个画家某公，和几个画家朋友合作画了一幅画，开始的时候好好的，等画作完成了，这个某公不知因为什么事情，一言不合，生了气，拂袖而去，没有落款。若干年以后，别人将他们合作的画拿来请他指点，他指着画说，好极了，好极了，佩服佩服，尤其是指着自己画的兰花，大加赞赏。旁人告诉他，某老，这就是你自己画的呀。某公也不尴尬，一笑说，噢，不记得了。又一笑说，难怪看起来这么养眼。

我听了白晓光的故事，不感兴趣，不光不感兴趣，还很倒胃口，他无非是想告诉我，不要相信真假，无所谓真假。

我只不过是想完成红姐交给我的一个任务，没想到所有的人都合起伙来算计我，我一生气，说，人倒霉了，喝凉水都塞牙。白晓光摇头说，那还是水更倒霉，被喝了也就算了，还要被困在牙里。我说，我就是那水了，我被困在你们的牙里，你说恶心不恶心？

我有点抓狂，气无处出，拿电脑键盘出气，噼噼啪啪一敲打，一头栽进贴吧，找到那座高高的神楼，发帖道："抽楼主丫的，楼下保持队形。"

"抽楼主丫的，楼下保持队形。"

"抽楼主丫的，楼下保持队形。"

……

一口气连发了十几帖，看着自己亲手筑起一层一层的楼，整整齐齐的楼，巍然壮观的楼，我忽然感受到一种前所未有的痛快，好像被抽的那丫不是楼主，而是我自己。

当我头一次看到这座楼的时候，我曾经十分鄙视这个有病的楼主，可是现在，我的想法出现了变化，我在想，楼主为什么要筑一个看不见的高楼，是不是因为在现实生活中筑不了楼，他才会到虚拟的网络里去筑高楼？

白晓光明明知道我不想搭理他，还厚着脸皮凑过来看我在电脑上干什么，他看到我在贴"抽楼主丫的，楼下保持队形"，他又挖苦我说，江秋华，你要淡定，就算你爸是李刚，你也要追逐淡定。我说，若要我淡定，除非红姐的高楼造起来，我住上高楼，天高云淡望断南飞雁，我自然就淡定了。

白晓光说，既然你又说红姐造高楼，既然你魂牵梦绕离不开红姐造高楼，那我就告诉你，其实你一直就是瞎忙，找什么玉涵楼，还找什么真的假的玉涵楼，还要把状元挖出来说话，还要把状元的后代搅进来做局，你这种做法，修辞学上叫什么你知道吗？叫扯。我不服，说，我要是不扯，怎么能找到那玉涵楼的真相？白晓光说，你找来找去也是白找，其实红姐要拿的那块地，根本就不在这个街区，根本就没有玉涵楼这档子事。

我彻彻底底被他们搞懵了。

白晓光启发我说，你想一想，你在区长办公室看到什么，让你觉得有印象的？我想了想，想起来了，我说，是地图，他在墙上贴了很多地图，旧的，老的，老掉牙的。白晓光说，对了，就是因为地图太多，多到搞乱了事实，结果把图纸搞错了。我想不通，问他，谁把图纸搞错了？白晓光说，可能是红姐，可能是区长，可能是老蒋，也可能是你噢，也可能不是你们中间的任何人，反正管他是谁呢，反正是搞错了。

我想了又想，把混乱的思绪理了又理，终于明白了一件事：根本就没有一件我想要完成而完不成的任务。

我一阵惊喜之后，冷静下来，我对白晓光说，天上没有白掉的馅饼，倒有白掉的砖头，正好砸在我头上。白晓光说，别那么悲观，你从前是个乐观的人，自从跟了红姐以后，怎么变得悲观了？白晓光这狗日的，连话都是倒过来说，在我的自我感觉中，我从前才是个没有信心也没有信念的人，自从作了那个正确的决定，跳槽到红姐的公司，我变得又乐观又富有想象力，这会儿我的想象力又充分地发挥了起来，我责问白晓光说，既然整个事情跟玉涵楼无关，那老蒋为什么还要带着我在玉涵楼周围绕圈子？白晓光说，江秋华，你想多了，你自己把事情搞复杂了，你以为老蒋是谁。我说，老蒋是谁？白晓光说，老蒋就是老蒋罢了。

我看了看白晓光的嘴脸，我真急了，说，白晓光，你不要再玩了，我要疯了。白晓光狼心狗肺地说，疯不疯，那是你自己决定的事噢——但是你确实没有必要去寻找玉涵楼，更没有必要去证实真假玉涵楼，因为，玉涵楼确实不在那张图纸上。

结果就是说，根本就没有玉涵楼在挡道，或者说，根本就不存在玉涵楼。虽然我白忙了一阵，但这绝对是个好事，因为红姐的万丈高楼将要平地而起，我给红姐发了一个邮件汇报了情况，没等红姐回复我，我就开始考虑我自己的事情了。

我的事情，你们都知道的，就是要在红姐的最新最高的楼上，买一套高高在上的房子。我划算了一下家里的钱财，其实我早知道相差太远，但我并没有着急，这些年白晓光的努力总算派上了用场，我只要拿一幅他收藏的字画，我的首付款就绰绰有余了。

我不是不知道白晓光的脾气，但是为了我的梦寐以求的高楼，我孤注一掷，偷了他一幅名头最大的《千山堆雪》，如同窃贼一般，直奔拍卖行去。

结果白晓光的画被扔了出来，我不服，和他们据理力争，他们都懒得和我计较，见我赖着不走，其中一个人才说，你这位女士，你到底是胆子太大，还是素质太烂，这种蹩脚的行货，你也敢拿来。另一个干脆笑着说，你要多少，我给你。我生气说，你拿得出多少我要多少。我不知道我这句话真说大了，他们竟然真的拿出一堆一模一样的《千山堆雪》来了，堆到我的面前，说，两百块一幅，全要的话，一百五就可以拿走。另一个人还不甘休，说，你想要更多的话，我干脆带你去清凉园批发。

我狼狈逃走了。

白晓光个狗日的，把家里所有的钱，都拿去买了假货，我气汹汹地奔回家去，打算找他算总账，白晓光却指着电视跟我说，唉，可惜你迟了一步，刚才看到一个新闻，有个搞收藏的傻逼，什么也不懂，什么知识也没有，竟然也敢玩，结果收的全是假货，一急之下，跳楼了。

我吓了一大跳，涌到嘴边的话赶紧咽了下去。不料白晓光却又说，哎呀，有些人真是想不开，所谓真假，真是无所谓真假的啦。我试探说，怎么叫无所谓真假？白晓光说，江秋华，你真是无知的，你想想，收藏是干什么的呢，无非是一种爱好罢了，生活节奏快，工作压力大，回来看看这些艺术精品，养眼，养心，一种心灵抚慰而已，这是精神追求，又不是钱。我小心地说，但它是钱买来的呀。白晓光说，就算它是钱，就算它和钱有关，收藏它的人，喜爱它的人，也不会拿去卖钱的，所以，没必要那么在乎真假，甚至连性命都搭上了。我见他如此通达，又斗胆问道，那，要是你自己收的东西，也都是假的呢？白晓光勃然大怒，铁青着脸说，江秋华，你有权保持沉默，但是你所说的每一句话都将成为遗言！

我不知道他是什么意思，难道他要杀了我？

这之前我一直没有提到红姐，不是我不想提她，实在是因为我没脸提她。红姐交给我这么一件工作，我竟然一再地无法完成，我还有什么脸提她？直到现在知道是图纸出了差错，不是我的问题，我才有脸去见红姐。

我回了公司，红姐不在办公室，她办公室的门敞开着，我走了进去，可是走进去以后，我竟意外地对这个地方有了一种陌生的感觉，之前我是经常出入这个办公室的，我是红姐的助理，而且专司拍马屁，这地方我少来不得。

我在这个陌生的地方看了看，发现红姐的电脑开着，我估计红姐没有走远，我坐到沙发上等红姐，沙发正对着红姐的电脑，我的目光落在了红姐的电脑上，于是，我看到了一个让我无论如何也想不到的事情。

红姐的电脑，正打开在贴吧的页面上，红姐登录贴吧的用户名，竟然是“我有病”，一瞬间，我简直有一种魂飞魄散的感觉，难道那个天天让人抽的楼主丫的，竟是红姐？

这时候红姐的另一个助理小美走了进来，小美跟我说，红姐临时出去谈事情了，让她来关闭电脑。

## 尾　声

我终于如愿以偿地住上了高楼，但是我万万没有想到，我原来患有恐高症，当我登上最高层楼的时候，我高高在上朝下一望，顿时头晕目眩，一个倒栽葱，我从高楼上掉了下去，结果是没有疑义的，我摔成了肉饼。

据说红姐听到我出事的消息，奔到现场，亲眼看到我的尸体，别人都在哭，但是红姐没有哭，她甚至面无表情，大家都觉得她很冷血，但是大家也都谅解她，她可能悲伤过度了。

红姐虽然当时面无表情，但事后她精神上还是出了点状况，她从自己住的高楼里搬了出去，搬到一座平房里住，但是她一直觉得自己仍然住在高楼上，她总是不敢靠近窗户，一靠近窗户她就说，我们住得好高啊。有一次她到别的一家公司去洽谈生意，走进一座平房，她对人家说，你的楼建得好高啊。

开始大家以为红姐是幽默调侃，后来才渐渐地发现，那是她的想象，她一直在想象，想象着自己天天住在高楼上。

其实这些可能都是误传。

我才没被摔成肉饼呢。

因为我根本就没有住进红姐的高楼，原因你们也知道的，因为我的钱都被白晓光换成了烂纸片，我没有钱买高楼。而住进高楼的，正是红姐本人，红姐也确实出事了，从高楼上摔了下去。只不过她患的不是恐高症，她患的是抑郁症，她早就患上了这个病。所以她也不是失足掉下去，而是自己跳下去的。

但是这个结果同样也可能是误传。

因为红姐那座最高的高楼根本就没有造起来。原因是不确定的，有人说房地产滑坡了，有人说红姐的资金掉链子了，有人说城市限高了——为什么要限高呢，不能随便卖天空了吗，还是怕人住得太高登到天上去？当然这些都是传说。

只有在传说中，你可以听到各种传说。

我后来再也没有去过玉涵楼的那个地方，我怕去到那里，那里根本就没有那样一座不是楼的楼。如果真是那样，我会疯掉的。

我倒是又到那个贴吧去看了看，那个“抽楼主丫的”楼还在继续，如果红姐摔下去了，谁来接替她继续筑楼呢？

但奇怪的是当天电视台的晚间新闻却真的有一条坠楼的消息，没来得及拍画面，就是一条口播新闻：某女从全市最高的楼上跌落，原因待查。明天一早，报纸上也会纷纷刊登出来。

那个从高楼上掉下来的人，会是谁呢？

网络上说，哥是个传说，姐是个传说，楼是个传说，人是个传说。

# 嫁入豪门

## 上部

### 引子

什么豪门呀，寒门吧。寒门也够不着，人家寒门还出学子呢。就他们家这两位，一个66届初中，一个68届初中，连我都不如。我还好歹混过个高中呢。这两人也够倒霉的，都下了乡。其实可以试试留一个照顾老人的，但两个人都要表现自己进步，何况是全国山河一片红呢。老人呢，心里很想让他们留一个下来，但也不敢，什么家庭成分啊，敢乱说话，敢乱提要求吗？于是两个人都下去了。本来人家以为这两兄弟应该是下放在一起的，互相也好有个照应。但结果这两个人没有在一起。那时候倒是显示出他们比别人聪明一点。他们说，两个在一起，有朝一日有出头希望的时候，这个希望给谁呢？还不是两桃杀三士。所以说他们表现进步真的只是“表现表现”，心里全是假的，人还没下去呢，就想着怎么上来，桃树还没种呢，就想着怎么摘桃子了。结果呢，他们连桃子的核都没见着。桃子是有的，但轮不着他们，给别人摘去了。他们两个一直坚持到最后，实在坚持不下去了，母亲就提前退了休，让弟弟顶替了。为什么是弟弟不是哥哥呢？因为弟弟看上去比哥哥更瘦弱一点，瘦弱的人总是需要更多一点的关心和呵护。其实这是一个误区。哥哥因为个子高一点，人也壮一点，就仍然留在乡下，守望着没有希望的希望，到最后一招，就是办病退。

替那个哥哥出具假证明的那个人就是我妈。我妈是个医生，应该算个知识分子，但她身上却有很多小市民的习气，她肯定和他们家之间有什么猫腻，就帮他们做了假的病历，做得有模有样，连化验单子都是全套的，滴水不漏，说那个哥哥是肝炎，已经很严重，有腹水什么什么的。事情办妥以后，我妈还叮嘱那个哥哥说，去派出所办户口还是让你弟弟去吧，你看上去也不像个病入膏肓的人。

哥哥和弟弟就这样回来了，回到这个生养他们后来又抛弃了他们的城市。他们坐在自己家门口的走廊上，看着小天井里荒芜的杂草，井圈的痕印，干枯的石榴树，斜倒的石笋，等等，有些感慨，有些沧桑，但不是很强烈。他们现在强烈的渴望是工作和爱情。

爱情说来就来了，那就是我。

我是由我妈带进来的。我很不情愿，别别扭扭的。我妈告诉我，那可是个大人家，好大的人家。但我想象不出有多大。我妈拽着我走进过一条很深的小巷，一直快走到底了，我怀疑前面还有没有路，是不是就快到头了。我妈跟我说，你这么大了还不懂，有老话嘛，南州路路通，在这个城里，就没有死路。果然我们终于找到了那扇破烂的大门。

大门上方有一块乌七抹搭烂糟糟的木板，木板上刻了三个字，字已经很模糊了，而且都是繁体字，我看了一会，认出了其中的一个堂字，我妈说，小妹，你没有知识，这就是赐墨堂。听我妈的口气如此的肃然起敬，好像赐墨堂是很厉害的家伙。但在我看起来，这老家伙摇摇欲坠，随时要下来砸人的脑袋了。

我夸张地抱了抱脑袋，又往后退了几步。我知道我妈急着要我跟她进去，我偏磨磨蹭蹭不往里走，远远地停在一个地方，指着那块匾问我妈，妈，这是什么堂啊？我妈奇怪地看了我一眼。她应该觉得奇怪，我从来就不是一个喜欢多管闲事的人，更不是一个喜欢多长知识的人，我一直自我感觉我是一个很随意的人，当然，用我妈和我姐的话说，那不叫随意，那叫懒，嘿，懒就懒吧，与我无关的事，我是懒得去问，更懒得去管，再说了，我这还有我妈，还有我姐，哪里轮得上我。这会儿我一改往日随意的脾气，站定了对这个什么堂感起了兴趣，我妈自然是会奇怪的，但她也只是狐疑地看了我一眼，立刻回答我说，这就是赐墨堂。我妈的口气很重，好像我早就应该知道这个什么赐墨堂，今天终于相见，我应该很激动。可惜的是，我从来没听过什么堂，更不会因为走到这个堂来就激动了，我懒洋洋地说，什么是赐墨堂呢？我妈说，赐，这个字你都不理解吧，就是从前皇帝赏给别人东西，墨呢——我说，墨我知道，就是那一条黑黑小小的东西，磨出来的水也是黑黑的，蘸着写毛笔字的。我妈说，冯小妹，你可别小看这幢老宅子，他们宋家多少代人的光耀都在这里了，皇帝赐给他们祖先一段墨，所以这幢大宅就叫个赐墨堂。我“扑哧”一声笑了起来，说，嘿嘿，也不怎么样嘛，就赐了一段墨，这皇帝也够小气的，这老宋家祖宗也够没面子的，哪怕赐个砚台，赐一本书，也比赐一段墨强呀。我妈说，那是皇帝赐的，赐什么都是很厉害的。我妈咽了口唾沫，换了口气，又说，小妹，你现在还不懂，等以后你就会知道了，宋家可不是一般的人家。我妈站定了和我解释了半天，最后她才从我的脸色上察觉到了我的意图，说，我说呢，一个不学无术的小孩子，怎么关心起赐墨堂来了。过来一拉我的手说，别想花招再磨蹭，早晚得进去。

我们穿过头顶心“赐墨堂”三个字，进了大门，又一脚高一脚低地穿过一个很长很狭窄又很昏暗的弄堂，最后我妈推开一扇摇摇欲坠的旁门。旁门生了锈的铰链发出的吱嘎声，把我的耳朵都铰痛了，我朝里一探头，说，哧，这就是大人家？

我妈一手扯着我的胳膊，另一只手对着空中划了一个大圈子，说，从前，这整个大宅子都是他家的。我翻了翻白眼，反唇相讥说，从前老地主刘文彩家的庄园有多大？我妈“呸”了我一声，不理我了，拉着我就站到了他们家的小天井里。

他们家的天井真是很小，眼屎样，院子的墙壁也很恐怖，斑斑点点，有发霉的青苔，还有一些不知什么枯藤爬在上面，只有一棵芭蕉，虽然不大，却是长得郁郁葱葱的。他们家的屋子也很小，很破烂，像旧社会的穷人家，虽然一字排开有三间，但三间屋子都很拥挤，里边堆满了乌七八糟的旧家具破烂货，也不知道是些什么东西，他们家的人就在那些东西的夹缝中钻来钻去，而且他们的动作很轻盈，幅度又小，都是无声无息的，像蟑螂一样潜伏和滑行在这个阴森森的老宅子里。

当然这些都是我以后才渐渐发现的，现在我还没有走进这个家，我只是被我妈紧紧拽在小天井当中，我看到有两个长相很像的男人坐在走廊上，这两个人很像，但一个戴眼镜，一个不戴，两个人的轮廓和身材也稍有区别，一个比一个大一点，一个比一个小一点。

这就是我说的那俩兄弟。他们看起来很老相，头发稀毛瘌痢，脸色如丧考妣，要谈对象了也没有一点点喜气。他们毕竟多年在乡下吃苦，饱经沧桑了呀，我应该理解他们，但这跟我心目中要谈的对象差太远了，我一眼就没看中他们，还觉得很逆面冲。我很生气我妈竟要把我介绍给他们中的一个。一气之下，我用力甩开了我妈的手，说，这么老！我妈赶紧“嘘”一声，又狠狠地剜了我一眼，憋着嗓音说，你不撒泡尿照照自己。

我自己怎么啦，我比他们年轻，比他们有活力，还有，最重要的，我的运气也比他们好一点，至少我没有到乡下去做几年农民再回来。当然我的运气也只能跟他们比比而已。那个时候，就算留在城里，也没有多好的果子吃，我被分配在一家砖瓦厂当工人，砖瓦厂就是生产砖头的，到处都是黑乎乎的，跟煤矿工人也差不多，过去听人家说，煤矿工人的老婆小便都是黑的，我们做砖头的也差不多少，至少冬天我擤出来的鼻涕是黑的，或者有时候我哭了，眼泪肯定也是黑的。在这样的单位工作，我能不哭吗？我隔三差五地淌一点黑眼泪，脸弄得像个要饭叫花子。

后来我费心在厂里观察了一阵，想找个轻松干净点的活，那也不是没有，比如科室干部，坐办公室的，哪怕打打算盘，收收信件，给领导撩一撩门帘都可以，但我知道那轮不上我。研究来研究去，最后我觉得还是推板车的活爽快些，也干净一点，至少呼吸的空气不是黑的。我就要求领导给我换工种，我说我要推板车。开始领导根本不同意，说没有女孩子推板车的，我左缠右磨，最后他们无奈地同意了，但我在他们心目中就有了一个对工作挑肥拣瘦的不好印象。

后来的事实证明，厂领导的想法是对头的，从来没有女孩子推板车，是因为女孩子根本就推不动装满了砖头的板车。我头一次试着推的时候，不仅车子纹丝不动，反倒把我自己推了一个跟斗，我气得说，像死猪。板车班组的工人笑话我说，你说这里有几头死猪？他们开始对我还不错，也想照顾我一点，少装一点，但即使装一半我也推不动，后来没办法了，我就想办法，反过来，在车上套上绳子，绳子背在肩上，像驴和牛那样拉车，但还是拉不动。推板车的男人嫌我碍手碍脚，影响了板车班组的荣誉，特别是我们的板车组长，看见我就朝我翻白眼，叫我小姐，还叫我走开。但我不走，我是板车组的人，后来他们拿我没办法，我的活就由他们每人带一点带掉了。于是，我被全厂的人叫作板车小姐。那时候小姐这个称号是很难听的，资产阶级娇小姐的帽子一旦套上了，几十年都拿不掉人家对你的偏见。我努力想改，但是我又吃不来苦。好在许多年以后小姐的含义变了，小姐成了时髦的叫法，可惜那时候，我早已经是小姐她妈了。

所以，当我瞧不上那两兄弟时，我妈就叫我撒泡尿照照自己，一个推板车的，还能怎么样？

但是就算我照清楚了自己，我还是觉得自己比他们强。一看这两人坐在那里死沉沉的样子，面目呆滞，眼睛发定，像从棺材里倒出来的，我就气不打一处来，我想说话，想攻击他们一下，可我妈不许我说话，我就走到井边朝着井下说，死样。

他们家这口井的井围很小，水倒蛮清的，还能看见我两条小辫子一晃一晃的，我“哧”地笑了一声，说，比我们家门口的井小多了，我们那是三眼井，井围有那么大，我做了一个手势。他们听了我说话，只是无声地笑了笑。我知道他们并不觉得好笑，只是表示礼貌而已，这就是装模作样的大人家吧。我妈批评我说，这是一家人用的井，用得着那么大吗？不知道我妈为什么天生要拍他们家的马屁，我妈这样的人，是很势利的，要拍也应该拍拍干部或者别的什么有权势的人，不知我妈哪根筋搭错了，才有了我的命运的走向。

两兄弟就这样死气沉沉地坐在走廊上，只是看到我们进来的时候，稍微欠了欠身，过了好一会儿，在我对着小井骂了声“死样”以后，其中有一个才站了起来，对着屋子里说，妈，她们来了。我一直模模糊糊没有记住站起来说这话的是哪一个，是哥哥还是弟弟。但是我也一直没有忘记有一个人说了这句话，口气完全是一个小孩子在向大人求助，我差一点又要说话，这时候他们的妈妈就从屋里出来了。

下面的事情，就由他们的妈和我的妈商量，跟他们两个好像没有关系，跟我也没有关系。两妈谈了一阵后，他们的妈就对我说，小冯啊，来看看我们的家吧。她引着我向左边的一间过去，我偏要往右边一间去，我说，先看看这边一间吧，这一间干净一点。她笑眯眯地，说，小冯，你搞错了，右边的这一间，是别人家的。我朝我妈看看，我妈说，本来是他们家的嘛，只是暂借给别人住住罢了。

也许我妈看到我的脸色不好看了，赶紧把我拉开来，直截了当跟我说，他们两个都没找呢，你喜欢哪一个？不等我开口，我妈又急吼吼地说，我看就老大吧。我说，我不要，他有肝炎，肝都腹水了。我妈急了，说，你有意气我，你知道那是假的。我说，我不知道是假的。我妈说，那，就老二。我说，我不要，四眼狗。我有意放开眼睛周转身体尽情地打量他们的院子和房子，说，这房子，从前是佣人住的吧。我妈又过来拉扯我，倒是他们的妈比较大方大度，耐心跟我解释说，小冯，这是大宅里的偏厅，不是佣人住，是客人住的。

我们说话的时候，他们兄弟两个一直坐在走廊上，一个在看书，另一个在发呆，始终不参与我们的谈话。等到我们要走了，那个小一轮廓的弟弟却忽然跟我说，这本书你要看吗？他把他手里的那本书递到我眼前，我一看，是《基督山伯爵》，没听说过，我不喜欢看书，何况这书名五个字里就有三个字我觉着眼生，我根本就不想要他的书，也不想理睬他们。可我妈手长，一伸手就接过去了，说，我们家冯小妹最喜欢看书了。又把书塞到我的手里。我知道我妈要给他们面子，我也勉强就给了我妈一个面子，接下了这本书。

这个弟弟挺吃亏的，他借给我书，结果我却嫁给了哥哥。

我要嫁给哥哥，他们哥两个就不能再同住一间屋了。只能在小天井里搭建一个简易的房子，让弟弟去住。在搭建的时候，和隔壁那人家吵了起来。其实说吵起来也不太符合实际情况，因为这架其实只有一方在吵，就是那个借宋家房子住的老朱，老朱一家三口齐上阵，不光夫妻俩上跳下窜，连他们那个小不丁点的儿子，一边哧通哧通地抽着鼻涕，一边嘴里不干不净，骂骂咧咧的。我看不惯他那种小流氓的腔调，骂了一声小杀胚。但他们吵得厉害，没听见我骂。

吵架的这一方是没有多大声息的，两兄弟一声不吭，他们的妈妈则耐心地跟他们解释，说哥哥要结婚了，弟弟没地方住。老朱家不讲理，说，你们结不结婚跟我们没关系，你们搭了这个房子，天井就更小了，我们怎么过日子。当时我也在场，我看不过去，跟他们计较说，你们不要眼皮薄，我们是结婚的大事，如果你们儿子结婚，你们也搭一间好了。他们的小杀胚儿子才八岁，我是呛他们，不料我这一呛，却呛醒了他们。结果他们也在小天井里搭了一间，才算太平了。这是再违章不过的违章建筑。不过那时候谁也没想到，后来这两个违章会让我们占到大便宜。

我结婚前几天，我爸回家了，他给我带来了一只樟木箱，是他自己砍的树，自己打造的，虽然造得粗糙，但毕竟有樟木的香。这个散发着浓浓香味的樟木箱让我知道了体面，我的女友和同事，来我家看我的嫁妆，他们看到樟木箱，都很羡慕我，明明香味四散开来，满屋子都是，他们还凑到箱子跟前去闻它，说，好香啊，好香啊，这就是樟木箱哎。我爸在一边比我还受用，说，在我们林场，每天都能闻到樟木香，还有其他许多树香。

我爸原来在一个叫农林局的地方当一个小官，前几年被打倒了，放到一个林场去劳动改造，后来又没说他有什么问题，就地安置了，当了林场的副场长。那时候林场的活就是砍树，我爸身先士卒，带头砍树，还创造了一种冯氏连轴砍树新法，把砍树的产量提高了一大堆，我爸成了劳动模范。

我爸给我的樟木箱夹在他们家的旧家具中，我看着很养眼，也很舒心，我的樟木箱鹤立鸡群，十分骄傲，相比之下，他们家的旧家具是那么的寒酸，那么的灰头土脸。

我爸也围着樟木箱看了看，他的神态起先也和樟木箱一样骄傲，但后来他的脸色有点变，他小心翼翼地蹲下来，凑到一只很不起眼的小茶几跟前，先是左看右看看了半天，接着就伸出手去抚摸，我起初以为他只是摸一下而已，哪知他那只手搁到茶几上就不肯下来了，摸过来摸过去，横摸过来竖摸过去，从上摸下来，又从下摸上去。看他那急吼吼样子，我也忍不住朝那小几子瞥了一眼，那小茶几简简单单，也没有雕什么花，而且面目很丑，就是四条腿撑一块板这么简单，灰头土脸的，都不如我们家新买的夜壶箱神气。可我爸却像着了魔似的，喃喃呢呢地，又自问自答、又自我怀疑地说，这是鸡翅木？不会吧？难道真的是鸡翅木？

我“噗”地笑了一声，说，爸，你们林场有鸡翅木吗？我爸脸色严峻地说，没有的，我们这地方长不出鸡翅木。我爸咽了口唾沫，扯了扯我的衣袖，神神秘秘地跟我说，小妹，你家里有好东西。他的角色换位真快，已经把这个家叫成“你家”了，喜酒还没有开宴呢，他已经跟我一刀两断了。我妈在外面喊我，我爸赶紧就对我说，你妈喊你，你快出去吧。我感觉出我爸想要支走我，我见爸的神色模样有点古怪，我就没搭理我妈，守在我爸身边看他要干什么。结果看到我爸动作十分迅速，环起胳膊就将那鸡翅茶几一抱。我爸在林场干过活，力气好大，那茶几在他怀里像一团棉花，我爸抱了一会儿，舍不得放下，但因为我站在一边紧紧盯着他，他有点难为情，就放下了，我爸一放下，我就运足力气上前一试，结果那一身的力气都白运了，没想到那鸡翅茶几竟然轻飘飘的，我不由得泄了气，鄙视说，屁轻，不是什么好东西，烂木头罢了。我爸立刻正色地说，小妹，什么东西并不是越重越好的。我反唇相讥说，那是越轻越好啦。我爸说，反正，鸡翅就是轻的，如果是轻的，就是鸡翅。停了一下，又压低嗓音，鬼鬼祟祟说，小妹，我告诉你，真正的鸡翅就是轻的，就是好东西。

这有点出乎我的意料。我爸怎么变得像我妈那样鬼里鬼气、小肚鸡肠，看他说“好东西”时那馋样子，口水都差点淌下来了，比我妈说“大户人家”的口气还馋，我心里有点瞧不起他了，我抬手对着空中画了一个圈，说，难怪你们要把我嫁入豪门——屁眼大的豪门。

我说粗话，我爸竟一点也没在意，他还点头赞同我说，是豪门，是豪门，屁眼大也是豪门。

## 一

说了这么多，有一大半都是废话，因为一直在讲一些无关紧要的人和事情，真正的主人公，到现在还没有登场呢。前边他只是露了一露脸，还没有说过一句话呢。

不过，你们别替他着急，他自己都不急，你们急什么？

我可以告诉你们，这个人是一辈子都不会着急的那种性格，这就是我嫁的人。

我一个急性子的人，要跟他过一辈子，现在回想起来都后怕。可谁让我当初急着要嫁人呢？当然，后怕是后怕，以后几十年的日子也会一天一天过下去的，结果只有两种，一是离婚，一是不离。不过现在还没到那时候，时间还早呢，我才二十五岁。

第一天早晨起来他就跟我说，小冯，你晚上睡觉磨牙，是不是有蛔虫啊？婚都结了，还叫我小冯，好像我没有名字似的，不知道是不是因为他妈头一次见面时喊我小冯，他以后也就一直喊我小冯了，不过我也会不客气的，我说，老宋，你睡觉说梦话。他笑了笑，好像知道我是在报复他，没有跟我计较。我刷了牙，把牙刷朝杯里一插，他看了看，就把它倒过来重新插到杯里。我看不明白，说，你干什么？他又慢条斯理地说，小冯，牙刷用过了，要头朝上搁在杯里。我看了看他，又看了看牙刷，说，为什么？他说，牙刷头朝下，就会一直沾着水，容易腐烂，容易生菌。我说，把茶杯里的水倒干了，牙刷就浸不到水了。他说，倒得再干，也总会有一点水积在杯底的。我说，这是你们大户人家的讲究？他说，无论什么人家，都应该这样的。等我洗过脸，挂了毛巾，他又过来了，我赶紧看看我的毛巾，我那是随手挂的，等于是扔上去的，当然是歪歪扯扯，确实值得他一看。他看了后，就动手把毛巾的两条边对齐了，然后退一步看了看，又再对了一下，那真是整整齐齐了。我说，怎么，两边不对齐容易腐烂吗？他说，不是的，两边不对齐，看起来不整洁。

我很来气，我说，老宋，你是嫌我没有家教是不是？他和气地跟我说，我没有嫌你没家教，你怎么会没有家教呢？他说得倒很真诚，可我怎么听也像是在挖苦我，也可能是我自己心虚。虽然我爸我妈都是有点儿知识的人，但我家里却从来没有家教，他们都忙于工作，没有时间做家教。我心虚了一会儿，看着老宋一动不动的后脑勺，我渐渐地又来了气，看起来他还真以为他家是什么大户人家了，竟如此不知道谦虚。我说，你不看看自己的家，还嫌我不整洁。他说，这也是你的家。他一边说，一边弯腰把我脱在门口的鞋转了个向，朝里，摆正了。见我瞪眼，他又说，这不是腐烂和生菌，主要是习惯，一个家庭养成一种习惯，总是有道理的。我说，摆鞋子还有什么道理？老宋说，鞋头朝里放，人能够安心地待在家里，鞋子朝外放，人就会在经常在外面奔波。我“噗”地喷笑出来，说，原来大户人家的规矩就是封建迷信啊！老宋说，这不是封建迷信，这是心理作用，小冯，你年纪轻，你可能还不大知道心理作用的作用。我朝他翻翻白眼，他没有看到，继续说，刚才是说自己家人放鞋，如果来了客人，就应该朝外放——我打断他说，对的，朝里放了，客人就赖着不走了。老宋点点头说，客去主人安。

说到客，客就来了。我没想到，来的竟然是我的客，是我的厂领导。我结婚的时候，很想请我们厂领导参加，想给自己长点脸。但是领导怎么会来喝一个板车小姐的喜酒呢？我说也是白说，请也是白请。可奇怪的是，我的婚假还没有结束，我们领导却集体登门来拜访了，还带了贺礼。进门的时候，他们看了看我家的地板，说，哟，这是老货，我的鞋底有钉，别踩坏了，换拖鞋吧。我希望老宋说，不用了不用了。可老宋偏不说，他们就只得手忙脚乱地换鞋，把脱下来的鞋乱扔，我怕老宋当着他们的面去替他们摆鞋，丢我的脸，我乘他们和老宋寒暄时，赶紧用脚把他们的鞋子都踢成鞋头朝外的摆式。不料老宋还是不满意，因为我踢得不太整齐，有点斜，他过去重新摆齐了，才坐下来说话。

我满脸躁热，不敢看我们领导的脸，不料我们几位领导坐下来就异口同声说，到底是大户人家，到底不一样的。我也没能听出来他们到底是赞扬还是挖苦，我也不知道他们说的“到底”，是到底在哪里，我只是朝老宋瞪眼，心里想，下次你有客人来，我让你有好瞧的。

不知是不是因为鞋子摆放的原因，我们领导稍坐了一会儿就告辞了，临走时，领导跟我说，小冯啊，我们商量过了，等你婚假结束，给你换一个岗位，一个年轻女同志，拉板车肯定是不对的，你调到资料室怎么样？如果你没有意见，就这么定了。

我简直怀疑我的耳朵或者脑神经出了问题，我呆呆地看着他们的嘴一张一合的，又呆呆地看着他们换好鞋，我和老宋送他们出来，送出旁门，我们还要送，他们坚决不让，跟我们挥过手，他们就走了，沿着又长又窄又暗的备弄，一直走出了这个大宅。

我还没有回过神来，耳朵里嗡嗡的，脑子里也嗡嗡的，我问老宋，刚才他们说什么？老宋说，他们说再见。我说，不是再见，在屋里临出来时说的。老宋想了想，说，临走时？也是说再见，噢，还说了，早生贵子。他脸也不红，还光想着自己的事，真的很惹我生气，我说，你心里只有你，他们明明说了我的工作问题。老宋这才说，是呀，他们是说了你的工作问题，调你到资料室工作。我说，这怎么可能？老宋说，是呀，你读的书太少，资料室工作要博古通今博闻强记博学多才才行。他的思路老是跟我走岔，我急得说，你搞什么搞，我是说他们怎么会调我到资料室去，那可是个清闲轻松人人想去的神仙界。老宋说，小冯，你这个想法不对，说明你不了解资料室的工作性质和作用。他还是往岔里走，但这正是我大喜过望的时候，我不想跟他生气，但还是忍不住说了一句，老宋，你搞清楚，这可不是大学的资料室，是砖瓦厂的资料室，里边有什么，就几本记录怎么生产砖头的本本。老宋说，你还是小看了它，这是很有价值的，你如果不了解，你怎么能够做好你的工作呢？我不再理睬他，我只是研究着自己的快乐而又迷惑的心思，领导怎么会开恩让一个板车小姐到资料室去上班呢？

不久就有老宋的客人来了，我是个记仇的人，上次他不给我面子，这次我也不会给他面子，我蓄谋已久地等着这一天。

我守在进门的地方，就等着他们换鞋，然后我去替他们把鞋头朝外摆好摆正，我还想好了，如果他们表现出奇怪的表情，我就告诉他们，这是老宋的规矩，客人的鞋头要朝外摆，否则客人就会坐在我家不肯走，我还要告诉他们，老宋说了，客去主人安。

可是我的阴谋没有得逞，老宋的客人有条有序地脱下来的鞋，根本不用重新摆放，怎么脱的，它们就怎么整齐划一地鞋头朝外搁着，比老宋放得还规矩。我的妈，原来老宋的客人早就被老宋训练得中规中矩了。

过了不多久，我姐从乡下回来看我。我姐下乡十年，种了几年田，又当了几年代课老师，别的知青都回来了，她就是不回来，我妈催她，她还批评我妈思想落后。可是她来看我时，一见我面她就撇嘴，酸溜溜地说，哟，结了一个婚，就从板车小姐变成资料员了，命好啊。我说，是呀，我也不知道撞了什么好运。我姐又撇嘴说，哎哟，谁不知道你嫁了个好人家。我说，什么好人家，你又不是不长眼睛，你看看这破屋子，再看看屋子里这些破烂货。我姐说，得了吧，谁不知道他家的奶奶宋乔氏。

这是我头一次听说宋乔氏。可我姐不相信，说，冯小妹，你才结婚几天，你都学会装样了？说着说着她就来气了，一来气她就没完没了了，说我妈偏心，明明应该姐姐先找对象先结婚，偏偏把好事先给妹妹，没道理的。我说，姐，是你自己说要扎根农村干一辈子革命的，是你自己说要嫁给贫下中农的，妈不敢破坏你的革命大事。我姐说，呸，我知道我是捡来的，你才妈亲生的。我说，一个秃子老宋，就这么稀罕？要不，我跟你换，你把你的男朋友给我，我把老宋给你。我姐说，你以为我不敢？

等老宋回来，我问他，你奶奶是谁？老宋说，我奶奶就是我奶奶。我说，那你为什么要瞒着我？老宋奇怪地看看我，说，我瞒你什么？我说，你奶奶。老宋说，我奶奶怎么瞒你了，你难道不知道我有奶奶吗，你不是看见过她吗？老宋的奶奶我确实是见过，她八十多岁了，我们结婚的时候，她特地从上海赶来，拉着我的手，往我手指上套了一个黄铜戒子，还说，长孙结婚，我是一定要来的。这就是宋乔氏？我跟老宋说，我不知道她是宋乔氏。老宋疑惑地说，宋乔氏？这有什么呢，我爷爷姓宋，我奶奶姓乔，她就叫宋乔氏，这只是我奶奶的名字而已。我气得鼻孔里往外冒气，说，而已而已个屁，你奶奶不仅是宋乔氏，她还是一座大园林、一座大宅、一口青铜大钟，还是什么什么什么什么。我说得口吐白沫，手朝着天空画了一个大圈。就像当初我妈带我走进这个小天井时，我也这么划过圈，但两种划法，含义是不一样的。

我唾沫星子横飞地说，老宋默默无闻地听，他不说话，脸上也没有什么表情。我说着说着，就发现不对，无论如何，从前家里有这么多东西，老宋至少应该表现出一点点骄傲吧，但是老宋始终面无表情，我分析了一下，断定这肯定就是他表现骄傲的一种方式。所以我有意气他说，这有什么了不起的，那时候人人都这样，都捐，我外婆把一个马桶都捐给政府了。老宋也不反驳，反而还赞扬我的说法，说，是这样的，那时候就是这样的。我真拿他没办法，这是个兵来将挡水来土掩软硬不吃的家伙，不好弄。

我也懒得去弄他，更懒得去弄明白他，既然天上砸下来砸到我头上的好事，我还有什么好计较的，我乐得轻轻松松上班享福去。

我没想到我的好事竟然还是接二连三的，换了工作不久，就落实政策了，到这时候我才知道，原来赐墨堂也是被宋乔氏捐掉的，她只给自己家留下赐墨堂里最小的这一进三间屋。隔壁的那个老朱，是前几年从乡下进城到街道工作的造反派，在城里没有房子住，硬抢了一间，现在被赶回乡下去了，临走的时候，老朱老婆说，我们好几年没有种田了，现在回去种田，不知道会不会种了。老朱说，现在的事情又反过来，从前你们下乡种田，我们进城造反，现在你们回来了，我们又要回去了。两个人伤心巴拉的，全没了从前那种住人房子还要欺负人的样子，连他们那个小杀胚儿子，也不神气活现了，只是哧通哧通的抽鼻涕。

老宋把他们送到门口，居然说，要是乡下不好过，你们再回来——我在背后狠狠地掐他，他也不怕疼，仍然说，再回来想办法吧。老朱却比他有志气，说，我们不会回来了，我们也没脸回来了。一家人就走了。我说，老宋，你活该，热脸碰个冷屁股。

接下去，又有更多的好事来了，老宋的弟弟宋绍礼做了人家的上门女婿，搬出去了，一下子家里的三开间就成了豪华阵容了，别忘了，天井里还有两处违章呢。其实那老朱很笨，他至少可以把他那间违章的材料拆了带走呀，那可是他自己出钱搭的，不是抢我们老宋家的。老朱大概气伤了心，精明人也变糊涂了。就把这违章白送我们了。

到这时候回想起来，我妈虽然有点俗气，却还是有些眼光的。

天下雨了，我搬了一张藤椅，坐在我家的走廊上，架起二郎腿，看着雨打芭蕉，心里得意，就晃悠晃悠地摇起藤椅来，哪知这藤椅太不经摇，没怎么两下子，"啪"的一声，椅腿断了，我摔在地上，屁股撞得好疼，又觉丢脸，不好意思喊出声，只有嘴里"嘶嘶"地抽冷气。我婆婆听到声响从屋里出来，看到我狼狈不堪坐在地上，显然她想笑，但她是有礼数的，没好意思笑出来，忍了笑说，小冯，摔疼了吧。这不是废话吗，活生生地从椅子上摔到地上，能不疼吗？我悻悻地爬起来，说，什么破椅子，早该更新换代了。我婆婆笑了一笑，没有接我的话茬，只是把破椅子扶起来，看看它折断了的腿，说，找绳子绑一绑还能用，坐的时候小心一点。真是有其子必有其母。我不服说，你们家宋乔氏把那么多的东西都捐掉了，这些破玩意儿倒舍不得扔了？这回轮到老宋回答我说，该走的走，该留的留。这不等于在放屁吗？

说话间就开饭了，我顾不得再生气，今天有一道笋瓜炒肉丝，是我喜欢的，不客气夹起来又咬又嚼，真是又脆又香，打嘴不放。开始的时候我也没觉着有什么异常，但吃着吃着，我渐渐感觉有什么地方不对头，身上像是长了刺似的不舒服，我一边吃，一边四下看看，没发现什么异样，再看看，仍然没有什么异样，大家都闷头吃饭，能有什么异样呢？但我仍然觉得身上长刺，这刺一直长到了我的喉咙口了，让我咽不下饭去，我只好停下来。这一停顿，才让我恍然醒悟，原来异样不出在别人身上，是出在我身上，我吃饭和他们吃饭不一样，尤其是咬嚼笋瓜这样的食物，我尽可能咂巴咂巴，才能咬嚼出它的滋味来，才能吃个痛快。而他们吃饭，他们咬嚼，完全是没有声音的，只是抿嘴蠕动，这时候我才想起来，老宋先前也跟我说过几回，说他们小时候，吃饭出声是要被大人骂的，我这才知道原来他是在提醒我，要纠正我。可我偏不信了，稍停顿以后，我又重新开始咀嚼，咂巴得更响更爽。可我咂巴得再响，对他们也没有影响，他们仍然不出声地咀嚼着坚硬蹦脆的食物，我仔细盯着他们的嘴一看，我的妈，这不就是兔子吗，兔子就是这样吃东西的嘛，他们的嘴，像极了兔子嘴，我忍不住就“扑哧”一声喷笑出来，将满嘴的米粒喷了一桌上。他们也不吱声，也没笑，我婆婆拿来一块抹布，将桌上的米粒擦干净，继续再吃的时候，我很想示威性地再加大咀嚼的力度和幅度，可是我发现我发出的声音沉闷了，低哑了，怎么也咂巴不出先前那气势来了。我心里的气无处撒，扒完了饭就起身走开，恰好看到墙角那鸡翅小茶儿，过去便踢它一脚，说，就你是个该留的。结果踢痛了自己的脚。老宋笑眯眯地看了看我，说，老话说，一怒之下踢石头，踢痛自己的脚趾头。

## 二

就是这个被我踢过的鸡翅小茶儿，我爸对它可是垂涎三尺，我早就知道，在我结婚前，我爸头一次来到我的新房，我就看出来了。我结婚以后，我爸每次从林场回城，都要来看我，开始我还自作多情，以为我嫁人了，我爸舍不得我呢。后来才渐渐发现了，他才不是来看我的，他是放不下我家的鸡翅小茶儿，但是他没有理由来拿我家的鸡翅鸭翅。

后来我才知道原来他许多年里一直伺机守候着。

后来终于给他找到了一个机会。那时候我女儿妞妞三岁了，到了上幼儿园托班的年纪，我挖空心思找关系，要联络幼儿园园长或老师，结果把枯肠搜索尽了，也没有找到一鳞半爪的关系，我问老宋，老宋想了想，说，没有这层关系。我又找老宋他妈，我婆婆的神态和口气都和老宋一样，想了想，说，没有这层关系。我来气，说，那就让妞妞上个街道幼儿园算了。他们娘俩不作声，我算是将了他们的军了，但其实也是将了我自己的军。正犯愁犯难的时候，我爸从林场回来，没有回他的家，直接到我家门上来了，说，小妹啊，你没有忘了吧，妞妞今年要上幼儿园了？我朝老宋和他妈看了一眼，说，我正准备到街道幼儿园给妞妞报名呢。我爸一急，说，小妹，你这是对孩子不负责任啊。我说，我倒是想负责任，可老宋家没有这层关系，我也怪不着他们，我自己也没有这层关系。我爸满脸通红，兴奋地说，可是我有呀。谁能料到天上又掉下个大馅饼来了，我问我爸那关系跟他是个什么关系，我爸说了半天，我先就泄了气，说，原来是九曲十八弯的关系。我爸说，虽然九曲十八弯，但是我一定会把它拉直，拉近，近到就像你我的关系一样。我爸果然去拉关系了，关系也果然给他拉直拉近了，虽然不可能近到像我和我爸的关系那样，但至少，那幼儿园同意接收妞妞入托了。我大喜过望的时候，不忘寒碜老宋几句，我说，唉，妞妞倒像是是我爸的亲孙女儿，不像是他的外孙女儿。他微微笑了一笑，还是不作声，涵养真好。

我爸把关系拉直了，他人却一去不来了，我跑回娘家去催促他，我爸却又扭捏起来，很不爽快，推三托四，一会儿说，不知道那个阿姨的力度到底有多大，幼儿园的园长会不会不买她的账，一会又说怕那阿姨没有跟园长沟通好，万一被人家回绝了，脸往哪里放，什么什么，等等等等。本来鸭子已经煮熟了，结果我爸却绕出这么一大堆废话，分明是在告诉我，鸭子要飞走了。我一气之下，就跑走了。我爸却又紧紧追来了，嘴上说，小妹你跑什么呀，我打算今天就帮妞妞去办入托手续了嘛？一边说话，一边拿眼光在我家到处乱射。我说，那你还推三托四的干什么？我一问，我爸支吾起来了，脸都红了，似乎有什么话要说，却又说不得出口，但是他管不住自己的眼睛，我看他心中有鬼的样子，就起了怀疑，我顺着他的目光看了一看，又想了一想，我恍然大悟了，说，爸，你是相中了我家的鸡翅木吧，那就交个换吧，你帮妞妞入托，我把鸡翅小茶几送给你，别说鸡翅小茶几，就算有鸭翅大茶柜，我也给你。我爸有点难为情，说，小妹，我可不是和你作交易，哪有替外孙女办事还要交换条件的，这算什么外公呀？我作弄他说，那你是不要我们家的鸡翅木？他又急了，说，我也没有说不要，你要是放在家里嫌累赘，就放到我那儿去好了。你瞧我爸，也够虚伪的，明明想那鸡翅小茶几，还说是我嫌累赘。不过要说我嫌累赘也没错，我对我家的许多旧东西烂货，都恨不得除之而后快，既然我爸喜欢鸡翅木，给了他也罢。

我爸轻轻一抱就把鸡翅小茶几抱起来了，我不知道我爸为什么这么馋它，不过我也没想去深究，一是因为我天生懒，二是因为我爸这人天生古怪。你看他满脸通红的，似乎觉得有点理亏，又啰里巴唆道，小妹，你可别以为亲生父女还作交易，小妹，就算你不给我茶几，我也要帮妞妞入托的，反过来再说，就算我不帮妞妞入托，你也会把茶几给我的。我说，凭什么我会给你。他居然说，我想它都想出相思病来了，我都瘦了十几斤了，做梦都梦见它。

我爸爸就这样把鸡翅小茶几搬走了。这鸡翅茶几在我家平时也派不上什么用场，就随意地丢在屋角落里，不显眼的。它在不在那位置上，不细心的人是不会关注到它的。但老宋是个细心的人，我担心他回来后向我追问鸡翅茶几的下落呢。可奇怪的是，那天晚上老宋回来，似乎根本就没在意小茶几不在了，或者他明明知道了，就偏偏不问我？当然，他不问，我才不会主动跟他说呢。老宋上了床倒头就睡，我也就释然了，也有理由劝慰自己了，本来嘛，一个小破茶几，我犯得着那么紧张吗？

哪里料到，第二天一早，我一开门，竟然看到我爸抱着那鸡翅木站在门口，像个挨批斗的走资派，丧魂落魄的样子，双手把鸡翅木紧紧搂在怀里，嘴上却说，小妹，鸡翅木还给你。我一急，说，爸，你不能反悔啊。我爸说，小妹，你放心，妞妞的事我已经办好了，但是鸡翅木我不要了。我不知道他犯错了哪根筋，问他，他也不说，放下鸡翅木就走。我追到天井拉住他问，他才说，我昨晚一夜没睡，心里堵得慌，好像要发心脏病。我说，爸，你不是心脏病，你是心病吧。我爸说，我做了个梦，有个人托梦给我，说那鸡翅木不是我的，我不能占有，我一急，就醒了，觉得很不受用，还是物归原主吧。我说，你梦见的是谁，不会是老宋吧？我爸想了半天，恍恍惚惚摇头，说，不记得，没有看清楚，有没有脸都不知道，但反正是有一个人，他跟我说的。

我回头看看，老宋若无其事在水龙头那儿刷牙呢，怪不得鸡翅小茶几不见了他也不着急，他是不是早就知道我爸会乖乖地送回来？

我原来就知道我爸古怪，一个人有点特别的脾气，那也不能算不正常。但我没想到我爸的古怪后来会发展到如此那般。自从他抱走了我家的鸡翅木又主动还回来以后，他就变了一个人，不说别的，单说他的工作吧，从前他是天天砍树，为了砍得快，砍得多，他还发明了冯氏连轴砍树新法，现在他不再砍树了，他开始种树，天天种树，每次见到他，他总是在说种树，看他这阵势，过不多久，他就会从一个砍树模范变成一个种树模范了。我跟他说，爸，你昨天砍下来，今天又种上去，不都白忙了？我爸却说，砍有砍的道理，种有种的道理，不一样的。我说，你是不是要又发明冯氏连轴种树新法加快种树？我爸说，我现在不仅要讲速度，更要讲质量，我正在研究南木北种。我没听懂，也不想弄懂，就懒得追问了。

许多年以后我才知道，我爸自从退还了我家的鸡翅木茶几以后，受到了很大的打击，消沉了一阵以后，他鼓起了战斗意志，决定在林场试种只能生长在南方的鸡翅木，他决心要拥有一件自己亲手栽种亲手打造的鸡翅小茶几。后来我老爸老了，再也种不动树、更砍不动树了，他躺在藤椅上回忆往事的时候跟我说，我那时候真是利令智昏啊，我明明知道金丝楠木只能生长在南方，我还偏偏要叫它在我们林场长出来，我又明明知道金丝楠木的生长期很长，旺盛期要六十年，我即使栽种成功，等它长成了，我已经一百几十岁了，我能活那么长吗？——这都是后话了，以后等有机会时再说吧。

我现在还年轻，甚至还不知道鸡翅木是个什么东西，更不知道我爸独自一人在林场发狠发飙跟我家的鸡翅木小茶几有关，我现在只关心我的女儿妞妞，最后如愿以偿让妞妞上了那家还说得过去的幼儿园，我也就心满意足了。

但是马上我姐就要来了，我姐来了后，我的日子就要发生一些变化了，我的心满意足的日子也差不多要到头了，这是肯定的，我姐是一根搅屎棍，她不仅搅自己，还喜欢搅别人，连一些与她无关的人和事她都爱搅和，就更别说我是她的亲妹妹了。

不知道是不是因为我嫁了个“好人家”这个事件刺激了我姐，本来准备在农村待一辈子、嫁给农民做老婆的姐姐在我结婚后就迅速回了城，迅速搞定了工作，又迅速嫁了人。那是一个干部子弟，好多年一直在追我姐，可我姐因为闹革命，一心想嫁给农民，一直不理他，后来又突然回头找他。那时候他其实已经绝望，刚刚开始了一段新的恋情，可是架不住我姐的一个眼神，他就乖乖地抛掉了新恋人，投入我姐的旧怀抱了。

我姐叫冯美丽，她一生下来，护士一见到她的小脸，就叫喊起来，哟，好漂亮一个丫头噢！那时候我爸就脱口说，那就叫个美丽吧！躺在产床上的我妈表示赞同，我姐就叫了这么个美丽的名字。等到我出生了，我爸我妈可犯难了，想跟着我姐排名一个美字，可怎么排都不满意，美华，美英，美娟，美什么，美什么，美什么什么也没有美丽好，我爸我妈想得都不耐烦了，说，先叫个小名吧，等想到好的再改过来。我爸我妈真是一对不负责任的爸妈，从此以后他们再也没有为我考虑过我的大名，结果我就一直叫个冯小妹，许多年中我也曾经气愤地想自己给自己改名，但想来想去也想不出个和冯美丽差不多或者至少差不太远的名字，我也是个不负责任的人，就任自己叫个冯小妹了。唉，不说我了，说了我我自己都来气，还是说我姐吧。

我姐名字好，气质好，高贵样，从小就是个骄傲的公主，到哪儿屁股后面都有一群人追着讨好拍马屁。我姐嫁了干部子弟后，马上就鸟枪换炮了，她来看我的时候，说，小妹，我家卫生间的地毯你知道怎么样吗？我不知道。我姐又说，那毛有多长你知道吗？我也不知道。我姐就比划了一下，等我看明白了，她又说，光着脚踩上去是什么感觉你知道吗？我哆嗦了一下，说，痒，肯定痒死了。我姐说，是呀，从前一个农妇，想象皇后的幸福生活，说，她肯定在吃柿饼。我说，柿饼我也喜欢吃的。我姐说，冯小妹，我知道，你虽然表现得无所谓，但你心里不服我呢。她倒是看得到我的心灵深处呢，看她那牛哄哄的样子，我心里还真不怎么服，想，哼，别以为你干部人家就怎么了得，老话说，饿死的骆驼比马大，我正这么暗自安慰着自己，我姐就来破灭我的梦想了，说，老话到底是没道理的，到底饿死的骆驼也没马大。

我把姐姐的话转达给老宋听，老宋听了，慢慢吞吞地说，马也会死的。我听了，气了一会儿，又觉得好笑，老宋的话似乎也是有点道理的，我就笑了一声，但听着自己干巴巴的笑声，我又来了气，说，马当然也是要死的，可是骆驼已经先死了，而且是饿死的，马呢，说不定是胀死的。我这话，傻子也能听出来，那是有意说给老宋听，有意刺激他的，可老宋说，饿死和胀死，还不都是一个死。我说，那你是愿意饿死还是愿意胀死？老宋说，活得好好的，说什么死不死，我才不愿意死。噎得我一口气堵在心里，闷了半天也没有找到渠道泄出来。

马无夜草不肥，人无横财不富，我姐家的横财也不知道是从哪里来的，反正我总觉得太快太神奇，似乎只是一夜之间，我都还没睡醒呢，我姐家就已经应有尽有了。房子小的换大，家具旧的换新，家电一应俱全，有了录像机以后，我姐他们经常呼朋唤友到他家欣赏外国电影，有一次我姐也叫我去。

我到得早，其他客人都还没到呢，我进去的时候，我姐夫正在客厅里，他看也不看我一眼。人家都说姐夫惦记小姨子，可我这个姐夫，心里只有我姐，因为我姐太牛了，我呢，又太怂了。那时候他正在打电话，哇哇啦啦说，没问题，包在我身上，对，都说妥了，六百台，就是六百台，一台也不会少的！我悄悄问我姐，什么东西六百台啊？半导体收音机吗？这么多哇！我姐说，是冰箱。我晃了晃身子，眼睛都模糊了，我姐夫一下子弄六百台冰箱，我怎么不要晕过去，那时候别说我们家，就是我们领导家里，也都没有电冰箱呢。

我被六百台吓晕后又醒过来，脑子也清醒了，我鼓了鼓勇气，跟我姐说，我也想要一台。我姐说，冯小妹，你不知道行情吗，你没听说过冰箱票有多难搞噢？我听说过，所以我立刻就蔫了，低了头不吭声。我姐又大度地安慰我说，不过小妹你放心，姐会给你搞的，你把钱准备好就是了。

我火急火燎跟老宋商量买冰箱的钱，老宋说，买冰箱就买冰箱吧，这么着急干什么？我说，老宋，天大的事，到了你嘴里，就成了一个屁，气死我。老宋笑道，小冯你说话比较夸张，第一，哪来天大的事；第二，嘴里哪里有屁；第三，你还活着嘛，没有气死嘛。我说，你别以为我不知道你心里想的什么。老宋说，我心里想的什么呢？我说，你认为我们天井里有一口井，夏天把西瓜装在篮子里吊下井去，效果也不比冰箱差，还省电。老宋说，这是你说的。我说，我说到你心上去了，小气鬼。我懒得再跟他兜圈子，干脆说，你懂不懂，买的不一定就是冰箱，冰箱里装的也不一定就是西瓜。老宋说，那是什么？我说，是面子。老宋说，面子？面子难道是买来的。我说，那是哪里来的，井里吊上来的？终于问得老宋哑口无言。原来他只知道面子不是买来的，但并不知道面子是从哪里来的。

既然老宋哑巴了，买冰箱的事就由我作主了，何况自从我一进宋家，我们家的财权就落在我手里了，可惜的是，我算来算去也算不出家里多余有一台平价冰箱的钱。我只得去找我姐，哭丧着脸跟她说，冰箱我不买了。我姐笑着朝我姐夫说，你瞧我们家冯小妹，就这穷酸样。我姐夫几乎从来没有直接和我说过什么话，但这一回他却开金口了，不过他仍然没有正面和我对话，只是和我姐说，她可不穷噢，她那叫守着金饭碗讨饭。我没听懂，我姐到底比我聪明，听懂了，说，小妹，你们家那些老货，出掉一样，就够你买几个冰箱的。我还在犯傻，说，我们家哪些老货？我姐说，我听爸说，你家有一个什么木的小茶几。我赶紧说，鸡翅木。我姐和我姐夫一起哈哈大笑起来，我听得出他们是在嘲笑我。用这么大的声音来嘲笑别人，一定是被嘲笑的人太可笑了，但我并不知道我可笑在哪里，我也没有跟他们计较，因为，在他们的大笑声中，我忽然就开了窍，拔腿就走。

我回家后还没来得及视察老宋家的老货，忽然就断电了，妞妞作业还没做完，急得号叫起来，我出去问了一下，才知道是同大院的一户人家新买的一个电水壶给搞的。老院子里的电线是几十年前排的，早就老化了，又超负荷，谁家一用家电，准跳匣。

我姐够意思，把冰箱票给我送来了，可是我说，姐，我命苦啊，就是有了电冰箱，我家也没有电供应给它用。我姐冲我直撇嘴，大有恨铁不成钢的意思。

## 下　部

### 一

一直到很多年后我才知道，许多年来一直在我嘴里念叨来念叨去的鸡翅木，其实就是金丝楠木，是一种很名贵的木材，我却一直叫它鸡翅木，难怪那时候我姐和我姐夫那样嘲笑我，那也是应该，因为我无知嘛。

我年轻的时候确实很无知，不过这也不能全怪我，我虽然有一张高中文凭，但我的小学高年级以及初中和高中都没念到什么书，没有学到什么知识，我大概只有小学四年级的水平，怎么不无知呢？

现在我已经不年轻了，我女儿都已经是大学生了，可我还是很无知，没办法，基础没打好，用现在流行的话说，是输在起跑线上了。不过我也没什么可懊悔的，当年像我这样输在起跑线上的又不止是我一个人，更何况又不是我自己要输的，那个时候，我们连起跑线在哪里都不知道。

现在我是一个大姑娘的妈了，我对自己的事情已经不那么看重，更不那么着急了，现在一切都得为我家的大姑娘着想了。我家大姑娘马上大学毕业，要回来工作了，仍然住在从小长大的这个地方，一个小破天井，三间破瓦房，将来找对象，带回来一看，先就输人家一截。

我又急着上火，不过这一次没等我嘴角上急出燎泡来，也没等我急得嘴里吐出粗话来，我们的老宅子却有了新鲜滋润的气象了，它沉寂了许多年后，忽然间又浮出水面来了，政府开始计划修复古建筑，赐墨堂是重要的名人旧居，那就是翘首可待了。

我们终于可以搬离这个霉湿了几辈子的小院了，在计算面积的时候，我们小天井里的两个违章建筑居然也给划拉进去了，哈，要是当年那老朱家知道有这等好事，不知会悔成啥样呢？得到好消息的这一天，我的这个班上得就不像个班了，一上午尽坐在班上点计算机，算计着以旧换新所差缺的数目。点来点去，我知道我的缺口有多大了。我站起来和同事小周道一声对不起就跑走了。

我回家把那鸡翅木茶几抱起来就走，到了店里，我把鸡翅木往他的柜台上一搁，那老板说，这是什么，这是什么？我学乖一点，说，这是什么你自己看呀。老板似乎有些激动，一时竟说不出来，过了好一会，才喃喃地道，我没戴眼镜，我没戴眼镜。我说，你没有眼镜吗？老板说，有，可是在里屋。我说，那你进去拿吧。老板似乎不放心我，我说，我看我像个小偷吗？我不会偷你店里的东西的。老板说，不是怕你偷东西，怕你走了。我说，我都大老远的来了，为什么要走？莫名其妙。老板说，那可说不定，到我这里来的人，经常是莫名其妙的，一会儿这样一会儿那样。我拍了拍鸡翅小几，说，我抱它来也很辛苦，抱出一身臭汗，我不会再抱它回去的。话一出口，我就知道自己犯傻了，老板的眼睛里划过一道太明显的兴奋的光彩，我这么粗心的一个人，都能捕捉到它，可见这老吃老做的老板也不比我机警到哪里了。所以我又赶紧把话拉回来说，我不把它抱回家，不等于我一定要把它卖给你哦。老板说，所以嘛，所以嘛——他忽然发现了自己的问题，立刻变了一副脸，说，要什么眼镜，不戴眼镜我也知道这是什么东西，闭上眼睛我都知道这是什么东西。我说，闭上眼睛你怎么知道？他说，我手一摸吧。就真闭了眼睛用手摸起来。我也不笨，知道他想压价，压就压吧，何苦要做出这种出尔反尔的样子。我说，你开价吧。老板似乎被我惊到了，立刻睁开眼，手缩回去，又把皮球踢还给我，说，你说说你的意思。我才不说呢，不是我精明，实在是我不知道这鸡翅木小茶几到底值多少钱，我曾经多少次拐弯抹角地探过老宋的口气，可是老宋屁眼夹得好紧，一丝风声也不透露出来。

我和老板就这么推来推去，我是真不知道怎么开价，老板是真狡猾，但是再狡猾的老板拼到最后也沉不住气了，说，我服了你了，我服了你了，见过这么精明的男人，没见过这么精明的女人。我说，冤枉，我真不知道怎么说。老板说，算了算了，我耗不过你，我说。他那脸上完全是一副准备英勇就义的凛然模样，我心里好笑，想，有这么严重吗？结果老板说出了一个数字，我才知道事情还真的很严重。

不知道是不是这个数字吓到了我，我头上竟然开始冒汗了，为了掩饰自己没见过大世面的小家子气、穷酸气，我赶紧咳了一声，给自己壮胆说，哪有你这样说话的。老板听了我这话，先是用狐疑的眼光看了看我，又用心想了想，似乎没有揣测出我的话外之音，就愣愣地看着我，大概是在等我再说得明白一点。其实我哪有什么话外之音，连我自己都不知道这句话含着什么意思，我看老板那愁眉苦脸绞尽脑汁的样子，比死了亲娘还痛苦，我大觉不忍，说，算了算了，我也不跟你讨价还价了，就按你说的吧。老板惊得瞪大了眼睛看着我，看了一会儿，脸色大变，赶紧把鸡翅木茶几拉近了点，又是看，又是摸，又是拍，又是敲，最后又弯下身子凑上去，我还以为他要吻它一下呢，后来才知道他是闻它，闻了半天，他起身了，鼻翼还在动呢，但眼睛里已经没有了怀疑，不仅没有了怀疑，还大放光彩，最后他倍儿果断地说了两个字：成交。他把我的鸡翅小茶几搁到店里最显眼的位置，站在那里左看右看，看不够。我走的时候跟他打招呼，他都没顾得上理我。

我揣上鸡翅木变成的现钱，就去上班了。不过这一天的班，上得可不够用心，我坐不住，火烧屁股似的总想往外跑，先是跑到财务科，可并无报销、领钱之类的事，我到财务科去干什么呢，我自己觉得奇怪，那两个女会计也觉得奇怪，用了一会儿心计后，其中有一个说，老冯，你不是想来财务科上班吧？说话的这一位脸上还硬挤出点笑意，另一个不说话的，已经满脸铁青了，我吓得赶紧逃走了。我在走廊里东探探西看看，又到了宣传科，宣传科长关心地对我说，冯小妹，你今天脸色不对呀，有什么事吗？我摸了摸自己的脸，摸不出对不对，但是我不敢看宣传科长的脸，又逃走了。我转来转去的，最后转到办公室，办公室人多，是个大间，里边吵吵嚷嚷的，但是我一进去，大家就看着我，我又想逃了，大家赶紧喊住我，说，冯小妹，你今天怎么啦？我确实不知道我今天怎么啦。我问他们，我今天怎么啦？他们奇怪道，咦，你怎么啦你自己知道，怎么反来问我们？我说，那你们说说我今天和平常有什么不一样？大家面面相觑，停顿了半天，最后终于有个人，说，丢了魂吧。

我讪讪一笑，觉得自己像个残兵败将一样，灰溜溜地下阵去了。走出办公室的时候，我听到一个人在背后说，看她那兴奋的样子，肯定又交好运了。另一个说，那是当然，老宅子要整修，她家要分新房子了。又有一个人的声音横起来，好像要吵架，说，不是！不是分新房子！她家要落实政策了。立刻有人着急说，她家不是已经落实过政策了吗？那个了解政策的人说，现在许多大户人家，都向政府讨回从前没收掉的房子，有个姓陆的状元后代，还真讨回去了，好大一个老宅啊，三落七进，你们想想，有多少间？立刻有好几个人叽里哇啦起来，因为嘴杂，听不分明，最后才有一个人代表大家把意思说清楚了，他说，冯小妹家的老宅不是被没收的，是捐的，捐是自愿的，捐了就不能讨还的！大家听了这话，沉默了一阵，但最后还是有一个怀疑的声音又起来了，说，谁知道呢。另有一个声音颤颤抖抖说，要是真的还给他们那个老宅，那个什么堂，那可真不得了了！

我满脸通红地回到资料室，我的同事小周说，老冯，你到哪里去了，你们家老宋刚才打电话来找你。我说，他有没有说什么事？小周说，哟，你们家老宋的嘴有多紧，怎么会跟我说什么。我说，那他没找到我就什么话也没说？小周说，说啦，说谢谢。我把电话打到老宋单位里，老宋却又没在，他的同事说，他刚刚走出去，不知道到哪里去了。我的心仍然在怦怦地跳着，不会是政府找他去归还赐墨堂了吧，我就守在电话机旁，等他的电话，但一直等到下班，他也没有再来电话，我彻底泄气了，心也不怦怦地跳了，我还劝了劝自己，别做梦了，就揣上鸡翅木茶几那点钱，等着拿个几室一厅吧。

好不容易到了下班时间，我带着没有魂的身体出了单位，回家的路上，因为没有灵魂的指导，我果然走错了路，七拐八拐，鬼打墙了，最后才发现，我竟然拐到早上来过的古董街。可是收我鸡翅小茶儿的那家店，却已经关了门，我觉得奇怪，没道理呀，隔壁的好几家店，都开着呢，他为什么这么早关门呢？我凑在门缝上朝里探了探，里边黑乎乎的，什么也看不清。隔壁店里的一个伙计看到了，说，喂，你干什么？要出货吗？我指了指这边紧闭着的门，说，我的货早上已经出给他了。那伙计说，你出的什么货？我说，没什么，就一个小茶儿。那伙计一听，立刻像杀猪似的尖声大喊，老板，老板，快点，她来了！他的老板从里间应声出来，看着我说，那个鸡翅木茶儿是你的？我说，是呀。这老板急得伸出手来，说，你蠢呀，你蠢呀，你怎么能出给他呢，他可是我们这条街上出名的刘一刀哇。我起先不知道什么叫刘一刀，想了一想，明白了，他说的肯定是刘老板会砍价。我赶紧说，他没有砍我的价。这老板一听，更是跺脚捶胸，说，你说多少他就给多少？我说，怎么呢，不砍价不是很好吗？这老板说，不好不好，很不好啊，原来你如此无知啊，你知不知道他坑了你多少？我如实地说，不是我出的价，是他给的价，我觉得可以，就成了。这老板更是急得没办法了，说，那可更不得了，那可更不得了。拿手捂着心口，要倒下来的样子，嘴里说，不行，不行，我要发心脏病了。那伙计去搀扶他，被他猛推了一个趔趄。我怕老板用力过猛真的发了心脏病，又怕他会赖到我身上，赶紧说，老板，我下次有货就到你店里去啊。赶紧走了。

老宋和我前后脚到家，我的慌乱的情绪都没来得及平复，又担心老宋发现鸡翅茶儿的秘密，赶紧主动打岔，让老宋分心，我说，老宋，你今天打电话找我了？什么事？不等老宋回答，我又抢出一个新话题说，老宋，是不是政府要归还我们的赐墨堂了？老宋说，你哪里听来的，赐墨堂是当年奶奶和父母亲一起捐给国家的。我说，我听说捐的也能要回来。老宋说，当时都有国家发的认捐书。我说，在哪里，我怎么没见过，你拿出来我看看。老宋说，许多年了，也找不着了。我说，找不着就等于没有，等于不存在，不是吗？老宋说，找不着怎么等于没有呢，虽然你找不着，看不见，但它还是存在的，比如一件家具，找不着了，不在这个家里了，但它肯定还是在的，即使它被毁了，也是物质的转换，物质不灭定律，你中学时学过吧。我心里一虚，以为他在说鸡翅木茶儿呢，赶紧观察了一下他的脸色，发现他脸色平静，根本不知道鸡翅木茶儿已经不在了，找不着了。我定了定神，气势又上来了，说，老宋，果然不出我所料，你果然是胳膊肘子往外拐,你说的话,跟外人说的话是一模一样啊。老宋温和地说,那也是巧了。真是个割肉不出血的家伙。

我把话题引到老宅上去，果然把老宋的注意力转移了，老宋始终没有察觉鸡翅木茶几的事情。钻进被窝的时候，我偷偷地闷笑了一会儿，就带着笑意进入了梦乡。哪里想到我的笑意等我睡着了，竟然变成了一个可怕的梦魇，我做了一个和我爸从前做过的一模一样的梦，在一个很昏暗的地方，有个人对我说，那茶几不是你的，你不能占有。我又惊又急，也顾不得我爸了，赶紧出卖他说，不对不对，这不是我的梦，这是我爸的梦，你们找错人了，你们找他去吧。但是那个人不理睬我的叫喊，又说，不是你的，你不能占有。我说，你到底是谁?我怎么看不见你的脸？听那人一声冷笑，我就被吓醒了。我拉开灯，赶紧去看老宋，我知道我说梦话了，怕老宋听到，幸好老宋正睡得香，没有听到我的梦话，我放了点心，拍了拍心口，灭了灯，让自己安心睡觉，我才不像我爸那样迷信，那样胆小怕事，我才不相信梦能够说明什么呢。我很快又睡着了，可奇怪的是，我一睡着，那个梦又连着前边的梦的情节继续做下去，那个看不见脸面的人，仍然在那里对我说，你不能占有。我这回不跟他客气了，说，你连脸都没有，有什么资格跟我说话。那人说，我有脸没脸有什么关系，你难道不知道我是谁?

早晨起来,我发烧了,浑身烫得要命,我没敢吱声。老宋看了看我,说,小冯，你脸色不大好，是不是生病了。要来摸我的额头，我赶紧躲开，说，我好好的，没生病。自己摸了摸额头，烫手，但我故作镇定说，喏，一点也不烫。老宋又狐疑地说，那你的脸怎么这么红？我说，秋天干燥，有点升火而已。老宋说，去买点梨子吃吃。我说，好的。老宋去上班了。我赶紧到医院去吊了两瓶盐水，先把体温压下去。从医院出来，日头白晃晃的，可我觉得我还是在梦里，迷迷糊糊往前走，迷迷糊糊地又走到那个小店。

店门仍然关着，但情况和昨天下晚不一样了，因为它是朝东的，早晨的太阳正好照耀着它，我从门缝朝里张望的时候，看得清店里的一切了。这一看，我的心顿时一沉，那鸡翅木茶几已经不在昨天的位置上了。

我心慌意乱地拍打起他的店门来，敲门的声音又把隔壁的伙计给引出来了，他眼睛凶，一看到我，立刻就认出来了，说，你又来了，是不是刘老板没付钱给你？我慌慌张张地指着门缝说，不是的，不是的，我的小茶几不在了。那伙计老三老四说，不在了才是正常的嘛，要是还在那儿就不正常了嘛。我不知道他什么意思，愣愣地看着他。他撇了撇嘴，一脸瞧不起我的样子，说，这还不明白，肯定早就出手了。我说，怎么会这么快，就一天时间？那伙计说，不跟你说了，你什么都不知道，你不配有那个东西的。就往自己店里去了，我追在后面说，请问，请问——没来得及追上他，我就看到收我鸡翅木茶几的刘老板出现了，他从天而降似的站到了我面前，看到我，他先是一愣，随后就笑了起来，说，我就知道你会再来的。但是我觉得他的笑比哭还难看。我说，你怎么知道我会再来？刘老板不再苦笑了，也不再说话，默默地打开了店门，我紧紧跟在后面说，你已经把我的鸡翅木茶几卖掉了？你已经把我的鸡翅木茶几卖掉了？刘老板听了我这话，忽然间竟勃然大怒，训斥我说，什么话？你说的什么话？你会不会说话？什么你的鸡翅木，你已经卖给我了，是我的鸡翅木！说话间他人已经到了长长在柜台后面，我们俩，一个在柜台外面，一个在柜台里边，脸对着脸，他的脸板板的，很凶，我的脸上，尽是讨好，尽是阿谀奉迎，我也不知道自己怎么会这么贱，干嘛要对他这么摇尾乞怜，我说，刘老板，我没有别的意思，我只是想再看一眼我的鸡翅小茶几，不知道你把它卖给谁了？刘老板听了我这话，顿了半天，忽然一弯腰，从柜台里边的地上，猛地捧出一件东西，“砰”的一声，墩在了柜台上。我定睛一看，竟然就是我的鸡翅木茶几！我一伸手就搂住了它，刘老板上来扒我的手，说，你搂它干什么？我说，不干什么，就像自己的孩子，送了人，重新又见到了，总要抱一抱吧，毕竟是自己的孩子呀。刘老板凶道，孩子？是你的孩子你还送人？我说，人都有迫不得已的时候嘛。刘老板没好气说，你既然把孩子送了人，又来干什么？我说，隔壁那伙计说，你肯定早就出手了，可是，可是，你怎么没出手？刘老板起先一直气冲冲的，这会儿他的脸色不那么凶了，又叹气，又摇头的。我问说，没人买吗？刘老板说，反正我就没敢把它摆出来。我想了想，似乎想到道理了，赶紧说，难道是你自己想要留下？刘老板说，没有的事，我们干这一行的，为的是挣钱，只要别人出价，自己再喜欢的东西也要走，否则就不是生意人，而是收藏人了。收藏的人呢，正好相反，什么东西都往里扒，有钱要扒，没钱也要扒。我说，没钱怎么扒？刘老板说，那你去问他们吧，反正他们总是在往里扒，扒到手了，哪怕是一堆狗屎也会当宝贝一样搂在怀里。我忍不住“啊哈”了一声，不是因为他说的话，而是因为他说话时的那种急吼吼的腔调。他朝我看了半天，长叹了口气，说，算了算了，我服了你了，你拿回去吧，我不要了。我惊奇得不得了，说，咦，我又没有向你讨回茶几。刘老板双手握拳，朝我拱了一拱，说，饶了我吧，我昨天一晚上没好好睡，尽做噩梦，早晨起来竟发烧了。一边说一边拿手摸摸自己的额头，又道，刚去医院吊了两瓶盐水，这温度还没有完全下去呢。我又忍不住“啊哈”了一声，说，你做了什么梦？他生气说，我做什么梦干吗要告诉你？我说，是不是有个没脸没面的人跟你说话，说茶几不是你的。刘老板更气了，指着我说，你什么人，捣什么鬼？我说，我没有捣鬼，我只是奇怪，你为什么收了我的鸡翅木茶几又不摆出来卖，像你自己说的，哪有生意人不想做生意的。刘老板说，我也想摆出来，可是我摆不出来啊。我说，有小偷吗？刘老板说，小偷倒是进不来的。又朝我拱拱手，说，你弄回去吧。昨天他给我的钱还原封不动地搁在我的口袋里，我将它们拿了出来，交还给刘老板，抱起了我的鸡翅木茶几，就觉得特别亲切，像妞妞小时候我抱着她那种感觉，我一激动，就忍不住亲了它一口，嘴里呢呢喃喃道，我的鸡翅木，我的鸡翅木。我紧紧搂住失而复得的鸡翅小茶几，想起当年我爸搂着它的样子，也是这样的，由于抱得紧，凑得近，它就在我的鼻尖下，我闻到了它的一股清香，很淡，不像香樟木那么浓。

这是我嫁到宋家多年以后，头一次闻到的清香。

我把鸡翅木茶几放回到原来的地方，老宋回来也没有在意小茶几失而复得了，只是说，小冯，原来你已经听说了。我一头雾水，说，听说什么了？老宋说，赐墨堂暂时不修了。我大急，赶紧问道，为什么？为什么？老宋说，可能因为投入太大，暂时还没有这个实力。我说，你怎么不告诉我？老宋说，我昨天给你打电话，你没在。我不能依他，气道，可我昨天晚上回来你也没说。老宋说，昨天晚上我觉得你心神很不定，想等你定神的时候再告诉你。我直觉得一颗心在往下沉，往下沉，沉到了自己都捞不着的地方去了。自己的心都捞不着了，我能不哭吗，可结果我却笑嘻嘻地说，是呀，我早就知道了。

我要不是知道，我怎么会把鸡翅木茶几又赎回来了呢？

## 二

我们仍然居住在老院子的破屋里，花园洋房在我们眼前晃了一下，又离我们远去了。虽然我家的大姑娘眼看着就要回来了，但是我已经心如死灰了。

我心如死灰了，我姐却又来了。我早就说过，我姐是根搅屎棍，她一来，我的日子就要发生一些变化了。

我姐命真好，许多年一直就在享清福，她可会保养了，从前吃胎盘人参、现在是虫草燕窝，还三天两头做美容，结果却是有心栽花花不发，反而见老，我姐夫呢，许多年忙来忙去忙挣钱，吃辛吃苦，却一点也不见老，他们俩走出去，人家都要多看我姐夫几眼，还以为是一个富婆包养的小白脸呢。都说男人有钱就变坏这是铁的规律，但是铁的规律到我姐夫这儿就不成规律，我姐夫其他方面坏不坏我不知道，但他对我姐的态度一点也没变，仍然是忠心耿耿的一条狗，仍然是我姐说东他决不向西。

我姐夫到底赚了多少钱，我反正是不知道的，以前我也曾斗胆问过我姐，我姐牛，说，冯小妹，我不说也罢，说出来不要吓死你。我不希望被吓死，就不再问了，见着我姐的面我就躲着点，怕她一不小心说了出来，害死我一条命。

有一天我姐从国外回来，给我带了些 made in china。她来看我，穿着高跟鞋的咯的咯地走到我家门口，正好一阵风吹来，吹下一块瓦砖，差点砸了她的头。我姐受了惊吓，批评我说，冯小妹，你也好意思，什么时代了，你就打算一辈子住这样的房子？就算你不嫌寒碜，也要注意安全呀。我可怜巴巴地说，姐，我也想住花园洋房，更想住豪华别墅哎。

我姐回去跟我姐夫一说，姐夫就跑我家来了，前前后后，左左右右地看起了赐墨堂，足足地看了一个多小时，最后，我姐夫对我姐说，我知道我该干什么了。我姐点点头。他们真是心有灵犀的一对，我姐夫说半句话，我姐就能听懂，也许他不说话话，我姐也能听懂，可我和老宋呢，我怎么说话，他都听不懂，或者是假装听不懂。

我以为我姐夫的“我该干什么”不会和我有什么关系的，哪知第二天，我姐夫又来了，朝我点点头，总算是几十年来眼里也有个我了，他直接找老宋说话，我在旁边努力地听了半天，到底让我给听懂了，知道我姐夫又要开创一个新的事业了，就是古建筑修复工作。他从前又不是搞古董的，又不是搞建筑的，现在要把这两样东西加起来一起搞，真有异想天开的水平。他这许多年，做了无数的生意，倒腾冰箱以后，又倒腾塑料粒子，又倒腾钢材煤炭，后来又开饭店，又开夜总会，再后来是做空手道——我也不知道什么叫空手道。后来时间长了，我才稍稍知道了一点。我说，怎么天上掉馅饼的好事，老是轮到你们头上呢？我姐听我这么说，毫不客气地批评我说，冯小妹，你很无知，你以为天上真会有馅饼掉下来，你知道这样做的风险有多大？我说，有多大？我姐说，不说也罢，说出来不要吓死你。我赶紧说，姐，你就别说了，我不想被吓死。

我姐夫开始倒腾古建筑，他倒是想一下子就把赐墨堂给修成原模原样，可是他赚来的那许多亮崭崭的骄傲的金钱，现在在这个支离破碎摇摇欲坠的赐墨堂面前，忽然就低下了它们高贵的头颅，简直就算不上是个什么东西了，按我姐的口气说，还不够倒腾赐墨堂里一个纱帽厅呢。

不过我姐夫并不着急，他很踏实，大的做不起，就先从小的做起，他出资买下了另一座什么堂，比我们的赐墨堂小多了，十分之一都不到，二十分之一大概也不到，连后花园也没有，我去看过，只看了一眼就瞧不上它，只有前后两进，中间一个天井，也是个屎眼样，但它是一个完整的老宅，也是什么名人的旧居，毕竟也叫什么堂呢，和我们赐墨堂也有一个堂字是一样的。我姐夫搬迁了里边的住户，给他们提供了新房子，又出了整修费，等一切完工，已经是三年以后的事情了，这时候，我姐夫已经是一个彻彻底底的穷光蛋了。这可不是我咒他，也不是因为我一直以来妒忌我姐，这话可是我姐亲口跟我说的。

我一直指望着我姐夫能在倒腾老宅时再发一次大财，那样他就可以来收拾我们的赐墨堂了，结果我姐夫不仅成了穷光蛋，而且在这个过程中他迷失了方向，他丢了西瓜抱芝麻，不再折腾古建筑，却迷上了旧家具。

倒腾旧家具让我姐夫彻底变了一个人，他一头扎进去以后，就再也出不来了。最后他把修复完工的那个什么堂都抵押了，收回来一车又一车的旧家具，几年过去后，我姐夫就只剩下一大堆破烂家具和一屁股的货款在名下，谁也不知道他到底是资不抵债还是债不如资。

但我姐夫毕竟收藏旧家具收出点名声来了，许多人知道他手里有货，辗转过来想要他的东西，我姐夫哪里舍得，可舍不得吧，资金又周转不回来，铁面无私的银行和交情不浅的朋友都追在屁股后面问他要债，把我姐夫追得屁滚尿流。有几次还跑到我们家老宅子里来避风头。我说,姐夫,你怎么躲到我家来了?我姐夫说,他们肯定以为我躲在什么大宾馆里呢,找去吧。我看到我姐夫这样子，忽然就想起很多年前，那个古董店的刘一刀，他说过那话，收藏的人，只知道往里扒，哪怕扒到是一堆狗屎，也会当宝贝一样搂住不放，哪怕穷到讨饭，穷到卖裤子，也不肯撒手的，会把自己弄得狼狈不堪，但生意人不会的，生意人只认一个利字,只要有了利,就不会让自己狼狈不堪。我姐夫明明不是个收藏人，他是个正儿八经的生意人，他怎么会把自己搞得这么狼狈呢?

我姐夫确实够狼狈的，他躲了起来，手机也不敢接，后来又换了手机号码，但即便如此，我姐夫还不忘拍我姐的马屁，他会忽然从什么地方冒出来，买一客小笼包子，偷偷地溜回家，供给我姐吃。我姐吃得满嘴流油，满足地舔着嘴唇跟我姐夫说，小笼包子吃好几次了，腻了，下次带烧麦吧。我姐夫说，好的好的，烧麦。

我再见到我姐夫时，他两眼发直，头发都白了，眼睛里也有我了，说，小妹，听说姐姐找了个对象是银行的，能不能帮忙贷点款。我一听，拔腿就逃走了。

我姐夫把几十年来辛辛苦苦赚的钱都搭进去了，害得我姐的生活不如从前优雅了，也害得我姐不能隔三差五给我送点美国的中国货，或是中国的美国货。有一次我跟同事吹牛说我姐那儿有美国肉毒素，涂在脸上，五十岁会变成二十五岁，至少打个对折，那年轻的同事急了，非让我给她带一点试试效果。我说，那用下来你就只剩十几岁了噢。我跟我姐说了，我姐却不高兴，说，用完了。我说，你不会再去买吗?我姐说，这是在美国买的。她心情不好，我就没敢再往下说，其实在美国买有什么了不起呢，从前我姐夫牛的时候，我姐想到要买什么，就飞一趟香港，又想买什么了，就飞一趟美国，就像我们上一趟超市一样便当。

我没有把美国肉毒素带给我的年轻的同事让她变成十几岁，我同事心胸狭窄，说生气就生气，整整一个星期摆脸给我看。我平白无故地受了一包气，把气撒到我姐夫头上，在背后就忍不住说，让他牛，让他牛，现在看他还有什么好牛的。老宋听了，慢悠悠地对我说，我看他也不比从前差。我又把气撒到老宋头上，说，怎么我说一句你总要顶一句？你看看我姐夫是怎么对待我姐的，你想想你是怎么对待我的？老宋装痴卖呆说，有什么区别吗？我说，我姐夫对我姐是百依百顺，我姐说一句他听一句，你对我是百战百胜，我说一句你顶一句。老宋笑道，没你这么夸张吧，一百次里有九十次也不错啦。

我姐夫要办旧家具博物馆，总觉得还缺了点什么，将他的宝贝盘来盘去，最后才醒悟过来，原来就差我家的鸡翅木茶几。他来找老宋，老宋说，你拿走就是。我姐夫上前就去抱那茶几，可刚一抱到手，立刻又放下了，呆呆地站在茶几面前犯糊涂，犯了半天糊涂，才醒过来，面色惨白说，那怎么可以。老宋说，咦，你不就是来拿的吗？我姐夫说，我是想来拿的，但我不是白拿，你卖给我吧，开个价，什么价我都能接受。老宋还是说，你拿走就是了。我姐夫还是不拿，转了转脑筋，说，你不愿意卖？那，那你是要以物换物？你，你想、想要什么东西，我们好、好商量。奇怪了，我姐夫说到钱的时候，又大方又爽快，利索得吓人，可说物的时候精神就差远了，甚至还结巴起来了。老宋还是说，咦，你拿走就是了。老宋都说到这分上了，说了几遍你拿走吧，说得明明白白，可我姐夫还听不明白，偏不拿走，还反其道而说，你是不是嫌少啊，你肯定是嫌少吧。我姐夫随手又加了一沓子钱。我看到那钱，心惊肉跳，那可是我姐夫借高利贷借来的，那不是钱，是刀子啊。后来我忍不住出卖了我姐夫，把他借高利贷的事情告诉了我姐，我是想让我姐劝劝我姐夫，这世界上也只有我姐能够阻止我姐夫犯糊涂。可我姐居然对我说，嘿，他那高利贷，就是我帮他借来的嘛。真是浑浑噩噩的一对绝配。

这期间我姐夫不断做着搭积木的游戏，那一沓子钱越叠越高，老宋真是有眼无珠，这么多钱他竟然看不见。最后陪我姐夫来的那个专家说，算了算了，我看出来了，他不肯，无论你给多给少，都没有用。我姐夫急了，说，他怎么不肯，他肯的，他明明让我拿走的。那专家说，那你拿走试试。我姐夫就再也说不出话来了。

那专家看起来不过三十出头，四十不到，一表人才，我姐夫对他简直就是言听计从，我正惊异这个人年纪轻轻怎么会有这么高的水平，他忽然朝我笑了起来，说，阿姨。我吓了一跳，说，你认得我？他说，我是小朱呀。我不知道小朱是谁。他也不计较我的无知，又说，我是老朱的儿子小朱呀，我小时候，你高兴的时候，就喊我鼻涕大王，不高兴的时候喊我小杀胚。原来他竟是那个小鼻涕虫。可他这一说，闹了我个大红脸，我毕竟大他一辈，但他却好像是我长辈似的知书达礼，大人大量。我忍不住朝他的鼻子看了看，小时候他的鼻子又红又烂，现在这鼻子可是今非昔比了，简直几乎就不能叫鼻子了，长得太漂亮，挺拔，光亮，干净，简直就像是外国人的鼻子。我说，哎哟，巧啦，你怎么在这里呀？我姐夫见小朱喊我阿姨，对我的态度也好了一点，大概怕我对他不恭，赶紧向我介绍说，他是朱大师噢。小朱说，也不是什么大师，只是喜欢而已。说得真谦虚，像真正的大师。小朱和我拉起了当年的家常，说，阿姨，你还记得吧，当年我们家从你们家搬走的时候，我爸带走了你们家的两扇紫檀木屏风。我一急，脱口说，是偷的吧？小朱说，不是偷的，是你家奶奶送的。我又犯糊涂，我家奶奶，我家哪个奶奶？小朱说，是宋家的奶奶。我这才明白过来，原来是宋乔氏。心里犯嘀咕，宋乔氏，宋乔氏，你可真敢送东西，你出手可真大方。心里正恼着，又听那小朱说，我小时候家里少一张床，就把那两扇屏风铺起来当一张床，我就睡在屏风上，好硬。后来我们回乡下，家里反而有床了，那个屏风就竖在家里，我爸有事没事就围着它看，越看越看不懂，越看越看不懂。我说，一个屏风，有什么看不懂的。小朱说，我爸说，这屏风上的人，怎么雕得这么活，像活人一样，他天天看，看得都认得他们、都可以跟他们说话了。我说，嘻，那你爸还是那老朱吗？小朱没回答我他爸还是不是老朱，而是继续说着他的“喜欢”。我姐夫又抓住了拍马屁的机会，说，朱大师原来是学物理的，天才呀，一转入我们这行，虽然半路出家，却是后来居上，三下两下就是大师了。我对小朱说，你爸高兴吧？小朱神色有点黯然，说，我爸不在了。我叹息了一声，说，可惜了，可惜他看不见你当大师了。小朱却认真地说，他看得见，他看得清清楚楚。我一听他这话，忽然就没来由地打了个喷嚏，身上起了一层鸡皮疙瘩，好像老朱在什么地方看着我呢，我嘴浅胆子小，就不敢吱声了。

我姐夫得不到我家的鸡翅木茶几，怏怏而病，害得我姐现在也不待见我，这么多年我姐可没少扶持我，我想劝劝老宋，人家那是旧家具成堆的地方，把我们的小茶几放那里，狐假虎威，能成气候，可以让大家看，增长知识，显摆水平，放在我们家墙角里，没什么必要，搁个电话机都嫌寒碜。可这么多话到我嘴边却说不出来，因为我说不着老宋，更劝不着老宋，自从我姐夫相上了我家的小茶几，老宋就只跟他说过一句话，你拿走就是了。是我姐夫自己不拿，怎么说他也不拿，所以我姐不待见我是没道理的。

时间过得真快，一转眼，妞妞就要结婚了，她正在布置新房，打个电话告诉我，她把鸡翅木茶几抱走了。我一急说，你那家里，全套西式新家具，放个破茶几，不伦不类，算什么名堂？妞妞说，现在流行的，古典元素。我赶紧说，你拿走茶几你爸说什么了？妞妞说，老爸不在家。我说，你就抱走了？妞妞说，是呀，我就抱走了。

我回家果然不见了茶几，心里顿时忐忑起来，在屋里瞎转了几个圈子，又到小天井里东看看西看看，也不知道看的啥，也不知道要看啥，一直熬到老宋回来，我注意着老宋的脸色，老宋却没有脸色，他还是不在意墙角落里的茶几，就像从前那茶几曾经走失的那几次一样，老宋好像根本就不知道家里有这样一件宝贝。反而害得我心里空空荡荡，无处着落，好像那茶几不是我女儿拿走的，是被小偷偷走了。

我忍不住去了妞妞家，看见那破烂茶几夹在一套奶白色的欧式家具里，奇里古怪，我“唏”了一声，说，妞妞，你觉得这样放好看吗？妞妞说，妈，这不叫好看，这叫品位。我品了半天，也没品出个味儿来，只好硬着头皮又说，妞妞，其实这个茶几是你爸的传家宝。妞妞说，是呀，我爸的传家宝，就是我的传家宝嘛，我又没有兄弟姐妹，要是有一个，这茶几就要一劈为二，要是有两个三个四个，这茶几就要粉身碎骨了。我硬挤了点笑容笑了笑，拐着弯子说，妞妞，其实你爸爸是个小气鬼。妞妞听了我这话，哈哈大笑说，妈，你怎么猪八戒倒打一耙？我听不懂了，说，妞妞，你什么意思？妞妞说，咦，谁不知道我老妈是个小气鬼，从前我外公要这破茶几，你不乐意，吓得外公只好还给你，后来我姨夫要，你又不乐意，害我姨夫得相思病，现在你又追到你女儿这里来，是急着想抢回去噢。我说，你才猪八戒倒打一耙呢，这茶几又不是我们冯家传下来的，我急什么。妞妞说，那是呀，我爸都不急，你急什么？我想了想，也是奇怪，老宋好像从来没有为这茶几着过急，几十年来，他甚至从来没有提起过它，它走了，自然会乖乖地回来，又走了，又会乖乖地回来，根本用不着老宋着急，倒是我在其中费了许多心机，绞了无数脑汁。我忍不住跟妞妞说，妞妞，你可能还不知道这个茶儿的价值噢，它是鸡翅木，鸡翅木你知道吗？它还是明朝的呢，明朝你知道吗？妞妞笑道，不就是明朝那些事吗？瞧她那小嘴里，说什么都是轻飘飘的。我说，妞妞，说实在的，明朝的鸡翅木家具，到现在可不多见了，搁你这儿，妈可不大放心啊。妞妞笑得弯腰跺脚，前抑后仰，说，哎哟我的妈，哎哟我的妈。我不知道这有什么可笑的。妞妞说，我老妈哎，遇上我老爸，你可真背运的。我说，怎么啦，你老爸怎么啦？妞妞说，我老爸一张嘴，简直就不是嘴。我没听明白，闷头闷脑问，那是什么？妞妞还是笑，说，那是一块铁砣。我还是没听懂，妞妞见我如此无知，不满意地撇了撇嘴问道，这么多年了，关于这个鸡翅木茶儿，我老爸真的什么都没有告诉你？我这才听出点名堂来了，赶紧问，告诉我什么，这茶儿有什么，到底是怎么回事？妞妞说，这是赝品，早就被人调包了。

你们替我想想，有这么个老宋，我气是不气？我当然气，气得骂起人来，我说，骗子，他是个骗子。妞妞说，我爸可没骗你，你又没有问过我爸这东西是真是假。这时候我的怀疑已经盖住了我的愤怒，我来不及生气了，因为流逝的时光已经一一浮现出来了，我的思绪一泻千里，尽是环绕着鸡翅木茶儿在奔流。我先是怀疑我爸调的包，又怀疑那个刘一刀，或者是我姐夫，或者是小鼻涕虫，我甚至怀疑上我的女儿和女婿，最后我连我自己都怀疑上了。妞妞说，老妈，麻烦你别胡乱瞎猜了，这个茶儿在我爸生下来之前，就是假的了。我气道，妞妞，既然连你都知道得这么清楚，干吗你和你爸都瞒着我？妞妞轻飘飘说，老妈，既然它是个假货，那它就是个屁，一个屁的事情，干吗非要打扰你呢？我老爸为什么不告诉你呢，我猜猜啊，他也许是怕你伤心吧，因为大家都知道我老妈对鸡翅有感情噢，要是有人告诉她鸡翅不是鸡翅，是鸭翅，我老妈会气疯的。

我生气归生气，却没有疯，因为我心地善良，先想到我姐夫病怏怏那样子，心不忍，从妞妞那儿出来，我顾不得回家找老宋算账，先跑到我姐夫那儿，急着把假鸡翅木茶儿的事情告诉他，我以为姐夫会对我感激涕零，哪知他听了我这话，气得脸都白了，精神气儿全泄走了，有气无力地批评我说，冯小妹，你姐说得没错，你很无知，只是想不到如今你都这把年纪了，还这么无知。我虽然一直很崇拜我姐夫，可这会儿他狗咬吕洞宾，我也有点恼了，我说，我怎么无知啦，我到底没让你出洋相，拿假货去给人显摆。我嘴快，也就这么顺着一说，也没想得很多。可我这话一出来，我姐夫却愣死在那里，眼睛都发定了，愣了好半天，我姐夫的脸色越来越难看，最后只见他浑身一哆嗦，转身就跑了。

从他狂奔乱跑的背影看上去，我姐夫到底是老了。

后来听我姐说，我姐夫从假鸡翅木茶几联想到他收藏的那许许多多旧家具，万一是假的，他还能活吗？他到东到西请专家看，专家一来他就出汗，后来就养成了出汗的习惯，像女人到了更年期，动不动就是一头大汗。我说，啊？难道姐夫收的家具都是假的？我姐呸我说，你想得美。我赶紧没落无趣地退走了，听到我姐在背后说，姐夫说，那可是高仿，看纹理就知道是从前仿的，不像现在的东西，花里胡哨。我听了后，发了一阵子呆，我既不明白我姐在说什么，更不明白我姐怎么也管我姐夫叫姐夫呢，我回头看了我姐一眼，就慌慌张张地走了。

从妞妞那儿吃了一惊，在姐夫那儿受了气，又在我姐那儿奇了怪，回家我对老宋说，我终于知道什么是茶几了，老宋说，什么是茶儿？我说，就是摆满了杯具的那东西。幸好它不是餐桌，要是餐桌的话，那就放满餐具了。老宋笑了笑，说，小冯，几十年了，你终于变得文绉绉一点了，管杯子叫杯具了。我说，是呀，嫁入你家豪门这么多年，连个杯具都不会说，不是白嫁了吗？

# 暗道机关

## 一 刘科长

没错，我就是刘科长。我的工作岗位是房管局私房科。

当然，私房科只是大家私底下的简称，它的正式的全称是落实私房政策科。

顾名思义，这个岗位就是专和有私房的人打交道的，你们一看就明白，这可不是一件省心的工作。

十八年前，我参加工作的头一天，办公椅还没有坐热，刚刚从科长那里了解了一点点我们这个科的工作性质，就有人来找我办公了。

其实我早已经记不清这个人的长相了，甚至年龄也记不得了，说到底，我对这个人和这件事的任何细节都记不得了。但这不能怪我记性不好，更不能因此就说我工作不负责任。十八年前的一件平常小事，谁能保证他在十八年以后还记得清清楚楚？

我之所以能够想起这件事情，是因为前不久局里清理历史档案的时候，档案科的丫头小眯跟我说，刘科，我看到你当年上班后的头一次工作记录，嘻嘻嘻，字像狗爬。

她觉得可笑，我觉得有沧桑感，一晃就是十八年啊。

小眯说过之后，我就想回忆回忆这件有沧桑感的事情，但努力地想了又想，记忆还是模糊的，只知道那个人叫潘小小，他说他是名门之后，也就是说，他的祖上，是很显赫的。这个城里曾经有富潘和贵潘，但潘小小并不知道他们家是富潘还是贵潘。所以他的这个名人之后的身份，也不太好确认。

据潘小小自己说，他家虽然祖上显赫，但到了后来，情况完全不一样了。大概在潘小小的五代以上，祖宗就把老宅给卖了。以后更是一代不如一代，潘小小高中毕业后，进了一家印刷厂当印刷工人。

潘小小来找我，肯定是为了私房，但他们家的私房，不是一九五零年以后的问题，五代以上，我算了算，那至少是一八几几年以前的事情，这事情轮不到我管，当时我虽然还是个新手，这个政策我却已经掌握了。不过我也没有马虎了事，我想认真地翻阅一下我们局里的私房档案，没想到私房档案竟有那么多，堆满了一间屋，我想从里边找出潘小小家的老宅，还得利用我的业余时间，那时候我正在谈对象，业余时间也很宝贵，所以我的积极性受到了一点影响，但是我得向潘小小有个交代呀，我怎么回答潘小小呢？最后我想了一个两全其美的答词，我说，对不起，潘同志，既然你五代上的祖宗就把潘宅卖了，那么潘宅早已经不姓潘了。

潘小小沮丧地看了看我，说，刘同志，我知道潘宅不姓潘，我来找你，不是要让潘宅重新姓潘，我只是想知道，到底哪一幢潘宅是我家老祖宗住过的。

这个问题确实是个问题，在我们这个古城里，有了富潘贵潘之说，就好像一城就只有两家姓潘的人家，其实潘姓是个大姓，城里有许多人家都姓潘，有的和富潘贵潘有牵连，有的则完全无关。但凡是姓潘的，他们的老宅子都是可以称作潘宅的。

寻找潘小小家的潘宅，这不是我工作范围之内的事情，但我是个有热心肠的人，又何况我刚刚参加工作，总想要表现突出一点的，所以我就应承了替潘小小找老宅。

因为有了这个应承，才有了那一段我的最早的工作记录，多少年后，小眯才能嘲笑我的字像狗爬。

城里的潘宅很多，吃不准到底哪一宅是潘小小系列的。那天我只是随口问了一下我们的科长，科长就说，噢，潘宅啊？你要多少，我报给你，黄鹂街，潘桂芬宅，状元坊，潘樾宅，莲花巷，潘文彬宅……

我那时候对我们科长钦佩得五体投地，他真是满腹古宅啊。这个消息对潘小小来说并不太好，不过我还是告诉了潘小小，我说，潘同志，不是我不帮你找老宅，实在是潘宅太多，连你自己都吃不准到底是富潘还是贵潘或者是别的什么潘，我们就更没有办法帮你确定了。潘小小把富潘和贵潘这两个词反复地念叨了几遍，问我，是富潘厉害一点还是贵潘厉害一点呢？这个我也不知道，但是我认真地想了一想，又进行了一番推理，我说，应该是贵潘厉害一点吧，你想想，贵，肯定要有权有势才称得上贵，而有了权有了势，还会没钱吗，还会不富吗？潘小小点了点头，说，那好，那我就是贵潘吧。我差一点喷出饭来。

我和潘小小说话的时候，我们科长也进来了，他听了听我们的对话，就对我们说，你们要换一换思路，从前的潘宅，如果后来卖给别人了，就难找了，因为换了主人，一般都是要给宅子重新起个名字的，比如有一个宅子，也是从前某一个潘家的，叫礼耕园，多好的名字，后来换了主人，主人姓怀，就改名叫怀厚堂了，名字也很好啊。潘小小朝我们科长看了看，说，原来改了名呀，怪不得我找不到了。我又差点笑出声来，但我屏住了笑，说，这也是可以理解的，既然换了主人，是应该改个名的，不然人家会以为还是潘家的呢。

怀厚堂和礼耕园，都是有文化的好名字。不过这也没有什么了不起，我们这个地方，别的没有，有的就是文化。举例说几个老宅吧，像紫兰斋，丽夕阁，留余楼，玉涵圃，等等，你们咂巴咂巴，有点文化的味道吧。

我不知道潘小小后来有没有找到他家的祖宅，如果他找到了，他肯定是要去看一看祖宅的。不过他看与不看，能有什么区别呢？他去看从前的潘宅，后来的某宅，再后来的乱七八糟的大杂院，就像我们走在街上看到豪华的高楼大厦，再怎么漂亮，再怎么炫，跟我们是没有关系的。

从十八年前那一次相遇后，我就再也没有见潘小小，以至于我早就把他忘记了，好像他从来没有出现在我的生活中。就像这些年来我接待过的许许多多的私房主，他们早就成为过去式，我记性再好，也不可能把他们一一记在心里，内存没有那么大呀。

可是谁又能预料还没有发生的事情呢？也许有一天，一个与从前完全不同的潘小小，或者，一个和从前一模一样的潘小小，突然出现在我的面前，给我讲一个从前以来的故事呢？

只是我的工作很忙，根本就没有闲工夫等那个潘小小的再次出现，等着他来给我讲故事，毕竟，我现在已经不是刚刚进单位的小刘，而是久经沙场的刘科长了。

说到我，就有人来找我了，是个女士。

这里我用的是“女士”，而不是“女的”或“女人”。一般在我的日常工作中，我面对的女性，我都是称之为女人的。这不是我要这么称呼她们，是她们自己这么称呼自己的。比如，她们会说，刘同志，求求你了，我一个女人，挑这么一副担子，不容易啊。或者说，刘科长，你帮帮忙了，你不能欺负我们女人啊。这样我也就习惯地跟随着她们的口气和她们谈话，比如我会说，我知道，一个女人挑这副担子是很不容易，但这跟我们要谈的事情是两码事。或者我会说，我从来不欺负人，更不用说是女人了。

但是今天我面对一个女人，却称她为女士，你们一定在猜想，这个女人大概和一般的女人不大一样吧。

你们猜得没错，事实正是如此。

她叫怀彩衣，虽然没有镶金戴银，但看人家那气质，就是一个不穿彩衣的彩衣样子。

我也不大好意思直瞪瞪地盯着人家看，只是觉得她保养得很好，所以我根本无法判断她的年纪，好在我们要办的公，跟年纪无关。

也就是说，怀女士来了，她带来了一个事件，而这个事件的中心，是一座老宅子。

其实不用我说，你们已经知道这个老宅就是怀厚堂。否则哪有这么巧，正好怀厚堂的主人姓怀，怀女士也姓怀？

怀厚堂在一条小巷里。从前这地方遍地都是这样的巷子和这样的宅子，现在已经不多了，所以就显得珍贵了。以至于有人走过的时候，还会觉得稀奇，会指指戳戳，议论一番。

怀女士从前在这里生活过，后来离开了，现在又回来，这也是正常的。因为她有钱，她想到哪里就可以到哪里，她也完全可以在这个旧貌变新颜的城市里买新房子，甚至买别墅，可她偏要回到破旧的老宅来，而且还一定要住回怀厚堂最后的那一进，一个三开间二层的小楼，前面一个小天井，后面带一个小后花园。

我的心就揪起来了。就在怀女士走进我的办公室，自报家门的那一刻，我那一颗规规矩矩待在原地的心，一下子挪了位置，挪到了嗓子眼儿上，就这样，一直悬空吊在那儿了。

怀女士是回来收房子的，但她又不是要收我家的房子，值得我那么吊心眼儿吗？可我就是这样的一个工作积极分子，公家遇上麻烦了，比我自己家遇上麻烦还让我心焦。

我的心焦不是没来由的，从礼耕园到怀厚堂，光凭这样的名字，你们或者就想象得出，这个老宅可不是一般的老宅，它的气势和规模，肯定是不差的。当然，那是在从前。

从前的怀厚堂，前后左右几进几落，大小房间上百间，从潘家到怀家，都是一家人住着。一家人人口再多，用得着这么多的地盘吗？但那是有钱人的事情，用不着别人操心。

幸亏现在不是从前了，如果还是从前，怀女士来要回一个完整的怀厚堂老宅的话，我只有一条路，就是从我的办公室窗口跳下去。我的办公室在四楼，跳下去的结果我也不能确定，但至少，我跳下去了，我的这个公，就由别人去办了。

我不用跳楼，因为现在不是从前，因为早在五十年代的时候，怀厚堂已经被分割了。

我看过一些私房方面的历史档案，许多私房那时候都按政策分割了，但政策也有倾斜和不倾斜的时候，也有端正和不端正的把握，所以最后也很难归纳出一个统一的标准来解释那些老宅是按什么样的政策分割的。

好在那时候的人头脑都比较简单，心里也比较倾向革命，有人甚至愿意把全部家财都送给国家，就不会计较分割时候的公正不公正，房间的多一间少一间。当然，或者也有少数人心里有点怨气，但以后，一年一年地过去，怨气就渐渐地被时间他老人家磨没了。

现在的我，就和当年我们的科长一样，满腹老宅，一提起这类事情我就亢奋，就滔滔不绝，要把一肚子老宅以及和老宅有关的东西倒出来。这一方面我老婆特别不能理解我，她说她见过的吃公家饭的人，大多都是捣糨糊的，没有一个像我这样“愁”。

“愁”是我们这儿的方言，很难用普通话解释给大家听，大概的意思就是对事情过于认真、认真到让人讨厌。

这其实是很冤的，认真难道不是一件好事吗？但认真到让人讨厌，这算什么呢？后来我老婆干脆不喊我名字，就喊“愁头”了，以至于影响了小时候很崇拜我的女儿也跟着她妈一起喊我“愁爸爸”。

我认识到我的“愁”，赶紧打住不说别人家的老宅了，现在坐在我面前的是怀女士，我得说说怀厚堂。

因为政策的倾向和不倾向、端正和不端正，当年作为一个整体的怀厚堂，给划出了几种不同的成分。一部分是公房，是公私合营掉的，这部分房子后来政府租给老百姓住。这些老百姓在搬来住的时候，还都年轻，他们中间大概谁也没想到，这一住竟然能住了五十年，从小年轻住成老头和老太太了。第二部分是留给怀姓房主自家居住的，从性质上讲，那还是私房，是怀家小辈的。但是怀家的小辈后来先先后后都走了，他们有的去投奔海外的亲戚，有的到别的更大的城市发展去了。他们本来就是一群凤凰，一直被锁在笼子里，一旦门打开了，就一个紧跟着一个飞走了。不过那时候因为刚刚开放，他们虽然都办理了有关的手续，走得正大光明，但在心理上讲，他们却是逃走的，逃得匆忙而且慌张。所以也没有来得及关心他们家祖上传下来的那几间屋子。他们走了以后，邻居们曾想乘乱挤进去，但房产部门的消息更灵通，他们抢了先，把房子收归政府了，然后再重新安排新的住户进来。老百姓哪里抢得过政府，只有望房兴叹，最后也只是指望新来的住户要比老东家好相处一些。最后的一部分房子，就是怀厚堂大宅里最后的一进，叫小姐楼，还包括那个破废了的后花园，这一个部分，这么多年来，始终说法不一。房管部门说那是怀家的前辈怀老先生临终前捐赠给国家的，但是他们拿不出证明，而怀家也拿不出反证。就这样僵持了，它们既不是私房，也不是公房，是不公不私的房，又是不私不公的房。不过，虽然它们定性不明，但许多年来也没闲着，总是有人住在里边，还住得实实足足满满当当，至于房租，到底应该交给谁，始终也是吵吵闹闹没个定论，经常会发生政府和怀家的小辈抢收房租的事情，每到月底了，两拨人马就守在房客家门口了。怀家的小辈是近水楼台，房管部门的工作人员往往抢不过他们，气得说，哼，怀家，还算是大户人家呢，这种下三滥的做法，像瘪三。好在后来怀家的小辈都走了，政府也了却了心病，专心收房租就行了。

谁想得到，多少年风水轮流转，一些岁月过去以后，怀家的小辈竟又回来了。

你说，由我负责接待并处理怀家房产事宜，我能不心焦，我能不慌张吗?

我慌慌张张，站起来又坐下去，坐下去又站起来，抓起电话又不打，不打电话眼睛又看着电话，最后，手足无措的我，竟然对一直坐着的怀彩衣说，怀女士，您请坐，怀女士，您请坐。

怀女士显然是个很有内涵的女士，她听了我这话，再看看我的样子，她好像很同情我，微微一笑说，刘科长，我是坐着呢，我一直坐着呢。听她这么不慌不忙，我更慌了，我的手抬了抬，我好像是指了一个方向，内心深处我肯定想指一指怀厚堂的方向。但因为慌乱我一时辨不清方向了，就胡乱地指了指说，怀女士，怀女士，你可能没有去你们的老宅那里看一看吧，你可能还是从前的印象吧，那个什么后花园，早就没有了，现在像个垃圾场了，里边搭满了乱七八糟的棚棚，人都挤不进去了。不等怀女士说什么，我更夸张地说，你再去看看小姐楼吧，现在小姐楼更不像个楼了，实木楼梯都变成镂空楼梯了，走上去吱吱嘎嘎，木板都断掉了，楼上的人家像是天天在乘飞机呢。

我看得出怀女士几次想插话，但都被我堵住了。而我成功地堵住了怀女士的嘴后，带来的后果更严重。她无法说话，就笑，一直微微地笑，直笑得我毛骨悚然。我说这些话给她听，她是不应该笑的，她应该着急，应该沉不住气。但她好像根本就没有把我的话听进去，更不要说放在心上了。我的心在嗓子眼儿上一荡一荡的，像在荡秋千，搞得我想呕吐，好难过。老话说，不睬你，如宰你，不搭你，如杀你。怀女士虽然被我堵住了口，不说话，也不理会我的夸张的用词，但我竟然从微微笑的怀女士身上感受到了一股杀气。

我到房管局上班的时候，怀家的小辈都已经走了，我没有见过怀女士，只是偶尔听住在怀厚堂里的居民说起怀家的一些情况，当然也不是专说怀女士的。现在见了面，一接触下来，知道这个女士不太好对付，主要是让人捉摸不透，看起来温文尔雅，很客气，也很低调，不像有些海外归来的人，一脸瞧不起国人、还高人一等的样子，怀女士一点也没有。她的话不多，却是句句有骨头的，她的微笑，也好像随时随地在给自己留着后路呢。还有，更让我不能理解的是她的神情和状态，她是回来讨要房子的，这可是一场激战。既然要投身一场战斗，那她就应该是斗志昂扬的。可是在我看起来怀女士并没有多少昂扬的斗志，相反，以我的经验看上去，她似乎有点无所谓，我堵她的嘴，她也不生我的气，不说就不说，好像她天生不喜欢说话，甚至很讨厌说话。一点也不像我这些年来打过交道的那许多私房主，他们无论是年轻还是年长，无论是男是女，也无论他们家的私房有多大或者有多小，他们都知道事情的难办，所以他们无一不是满怀着一腔斗志来找我，也无一不是废话连篇。

这就是我办事成功的原因之一。他们有斗志，他们亢奋，我就有办法对付他们。我就跟他们磨，把他们的斗志磨光了，我的工作就胜利了一大半。

但是现在，我看不见胜利的曙光，我不知道自己怎样才能把怀女士的斗志消磨掉。因为她根本就没有斗志。

果然，我跟领导汇报以后，都知道这事情麻烦了，明明是政府亏欠人家的，拿了人家的房子也不作个交代，还收了几十年的房租，从前还跟人家抢房租，还说人家下三滥，现在回头想想，也不知道是谁下三滥呢。如今人家讨上门来了，政府没有理由不还给人家呀。但这一个“还”字，说起来轻松，做起来比登天还难。就怀女士提出来的这个小二层和小后花园，面积不算大，住了七户人家，要让这七户人家搬走，那可不是一笔小费用。所以我们领导跟我说，你就跟她磨吧，跟她缠吧，磨到她没脾气，缠到没到她兴趣——你没什么好怕的，反正你小科长一个，还是个副的。

你看我们领导，既要用我，还要恶心我。本来我把自己叫成刘科长，并没有蒙骗大家的意思，虽然我是副的，但别人叫起来肯定是刘科长，不会有人叫刘副科长。你一个当领导的，就让事情含糊一点又怎么样呢，就体谅一点下级的心情又怎么样呢？可他不，他非要顶住我的软肋，因为他知道，我在意级别，我希望他能够拿掉我的副字，所以，他就得时时提醒我，让我继续努力，不要翘尾巴。

我有点沮丧。我们领导又来哄我了，他拍拍我的肩说，刘科，领导上完全相信你的能力，你一定能办好的。我哭丧着脸说，李局你不知道，这个女士很难弄的。我们领导给了我一根烟，还替我点了，安慰我说，料她也不能把你怎么样。总之有一点你记住了，不要让她直接找到我，这事情你要替我挡着，她找到了我，我就不好说话了。我也知道，这是领导让我做难人做恶人呢，但那也是应该的，就算是打仗，也肯定是士兵冲在前边的嘛。

这是常规手段。我们领导之所以会让我采用常规的手段对付怀女士，是因为他始终躲在背后，他没有直接接触怀女士，他不了解怀女士，即使我在汇报时提到怀女士的特殊情况，他也不会有很深很真切的体会，他只知道我是个好兵，会替他挡住子弹和炮弹的。

我心里明白，对付怀女士，既要用常规手段，又要有特殊手法，我得作好长期作战的思想准备。我花了几天时间，细心地琢磨了几套方案，准备在今后的比较漫长的日子里，一套一套地拿出来实施。

我的第一套方案，就是要推翻怀女士讨回小姐楼和后花园的想法，我要告诉她，她没有理由要回这最后的一进。因为这一进的房产性质一直没有尘埃落定，怀家的小辈就算回来讨还祖宅，也应该讨回原先他们住的那一进。那一进是怀厚堂最中心也是最豪阔的一进，“怀厚堂”三个字就搁在那一进的大堂上，面积要比小姐楼这一进大得多呢。

这是我的聪明过人之处，我并不是愿意把最大的那一进还给怀家，因为刚才我已经说了，那一进房子的面积更大，住户更多，还起来更吃力。我只是觉得我从那个沉着冷静的怀家小姐那里，探得了她的内心的某些秘密，她是一心要想拿回小姐楼和后花园。为什么呢？

因为有了这个疑惑，我才敢下这一把赌。这把赌注下得大了一点，是有很大风险的。万一怀女士那里并没有什么秘密和隐情，全是我自以为是，自作聪明。我这么说了，怀女士就接过我的话题说，那好呀，你就还我那一进吧。轻轻地，就把我顶到墙角了。

可是别忘了，我就是吃这碗饭的，不会轻易就被别人顶到墙角，十八年来，我几乎每天都跟一些老私房的房主打交道，积累起来的经验，再造一个两个十个八个怀厚堂都是绰绰有余的。

如果怀女士这么说了，我就会告诉她，要拿回那一进，我们一起努力，就慢慢来吧。首先，我们要打一份报告，报告要写得详细，要把事情从头说起，从前怀厚堂是怎么一回事，后来是怎么一回事，再后来，也就是你们住的那时候，是怎么一回事，又再后来，你们走了，又是怎么回事，当然，怀女士，你也别觉得这个事情特别麻烦，我所说的怎么一回事怎么一回事，其实也就房子的性质问题，但是性质问题不是由谁说了算的，是要有根有据的，是要有证明的。连故事带证明，讲清楚了这一切以后，还有一件最重要的事，就是这份报告得有你的爷爷奶奶辈的人签字，如果你的爷爷奶奶辈不能签字，也得由你的父母辈签字，如果不是你的父亲母亲，也一定得是你父亲的兄弟姐妹，再退一步，如果你的父母辈也不能签字，至少得由你的兄弟姐妹或堂兄弟堂姐妹们的签字，这是最后一步，也是最后的底线，如果没有人签字，事情就办不起来。

怀女士也许会说，我不就是我的兄弟姐妹中的一个代表吗？我会说，是的，你当然是他们的代表——如果你有他们给你的经过公证的委托书的话。

这样怀女士就被我轻轻地顶到墙角了，她的耐心已经受到了很大的挑战，但她是一个有涵养的人，她还不会不耐烦，更不会发脾气，她还会继续沉着冷静地与我周旋下去。

这正是我所想要的过程和效果。

不过现在这些方案还只是在我的心里酝酿着，不断地完善着。我还没有决定从什么时候开始实施第一套方案呢。何况在实施这些方案的过程中，我会特别的忙，并不是怀女士什么时候想找我都能找到的，也不是我的所有工作都是为怀女士等着的。所以，如果真正要实施完这些方案，我预计的时间是一年。正如我们领导所说，跟她磨，跟她缠，磨到她没有了脾气，缠到她没了兴趣，再怎么样呢？到那时再说。

我平时就是这样工作的，碰到像怀女士这样知书达理的人，是我的运气。以往我曾经接触了太多的对象，那些各式私房的各色私房主，三教九流，什么人等都有，我不对付也得对付，对付久了，自然而然地，自己先就没了脾气。

没了脾气，工作就好做多了。这是我的工作体会之一。

我终于做好了所有的准备，包括我自己精神上心理上的和一切政策上手续上的种种准备都做足了，我终于可以第二次约见怀女士了。

按照我的方案，这一次的约见，只是务虚而已，连第一套方案的开头也还没到时间呢。这一次我会告诉怀女士，我已经向领导汇报过了，领导很重视这件事情，准备先召开几个会议，再增加一些人手，来调查了解听取意见，等最后汇总了方方面面的情况后再跟怀女士约下一次见面。

这样的地地道道滴水不漏的安排，怀女士是说不出什么不满的，唯一的可能就是抱怨我办事效率低，进展速度慢。如果怀女士这么说了，我会虚心接受，承认自己的办事效率低，我也许还会讲一个去俄罗斯过边境的例子给她听，其实也就是告诉她，现在我们这边办事效率已经够可以的了。

就这样在我的充分准备之下，怀女士第二次走进了我的办公室。但是，事情完全没有按照我所设定的方向和路线走下去，还没等我实施第一套方案中的前期方案，怀女士就从提包里取出一份材料交给我，我接过去一看，是一份费用清单，是搬迁小姐楼里七家住户所需的费用。

我的思路和情绪完全被打乱了。这张单子，也许早晚会出现。如果怀女士最后没有被我磨得没了脾气，也没有被缠得没兴趣，最后这张单子是一定会出现的。但是这张单子，几乎是我手里最后一张王牌，这张王牌的出现过程，少说也得有半年时间，加上前面的方案实施一年，那至少应该是一年半以后的事情。

一年半以后的情况，现在就出现了，而且是出现在怀女士手里，我的思路和情绪立刻就被打乱了。当然，在这样的情况之下，不乱一乱是不可能也不现实的。

不过我毕竟是一位有工作经验的房管工作人员，我仔细地看着这张单子，其实是在调整自己被打乱的思路和情绪。单子上的那些住户的名字和许多阿拉伯数字，我根本就看不进去，更记不住，看了眼睛发花，心里发虚，但我必须镇定下来，必须调整过来，这个过程是一个痛苦的过程。似乎是为了给自己的痛苦找一个泄出口，我咧了咧嘴说，怀女士，你对我们这里的搬迁行情了解得很清楚呀。

怀女士微微地笑了笑，甚至也算不上是笑，只是有一个浅浅的笑的意思罢了，她客气地说，如果对自己想做的事情都不能了解清楚，那我们还能做什么呢？

怀女士肯定不是在批评我，但是我心里很刺痛，倒不是因为听出了她话中的刺，听类似这样带刺的话甚至更厉害的话，也是我工作的主要内容之一。我的刺痛主要是因为我自鸣得意的几套方案一套还没有开始实施，就已经败下阵来了，这让我觉得窝囊，这在我从前的工作经历中又是极少有的。所以，败虽然是败了，我的内心还在顽强地抵抗着，我扬了扬怀女士交给我的单子说，怀女士，我们有一个政策你可能还不太了解，要搬迁住户，得有每一位住户的亲笔签名。

其实在我还没有把这句话说完的时候，就知道自己又错了，我已经看出来，怀女士是有备而来的。果然，怀女士耐心地等我说完后，也不回话，只是不急不缓从提包里取出了七家住户的签名意见书。

我被彻底地扎扎实实地顶到了墙角，而怀女士只是用她的一个还算不上是微笑的微笑，就抵上一个坚硬的膝盖，顶得我胸前和后背阵阵疼痛，透不过气来。为了躲避疼痛，我下意识地站了起来，好像一站起来，疼痛就减轻了。但也就是在疼痛减轻的那一瞬间，我知道，自己早就被磨没了的脾气又回来了，我深深地吸了一口气，想把脾气送回去。可是，一切已经晚了，现在在我眼里，身穿淡雅衣着、淡淡笑着的怀彩衣，就是斗牛场上那块艳烈的红布，我不仅躲不过去，相反，我要朝着这块挑战我的红布奋勇地冲刺了。

思绪走到这里，反而不再纷乱，反而清晰而平静了，我也微微一笑，手轻轻地撑着桌面，心平气和地说，怀女士，其实，我不说你也明白，这一切，都是不具备基本条件的。

我是站着说的，怀女士仍然坐着，这样我有一点居高临下的意味，这是我有意识发出的一点信号，怀女士似乎并没有接受到我的信号，她微微仰了仰脸，这样才可以正面地对着我的眼睛说话。怀女士受过良好的教育，和人说话，是应该看着人家的眼睛的。

怀女士仍然是一贯的平静的脸色，她再一次把手伸进提包里，这已经是她进来以后第三次把手伸进提包拿东西了。第一次拿出来的是搬迁费用清单，第二次拿出来的是七家住户的签名意见书，这一次呢？

我的那颗心，一直悬在嗓子眼上，现在要挪动了，它被怀女士的手带着，带进了她的那只深蓝色的提包里，一进去，我就觉得自己的心往下掉、掉，一直就掉到了摸不着的黑洞里去了。

千不怕万不怕，就怕领导乱发话。我想，怀家小姐拿出来的，必定是某位人物的批条。如果没有人物在背后给她撑腰，她凭什么越俎代庖把本应该由我做的工作都一一抢先做好了，她凭什么对一件几乎比登天还难的事情这么胸有成竹，比如，搬迁费用的清单，完全不应该由怀女士拿出来，至于七位住户的意见，更是应该掌握在我手心里的。但是现在，乱了，反了，一切都不对头了。问题全都出在怀女士第三次拿出来的那个东西上。

那确实是一张条子。却不是领导的批条，更不是红头文件，大大地出乎我的意料，这竟是一张支票。

我迅速地瞄了一下支票，上面的数字，正是七家住户搬迁费用的总和。

怀女士拿着支票，递过来，想让我接下，可我不知道该不该去接，我的手伸出去，又缩回来，缩回来，又伸出去，我还在犹豫，还在判断，最后我还是判断不了，我在我们单位向来是以反应灵敏著称的，但现在我的脑袋木讷讷的，连说话都有点结结巴巴了，我说，怀女士，你什么意思？怀女士，你什么意思？

一开始因为我的堵塞而变得惜语如金的怀女士这一次多说了几句话，她说，小姐楼的七家住户要搬迁，他们都同意了，都在意见书上签了名，这些签名现在都在你手上，搬迁需要费用，费用清单我刚才已经给你了，你也看过了，这个东西——这张支票，就是搬迁所需要的费用。

怀女士的气质真是气质，她慢悠悠地口齿清晰言简意赅地把刚才我们进行了半天的事情又复述了一遍。在我听起来，这不是在复述事情的经过，这是在讽刺我，难道我连刚才进行了半天的事情都搞不清楚，还需要你再说一遍？

我仍然站着，她仍然坐着，但是我的感觉却反过来了，我觉得是她站着，我坐着，不对，坐着都不够，我是蹲着，甚至，甚至有点像跪着。

一个人，或者不是一个人，是一个单位，如果没有底气，那就只能这样矮人一等了。怀女士愿意而且又有足够的实力承担全部搬迁费用，所以她从容不迫，所以她始终有耐心，始终平和，始终不急不忙，她可以一直坐着，比站着甚至比站在桌子上还高大。

我用力咽下了一口气，说，这么说起来，怀女士是非小姐楼和后花园莫属的了？

怀女士轻轻地点了点头，说，是的。

## 二　还是刘科长

我的疑惑就是从这里开始的。

怀彩衣个人出资搬迁住户的决定，让大家大吃一惊，这还反过来将了政府的军了。世上哪有这样的道理，人家的房子，被你白白占用了几十年，现在还要人家自己拿钱赎回去？政府在大喜过望之后，倒觉得事情不能这么简单地处理了，如果真这样做，那简直就没有政策甚至可以说没有王法了嘛。政府是有政策的，是有法的，而且还是要面子的，这弄不好就是国际影响啊。在平常的工作中，我们两只手里始终捏着两句俗语，一句是，一分钱要掰成几瓣用，另一句是，钱要用在刀刃上。现在我们掂量着左手和右手，掂来掂去，终于掂出了哪句话更重一点，那就是：把钱用在刀口上。

所以最后政府没有完全接受怀彩衣的建议，而是和她商量，各出一半费用安置五家住户。怀女士开始还坚持自己的初衷，但是架不住政府方面的一再动员，她退让了一下，重新开了一张半价的支票，一切就圆满结束了。

所有的人都皆大欢喜。尤其是那七家住户，他们搬进崭新的花园小区的时候，欢天喜地，惊讶不已，实在不明白怀家的小姐怎么要回到那样的破烂屋里去。他们谢了政府又谢怀家小姐，最后又一并谢了菩萨。

只有菩萨知道这是怎么回事。

而我，竟想着要去弄明白只有菩萨才知道的事。

这倒不是因为我觉得自己有多么的了不起，要和菩萨交个手。我一直是个低调的人，虽然也有些性子急的搬迁户或讨房户看到我有点头疼，但大部分居民还是认可我的，我工作积极，态度也好，大家都说我没脾气。没脾气可是对干我们这行工作的人的最大赞赏了。

当然，接下来我的某些行为，并不是因为我抱着对工作负责到底的态度，因为工作已经见底，已经结束，我还受到了上级的表扬，在房管系统中，我一直是先进，这件事情做完后，我的光荣履历上又增添了一色光彩。我更不是因为自己心胸狭窄，看不惯怀家的人有钱耍大牌。平心而论，怀女士虽然有钱，但她的为人处世，也没有什么让人接受不了的地方。

疑惑像一只绿头苍蝇，讨厌地缠住了我，在我耳边嗡来嗡去。我很想把苍蝇赶走，但我赶不走它。我也在自己心里，反反复复把那些情况想过来想过去，无论怎么想，接下来的事情也与我无关了。

但是我偏偏赶不走这个苍蝇，因为在我的内心深处，还是觉得怀女士的行为很蹊跷，不可思议。这就是我内心的那条缝，有了这条缝，苍蝇才会来，来了还赶不走。

许多年来，在我手里讨回私房的人多得去了，不是一个两个，也不是三个五个。参加工作以来，年复一年，基本上就是做的这样的事情，但却是头一次碰到怀女士这样的讨家。

非小姐楼和后花园莫属？那么，我就得认真琢磨小姐楼和后花园了。

小姐楼的现状，后花园的面积，都是我心存疑虑的因素，为了这一个破烂不堪的三开间二层楼，为了这一个不足四十平方米的小花园，怀女士的付出似乎太慷慨了些，也太急迫了些。虽然她的表情很平稳，她的言行也缓慢沉着，但她的动作却是极其迅速的，对我来说，有一种迅雷不及掩耳的效果。这种行为，如果仅仅拿出“怀旧”两个字来交代，是交代不过去的，或者用“思乡”两个字来解释，也是不够解释的。这些年里，我见过许多归来的老人，看到老宅时老泪纵横，泣不成声，他们中也不乏千百万富翁，但也没有谁像怀女士这样，对准了目标像扔炸弹一样就把钱扔了过来。

那张支票深深地刺痛了我，同时也激活了我的怀疑的神经。

一定有什么秘密藏在小姐楼和后花园里。

现在，所有的阻碍都已经扫清了，怀女士可以着手她的寻找秘密的计划了。如果真有什么秘密藏在这里，寻找秘密的行动也并不复杂，就那么大一点地方，挖地三尺也没有什么了不起的。

但是怀女士不能做得让人人都知道。

你们看，她首先封住了这一进通往前边几进的通道，把怀厚堂的脉线割断了，再反过来在后花园往外开了一个门。

门的外边，是一条沿河的小道，小道很窄，通不了汽车，就成了这个小城的最后的旧式风景了。

岸边杨柳依依，河岸斑驳，有一些旧的石条，有几个老人坐在那里说话，怀女士开出门来的那一天，泥水匠奋力一砸，墙轰然倒下，声音很响，但那些老人也没有太在意，在现在这样一个时代，轰倒一两扇墙，算不了什么。

前边的邻居现在看不到最后一进里的情况了，只是听到小姐楼里有些叮叮咚咚的敲击声，并不太响，没有大动干戈的动静。也有一两个闲人，特意绕到新开的后门来看看，回去告诉大家，怀家的小姐根本就不在搞装修，但也看不出她在干什么，她也不像在干什么的样子。

我的看法和大家不一样，我知道，怀女士已经敲打过了这里的每一寸可疑的地方，包括楼前的小天井和楼后的后花园，她把天井里的青砖一块块地起起来，又重新铺下去，把后花园的泥土深翻了，为了掩人耳目，她再种上些花花草草，让街坊们傻乎乎地议论说，噢，原来怀家小姐喜欢这样子。

其实，即使真的有一个秘密，这个秘密是人家的，跟我有什么关系呢？但我是一个钻牛角尖的人，这些天我可忙坏了，除了正常的工作以外，我又跑到图书馆，又跑到文物管理委员会，还到了城建档案馆，却没有找到什么有关怀厚堂的资料记载，许多人连听都没听说过怀厚堂。这也难怪，在这个历史悠久的古城里，曾经住过许多名人，他们的大大小小的故居，遍布在城里的大街小巷，过去说这地方随便踢一脚就是明砖，随手捞一把就是汉瓦，这样的意思拿来形容名人故居也一样，头一抬就是某某楼，转个弯就是某某园。

怀厚堂就这样被淹没了。

我要松懈一下自己的紧绷的神经，既然怀厚堂连号都排不上，它里边能有什么秘密呢，即使有秘密，这秘密又能有多么的了不起呢？还是算了吧，淹没就淹没了，又不是我的房子，就不要再去历史的海洋中打捞了吧。何况，海洋那么大那么深，怀厚堂掉在里边，沉浸了多少年，也许都已经散了架，不是谁想打捞就能捞到的。

我正要下决心甩掉那只烦人的苍蝇，走出城建档案馆，也走出自己的心理迷津。偏偏这时候，却有一个认真的小伙子，他是新来的工作人员，热心地给我指点迷津了。他告诉我，有一个名人故居研究会，是一些退了休的老人自发组织起来的，他们专做名人故居的调查了解和保护工作，对这个城里的名人故居是了如指掌的。

他轻轻一掌，又把绿头苍蝇拍回给我了。

名人故居研究会设在和怀厚堂差不多破旧的一幢老宅里，是一位姓曲的会长自己家的住房，挤出一间，就算是办公场所了，里边堆满了旧书旧报纸旧杂志，几位老人都是白发苍苍，他们的工作热情和工作量都大得吓人，研究会成立两年，他们已经自筹资金出版了三辑名人故居介绍。

可是不仅这三辑的内容里没有怀厚堂，连他们着手准备的第四到第五辑也轮不上怀厚堂，曲会长抱歉地指着一大堆资料跟我说，这些东西，是五辑以后的内容，我们现在实在挤不出时间看，要不，你先借回去看看，说不定也能帮我们下一个五辑做点准备工作呢。

我抱了一大堆资料，但没有抱回家，而是放到了自己的办公室。

研究怀厚堂里的小姐楼，这是我的业余爱好，不应该在班上做。我这个人向来把公和私分得很清，所以，我知道，虽然现在我只是一个副科长，但即使有朝一日我官当大了，我也不会是一个贪官。

为什么我要把业余时间看的资料放在办公室而不带回家呢，因为家里有我的老婆，就是喊我“愁头”的那一位。

这就要说到我的老婆了。我老婆有洁癖。不仅有洁癖，她还有一个理论，要想保持整洁，东西越少越好，对家庭生活没有用处的东西，她是一概不许进门的。久而久之，我的办公室，成了一个小仓库，幸好和我同办公室的我们的正科长一直借调在市里搞规划方面的中心工作，已经有一年多不来办公室了。

你们千万别以为有洁癖的女人都是大户人家出来的，或者都是从小受了爱干净的父母的影响。我老婆恰恰相反，她的父亲是菜场里卖肉的，母亲则在肉摊子对面卖鱼，你剜我一眼，我呸你一声，我的岳父岳母就这样认识，最后成为一对夫妻。

从我第一次见他们，到现在，他们一直都是邋邋遢遢，不爱干净。现在他们已经不再亲自动手卖鱼卖肉，成立了一个批发公司，当老板，但他们仍然是和鱼肉打交道，仍然喜欢杂乱肮脏，家里干净了，他们就浑身不舒服。

而我的老婆在那样一个环境里长大，竟然有洁癖，也可能物极必反吧，搞得像个有钱人家的大家闺秀，结合我现在正要研究的小姐楼，就觉得好像她是从那里边走出来的。

像旧资料这样的东西，我是不可能搬回家去的，但我把资料放在办公室，就得下了班留在办公室看资料。平时我一般都能按时上下班，老婆的工作单位远，下午我得赶回去买菜做晚饭，但现在不行了，下了班就钻在故纸堆里，一钻故纸堆，就不知道时间了。有时候甚至还会觉得，自己回到了古代呢。

有一次我老婆到了家，没看到我，就出来买菜，买了菜回去，仍然没看到我，再做好晚饭，还没见我回家，就打我的手机，那时候我看书看得太投入了，我希望书上能够有怀厚堂三个字出现，又怕自己太粗心让这三个字从眼缝里漏走了，所以眼睛一眨不眨地盯着，没想到过度紧张地使用眼睛，竟然还影响了耳朵的功能，居然没有听见手机响。一直到后来结束这一天的寻找的时候，我才发现了老婆的未接来电，我有点慌，赶紧把未接来电删除了。

我回到家，老婆问我为什么不接手机，我理直气壮地拿出手机说，没有电话，你看，根本就没有电话来，你是不是打错电话了。哪里知道我老婆比我还更留了一手，我的未接电话删除了，我老婆这里的已拨电话可是留着。

不过我的老婆还算是个沉得住气的女人，她没有一上来就穷追猛打，她甚至不和我争执到底打没打过电话，她只是说，晚就晚了，吃饭吧，以后要加班，打个电话回来说一声，免得家里担心。

其实这时候，老婆已经怀疑上了我。这怪不着我老婆，男人的这种行为，哪个老婆会不怀疑呢？只是我的老婆善于暗中观察，而不是短兵相接。

我没有能从曲会长给我那堆资料中发现有关怀厚堂的内容，我总是怀疑自己心不够细，可能漏掉了什么，心里总是恍然若失。但因为我天性敏感多疑，联想丰富，所以，尽管资料里始终没有出现我要找的内容，但看着看看，我却渐渐地明白了一个道理，我知道我并不是一无所获的，我看了那么多的有关老宅子的资料，虽然都不是怀厚堂的资料，但老宅子和老宅子之间，必定会有相通甚至相同之处。比如，有一些老宅，为了防盗防火，专门设置了暗道机关，家中财富，尽数藏于其中，别说一般的外人，就算来了湖匪，也是无法找到这些暗道机关的。

沿着这条思路，虽然没有找到怀厚堂的入口，但我一样走进了怀家，我的思路一下子清晰了，小姐楼是怀厚堂主人怀昌其的女儿怀满玉住的地方，一个大户人家的小姐，怎么可能没有一点点秘密呢？

在这里我得跟你们说明一件事情，我虽然把大量的精力投入到一件与我的工作无关的复杂的事情中去了，但我对本职工作还是认真的，我还是一如既往地接待搬迁户和讨房户，我比以前更愿意和他们多谈多聊，凡谈到老宅子了，我就跟他说，你知道吗，许多老宅子里都有暗道机关。然后我会再问他一句，你家的老宅子里，有暗道机关吗？被问的人先是发愣，然后是惊讶，再后是惊喜，最后他也不谈房子的事情了，转身奔了出去。

我想，他们大概去找暗道机关了。

有一天我的领导也在我的办公室里，他刚好目睹了这一幕，他起先不能理解我为什么要说这些没头没脑的话，觉得我的工作方式似乎出了点问题，但是最后看到来访的群众迅速跑走以后，领导恍然大悟了，他拍了拍我的肩，好，好，他说，有创意。

但也有一个人没有按照我的提示跑回去，他眼睛直愣愣地瞪着我，说，你什么意思，是你有毛病，还是你把我当傻子？暗道机关？你说我家老宅子里有暗道机关？我看你自己才是一个暗道机关，你把自己设在这里，叫我们来钻，我们怎么钻得过你？我也不计较他的态度，笑眯眯地暗示他说，当然，也不是所有的老宅子里都有暗道机关的。这个人不领悟，仍然气冲冲地说，但是你们所有的机关都是暗道，我们老百姓走不通的。

他是一个普通的老百姓，本来也不会说出暗道机关这样的话来，是我提醒了他，他才说出来。他说出来了，也不知道自己这话是多么的富有哲理，我听了，却被打动了，愣了半天，久久地回不过神来。

我越来越坚信怀彩衣不依不饶志在必得地收回小姐楼是有着不可告人的目的的，但最后的结果却完全出乎我的意料，她拿回小姐楼，叮叮咚咚弄了一阵，最后竟然开出一个茶馆来，取名叫过云楼茶馆。

怀女士在这破屋子里开茶馆，只是稍稍地整修了一下，除掉天井里的几株荒草，搬掉堆在过道上的一些废旧物品，拆掉后面小花园里的棚棚，基本还是原来的样子，连气息也还是从前的气息，那一种幽幽的很安静的气息。所以它不是现在流行的修旧如旧的旧，它是原来就旧的旧。而且，它不仅旧，还小。

这个结果很意外，所以立刻又引起了我的新的疑惑，茶馆开在这样的地方，是不会有什么人来的。一条小路，一边是河，一边是高高的斑驳的围墙，都长了骇人的青苔。车子也进不来，从巷口过来，得走很长的一段路。现在的人脚步都很懒，到哪里都要坐车，到哪里都希望车子直接开到门口，下了车就能进去。

所以，有人从路口望过来，狭狭长长的巷子，一往无边似的，最后好像就到尽头了，也不可能有什么像像样样的茶馆在里边，就望而却步了。

过云楼茶馆还是个新开的后门，如果是请朋友邀贵宾，走后门进去喝茶，那也没什么面子，何况现在街上茶馆那么多，干吗非要钻到这个牛角尖里来呢？

我观察出来了，怀女士要的就是这个效果。

这就是怀女士的过人之处？城里的茶馆近些年风起云涌，遍地开花。从大家惊喜到大家腻烦只用了很短的时间。中式的，西式的，中西合璧的，不中不西的，现代的、大规模超豪华的，复古的、小巧型精致典雅的，张扬的，低调的，纯喝茶的，纯喝咖啡的，既喝茶又喝咖啡的，喝茶喝咖啡又加快餐的，甚至又加正餐的，反正什么也都玩过来了，大家都在苦苦寻求新的出路，好像再也玩不出什么新花招来了。

于是怀女士就开了一个最老式的茶馆。但它的老式，却是连从前也没有的老式，老式到比乡下小镇上的老虎灶茶馆还老式，或者说，老式到现在的人都没有见过，老式到连一些描写老式茶馆的书上也没有写过。

所以，说它老式，还不如说它奇怪更确切。

从后门进去，几步路穿过一个平平常常的小花园，里边就是茶馆了。但与其说这里是一个茶馆，不如说它是一种老式生活的完满复现。

怀女士的茶馆里不仅有喝茶的桌椅和茶具，还分别搁置了画桌、琴台、棋盘、书籍等等，到过云楼来喝茶的人，也可以不单纯是喝茶，甚至可以是不以喝茶为主的。

我作为过云楼的头一个客人，反背着手，像个检查工作的首长，在这里转了几个圈子，那只绿头苍蝇始终绕在我的身边，它竟然还对我说，嗡嗡，嗡嗡，你赶我走呀。

我在和绿头苍蝇对话的时候，真的有客人来了，是两个人。他们比我晚了一步，就算不上过云楼最早的客人了。我才是过云楼的头一个客人，但我不是茶客，我不是来喝茶的，我来干什么？这个问题其实你们比我更明白。

这两个人也不是茶客，他们是一对围棋老友。他们是一路犹犹豫豫地过来的，走到了，也没有进来，只是站在后门口探头探脑。过云楼的一位服务员看到了，就请他们进来。他们把身子留在门外，头伸了进来，一个说，这里边有围棋？另一个说，十块钱一杯茶？服务员点头称了是，他们互相看看，说，进去吗？进去吧。就跨了进来，但还是走得犹犹豫豫，好像后花园里有着什么陷阱，一不小心就会掉下去。

外面的棋牌室很多，但那里边几乎清一式是打麻将，还有一些爱好者凑起来开的围棋俱乐部，专下围棋的，但人又太多，太吵闹，三教九流，抽烟的，骂粗话的，悔棋翻桌子的都有，太不合两位老友的习性了。

他们是习惯慢行长考的一对老兄弟，因为习性相近，才走到一起，但到处找不到安静的地方下棋，先是从棋牌室逃出来，又在俱乐部混不下去，就到甲的家里，时间不长，甲家的老太太和子女有意见，再挪到乙家里，时间也不长，乙家的老太太和子女也同样有意见，就没有地方去了，到园林去，门票太贵，买年卡吧，也不是长远之计，因为到冬天或夏天，他们又受不了那样的气候影响。

有一天他们看到报纸上登了过云楼茶馆的广告，说这里可以下棋，又觉得有点希望，就过来看看了。

这地方很中他们的意，就是茶钱贵了一点，棋是天天要下的，就像听评弹，不能跟看戏比，看了这一出戏，到下一次再看另一出戏，中间可能隔好多天，甚至一年半载，但是评弹天天要听的，所以评弹的票价不能贵，贵了就听不起了。下棋也是一样。棋是天天要下的。十块钱一杯茶不算贵，但是天天喝就是一个不小的数字了。

所以他们犹犹豫豫，嘀嘀咕咕，茶馆的服务员耐心地听了一下，他听懂了他们的意思，就跟他们说，你们可以自己带茶叶，自带茶叶，收两块钱。老人甲和老人乙相视一笑，就进来了。

我急得叫了起来，不对的，不对的，哪有这样开茶馆的？哪有开茶馆让茶客自带茶叶的？你们老板赚什么钱啊？服务员明明是听清楚了我的话，他却是一脸麻木的表情，他竟然不觉得这是个问题、是个大问题？我不依不饶地追着他说，你们怀老板，不像在做生意呀，哪有这样做生意的？我以为服务员肯定经过怀女士的训练，肯定会闭紧嘴巴，不料服务员不仅没有闭嘴，反而把嘴张得大大的，好像觉得我的问题不可理解，又好像在反问我什么。

渐渐地，过云楼茶馆的奇怪传出去了，有好奇的人来了，又来了，不过他们大多数只是来看看而已，看不出什么名堂，就走了。也有人留下来喝一杯茶，算是捧个场。

关于喝茶的问题，也没有逃得过我的研究，过云楼茶馆的茶也不算是什么上好的茶，都是些大路货，而且品种也不多，就看得出怀彩衣不是懂茶的人，更不是爱茶的人。不懂茶也不爱茶，却开茶馆，这是奇怪中的奇怪。这比怀彩衣将茶馆打扮成这样更奇怪。

因为茶馆所在之处比较僻静，老宅子里又僻静，想来喝茶聊天的人，到了这里，都不能大声说话，连走路都要轻手轻脚。其实也没有人规定他们要这样，但一到了这地方，自己就觉得应该是这样的，自己对自己就有了这样的要求。还有一个阳气重的人，一进来，没来由得就浑身发颤，打喷嚏，回去竟然还发了烧。

更多的时候，是没有人来这里的，一个空空荡荡的老宅子里，只听见那两位老棋友棋子落盘的声音，“的”——“的”——，他们很慢，长考，每走一步要都想上十分二十分钟甚至半个小时，有一次服务员小张在寂静中寂寞地等待着他们的落子声，等得他最后跳了起来，说，他们睡着了。

在这个茶馆里睡觉倒不失一个好去处。还有一个喜欢古琴的老太太，八十多岁了，她有时候过来拨几下古琴，说自己年轻的时候曾经跟哪个名师学过画，而不是学琴，但是因为名师不仅画画，也喜欢古琴，所以她也顺便跟着学了一下。

有一次老太太还带来一个小孩子，他在少年宫里学书法，人太多了，没有了他的位置，老太太告诉他，过云楼茶馆可以练字，他就来了。他在书房里写字的时候，一点声息都没有。

这就是茶馆的基本客人。在这样的时候，棋子落盘，古琴悠悠，那个写书法的孩子偶尔也有分心的时候，这时候他从窗口朝外看看，后花园枝叶摇曳，真的飘飘欲仙，或鬼影幢幢了。

这些都是我结合实际以后，对过云楼茶馆的想象，不是凭空想象，而是合理想象，我仍然是过云楼的常客，因为这里离我上班的地方太近了，几步路一拐，就进了这条狭狭长长的小巷。其实对过云楼茶馆我已经看了又看，何况我的工作也很忙，但我还是忍不住要拐进来。

因为我很明白，怀女士并不是要靠开茶馆赚钱，那她要干什么呢？她精心设计了这一切，到底要干什么呢？

她似乎是要复现从前家乡的一些情景，但复现这些情景，对现在的生活有什么意义，有什么帮助呢？

怀女士不应该是一个家乡通。她虽然从小在这里长大，但毕竟出去了好多年，增长才智、吸收文化的那些年华，她是在一个完全不同的环境中度过的。所以，对于家乡文化的理解，怀彩衣怎么可能深入到哪里去呢？

所以，这一切，虽然由怀女士出面做，但在我看起来，似乎有人在背后替她安排着。我始终坚信，怀彩衣的背后，小姐楼的内里，是藏着一个秘密的。

我是不会死心的，我一直和曲会长保持着联系，我还是不停地去麻烦曲会长，每次还是要从他那里再带回一点什么，曲会长差不多已经被我榨干了。有一天我头昏脑涨眼花缭乱的，忽然就觉得黄泛泛的纸上有几个很眼熟的字，从我眼前滑过了，我赶紧回头再看——这一看，看得我那颗始终悬着的心，呼啦一下子就往下掉。

这几个字是：过云楼茶馆。

资料记载在民国十一年，曾经有人在悬桥街开过一家过云楼茶馆。

七十多年后，怀彩衣也开了一个过云楼茶馆，虽然不在悬桥街，但却在离悬桥街不远的怀厚堂。这难道真是历史的巧合吗？我不相信巧合，我相信某一个事实真相正在某一个角落里，等着某一个人去发现呢。

书上关于过云楼茶馆的记载倒是不少，茶馆的规模，茶馆经营的情形，一一都有记录。

这是一家小茶馆，开在小巷里，从来没有门庭若市的盛况，但也没有冷清得打烊，总是有那么一些人，有钱的，或没钱的，有势的，或没势的，外来的，或本地的，到过云楼去喝茶。茶馆老板潘先生的祖父是清朝同治年间的一位高官，潘家当年曾有贵潘之称，既贵即富，潘家也确实曾经富甲东吴。他们的家教很好，并没有小辈吃喝嫖赌抽大烟，可是到了潘先生这一代，偏偏就丢失了家产，开了一家小茶馆维持生计。

我先前已经说过，这地方姓潘的人很多，祖上有点背景的潘家也不少，我肯定也曾接待和帮助过许多姓潘的人，处理过他们的祖宅。就比如说从前的那个潘小小。

这个问题一点也不悬疑。我们早已经知道，在这个古老的城市里，有头有脸的名人太多了，他们每一家，每一个人，都有一座甚至几座老宅，叫什么堂，或者叫什么楼，叫什么园，叫什么斋，太多太多了，别说一个我，十个百个我加起来，也不一定搞得清楚。名人故居研究会的曲会长也跟我说，他们辛苦多年整理出来的几辑内容也才是九牛一毛而已。

但是不管怎么说，功夫不负有心人，我终于发现了暗道机关的一个入口。

我往过云楼茶馆愈发地跑得勤了，渐渐地，我也看出来了，除了下棋弹琴，也有人会在这里驻足的。他们没有从茶里喝出什么味道，也没有在小姐楼后花园探到什么稀奇，他们是被墙上的一幅画吸引了。

这是一幅 132cm×32cm 的狭长的立轴，山水画，很精致，典型的海上画派风格，山，水，树，山间的茅屋，茅屋里的古人。

许多人起先以为这是复制品甚至是印刷品，但后来有懂画的人也来看过了，认定这是画家钱梦俨的真迹。但他认定虽是认定了，心底里却还是有疑问的，因为他们知道，画家钱梦俨从来都是只画画，只落款，不题多余的一个字，更不可能题一首七言诗，而且这是一首完全不是诗的诗，是一首七不搭的诗，说得更准确一点，是抄了四句别人的诗凑成的一首诗。

诗是这样的：

八月秋高风怒号，
卷我屋上三重茅。
马上相逢无纸笔，
凭君传语报平安。

看过的人，都参不透钱梦俨在这里题这几句诗是什么意思，尤其不明白，以画家的品格，怎么会拼凑别人的句子变成自己的诗，那不是拿自己的名声开玩笑吗？能看这幅画的人，本来多少是与书画有些关联的，或者就是画家，或者是鉴赏家，或者是搞古玩收藏的，至少也是业余爱好者，他们应该是冲着画来的，他们要欣赏要研究要评判的，应该是这幅画的“真、精、新”程度，但是到最后，他们都舍本求末，丢开了画，去研究那首配不上画的配诗。他们扼腕叹息，因为这首歪诗，很可能严重影响钱梦俨画的价值。

事情发展到这一步，你们也许已经迫不及待在猜想了，原来，老宅子也好，小姐楼也好，都是配角，钱梦俨的画才是主角？

你们一定以为我已经靠近真相了，你们也许都在焦急地等我揭开谜底拿出答案呢，可不瞒你们说，走了这么久，我怎么觉得自己越走越远了呢？

这就是怀彩衣开的过云楼茶馆，茶馆里的这些内容，是不合时宜的，是奇奇怪怪的，那些画家和鉴赏家们，到底有没有来过，并没有人确切地知道，因为茶馆的门开在后边，前边的人看不见，后面的小道上人很少，只有几个坐在河边闲聊的老人能够看见。但老人即使看见了，他们也不会当一回事。因为他们这一生中，看见的事情太多了。

当然，不管有没有人注意到，我一定也是这在个行列里的。本来我对怀彩衣、对小姐楼后花园都有着一肚子的怀疑，后来又发现是个茶馆，又后来出来了这个钱梦俨，我心里的那道暗道机关就更曲里拐弯了。

我虽然不懂画，但我多少知道一点钱梦俨，这是近现代的一位著名画家，最著名的其实还不是他的画，而是他的画在当下被炒得离奇了。经常在各种拍卖会上，他的画被拍出令人震惊的天价。人人都说看不懂。越是看不懂，钱梦俨越涨得凶，假钱梦俨也就迅速地铺天盖地地出来了。

果然，怀彩衣挂出了钱梦俨后，来过云楼茶馆的人就多起来。有一天，我一眼看到一个熟人，但我没有一下叫出他的名字，他也没有认出我来，就熟视无睹地从我身边走过，进去找怀彩衣了。这时候我脑子里灵光一现，我想起来了，我激动地冲着他的背影喊了一声：潘小小！

他没有回头，没有理睬我。我追过去，一直走到他的面前，把我的脸正对着他的脸，说，潘小小，你不认得我了，我变化很大吗？他哈哈笑着看了看我，说，你变化很大？什么意思，我从来就不认得你呀。我说，我是刘科长。他又笑，说，刘科长，你是刘科长我就应该认得你吗？我说，那么小刘呢，小刘你记得吗？他仍然笑，说，小刘？当然，你姓刘，你年轻的时候大家叫你小刘，这个我相信，可我一样不认得小刘呀。我有点沮丧，但我还是有热情，我说，那么，你是姓潘吗？他竟然点点头说，这回你说对了，我是姓潘。我说，那你有没有兄弟叫潘小小？或者堂房的兄弟？他立刻摇头说，没有，世界上姓潘的人多得很，为什么你非要认定是我和我的兄弟呢？我说，因为长得像呀，虽然时间过去了十八年，但你的模样我是忘不了的。他说，那就对不起了，怪我长得跟别人太像。我本来还想和他说说当年的情形，开启他的回忆之窗，可他都跟我说了对不起，我就不大好再缠着他，而且我也看得出来，他虽然跟我嘻嘻哈哈的，但他的兴趣不在当年的某些事情，而在钱梦俨那里，他的眼睛贼亮贼亮的，一盯住钱梦俨就定在那里了。

我没趣地在一旁转了转，怀女士不在，茶馆的一个服务员给她打电话，电话接通了，服务员就把电话递给了潘先生，潘先生接了电话说，是怀女士吗，对，我是潘绍光。

我一听潘绍光的大名，立刻又有了激情，尽管他不承认自己是潘小小，好像我认错了人，但潘绍光这个人我一样也是知道的。他是我们这一带较早开始搞古画的一位古玩商，大家对他的评价是毁誉参半，有人说他是鉴赏大师，有人说他是造假大王，他既卖真货，也卖假货，有人在他这里买了假货，回去发现了，再回来退，潘绍光也给退，但大部分人是不会来退的，因为他们根本就识不得真假。

潘绍光的店就在悬桥街，离这里不远。所以，过云楼茶馆开出来后，他很快就会听人说，那边开了一家过云楼茶馆，茶馆里有钱梦俨，你想，他怎么可能不来呢？

刚才你们已经看到了，和许多人一样，潘绍光一进来就被墙上的这幅钱梦俨吸引住了，他肯定一眼就看出来这是真迹还是假作，但潘绍光毕竟是潘绍光，他毕竟是有高人一级的地方，大家对画上的那首配诗感到不解，而潘绍光只花了一两个眼光，就说这是一首猜谜诗。

这一回我有点失面子，我在这里琢磨了很长时间，也没琢磨出这是个什么东西，潘绍光却只要一两眼，就知道这是一首什么诗？难道他先前就知道了这首诗，难道他先前就已经猜过了这首诗，难道，难道，这里的一切，都和他有关系？

潘绍光掏出手机对着钱梦俨拍了几下，我不无担忧地问服务员，你让他拍照，怀女士知道了，不会怪你吗？服务员又惊讶地看了看我，说，怪我？为什么怪我？

我想说，他拍了照就可以拿去做假了。但话到嘴边，我没有说出来，不是我担心服务员听不懂，是我想在暗中进行观察，不要把事情搞得人人都知道。

探寻暗道机关，本来就是我一个人的事情。我也知道，在这件事情上，我可能过于投入了，但这不能怪我，自参加工作以来，我就一直和老宅子打交道，我对老宅子以及一切和老宅子有关的事情偏爱和过度的关心，皆是因工作而起的。

现在，连好性子的曲会长也被我纠缠得不耐烦了，他朝我两手一摊，说，刘科长，实在对不起，我再也没有什么可以让你钻的了。我说，不可能的，不可能的，老宅子里总会有一些东西的。我一边说一边拿巴巴的眼光看着曲会长。

心肠软的曲会长又被我的眼光打动了，他跟我说，我这里再也没有什么有价值的历史资料了，除非还有一些现代的人写的故事、回忆录之类的东西，但这些东西当不得真，我们都辨不出真假，你愿意的话拿几本去看看，就当野史看吧，就当它是戏说吧。

我的转机就是在这一天出现的。在这些新出版的故事书中，我找到了一本《一些旧事》，说的竟然就是过云楼茶馆的一些故事。

其中的一个故事说，茶馆老板潘先生的女儿潘芸香和怀昌其的女儿怀满玉是闺中密友，她们都喜欢画家钱梦俨。钱先生是个招女孩子喜欢的男人，除了怀满玉潘芸香喜欢他，还有别的女孩子也喜欢他，但她们始终不知道钱先生喜欢谁。有一天，钱梦俨给她们带来一幅画，但他没有说是送给谁的。从此以后，钱先生这幅画，就成了几个女孩子的心结。

我的眼前豁然亮起来了。我现在才知道，一直以来并不是我在寻找暗道机关，而是我在暗道机关中摸索，我在寻找出来的洞口。我找了很长的时间，现在，至少我已经靠近了暗道里的某一个洞口，看到了洞外透进来的光亮了。

洞口的这个光亮到底是不是事实真相呢，还需要继续探索。不过，现在我的工作好做多了，有了头绪。头绪就是《一些旧事》的作者汪芝兰。

可是我很快又发现，这个头绪实在算不上什么头绪，这是一根没有线头的头绪，因为这不是一本正式出版的书，我找不到出版社，也找不到联系作者的方式，书的封底上，只有一家印刷厂的名称，我通过各方打听，了解到这家印刷厂好几年前就关门了。再一看这本书的印刷日期，竟是十多年前印出来。

我到哪里去找这个汪芝兰？

## 三 最后的刘科长

不错，主角还是我。

虽然不断地增加着新的人物和新的事件，但他们不能取代我的主要角色的地位。他们多姿多彩，终究也只是扶我这朵红花的绿叶，一切都得靠我自己。

有一天我经过我隔壁的办公室，听到我的同事在里边议论我，先是他们说了说我的一些行为和踪迹，后来就听小张说，刘科莫非“更”了吧。大家一阵哄笑，接着就听老张说，他才四十呀，四十就“更”呀？小张又说，也有提前的嘛，再说了，你也不看看是谁？另一个人我没有听出他是谁，他说，是呀，他是刘科嘛，刘科四十该“更”了。老张说，那倒也是，他样样是先进。他们大家又哄笑了一阵。

我赶紧心虚地走开了，一边走一边摸了摸自己的脸，当然我不是摸我有没有“更”，“更”是摸不出来的。虽然我有点窝火，但我是单位的先进，我的脾气很好，我不会跟他们计较，我更不会因为他们对我的非议就影响自己的工作和该做的事情。

其实那时候不仅我的同事对我有议论，我老婆的眼神也有变化，她不再直瞪瞪地看着我，但我只要稍一回头，就会看到她的阴森森的目光正斜斜地刺过来，能把我吓一个跟头，而一旦我要去看她的时候，她又赶紧躲避开了，决不正面迎接我的注视。

我也一样没有理睬她。

别以为我同事说我“更”，或者我老婆斜眼看我，是因为我有什么地方不正常。如果一定要说我有什么与众不同的话，这一点你们肯定早已经看出来，那就是我的想象力的丰富和我对事物判断的准确性。

证明很快就会来的。

我一如既往来到过云楼，一踏进来就觉得不对劲。开始我还不知道是哪里出了问题，我用锐利的眼光将过云楼扫了一遍，立刻就明白了。

果真出事情了，墙上的钱梦俨被换掉了，现在挂在那里的，是一幅假画。

就在那一天潘绍光用相机拍照的时候，我就料定他一定会设法用完全可以以假乱真的假画换掉墙的那幅真画。当然，那时候，这个情节还只是停留在我的猜测中，因为他要演的戏还没有开场呢。潘绍光也不着急，他不急着动作，因为火候还没到。我也一样不着急，因为无论我在不在这个现场，我都能通过我的想象看清楚潘绍光的一举一动。

现在我沉不住气了，我原来以为一切都在我的眼皮底下，却不料他们趁我不在的时候做了手脚，我有点失控，尖声叫了起来，不对了，不对了，画换掉了。

怀彩衣明明听到了我的叫唤，可她装作没听见，还笑了笑。她的微笑，倒让我冷静了一点，我想，偷梁换柱的那个人，肯定会再来的，他会来探虚实，看反应。果然，我正这么想着，潘绍光就已经进来了，我不等他有充分的思想准备，上前就跟他摊牌，我指了指墙上的假钱梦俨说，潘先生，这是假的。潘绍光也朝墙上看了看，他没有否认，还热情地跟我说，刘科长，想不到你还是个高水平的鉴赏家啊。他这是故作镇定,想玩贼喊捉贼的把戏,我不会上他的当，我也不跟他虚与委蛇，更直接地说，潘先生，你不想知道是谁偷换了它？我正等着看潘绍光慌张失措的样子，怀彩衣过来打断了我们的对话，她对潘绍光说，我新进了一点普洱，你尝尝看？

钱梦俨的画都被换掉了，她竟然还在说茶，还那么轻飘飘的态度？如果我的判断不出差错，画是潘绍光偷换的，连我都看出来了，怀彩衣不会看不出来，她为什么不着急，难道她也参与了，难道他们是连裆码子？

服务员沏茶的时候，怀彩衣又对潘绍光说，我已经听说，你姑奶奶只喝绿茶，她不喜欢别的茶。我听了，心里更急也更乱，人物已经够多的了，怎么又冒出个姑奶奶来了？

潘绍光不会觉得意外，他不会不知道自己姑奶奶的事情。意外的是我，我忍不住嘀咕说，谁是姑奶奶，谁是谁的姑奶奶？潘绍光告诉我说，我的姑奶奶叫潘芸香，你不一定认得她，你来的时候，她已经走了。

我听到我的脑袋里“轰”了一声，像一个雷炸了我的脑袋，没有炸晕我，却让我更清醒了，我眼观六路四处看看，看到一个老太太在弹古琴，看到一个孩子在写书法，最后，我还看到有两个老人在下棋。

紧接着，我又听到了潘绍光的声音，他说，对了，忘记给你介绍了，还有这一位，他是我的叔公公。

又是一道亮光闪电一样照亮了我的暗道，原来两个下棋的老人中的一位是潘绍光的叔公公，他是潘芸香的弟弟，他叫老人甲。

老人甲朝潘绍光笑笑，说，你知道的，我从小就在自己家的茶馆下棋的，是我爷爷教我下棋的，你爷爷也学过棋，他的水平可不如我。

潘绍光也笑了笑，他好像要说什么话了，不过我没有让他说出来，我抢先了，我说，老先生，你一直在这里下棋，你知道这幅画钱先生是给谁的，当年怀满玉把它带走了，现在怀彩衣又把它带回来了，你知道这是怎么回事。老人甲说，我当然知道是怎么回事，怀彩衣把画挂在这里，我天天来下棋，看到它，就会想到从前的一些事情。我又急得叫起来，不对的，不对的，没你说得那么轻巧，当初有许多人抢这幅画，现在，现在也一样，而且，出手太快了。

谁心虚，谁就知道我这话是说给他听的。

但是谁也没有对我的话作出任何反应，潘绍光甚至连看都没看我一眼，他对怀彩衣说，我姑奶奶最不喜欢花茶，她始终不接受绿茶以外的任何茶，她的观点，茶就是要纯，要单纯——我更急了，我越来越听不懂他们说什么，茶和钱梦俨的画，怎么扯到一起去呢？难道是因为我在场，他们对我有所隐瞒，用的是联络暗号？我急着问他们，潘芸香呢？怀满玉呢？老人甲不解地看了看我，说，你找她们？她们都走了，早就走了。

我听了他的话，心里似乎更亮堂些了，我指了指墙上的画，说，这就是说，这幅画没有主人了？

他们好像听不懂我的话，都愣愣地朝我看着，我赶紧说，你们别以为我不知道，你们别把我蒙在鼓里，你们所有的事情，所有的秘密，我在一本书上都看到了，这本书叫《一些旧事》。

老人甲一听我说这话，立刻“啊哈”笑了一声，就朝着东厢房喊，喂，你过来一下。在东厢房里弹古琴的老太太就走了过来，老人甲朝她说，汪芝兰，他是你的读者哎。

他喊汪芝兰？我吓了一大跳，我说，汪芝兰？你喊她汪芝兰？老人甲说，怎么，我不能喊她汪芝兰？她就叫汪芝兰嘛，我为什么不能喊她汪芝兰？我像被电触了一下，浑身麻酥酥，软绵绵，我从来没有如此的有气无力，我说，我在暗道机关里拐过了几十道弯，拐来拐去，结果你就在我眼前？

老太太朝我笑笑。

我说，那本书，那本《一些旧事》是你写的？老太太笑说，怎么呢？我说，原来——原来你认识他们和她们——怪不得，你常常来过云楼弹古琴。老太太说，对了，你有没有看出来，我从前拜的师傅，就是钱先生呀。

老太太又说，其实，还有一些在《一些旧事》里没有写进去的事情，其实写进去，说出来，也都无所谓的，就是钱先生风流呀，那时候，怀满玉和潘芸香都觉得钱先生喜欢自己，当然，还有我。老太太笑了起来，又说了一遍，当然有我。

我说，后来呢？

后来钱先生画了一幅画，拿到我们面前，跟我们说，这里有一首诗，诗里有一个谜，你们猜出来，就知道我是送给谁的。

我们就猜呀猜呀。

猜了一辈子。我说。

没有，老太太说，潘芸香没有猜一辈子，潘芸香早就嫁了，嫁到了天涯海角，再也没有回来。怀满玉也没有猜一辈子，她走得更远了，也同样一辈子没有回来。

这就奇怪了，画一直在怀满玉手上了，现在它却回来了，它回来干什么？找自己的真正的主人吗？潘小姐没带走，怀小姐又送了回来——啊呀，汪小姐，原来这幅画是钱先生送给你的呀。

老太太笑掉了大牙，说，你真是聪明过头了，但是你太不了解钱先生了。

我原来觉得自己已经看到了光亮，已经摸索到了暗道机关的洞口了，现在才发现，光亮又在离我远去，我的眼前又模糊起来，我疑疑惑惑地说，那他到底是给谁的呢？

老太太张开没牙的嘴笑，她说，你想问问钱先生吗？但是你现在又不肯去找钱先生，你想见钱先生，恐怕还早着呢。要不，过两天我见到了他，先代你问问？可是，就算我问到了，我怎么告诉你呢？算了吧，你还是不要找谜底了，不是因为你见不到钱先生，而是因为钱先生自己也不知道谜底，因为根本就没有谜。

我反对她的说法。我说，既然你们不想说出来，那就由我来说吧。我就把我所探索到的暗道机关里的故事说了一遍，到最后，我加重语气说，可惜的是，这一切都已经晚了，钱梦俨的画被换掉了。

我注意观察在场所有人的反应，我发现他们先是发愣，然后是互相使眼色，再后来，潘绍光说话了，他说，刘科长，你的故事，比《一些旧事》更精彩，你不如再写一本《另一些旧事》吧。

他们大家冲着潘绍光的话和我的脸嘿嘿地笑了一阵，就散了，他们也许不想再打扰我，好让我安心去写《另一些旧事》吧。

大家又回到自己的位子上。老人甲和老人乙继续下棋，老太太又坐到古琴面前，怀彩衣也上楼去了，我看到潘绍光走到写书法的孩子身边看了看，然后他就走了。

我不知道他看到了什么，也过去看了看，这个孩子正在抄写一首诗，这首诗是这样的：

砍棵大树做木马，
骑着木马走天下，
走了半天才发现，
木马的缰绳未解开。

我默默地念了念这首诗，就愣住了，好像被什么东西击中了，又好像被什么东西搞糊涂了，就这样，我在那里呆呆地站了好半天。

这时候，天色渐渐晚了，太阳下山了，凉意来了，老太太打了个喷嚏，她擦了擦流出来的清水鼻涕，笑了笑，说，他们两个在牵记我了。谁也不知道她说的“他们两个”是哪两个，也没有人问她。人老了，说的话，别人就不太放在心上了。

最后，我一言不发地走掉了。

你们肯定已经猜到了，我要放弃了。

可是当我想要退出这趟浑水的时候，另一趟水却已经被我搅浑了。

因为我探寻暗道机关的注意力过于集中，我忽视了我生活中的一些不正常的现象，那就是我老婆对我的侦察。比起我的探索的进进退退，我老婆的侦察却突飞猛进了。她不仅观察到我天天加班不准时回家，她还观察到我神情异常、神经紧张，她甚至听到我做梦时说“我找不到你”“你到底在哪里”这样的梦话，她的怀疑日甚一日，她已经不再把怀疑藏在自己的肚子里。有一天我回家，轻轻地开门进去，我老婆正在打电话，完全是一副鬼鬼祟祟的样子，甚至还压低了嗓音，我走到她面前她都没发现，后来她的眼睛的余光扫到了我的两只脚，竟然吓得浑身一哆嗦，脸色顿时煞白煞白的，丢掉了手里的电话，就用手捂住了心口。我说，你这么紧张干什么，是我呀，又不是贼。她愣了半天，才说，你干什么，鬼鬼祟祟，无声无息地就掩进来了。

这真是猪八戒倒打一耙。

你们肯定早就看出来了，我这个人脾气好，脾气好的人，动作一般都不会很粗野，就像我平时回家，开门换鞋放包，从来都不出声响的，我老婆早已经习惯了我的无声无息。今天我也完全和往日一样，为什么她会吓得像见了鬼似的？我看了看被她丢开的电话，我心里明白，她正在跟电话那头的人说我的事情呢。说我什么，我没有听见，但从她的口气和态度中，我能判断出她是在给她的父母亲打电话。

她的父母亲，当然就是我的岳父母。我们之间从来没有什么好隐瞒的，她为什么背着我打电话，她有什么事情不能让我知道？她心里有什么鬼？

我想了想，想不出她有什么事情是应该瞒着我的，我就问她，家里出什么事了吗？我老婆一张口，说，问你——但她及时收住了口，把秘密咽进了肚子，还紧紧地闭上嘴，好像怕那秘密从肚子里爬出来让我知道了。

我笑了笑，我不会和她计较的，女人嘛，有点小秘密，有点小心眼，都是正常的。所以我说，算了算了，我也不问你了，我料你也没有多大个事。哪料到，我不和她计较，她倒来和我计较了，她听了我的话，先瞄了我一眼，说，没多大个事？你说的？又把眼睛一斜，说，我问你，你老往过云楼茶馆去干什么？过云楼里有什么？我脸一红，赶紧说，你别误会啊，你别瞎怀疑，更不能胡乱说话啊，人家怀女士，美国回来的，钱多得垫桌子脚，是美元，怎么可能跟我有什么。我倒是老老实实，有什么说什么，可老婆对我的这段话表现出极大的惊异，她惊得两眼瞪得像牛眼，我从她的眼睛里看到的我，也比平时看到的要大得多。片刻之后她朝我冲了过来，好像要打我的样子，我不明白她为什么要打我，我躲了一下，说，你干什么，你发疯了？我老婆瞪着我大声喊，你才疯了，老太婆你都要勾搭，你还想老少通吃啊？

我听不懂我老婆的话，我说，你说什么，我不懂，什么老太婆，什么通吃？我老婆指着我的鼻子说，你知道怀彩衣多大岁数了？你乱动歪脑筋，小心被人扇耳光。

我老婆说出了怀彩衣的真实年龄，令我对自己感到很不解，难道我的眼力就那么差，连一个人的年纪都看不出来？我又认真地想了想，将怀彩衣的样子在脑子里放了放电影，结果放出来一片模糊，我根本就没有认真地看过怀女士。

我老婆哼哼了两声，说，不过，话说回来，怀彩衣保养得是好，人家有钱，用什么肉毒杆菌之类的。

我说，既然是这样，就不能怪我了。我老婆说，呸，再用肉毒杆菌，老太婆还是老太婆，不会把老太婆变成小姑娘。

这次谈话是被我女儿打断的，她喊肚子饿了，我们只好停止争论，给她做晚饭。几天以后，我到过云楼去，在路上碰到了我的岳父母，我问他们到哪里去，他们支支吾吾地搪塞我，什么也没有说清楚，我觉得奇怪，就偷偷地跟在他们背后走了一段，结果发现他们竟然也去了过云楼。我很奇怪，他们又不是有闲心喝茶的人，他们去过云楼干什么呢？

渐渐飞走的绿头苍蝇又来了，嗡嗡地叫着，很烦人，我跟它说，对不起，我无法回答你，我也不知道为什么。绿头苍蝇继续烦我说，你怎么搞的，越查越复杂，又横戳出你的岳父母来了？

我已经无力招架我的绿头苍蝇了，因为我老婆已经杀将过来了。她竟然在我的口袋里发现了一张写满了暗道机关四个字的纸条，横的竖的，大的小的，直的歪的，正的草的，粗的细的，全是“暗道机关”，把我的老婆惊得心惊肉跳的。

她再也沉不住气了，再也不能暗中观察，必须短兵相接、刺刀见红了，她带着我的岳父岳母，像天兵天将一样，突然降落在我的办公室。

在我的办公室里，她看到我有那么多的东西，她惊得目瞪口呆，她急了，一急就忘记了自己的洁癖，也早就把自己那个“对家庭生活没用处的东西不许进门”的理论扔到了脑后，她翻脸不认人，也不认理了，她在我的办公室里，翻翻这个东西，这是好东西，翻翻那个东西，那也是好宝贝，她气急败坏，和我大吵大闹起来。

我的同事从没听说过我家庭有问题，这第一次暴发就暴发到单位来了，还这么急风暴雨，他们觉得奇怪，都来看我们夫妻吵架，还有我的岳父岳母大人在旁边往火上浇油。我岳父说，我早就看出来你不是个东西，连话都不愿意跟我们多谈一句，以为自己是科长，科长有什么了不起，我给你吃过老母猪肉，你都吃不出来。我岳母说，我一直就在观察你，你吃鱼从来不吐骨头不吐刺，鱼骨头和鱼刺到哪里去了？我岳父母说的话，散发出鱼腥肉臭，我老婆闻到了，她忍不住干呕了一下。

弄清了事情的经过后，大家一致认为我的老婆和我的岳父岳母问得有理，我的这些东西，同事们也都拿到过，他们都是一拿到就带回家了，我为什么要放在办公室里呢？难道我不想带回家，我不想带回家，又想带到哪里去呢？难道有另一个家？大家的思想都不可控制地要朝那个方向去想了，有一个人甚至还说了出来，不会吧，看刘科的样子，也不像是个敢包二奶的人呀。

同事的这句话说得过分了，大家愣怔了片刻，就看到我的老婆跳了起来，两只手朝着我伸出来，一直戳到我鼻子底下。我往后躲着这两只手，一边说，什么，什么呀？我的老婆说，拿出来，拿出来，还有更多的东西被你藏起来了，你拿出来！不容我张嘴辩解，老婆更尖声地说，我知道，我知道，你都送给那个不要脸的了。

我很委屈，我几乎不知道我老婆在说什么，但我又无法辩解，只能抵挡说，你说，除了家，除了我的办公室，我还有什么地方可以放东西？

老婆拿出了那张纸条，扔到我的脸上，说，在你的暗道机关里！

在张纸条最后竟然成了我精神异常的证据，它一直被我带到了医院里。

不过还好，我们这些特殊的人物在医院里的待遇很好，和普通人一样，每天都有报纸看。有一天我看到一则报道，说是在离我们城市不远的一个古镇上，在拆除一幢老宅的时候，发现了一个暗道机关，里边有一幅唐伯虎的画。但是这幅画已经腐朽了，就是大家通常所说的见光死，当他们小心翼翼地将唐伯虎捧出来的时候，它就散成了碎片。有人还想把碎片重新粘贴起来，但都没来得及动手，只是这个想法刚一出来，那些碎片就变成了粉末，后来来了一阵风，粉末就不见了踪影。

凑巧的是，古镇上的那座老宅，也叫怀厚堂。

# 花儿为什么这样红

我不喜欢读书，更不喜欢考试，一直到离开学校几十年后，还老是做着考试考不出的梦，急死人。可喜的是，我不读书的愿望在十几岁的时候就有希望如愿了。我跟着父母下放到农村，在一所只有一个复设班的片中混了一阵，就算初中毕业了，再也没得书念了。我欢天喜地，浑身骨头都轻飘飘的，跟着农村的孩子下地劳动，打打闹闹，比读书省力多了。

到了春天，红花草开花了，大片大片的红花，田野上是一望无际的红。但是过不久，农民就要将红花草锛掉，沃在田里当肥料。我觉得很可惜。可农民告诉我，没有什么可惜的，今年锛掉了，明年又开了。

那是我第一次知道红花草。一直到很多年以后，我才知道，红花草又叫紫云英。或者更确切地说,紫云英又名红花草。我查过字典,字典上就是这样说的：紫云英又名红花草。蜜为浅琥珀色，气味芳香，鲜洁清淡，甜而不腻，为国家上等蜜。有清热利尿、清肝明目之功效。

字典上写的，跟我在农村看到的，并不一样，农民种红花草，是因为它可以当肥料，而不是种来让蜜蜂采蜜的，更不是用来让人利尿清肝的。

在红花草盛开的日子里，我总是特别的兴奋，老往红花草田里跑，农民笑话我说，周小米，花痴才像你这样呢，红花草旺了，他们就发毛病了。我没见过花痴，那时候我也不知道什么是花痴，顾名思义，还以为是一个人因为喜欢花喜欢到发痴呢。

现在已经很难再找到那样大片大片的紫云英了。导演拍电影，用盆花来代替曾经有过的花海。许许多多盆花从南方空运而来，费用很高，但是为追求艺术的效果，该花的钱还是要花。许多年轻人现在也不知道紫云英，不知道红花草，不知道紫云英就是红花草。不是他们无知，是时代进步了，不再需要紫云英，也不再需要有人知道紫云英。

和我的快活相比，那些日子我妈却过得有点糟，她整天愁眉不展，又忙忙碌碌，早晨出门晚上回家，也不劳动，连农民都在批评她，他们对我说，周小米，还是你好，你比你妈妈更像农民哎。

谁也不知道我妈跑来跑去干什么。可有一天她突然出现在红花草田的田埂上，开始的时候我只是看到一片红花中有一个小黑点，渐渐地，渐渐地，小黑点越来越近了，越来越大，最后我终于看清楚了，小黑点是我妈。

我妈一路狂奔过来了。

小米，小米，妈大喊声着，你要上高中了。

我急得差点一头栽倒在红花草田里——原来我妈是为了让我继续读书在跑来跑去，她竟然还瞒着我。

我妈在第一时间打听到了消息，我们那所破烂的片中，居然有两个上高中的名额。

我妈的身影在红花草的海洋里若隐若现，随着波浪的起伏，她的声音在空气中颤抖着，所以，我听起来，我妈好像在哭。

我觉得我妈有点异想天开。当然，初中毕业，很自然地，就要上高中了。但那是一个特殊的年代，所以一件自然的事情就变得不自然，不顺利了。

我希望不顺利，我希望我妈的希望落空。

我妈的希望确实很渺茫。我们片中四十多个学生，无论从哪个角度来衡量和挑选，我都不可能得到这两个名额中的一个。要成绩好的，轮不上我，要成绩差呢，我又不至于差到最后一两名，看家庭成分，我的同学大多数都是贫下中农的孩子，还有革命干部的孩子，如果反过来比谁的成分差，我又差不过他们，我们有富农的孩子，有富裕中农的，甚至还有一个地主家的孩子，都比我家的成分高。我家是下放干部，虽然下放前有点问题，但这点问题不算太大，而且一下放这点问题就被抵消了。如果有大问题的人，是不允许下放的，会关在监狱或者到很远的劳改农场。总之，我在我们这所片中，就是一个两头搭不着的中间货。

所以，我不相信我妈能够成功。

可是我妈斩钉截铁地跟我说，小米，无论如何，得让你上高中，否则你十五岁就做农民了。我妈是个执著的妇女，她有知识，会动脑子，她说这话的时候，眼睛很亮，闪着光，光有点红，我知道，那是红花草映照的原因。可我妈眼睛里这道红色的闪亮的光，却在我心里投下了一个黑色的阴影，一方面我觉得我妈不可能成功，但另一方面，我开始担心我妈会成功。

虽然只有两个名额，表格却是每个学生都得填的。于是，已经毕业离开片中的同学，又被召集回来了。其实，这里百分之九十五的人是没有希望的，他们也许根本就不想要什么希望。比如我。但我们都得乖乖地填表，再老老实实地向组织交代一次家庭和个人的情况。我没有将填表的事情告诉我妈，可我妈早就知道了这件事情，在填表的前一天晚上，她反复叮嘱我，在家庭出生一栏，要填革命干部，爸爸的政治面貌是党员。我忍不住说，爸爸还是党员吗？他不是被——我妈赶紧打断我说，小孩子不懂，不要乱说，叫你填什么就填什么。我知道我爸的党员资格是被拿走了的，当然我并不知道爸爸的党员资格是什么时候为什么事情被拿走或者暂时拿走的。这件事情在我们家是讳莫如深的，从来没有人提起，最多也就是爸爸偶尔自言自语地嘀咕一两声，早晚会还给我的，早晚会还给我的。我不敢嘲笑爸爸的党员资格，就逗我妈，我说，妈，那你的政治面貌呢？妈说，妈妈的政治面貌是团员。我终于逗着了我妈，我“噗”的一声笑了出来，说，妈，你多大了，还团员啊？妈也笑了，说，那你就填超龄退团吧。我没脑子，不知道超龄退团是什么意思，想了想，又觉得奇怪，哪个团员最后不是因为超过年龄退团的呢？除非你没到退团的年龄就犯了错误被开除出团了。我觉得这么填怪难为情的，妈看出了我的犹豫，紧张起来，她怕我坏事情，一迭连声地说，小米，你要是不会填，明天我帮你去填。我害怕妈妈破坏我的计划，赶紧说，我填我填，爸爸党员，妈妈超龄退团，我们家，革命干部。妈见我说得很溜，放了点心，但过了一会儿，又叮嘱说，小米，这可是终身大事，等表格发下来，你要是觉得填不来，就跟老师说，把表格带回家填。我赶紧点头答应。

我才不会把表格带回家呢。我在爸爸妈妈的政治面貌栏里什么都没填，家庭出身填了“下放干部”。我瞥了一眼旁边的夏晶晶，他家和我家一样，也是下放的，但他填的是“革命干部”。夏晶晶也看了我的表格，他有点怀疑，也有点犹豫，说，你为什么填下放干部？没有下放干部的，要么就是革命干部，要么就是反革命。我虽然不想继续念书，但我也不想让我爸爸当反革命。我跟夏晶晶说，你觉得填下放干部能占便宜吗？夏晶晶警惕地看着我说，谁叫你这么填的，你妈妈叫你这么填的？我怕夏晶晶也学着我把家庭出身改成“下放干部”，我不再理睬他，给了他一个白眼，把表格挪到他看不见的地方。另一个同学也伸头看我的表格，奇怪地说，周小米，你爸爸妈妈没有政治面貌的？老师听到我们说话，过来看了看，说，这没有什么奇怪的。他又向全班同学说明了一下，爸爸妈妈如果没有参加党派，可以不填，这个栏目就让它空白好了。有几个同学还不知道什么叫党派，又问老师，老师摇了摇头，也没再跟他们解释。

两天以后，老师又把收上去的表格发下来了，说表格学校已经核对过了，基本准确无误，现在让大家最后再认真核查一遍，然后就要交到公社去了。我拿到了我的表格，只瞄了一眼，就觉得有什么东西“嗖”的一下从脑门心子里蹿了出去。我的表格，严格地说已经不是我的表格，或者说不是我填的表格，许多栏目的内容，跟我当天填的完全不一样了，比如我爸爸的政治面貌变成了“党员”，我的家庭成分是“革命干部”，几乎都和夏晶晶一样了。我正吃惊这张表格是哪里来的，老师走到我身边，批评我说，周小米，你这个人太粗心，又笨，难怪学习成绩上不去，连张表格都不会填，幸亏那天晚上你妈妈找到我家来，才纠正了你填的错误。我还想挽回败局，我说，老师，我没填错——老师生气地打断我说，周小米，你真不懂事，这种表格怎么能瞎填，填错了，说不定就耽误你的一生了。

我目瞪口呆。我的妈，她不动声色，若无其事地做了一件事情，好像轻飘飘不费吹灰之力就把我往继续念书的方向推了一大把。

我要把自己拉回来，我得认真对待我妈，我得行动起来了。

其实当分配给我们片中的两个名额下来的时候，绝大部分的人，老师、同学，包括大部分的家长，心里都已经知道这两个人是谁了。

一个是方永辉，贫下中农子女，成绩顶呱呱；另一个是夏晶晶，革命干部家庭，成绩也顶呱呱，这就是现状，是铁的事实。所以，其他任何人的任何努力，想要改变这个事实，恐怕都是徒劳的。

只有我妈不明白这一点。或者，她是明白的，但她下决心要改变现状。

我妈深深知道，要想挤掉贫下中农子女方永辉，难度非常大。但我妈还是抱着死马当成活马医的想法，到方永辉家去了一趟。

我妈竟然得到了一个意外的惊人的收获。

方永辉有远大的理想，他不想读书，他想当兵。我妈惊喜交集，激动得差一点语无伦次，她立刻鼓励方永辉参军，她跟方永辉说，像你这样的有志青年，我保证，到部队不用多久，你就是四个袋袋了。方永辉的贫下中农父母亲没什么文化，听说儿子能当四个袋袋，他们比我妈还要激动，他们说，我们不读书，读书干什么？城里人读了书，都要下乡来当知青，我们乡下人读书干什么？我们不读书了，我们要当四个袋袋。

我妈离开方永辉家的时候，因为兴奋过度，差点被绊了一个跟斗，她的头撞在方永辉家的院门上，起了一个小包，回来的时候，还骗我们说，是在队长家撞的。

我妈在方永辉家的这个过程，我并没有看到，我妈也没有告诉我。她根本就不可能告诉我。我妈对我已经有所防范，早在填表格之前，我的一举一动，都已经被控制在她的眼皮底下，但反过来，我妈的一举一动，我却是无从知道的。这是多么的不公平。

我不是我妈的对手。但是蟹有蟹路，虾有虾路，我做不了大螃蟹，我可以做一只小虾米。

我妈去方永辉家的第二天，我就知道了这件事情，方永辉跟我说，周小米，我要去当兵了。我当时就心里一惊，但很快就镇定下来。我年纪虽然不大，心眼儿已经够大的了，我赶紧装出有兴趣的样子说，当兵好呀，我也想当兵，可惜不招女兵。方永辉果然中了我的奸计，顺着我就说，要是招女兵，说不定我们就是战友了。我一听他的口气，感觉大事不妙，都已经开始套战友的近乎了，难道他当兵已经当成了？方永辉说，我运气好，今年招空军地勤部队，这是最好的部队。我说，你怎么知道？方永辉说，冯阿姨告诉我的，冯阿姨真好，她还教了我好多事情，教我怎么和部队来带兵的首长多接触，多联系，让他们对我有印象，当兵就有希望了。

冯阿姨就是我妈。我妈的司马昭之心，路人皆知，方永辉也不会不知道，他又不是傻瓜，只是他被参军的事情蒙住了双眼，蒙晕了脑袋。

我泼了他一瓢冷水，我说，你别以为你肯定能当上，首先你体检就过不了关。我是一急之下瞎说说的，没想到这一下却歪打正着地打在了方永辉的要害处。方永辉顿时沮丧起来，说，你知道？你都知道？你知道我会高血压？我又赶紧瞎说，看你的脸，这么红，肯定高血压！方永辉不由自主地摸了摸自己的脸，他吓坏了，说，我的脸红？真的很红吗？我说，不仅脸红，你的嘴唇都红，红得发紫了。方永辉紧张地咬着嘴唇，说，我会紧张的，我真的会紧张的，我一紧张血压就会高起来。

我感觉到我的机会在渐渐地靠近，但我不知道怎么去抓住它，我不知道该用什么样的办法去抓它。这天晚上，我假装肚子疼，特意跑到赤脚医生那里，东磨西扯不肯走，引起了赤脚医生很大的怀疑，但他猜来猜去也猜不出我的目的，因为我以前曾经到他这里来装病逃学，他以为我又重来一遍，可是我告诉他，我们已经毕业了，不用再上学了。这样他就更猜不着了。

我终于打探到了对我有用的情报，怀揣着重要的情报，我回家睡觉了。

到了征兵体检的前一天，我特意去看了看方永辉，他对于第二天的体检，果然紧张得不像样子，跟我说话都哆哆嗦嗦了，好像我就是带兵体检的部队首长。我安慰了他，偷偷地告诉他，有办法对付高血压。

方永辉病急乱投医，听了我的话，第二天体检前，喝下去几大缸子冰凉的水，那可是数九寒冬，方永辉被冰得脸和嘴唇都发紫了，当然不会高血压了。

那天在体检的现场，全是想当兵的年轻人和他们的家长，但是有两个人例外。

这两个人你们一定猜着了，对了，就是我和我妈。

我妈看到我出现在那里，警惕地盯了我一会，说，小米，你来这里干什么？我说，不干什么，瞎看看，看看招不招女兵。我又反问我妈，妈，你来干什么？也想当女兵吗？我妈说，今年不招女兵，这里没你的事，你走吧。我很听话，就走了。不过我没有回去，我直接去了征兵办公室，揭发了方永辉喝凉水降血压的作弊行为。

方永辉被带到征兵办公室，他完全不知道他的秘密是怎么被发现的，但他被这个发现吓坏了，脸涨得通红，一问，就彻底坦白了。首长虽然很生气，但还是给了方永辉一次机会，让他重量血压。方永辉被查出作弊，吃了批评，再重量血压，此时他的血压不高才有鬼呢。

结果，方永辉在血压这一关上就被涮下来了。

我妈听到这个消息，脸色发白，她的目光在刹那间暗淡了许多，她想用力地用自己的目光像刀子那样剜我一下，结果她的目光完全无力，一点也没有剜痛我。我倒是有点心虚，躲闪着我妈毫无威胁的目光，我故作镇定，还若无其事地哼了哼歌曲。妈气得说，你还有心思唱歌？我想说，我为什么没心思，是方永辉想当兵当不上,又不是我。但是为了了减少我妈对我的怀疑,我闷住嘴巴，不再哼歌了。

方永辉当不成兵,就要念书了,他毫不客气地占去了那个珍贵的名额。而我，则向着成功迈出了第一步。

我妈始终不得其解，她焦虑地等待爸爸回来，她要和爸爸交换意见，商量对策。可是爸爸被公社抽调去参加工作组，到别的村去搞阶级斗争。他去的那个村，据说阶级斗争很厉害，害得爸爸几个月都不能回家，好像他一回家，阶级敌人就要翻了那个村的天，由他们掌权执政了。

这就苦了我妈。我妈内心的秘密是不能对外人透露的，本来她有什么心思还可以跟我说说，无论我懂不懂，也无论我爱不爱听，她只要对我说了，她心里也就轻松了。但现在这事件她不能跟我说，跟我说了，她等于是自投罗网，等于是自己找根绳把自己吊起来。所以，现在我妈麻烦了，她一方面要让我继续读书，一方面又不能让我清楚地知道她在怎么努力地让我继续读书。更麻烦的是,我妈找不到人说话,更找不到人商量,她开始嘀嘀咕咕,自己跟自己说话。后来我妈的自言自语就是从那时候渐渐发展起来的。

方永辉被踢出局的那几天，我妈老是嘀咕说，小小年纪，怎么会高血压？又说，喝凉水的人多了，谁偏偏跟他过不去，告发他？难道他们家跟别人家有仇？可是他的爸爸妈妈我见过，老老实实的农民，不像有仇人呀……但是无论我妈怎么嘀咕，怎么心生怀疑，方永辉的主意她是再也打不着了。

我妈真是小肚鸡肠，喜欢钻牛角尖，一件事情翻来倒去念叨个没完，我心里嫌烦，但嘴上不敢批评我妈，我就拐弯抹角地劝她，我说，妈，你想开点，就算方永辉去当了兵，那个名额也不会是我的。我妈肯定比我聪明，这是不用怀疑的。但一个聪明人在被某些事情蒙昏了头脑的时候，也会犯傻的。我妈竟然想不明白我这话是什么意思，在她的脑子里，那时候只有一条直线：只要弄走了方永辉，我就能上高中了。但是我严正地告诉她，一个片中，总共只有两个名额，难道都给下放干部的小孩，一个也不给贫下中农？我妈听了，盯着我看了半天，她大概觉得我太聪明了，她简直不敢相信，站在她面前的这个无知的没心没肺的小丫头，竟然能够把问题看得那么透，那么远。

最后，我妈长叹了一声，说，小米，你说得对。

我知道，接下来，我妈得集中全力对付夏晶晶了。

说实在话，除了功课比我好，夏晶晶在其他方面和我都差不多少，尤其是家庭方面，他爸爸也是犯了错误被下放，我爸爸也是犯了错误被下放，只是错误的性质和程度有所不同。

接下来我妈做事情就不太地道了，她在外面到处说，老夏的性质比老周严重多了。夏晶晶的妈妈也不客气，以牙还牙，也在外面放风说，说老周的问题比老夏严重。这风声传到我妈耳朵里，我妈忍不住了，跑到夏晶晶家，跟夏晶晶的妈妈说，老许，你说我们家老周问题严重，问题严重公社能让他参加工作组吗？你说你们老夏问题不严重，不严重怎么没让他去工作组呢？夏晶晶的妈妈说，我们老夏虽然没去工作组，但县委正在考虑调他到县委办公室搞文字工作呢。

这本来是一个秘密，因为调令还没有下来，老夏关照家里人不要说出去，怕事先说出去了，有人会竞争。比如我的爸爸老周，也是一个笔杆子，不比老夏差，万一我爸爸得知了县委办公室要调搞文字工作的人，去和老夏抢这个位置，事情就麻烦了。但现在夏晶晶的妈妈为了儿子读书的事，一急之下，竟把老夏的秘密给捅了出来。

我妈被当头打了一棒,灰溜溜地回来了。她的神情有点恍惚,自言自语地说，原来是这样，原来是为了调老夏，才让老周去工作组的，这是调虎离山计啊。

其实这事情我早就知道，夏晶晶嘴巴漏风，早就跟我吹过牛了，只是我没往心上去，我没觉得这事情有多么的了不起。现在听了我妈的嘀咕，我又想劝劝我妈，我说，妈，你别听他们吹牛，这话都说了快半年了，也没见夏晶晶他爸爸上吊呀，他连上吊的绳都没准备好呢。我妈听我这么说，先是发愣，好像听不懂我的话。我就做了一个用绳勒脖子上吊的手势，妈仍然看不懂，我又吐出舌头，眼睛翻白，示意，我妈仍然愣着，还翻了翻白眼，好像站在她面前的不是一个装吊死鬼的女儿，而是一面什么也没有的白墙。一直等到我妈脑袋往前一冲，撞到了这面白墙上，她才清醒过来，忽然就“嗷”了一声，说，你早就知道了？你为什么不告诉我？我说，现在你知道也不晚呀。妈急得跳起来，说，怎么不晚，怎么不晚，晚了！

我暗暗幸灾乐祸，看我妈急得那样子，我就知道我竞争不过夏晶晶，我远不是夏晶晶的对手。不，不是我，我才不要做夏晶晶的对手，是我的妈，她不是夏晶晶的对手。

我妈情急之下，做事情就更欠思考了，连我都不会做的事情，她居然能够做出来。她跑到公社，向公社干部揭发老夏除了政治问题，还有经济问题，我妈说，三年自然灾害的时候，一般的机关干部只能喝酱油粥，条件好的也只能吃S饼，老夏家却天天有奶油饼干吃，那时候老夏在机关管后勤，他肯定贪污了。公社领导和稀泥说，冯同志，你们都是下放来的，你们这样互相说，叫我们公社不好办，查还是不查呢，查吧，我们也没有资格查你们，你们的错误也不是在我们这里犯的，何况都是陈年旧账，想查也不容易，不查吧，你们会觉得我们不重视你们的反映。

公社领导说的是“你们”，我妈一下子就知道了，老许已经抢在她前面来过了。我妈震惊过后，清醒了一点，说，我也知道我们互相说来说去不好，但是老许说县委要调老夏，我想不通，县委凭什么调老夏不调老周？公社领导赶紧推卸说，那你得去问县委了。

两个妈就这样说来说去，互相揭短互相攻击，惹得农民都来笑话我们。他们在劳动的时候，津津乐道地重复着冯同志和许同志互相揭发的那些内容，比如老夏的贪污，比如老周的生活问题，他们尤其喜欢讲我爸的生活问题，他们还向我打听其中的细节，比如他们说我爸在外面生了个弟弟，他们问我有没有见过这个弟弟，是不是长得跟我很像等等。他们还说，原来以为乡下人才会乱上床，没想到城里的干部也这么混乱。

我妈和夏晶晶的妈有一个共同点，她们都不喜欢劳动，她们对劳动有着天生的反感，能赖就赖，能躲就躲，最好是天天开会，因此她们很少出现在田间，不像我，我天天在田里和农民混在一起，所以，农民说的话，她们听不见，我听得见。我回去问我妈，我是不是真的有一个弟弟。我妈脸涨得通红，说，放屁放屁！把我吓了一大跳，简直不敢相信这是我妈。我妈一向很文雅的，从来不说粗话，有时候我跟着农民学说粗话，妈妈就会批评我，说我没教养。现在妈妈也一样没教养了，她变得跟农村妇女一样，她说，放他娘的臭狗屁！

除了我妈和夏晶晶的妈斗鸡斗个不停，夏晶晶看到我也是气呼呼的，好像也想跟我吵架。不过我才不跟他吵架呢，我不光不跟他吵架，我还有炮弹提供给他，让他转送给他妈，让他妈拿了这个炮弹去打我爸，这样，我就可以因为家庭的问题上不了学。

我告诉夏晶晶，我爸爸在“文革”开始的时候，被抓到监狱里，关了近一年，也就是说，我爸是吃过官司的，这可是人生的一大污点，肯定比夏晶晶的爸爸要严重得多。

夏晶晶惊愕地看着我，他不相信我会把这么严重的事情坦白出来，他尤其不相信我竟然会告诉他。我等着他对我感激涕零，却见他满脸怀疑地往后退着，好像他看到我挖了一个大坑，我正站在坑边上招手让他过去，要骗他摔下去。他一边小心警惕地往后退，一边说，周小米，你什么意思，周小米，你想干什么？我说，咦，我帮助你呀。夏晶晶立刻说，不可能，你不可能帮助我，你肯定是想害我。我说，夏晶晶，你不要好心当作驴肝肺。夏晶晶竟然说，驴肚子里肯定长着驴肝肺。气得我差点吐出一口血来。

夏晶晶受他妈妈的影响和教育太深，过度敏感，老觉得我对他不怀好意，拒不接受我的帮助。我一气之下，干脆跑到夏晶晶家里，又把原话跟他妈妈说了。

夏晶晶的妈妈还没有听完我的话，就从坐凳上跳了起来，激动地大声说，圈套！圈套！这肯定是老冯想出来的主意——周小米，你说是不是，肯定是你妈妈让你来说的！我赶紧说，没有没有，我妈根本就不知道我来给阿姨提供材料，我妈要是知道，非打死我不可。夏晶晶的妈妈立刻尖声说，不对不对，你瞎说，你妈从来不打你的——周小米，你回去告诉你妈，叫她死了这条心，无论她设计什么样的圈套，我都不会钻的。

我对许阿姨和夏晶晶的理解瞠目结舌。愣了半天后，我渐渐回过点神来，我小心地求证说，许阿姨，你说是我妈妈叫我来的，来把我爸爸的严重问题告诉你们，我妈这样做，对我妈有什么好处呢？许阿姨和夏晶晶都被我问住了，他们母子双双地愣了一会儿，到底是许阿姨是大人，反应比夏晶晶快一点，她说，你妈想让我们做出诬陷别人的事情，她好反过来抓住我们的把柄，太阴险了，太狡猾了——我赶紧说，但是我爸爸确实吃过官司呀，这是事实，你们可以去打听呀，下放在胡家坝大队的刘建国他爸就是和我爸关在一起的。许阿姨顿时脸色大变，说，什么，老冯连这件都要翻出来？手段也太毒辣了！夏晶晶终于跟上了他妈妈的思路，急吼吼地说，我知道了，我知道了，我们要是揭发你爸爸吃官司，你就可以把我爸爸吃官司的事情也揭发出来，是不是？是不是？

我正被夏晶晶的责问问得晕头转向，却见许阿姨忽然一屁股坐了下来，跟着她的屁股一起往下掉的是她的眼泪，她一边掉眼泪一边嘟哝着说，我吃不消了，我吃不消，再这样下去，我的神经要崩溃了，我要疯掉了——周小米，你回去告诉你妈妈，我们不想理你们了。还是我比较镇静，我说，许阿姨，你不想让夏晶晶上高中了。许阿姨张口想说什么，但不知道我身上又有什么东西被她怀疑上了，她张开的嘴又赶紧闭上了，闭得紧紧的，只是用两只眼睛死死地盯着我，眼泪都忘记了流淌。

我的阴谋没有得逞，灰溜溜地回家去。可我前脚到家，夏晶晶的妈后脚就追了过来，她气愤地指责我妈，啪啪啦啦像放机关枪说了一大堆的话，别说我妈蒙在鼓里不知所以，就算我这个当事人，也觉得许阿姨的激动有点过分了。

两个人折腾了半天，我妈才终于弄明白了，原来我去搞了阴谋诡计，我妈顷刻间魂飞魄散，头发都变得乱七八糟了。她到处找我，却不知我正站在她的面前等着她收拾我呢。她两眼散光，已经看不见我了。

我做了一件不成功的阴谋诡计，我不知道该怎么收场了，没想到接下来夏晶晶的妈妈救了我。许阿姨开始的时候也站在那里跟着我妈一起发愣，但忽然间，她一把就抓住了我妈的手，不是抓，是握，她紧紧握住我妈的手，口齿清楚、一字一顿地说，老冯啊，我们不能这样下去，再这样下去，我们是两败俱伤啊！我妈听了老许的话，先是张大了嘴，接着就咽下去一大口唾沫，我看得出她把老许的话吞进去并且咽了下去。果然，片刻之后，我妈就大声叫了起来，是两败俱伤，是两败俱伤，再这样下去，就伤得不能恢复啦！

老冯和老许都觉悟过来了，她们发现这样下去对双方都没有好处，她们手拉手眼泪汪汪地坐到了一起。老许对我妈说，老冯，我们两家别吵了，我们两家的小孩，都是要上学的，扔下谁都不应该，我们应该一致对外。我妈赞同她的意见，说，对，我们应该团结起来，向上面再争取一个名额。

我妈和夏晶晶的妈是怎么去争取这第三个名额的，具体过程我不可能知道。在那些日子里，我像只兔子一样竖起了耳朵，我时时刻刻关注着有关我到底要不要继续读书的点点滴滴的声音。可是这些声音进不了我的耳朵，妈妈从方永辉的事情中吸取了教训，她不会放出一点点声音让我听到。现在我妈看我的眼神，就像在看一个特务，我妈的警觉性越来越高，任何事情都不当着我的面说，哪怕是跟读书、跟争取名额没关系的日常生活的小事，她也要等我走开以后，再和别人说，在她的眼里，村里的农民都要比我可靠一百倍。

就在我妈为争取第三个名额奔波的日子里，夏晶晶的爸爸果然调到县委办公室去了。夏晶晶还告诉我，他爸爸的待遇好，住的双人宿舍，不像其他借调的人，四五个人住一间呢。和老夏同住一间屋的也是我们片中一个同学的爸爸，他儿子叫钱兴宝，他叫什么我不知道，因为夏晶晶也没有告诉我。我只知道钱兴宝的爸爸原来在公社知青办工作，现在调到县委，虽然是借调，但毕竟往上走了一步。那时候许多人都是借着借着就转正了，比如一些代课老师，代着代着就变成正式老师了。

现在老夏和老钱同住一屋，他们都在努力工作，都想早一天从借调变成正式干部。

谁也没料到的事情发生了。老钱是个习惯记笔记的人，他喜欢把每一个与他交往的人说的话，都记下来。其实他在公社工作的时候，他的同事都知道他的这个习惯，大家都有点怕他，尽量不和他多说话。可是老夏以前没有当过他的同事，甚至没有接触过他，不知道他的习惯，现在两个人同住一室，难免说话随便，加之老夏被借调，情绪不错，话也多起来，每天都和老钱说长论短，从国家大事，说到家长里短，从个人的思想，说到群众的呼声，哪里知道，他的每一言每一句，都被老钱记录下来。

老钱在短短的时间里居然就整理出一本老夏的反动言论录，交到了上级领导手里。这是一个严重的政治事件，县委严肃处理了老夏，还召开了县委的大会，老夏的“反动思想”受到了批斗，这件事情造成的结果就是，老夏灰溜溜地回来了，夏晶晶也就别想念高中了。

老夏回来的那一天，老许在家里号啕大哭，她的哭声在村子里回荡，让全村的人为之震惊。村里的农民不能理解老许为什么这么伤心，他们说，上面也没有把老夏怎么样呀，就是开了一个会，批斗了一下，又没有抓起来，只不过不再借调他而已。有的农民知道老许的心思，说，她不是为老夏哭的，她是为小夏哭的，小夏没得书念了。有的农民还是不能理解，不就是念个书吗，有必要哭得这样吗？懂一点的农民说，城里人跟我们不一样的。

那一天晚上，我是听着隐隐约约的哭声进入梦乡的。我的梦做得很不吉利，我梦见我妈站在我的床前，笑眯眯地对我说，小米，你有希望了。我大叫，我不要希望，我不要上学。我妈诡秘地笑着，让我惊出了一身冷汗，我说，妈，你不要揭发夏晶晶的爸爸。我妈仍然嬉皮笑脸，说，这是大人的事情，你别管大人的事情，只要你能读上书，妈妈做什么都心甘情愿。我气愤地说，做奸人也心甘情愿？妈妈竟然无耻地说，做什么都无所谓的。我气得醒了过来，心里还怦怦跳着，就看到我妈妈愁眉苦脸地站在我的床前，看着我说，小米，你睡觉时大喊大叫干什么？我想了想，没有把我的梦说出来。

现在，这个读书的名额，该是钱兴宝的了。大家都认为老钱是有备而去，就是为了让钱兴宝读高中，老钱在老夏的身边埋伏下来，最后老钱如愿以偿，搞倒了老夏，把夏晶晶的名额抢了过去。

钱兴宝要上高中了。我妈急得在家里转圈子，一边转，一边自言自语说，他怎么可以这么做呢，他怎么可是这么做呢。一会儿又说，他竟然这样，他竟然这样。我知道我妈说的是老钱，我想起了我的梦，心里顿时一惊，我不知道如果这事情发生在我妈身上，她会不会像老钱那要做，我不敢想。

可是，老钱和钱兴宝高兴得太早了。这个读书的名额，简直成了一个不祥物，谁想占它，谁就会出点麻烦。老钱以为搞倒了老夏，名额就是钱兴宝的了。老钱却没有想到，上级领导虽然处分了老夏，但同时也觉得老钱这个人做人做事太不地道，既然今天他能偷偷记下老夏的言论，难保他明天不去记别人的，在县委里埋这么一颗定时炸弹，那真是自找麻烦。即便是县委的主要领导，也不是一天到晚都在作报告，都在念秘书写的万无一失的稿子，也难免有随便说话的时候，谁知道什么时候什么话就被这个老钱记了下来。上级领导越想越觉得可怕，赶紧找了个茬子，抓了老钱一点小把柄，把老钱赶出县委。老钱还想回公社，结果公社也没了他的位置。

县委干部老钱和高中生钱兴宝，辛辛苦苦忙了一阵，最后才发现他们只是做了一个美梦，梦醒时分，什么都没有了。

夏晶晶出局了，钱兴宝根本就没有进入，最兴奋的人你们根本就不用猜，肯定是我妈。

就在这样一个乱七八糟的过程中，还发生了一件意想不到的出奇的事情，有个叫周水根的同学跑来找我，叫我把名额让给他，他哭丧着脸，哀求我说，他家里没有劳动力，生活贫困，今后全都指望着他，他如果读了高中，毕业后就有希望当代课老师。我觉得莫名其妙，我说，你希望当代课老师，我还希望当公办老师呢。他居然说，你不需要的，你家是城里人。我倒不服了，别说名额还不在我手里，也不说我喜不喜欢读书，凭什么我的名额就得让给你？我说，周水根，你长不长眼睛，你要是长着眼睛就能看见，我家现在也是乡下人，跟你们一样。他固执地说，不一样的，你们跟我们骨子里是不一样的。我恨恨地说，你看到我们的骨头里了？他不计较我的态度，一味地跟我讲“道理”，他坚持说，周小米，我们不一样的，周小米，真的，我们不一样的，你想想，虽然你们家现在在农村，但是你们的亲戚朋友都是城里人，我们跟你们不一样，我们祖祖辈辈、亲亲眷眷都是乡下人。

我不想再理他了，他却又想出一招，说要到老师那里打小报告，他有一次看到我的作文是我妈妈的字。我说，我的字不好，是我妈妈帮我抄的。他说，人家都说你爸爸妈妈是吃笔杆子饭的，你的作文肯定是你妈写的。我气得说，你去报告吧，我们都已经不是片中的学生了，老师吃饱了撑着才会来管这些事情。周水根说，可是你让你妈妈替你写作文，说明你的学习态度不正确，说明你政治思想觉悟不高，像你这样的人，是不能继续升学的。我打断他说，周水根——呸，你根本就不配姓周。

其实我大可不必跟周水根费什么口舌，有我妈在，轮得着他吗？周水根的痴心妄想是不可能实现的，但是气走了周水根我忽然觉得自己有点奇怪，我不是不要读书的吗，为什么周水根来向我要名额我会这么生气呢？我以前还给方永辉下药、给夏晶晶提供攻击我爸爸的炮弹，等等，可都是为了不读书啊，为什么到了周水根这里，我会如此气势汹汹，好像在跟他抢名额呢？

我想了想，吓出了一身冷汗，我知道我被我妈罩住了，我妈的一定要读书的想法，正在一点一滴不知不觉地往我的灵魂深处走去。

再也没有对手了，我妈不用再去争取第三个名额了，她胸有成竹来到公社教育办，可我妈的屁股还没坐定，教育办的同志一句话，就让我妈跳了起来。哪里还有那个名额，大家都在瞎抢，那个名额，下来的时候，就已经定给了公社书记的外甥王金海。

什么夏晶晶，什么钱兴宝，什么周小米她妈，都一样在做梦呢。我妈跌跌撞撞跑回来问我，你同学王金海，他舅舅是公社书记吗？

我没听说过。王金海是个三棍子打不出一闷屁的人，在片中也一直是低头做人的，如果他舅舅是公社书记，他会这样谦虚吗？我不知道。我看到我妈嘴角边泛出些白沫，我说，妈，你嘴边有白沫。我妈气得抬了抬手，好像要打我，但没有打。我说，真的，我没骗你，这里，左边，有一团白沫，右边没有。我妈不理我，自言自语说，哪里冒出来的，哪里冒出来的，公社书记的外甥，从来没有听说过，怎么突然就有了这么个舅舅？舅舅就是舅舅，生下来就是舅舅，怎么可以随随便便就出来一个舅舅？我妈妈急疯了，在村里到处问人，可村里的农民怎么会知道公社书记的复杂的家庭关系呢？最后我妈跑到大队叶书记家去了。

我妈问叶书记，公社书记的外甥到底是真是假。叶书记很同情我妈，他说，你别追问人家的事情了，公社书记自己说他是舅舅的，你要是查出来是假的，你能得什么好？

我妈绝望了，她眼神定定地看着叶书记，什么话也说不出来了。叶书记说，冯同志，这一阵你着急的事情我都知道，连农民都在说你，我看你是真的很想让小米念书，我倒有个主意。

我妈真是柳暗花明又一村。叶书记为了帮助我妈，竟然肯用自己的孩子做盾牌，他说，我就跟上面说，我儿子要上高中，片中是设在我们大队的，我是这个大队的一把手，片中也是归我管的，你们上面总不能不给我一个名额吧，不给名额就是不给我面子，接下去这个片中还要不要办了？

一直到许多年以后，我也不知道大队书记为什么会帮助我妈。生活中有很多谜，随着时间的流逝，这些谜早早晚晚都解开了，可是这件事却永远也解不开了。我妈已经不在了，叶书记也不在了，他们一起把这个秘密永远地带走了。

当年叶书记这样做，分明是弄虚作假。因为据我所知，大队书记的儿子叶树生的工作问题早已经解决了，是叶树生亲口告诉我的，过几天他就要到公社粮站去报到了。

我妈虽然大喜过望，但她在我面前咬紧牙关，只字不漏，我还一无所知地盲目乐观着呢。在路上碰见了叶树生，叶树生把事情跟我说了，最后他说，周小米，等你上高中了，你可得谢谢我啊。我只觉得眼前一黑，冲着他就骂起来，我谢你？我骂死你，我骂死你十八代的祖宗。叶树生大惊失色，以为我疯了，他说，周小米，你怎么骂人，你要骂人也不应该骂我呀。我说我不骂你骂谁，凭什么你可以到粮站工作而我要去念高中？乘着叶树生发愣，我乘胜追击说，叶树生，我跟你换吧，你去上高中，我到粮站工作。叶树生吓了一跳，赶紧说，我才不，粮站是我去的，你不能去——他说着说着忽然停下了，他的脸色是越来越迷惑不解的样子，眼睛瞪着我说，咦，周小米，不是你要念高中吗？你妈找我爸说，你在家里哭，如果上不了高中，你会哭死的。我爸怕你哭死，才答应帮你们的。我对着叶树生张口结舌，不，应该说，我是对着我妈张口结舌。

我感觉到了事情的紧迫性，大队书记出了场，没有搞不来的名额，说不定明天天一亮，他们就来我家向我和我妈报喜了。我越想越害怕，情急之下，我拔腿就跑，一口气跑到了公社粮站，还好，虽然太阳快落山了，他们还没有下班，我赶紧进去说，我是来报名的。

他们看着我，愣了愣，其中一个人问我，你是谁？我说，我是前进大队叶书记的孩子，我叫叶树生。他们互相对看了几眼，又来看我，其中一个又说，叶书记是说他的孩子这几天快来报到了，但是，是你吗？我说，当然是我。另一个半信半疑地摇头说，不对呀，你怎么是个女的？再一个人说，是呀，我知道叶书记的孩子是个男孩子。我说，那是我弟弟，本来我爸是让我弟弟参加工作，但是后来我爸改变了主意，让我来了。他们去翻了翻材料，念出了叶树生的名字，一个人又怀疑了，说，不对呀，这个名字是个男孩子名字呀。然后其他人一致地说，是呀，哪有女孩子叫这个名字的。我差一点露了马脚，赶紧圆谎说，是的是的，你们大人真是聪明，叶树生是我弟弟的名字，我叫叶树梅，叶树梅，听起来像女孩子的名字了吧。可他们仍然摇头，说，可是安排到我们粮站的是叶树生，我们要接收的是叶树生，不是你叶树梅，我们不能让你报名，除非公社来通知改名字，我们才能接收你。我已经黔驴技穷了，便一屁股坐在粮站的一架大秤上，我说，今天你们不让我报名，我就不走。

结果你们猜都不用猜，肯定是我被赶出粮站，还带走了一大堆难听的讽刺挖苦，什么骗子啦，什么痴心妄想啦，什么回去撒泡尿照照自己啦，反正最后，除了粮站的那个工作岗位，其他我都照单全收带回家去了。

我回到家，还没有过夜，还没有天亮，叶书记就带着那个名额追着我的脚后跟来了。

也就是说，我彻底完蛋了，全没了退路。

不对，我还有一步可走。

我妈争取来的只是一个推荐名额，这个名额后面还跟着更大的考验，那就是考试。

既然还有考试这一关，我就没有到山穷水尽的那一步。我可以考砸了，我可以在考试那一天迟到，我还可以考到一半的时候发病，即使这些手段都用不上，我也相信自己考不上，因为我知道我的水平，连我们片中的老师都说我是聪明面孔笨肚肠，当我妈为我的这个名额拼命奔走的时候，我们老师泄气地说，其实不用的，争取到了周小米也考不上。好在这话没让我妈妈听见。

但是我妈不这么想，她真是一个踏踏实实、一步一个脚印向前走的人，先是坚定不移志在必得地替我争取名额，然后，也就是现在，她时时刻刻坐在我的身后，两眼炯炯地盯着我，不允许我有半点松懈。

我正在复习功课，其实我只是在装模作样，我根本就看不进去。我很想在书里夹一些别的什么东西玩玩，可是我不敢，我妈隔一小会儿就会探过头来看看我的书，我毫无机会。有时候，我甚至觉得坐在我身后的我妈像一头母狼，只要我一回头，她就会咬住我的脖子。我奇怪自己怎么会有这样的想法，也为自己的想法感到有趣，实在无聊时，我就偷偷地回头看一下母狼，母狼的样子让我差一点大笑起来，她正死死地盯着我的后脑勺，眼光竟是绿色的，看到我回头，她眼睛瞪得像牛眼，神情紧张地问我，小米，怎么啦，小米，哪道题不懂，哪道题有问题？要不要我去找老师问问？

随着考试的时间越来越近，我妈的神经也越来越紧张，连跟我说话都是小心翼翼的，就怕影响了我的复习情绪。假如我复习得没劲了，跟她开个玩笑，我说我是临时抱佛脚，再用功也来不及了。我妈就立刻自打一个耳光，骂自己一声臭嘴。她舍不得打我，只能打自己，明明是我瞎说，她也只敢说她自己是臭嘴。

可就在临考前两天，我爸忽然在半夜里回来了，而且动静很大，好像有意要惊动全家人，我被惊醒了，爬起来就看到爸爸在对妈妈说，老冯，这下好了，你不用担心了，批判教育回潮了，小米他们的考试取消了，直接入学。我妈“嗷”了一声，霎时间她脸色惨白，嘴唇发紫发青，哆哆嗦嗦说，你不要吓我啊，你不要吓我啊。

对我妈来说，我不用参加考试就能上学了，明明是天大的好事、喜事，可我妈却说，你不要吓我啊，你不要吓我啊。我不知道我妈到底是什么意思。

但有一点我是知道了，就是说，我的所有的阴暗的心机和卑鄙的行动全部落空，我妈胜利了。

就这样，我几乎是被我妈绑架着去上高中了。

我上的高中在金泽镇上，从我们家到金泽镇，可不好走，从我们村口的九里桥出去，走二十里地，到铜锣镇，在铜锣镇轮船码头上船，轮船开三个小时，到金泽镇。

这就是我在以后的漫长的日子里要反反复复经过的路线。

于是，我妈欢乐的心情还没有来得及弥漫，她的心病就已经开始了，而且，毫无疑问，以后会越来越严重。

从九里桥到铜锣镇的二十里地，就是我妈的心病。

这二十里地，路两边几乎都是桑树地，桑树有高有矮，即使是最矮的桑树，藏些人在里边，也是小事一桩。这些人，他们藏在桑树地里干什么呢？这是一个不言而喻的问题，他们要干坏事，要犯罪，犯各种各样的罪。

头一次去学校，是我妈陪我走的那二十里地。我闷头快步走在前面，就是要和我妈拉开一点距离，我不想理她。我妈背着我的行李，在后面急急地追着我的脚步。我满心的气愤和懊恼，我感觉我是被我妈押着走向一座监狱，甚至是走向一座坟墓，我想说点难听的话给我妈听，可我一回头，却被我妈的神态吓了一跳，只见我妈面色紧张，四处张望，看到我回头看她，我妈立刻说，小米，你看看，这地方，吓死人了。我说，吓什么，有鬼吗？我妈哆哆嗦嗦说，桑树这么高，有人藏在里边你都发现不了。我没心没肺地说，他藏在里边干什么呀，捉迷藏啊？我妈快步上前紧紧抓住我的手，我想甩开，她却死死执住不放，好像一放开我就没了。妈说，小米小米，以后怎么办？我明知她是担心以后我一个人走这条路的危险，为了气她，为了告诉她我不喜欢她自作主张不由分说安排我去读书，我故意把事情说得严重一点，吓唬吓唬她，我也好发泄掉一点愤懑。我说，妈，这条路上，经常有背娘舅，前天还背杀了一个小媳妇。我妈慌得成一团，打着自己的嘴，说，不好了，不好了，小米你不能乱说呀！我说，妈，我没有乱说，不信你去问村里人，他们都知道，他们在田里劳动时说的，你又不劳动，你没有听到他们说。我妈竟然张着嘴不知说什么，我可以感觉到，她捏着我的手，越捏越紧了。我说，妈，你捏痛我了，你手劲真大。我妈没有听到我说什么，她两眼散光，脸色居然像桑叶一样又青又绿。看到我妈这样古怪，我倒不好意思再说难听的话去气她了。

到了学校，大家都报了到，才知道我今后会有一个同伴，她叫殷桃子，住在我家隔壁的汾湖大队，离我家不远。从此以后，我和殷桃子每次回家后返校，都在九里桥边的九里亭里会合，然后一起去走那二十里的路。

我妈拍着自己的心口，反反复复说，天无绝人之路，天无绝人之路。她甚至拉着殷桃子的手说，桃子，幸亏有你，桃子，幸亏有你。

我妈对桃子感激涕零，她把桃子当成了我的救星。不，其实桃子是我妈她自己的救星，因为我并没有觉得这二十里地就是一条死路，就是一条走向深渊的路，是妈妈这么觉得，所以，桃子和我同行，救的不是我，而是我妈。

我妈每次都要在九里桥头给桃子塞一些好吃的东西，有一次还给她送过一双元宝套鞋，让她在下雨的时候不用再穿着旧球鞋在路上滑来滑去。她对桃子说，谢谢你桃子，你对我家小米的帮助太大了。桃子不解，我呢，是不服，我说，怎么光是她帮助我呢，我不也一样在帮助她吗，没有我，她不也一样没有伴吗？桃子朝我笑笑，她脾气好。可我妈的感激越演越烈，她竟然还说桃子是我们家的救命恩人。幸好桃子不是长舌头的女孩子，没有告诉班上其他同学，否则的话，我这脸可丢大了。

就这样，我和桃子在金泽中学上高中的那些日子里，互相陪伴互相支持，走过了一天又一天。

在这些日子里，许多事情都发生了变化，其中变化最大的，大概就是我了。我从一个不喜欢读书的孩子，变成了一个喜欢读书的孩子。

我的变化，全是因为我们的语文老师。老师是从部队回来的，穿着黄军装，上课时也穿。他在部队时是电影放映员，他放过很多电影，在很长很长的时间里，他一直怀念着这些电影，有时候，他上着课，忽然就放下了课本，讲起了电影。有几次被校长发现了，吃了批评，他就停一停，但过了几天，他又讲电影了，有一次他还唱起了电影插曲。

那是一部叫《冰山上的来客》的电影，里边的插曲是这样的：花儿为什么这样红——就在老师开口唱出这第一句歌的时候，在那一瞬间，我觉得我已经爱上了我们的老师，而且，我相信，不止是我，我的所有的女同学，都爱上了他。晚上我们在宿舍里一遍一遍地学唱花儿为什么这样红，唱着唱着，我忽然发现桃子的眼睛湿润了，眼角渗出了眼泪。我说，桃子，你怎么哭了？桃子抹了抹眼睛，说，我也不知道怎么的，唱这个歌的时候，我心里就难过，我就想家，我就想哭。

渐渐地，桃子上学不如一开始时那样准时了，她经常迟到，每次都是慌慌张张，急急匆匆，奔到九里亭看到了我，总是一迭连声说，对不起，我又迟到了，对不起，我又迟到了。我等得心焦，冲她说，你老是说对不起有什么用，不如下次早一点出门。桃子说，我会的，我会的。可是到了下一次，她还是迟到。好在虽然桃子不够准时，但我们在路上加快脚步，连奔带跑，每次还都赶上了班船。我只是不知道桃子为什么不能早一点从家里出来。

我真的变了，我努力学习，成了班上成绩最好的学生。放农忙假的时候，我把上半学期的成绩单给我妈看，我妈接了过去，但她的神色很奇怪，目光也不固定，又像在看，又不像在看，拿了半天，也没说一句话。我有点扫兴，忍不住提醒说，妈，这是我的成绩单。我妈才清醒过来，“噢”了一声，赶紧看，但眼睛一落到纸上，又游离开了，她看不进去，她好像根本就不知道自己在干什么。我急了，说，妈，你怎么啦，不看就还给我。妈似乎有点麻木，真的把成绩单还给了我，并且答非所问地说，小米，你听说桑树地里红衣女孩的事情了吧？我完全摸不着头脑，但是看着我妈暗幽幽的脸色，我心里忽然抖了一下。

我等着我妈给我说桑树地里红衣女孩的事情，可我妈却又不说，脸色也愈发奇怪了，我催她说，我妈忽然站起来就走，不，她不是走，是逃，仓皇地逃，她一边逃一边说，我不说，我不说，我不能说，我连想都不能想，我一想心里就发抖。

后来村里的农民告诉我，村里的知青，有好些天，每天经过桑树地，都会看到一个穿红衣服的女孩在他前边走，他追上去，她就不见了，他慢慢走，她又出现了，害得这个知青疑神疑鬼，病了一场。后来才知道，是前边村子老沈家的小女儿，已经死了，是在桑树地里被杀死的。也就是说，知青看到的，其实不是她，而是她的鬼魂。我听了这样的故事，不想相信，跑到知青那里问他，他脸色大变，又青又紫，任我怎么问，他也决不说出来，对于大家的传说，他既不承认也不否认。

知青给吓坏了，我妈也给吓坏了，知青是给一个不知道到底存在不存在的鬼魂吓坏的，而我妈，是给这实实在在的二十里的桑树地吓坏了。我妈可怜巴巴地看着我，想跟我说什么，又不敢说的样子。过了一会儿，她自言自语道，奇怪了，小米从前是最不喜欢念书的。我正在看书，没有应答她。我妈又嘀咕，其实，其实，读书有什么好，读书有什么用，一点用也没有，知青是高中生，不是照样到农村来当农民吗？我似听非听，也不知道她嘀咕的什么，更不知道她是什么意思。

农忙假后回到学校，才发现桃子没有来报到，她给班主任老师写了一封信，说了她不能再读书的原因。原来桃子的爸爸病倒了，现在桃子家里，只有一个劳动力，就是桃子的妈妈，她要劳动挣工分，还要伺候躺在床上的桃子的爷爷奶奶爸爸和桃子的两个年幼的弟弟。桃子无论如何也读不下去了，她得休学回家帮助她的妈妈，否则，家庭的重担要把她妈妈压垮了。

对于一个学校，对于一个班级，少一个学生多一个学生都不是太大的问题，可是对于我，却完全不一样了。我没有了伴，二十里的桑树地要我一个人独自行走了，我并不害怕，我早就说过，我从来没有觉得桑树地有什么可怕的，何况路途上，还有桑树稀少的地段，在这样的地段，我还能欣赏田间的风光，大片大片的红花草、油菜花，还有绿油油的麦苗，一切都是那么的阳光和美好。可我妈心里没有阳光，只有阴暗，她不能接受这个事实，她无论如何不能让我一个人走二十里桑树地。

我妈跑到学校来找我，她竟然当着老师和同学的面，紧紧拉住我的手，叫我别念书了，跟她回家。我不敢相信这话是从我妈的嘴里说出来的，曾何几时，我妈想尽一切办法让我上高中的情形还历历在目呢，我还记得她像母狼一样盯在我的背后监督我复习功课呢。不等我反应过来，我妈又苦着脸说，小米，求求你，小米，求求你！我生气地抽出我的手，恼怒地说，妈，你有毛病啊？我妈木呆呆地看着我，看着我一张一合的嘴。我斩钉截铁地说，妈，你走吧，你不可能把我带回去，我要读书，一定要读书！

我妈走了。我看着她的背影，觉得她的背和腰好像一下子就弯了，差不多像个老人了。

我妈弄回来一条狗。我认得它，它是瑞荣家的，是一条黄色的土狗，名字也很土，就叫大黄。我妈和瑞荣的爸爸妈妈说好了，带大黄回家，让大黄陪着我走那二十里桑树地。不料瑞荣哭得昏天黑地，抱住大黄不放，大黄也眼泪汪汪的，最后我妈答应瑞荣，送给他一只半导体收音机，还答应过几天有了其他办法就把大黄还给他，瑞荣这才放走了大黄。

大黄很聪明，它走出二十里路，居然一个人认得回家。路上有人看到我和一条大狗一起走，觉得奇怪，想跟我搭话，大黄喉咙里就会发出威胁他的声音，那个人就赶紧头也不回地走开了。当我们看得见铜锣镇的一个烟囱时，我对大黄说，大黄，你回去吧。大黄点点头，就不再送我了。我走出一段，回头看看，大黄仍然站在那里。

我妈绷紧的神经刚刚放松一点，又出事情了，没几天大黄不见了。村里的农民都帮着四处找，只听见村里村外一片混乱的喊大黄的声音，那声音听起来寒毛凛凛的，有点像叫魂。在农村里，小孩子生了病，大人晚上就到村口去叫魂，叫着叫着，小孩子的病就好了。可是那天，大家从下午叫到晚上，也没有听到大黄的回答。

但是有一个人很奇怪，他是最应该急着寻找大黄的，但他却从头到尾没有动弹，他就是瑞荣。大家都不能理解，大黄是瑞荣的命根子，虽然借给了我家，但它仍然是瑞荣的命根子，现在命根子没了，瑞荣居然不去寻找?

瑞荣说，你们不用乱找，我知道大黄在哪里。瑞荣说知青偷了大黄，他想吃掉大黄。瑞荣说，他每次看到大黄，就流馋唾，我就知道是他偷的。大家半信半疑，去叫知青开门，可知青在里边死活不开门，也不出声，也不知道知青的屋里到底有没有知青和大黄。到了晚上，大家散了，瑞荣一个人闷声不响守在知青家门口，一直守等到后半夜，知青以为大家都睡了，就把吊着的大黄放下了地，大黄早已经被知青吊死了，可它一沾泥土，又活过来了，活过来的大黄拼命叫喊，门外的瑞荣听到大黄的喊声，轰开了知青的门，救出了大黄。

为了补偿知青的一顿美餐，我妈卖掉一袋米，给知青烧了一锅红烧肉，知青吃肉的时候，激动得哭起来，一边哭一边说，我有半年没吃肉了，我有半年没吃肉了。我妈站在旁边看着知青吃肉，一边点头一边咽唾沫。

大黄又陪我走了一次，它跟以往一样，送我到铜锣镇，看我走进轮船码头，它才返身回去，但这一次它却没有回家。

大黄最终还是不见了，谁也不知道它到哪里去了。

大黄没有了，可我还得上学，我尽量减少回家的次数，但我终究是要回家的。有一次在路上我碰到一个人，他说他在铜锣镇的酱油厂上班，经常走这条路，他可以和我作伴，他一边走一边和我说话，话越说越多，走到一条岔道的时候，他忽然停了下来，指着那条小路说，我们抄近路吧，走这条小路近多了。我愣了一愣，忽然就尖叫了一声：不——在静静的桑树地里，我的声音之大，把他吓得哆嗦了一下。

我小时候虽然胆子大，但架不住我妈长年累月担惊受怕，我妈的眼睛和脸色，多少影响了我，我也不得不警惕小心起来

我的大声尖叫把那个酱油厂的人吓着了，他呆呆地看着我，不知道我为什么要这么大声。我本来不想再理睬他，我想快快往前走，扔开他，可不知怎么的，我却突然和他说起了我的妈妈。

我一口气说了这些日子以来发生的事情，我觉得自己的嘴角边也有了白沫，我用手抹了一下，没有抹到。酱油厂的人，一口气听完了我的话，中间没有插一句嘴，等我说完了，他仍然没有说话，他似乎在考虑什么，他在犹豫着，犹

豫着，最后竟然拔腿跑了。

他跑出一段，又回头看了看我，一看之下，他又开始跑，不，这回不是跑，是逃。他逃走了。

这件事情我也始终没想通。就像当初叶书记帮助我妈拿到上高中的名额一样，没有谜底。

就在大黄失踪后的第二个星期，十分意外地，桃子回学校了。我知道是我妈去找了桃子，虽然我不太清楚我妈是怎么把桃子动员回来的，重要的是，桃子回来了，我又有了伴，我又可以和桃子一起走那二十里桑树地了。

桃子回来的那天晚上，她悄悄地对我说，小米，谢谢你，谢谢你妈妈，要不是你妈妈，我就上不了学了，我想上学，我要读书。看着桃子感激的样子，我想跟她说，我妈可不是为了你。不过我没有说出来。

我妈照例送我到九里亭，可是等了半天，桃子也没有出现，我着急了，再不走就要迟到了，我不想迟到，今天的夜自修课是语文老师带，我不想错过语文老师的任何一节课。我妈不让我走，她结结巴巴说，小米，小米，要不，今天就不要去了。我说，那不行，怎么能随随便便就不上学呢。妈说，小米，你从前，你从前不是不喜欢读书，你不是经常逃学吗，你现在为什么不逃学了？我不能再理睬我妈的啰唆了，我拔腿就走，把我妈一个人扔在九里亭里。

我妈站在九里桥头的九里亭里，死死地盯着我消失的方向，一动不动地站了许久。接着桃子就急吼吼地出现了，她背着一个书包，手里提着一个提兜，喘着气站在我妈身后说，阿姨，小米走了吗？我迟到了。我妈妈一把抓住了桃子的手，说，桃子，桃子，小米刚走，你快点追，你快点追！后来桃子跟我说，你妈妈急得口角边都是白沫，她说了几十遍你快点追你快点追，我走出去老远她还在说。我说，你妈妈才口吐白沫呢。桃子笑了笑。她脾气好，从来不和我争高低。

桃子又开始迟到了。

桃子的迟到，让我有点生气，因为等桃子耽误了时间，我怕赶不上班船，就得加快脚步，但为了等桃子赶上来，我又得放慢脚步，我左右为难，心神不宁，我还得一边走一边回头往后看，看桃子有没有追上来，不过那时候我坚信，过不了多久，我就会听到桃子追赶我的脚步声，像以往一样，我会看到她气喘吁吁和惶惶然的神情，然后我给她一个白眼，她再冲我一笑，一切又回来了。

可是那一天我错了，一直到我走到了铜锣镇，走进了铜锣镇的轮船码头，上了停在轮船码头的轮船，桃子也没有追上来。

轮船开了，我朝岸边张望了一下，我想桃子可能已经追来了，她迟了一步，眼看着轮船丢下她远去，桃子也许正在岸边跳脚呢。

可是没有。始终没有桃子的身影。

船开后，我还想了想桃子，也许她出来的太晚了，也许她家的钟坏了，也许她家里又有别的什么事情。但是很快，我就将桃子丢在了脑后，船到下一个码头，上来了我的另一个同学，我们说起了话，桃子就这样被我丢开了。

奇怪的是，第二天桃子也没有来，第三天也没有来，到第三天的下午，老师也有点生气了，老师说，这个殷桃子，有事也不知道请假，无组织无纪律。

其实，老师说这句话的时候，桃子已经死了。

后来的一些事情和先前的一些事情，都是村里的农民告诉我的。那天下午，我妈妈正在屋门口扎稻草把，有一些农民从路上奔过，他们嚷嚷着，像一团风一样刮过去。我妈不知道他们在说什么，但是妈妈心里忽地一惊，她一下子站了起来，慌乱地问他们，你们干什么，你们到哪里去？农民说，听说上面漂下来的一个女孩子，到九里桥下被桥墩挡住了，我们去看，冯同志，你也去看吗？我妈站起来拔腿就走，可是只跨出两步，她的腿一软，就跪倒在地上。两个农民把我妈架起来，他们架着我妈一起往河边跑。我妈一边被架着，一边呻吟着，农民问她，冯同志，你肚子疼吗？我妈说不出话来。他们快奔到了九里桥的时候，就有先到的农民返过来了，他们说，没有，没有，已经漂下去了。

农民有点失望，有的农民也想返回了，但也有的农民想继续去看。想继续去看的农民仍然架着我妈，沿着河水流下去的方向往下游追赶，路上碰到人，问他们追什么，农民也不知道该怎么说，他们只是含糊地说，去看看，去看看。我妈的脸白得像一张纸，两只脚拖在地上，她已经不会走路了。有个人问，她是不是生病了？架着我妈的农民气愤地回答他，你才生病呢。

农民告诉我，一路上，冯同志一直在自言自语，说，我早就知道要出事，我早就知道要出事。农民问我妈，冯同志你怎么知道要出事，冯同志你知道到底出了什么事？她不理他们，只是反反复复，反反复复地说，我早就知道要出事，我早就知道要出事。

他们终于追赶上了漂在河面上的女孩，女孩已经漂到汾湖村的河面上了，汾湖村的农民纷纷从家里跑出来，他们也像我们村的农民一样，叫叫嚷嚷，向河边奔去。

汾湖村口的河面上，平平静静地躺着一个女孩，水在继续往下流，她却不再跟着水走了。

她到家了。

汾湖村的一个农民认出她来了，他号叫了一声，啊呀呀，是桃子啊，是老殷家的殷桃子啊！

我妈听到“殷桃子”三个字，“嗷”了一声就晕过去了。

后来我听说，桃子被捞起来的时候，两只手里紧紧地攥着两把红花草，怎么拉都拉不下来，最后就让桃子抓着红花草葬了。

大家都说桃子是在红花草田里被害的，害死后又被扔到河里。但是桃子的案件始终没有破，所以，所有的传说也都只是猜测。

那时候我正在课堂上听语文老师朗诵课文，我还记得，这篇课文的题目是《白杨礼赞》，老师念着：“它没有婆娑的姿态，没有屈曲盘旋的虬枝，也许你要说它不美丽——”教室的门被推开了，校长出现在门口，从校长的脸上，我们看得出出事情了，但谁也没有想到是桃子出事了。

我赶上了当天的班船回家去，我不相信桃子就这么没了，我相信她只是迟到了，只是没有追上我，没有追上当天的轮船。

正是红花草盛开的季节，穿过桑树地，就是大片大片的红花草田，我在红花草田里走呀走呀，我听见了桃子的歌声，花儿为什么这样红，为什么这样红，红得好像，红得好像燃烧的火——渐渐地，渐渐地，桃子的歌声消失了，在无边无际的红花草田里，我看到一个黑点，我走近了，走近了，黑点越来越大，越来越清晰，我终于看清楚了，我大声喊了起来：妈妈——

是我的妈妈坐在红花草田里。她没有听见我的叫喊，她正奋力地拔着红花草，身边的红花草已经被她拔光了，她挪动了一下位置，开始拔另一片红花草。

我奔了过去，扑到我妈身边，妈妈，妈妈，我回来了！

妈的眼睛被红花草染得通红，她茫然地看了看我，说，你怎么叫我妈妈，你是谁？

我说，妈妈，我是小米，我是你的女儿啊！妈摇了摇头，不对，你不是我的女儿，我的女儿是殷桃子，我找不到她，但是我知道她躲在红花草田里，我把红花草拔干净了，桃子就出来了。

我紧紧抱住我妈大哭起来，妈妈，我再也不去念书了，我再也不去念书了！

妈不说话，她继续一把一把地拔着红花草。

远远地，爸爸的身影出现在田埂上，爸爸正朝我们奔过来，他一边奔跑一边喊，老冯，小米，政策下来了，我们要上去了——

# 不要问我在哪里

## 一

拿到新房子钥匙那天，谢敏娜给儿子蒋明打了个电话，蒋明不在家，又打到他的手机上，也没有接。一直到很晚，蒋明才回了个短信，问有什么事。谢敏娜觉得短信说不清，赶紧又打蒋明的手机，总算接通了，谢敏娜赶紧说，小明，找了你一天，你在哪里？蒋明说，妈，我手机里没多少钱了。谢敏娜本来有许多话要跟儿子说，可蒋明这么一表示，谢敏娜只好简洁些说，我就说几句话，新房子拿到了，你什么时候回来看一看。蒋明说，知道了。电话就挂了。谢敏娜朝着电话愣了片刻，回头跟老蒋诉说，话就这么少，跟自己妈妈也没有话说。想想气不过，又补了一句，有事情就知道来找了。老蒋附和说，现在的孩子，太自私。不料谢敏娜又不爱听，反驳老蒋说，你还说别人，你自己好，在外面跟人家低三下四，扫地的看门的你都点头哈腰，对儿子就永远看不顺眼。老蒋不吭声了。谢敏娜也落个没趣。本来拿房子是喜事，谢敏娜喜滋滋地想和人说说。可单位的同事她不想说，亲戚朋友不想说，经常聚会的中学大学那些老同学也不想说，他们中的大部分人，还没买第二套房，谢敏娜先买下了，她觉得最好不要抢先去告诉他们，可以等他们听到了风声来问的时候再说。这么排除下来，就没几个人可说的了，差不多只剩下丈夫和儿子。老蒋个性软弱，总是顺着谢敏娜的口气说话，但总又说不到点子上，谢敏娜也怕了跟他探讨什么事情，儿子又不在身边——想到儿子，谢敏娜心里就不顺畅，不在身边，在身边又怎么样？

于是一桩喜事倒变成了谢敏娜不高兴的由头了。

还是蒋明上大四的那个寒假，眼看着就要大学毕业了，蒋明对自己毕业以后的打算谢敏娜一点都不知道。从儿子上大一起，谢敏娜就试图和儿子谈这个问题，在谢敏娜看来，就是每个人对自己今后的人生打算，每个人都应该考虑的。可蒋明总是说，早着呢，早着呢。眼睛一眨，就到了大学期间最后一个假期了，几乎所有的应届毕业生都在各地人才招聘会上使劲推销自己，蒋明却与已无关一如既往地泡在电脑上。谢敏娜急了，说，你怎么就不着急？蒋明说，是呀，我都不着急，你急什么呢？谢敏娜气得说，那好，今后你有什么困难别来找我。话出了口，她又觉得不应该这么说，毕竟是自己的儿子，也毕竟就这么一个儿子，他有困难不找父母还能找谁？当时她就有点后悔，她以为他会恼怒，结果发现蒋明正在网上和人聊天，没有在意或者根本就没听见她的刺激。但谢敏娜还是走到儿子身边，检讨了一句，对不起，妈妈刚才那样说话，是不对。蒋明也没回头，只是“唔”了一声。谢敏娜说，但我也是为你着想。蒋明说，你说什么——妈，我正有要紧事情和同学商量呢。谢敏娜知道这是儿子在暗示她离开他的房间。谢敏娜怏怏地出来，回到自己房间，看到老蒋正在冲着电视傻笑，谢敏娜一肚子的火气，说，你关心过你儿子没有？老蒋赶紧收敛起笑容，小心翼翼地看着谢敏娜的脸，揣摩着她的意思。

也就是在那一瞬间，谢敏娜觉得自己对蒋明和老蒋彻底失望了。其实她对他们彻底失望已经好多次了，她自己也搞不清楚哪一次是最彻底的最后的失望了。她作出一个决定，不和他们啰唆了，也不管蒋明对今后的工作和生活有什么打算，她要用蒋明的名字买一套房子，有备无患。

谢敏娜加入了买房大军，花了几个月的时间反复推敲，最后定下一处投资型的酒店式公寓，八十平米，可以自由切割，奢侈一点，做一室一厅，就相当宽敞气派，如果自己家不用，可以租给外来的白领甚至老外住，据开发商广告宣传册上的回报分析，每个月的租金大大超过还贷的数字。如果自己家里要用，想派多一点的用场，也可以隔成两室一厅，一个小家庭也足够住了。从前的老公寓房，三室一厅还不足八十平米呢。

谢敏娜把房产广告带回来给老蒋看，上面标有十多种套型。谢敏娜已经在八十平米的那个套型下用笔画出了线条，这样老蒋的注意力就集中在固定的范围里了，省得老蒋眼花缭乱。对谢敏娜的八十平米观老蒋没有意见，他先看了看单价，又心算了一下总价，然后小心地说，咱们家有那么多钱吗？钱一直是谢敏娜管的。谢敏娜一听老蒋这话，顿生警觉，说，你在试探我？你以为我很有钱？老蒋说，你说要买房子。谢敏娜说，我买房子也不是给我自己住的，是为这个家买的，这个家就没有你一份？这么多年，你主动关心过家里的基本建设吗？老蒋想说，轮得着我关心吗？但他不敢说，赶紧把话题拉回来，他指了指那张广告说，你看，这上面写着，回报率很高的。谢敏娜撇了撇嘴，过了一会儿说，广告都是这么说，谁知道呢？老蒋点头道，是呀，现在的人都是好话说尽，坏事做绝。谢敏娜正在买房的兴头上，被老蒋这么一说，立刻跳了起来，尖利地反问道，照你这么说，这房子就不要买了？老蒋觉得冤，明明是顺着谢敏娜的口气说的，明明是谢敏娜自己对广告词有所怀疑，但为什么她可以说，他却不能说？他搞不明白，都搞了二十多年了，他一点也不明白，还越来越不明白。老蒋又不吭声了，但他知道谢敏娜正等着他说话呢，他只好硬着头皮再换个话题，说，你挑的这个套型好，八十平米是最理想的面积。谢敏娜立刻说，八十平米是最好的套型？你是装傻还是真傻，难道八十平米比一百四十平米好？比顶层的复式好？老蒋说，但是我们没有那么大的经济实力。谢敏娜说，你现在知道经济实力了，这么多年你在干什么呢？这么多年老蒋一直在工作，在挣工资挣奖金，虽然不算太多，但也可以积少成多嘛。但这些话老蒋是不会说的，他懒得说。谢敏娜说，我买八十平米，就是为今后考虑的，现在还不清楚小明的打算，我们得作好几手准备，他将来呢，婚后要是愿意和我们住，我们这里有三室一厅，也住得下了，新房子就出租，他们要是愿意单独住，两套房子可以由他挑。老蒋忍不住要打呵欠，硬是没有让它打出来，眼泪都快憋出来了。谢敏娜感觉到了他的呵欠，她说，我为这个房子费了多少心思，你连听一听的耐心都没有？老蒋说，我在听呢，你说，你说。谢敏娜忽然又泄了气，说，你想听我也不想说了。

谢敏娜也知道自己到了这个年龄，变得啰唆、脆弱、烦躁，但还好在她的这种变更没有影响她的工作，更没有影响她对一些重大事情的决断。比如这一次买房，她的考虑还是相当周全的。蒋明如果有能力，有出息，今后可以自己挣钱买房，当然最好，但万一蒋明和他爸差不多，没有远大的理想，只是拿点工资平平凡凡过小日子，凑不起买婚房的巨款，那她有了这套房子，也不用愁了。等儿子成家，他们是不是和儿子媳妇一起住，她也有了回旋的余地，合得拢就一起住，合不拢就分开住。谢敏娜没指望自己能当个好婆婆，她自己跟婆家的关系就是不冷不热，表面上说得过去，骨子里却亲不起来。所以即便今后儿子护着老婆，她也能想得通。天底下的道理都一样。谢敏娜还是属于比较理性的，无论想得通想不通，该她做的事情她都得做到位，这样就不会处于被动地位了。

房子就这样买下了。

其实所谓的买下，也就是先付二成的首付、和房产公司签合同，然后到银行办贷款等等，接着就把心思放下了，耐心等待交房日期。所以确切地说，当时买下的还不是房子，只是一张纸而已。现在买房的人都这样，看的都是沙盘里的房子和纸上的房子，有的甚至连造房的那块地皮还没有搞定呢，就卖楼花了。大家虽然不满，但买房的欲望还是大于不满，是好是坏就看运气了。何况现在都有统一格式的合同，还上网公布，还有监管部门和舆论监督，如果拖延交房时间，房产商是要罚款的，因此也基本不用担心他们到时间交不出房来。

手续办妥以后，儿子也临近毕业了，谢敏娜把买房的事情告诉了他，与此同时，儿子也向她说出了他的一个决定，他留在他念大学的那座城市B城工作了。

这是谢敏娜所有的周全考虑中所没有考虑到的。谢敏娜第一个反应就是，儿子谈了对象，他被对象拖住了。谢敏娜心里多多少少有一点不适，但她还是比较通达的，她问儿子，她是B城人吗？蒋明说，你说谁？谢敏娜说，你不是因为女朋友的原因留在B城的吗？蒋明“嘿”了一声，说，妈，别瞎操心了。谢敏娜郁闷了好些天，拿老蒋撒气。老蒋说，你还好呢，他还知道发个短信告诉你一声，我呢？他连正眼都不看我一眼。谢敏娜说，那怪你自己不跟儿子沟通。

谢敏娜和老蒋去B城看儿子。蒋明正在上班，他把钥匙交给门卫，让门卫转交他的父母亲，然后把住址发到母亲的手机上，一点都没有影响他工作。蒋明的住房是公司提供的廉价房，两人合住，谢敏娜和老蒋在蒋明的房间里研究了半天，觉得这不像是个有女朋友的地方，一点女孩子的气息都没有。

蒋明下班后，和父母亲一起吃了一顿饭，他们边吃边谈，但基本上是谢敏娜问，蒋小明答，问得繁琐复杂，答得简明扼要。

谢敏娜：小明，刚才我们看了你的房间，房间好乱，好久没打扫了吧？你们是两个人合住的？

蒋明：嗯。

谢敏娜：两个人住，各方面都方便吗？他性格怎么样，你们合得来吗？住得习惯吗？

蒋明：大学里八个人住。

谢敏娜：你到底有没有女朋友？许多大学生大一就开始谈了，你到底谈了没有？

蒋明：没。

谢敏娜：你不是为女朋友留在B城工作的，那你为什么不回家去找工作，你觉得B城比A城好吗？

蒋明：差不多吧。

谢敏娜：那，那，你的工作是怎么找的呢？

蒋明：同学介绍。

谢敏娜：工作情况怎么样？一天上几小时班？累不累？适应不适应？专业对口吗？和同事相处怎么样？吃饭问题怎么解决的？在这个单位工作心情愉快吗？

蒋明：还好。

谢敏娜：你打算在B城工作多长时间？

蒋明：说不好。

谢敏娜（回头瞪了老蒋一眼）：老蒋，你跟儿子就一句话也没得说？

老蒋：……

吃过这顿饭，谈过这次话，谢敏娜和老蒋就回A城了，蒋明留在B城，开始走他的人生道路。

谢敏娜买的是装修房，等了一年半才拿到钥匙。不过谢敏娜运气还算不错，这家开发商的信誉和实力都好，交到手的房子和卖房时的纸上承诺几乎没有差别，因为是精装修，什么都不用谢敏娜再操心，只要添置一点新家具，开通一些管道和线路，大功就告成了。

这时候蒋明已经在B城工作一年多了，而且也看不出他在短时间内有回老家A城工作的迹象。新房子空关着太浪费了，何况还贷的压力还是比较大的，蒋明虽然大学毕业有了工作，但一个人在外地，一样要租房子住，谢敏娜还得资助他。谢敏娜决定把房子租出去。

谢敏娜找了一家规模大声誉好的房屋中介公司，接待她的是个年轻的小伙子，自称小包，名片上写着包健。小包热情精明，还很善解人意，他建议谢敏娜将租金定在两千以下，一千八左右是最佳定位。谢敏娜一听这个数字，心里顿时不爽，语气就有些尖刻了，说，按当时的广告上说，我这个套型租金可以达到三千多，你这相差也太大了吧？好像写广告词的就是小包本人。但小包宽厚地笑笑，说，这只是我们的建议，到底定多少，你们自己拿主意。其实，从我们的立场，肯定希望你们租得高一些，你们租金高，我们佣金也高，您说对不对？谢敏娜说，那开发商就不应该那么宣传。小包仍然笑眯眯地说，开发商也只是一个预测，何况这是在一年多前的预测，市场的变化他们预测不了，您说是不是？年轻的小包始终很沉稳，反而显得谢敏娜急吼吼的沉不住气。

谢敏娜回去跟老蒋一说，老蒋赞同谢敏娜的观点，说，这也太不像话了，差一千多块呢，不是差一百多块。谢敏娜说，但是如果租金定得太高，可能难租出去。老蒋说，急什么，我们不急的。谢敏娜说，亏你说得出，急什么？贷款由你还，我就不急。老蒋说，我怎么还？谢敏娜说，那你就没有资格说话。老蒋想，明明是你来找我说话的。但他没有说出来。谢敏娜却说，我再也不想跟你商量事情。

由谢敏娜手头的盘算，租金是两千还是三千，都不会太大地影响她家的生活质量，但她心里不舒服，觉得开发商有欺诈行为，至少也是误导，她又不可能去跟开发商打官司。谢敏娜心里别扭，就赌着这口气，将房租定在了两千和三千中间的一个位置上。她将决定告诉小包的时候，想从小包那里得到一点感性的反应，如果小包坚称这样的定价租不出去，她也许会考虑修正降低，但是电话那头小包和气的声音里只有理性和礼貌，小包说，行，谢女士，我就替你登记了，一小时之内，网上就能看到了，你可以查一下。谢敏娜说，大概什么时候能够租出去？小包说，谢女士，您放心，一有消息我会立刻通知您。

一晃几个月过去了，一点动静也没有，谢敏娜问过小包两次，小包的回答简直像是电话录音，谢女士，您放心，一有消息我会立刻通知您。谢敏娜忍不住上网一看，吓了一大跳，她所在的这幢名为通和大厦的高层建筑，一半以上的房子都通过中介挂在网上等待出售或者出租。再一看价格，就知道他们大都和她一样，受了开发商的预测的影响。

谢敏娜不会像卖西瓜的农民那样，宁可烂掉也不降价，她迅速调整了心态，把租金降下来一大块，再通知小包的时候，小包仍然是同样的语气：行，谢女士，我会立刻更换您的租金，一有消息我会立刻通知您。

消息果然很快就来了，由小包约定第二天中午双方在谢敏娜的那套房子里见面。

自从给新房子办完一切该办的事情，比如买家具、装电话、开通有线电视等等以后，谢敏娜就再也没有进去过。钥匙总共有六把，当时老蒋拿了一把，因为要接送家具，要打扫卫生，要等待上门接通线路的电信技术人员，等所有的事情都办妥了，老蒋就把这把钥匙还给了她。还的时候老蒋说，钥匙我还给你了啊。谢敏娜有点奇怪，老蒋为什么要还钥匙，难道他觉得这房子是她一个人的？老蒋感觉出谢敏娜的那一丝疑虑，又赶紧说，放在我身上也没有用，我又不要进去。老蒋这话一说，不但没有消除谢敏娜的疑虑，反而使她更加多心。钥匙还就还了，为什么还要强调他不会进去，这不是老蒋的风格，老蒋是个闷嘴葫芦，能不说的话他是尽量不说的。谢敏娜盯着老蒋看了看，老蒋的心虚都从眼睛里露出来了，谢敏娜说，你还了钥匙也不能证明你不进去，这些日子钥匙放在你身上，你完全可以再配一把。老蒋立刻回答说，这是新型的三维锁芯的锁，钥匙是不可复制的，不信你去问他们。谢敏娜想，老蒋对这个问题回答得这么快还这么专业，看起来关于钥匙的问题他是请教过行家了。谢敏娜说，我问他们干什么？这是家里的房子，家里谁都可以进。老蒋一慌张，又说，我不会进去的，我进去干什么？老蒋真有点此地无银三百两。

接到小包的通知后，下午谢敏娜从学校回来，等老蒋下班，两人就直奔新房子，他们还要再检查一遍有什么不当和遗漏之处，能弥补的尽可能弥补好，免得因小失大。

开门进去，就发现地上都是灰，踩上去竟然厚厚的一层。谢敏娜说，这么高的楼层还这么灰，现在我们的城市都应该改名叫尘市了。老蒋还用手抹了一抹席梦思床垫，说，你看看，这上面也都是灰，说明有很长时间没人进来了。老蒋的话又让谢敏娜奇怪，上次交钥匙的时候，谢敏娜就感觉到老蒋的奇怪，老蒋为什么要反复强调他没有进来过呢？难道他进来过，又想掩饰，他进来干什么呢？难道老蒋有外遇，把外遇带到这里来了？谢敏娜的心渐渐地揪起来，但她没动声色，细心地四处观察，却没有丝毫迹象表明有人进来，或者有人待过。谢敏娜有点后悔，她应该独自先来看一看的，如果老蒋搞过鬼，他肯定在这之前抹掉了所有的痕迹。

第二天中午，租房的对象准时来了，这是一个年轻的女孩子，由男朋友陪着来的。谢敏娜乍一见她的男朋友，真有一种恍若隔世的感觉，她想起了自己的初恋，大学里那个高大帅气特别讨女孩子喜欢的男生，可最后他又爱上了别的女生，她一气之下，选择了老实巴交的外乡人蒋同学。

要租房的女孩一进来就嚷嚷说，这里好，这里好。她男朋友很温和，笑眯眯地说，你先看看，再慢慢表态。女孩子说，这个房间布置有品位，我喜欢。男朋友说，是不是再看看别家，刚才小包说，通和大厦里，就这个面积的套型，有好几十户要出租呢。女孩子朝他直翻白眼，急吼吼说，我再也不跑了，就要这家了。男朋友笑道，你真是个急性子。女孩子呛白他说，你当然不用急，你有家，有老爸老妈伺候你，可我没有家，我急于要有个家，我要安定下来。无论她怎么呛白他，他总是呵呵笑。

小包陪在一边，一直是沉稳地微笑，无论女孩子和她的男朋友说什么，他都不表达自己的意见，但谢敏娜感觉，他的可亲可爱的笑容，就像一张网，正张开着，等着猎物钻进去呢。

女孩子的情况很简单，名叫顾倩，外地人，A城大学毕业，留在A城工作。但不知道是干什么工作的。她男朋友的情况没有人介绍，谢敏娜自己猜测了一下，可能是本地人，和顾倩是同学，家境比较好。

顾倩嚷了一阵以后，对小包说，现在就签合同吧。沉稳的小包也有些措手不及了，说，合同我没带在身上，签的话，我马上打电话叫同事送过来。除了价格，你们双方还有什么要补充的，再考虑一下，一会儿都写上合同。小包说过，就给同事打电话，说，许艺，你把合同给我送来。那个叫许艺的同事答应拿了合同就过来。

顾倩长长地吁了一口气，尖利的眼光开始在房间里打转，转了一会，她说，怎么没有扫帚和垃圾筒，我怎么打扫卫生？我垃圾往哪里扔？本来是有扫帚和垃圾筒的，但都是家里用旧了的，打扫房间时谢敏娜带过来用，用过后，老蒋说就留在这里吧，谢敏娜却觉得在漂亮的新房子里放一把破扫帚反而倒了胃口，就给扔了，哪料现在被人家抓住了一个小把柄。小包微笑着，没言语，用眼光征求谢敏娜的意见。谢敏娜愣了一下，说，我以为我这里的东西够全的了。顾倩的男朋友也说，要不，这点小东西就别麻烦人家了。顾倩又朝他翻白眼，说，我很忙，没时间，你不懂吗？她又朝谢敏娜看看，说，买了东西还是你家的嘛。谢敏娜不相让地说，扫帚垃圾筒，几块钱的东西。顾倩男朋友说，要不，我帮你买吧。顾倩凶巴巴道，要你这么卖力干什么？是你出租，还是别人出租？生活必需品房东本来应该提供的嘛。她男朋友“嘿嘿”一笑，没再说话。谢敏娜心里有点窝火，但还是忍了忍，她朝小包说，那好吧，我们把扫帚和垃圾筒拿来。小包微笑着点了点头。一开始谢敏娜还觉得顾倩是个脾气爽快的姑娘，尤其在她说她的房间布置得有品位时，她心里是掠过一丝暗喜的，这丝暗喜不仅是自己的虚荣心得到满足，也是对未来房客接纳的开始。但很快这一丝丝暗喜就荡然无存了，她不喜欢顾倩那样对男朋友翻白眼，她想起了自己的儿子，此时此刻，远在B城的蒋明会不会也在被另一个姑娘翻白眼？

小包的手机响了，他的同事许艺告诉他，合同被另一个同事锁在抽屉里，一时拿不到，那个同事要到下午两点才回公司，希望小包请两位客户稍等一下。

谢敏娜一听，立刻说，今天不行了，我下午两点有课。她也没料到这么快就要签合同，以为只是先来看一看房子，下午没有调课，而且她对这个要租她房子的女孩子不是很舒服，心底深处好像不想这么快就让她住进来。谢敏娜说，重新换个日子吧。顾倩立刻说，我今天就要签，我今天要就住进来。小包也说，反正你们双方都满意了，合同早晚要签的，能早签就早签。谢敏娜说，我说过了，我下午有课。顾倩说，你先生也有课？老蒋脱口说，我不是老师，我没有课。顾倩说，那就你签吧。谢敏娜哑口无言，只能干瞪着老蒋。

晚上回家，老蒋掏出厚厚的一叠钱交给她，谢敏娜那口憋着的气才放松了一点，她不是一个太计较钱的人，数也没数就收起来，但心里还是觉得有点不适应，也不知道不适应什么，她说，这个女孩子很有钱。老蒋说，是那个男的掏的。

谢敏娜买了扫帚和垃圾筒，给顾倩送去。顾倩不在，她在电话里吩咐放在一楼大堂的值班室，谢敏娜放下东西，走出了通和大厦，走了一段路，她停下来，回头，抬头，朝上看，她看到了属于自己家的那个窗口，它高高地敞开在二十八层上。

谢敏娜的心忽然牵动了一下，她在这里出租房子给别人家的女儿住，她的儿子却在B城租公司的廉价宿舍住。儿子租住的房子她去过，比这房子差远了，是旧房子，两人合住，周边环境也差，哪像这个新型的酒店式公寓，里里外外都是五星级的管理。

谢敏娜心里有点难过，也不知道蒋明为什么不愿意回来工作。

## 二

蒋明所在的公司，是他同学老爸开的。大学毕业，同学被老爸送到国外去继续深造，同学跟蒋明说，要不你到我爸公司打工。蒋明说好，事情就定下来了。所以他不需要拿着自己的简历没头苍蝇似的在人才交流会上嗡来嗡去。同学老爸的公司也不错，在B城小有名气，蒋明谢过同学，就去上班了。

蒋明并不是因为在B城谈了女朋友才留在B城的，因为什么，他自己也说不清，或者说，他也从来没有想过为什么。既然同学跟他说了，他也觉得这工作不错，他就做了，没有那么多为什么。母亲还自以为是地猜测他是因为女朋友才留在B城。做家长的也是奇怪，子女谈恋爱吧，他们着急，怕影响学习、影响工作，影响前途等等，不谈吧，又着急，怕有自闭症，又说没有责任心，又觉得现在的孩子太自我等等，总之你做什么他们都觉得你是不对的，至少是不能让他们放心的。蒋明连工作的事情也没跟父母商量，自己定了就定了，有什么好多说的，多说也是白说。

蒋明在B城上班，有一天他在路口等红灯，旁边一辆车上的女孩子冲他“咦”了一声，蒋明一看，原来是大学同学周丽。周丽说，蒋明，你没有回A城？蒋明说，吴军让我到他爸公司打工，我就留下了。周丽说，噢，原来这样。蒋明说，你呢？周丽说，我考了公务员，在税务局。蒋明说，好单位啊。周丽说，你女朋友呢？蒋明说，没有。周丽说，噢，跟我一样。蒋明说，既然都没有，我们谈谈吧。周丽说，谈就谈，谁怕谁呀。他们就谈恋爱了，谈上以后也觉得奇怪，为什么大学四年坐在一个教室里，天天见面，就没有感觉对方有什么特别的地方，甚至都没有什么好感，现在却是越谈越投机，大有相见恨晚的意思，其实他们相见可不晚，应该是相知恨晚。

一天蒋明和周丽走在街上，不知怎么蒋明就忽然站定了，说，周丽，你敢不敢跟我走？周丽说，到哪里去？上刀山下油锅？蒋明说，登记。周丽说，走就走，谁怕谁呀。他们就去领了结婚证。这才想起来应该告诉双方父母一下。

周丽家在B城，家庭条件比较好，父母早已经给女儿准备了一百四十多平米的婚房，现在有了女婿，虽然来得突然，吃过一惊后，两老也接受了，毕竟还是比较门当户对的，再说了，就算他们不满意蒋明，女儿满意着，他们也是阻止不了女儿的。与其弄得大家不开心，不如退一步让大家开心吧。就开始替他们筹划婚礼。

蒋明的父母当然也是大吃一惊，觉得这个蔫不拉叽的儿子也太有主意了，工作的事情不和他们商量，谈对象也不告诉他们，现在都登记了，他们连媳妇的面都没有见过一次。

谢敏娜挂了那个电话后，闷坐了半天，越想越气，气得简直没办法了，看到老蒋想溜，赶紧喊住说，你想走？老蒋说，我没走，我去倒杯茶。谢敏娜说，这么大的事，你还喝茶？老蒋哪敢吭声，倒挂着眉毛，大气都不敢出。谢敏娜说，你除了关心你自己，你还关心谁？老蒋说，哪有这样的儿子，简直不像话。谢敏娜闷了一下，随即反击说，这么省心的儿子你还嫌不好，什么都不麻烦你，你还要怎么样？老蒋也知道这时候自己说什么都是错的，不说又不行，就干脆放开了胆量说，既然已经登记，就是正式结婚了，我们总得去看一看吧。谢敏娜本来是郁积了一肚子的话，哪知被老蒋这么一说，顿觉开悟，事情其实也很简单，天也没有塌下来，决定立刻到B城看一看再说。

父母亲赶来了，蒋明简单地介绍了一下周丽的情况，就带他们上丈人家去了。亲家见了面，第一印象都不错，至少都是有教养有素质的人，还有共同的感受，就是子女大了由不得自己的那种感受，尤其是亲家母和亲家母之间，这种感受特别深切。

然后就去了新房，当然要比蒋家的八十平米气派得多。婚房已经布置得差不多了，谢敏娜曾经替儿子未来的婚房作过许多美好的设想，全都成为毫无意义的空想，她心里多少有点失落，也有点酸，她挑出了几处毛病，但没有说出来，她不想让自己显得那么小气。

最后就是办婚宴的事情了，最好的办法就是在B城和A城各办一次，双方也都同意了这个方案。在B城办的时候，蒋明的父母亲过来，在A城办的时候，周丽的父母亲过去。一切商量妥当，离共进晚餐还有一段时间，大家坐下来喝茶，闲聊，不知怎么就聊到了未来孩子的姓氏上去了，于是发生了不愉快，到底是姓蒋还是姓周，双方各执一词，都很激动。

谢敏娜这才发现，自己先前的平静完全是装出来的，或者是撑出来的，她是不堪一击的，一下子就彻底混乱了，指着亲家母尖刻地说，你还是个有知识的妇女呢，怎么会说出这样的话来？亲家母说，你既然以为自己是有知识的妇女，怎么会这么计较孩子的姓氏呢？谢敏娜说，你要是不计较，怎么会提出孩子姓周？亲家母说，我们就这么一个女儿。谢敏娜说，我们就这么一个儿子。亲家母说，婚事办在我们家，就等于是招女婿。谢敏娜说，我们送了一个儿子给你们，还要送一个孙子给你们？亲家公插嘴帮老婆说，怎么能说是送呢，蒋明做了我家的女婿，他还是你们的儿子嘛，孙子就算姓周，他也还是你们家的孙子嘛。谢敏娜说，那好，那就把婚事办到A城，把周丽嫁到我们那边去，她还是你们的女儿嘛，我们的孙子姓蒋，也还是你们的外甥嘛。亲家母说，你这是不讲理了，新房都已经布置好，你不知道我们花了多少精力和钱财？谢敏娜说，我更愿意花精力花钱财。亲家母早已经通过女儿了解到蒋明的家境虽然不算太差，但远不如他们周家，就嘴硬说，就算你愿意，你能提供这么好的条件给他们吗？谢敏娜大受刺激，跳了起来，说，我哪怕倾家荡产，也要弄一百五十平米的新房给他们。亲家母比她稍沉得住气，没有跳起来，但话语却针锋相对，说，那他们俩都得去A城重新找工作，他们愿意吗？

他们在客厅里吵嘴的时候，蒋明和周丽正躲在卧室里卿卿我我，只听到外面吵吵闹闹，也不知道他们在说什么，他们还希望双方的吵闹声更响一点，吵闹的时间更长一点，就没有人会来打扰他们了。

最后吵闹声终于停了，片刻之后，卧室的门就被敲得嘭嘭响，亲家们没办法了，来逼蒋明和周丽表态，孩子到底跟谁姓，蒋明和周丽对看了一眼，同声说，谁说要生孩子了？

谢敏娜转身就走，走了两步，回头看到老蒋还傻呆呆地站着，过来一拖他，气汹汹说，你还赖在这好地方不想走啊？

大人吵得伤筋动骨，孩子却不在意，他们本来就不想大办什么婚宴，现在机会来了，乘亲家双方没有和好之前，赶紧去旅行结婚了。

结婚几个月后，有一天周丽忽然不理睬蒋明了，她不让他睡大床，让他睡到外面客厅沙发上，蒋明不知她什么意思，说，你干什么？周丽说，你没劲，我不喜欢你。蒋明想了想，找不出原因，就硬找了一个，说，是不是我下班回来晚了，你不高兴？周丽说，最好你再晚一点，不回来最好。蒋明说，为什么？周丽说，我看到你就讨厌。蒋明说，你一直在网上，不会是网恋吧。周丽说，给你说中了，我网恋了。蒋明说，哈，真没想到。

周丽不是开玩笑，她真的闹了网恋，而且一发不可收，蒋明以为她过一阵就会好的，可一直不好，而且她还主动告诉了自己的父亲，说要跟蒋明离婚了，说是因为网恋，她的父母还以为蒋明网恋了，气势汹汹准备去找蒋明问话，可女儿告诉他们，你们弄错了，不是他网恋，是我网恋。她父母目瞪口呆。

网恋了几个月后，他们离婚了。他们结婚时没有摆宴席，离婚却请了几桌客，这时候周丽看到蒋明也不那么讨厌了，他们不再做夫妻，但是已经可以心平气和地继续做朋友了。

可是蒋明却不能再搬回来原来的住处了，公司又进了一批新人，公司提供的廉价双人宿舍已经客满，蒋明就自己租房独住了。

蒋明租了一个四十平米的一室户，是酒店式公寓，全新房，楼层很高，可以望远景，大楼管理也不错，租金也合理，唯一不太满意的就是窗帘太薄。蒋明从小习惯在黑暗中睡觉，不希望窗户里有光透进来，尤其早晨的时候，窗户的光会打扰他的清梦，他指着窗帘对房东太太说，这样的窗帘我睡不着觉，太透明，你能不能给我加一块那个什么东西。那是遮光布，他竟说不出来，管它叫“那个什么东西”。房东太太自己也有怕光的习惯，家里卧室的窗帘都有这么一层遮光布，但是蒋明这么说出来，她心里就不爽，说，你年纪轻轻，怕什么光。蒋明说，这跟年纪有什么关系。房东太太又说，这个窗帘，好看就好看在半明半亮，要是加了遮光布，窗帘会变得很难看的。蒋明说，睡觉要紧还是好看要紧。年轻人说话不中听，房东太太想不去计较他，但话到嘴边挡也挡不住就出来了，说，我这屋子里的东西已经够全的了。蒋明说，我知道你够全，不全我还不租呢，我现在只要求加一块那个东西，你能办到吗？房东太太心里就窝气，房屋中介是个年轻的女孩，她倒有点不耐烦了，说，遮光布很便宜的，要不，你替他加上，钱我来出。房东太太立刻很生气地说，不是钱不钱的问题，我也不在乎这点钱，我只是觉得，现在的年轻人，也太懒惰了。

不过后来房东太太还是很快就把遮光布给他送来了。蒋明想，既然如此，当初何必为一块遮光布那么激动呢。不过他也只是想想而已，他不会说的。

现在蒋明又是自由身了，他白天上班，下班后，有时候和朋友一起泡泡吧，更多的时候就一个人泡在网上，他本来上网只是玩游戏，很少上 QQ 和人聊天，最多只是在游戏的过程中，和同网游的玩家有一搭没一搭地说上两句。他从来对网恋那些东西不以为然，可自从周丽因为网恋跟他离了婚，反倒刺激了他对网恋的好奇心。就像一些年轻人，不知道毒品的厉害，听人说毒品怎么怎么，甚至亲眼看到吸毒者的惨相，不仅不吸取教训，反要以身试毒。

幸好蒋明要试的不是毒品，而是网恋。蒋明很快就有了对象，并且很快就发现，这种对象在网络上分分钟都会有好多个。他先后有了一个叫蓝莓另一个叫红草的女网友，通过视频，他看到了她们的样子，长得都不错，清纯可爱，比周丽更年轻更漂亮，她们热火朝天地和蒋明网恋，但蒋明很快就厌倦了她们，他觉得跟她们说话如同喝白开水，太没滋味，她们学历都不低，一个是本科生，另一个大专生，但境界太低，她们的口头禅不是哇噻就是东东，聊天的内容不是狗狗病了，就是自己脸上又长了几颗痘痘。蒋明和她们共同语言实在太少了。蒋明放弃了她们，接着再找。

接着蒋明就碰到了“到处流浪”，蒋明觉得这是个男的，开始不想多聊，但“到处流浪”的话跟他的思想很投机，很吸引他，他就留下，和“到处流浪”聊开了。

聊了一阵以后，蒋明问“到处流浪”住在哪个城市，“到处流浪”说，在A城，蒋明说，那是我老家。“到处流浪”也问蒋明在哪里，蒋明说在B城，“到处浪流”说，那是我老家。蒋明说，那我们是交换场地，我租房子住，你呢？“到处流浪”

也是租房子住，他们互相交流了租住的房间照片，蒋明才看出来，这是一个女孩子的房间，蒋明说，我以为你是个男的。“到处流浪”说，你以为只有男的才会到处流浪？蒋明说，我犯了惯性思维的错误。后来他们又交流了各自在异乡租住房子的情况和感受，“到处流浪”说，看到房东太太，我就想起我老妈。蒋明说，同感，我看到我的房东太太，第一个想起的也是我老妈。

后来他们都见到了对方的样子，并没有特别意外的感觉，都觉得对方就应该是这个样子。

在网上聊了一阵，两个人都有意见上一面，是蒋明回老家见“到处流浪”，还是“到处流浪”回老家见蒋明，两人都觉不够有意思，最后达成一致意见，到第三城去，星期五晚八点，C 城火车站见。

星期五晚八点，蒋明又上网了，一上去就看到“到处流浪”在那里，蒋明说，你没有去 C 城。“到处流浪”说，你也没去。蒋明说，爽歪歪。“到处流浪”说，我靠。

在以后的相当长的一段日子里，他们一直继续着网聊，但其中有几天时间，“到处流浪”没有来，蒋明以为断了，可过了两天她又出现了，一切又恢复了从前的模式。蒋明说，你又出现了，这几天你在哪里？“到处流浪”说，我换了个地方。蒋明说，你回 B 城了？“到处流浪”说，那我还叫“到处流浪”吗？蒋明说，在 C 城还是在 D 城？“到处流浪”没有说她在 C 城还是在 D 城，她说，在哪里很重要吗？蒋明觉得“到处流浪”问得好，在哪里很重要吗？“到处流浪”告诉蒋明，她现在仍然是租房住。她将新租房的房间照片给蒋明看，蒋明觉得和 A 城那间房差不多。蒋明说，你动作倒快，几天时间就搞定了。“到处流浪”说，只要有钱，任何事情都能加急。

## 三

包健的哥哥在老家通过房屋中介公司买了一套二手房，签过合同后，才发现房子面积缩水，向原房主和中介公司要求退赔缩水面积的房款，可谓合情合理。原房主和中介公司却推三托四，拖着不办。包健的哥哥一气之下，要跟他们打官司。可他又吃不准这官司该怎么打，请包健回去帮忙。包健就请了一个星期的假，回老家去了。包健手头正在进行的一些业务，暂时由许艺代理了。

许艺比包健晚进公司，一进去就是由包健带的，带着带着，就带出感情来了，谈起了恋爱。他们虽然年轻，却懂人情世故，知道两个人同在一个单位并不是什么好事情，不利于事业的发展。他们商量过，打算等许艺的业务再强一点，就开始物色别的公司，然后两个人中就有一个跳出去。至于谁出去谁留下，他们也权衡了各自的利弊，最后许艺认为应该她走，因为包健毕竟是这个公司的老业务员，升职的可能性比许艺大得多。

现在他们不动声色地努力工作，积累经验和知识，只等有了合适的去处，许艺就会毫不犹豫地跳槽。

许艺大致给包健手头的这些业务归了归类，把不一定立刻就做的事情先放在一边，但这一星期中，有些工作是必须要进行的，比如有几个已经到期的租金，中介要主动询问甲方收到没有，还有一单租赁生意双方约在本星期三签约，这些都是不能耽误的。许艺简单归类后，就按时间的顺序，一一地做起来。

她打电话给一个名叫胡海的房东，询问他本期的租金到了没有，胡海说没有去银行查，估计会到了，等他查了后会告诉她的。听他的口气也不是十分着急，许艺知道，这样的客户比较好说话，属于让中介公司省心的客户，即使乙方的钱迟到几天，也不会斤斤计较。有些客户很严格地按合同办事，到付款时间了，他也不来提醒中介，更不去催促乙方，但只要乙方的租金迟了一天，他就拿合同跟你说事，按合同规定，超过的天数，得加倍支付租金。许艺已经碰到好几起这样的纠纷，虽是按合同办事，但最后总是弄得大家心里不舒服。这种办法对付老赖是不错的，但有些房客，并不是老赖，确实是那一阵比较忙，或者出门在外办事，迟了几天，房主也这么较真，就有些过分了。其中就有一个脾气大的房客，当场就撕毁了合同，宁可赔偿违约金也不要再租这个房东的房子了。

当天下午那个叫胡海的房主电话就打来了，告诉许艺，他去银行查了，租金已经到了，他还谢谢许艺。通过两个短短的电话，许艺觉得这个人的口气听起来似乎有点熟，但她没有判断出是不是自己认识的什么人，也没有往心上去。

不料到了下一天，胡海的房客却来投诉了，说胡海的房子漏水，又不知道水是从哪里出来的。许艺问她有没有找过物业和房东，这个房客说，对不起，我本来是想找物业的，可是，可是，我哥哥叫我找你们，因为你们拿我中介费的。她的话是在理的，中介公司既然收了中介费，就要负责任。许艺就联系胡海，胡海说他并不知情，但很爽快地答应一起去看一看。

许艺看到胡海，立刻就认了出来。胡海却对许艺没有什么印象。许艺说，那天你替你女朋友租房，我见到过你。胡海说，啊，是你做的业务？许艺说，不是我，是我同事包健，我是给他送合同的，在通和大厦。胡海这才想起来，说，呵，你是说顾倩啊。他觉得许艺给他的印象不深刻。但是许艺也有些奇怪，说，不过当时在通和大厦包健也没有认出你，你这套房子，也是包健办的呀。胡海说，你们接触的客户多，哪能都记得谁是谁。再说那天在通和大厦，不是我租房，我的名字也没有出现，包健可能会记得他有个客户叫胡海，却不一定能和我这张脸对上号。许艺说，那倒也是。但许艺又奇怪，既然胡海自己家有房子出租，为什么他还要掏钱替顾倩租房呢，为什么不能让顾倩就住这个房子呢？也可能胡海带顾倩来看过，但是顾倩可能看不上这个房子，这里比通和大厦蒋明的那套房子要差远了。不过许艺的这些想法并没有说出来，这跟她的职业无关，她只是回想了一下那天的情形：通和大厦的一位业主蒋明委托他的母亲谢敏娜出租的那套房子，由一个叫顾倩的年轻女孩租下了，签合同那天，蒋明和谢敏娜都不在，是谢敏娜的丈夫蒋友亭代签的。当时包健没有带上合同，许艺从公司拿了合同赶过来，到了那地方，才发现顾倩的男友也在那里，他大手大脚地替顾倩付了首期的租金和押金，还被顾倩左一个白眼又一个白眼不停地翻着，他脾气很好，始终呵呵地笑，看起来比那个姓蒋的房东还好说话。

现在许艺才知道顾倩的男朋友叫胡海，她忍不住笑了笑，按A城的方言习惯，“胡海”就是一个人马马虎虎很好说话的意思，胡海真是名如其人。

胡海房子漏水的问题并不很麻烦，叫了物业来一看，就明白是哪地方漏水，很快派来了水暖工，很快就修好了。其实这点事情房客自己也可以做，但房客说，我哥哥叫我不要随便乱动房东家的东西，动了以后就是我的责任了。女房客大约三十多岁，北方农村的口音，显得有点胆怯，还带着个七八岁的小女孩，小女孩看到进来这么多人，更是吓得躲到了床背后。许艺给了女房客一张名片，说，有什么困难你找我。

许艺和胡海一起走出来，胡海的车带许艺一段路，上车后胡海说，我觉得我还是喜欢比较小巧玲珑的。胡海说得没头没脑，许艺开始没听明白，后来想了想，有些明白了，但她只装作没有听见，没有说话。过了一会儿，到了十字路口，许艺该下车了。胡海说，反正我也不忙，干脆送你到单位吧。许艺想说不要，但又没有说出来，她的脸微微有点发热，过了一会儿，等热退下去，她说，胡海，你女朋友很有气质的。胡海愣了一愣，说，啊，你说顾倩吧，顾倩跟我是大学同学，那时候大家起哄，给班上每一个同学都排队配对，排到我和顾倩，他们非说我跟顾倩有夫妻相，硬把我们配成一对。许艺说，你们是有点像，个子都很高。胡海说，可我还是觉得我喜欢小巧玲珑型的。许艺说，女孩子都比较喜欢高大的男孩。胡海乐呵呵的。

许艺觉得自己有点问题了，但她不知道该跟谁说，也不知道该说什么，她希望包健早一点回来。可是包健不仅没有回来，还向公司续了假，也没说清是什么事情拖延了。

胡海驾车经过许艺她们的公司，就在一楼大厅的茶吧和许艺坐一坐，说说话。有一天胡海刚走，许艺正要回楼上的办公室，同事卢婷走过来说，许艺，刚才出去的那个人是胡海吧？许艺说，是呀，你认得他？卢婷说，原来他的业务是我做的。许艺觉得奇怪，说，怎么包健说是他做的，经办人签名也是包健呀。卢婷说，是我转给包健的。许艺想问为什么，但是没有问，因为卢婷眼睛里有一种意思，她看出来了。卢婷又说，其实也不能算是我的，我也是从林雪那里接过来的。许艺又想问为什么，为什么林雪要把胡海的业务转给卢婷，但她话到嘴边，还是没有问出来。

有时候胡海带上许艺去歌厅唱唱歌，或者去吃西餐，坐在胡海身边，许艺就想起了包健，有一次她悄悄地走出包厢，到走廊上拨通了包健的手机，听到包健“喂”了一声，许艺一阵心慌，赶紧掐了手机。她以为包健会立刻打过来，问她什么事，问她为什么不说话，她紧张地想着，如果包健这么问她，她该怎么回答？可是包健的电话却没有追过来，一直到晚上关手机，包健的电话也没有来。

包健正忙着呢，他回去帮哥哥打房子的官司，事先还作了一番准备，了解了有关的法律条文，哪知双方一见面，发现中介公司的老总竟是他的中学同学，老总“哈”了一声，说，大水冲走了龙王庙。结果官司也没有打起来，中介公司二话没说就让了步。包健跟同学说，我怎么感谢你呢？同学说，你到我公司来做吧，我这里缺一个像你这样有能力的部门主管。包健没假思索就答应了。其实他在A城的中介公司也干了好些年了，业绩相当好，升部门主管也是早晚的事，但毕竟还有像王伟、梁平几个跟他势均力敌的人物要竞争，他要挤掉别人自己才能坐上去，现在有人把主管的凳子端到他屁股底下，他为什么不坐呢？

就这么决定了，包健唯一觉得应该告诉一下的就是许艺，他打电话过去，许艺不在公司，电话是卢婷接的，包健问她许艺到哪里去了，卢婷说，跟胡海在一楼茶吧聊天。包健不知道胡海是谁，卢婷说，是一个客户，长得很帅。包健说，他和许艺聊什么呢？卢婷说，我不知道。停顿一下，她又说，你应该知道。包健说，我怎么知道？卢婷说，胡海本来是你的客户么。后来她不想再说这个事情，就换了个话题说，包健，你怎么一请假就不回来了？昨天老板已经开话了。包健说，我闪人了。

卢婷没有再细问，也没有告诉许艺和公司其他人。过了几天，大家才知道包健已经向公司辞职，说是留在老家另找了工作。许艺再打包健的手机，包健已经换了手机。许艺想，这也对的，既然回老家工作了，再用A城的手机，就没有必要了。

一天许艺和一个客户一起下楼，准备去现场看房子，发现胡海正坐在一楼的茶吧，坐在他对面的是她的同事白燕，他们正在聊天。胡海看到了许艺，和她打招呼，白燕也向许艺介绍说，小许，这位是胡海，原来是包健的客户。胡海笑呵呵地说，不用介绍，我们认得。

包健跳槽后，过了些日子，业务员王伟在公司办公室的走廊上碰见许艺，他把许艺拉到一边，说，许艺，你可能不知道，你进公司时，本来是让我带你的，可是包健主动提出让他来带你，我也不好意思和他争，就由他带你了。我就一直劝自己，天涯何处无芳草。许艺说，什么呀。王伟说，本来我是不会说出来的，但是现在包健走了，我想我可以说了。许艺的脸微微地热起来。这时候王伟的手机响了，王伟接了手机说，张经理，是我，王伟，什么？没有没有，他没有留下联系方式，对，他的手机也换了。王伟挂了电话，对许艺说，老板在找包健。许艺说，他已经走了，找他干什么？王伟说，好像是说，包健经手过的一个房客，失踪了，想找包健了解些情况——对了，许艺，你有包健新的联系方式吗？许艺说，我没有。王伟说，那你知不知道他现在在哪里？许艺说，我不知道。

晚上许艺在家看电视，看到介绍“快闪族”。快闪族先在网上联络，然后毫无征兆就在某一个地方聚集出现了，做出一些奇怪的行为后又闪电般地消失，最短的只有十几秒钟，几乎是来无踪去无影。但这一次记者得到了信息，事先埋伏，才抓拍到快闪族的一次行动，大约有一百多人，从天而降似的突然出现在一个大商场里，无论高矮胖瘦，无论男女老少，都七歪八倒地跳了一段让人笑掉大牙的芭蕾舞，然后一百多人一哄而散，顷刻间无影无踪，留下那些商场里的顾客和营业员目瞪口呆。

几十秒钟的画面一闪就过去了，而且因为拍摄角度的关系，大部分人都只拍到一个背影或侧影，许艺看到其中有一个人个子高高的，背影看上去有点像胡海。

## 四

女儿在A城大学念书，毕业后就留在A城工作了，自己租了房子，平时很少给家里打电话，叶维清渐渐地也习惯了。有时候夜深人静，想起来心里还是有点难受，但毕竟已经过了最不适应的时期，心境已经平和下来了。她体会那些把独生子女送到国外去的父母，比起他们来，她要好多了。女儿虽然在另一个城市，但离得也不算远，搭上火车几个小时就可以见到了。她的一个同事的女儿到了美国，父母亲想念她，为了见到女儿，他们努力学电脑，然后给女儿买了一个视频摄像头寄过去，让她装起来，他们就能够经常通过电脑看到她，可女儿装是装上了，他们却仍然看不到她，因为她不想让他们经常看到她，就关了视频，她自己要和别人交流的时候，才打开来。做父母的很伤心。但是伤心无济于事，事实就是如此。虽然叶维清的女儿也不愿意多和家里通电话，但在心理上、感觉上，毕竟不像在美国那么遥远。

叶维清和丈夫老顾的两人世界还是比较美满的，他们都有比较好的工作，在单位里都是骨干，收入也不低，最重要的是，他们的夫妻感情平和而稳定，虽然不再有年轻时的那种狂热，却有涓涓细流的绵长。平常的晚上，叶维清看电视剧，老顾在网上打打牌，或看看八卦新闻。他们同房的时候，老顾还说“我爱你”，叶维清有点说不出口，就说“一样”。

到了这一年的九月初，姐姐叶维佳告诉叶维清，她的女儿也就是叶维清的外甥女十月二号结婚。叶维清赶紧给女儿打电话，希望女儿提早安排好时间回来喝表姐的喜酒。电话打过去，才发现女儿的座机欠费停机了，又打手机，手机关机。叶维清开始也没太在意，她知道女儿爱睡懒觉，这一天是星期天，不会一大早就起来的。到了下午又打，手机仍然关机，叶维清就有点着急了，告诉老顾，老顾说，小孩子，没头没脑的，你等等再打，肯定会开的。到了晚上，叶维清再打，结果连手机也变成欠费停机了。这下子叶维清着急了，赶紧打电话找到女儿的男友，电话接通了，叶维清说，我是叶维清。女儿的男友愣了半天，没有回过神来，叶维清说，我是顾倩的妈妈。男友才“噢”了一声，说，什么事？叶维清说，她的座机和手机都欠费了，怎么回事？男友说，我不清楚。叶维清说，她不在你那里吗？男友说，她怎么会在我这里？停顿了一下他大概想到了什么，又说，我们早就分了，她没有告诉你吗？叶维清愣住了，过了半天才说，那，那她现在在哪里，你知道吗？男友说，我不知道。叶维清挂了电话，心里忽然就空空荡荡了。她盯着电话发了一会儿呆，才想起赶紧要找老顾。

星期天白天老顾在家和叶维清一起做一些家务，休闲一下，下晚的时候老顾被朋友叫去炒地皮，一般都要炒到半夜才会回来。叶维清把电话打到老顾的手机上，没料老顾的手机也关机了，叶维清心里“咯噔”了一下，顷刻间似乎觉得有个什么东西从脑门子里窜了出去。叶维清赶紧镇定了一下，把电话打到了老顾的一个牌友家里，是牌友太太接的电话，见叶维清找老顾，赶紧说，怎么了，老顾找不到？叶维清说，说跟你老公一起炒地皮的，在哪里炒？牌友太太说，他们一般都在同心茶馆炒。叶维清还没来得及说什么，牌友太太说道，怎么，老顾不告诉你他在哪里炒？叶维清说，我没有问过他，我还以为在你们家里呢。牌友太太说，你没打他手机吗？叶维清有点窘，她跟这个牌友太太并不熟，却要把一些私密的情况坦白出来，但是为了找到老顾，就不得不告诉她老顾的手机关机了。牌友太太似乎停顿了一下，随即就说，也许没电了吧，也许，他们打牌怕有人打扰，把手机关了？她的口气是安慰性质的，但叶维清却从中听出了窥探的意思，叶维清说，你能不能给你老公打个电话？牌友太太说，我老公出去打牌从来不带手机。

叶维清只得去同心茶馆找人了。叶维清果然在同心茶馆找到了一伙人在那里炒地皮，但其中没有老顾。牌友说，老顾好长时间都不来炒了，说是夫人有意见，就不来了。

叶维清简直不知道自己是怎么离开同心茶馆的，牌友们只顾着自己炒地皮，没有谁关心叶维清找老顾干什么，找不到又会怎么样，也没有人猜测老顾为什么把手机关了，他们甚至不知道叶维清是什么时候走开的。

叶维清失去了方向。

她不知道自己应该立刻坐火车去A城找女儿，还是应该留在B城先找到老顾，她麻木地往一个方向走着，自己也没弄清这是一个什么方向，一直到掏出钥匙开了门，她才发现自己回了家。

老顾的气息还留在家里，老顾却没有了。叶维清开始翻箱倒柜，想找出点蛛丝马迹来证明老顾可能去了哪里。叶维清打开老顾的公文包，包的皮质并不好，塞的东西又多，包又沉又硬，里面除了厚厚一叠单位的资料，就是一些笔记本、通讯录、名片盒之类。面对通讯录上密密麻麻的名字和电话号码，叶维清无从下手。她先丢开了通讯录，翻开笔记本看了看，上面尽是些张三托李四干什么，李四又托王五干什么，老顾是个热心肠的人，他这大半辈子，似乎总是在帮人办事情，帮了一件又一件，永远没完没了。但老顾并没有多大的能力，社会关系也不是特别广泛，所以他不是每件事情都能办成的，但他总是能够爽快地答应人家，而且还保证一定做到，结果许多事情都没有办成，这些被老顾耽误过的人，也很埋怨老顾，甚至在背后骂老顾，但到了下次有困难，他们又来找老顾了。老顾又故伎重演，他们又重蹈覆辙。

叶维清看了老顾的笔记本，并没有什么特别的地方，当然这张三李四王五等等人，绝大部分叶维清并不认得。这也怪不得老顾，他们夫妻之间，从一开始就没有养成把各自的朋友介绍给对方的习惯，更没有养成让自己的配偶融入自己的关系圈。习惯一旦养成，似乎就成了一种规定，叶维清不清楚老顾的关系圈，老顾也一样不知道叶维清的朋友网。这许多年中，叶维清也试图重新来过，就主动把自己的关系介绍给老顾，老顾也接受叶维清的意见，也把自己的一些熟人介绍给叶维清，他们也曾先后加入过配偶的那个圈子，努力想成为其中一分子，但结果仍然觉得自己是个局外人，而且还破坏了原来圈子的和谐气氛，大家都得小心翼翼照顾他们的夫妻感情，都有点尴尬，变得不自然了。最后他们又退回去了，都感觉格外的自在。

叶维清从老顾的公文包里找不出任何的痕迹，在她把老顾的公文包重新收拾好之前，随手翻了翻那叠厚厚的资料，全是老顾单位用的资料，可是在一式的白色打印纸中间，忽然露出一张粉红色的纸来，叶维清抽出来一看，竟是一张圆融大厦的房屋租赁合同，叶维清仔细看了一下，甲乙双方，房东和房客，都是女性的名字，叶维清不认得这两个女人，也从没听老顾说起过。

叶维清的心“怦怦”地跳了一阵，慌乱中她已经预感到这张租赁合同意味着什么。她尽量让自己镇定下来，努力地保持着清楚的头脑，虽然甲乙双方都留下了联系方式，叶维清却没有给其中的任何一个打电话，她出门上了出租车，就直奔圆融大厦去了。

圆融大厦是一座酒店式公寓大楼，高楼层，五星级的管理，叶维清走进一楼的大堂，立刻有一种似曾相识的感觉。女儿顾倩在A城租了房子后她和老顾去过，看到女儿也是类似的酒店式公寓，大楼里许多东西都特别相像，连保安的制服和保安的长相看上去也都差不多。

保安的眼睛很厉害，一眼就能看出来叶维清不是这里的住户，他问叶维清找哪一家，叶维清报出了房间和合同上乙方的名字，保安的电话就打上去了，这是可视电话，电话一接通，楼上房间里的人就能够看到楼下大堂里的人。保安对着话筒说，C2508，有人找。稍停片刻，楼上没有声音，保安又问了一遍，C2508，C2508，你们看到了吗？仍然没有声音。保安朝叶维清看看，说，他们没有表态，你不能进去。另一个保安说，你找的是谁，他们不认得你吗？叶维清说不清，但她知道老顾就在上面，和一个女人，但是现在他们看见了她，她却不能上去。这真是很高级的管理，很保护隐私，很现代。

她注意到两个保安在交换眼色，过了片刻，她看到老顾从电梯那边过来了，叶维清感觉像在梦里一样，一切都是那么的不真实，她模模糊糊问老顾，你和谁租了房子？老顾说，你不要去找她了，你想知道什么，我全告诉你。老顾又说，你别怪她，是我主动的。叶维清茫然地看着老顾，喃喃地说，她是谁？老顾没有回答，只是想拉着叶维清往外走，他要脱离开两个保安的盯注，可叶维清却不想走，她说，我不能见见她吗？她多大年纪？老顾愣了愣，勉强回答说，年纪、年纪不大。叶维清听了，甚至还笑了起来，说，年纪不大？四十？三十？你怎么不说话？难道更年轻，二十几，跟你女儿差不多？比你女儿还小？老顾又不吭声了。叶维清说，你们怎么认识的？是同事吗？老顾摇头。叶维清又问是不是发廊妹，老顾又摇头，犹豫了好一会儿，老顾才说，是网上认识的。

轮到叶维清发愣了，愣了半天，真实感才渐渐地回来了，她指了指大圆融大厦气派的大堂说，在这里租一套房不便宜吧，倩倩在A城租的那一套，要一千九。老顾说，不是我出的钱，是她自己租的。老顾又补充说，她家里有钱，家里婚房都有，她怕父母亲干扰她，就自己出来租住，没告诉父母。

老顾说话时一直站在叶维清面前，他的眼睛一直在看叶维清，叶维清却始终没有接触老顾的眼睛，她觉得心里很虚很虚，好像租房子的不是老顾而是她，她不停地将自己的眼睛移开，再移开，后来她看到了大厦值班处的电视屏幕，屏幕上正在播一个纪实片，采访者拿着长长的话筒，追着人问：你想要什么？叶维清说，你不打算告诉我她叫什么。

老顾说，名字，其实并不重要，是不是？

叶维清拔腿就走，老顾紧跟着她，一迭连声地问，你到哪里去？你到哪里去？叶维清摆脱不掉老顾，最后她突然发足奔跑起来，把措手不及的老顾甩在了身后，她终于有时间上了出租车，车开的时候，老顾追上来了，朝她喊，你等等我，你要到哪里去？她才从车窗里丢下一句话：报应！你女儿失踪了。

夜色笼罩的长街上，留下老顾一个长长的黑影。

叶维清半夜上了火车，火车到达A城已是凌晨，她直接打车去了女儿租住的通和大厦。这里住的大多数是白领成功人士，叶维清曾经很不明白，大学刚毕业的女儿怎么有这么高的收入，女儿告诉她，是男友替她掏的。叶维清觉得不妥，女儿认为她老土，说，他愿意，我为什么要客气？

现在叶维清又来了。她的感觉就是，这房子跟老顾租的房子真的很像。楼下大堂二十四小时有值班服务，但是和B城圆融大厦一样，叶维清进不去。叶维清告诉保安，她的女儿可能出事了，电话停机，手机停机，如果不及时去房间看看，一切后果要由他们负责，折腾了半天，保安认真查看了她的身份证，才拿了由物业保管的一把钥匙上楼去开了门。顾倩果然不在，但屋里的一切显得很正常，顾倩只是带走了自己的衣物，其他东西，都是房东提供的，她不能带走。

叶维清在女儿的抽屉里找到了一张粉红色的租赁合同，合同格式和老顾公文包里的那张几乎一模一样，经手人是某房屋中介公司的包健。

等到上班时间，叶维清开始联系包键，这才知道，包健已经调走了，包健原先所在的房屋中介公司设法四处寻找包健，但一直没有联系上，包健走的时候，什么也没有留下，谁也不知道包健现在在哪里。中介公司也无能为力了，他们跟叶维清说，包健虽然走了，合同仍然有效，我们承认的，业务员我们已经另派，她叫许艺，她会负责这一起合同纠纷的。但是房客失踪跟房屋中介公司是没有关系的。

现在，唯一的线索就是房屋租赁的甲方了。

## 五

甲方蒋明，合同上留的却是谢敏娜的电话。电话接通了，叶维清听着谢敏娜的声音有点奇怪，说，你是蒋明吗？谢敏娜说，蒋明？你找蒋明，你是谁？你怎么找蒋明？叶维清说，我这里有一张租房合同，上面的甲方是蒋明。谢敏娜说，你是谁？租房的是顾倩，你是顾倩的什么人？我正要找顾倩呢，她这一期的租金该付了，已经超过好些天了。叶维清说，我是顾倩的妈妈，我女儿失踪了。

谢敏娜大吃一惊，赶紧去了自己的房子，和叶维清见了面，她们互相交流了自己所了解的情况，大楼物业管理的负责人也帮她们一起进行了分析，最后得出结论，顾倩不是出了什么意外，她是有意识离开的，所以叶维清应该先放下心来。物业管理负责人对谢敏娜说，现在出租屋，这样的情况常有发生，租金到期的时候，人就不见了。叶维清觉得自己的女儿不是那种无赖，但她没法说出来，是无赖不是无赖，要由事实说话。谢敏娜对顾倩的印象虽然不怎么好，却也没觉得顾倩会做出这样的事，她还安慰叶维清，说，现在的孩子，都是这样，又自我，又不懂事，不知道家长对他们的牵挂。她还告诉叶维清，租给顾倩的这个房子她是给儿子买的，可儿子大学毕业都不愿意回来工作，就留在B城了。这个以他的名字买的房子，他甚至连看都没看过一眼。

叶维清和谢敏娜越谈越投机，最后叶维清甚至把老顾的事情也告诉了谢敏娜，她说，那一刻，我看到他从电梯那边走过来，说他跟一个二十多岁的女孩子好，我简直像在做梦。

叶维清的故事让谢敏娜深感震动。

最后她们一起离开了这间本不属于她们的屋子。楼道里非常安静，每一扇门都紧闭着，谁也不知道门里边正在发生什么，或者已经发生了什么，或者将要发生什么。

走出通和大厦的时候，叶维清的手机响了，来了一条信息，是一个陌生的手机号码，叶维清打开一看，竟是女儿顾倩发来的信息，只有几个字：老妈，这是我的新手机。叶维清赶紧打到顾倩的手机上，说，倩倩，你在哪里？顾倩说，我换了一个地方生活，我现在在D城。叶维清一边松了一口气，一边又来了气，说，你为什么？好好的工作，好好的对象，好好的城市，你怎么说换就换？顾倩说，在A城没劲。叶维清说，你为什么不告诉我？顾倩说，告诉你干什么，你在B城，也帮不了我，我自己办好一切，住定下来，会告诉你的。你是不是以为我失踪了？老妈，我不会失踪的，我才没那么傻呢。

电话就挂断了，叶维清半天没有说话，谢敏娜也没有打扰她。她们一起慢慢地往前走，经过街头一个自动取款机，谢敏娜查了一下银行卡，发现顾倩应付的违约金早已经打过来了。

谢敏娜和叶维清只剩下相对无言。

谢敏娜回到家，老蒋也已经回来了，谢敏娜说，你今天早嘛。老蒋似乎有点心虚地看看她，又看看墙上的钟，说，差不多吧。谢敏娜说，早就早了，有什么好心虚的。老蒋就有点慌了，说，我没有心虚，我哪里心虚了？谢敏娜斜眼看看他，她也不知道自己是不是想从老蒋脸上看出些什么来，老蒋赶紧避开了她的注视。谢敏娜说，你觉得你是个老实人吧？老蒋不知道她的话里有没有圈套，不敢多嘴。谢敏娜说，男人老实，都是装出来的，这世界上，根本就没有老实人。老蒋说，是，是的吧。谢敏娜说，再老实的人，也会在外面租房养女人。老蒋顿时冒出一头大汗，结结巴巴地说，你，你——我，我以为你不会知道的——还是老话说得好，若要人不知，除非己莫为，到底还是让你发现了。谢敏娜听了老蒋这话，简直灵魂出窍，看鬼似的看着老蒋，半天说不出话来。老蒋见谢敏娜神色不对，更慌了，说，我，我本来是想告诉你的，可是，可是——

谢敏娜打断他说，你，你也在外面租房了？老蒋说，是，是租了——你不就是说的我吗？谢敏娜说，你怎么知道我说的就是你？老蒋说，你肯定知道了，你肯定知道了，要不然你怎么会吃得这么准？慌乱愤怒之中，谢敏娜问出的第一个问题，和叶维清的问题完全一样：她是谁？老蒋呆呆地看着谢敏娜，他吃不透谢敏娜问这话是什么意思，过了半天，才说，你知道了还问，是友芬呀，我妹妹蒋友芬和她的女儿小莲住的。谢敏娜飞出去的灵魂渐渐地回来了，但气愤仍然笼罩在她的心上，她气势汹汹地说，她们为什么都挤要到A城来生活，在老家就不能过日子？但这话一出口，她自己也觉得有些霸道，A城又不属于你谢敏娜一个人，谁爱来都能来，可是老蒋老家的人就是这样的习惯，一个来，个个来，很快就会拖来一大群。老蒋说，她没脸再在老家待下去，你知道的，我妹夫搞了婚外恋，在外面包养二奶。谢敏娜说，那应该你妹夫没脸待下去，应该他滚蛋。老蒋哭丧着脸说，可我们老家就是这样的风俗习惯，男人出了事情，女人就没脸了，所以她只好带着女儿来找我。谢敏娜说，你们那种地方，你们这种人，莫名其妙。又说，什么时候的事？老蒋说，就是你把蒋明的房子租给别人的那一阵。谢敏娜现在回想起那时候老蒋在蒋明新房子里的一些鬼鬼祟祟的表现，说，原来你想把蒋明的房子给你妹妹住？老蒋说，也没有，也没有，我知道的，那房子太高级。但是如果你不出租，反正空关着，我是这么想过的，可是后来你出租了。谢敏娜说，空关？你想得美，你不知道我的压力吗？我每个月要贴蒋明生活费，我还要还贷款，你还希望我把房子空关？你和你老家的人都以为我是富婆，富得流油啊？老蒋说，所以你出租了嘛，出租是对的嘛。谢敏娜冷笑一声道，是呀，我一个手收进来，你又一个手送出去。老蒋说，我给友芬租的房子是旧公寓，房租不贵的，一个月才 500 块。谢敏娜说，你口气好轻松，一个月 500 块，我为几块钱的扫帚垃圾筒还跟别人争呢。老蒋不说话了。谢敏娜问，你工资奖金不是都交给我了吗，你哪里来的钱？老蒋不回答这个问题，沉默了一会儿，老蒋说，其实蒋明那里，你可以少贴他一点，他工资也不低，现在年轻人拿得比我们多。谢敏娜说，可现在他住在别人的屋檐下，我不能让我儿子太寒酸，我得让他能够挺起胸膛做人。老蒋支吾着说，其实，其实——其实我是说，也许蒋明、蒋明也许可能已经不住在人家家里了。老蒋说得含糊，可谢敏娜听得清楚，立刻跳起来说，你说什么？你说什么？老蒋一下子被逼到墙角没处退了，只得说，蒋明可能、可能已经离婚了——我有个同事，他一个亲戚在B城，和周丽的父母熟悉，是他告诉我的。谢敏娜只觉得两眼发黑，但她听得见自己尖利的声音，蒋友亭，你儿子离婚你都不告诉我？老蒋说，我也是刚刚听到的消息，我不知道这消息是否确实，我打电话问过蒋明，他没有正面回答我，只说，不关你们事，你最好不要告诉我妈。我想，也许人家瞎说的，就没有追问下去。谢敏娜一口气憋住了，憋得脸色又青又紫。老蒋赶紧说，你别生气，你别生气，我看到一个材料，现在年轻人的婚姻时间越来越短，年纪越轻，时间就越短，二十五岁以下结婚的，平均维持的时间就更短了，最短的只有几天。

谢敏娜不再理睬老蒋，她立刻拨通了蒋明的手机。

此时此刻，蒋明正在B城自己的出租屋里，和“到处流浪”网聊，他的手机设置在震动上，他没有在意有电话进来了。

在同一时间里，夜色中，叶维清独自走在A城的大街上，她要去A城火车站，坐上火车，回B城。可是，回B城又怎么样呢？叶维清不知道。

在异乡的街头，老顾一直默默地跟在叶维清的背后。

# 民乐堂班话老金

金在扬的名气响，在南塘一带的农村以及周围的一些小镇上，谁家遇上红白喜事，就想到金在扬，说，去喊老金吧。他们就派人到金在扬家去邀请他，谈定价钱，约定时间，金在扬就带了他的乐班子来了，他们摆开场子，端起乐器，就演奏了。

在南塘这地方，是很相信乐班的，好像也已经成了一种风气，你家办事喊了乐班，我家办事就不能不喊，就这样你影响我，我影响你，乐班的生意越来越兴旺。乐班的情况不完全相同的，也有是相对固定和稳定的人员，也有是临时搭班起来的，也有六七个人甚至更少一点，也有十几个人甚至更多一些，乐器则更是五花八门，二胡、金胡、竹笛、箫笙、板鼓、敲铃，甚至后来还有人引用新疆的手鼓之类。他们根据主人东家的要求，在红白喜事上演奏各种乐曲，一般都是大家喜闻乐见的江南丝竹乐曲，悲的喜的，几乎是要什么有什么。也有办事情的人家并不太懂，只是说，班头啊，曲子你给我们定吧，乐班的班头自会替他们选定最适当的曲子来演奏。在乐曲声中，大家都陶醉了，或喜极而泣，或悲中从去，宣泄了郁积的或喜或悲的感情。乐班子走后，他们心头的重负也放下了，轻轻松松，重新开始过正常的日子，该干什么还干什么。

请乐班子来，真是一件很应该做的事情，群众不一定能够将其中的道理总结归纳上升为理论依据，但是他们早已经有了足够的感性认识，在长期的实践过程中，他们早已经明白了这一点，加之群众素来喜欢互相攀比，他们便共同地将乐班子抬起来了。

乐班子一般多以奏乐为主，较少有其他的表演，即便有“讨口彩”，也不过一两句而已，比如人家是婚礼喜庆，乐师祝贺说，相敬如宾，白头到老，如果人家是做寿，乐师说，福如东海，寿比南山。仅此而已。但是金在扬有他的与众不同之处，金家乐班在演奏乐曲之前，由金在扬先来一段台词，可喜可悲，可长可短，可说可唱，完全根据此情此景现编现用，金在扬记性特别好，他有一肚子的民谚民谣民歌，到了那场合，只要将眼前的具体事情，往从前的民谚那里一套，稍作改动，词就出来了，真是出口成章的。

有一次一户人家给老太太办九十寿宴，老太太脾气臭，容易发火，那天因为嫌小辈替她做的新衣服不中意，料子不够上好，穿着又太老气，老太太生气了，一生气，说，做什么寿，拉倒拉倒，不做了，人往自己房里一躺，死活不出场。这时候金在扬已经快到了，村里的小孩先奔来报信，老金金在扬来了，老金金在扬来了,他们嚷嚷着,闹成一片。老太太的大儿子硬是挤进老太太屋里，劝道，娘啊，好歹您老人家也暂且消了这口气，事后任你打任你骂，现在，您好歹给您儿孙一个面子啊，这话说得真是火上添油，老太太想，好啊好啊，原来给我做寿是假，你们要面子是真啊，老太太以速雷不及掩耳之势，举手当胸给了儿子一拳，七十岁的儿子啊呀一声，跌出房门去。此时正好老金金在扬到了，一看这样的情形，老金默想片刻，有词了，立即开了腔。为了达到较好的效果，这回老金只是说念，没有曲调，老金口齿清楚地念道：一家人家，二层楼房，三个儿子，四世同堂，开五扇大门，来六亲七眷，请八个戏子，祝九十仙寿，十（实）在是有福……

老金念着，大家听着，哄笑不断，好像好戏已经开场，他们全然忘记了九十老寿星还在屋里关着生气呢。

其实，老寿星早已经开了门自己走出来，她混在人群中听着老金念叨，老金继续念道：十（实）在有福,九十寿星,八面威风,七巧灵通,有您往这儿一站，六朝粉黛无颜色，有您为儿孙撑腰，五世其昌没问题……

嘿嘿，老太太笑出了声来，好啦好啦，老太太说，老金你一张嘴皮子，开始吧开始吧。

于是，下面的演奏就可以正式地正常地在和谐喜庆的气氛中开始了，群众见此，都笑开了怀，他们服帖地说，到底是老金啊。毕竟是老金金在扬啊。

金在扬是金家乐班的班头，但是大家并不喊他金班头，而是喊老金，或者喊老金金在扬，那时候金在扬还很年轻，只有二十多岁，还没有婚娶，人家就喊他老金了。

老金的名声传出去很远，别地方的村落和乡镇的人，也会慕名来请老金的乐班子,在北湾镇上有一户大户人家,姓洪,洪老爷是地方一霸,又有钱,又有势，财大气粗了就要欺负人。洪老爷有一独生女儿，千金小姐，唤作喜妹，洪老爷宠她，千挑万拣也没有相中一个女婿。事情也是凑巧，一日洪老爷纳妾，将老金的乐班子请去，老金吹拉弹唱，竟然赢得了洪喜妹的芳心。老金走后，洪喜妹日日在家作骨头，洪老爷以为是因为他纳妾的缘故，便对小妾吹胡子瞪眼，哪知一日洪喜妹对洪老爷说，我要做生日了，洪老爷说，你的生日还早呢，洪喜妹说，我就要做，我就要现在做，我就要马上做，我做了还要做，洪老爷说，好好好，你要做就做，你爱哪天做就哪天做，你爱做几次就做几次，洪喜妹说，我做生日要老金来，老金不来我不做。啊呀呀，至此洪老爷方才醒悟过来，原来喜妹是喜欢上老金了，这洪老爷是断不能同意的，老金虽然有名气，可毕竟不过是一个吹吹打打卖艺卖唱免讨饭的货色，洪家千金哪能许配与他呢？可是洪喜妹自有对付洪老爷的办法，也不必大动干戈，只拿那些雕虫小技一玩，洪老爷便已经俯首帖耳，言听计从了。

洪喜妹过生日了，老金再次前来助兴，老金先是说念道：一朵鲜花园里开，喜气洋洋把花摘，鲜花摘到哪里去，妹妹头上戴起来……天地良心，老金自己心里有数，这可是他现编编得最没有水平的句子了，不过老金巧妙地将喜妹两个字嵌了进去，洪喜妹听罢，已经两颊飞红，喜不自禁了，等到老金拿了他的二胡演奏《喜洋洋》乐曲，洪喜妹对着坐在身边的洪老爷又是拉衣襟又是踢脚跟，洪老爷会意，只等乐曲一停，洪老爷就发话了，他说，老金啊，来来，坐，坐。老金是站着的，老金说，谢谢洪老爷，老金向来不坐的，这是乐班子的规矩。洪老爷说，今天是我洪老爷的事情，按我洪老爷的规矩办，你不坐也罢，喝一杯酒吧。老金喝了那杯酒，就要继续演奏，但是洪老爷摆手说，等一会儿，等一会儿，我有话要说，先问几个问题，今年多大啦，父母双全吗，兄弟多少个，等等之类，老金一一如实回答，大家听着一问一答，正心生疑虑，便听得洪老爷嗓音抬高了，老金啊，他说，有一件事情我要说出来了，我洪老爷有一女儿，名喜妹，今日你们都已见到，长得不是如花似月，也是沉鱼落雁，我今天向你宣布，我决定将女儿许配给你，老金啊老金，你是困梦头里也不会想得到，你一跤跌在青云里，你一跤捡个大元宝，你额骨头碰着天花板。

大家都惊呆了，洪喜妹喜滋滋、甜蜜蜜地盯住老金，她想，老金啊老金，你天天拉胡琴我也听不厌的啊，你天天吹笛子，我是最开心的啊。

老金呆呆地站着，嘴微微地张着，他在想洪老爷的话真是有道理，这真是一跤跌在青云里，这真是一跤捡个大元宝，这真是额骨头碰着天花板，这真是困梦头里笑出来，老金这么想着，他的乐班子也端着乐器发愣，他们原本是等着老金指挥演奏的，现在看起来，老金碰上了这样的事情，他们一时是等不到老金的指挥了，所以，他们中间有一两个人，已经放下了手中的乐器，另外的人，也准备放下来了，可是正在这时，老金的手却抬了起来，他竟然指挥了，他指挥的是一首《夜夜游》，这种手势，别人是看不懂的，只有乐班子里的乐手，能够看得懂老金的指挥，不管他们有多惊讶和意外，也不管他们怎么想，只要老金一抬手，他们就必须无条件地服从，于是，乐曲响了起来，群众暂时地忘记了洪老爷的发言，又聚精会神地欣赏起来，他们跟着乐曲点头摇头，甚至还晃动身体，甚至还哼哼唧唧，洪老爷一听乐曲又响了，连忙喊道，哎哎哎，等一等呀，等一等呀，可是乐曲声盖过他的喊叫，乐曲一直等到演奏完了，才缓缓停下。

大家拍手，洪老爷也拍了手，他也是喜欢听乐曲的，他也不愿意让老金做他的女婿，他想最好就这么一直演奏下去，但是洪喜妹容不得他的，洪老爷不得不站了起来，他拍拍老金的肩膀说，老金啊，你看要不要择个日子啊？

洪老爷说的择日子，当然是择老金和洪喜妹结婚的日子啊，老金向洪老爷鞠了一个躬，又向洪喜妹也鞠了一个躬，老金说，我今天真是高兴，我出身贫寒，没有文化，又干个免讨饭的勾当，能够得到洪老爷和洪小姐的器重和抬举，能够攀上洪老爷的门槛，这真是我老金三生有幸啊，我真是一跤跌在青云里，我真是一跤捡了个大元宝，我真是额骨头碰着天花板，我真是困梦里头笑出来，思来想去，这是我老金前世里积的德，是我老金现世里有福气，不过洪老爷啊，我得回去和我的妻子商量商量，若是我的妻子同意，我再来给你回音啊，洪老爷你看怎么样？

群众听罢，哄堂大笑，洪老爷和洪喜妹父女双双闹了个大红脸，洪喜妹踢打掐拧着洪老爷，都怪你，都怪你。其实老金并没有娶妻，只是当时洪老爷并不知晓，洪老爷只怪自己事先没有弄清楚事情，自讨没趣了。但是事后洪老爷还是知道了事情的真相，洪老爷买通官家，整了老金一回。

但老金是整不垮的，后来老金又重整旗鼓，金家乐班依然行走江湖，反倒因为老金敢扫洪老爷的面子，更增添了普通百姓对老金的喜欢和信任。

听说洪喜妹后来不久也就嫁人了，倒是老金的婚事一直没有着落。曾经有过几次介绍，但是门第高些的人家，毕竟对老金的职业有所小视，门第低的人家，媒人又不情愿拿来介绍给老金，她们多半是老金的追星族，老金是她们的偶像，她们希望老金的婚姻是骇世惊俗的一炮。

大家喜欢老金，老金一来，场面都活泼起来，老金走了，他们都会想念老金，常常会提起他来，甚至他们会觉得有些离不开老金的意思。但事实上，不少的人对于老金的工作仍然是存在封建的不正确的想法，就像有些家境好的人家，大人教育孩子要好好念书，会说，好好念书啊，用功做学问啊，要不然，长大了只好像老金那样样，吹吹打打哭死人，即使一些穷的人家，如果他们的小孩不肯念书，或者喜欢玩玩乐器，他们也会说出类似这样的话来。

老金的婚事，是在老金二十八岁那年谈起来的。那一年秋天，老金去给河西的刘井办丧事，刘井得病去了，留下孤儿寡母，哭哭啼啼，长跪不起，甚至不能够待人接物了，老金立即念唱道：刘家老子已仙逝，刘家母子靠神灵，留得青山有柴烧，来日方长家事兴……老金念着唱着，刘家伤心的母子，果然渐渐站立起来。

来老刘家吊唁的一个远亲，见老金出口成章，又拉得一手精妙二胡，又指挥得一支恰到好处的乐班，暗暗称奇，找个机会和老金聊了起来。这个人姓方，名魂飞。后来他就是老金的老丈人了。但现在还不是，谁也没有预见未来的本事。他们只是谈古论今，说长道短。

方魂飞是大学老师，他是伯乐，识得千里马，他看出老金就是一匹千里马，老金将自己一生交付给乡村的乐班太可惜了，方魂飞说，老金啊，你应该去读书。老金笑了。读书是老金从小的意愿，可是他没有机会，一次次的机会来了又失去，所以老金只是笑笑。方魂飞理解老金笑的意思，他知道老金没有信心，他要鼓励起老金的信心，方魂飞说，老金啊，只要你想读想学，我可以替你搭桥铺路，让你的才华完全彻底地发挥出来，成为一棵参天大树，而不是一株路边小草。

方魂飞说话，是文绉绉的，这和老金平时接触的人物说话大不相同，这也是老金梦寐以求的进步，老金的心怦怦地跳起来，这在他的二十八个年华中是很少有过的事情，老金一直都是心平气和地吹笛拉二胡，一直都是出口成章地说一些民谚民谣，大家欢迎他，他被捧得高高的，自我感觉很好，老金也许空怀进步的心情，却不知道自己还应该往哪里进步。老金早已经站在一座高山的山顶上了。可是今天不一样了，今天老金有一点英雄气短的，在方魂飞面前，老金知道了自己的距离。

场面上容不得方魂飞和老金慢慢道来，方魂飞邀请老金有时间到他家去，老金后来就去了，乐班子的人说，老金你不能走，你走了我们怎么办，老金说，我去看一看，我就要回来的，但是老金一走却没有再回来。

老金觉得有一股说不清的东西在吸引他，他就这么往前走了，走了，就走到了方魂飞的家。那时候，老金的乐班子正是生意兴隆的时候，东村来请，西村也来请，他们的船靠岸的时候，群众热烈地喊道，老金来了，老金来了，老金金在扬，老金金在扬！可是他们没有看见老金，老金没有出现在他应该出现的地方，群众失望的眼神，落在了动荡的水面上。

老金没有听到群众的呼喊，他已经敲开了方魂飞家的门，他已经看到了他未来的妻子方知音。

方知音是子承父业，也学音乐，她从音乐学院毕业了，去做老师。方魂飞说，你是不是再深造一点呢？方知音说，我行了。她就到小学去做音乐老师了，其实方知音是高材生，即使没有方魂飞的关系，她也可以分配到中学，甚至可以教高中，或者教师范，但是方知音却说，我教小学就行了。

方知音和农村妇女是完全不同的，农村妇女勤快而忙碌，疲惫和辛苦使得她们改变了容貌和体形，但是方知音生活悠闲，她有些慵懒，她身体弱，吃得少，睡得多，早晨总是爬不起来，幸好音乐课都是放在下午的，就算排到上午，也不会在第一第二节课，方知音可以从从容容睡了懒觉，再去上课，逢到特殊情况，也有临时将音乐课调到上面来的，方知音就紧张了，吃过晚饭就要上床，但是越早上床越睡不着，常常弄得一夜无眠。

那天方知音听到敲门声，父亲说，你去开门吧。方知音去开门，看到门口站着一个气宇轩昂的乡下人，他就是老金。

老金果然不负方魂飞的期望，他考上了大学，大学毕业，又参加了工作，成了正式的国家干部，最后老金落脚在文化局，从事音乐理论的研究工作。与方魂飞当初的想法和期望无二。

方知音和老金结婚，婚宴一共举行了两次，一次在城里，宴请方家的亲朋好友，另一次回到乡下，老金的父母兄弟请了乐班，这是方知音头一次见识乐班，因为她被大家尊敬地安排在主要的位子上，所以乐班几乎就是正对着她在演奏演唱，而且他们说唱的内容，都是跟新婚有关，有的甚至有一点乡下的黄色，比如他们唱道：吃点鱼甩水，公婆（夫妻）两进房就搭嘴（亲嘴），吃点细炒，公婆两进房热炒炒……这使得方知音十分不好意思，后来找个借口坐到旁边的位子上去了。好在大家的兴趣在乐班子那里，也没有很多人注意到新娘难为情。

老金家请来的乐班也是一个有名的乐班子，虽然比起从前的金家乐班略为逊色一些，但是现在老金已经不在金家乐班了，金家乐班辉煌的时代已经过去了。所以，今天老金结婚，请来的乐班，在南塘一带，已经是很出类拔萃了。

那天大家一醉方休，班头老吴年纪比老金大得多，但他一直是最敬佩老金的，吴班头在老金的婚宴上，唱了小调，演了乐曲，又喝了酒，吴班头对老金说，老金啊，他们说你再也不做乐班了，我不相信的，我不会相信的，我决不相信的。老吴两眼迷迷离离的，慢慢地流下眼泪来。

吴班头可能是为了老金，也可能是想起自己的身世或者别的什么伤心的事情，但是他在老金的喜宴上哭出拉乌总是不大好，好在老金机灵，他看到别人注意吴班头了，便立出来说，我老金今朝重操旧业，自己给自己来一段，大家说好不好？老金就演起来：绿柳荷花结绣帘，天生一对好姻缘，如意帐内风光好，夫妇和好寿百年……群众纷纷叫好，他们又喊了，老金金在扬，老金金在扬！

吴班头又喝了好多酒，后来他的酒兴醉意上来了，他忍不住地对老金说，老金啊，老话说，只有丫头升太太，没有长工做老爷。没有人听见吴班头的话，吴班头虽然多喝了几杯，但并没有失去理智，他还知道这样的话不能当着众人的面说出来，他是咬着老金的耳朵说的，所以老金是听见的，他听得清清楚楚，他心里有许多复杂的滋味，有些酸楚，有些甜蜜，有些苦涩，有些空泛，老金望着方知音美丽的面容和姣好的身材，老金想，我会配得上你的。

方知音生了三个儿子，老金给他们取名为金大宝、金二宝和金小宝。方魂飞去世得早，那时候，金二宝还没有出世。方魂飞在 1957 年被定为右派，后来他就一病不起了，本来他想熬到二宝出世的，但最终也没有熬得到，方魂飞临终前，把女儿女婿叫到床边，他口齿不清地说，人怕老来天怕秋，行船最怕到中流。

从方魂飞嘴里说出这样的民俚，是有背常理的，但是当时老金和方知音都沉浸在悲痛之中，不能去体味其中的含义，也许到了许多年以后，到了老金和方知音都要离开这个世界的时候，他们也许能够回想起这件事，去体会方魂飞早已经带走的内涵和意义。

方知音生二宝，坐月子是在乡下坐的，虽然她不太喜欢乡间太俗气的气息，但是城里没有人照顾她。二宝满月后，就要抱回家去了。老金的父亲说，你们又要走了。老金说，要走了。老金的父亲说，请个乐班子吧，给二宝做满月酒。老金说，我和方知音说说。老金去和方知音说了，方知音说，好的。老金的父亲欢喜地去张罗事情了，在老金家里，已经很久没有这样的快乐了。

方知音虽然骨子里不喜欢吵吵闹闹，不喜欢人多，但是她是能够理解人的，尤其是老金，方知音知道老金也是愿意体谅她的，他们在家的时候，老金从来不是咋咋呼呼的，但是一到了自己的乡下，一到了熟悉的气氛中，老金不可遏制地要请乐班子。方知音想，这可能是与生俱来的习惯。她只是不言不语地看着他们忙碌，看着他们搬家具，看着他们摆场子，看着他们忙前忙后，当他们注意到方知音关注的目光时，他们的手脚会放轻放慢了，他们的言语会放低放柔了，连他们的笑容也都显得很知书达理了，村上的人家说，从前听说书，听到说大家闺秀大家闺秀，活到今朝方才亲眼看到了大家闺秀。

乐班子来了，老金兴致高，老金说，班头啊，今天的二胡我来拉吧。

这一曲是《江南春》，笛子独奏，二胡只是伴奏，但是群众看到老金拿起了二胡，从前的心情又回来了，他们忍不住地说，老金，老金，老金。

谁也没有料到老金会马失前蹄，虽然老金已经有好些年不做乐班，不操乐器，但群众对老金的信任还在，他们可能认为老金还是从前的老金，至少他们希望老金还是从前的老金。但是老金不再是了。老金的二胡涩涩的，怎么也悠扬不起来，老金心里有些焦急，他用劲了，但是用劲用得不当，砰的一声，二胡断弦了。

啊呀呀，群众叫喊起来，啊呀呀，老金断弦了。

班头赶紧说，生疏了，谁生疏了都会这样的，不要紧，不要紧，换一根弦，换一根好的弦。

老金断弦的时候，二宝正在吃奶，吃着吃着就扔开妈妈的奶头大哭起来，他其实根本是听不懂乐曲的，他也不知道什么断弦，他还是一片混沌呢，但是他哭个不止，谁也没有办法阻止他哭下去，大家心里乱乱的，老金的母亲甚至差一点也要哭了，她觉得在这样的喜庆场面上，任由一个小孩乱哭，对大人是不好的，她担心的是老金，老金是她的心头肉，是她的最爱，她在任何时间任何地方，都会无缘无故地想起老金，担心老金，祝福老金。

群众也有些尴尬，他们是来看热闹的，是来祝贺老金的，可是小孩不止声地哭，哭得他们连说祝福的话也不好说，哭得他们连欣赏乐班表演的心情也没有了。

方知音一再地将奶头塞进二宝嘴里，想堵住他号啕的嘴，但是二宝坚决地吐出来，再塞进去，再吐出来，再塞进去，二宝急了，狠狠地咬了一口，他还没有长牙齿，他的咬是不疼的，所以方知音也没有察觉，但是二宝是知道的，他知道自己发火了，他知道自己生气了，他是决心生气生到底了。

心里最难过的是不是老金呢，可能应该是老金，群众在二宝的哭声中私下议论了，他们说，老金这回大丢面子了，老金这回大失水准了，老金还是读了书的人呢，老金读了书反而提不起来了，群众很是疑惑，但他们是窃窃低语，他们不会当面给老金难堪而让老金听到他们的说话。其实老金早已经听到了他们的心声，而在老金心里，丢掉的不仅是场面上的面子，更是一种更重更沉的东西，那是什么，老金说不清楚的，老金自己也不知道，他当时的感觉就是心胸里空落落的，像被挖掉一个什么内脏器官。

不过，眼下迫在眉睫的问题，还不是考证和担心老金丢了什么，而是要制止二宝的哭，二宝才刚刚出生一个月，他的哭已经是那么的惊天动地，是那么的骇人听闻。

还有谁能够完成这个重任呢？大家面面相觑，他们能做的事情都已经做遍，他们已经无能为力了。这时候救星出现了。救星是大宝，大宝三岁，他拿了一根笛子，先是“扑扑”地吹了两口气，接就他就吹了起来，他吹奏的是一首古老的民间乐曲《欢乐歌》。大宝吹出第一声乐曲的时候，全场都安静下来，群众起先以为是乐班又演奏了，他们还在寻找着演奏的人，但是乐班的人已经完成了他们的任务，他们正在吃饭喝酒，群众又觉得奇怪了，这时候他们才感觉到笛声是从很低矮的地方传来的，他们又低下头去寻找，他们终于在人的腿缝中发现了吹笛子的人。

是大宝哎，群众惊讶地喊起来。

是大宝哎。

但是群众对于大宝的惊讶很快地即刻被另一个奇怪的现象冲击了：长时间缠绕在他们耳边的二宝的哭声在大宝的笛声中，渐渐地消停、消失了。

群众的惊讶即刻又转到了二宝身上，咦，二宝不哭了，他们说，咦，二宝不哭了。

大宝在吹笛子。

大宝的水平不高，他才三岁，他吹得断断续续，上气不接下气，音调也不准确，他吹不动了，就停下来，向大人讨了一口水喝，再吹吹，又停下来，爬到桌上吃一口菜，再吹吹，还有一次他的鼻涕流下来了，大宝也停下来，擤掉了鼻涕，如此有数次。在大宝停下来的时候，甚至是停的时间比较长的时候，场面上却是没有一点点声音，群众都屏息凝神地等待着大宝，好像大宝不是大宝，不是一个淌着鼻涕的三岁的孩子，而是老金，是金在扬，是金家乐班的班头金在扬。

老金惊呆了，他愣了好半天后，一把抱起了大宝，咦，大宝，儿子，咦，大宝，儿子，他反复地说。

群众的掌手和笑声掩盖了老金的声音，紧接着更奇异的事情又发生了，他们在自己的声音中听见另一种奇怪的声音，“扑扑”，“扑扑”，他们寻找着声音的来源，很快就找到了方知音的怀里，找到二宝那里，这是二宝发出的声音，二宝噘着嘴，那“扑扑”的声音，正是从二宝的小嘴里发出来的。

二宝也要吹笛子哎，一个群众说。

啊哈哈。群众都欢笑起来，他们祝贺老金，他们说，老金哎，你看看你的儿子，大宝，二宝，啊哈哈。

老金的父亲喜极而泣地说，哎哎，哎哎。老金的母亲两只手擦着围裙，她没有说话，她注意地看着方知音的表情，她从方知音的表情中看不出什么，但是老母亲想，儿媳妇可能不大喜欢这样的。

老母亲的感觉可能是对的，方知音也许并不喜欢儿子像年轻时的老金那样，再去走老金年轻时走过的路，连老金都走出了自己原来的路，难道要儿子再重新回头走老金的老路吗？这是不现实的。不过，方知音现在不需要表达出这样的想法，因为方知音知道，每个人人生的路，都不是别人替他决定的，也不是父母给他指定的，那都是他自己走出来的。方知音有足够的信心等待她的儿子大宝和二宝。

二宝满月以后，老金一家就回去了。老金在文化局上班，方知音在小学教音乐，大宝上了幼儿园，保姆带着二宝，过了年把，二宝也可以上幼儿园了，保姆就回去了，再过了年把，他们又有了小宝。

小宝刚刚生下来，老金曾经建议方知音还到乡下去坐月子，但是方知音没有去，方知音的体质不强，身体很羸弱，生了小宝以后，她就病倒了，患了产后神经衰弱，她服用安眠药，早晨更加爬不起来了。老金担心方知音长期吃安眠药不好，老金说，反正你在病假里，也用不着上班，睡不着就让它睡不着吧。但是方知音不接受老金的观点，从那时候起，在以后很漫长很漫长的岁月里，方知音都是吃安眠药入睡，哪一天没有安眠药，她是绝对不睡的。

那几年老金最快活的事情就是等到星期天，星期天老金把儿子们带出来，他们来到附近的公园，老金和孩子轮流吹笛子，拉二胡，引来群众围观，有一次他们被带到派出所，以为他们是非法演出，后来弄清楚是业余爱好，才放走了他们。

大宝已经长大了，上学了，被捉到派出所的事情，被同学知道了，他们嘲笑大宝，所以大宝不想去公园了，他对老金说，我们就在家里吹笛子吧。

妈妈不喜欢闹的，二宝说。

妈妈没有说不喜欢，大宝说。

他们一起去问方知音，方知音还没有起来，她睡得正香，大宝和二宝没有打扰妈妈，他们还是跟着老金到公园了，群众又看到他们了，群众高兴地说，有几个星期没见到你们了，以为你们不来了，没想到你们又来了。

后来方知音的身体好些了，但是她没有再去上班，她办了病退。方知音整天都待在家里，她可以做一些轻微的家务，但是方知音做不来，她的家里很乱很脏，方知音能做的只有一件事，整理方魂飞遗留下来的一些书籍。家里有三个孩子，老金还要适时地补贴乡下的老人，但是老金的生活条件也仍然尚可，老金这时已经是一个十九级的干部，每月有七十多元工资，加之方魂飞留下的家底还比较厚实，碰到稍大的难关，老金还可以吃一点老丈人的老本，老金抵押过方魂飞的一块金表，其价值让老金吓了一跳，以为当铺的老师傅搞错了呢。

日子就这么过下去，老金以后会老起来，会退休，他是国家干部，退休以后终身可以领取国家工资，一直领到老死。方知音做老师还桃李满天下，会有许多学生在方知音老了、甚至很老了的时候想起她，来看望她。大宝二宝小宝日后都长大了，他们都会考大学，大学毕业参加工作，到某某局或某某学校，和他们的父母亲一样，如果更有出息一点，他们会成为专家学者或者职位高一点的干部，然后大宝二宝小宝他们谈恋爱了，结婚了，生孩子了，他们的孩子是男孩或是女孩，一个或者几个，孩子们又渐渐长大，读书，工作，结婚，生孩子。等等。

那时候老金回首往事，会作如何的感想呢？

但是现在还不到那时候，离那时候还早着呢。老金三十九岁“文化大革命”了，老金和方知音，还有已经不在人世的方魂飞，都上了大字报，他们被画成漫画，漫画上，方魂飞有三只手，一只手撑着一把大黑伞，一只手牵着方知音，一只手牵着老金，方魂飞身上写着字，反动学术权威、叛徒、特务，方知音是寄生虫、吸血鬼、资产阶级少奶奶，老金是封建余孽和跳梁小丑，等等。

大宝带着二宝小宝去看大字报，他们看到方魂飞有三只手，觉得很奇特，他们笑起来，咦咦，他们说，外公三只手，外公三只手。

老金带着全家人回到乡下，他不是带薪下放的那一种干部，他是割断了公职下去的，国家给老金一些钱，对他说，老金啊，你还是回乡下当农民吧。

老金说，好吧。老金本来就是农民，现在再回去做农民，老金也没有什么想不开的。老金回乡下，是坐着一艘船，船靠岸的时候，村里的文艺宣传队敲着锣鼓家什来欢迎老金，老金远远地就看到他们的器具是七拼八凑的，有一面铜锣，一只铜鼓，一支竹笛，有一只红漆的腰鼓，系着一根绿色的绸带，还有一件洋乐器，是一只洋喇叭，老金暗想，这叫什么家什啊？这叫什么乐班啊？老金正这么想着，他们已经吹吹打打起来了，乐曲是《北风吹》，就是“北风那个吹，雪花那个飘”那一首，音调七零八落，都不在点子上，老金想，真是北风吹了，他叹了一口气，大队干部说，老金啊，叫我们欢迎下放干部，我们练了半个月啦。

老金回来种田了，他要靠种田养活方知音和三个儿子，老金是有信心的，老金想，我身体好，底子足，我做得动，老金又想，一个男人养不活老婆儿子还叫什么男人，老金还想，人家农民不也是这样过下去的，为什么他们能过，我就不能过呢？老金这么想着，鼓励起自己的干劲，就下地干活了，但是老金干着干着，他发现情况不对头了，方知音的脸色越来越黄，儿子们的眼睛越来越绿，如果老金从外面带回来一点吃的东西，方知音的脸色就变成白的，儿子的眼色就变成红的，他们像饿狼，像恶狗，整天在阴暗的角落里阴险地窥视着老金，老金有时候偶尔一接触他们的目光，老金会猛地一激灵，起一身鸡皮疙瘩，吓出一身冷汗。

群众从前是那么地崇敬老金，他们看到老金总是用尊敬的口气喊老金金在扬，老金金在扬，现在他们再看看眼前的老金，他们有些看不惯了。

唉呀呀，老金做生活，抓手抓脚。

喔哟哟，老金走田埂，扭来扭去。

老金挑担子，像只虾米。

老金插秧，插得个满天星。

老金一边种田，他的信心一边在消失，老金的脸灰灰的，没有力气，眼睛里也没有精气神，如果老金的母亲还活着，她会看出来的，她会替老金操心的，可是母亲已经去世，父亲也已经去世，没有人知道老金在想什么。

秋天，生产队挑谷子了，他们摇船到镇上的粮站去，老金坐在船头，他抽着劣质的一毛几分钱一包的烟，眺望远处天边的白云，老金不知道日子还能不能过下去。

挑完了谷子，他们会到镇上的面店吃一碗阳春面，老金坐在店门前的石阶上，老金不能进去吃，他用身上仅有的钱买了几个大饼，他伸手抓住热烘烘的大饼时，不禁打了一个寒战，他仿佛感受到方知音和儿子们的目光已经追过来了。

有一个人走过面店，他走得很急，因为他既有心思又有要紧的事情，所以他本来无意去注意面店里里外外的情形，但是在他走过去的那一瞬间，他好像看到了什么，这使得他的心里猛地一跳，他刹住了急匆匆的脚步，又退了回来，站定了，在面店的门口，他愣愣地看着老金，他的眼睛是茫然的，他的脸色是疑惑的，他的嘴微微张着。

老金正抽动着鼻息，从他的怀里阵阵地散发出大饼的热香，老金闻到香味，肚子里咕咕地叫起来，老金正在想，我吃一个吧，还是不吃，或者，我吃半个，还是不吃，老金的全部注意力都在怀里的大饼上，所以起先他一点也没有注意到有人愣愣地站在他的面前盯着他。

老金金在扬?

这个人轻轻地、自我怀疑又自我鼓励地说。

老金听见了，但是他并没有立即反应过来，他继续作着激烈的思想斗争，我吃，还是不吃，我吃一个，还是吃半个? 老金想着，他只是淡然地看了这个人一眼。

老金金在扬?

老金金在扬? !

到第三遍说出这句话的时候，他的口气肯定得多了，他几乎已经断定这个坐在面店门前石阶上的半老的、孤独的、神情怪异的人，就是老金金在扬。

老金已经很久没有听到这样的称呼，这个称呼使得老金精神为之一振，但是老金的振奋不是因为别的，而是因为他的思想斗争终于有了结果，他作出了决定：吃掉半个大饼。

这个一直坚持到最后才作出的决定，是那一声“老金金在扬”促成的，到底为什么，老金自己也是说不清的，他只是感觉有一股动力推动了他，一个小人在他的脑海里大声地说：吃!

老金从怀里摸出一个大饼，掰了一半，先收起那一半，然后狼吞虎咽地吃掉了另一半。这个人一直站在老金面前，老金却是视而不见，一直到老金抹了抹嘴，体会着半个大饼的温饱，老金好像才想起，眼前还站着这么一个人呢，老金朝他笑笑。

他立刻握了老金的手，老金金在扬，老金金在扬，是你啊？真的是你啊？

是我，老金说。

我是传根，西村的传根，付传根，从前我小的时候，老金你的乐班子去过我家，给我奶奶祝寿，我偷了你的笛子，后来又还给你了，老金你还记得吗？老金你肯定不记得了。老金你记不得我们，但是我们都记得你，我奶奶临死前，拉住我的手不放，就是这只手，这只左手，我奶奶说，小三子啊，我死了，你一定要叫老金来送我啊，你要是不叫老金来送我，我不会走的，我会一直守在这里，会吓着你们小孩的。

付传根说着，哭了起来，边哭着又说，老金，我是孝子啊，老金，我是孝子啊，我奶奶的要求我一定要做到的，我说奶奶啊，你放心地去吧，我一定找到老金金在扬。后来我就到这边来找你了，他们说没有老金金在扬，他们说老金金在扬早已经不在了，他一边哭一边抹掉眼泪，他说，老金啊，你不要以为我伤心，我不是伤心，我是开心，我是喜极而泣。老金啊，你带上你的乐班子，跟我回去吧。

老金的肚子很快又咕咕地叫了，半个大饼不知道在哪个角落里已经消化，本来他的胃以为没有希望，已经开始放弃期待了，老金却在它彻底放弃之前，又给了它一点点希望，只是这希望太小了，不仅经不起时间的考验，反而将胃的胃口吊了起来，充满了大的期待。

大的期待是等不到了，所以现在老金的胃反而更加难受，它痛苦地扭动，伸缩，老金忍不住说，喔哟哟。

付传根是个看不清事实的人，他不知道老金饿了，他也不知道老金的心思在哪里，他是一根筋的人，他只是要请老金去给奶奶送行，但是老金坐在石阶上并不动弹，老金是没有力气动了，付传根很急，他抓耳挠腮，也没有想出办法来，最后付传根只剩下唯一的招了，他只能从口袋里摸出钱来，老金你看，老金金在扬你看，我是诚心诚意来求你的，你看我钱都带来了。

老金盯着那些钱看了看，他说，我先进去吃一碗面。

付传根跟着老金进来，他向伙计说，给老金上一碗猪肝面，三两的。老金吃了猪肝面，才对付传根说，付传根，我没有乐班子，我只有儿子。

老金牵着大宝的手，又牵着二宝的手，大宝拿着二胡，二宝拿着笛子，小宝说，我也要去。那一年小宝三岁，正是大宝第一次吹笛子的年纪。他们踏上了付传根摇来的船。

老金又重操旧业了，老金的乐班子现在真是名副其实的金家乐班，四位乐师全部姓金，他们是金在扬，金大宝，金二宝，金小宝。他们又开始行走在乡间和村镇了，他们的名声又渐渐地响起来，传出去，请乐班的风俗，又弘扬开来了。但是这种弘扬，却是一种秘密的弘扬，老金的乐班子，是偷偷摸摸的，群众也必须偷偷摸摸去看乐班子，干部来了，他们就逃开了，四散了。

方知音坐在自家的门前，她喂养了一些小鸡小鸭，它们在她身边叽叽喳喳地叫着，方知音晒着太阳，脸上有了些红润，群众走过的时候，他们羡慕地看着她，方同志，他们说，你好福气。

方同志，小宝三岁就会拉胡琴了。

方同志，大宝吹笛子吹得活灵活现，闭起眼睛听，以为是你们老金呢。

方知音抬起头来向他们笑笑，又继续晒太阳了。

群众走过去了，他们还在议论，他们说，城里人就是会教育小孩。

城里人的小孩就是有出息。

方同志本身就是音乐家。

是音乐老师吧？

音乐老师就是音乐家。

他们边议论边走远了。

后来，群众又纷纷跑过来了，他们慌慌张张地告诉方知音，方同志，方同志，老金被公社抓起来了。

老金和儿子在公社的一个办公室里，公社的干部正在审问老金，干部说，老金啊，你是非法演出。

嘿嘿，老金说。

老金啊，你是宣传封资修。

嘿嘿，老金说。

老金啊，群众反映你是黄色歌曲。

嘿嘿，老金说。

在他们的一问一答中，乐曲响起来了，是大宝带着二宝和小宝演奏起来了，他们演奏的是江南丝竹《十八妹妹》，嗯哩嗯哩，嗯哩嗯哩，公社干部起先有些惊讶和气愤，他们想，我们正在审问你们的老子呢，你们倒敢老虎头上拍苍蝇？可是他们听着听着，也不惊讶了，也不气愤了，他们甚至跟着摇头晃脑了，他们的嘴里，也嗯哩嗯哩起来，他们的手，拍打拍打地敲起拍子来，这是一首有填过歌词的乐曲，他们也能背出几句歌词来，有一个干部脱口唱了两句：十八妹妹一朵花，一朵花，眉毛弯弯眼睛大，眼睛大。另一个干部一下子将歌词跳到最后两句：十八妹妹不可留呀不可留，留来留去，留来留去成冤家呀成冤家。

那一天，他们关死了门，关死了窗，在公社的办公室里，听老金的乐班演了一个小时，才将老金放走。

好了，好了，干部说，时间也不早了，你们回去吧。

这件事情后来使干部受到了处分，他们再看到老金，很生气地对老金说，老金，你害人，老金，你害人。但是当他们碰到了红白喜事的时候，当他们的家属要求喊老金的时候，他们会同意的，他们说，那就去喊老金吧。

老金就这样被群众和干部喊来喊去，在来来去去的日子里，老金看着日历一天天地翻过去，换了一本新的，又换了一本新的，有一天干部又来找老金了，这回他不是来喊老金的，他不像往常那样说，老金，去东村跑一趟吧，而是说，老金啊，政策下来了，你们可以回去了。

老金对大宝说，大宝啊，我们可以回城了。

大宝摇了摇头，他掰着手指头说，八号是北塘李家，十五号是王庄席家，二十号是前窑，二十二号是梅湾，这个月都排满了呀。

老金找不见二宝，二宝在镇上的中学念书，这是新学期的头一天，音乐老师给同学们发了音乐教材，二宝看到教材上有方魂飞的名字，二宝高兴地说，这是我的外公。音乐老师有些刮目相看地对二宝说，金二宝，原来你的音乐天赋是你外公传给你的呀。二宝说，不是我外公，是我爸爸，老金金在扬。老师笑起来，同学们也都笑了，他们嚷嚷着，老金金在扬，老金金在扬。连隔壁教室的老师都过来看他们在干什么，你们影响我们那边上课了，隔壁的老师说。

这时候小宝正在教顾小丽吹调子，他们坐在村里的一条小河边，顾小丽很笨，她吹出来的笛声，不是悠悠扬扬，而是直通通的，她拿笛子的架势也不好看，小宝有点不耐烦了，小宝说，顾小丽你真笨，我不教你了。顾小丽说，小宝小宝，你教我吹笛子，我长大了就嫁给你。小宝勉强地说，好吧好吧。他把笛子从顾小丽那里拿过来，往嘴边一放，他端起笛子的架子，就是回事儿，他一吐气，一卷舌，笛声就飘扬起来，就穿透过去，往很远很远的地方去了，老金感叹地想，儿子啊儿子！

那一天方知音在整理她的书籍，这些书，是方魂飞留下的，方知音将它们带到乡下，现在她又要将它们带回去了，老金和三个儿子低头站在方知音面前，他们不敢对方知音说什么，但是方知音明白他们的心思，有时候，方知音真的很有洞察能力，方知音说，我先回去，我在家里等你们。

方知音回去了，她一个人在城里过日子，老金经常和儿子一起来到城里，或者他自己一个人来，老金带来农村的土产，时令的鲜货，他把他和儿子挣来的钱交到方知音手里。方知音仍然不会做家务，她的生活习惯经过农村的改造也丝毫没有变化，她请了一个下岗女工帮她做事，打扫卫生，烧煮食物。早晨方知音是要睡懒觉的，醒来的时候，钟点工也来了，她们一起聊聊天，谈的内容是隔夜的电视新闻里看来的，或者是方知音从报纸上看到的，也有的时候方知音和邻居们说说话。午饭后方知音就出去了，她到居委会办的棋牌室，打一开小麻将，到下午五点，方知音会准时回来。方知音去的时候，是散步去的，回来的时候，坐三轮车，三轮车送她到门口，方知音说，到了，她摸出三块钱，交给三轮车夫，三轮车调头而去，方知音就进家门了。傍晚的时候，方知音温二两绍兴花雕，一边抿着酒，一边看电视，正是本地新闻时间，方知音很喜欢看本地的新闻，这些新闻，比中央台的新闻离得更近，更亲切。晚上方知音失眠，她要服用安眠药才能入睡。第二天早晨，方知音对钟点工说，张阿姨，我昨天晚上不好，怎么也睡不着，吃了两次药才睡着。钟点工说，你起来太晚了，你早点起来，晚上就不会失眠了。方行音不同意她的说法，她说，不来事的，我早晨不能早起的，早起了我一天都会没有精神，打麻将也会输的。钟点工说，听人家说，多吃安眠药不好的，会伤肝的，还会得老年痴呆症。方知音说，人家都这么说，医生也这么说，不过我还是要吃的，我不吃不行的。

下一年的清明，天下着雨，方知音来到方魂飞的墓前，她焚烧了一叠纸币，每一张纸币都印着 100000000 元，方知音对父亲说，老金和三个孩子，他们都忙，我就代他们来看你啦。

九泉之下的方魂飞说，他们父子四人在忙什么呢？方魂飞已经安定的灵魂又飘飞起来，飘到很远的地方，它看见了老金和三个儿子，他们正在替一户人家做超度，他们吹拉弹奏着一首悲哀的曲子，活着的人都泪水涟涟。方魂飞叹了一口气，他说，我本来已经把老金拉出来了，不料老金又回去了，还搭上了三个儿子。纸钱的火渐渐要熄灭了，方知音借了最后一星火苗，燃烧了一张曲谱，曲谱的火光是微弱的，因为纸币有厚厚的一叠，而曲谱只有一张纸，在微弱而短暂的火焰中，曲谱也和纸钱一样，化为了灰烬，被山风一吹，四处飘扬。

金家乐班日益扩大，人强马壮，名声显赫。创建于晚清的丝竹民乐堂班，几经风雨，多番波折，走走停停，到了今天，许多乐班都已经鸟枪换炮，变成洋枪洋炮了，老金是想要抵御的，但是他没有抵御得住，老金的乐班子现在也有了一些新式武器，他们添置了洋号洋鼓等西洋乐器，但也没有放弃二胡笛子，就变成中西土洋合璧，老金对这样的做法是不愿意的，但是儿子们说，一定要这样的，群众喜欢这样，老金说，既然群众喜欢，就这样吧。但是老金自己始终是用的民乐丝竹，他的二胡，他的笛子，是一直要坚持下去。

老金是正月十五给庙会掌礼时出问题的，那一天达到了老金人生的高潮，老金的二胡独奏，获得了满堂彩，大家接二连三地叫好，掌声如雷，老金十分感动，他鞠躬致谢，不料他这一弯腰，却再也没有直得起来，群众眼看着老金顺势倒了下去，他的一只僵硬的手，努力地举起二胡，好像怕自己摔倒的时候，折坏了二胡。

群众惊慌失措地叫喊老金，老金金在扬，老金金在扬，但是老金再也听不见了。村医那天也在场，他一看，明白地说，脑溢血。

那一年老金七十岁。

又过了很多很多年，方知音也去世了，她是无疾而终，终年九十三岁。方知音的遗容清秀安详，脸上连一点老年斑也没有，她的肤色白里透红，嘴唇也是红润的，根本用不着化妆。殡仪馆的工作人员纷纷称奇。

# 火车

有两个人他们要坐火车出门，这时候他们来到了火车站，在售票的地方，他们排了不太长的队，虽然是冬天了，但是离年关还有一段时间，坐火车回家的人还不很多，大家还是有一种比较悠闲的神态，年的气息还没有开始弥漫呢，但是紧张的工作却已经要结束了，这就是现在的样子了，大家的心里有一丝丝的甜蜜，他们排了排队，后来就买到了车票，再过半个小时，他们要坐的那趟车，就要进站了。

他们是小五和德青。

现在小五和德青立在站台上，他们朝上海的方向看着，探了探头，他们要坐的火车将从上海开过来，然后一直往西北的方向去，火车快要来的时候，站台上穿着铁路制服的工作人员拿小红旗挥了一挥，往后退啊，她说，火车快要来了。有的人就往后退了退，退到红线里边去，也有的人他们没有听见她说话，他们就没有退，仍然勾着头往上海的方向看，工作人员的她也没有再挥小红旗，也没有再叫他们退，她只是缩了缩肩，因为是在冬天，站台上的风是大的，而且很寒冷，她的鼻子冻得红彤彤的，脸颊也是红的，这样显得她蛮健康，旅客里边有一个妇女脸色苍白，她站在她的边上，两个人就很不一样，反差很明显的，只不过没有人注意她们，他们都心急地等着火车来，他们在准备上火车。

火车从远远的地方来了。

来了。

来了。

站台上就有点骚乱了，工作人员吹了哨子，哨子声音很尖，有一个人已很长时间没有听到过哨子的声音，不大习惯了，哨子声刺痛了他的耳朵，他向工作人员看了看，接着又去看即将到来的火车。

火车的灯大亮着，因为是白天，所以并不刺眼，但是灯光是看得见的，雪白雪白的灯光，越来越近了。

工作人员想去挡一挡跟随火车跑的旅客，但是她挡不住的，她没有多大的力气，所以她想，算了吧，反正我也挡不住他们。

小五和德青也在人流中，他们只是跑了几步，火车已经停定了，他们正对着一扇打开的车门，这样就不用再往前或者往后跑了，他们立定了，才看清楚正是他们要上去的那一节卧铺车厢，他们有一点惊喜，觉得运气真好，他们立定着等车上的旅客下来，他们再上去。

等到小五和德青在火车上找到了自己的铺位，放好东西，火车已经开动了，它呜呜地叫了几声，轮子就滚动起来，后来越滚越快，火车出站了。

小五和德青坐在靠窗的两个位置上，这两张位子是可以翻起来的，人走开的时候，坐板就翻起来贴在车壁上，这样可以不影响过来去往的旅客，在漫长的旅程中，他们将要穿过这里去车厢的接头处打热开水，洗脸，或者上厕所，也可能他们还要穿过这节车厢到另一节车厢去，小五和德青坐在这个位置上，他们经常要扭转身子让他们经过，经过的时候，他们会向小五和德青报以一个打搅的微笑，小五和德青也会向他们回报一个不碍事的意思，有的时候人走过得多了，他们就干脆侧过身体膝盖对膝盖地坐，这样他们就更能看到窗外的景色了。

其实窗外也没有什么特别的景色，这趟火车是在平原上行驶的，不是高山大川，也不是一望无际的草原戈壁，只是南方的农田和北方的农田，在这一个季节，南方的小麦刚刚播种，还没有露出绿芽，所以它和北方的农田差别并不大，唯一不同的，也可能北方的农田里已经有雪覆盖，不过这也只是推测，现在火车还在南方的大地上行驶，离北方的农村还有一段路呢。

但是旅客的心情是不一样的，尽管景色是一般的，但是他们的心情和情绪总是被调动得悠悠的，这就是火车呀。

火车给人一种漂泊的感觉，小五说，是不是这样的？

是的，德青看着车窗外，不是一个两个人这样说，很多人都是这样想的。他们坐火车的时候会有一些情绪，这些情绪有时候是说不清楚的，像是忧伤的，像是甜蜜的，也会让你忆旧，回忆起从前的什么事情，也会让你怀念什么，想起放在心底里的一个人，总之坐在火车上，他们的心里就悠悠的，产生出一些平时不大会有的情绪来，飘飘忽忽，流离颠沛，这样的感觉坐飞机是没有的，坐飞机的时候，在心里祈祷着飞机平安起飞平安降落，也来不及去体会别样的感觉了，那么坐汽车呢？有的时候也会有一点的，但不是城里的出租车和公交大巴车，应该是沉重地行驶在乡间的长途班车，它必定是破旧的，肮脏的，疲惫不堪而且披满尘土的，道路也必定是颠簸不平的，坐船倒是名副其实的漂泊了，但是坐船的人，反倒不像坐火车那样的牵牵挂挂，火车真是奇怪的东西，在傍晚的时候，远处有一点农家的灯火，两条黑暗的铁轨，向无限的地方去延伸，就牵着他们的心思一起延伸了。

那么你想起谁了没有呢？

那么你呢？

他们一起笑了笑，天色就在笑意中渐渐地灰暗起来。

火车在望亭车站停下来的时候，天正是笼在这种灰暗的色彩中，火车渐渐停稳，下车的人是几个农民，他们虽然没有说自己是农民，但是别人能够看出来的，几乎不用怀疑地一眼就看出来的，他们下车后往站台的地上吐了一口痰，然后就走了。

停车八分钟。

下去抽根烟，小五说。

你又要抽烟了，德青说，你不是说戒烟了吗？

嘿嘿，小五笑了笑，下去透透气。

小五就下去了，站在望亭车站的站台上，这是一个很小的站头，几乎没有什么人，当那几个下车的农民走远的时候，另外几个上车的农民已经上了车，他们正在到处寻找座位。

所以这时候的站台上，没有什么人，只有三五个和小五一样下来抽烟的旅客，他们互相是不认得的，在车上也没有说过话，没有交流过，但是现在因为抽烟的缘故，他们借了火，便认得了，虽然并没有多说什么，但毕竟是认得了，这时候德青在车上看着他们，看到站台上三五个抽烟的人和灰暗的天色，德青也想下车了。

你也下来了，小五向德青笑笑。

下来透透气，德青说。

这是望亭。

是望亭。

望亭是一个什么地方呢？一个抽烟的旅客问道，他是北方人，觉得望亭这个名字很南方化的。望亭么，他们想了想，望亭么，就是一个地方的名字。

噢。

就是一个小镇吧。

噢。

这个地方从前可能有一个亭子，亭子背后也可能是有一个故事的，许许多多这样的亭子和这样的故事散落在我们的地球上，火车有时候会把它们串起来，火车像一根带子。应该是这样的，北方的旅客赞同地点了点头，他虽然是北方人，但是也能够理解南边的这种取名的习惯。

望亭镇

位于吴县西北部，跨越京杭运河两岸，西濒太湖。沪宁铁路与312国道分别从镇区东西两侧穿过。硕放机场在镇北五公里处。东南距苏州市中心21公里，是吴县西北部水陆交通要冲。除长途汽车到苏州外，还有7路公共汽车通无锡市区。

这是地方志上介绍望亭的部分。

像望亭这样的地名，在这个地方应该是很多的，小五就知道有唯亭、安亭、青亭等等。

可以上车了，列车员往车头的方向看了看，虽然她没有看到什么，但是她说，你们上车吧。

抽烟的旅客把剩下的烟拼命地吸完，将烟头扔在站台上，就一个跟着一个上车去。

哎，小五忽然叫住德青。

什么？

假如我们——

什么？

假如我们不上车了呢？

咦，德青的心底里被拨动了一下，咦。

小五说，假如我们扔掉火车，扔掉行李，我们就沿着不知道什么方向往前面走。

是的。

在天色黑下来的时候，我们走在一个陌生的地方。

是的。

并且不知道将要走到哪里去。

是的。

能不能呢？

能不能呢？

上车吧，列车员再次地催促他们，并且火车也已经发出要出发的信号了。

我们会走到哪里去呢？

我不晓得的。

我也不晓得的。

他们在列车员的注视下，重新上了火车，列车员也紧跟在他们身后，他们上来的时候，火车已经在动了，列车员关了门，小五和德青并没有回到车厢，他们站在车门那地方，看着慢慢离去的望亭的站台。

假如真的没有上车呢？

是的。

我们可以漫无目标地走呀走呀，走到哪里算哪里。

是的。

我们走累了，可以到农民的家里借住一晚。

是的。

我们如果找不到人家，也可以就躲在外面的什么地方躺一躺。

但是天气太冷了，德青说。

可以不是冬季的，小五说，可以是春天，或者秋天。

那就不会冷了，德青说。

在说话的过程中，他们回到自己的车厢，想坐刚才坐的那两个位置，但是已经有两个人坐在那里了，这两个人没有买卧铺票，他们想把座票补成卧铺，这件事要找车长解决，但是现在长途的火车刚刚出发，车长正在忙着，他从列车的这一头穿到列车的那一头，有点马不停蹄的样子，他暂时还没有时间替补票的人开条子。

这两个要补票的人暂时就坐在卧铺车厢里了，他们拿羡慕的眼光看这节卧铺车厢的旅客，你们多么幸福，他们想，虽然现在你们都坐着，但是等一会儿你们累了，就可以躺到自己的铺位上，让腰背都挺直了，是很舒服的呀，可是我们不能，我们如果补不上票，要坐一天一夜呢。

小五和德青就坐到下铺上，是靠外面走道的位置，面对面的两张下铺的里边，有四个人在打牌，他们拥挤成一堆，打的是一种叫斗地主的牌，就是一种三个人打一个人的打法，但是这三个人每次都是要重新组合的，每当哪个人觉得自己的牌好，要叫了，另外三个就组成联合战线与他斗争，基本的规律就是抢分数，谁家抢的分数越多，谁家就赢得越多，所以他们四个人有时候大呼小叫，有时候屏息凝神，有时候急出拉呜，有时候开怀大笑，只是他们缩在下铺的里边的角落里，并不太影响车厢里其他的人，车厢里走来走去的人，也没有去注意他们，原先小五和德青只是朝他们看了看，并没有怎么在意，而现在他们坐到了下铺的位置上，与他们靠得近了，他们就看了看这四个人。

四个人的年纪是参差不齐的，有的老一点，有的年轻一点，有一个女的，从穿着上小五和德青看不出他们是干什么的，小五和德青毕竟不是老江湖，对江湖上的人物，他们是看不透的。

是一个单位一起出差的。

是一起跑码头的。

是一家人。

是出来打工的。

火车上的小推车过来了，花生，啤酒，豆腐干，列车服务员一直在叫喊着，她的中气很足的，虽然显得有些疲惫，但声音却是响亮的，她的声音和她这个人的长相也是相符合的，她长得有点粗气，是北方的那种样子，皮肤也不如南方妇女那样白的，眉眼也不如南方女人那样细小的，是浓眉大眼，有点粗糙的，也可能在火车上工作的人，就是这样子的，你在火车上见过很细腻很漂亮的女孩子做服务员的吗？

不像空姐那样的条件，细声细气的，轻手轻脚，软绵绵，笑眯眯地，火车上吵闹得很，火车轰隆轰隆的，声音很响，旅客的声音又是很多而且杂，有点乱七八糟的样子，所以服务员她是要大声的，她如果声音细小，别人都听不见，她推着车子走过，没有人买她的食物和日用品，她等于就白做了，这样是不行的，所以她只有大声地叫喊，让坐火车的旅客都来买她的食物，他们吃着她的食物，她的收入就高起来，这样她会开心一点，态度有时候也会好一点，但有的时候仍然是不大好的态度，她总是心里烦烦的，这也不大好怪她的，因为火车上本来就是烦的，吵的，不像飞机上那样文雅。

也许她原先长得是蛮细腻和漂亮的，但是因为长时间地在火车上工作，因为颠簸和辛苦，人会慢慢地变了样子，就变得不像那样细气了，就像有些人饱经风霜以后会显老，比实际年龄看上去要大一些甚至大得多，服务员她现在也不太在意这些了，开始的时候她是小心的，想保护好自己的，但是时间长了，火车的颠沛使她已经忘却了自己曾经是怎么样的容貌。

花生，啤酒，豆腐干，她将推车慢慢地推过。

买不买，有一个旅客向小车看了看，小车上堆满了各种食物和日用品，有点眼花缭乱的，他看到烧鸡和其他吃的东西，咽了一口唾沫，他就问和他一起的另一个人，你吃不吃？

另一个人也看了看，无所谓的，他说，反正也不饿。

反正坐着也无聊，这一个人说，不如来啤酒喝。

好的呀，那一个人说，来一只烧鸡。

服务员听到他们商量，就拿手去翻她的货物。

他们也跟着一起去翻，看看还有别的什么。

还有酱肘子，一个人说。

还有无锡小排骨，另一个人说。

到底要什么？服务员的手停下了，她看了看他们，两瓶啤酒？

两瓶啤酒。

一只烧鸡？

一只烧鸡。

他们拿了喝的和吃的，其中一个人掏出钱来，另一个坐在旁边的旅客在想，他们怎么打开啤酒的盖子呢？他希望服务员从身上掏出一把开瓶盖的板头来，可是没有，服务员收了钱，就将车子往前推了。

这两个人却是不会犯愁的，他们中的一个拿了酒瓶往嘴上一靠，露出牙齿一啃，酒瓶的盖就掉下来了，另一个人呢，也一样，他拿他的那一瓶，也是这样的，轻轻地用牙齿碰一下，盖子就打开了，他们就凑着瓶嘴喝了。

那一个看着他们的旅客想，咦，他们倒是有本事的，可能是经常喝的吧。

这时候服务员已经将车子推到了前边一点的位置，她看了看旅客，他们倒是都在往她的车子上看，看车子里装的什么，但是看起来不像要买的样子，于是服务员就问他们，要不要，要不要？

我等餐车来买盒饭吃了，一个人说。

盒饭，服务员说，盒饭还要等一会的。

盒饭很贵的，另一个旅客说。

十五块。

还有二十块的盒饭呢。

也没有什么花头的，一个鸡腿罢了，还有点蔬菜。

烂糟糟的蔬菜。

都烧得黄了。

叶绿素都破坏掉了。

也没有办法的，出门在外只好将就点了，又不比在家里。

他们议论着，其中有一个人买了一袋瓜子，还有一个人买了一袋榨菜，其他人就不再买了，服务员重新推起车子往前去，花生，啤酒，豆腐干，她仍然一路叫喊着。

我们回到小五和德青这儿吧，毕竟他们是我们认得的两个人呀，他们在干什么呢？

列车的广播里广播餐车供应晚餐的消息，播音员说，现在餐车开始供应晚餐，有热炒，有米饭，有什么什么，餐车设在列车的九号车厢，要用餐的旅客请抓紧时间到九号车厢用餐。

小五和德青都听到广播，小五就顺着广播说，德青呀，我们要不要去吃炒菜？

随便的，德青说，我随便的。

随便是什么呢？小五笑了笑，你总是喜欢说随便的，随便是想吃炒菜呢，还是不想吃炒菜？

随便的，德青仍然说。

就去吧，小五说。

就去吧，德青说。

九号车厢，小五说，我们是十二号，只差三节车厢，也不远的。

不远的，德青说。

那就去吧。

就去吧。

他们起身的时候，服务员的推车正好推到他们这里来了，花生，啤酒，豆腐干，她说。

小五和德青要从她的小车边上挤过去，她就忽然咦咦了一声。

咦咦，她看着德青，我认得你的。

德青有点惊讶，你认得我吗？

看起来脸熟的，她说，你经常乘这趟车的。

旅客也有人看看德青，他们想，这个人倒看不出的，文静的样子，不说话的，看不出是经常在外面颠簸的人呢。

咦，小五也看了看德青，你经常坐火车吗？

是的呀，服务员说，我经常看到这张脸的。

前面有人叫服务员了，哎，她叫喊了一声，并且在那边向服务员招招手，她是一个妇女，她说，哎，你车子推过来，我要买东西。

服务员就把车子推过去了。

她可能认错人了，德青走过去的时候说，但是说话声音比较轻，别人并没有听见，连走在前面的小五也没有听见。

他们是在吃着鱼香肉丝和番茄炒鸡蛋的时候，看到南京长江大桥的，因为餐车里的灯有些灰暗的，所以大桥的灯火他们能够看得见，有一个外宾激动地说着外国话，他们听出来是英语，但是听不懂的，后来有人翻译了，知道他是希望把灯灭了，好好看一看长江大桥的夜景，只是他的希望来得晚了一点，等到列车上的人想关灯的时候，长江大桥已经被列车甩在后面了。

对小五和德青是没有什么的，关于长江大桥的激动已经过去几十年了，现在是不会再激动了。

播音员在介绍南京：南京是一座历史古都，风景秀丽——这已经是她第二遍介绍了，头一遍是在列车到达南京之前说的，现在列车正在离开南京，又重复地介绍南京了。

当小五和德青回到自己车厢以后，这一节车厢的列车员就在车厢里走过来又走过去，她看到这一堆人蛮热闹，也蛮健谈的，她最后就确定到他们这一段来，她拿着两个红的臂章，给他们看看。

干什么呢？

选两个义务的车厢治安员，一个旅客说，他分明是经历过的，所以一看就知道了。

是的，在你们中间选两个人，列车员说。

干什么呢？

帮助我们维持车厢里的秩序，列车员说。

怎么维持呢？

比如吧，列车员说，不要让人在车厢里抽烟，再比如吧，不要让不是这一节车厢的人坐在我们的车厢里，再比如吧——

噢噢。

这时候有两个人有点坐立不安了，他们就是那两个等着补卧铺票的人，现在他们中间的一个已经到三号车厢去碰运气了，因为他们打听到车长现在在三号车厢办公，另一个人仍然守在这一节车厢里，看着他们两个人的行李，忐忑不安地熬着时间，所以当列车员说了以上的话以后，他就更加地不安了，他试图转过脸去，不让列车员和其他旅客注意他的存在，但是因为靠得太近，他的身子是躲不起来的，所以他想了想，干脆换了一个办法，就是迎着他们这一堆人坐，也参与他们的谈话，这样也许他们会误认为我是有卧铺票的，他想。

那么你们决定选谁呢？列车员说。

小五和德青便被他们选中了，你们两个吧，一个中年的旅客说，你们两个是一起的，年纪也蛮轻的。

我不行的，小五说，我自己先要违反的。

违反什么呢？

我要抽烟的，小五说。

你到车厢接头处抽好了，列车员说，她是希望尽早尽快地把治安员定下来，这样她也算是完成任务了。

那么有没有奖金呢？小五说。

嘿嘿。

没有的，有一个旅客说，是义务的。

有口头表扬的，另一个旅客说。

他们都笑起来，列车员就把红的臂章交给了小五和德青，他们接过来，拿在手里，也没有带上。

谢谢你们啊，列车员说，等一会儿你们要到九号车厢开个会的。

还要开会，小五说，我是最怕开会的。

其实不去也不要紧的，一个旅客说，他是过来人，他也曾经做过一次治安员，那一次列车员也是让他到九号车厢去开会，他走到九号车厢的时候，会已经结束了。

列车员听到他说不开会也不要紧，她也没有反对，说一定要开，她笑了笑，就走开了。

那一个去补票的旅客这时候回来了，他的同伴一看到他的脸色，就知道没有补上，他说，不行吗？

他苦着脸摇头。

车长不同意吗？

根本就看不到车长，他说。

车长到哪里去了呢?

在那里,但是许许多多人围着他,我根本就挤不到车长的身边,差得太远了。

他抹着汗，看起来有些狼狈。

我这个人会出汗，他说。

那怎么办呢？他的同伴问，一会儿熄了灯我们就不能坐了。

再等一会儿吧，等一会儿看看车长是不是空一点。

他的同伴不同意地说，等到车长空了，铺位也早满了。

大家都拿同情的眼光看着他们，现在他们也成了这个车厢的一分子了，好像是这节车厢的旅客的朋友了，他们补不到票，别人也跟着一起着急了。

不如这样呢，那个曾经做过一次义务治安员的旅客说，把这两个红臂章挂在你们手臂上。

咦，咦咦。

这样行吗?

他们有些担心，没有票的人挤在有票的人中间，他们总是挺不起胸来的，甚至还有一点觉得自己是坏人的心虚的感觉。

行的，那个旅客是有经验的，行的。

行的行的，小五和德青也说，他们一边说着的时候，一边就把臂章交给了那两个人，那两个人在大家的注视下套上了臂章，但是眼神和脸上的神态，仍然是慌慌的，显得底气不足的。

有一个农民，拿着几个装得满满的蛇皮袋挤了过来，他要想坐在这里的铺位上，那个有经验的旅客就对他们说，你们的工作来了。

于是他们两个就过去阻止农民了，你不能坐在这里的，一个人说。

你肯定没有卧铺票的，另一个人说。

农民四处看了看，显得有些茫然，他是刚刚上车的，挤来挤去，挤到卧铺车厢来了，这里比硬座车厢空多了，他十分地高兴，但是他们告诉他这里不能坐的。

农民也没有吭声，他抱着他的蛇皮袋又站了起来，往前边的车厢看了看，他准备走到那边去了。我说呢，他心里想，哪有这样的好事。

列车员正好又过来了，她看到戴着红臂章的两个人替她赶走了农民，她的脸上露出了友好的笑容，她对他们点了一点头，她好像没有认出来义务的治安员已经换了两个人。

现在他们心里踏实了一些，底气也足了一些，所以他们正式地走马上任了，他们现在开始会忙一阵子的。

火车现在好像开得更快了一些，南京过去就真正的是夜里了，火车在夜色里行驶，它总是想要快快地穿过黑夜，赶到早晨去，然后它又从早晨快快地穿过白天，赶到黑夜去。

小五啊，德青忽然叫了小五一声。

干什么？小五看了看德青，德青的脸在车厢昏暗的灯光下竟有些发亮，小五不由得想笑一笑了。

小五，我们要去待几天？德青说。

看情况吧，小五说，到时候看情况。

在过了南京大约一小时的地方，火车停下来了，这是什么地方呢？有人晚一点想起了这个问题，旅客对一些小站总是不怎么在意的，等到车停下来，才会想起问一问这是什么地方，不像到南京、徐州那样的大站，会有人早就注意着的，现在车已经停稳了，有人在短暂的平稳的时刻里，才想起这个问题，这是什么地方呢？

大家就往外看了看，这个站头看起来是十分的小，灯光是微弱的，站台很冷清，有一个旅客勾着头向窗外看，他向前向后搜索了一会儿，终于看到了站牌。

明光。

明光？

明光是什么地方呢？

没有听说过明光呀。

连这样的小地方都要停的。

这趟火车差不多是慢车了。

他们又议论了，在火车上是常常会这样的，一个人说到一个话题，大家就会集中时间和精神议论一阵子的，然后在一个无意间的新话题出现的时候，上一个话题就自然而然地结束了，一般不会有人再重新提起来的，现在旅客的话题都是集中在明光这个地方。

德青随身带着一本全国铁路旅客列车时刻表，他拿出来，于是大家便等着他的答案了，德青很快就找到了这个明光，但是列车时刻表上是不会有关于一个地方的情况介绍的，所以德青看了看，只能说，明光，这上面有的，是在滁州的北边、凤阳的南边。

滁州，滁州，一个旅客说到滁州，他的脸上甚至有些向往的神情，滁州我待过的。

噢。

我在滁州当兵的。

噢，你当过兵的。

当了五年。

一直是在滁州的吗。

一直在的。

那你对滁州很熟悉的了。

另一个旅客依稀地想起来，火车在滁州车站停车的时候，这个旅客是下过车的，当时我还想，这么晚了，他下去干什么呢，站台上连小推车也回去了呀，我还以为他又去抽烟了呢，他的烟瘾居然比我还大呢，原来他不是去抽烟的，他是要看一看故地，不知道他看到了什么，如果我途经某处是我的故地，我会去看什么呢，天是黑的，他可能看不清什么，但是他一定能够体会到什么的，旅客这么想着，心情竟然有点激动起来，火车，火车，他想。

他可能就是小五，但是因为当时没有人在意这个问题，所以现在也难确定这个旅客是不是小五。

滁　州

隋初改南谯州置。治所在新昌（后改清流，今滁县）。辖境相当今安徽滁县、来安、全椒三县地。1912年废，改本州为县。州城西南有醉翁亭，宋欧阳修曾为之记。元末郭子兴、朱元璋起义，曾以此为根据地。

我在滁州当兵的时候，唉，那时候的事情，就像在眼前的，这个旅客又说了，滁州对于他是刻骨铭心的呀。

当了五年兵，另一个旅客说，提干了吧？

哎呀，这个旅客说，好不容易的，不提干没有脸回家见人的。

是的，有几个年纪稍大一点的旅客都点点头，他们记得从前的事情，他们能够理解这种心情的，但是年纪轻的人他们是不大能够会心会意的，所以他们有些走神，并不十分专心地听他讲话。

提了干再回家，叫复员，一个旅客说。

不提干回家叫退伍。

还有转业呢，那是什么呢？又一个旅客问道。

是呀，转业和复员是什么区别呢？

转业是由部队出面和地方联系工作的，复员不是的，复员要自己找工作，一个觉得自己知道这里边区别的旅客说了，但是他并不能确定自己的说法是不是准确，所以他又侧过头去看着当过兵的那个旅客，是不是这样的？

他笑了一下，让人感觉他是承认这样的说法了。

噢，原来是这样的。

滁州好玩吗？一个年纪轻的旅客问道。

在滁州当兵的旅客笑了笑的，却没有说出来是不是好玩。

当然是好玩的，另一个旅客说，这是一个古城呀。

还有琅琊山风景区呢，又一个旅客说。

那也是旅游胜地。

是的。

是的。

看起来大家对滁州确实是知道一点的，至少是听到过这个名字的，不像明光这样，连听也没有听说过，至于能够像刚才那个旅客那样，曾经在滁州生活过几年，那是不多的，坐在火车上，在夜里，经过自己曾经生活过的地方，是会有一种特别的感触吧，这时候，你看看这个旅客的脸上，正写着这种感触呢。滁州的这个滁字，本身就给人一种特别的感觉的，到底是什么感觉，那倒也是说不清的呀。

辞海条目是这样的：滁　1. 水名。见“滁河”。2. 县名。见“滁县”。

那么琅琊山有什么呢?

有人是知道琅琊山的，也有的人第一次听说琅琊山，但是他们都没有去过琅琊山，所以大家都看着那个旅客。

琅琊山在县城的西北面，这个旅客说，不太远的，琅琊山有醉翁亭、丰乐亭等等，许多东西呢。

噢。

噢噢。

其实他是说错了，琅琊山是在滁县的西南部，他怎么会说错的呢?也许时间长了他记不清了，或者他甚至就没有去过。

不过现在其他的旅客都不知道他说错了，他们的思维可能沿着滁县县城的西北方向向前面走了走，也许已经看到琅琊山的轮廓了。

但是有一个旅客的思维却是跟着火车前进的方向在走，所以他忽然说，北边的凤阳，也是很有名的地方呀。

于是大家也就跟着他从琅琊山走过来了。

是呀。

凤阳倒是听说过的。

是不是凤阳花鼓的那个凤阳呢?

就是的。

是不是“说凤阳道凤阳”的那个凤阳呢?

就是的。

凤阳本是好地方，自从出了朱皇帝，十年倒有九年荒，戏里是不是这么唱的?一个旅客对自己的记忆有些不够自信，他犹犹豫豫地说，我记不大清了，好像是这个意思。

是的，大概就是这样的，另一个知道唱段的旅客说，说凤阳道凤阳，凤阳本是好地方，从前，我们经常挂在嘴上唱的呀。

朱皇帝是不是朱元璋呢?又一个年轻的旅客说，他觉得自己能够从朱皇帝想到朱元璋，还是蛮有知识的，所以有一些骄傲的神色。

明史：太祖……高皇帝，讳元璋，字国瑞，姓朱氏。先世家沛，徙句容，再徙泗州。父世珍，始徙濠州之钟离。生四子，太祖其季也。

（注解：濠州的辖境相当今安徽怀远、定远、凤阳、嘉山等县地。）

明史：至正四年，旱蝗，大饥疫。太祖时年十七，父母兄相继殁，贫不克葬。里人刘继祖与之地，乃克葬，即凤阳陵也。

这是历史书上的记载，现在坐在我们这趟火车上的旅客，他们并不一定读过历史书，或者读过的，可能记不得了，所以他们不一定知道得清楚，他们只是在随便地说说自己的感想而已，他们是随着火车走的，火车走到哪里他们可以说到哪里。

凤阳一直是很穷的地方，一个旅客又说了。

是的呀。

从前凤阳最出名的就是要饭。

是的呀。

不过现在可能不是了。

现在肯定不是了。

这时候从后面的一节车厢那边，涌过来好多人，他们可能是在明光上车的，他们要分散到各个车厢里去，他们都在指望能够找到一个座的位置，现在夜已经深起来了，他们实在不想站在车上过这个夜晚呀。

明光上车的人蛮多的么，一个旅客说。

是的，旅客其实都已经感觉到，火车到了北边一点的地方，旅客就多起来，车上也乱起来，是不是因为北边的公路不太发达，或者是因为到了晚上，汽车要休息的缘故呢？总之火车上的旅客是有越来越多的趋势了。

那两个义务治安员现在又忙起来了，他们对涌进这节车厢的旅客说，你们往前走，往前走。

前面有位子吗？一个人问他们。

有的有的，他们说，前面空着呢。

新上车的旅客很相信他们的话，都赶紧地往前面挤过去，治安员和这节车厢的旅客交换着眼光，他们都是会意的，希望乱哄哄的很多人早一点离开他们这节车厢的，而事实上，按列车上的规矩，他们也确实是不能留在这节车厢里的。

等这一批乱哄哄的人经过之后，车厢相对安静了一些，列车员又来了，她朝两个治安员笑了笑。

他们很卖力的，那个有经验的旅客说，他是替他们两个说情的。

是的，列车员赞同地点点头。

义务治安员一直处在不安的状态中，他们很想向列车员把话说明了，告诉她，他们是没有卧铺票的，告诉她，他们之所以这么卖力，是因为想得到两张卧铺，但是他们又不知道什么时候是最佳时机，他们怕说得不是时候，被列车员一口否决，那就没有希望了，所以他们一直犹犹豫豫，欲说又不敢说。

有经验的旅客是深知他们的心思的，他是可以大胆地说的，因为他自己也是有过与他们一样的经历，有过相同的感受，所以他在许多旅客中显得特别地关注他们，而且由他出面来说这些话，对他自己是没有任何影响的，说好了，他就是帮了他们的大忙，说得不好，如果列车员不高兴，那也不能怪他的，所以他向列车员笑了一笑，就说了。

列车员也笑了一笑，我知道，她说。

你知道他们两个不是刚才选的那两个？其他旅客也有点惊讶的，列车员看起来对什么都不太经意的，大大咧咧的，哪里知道她都是看在眼里，放在心里的。

列车员指了指小五和德青，刚才是这两位。

您记性真好，小五说，他也要对列车员好一点，拍拍马屁，他倒不是为了自己，是为了那两个没有卧铺票的人。

嘿。

那是当然，经验丰富的旅客也拍她的马屁，她的眼光，不要太厉害噢。

嘿嘿。

列车员蛮开心的，她日日夜夜地颠簸在火车上，常常还是被批评得多，旅客常常嫌她的态度不好，工作作风不好，现在听到大家拍她的马屁，她心里很受用的，觉得这些旅客蛮会体谅人的，如果所有的旅客都像他们，就好了，她想。

还有没有、有没有？义务治安员中的一个，终于有点按捺不住了，您看我们还有没有希望补到票？

列车员脸上松了一下，立即又紧了。

他们很卖力的，有经验的旅客又说了一遍。

我不能保证啊，列车员说，今天满员的。

那两个人的脸上立即就有一点失望冒出来，但是他们仍然用希望的色彩把失望掩盖下去，他们仍然笑眯眯的，看到有一个人要抽烟，他们说，请你到接头处抽烟吧。

那个人说，好的，他就走过去了。

你们要去找车长的，列车员说，车长说了算。

我们去找过的，他们说，但是车长身边有很多人围着，根本靠近不了他的。

那你也得想办法去靠近，列车员说。

那，他们中的一个看着另一个，要不，我再去试试。

让我去吧，他们中的另一个人说。

他就要往三号车厢的方向走，这时候他听到身后列车员正在和另一个人说话，他回头看了看，看到后面也走过来一个列车员，也许不是列车员，但是他穿着列车工作制服，肯定也是在列车上工作的，他走过来的时候和这节车厢的列车员说了说话，这节车厢的列车员就“哎”了一声，正要往三号车厢去补票的旅客知道是叫他的，他就停了下来，心里忽然涌起一种激动，他知道这是希望重新出现了。

他正好也要去找车长，她指了指男的列车工作人员，对旅客说，你跟着他一块去吧。

不仅仅是想补票的旅客，其他的旅客也都觉得希望出现了。

跟我走吧，那个男的列车工作人员说。

快去吧。

快去吧。

大家都说着，随着他们两个人的身影消失在车厢的接头处，车厢里有一小阵的安静。

现在在安静中他们听到了列车播音员的最后一次播音，她说：各位旅客，为了保证大家的休息，列车在晚间行驶期间停止播音，现在播报一下列车晚间停靠的站名：10 点 50 分，停靠蚌埠车站，停车 8 分钟。

蚌埠。

蚌埠。

要到蚌埠了，有的旅客已经在向外面看了，但是现在还没有到呢，外面是黑乎乎的。

蚌埠是一个非常好的名字呀，一说起蚌埠，有一个旅客忽然就想到了自己的家乡，他当然不是蚌埠人，他的家乡离蚌埠也很远，但是蚌埠这两个字却会让他思乡了，这有点奇怪，但是也可以想得通，人的心里总是藏着点感情的，平时也不觉得怎么样，但到了某一个时刻，就会被调动出来，比如火车经过蚌埠的时候，有些旅客心里悠悠的了，他们忽然就想家了，想自己的亲人这时候在干什么呢，他们从车窗望出去，远处有稀稀的点点的灯火，这使得他们的心情更加牵挂起来了。

有一个女孩子是在蚌埠的，小五说。

噢。

不过后来我们一直没有联系的，小五说。

嘿嘿。

不过呢，小五有些支支吾吾的样子，又说，不过也不能算一点联系也没有，还是有一次的，小五说。

噢。

我到过蚌埠去的，小五说。

不过不是去找她的，小五又说。

嘿嘿，德青老是笑笑，他平平和和的脾气，与小五的热烈和活泼是形成另一种样子的。

你不喜欢听我的艳遇，小五说。

我喜欢的，德青说。

你不相信我有艳遇，小五说。

我相信的，德青说。

我到蚌埠是有其他事情的，小五说，真的有其他事情。

噢。

但是后来事情办完了，离上车回家还有大半天呢，小五说，我记得是晚上的火车回来的。

噢。

那我怎么办呢？小五说，有大半天时间也是浪费了。

你就去看看她，德青说。

是的，小五说，你猜对了，我是要去看她的。

小五的故事就要开始讲出来了，但是服务员的小推车推过来，打断了他的开头，服务员喊道，最后一次啦，最后一次，今天晚上最后一次啦。

就是说，这一趟推过去，她就再也不过来了，她也要休息了，你们万一在半夜里饿了，睡不着了，到那时候再想买吃的，那就没处去买了，最后一次，她说。

这时候车厢里人已经少了，当然人数其实没有减少，只是有一些旅客已经到卧铺上去睡了，尤其是一些睡在上铺或中铺的旅客，当他们爬上自己的铺位后，他们就像消失了一样，就无声无息的了，好像这个车厢里根本就没有他们存在了，现在坐在那里聊天的和走动的旅客少得多了，所以服务员的叫喊声格外地响亮和清晰了。

但是旅客并没有被她的最后一次的叫喊打动，没有一个人买东西，他们都有些无动于衷，他们只是看着她的背影往前边走去，她的背影在这时候显得有些落寞了，当她的背影快走到看不见的地方时，德青说，其实她长得不算漂亮的。

你说谁？小五有些奇怪地看看德青，德青是不大去评价女孩子的，尤其是萍水相逢的不可能深入下去的女孩子，德青是不会去说她们的，你是说服务员吗？

德青摇摇头。

那你是说谁呢？

德青没有说谁，他只是眯着眼睛看着窗外的黑夜，小五从侧面看了看他，他觉得德青的眼睛亮闪闪的。

嘿，小五想，嘿嘿。

列车员又出现了，因为别的铺位上的旅客大多数已经睡下，或者在准备睡下了，只有小五德青他们这一堆的人还在聊天，所以列车员肯定是要到他们这边来的。快要熄灯了，她说。

噢。

时间真快。

咦，列车员四下看了看，她没有找到她要找的人，那两个人呢？

她要找的两个治安员，一个是去找车长补票的，另一个人一直在忙着的，但是现在也不在这里了。

咦咦。

也不知道他们什么时候走开的。

会不会补到其他车厢的票，搬走了？

那怎么连招呼也不打一个呢？

那我的两只臂章呢？列车员说话的时候，忽然想到了什么，你们看看有没有丢了什么，她说。

他们都起身去查看自己的行李物品，他们看了看，又看了看，不放心的再看了看，但是谁的东西都在，没有丢失什么。

火车渐渐地慢下来，进蚌埠站了。

我又不想讲了，小五说。

德青笑了笑，他是在说，你不想就不要讲了，虽然他没有说出来，但是从他的笑意中，小五能够领会他的意思。

还是把它放在心里好，小五想，不过想讲的时候我还是会讲出来的。

从车门口过来两个带着很多行李的人，治安员现在不在了，那么一直没有上任的治安员小五应该说一说他们的，小五说，对不起，这里是卧铺车厢。

那两个人就笑起来，他们一笑起来，小五和其他旅客才看出了他们的面目，原来他们就是那两个消失了的治安员。

咦？

咦咦？

他们笑虽然是笑着，但是不说话，他们现在只顾得上喘气，哪顾得上说话呢？他们在三号车厢补到票以后，却再也挤不过来了，只好等火车停在蚌埠站的时候，下了火车，从站台上奔过来的。

要谢谢列车员的，幸亏她帮忙，等到他们终于可以顾上说话的时候，一个人就这么说了。

是的呀，还有好多人没有补到票呢，另一个人说。

只是列车员现在不在这里，他们四处看了看，也没有看见她的身影。

你不是在这里忙着的吗？小五问他们中的一个。

他笑了一笑，我是不放心，怕他办不好，又追过去的。

那你还拖着这么多行李过去，你可以放在里，我们可以代你看管一下的，小五说。

嘿嘿，那个人有些不好意思的。

车厢里的灯突然一下子就灭了，起初是一片漆黑，但稍过一会儿就好一些了，毕竟还有一些小灯亮着，旅客可以凑着微弱的小灯的灯光做一些睡前的准备，也有的旅客是不需要什么准备的，他们也不去刷牙洗脸，也不去上厕所，就直接爬到自己铺上了。

在火车上，马马虎虎的，他们想。

也有的人讲究一点的，便轻手轻脚地做一些事情，往杯子里再加一点开水，或者再拿一点吃的填一填，有的人习惯在睡觉前吃一点东西的，不吃会睡不着觉，虽然许多人认为这种习惯不好，对胃不好，但是仍然有一些人坚持自己的习惯。

做这些事情的时间并不长，所以只是一会儿，车厢里就真正地安静下来了，列车员再次经过的时候，她已经找不到可以说话的人了。

有一个旅客在自己的铺位上翻身，唉，他说，没有灯。

你习惯开灯睡觉吗？另一个人问道。

那倒不是，我习惯看一会儿书再睡的，不看一会儿书，睡不着，老是要翻身的。

软卧里是有灯的，可以在自己的床头点一盏小灯，不影响别人的。

是的呀。

软卧的票很贵的，差不多比硬卧贵一倍。

他们的说话是很轻很轻，睡眠好的人根本不会听见他们说话，再加上火车的声音，他们的话音就几乎被火车的声音吞没了。

小五和德青也渐渐地入睡了，火车的晃动，使他们有一种重回摇篮的感觉，入睡竟然比平时在家要快一些，他们做的梦也比平时的梦更色彩斑斓。

小五后来在哐当一声中醒来了，这是火车刹车的声音，在火车进入半夜和后半夜的时间里，火车经常地停下，接着又开了，只是旅客都在睡梦中，只有恍恍惚惚的感觉，不曾真正地醒来过，却也不曾真正地睡着过，但是这一次，小五却是醒来了，在火车的噪杂和震撼中，小五产生了一种不知身在何处的感觉，他睁开眼睛，看到的是迅速倒退的光束，再看，仍然是倒退的光束，小五想，火车又进站了，他凑着站台上的灯光看了看手表，两点半。

小五支起身子，将窗帘略略地拉开一点，他往站台上看看，站台上有什么呢？有两个人正往车上看着，他们是要上车的，但是因为现在火车还没有停稳，他们只能看着火车往前移动。

他们要在半夜两点登上火车，他们从哪里来，是从周围的乡下，还是从附近的城市？

接着小五又看到另外一个人，他蹲在站头更远一点的地方，看起来他并不想上这趟火车，他身边也没有行李，他不是工作人员，也不是旅客，那么他是谁呢？

半夜站头上有两个孤独的身影和另一个孤独的身影，这让小五再次咀嚼出漂泊的滋味了。

光束继续移动着，但移动的速度越来越缓慢了，小五继续往外看着，后来火车终于停稳了，小五的车窗，正好对着一块站牌：砀山。

砀山，小五的眼前是熟了一下的，但是一时他却有些吃不准，这个砀字是念汤还是念荡，砀山梨是很出名的，在小五的周围，人们经常是说汤山梨，也有少数的人说是荡山梨，小五一时倒有些确定不了了，但是砀山对小五来说，却是确确实实有一点熟悉和亲切的感觉。

德青，小五轻轻地叫了一声。

嗯，德青居然也是醒着的，德青在小五的下铺，所以小五听到德青嗯了一声后，他就勾出头往下看，是砀（念荡）山？

是砀（念荡）山，德青说。

现在小五知道了，砀山的砀是念荡而不是汤。

是砀山梨的砀山吗？

是砀山梨的砀山。

是河南的吗？

是河南的。

火车重新又猛烈地晃动了，咣当的声音重新又响彻在夜空，火车又要前进了，睡吧，小五说。

睡，德青说。

他们睡着了。

火车穿越着时间和空间，它的声音是始终如一的咣当咣当，等到再次有一些异样的声音出现，那就是火车上的广播叶叶了两声

此时我们的火车已经穿越了黑夜来到白天了。

播音员的声音经过一夜的休息也比昨天晚上悦耳了，此时此刻，她正在念一首古诗：

剑外忽传收蓟北，
初闻涕泪满衣裳。
却看妻子愁何在？
漫卷诗书喜欲狂。
白日放歌须纵酒，
青春做伴好还乡。
即从巴峡穿巫峡，
便下襄阳向洛阳。

洛阳到了，太阳也已经升起来，窗外的景色已经从农村开始进入城镇了，当然现在还在城的边上，还是郊县吧，还没有正式进入洛阳古城呢，旅客都已经有一点激动了，洛阳不管怎么说，也是一个有名的地方呀，播音员念的古诗并不是写洛阳的，但却是向往洛阳的，这也许比直接写洛阳的诗更有说服力呢。

旅客中有一个人，他在念中学的时候念过杜甫的这诗首，《闻官军收河南河北》，他至今还记得，书上的注解说：据杜甫自注，他有田宅在洛阳。此时此刻他的心里重又泛起同学少年时的情形，只是他没有说出来，甚至也没有表现出来，他可能是一个内向的人。

他可能是德青，也可能不是德青，是另一个旅客。

旅客在清早醒来的时候，品味着一首遥远的古诗，火车就是这样的，虽然

播音员的普通话不算标准，她的音色也不是最好的，但是旅客不在意这些的，他们在漫长的旅途中，把她的声音当作对自己的漂泊时的抚慰，她的声音像一座桥梁，把他们的思想和他们的远在别地的家联结起来了。

火车就是这样的呀。

在火车拐弯的地方，你可以从窗口看出去，你会看到两条铁轨的，它们之间的距离永远是相等的。

等到火车终于到达了它的终点站，旅客们四散开去了，但是过一段时间，也许用不了多久，也许很久很久，他们又会重新聚集到火车上来，这一回聚集的旅客和上一回不一定是相同的人物，但总是会有旅客将火车塞满的。

然后火车沿着来路又往回开了，一个旅客说。

怎么是往回开呢，它是往前开的，另一个旅客说。

他们都是对的，对第一个旅客来说，他是要坐火车回家了，所以他说火车往回开，对第二个旅客来说，他是坐火车离开家乡出门去，所以他认为火车不是往回开的。

其实火车是无所谓往回往前的，但是旅客是有这个概念的，现在小五和德青也要下火车了，他们过几天也会回去的，他们回去的时候仍然是要坐火车的，虽然火车很慢，一路上停靠的站头很多，连一些不知名的小站也要停，但是火车就是这样的呀。

这都是从前的事情了。

现在的火车跟从前不一样了，火车提速了，它总是在晚上出发，早晨就到达了，旅客们在上车的时候，已经该睡觉了，等他们醒来，就该下车了，所谓的夕发朝至的火车，很受大家的欢迎，他们觉得它不耽搁时间，现在生活的速度和生命的速度都提高了呀。

还有很少的火车仍然是慢慢的，它们还沿袭着从前的习惯，慢慢地开，慢慢地停，慢慢地下客、上客，在一个小站停半个小时也是属于正常的，因为它常常要给快车让路的。

现在旅客一般都不选择这样的火车了。

杨湾故事

# 飞进芦花

## 一

初冬的阳光暖暖地照在田野上，冬天的风温和地吹着，芦花用一块花布头巾包着头，花头巾也许有一些丝织或者化纤的成分，在阳光下闪着红的绿的光，芦花敲打着麦泥，已经有很长时间没有下雨，麦泥很干，轻轻一打，大块大块的麦泥就碎了，因为干旱，麦苗长得不好，有些枯黄的样子，在泥土里萎萎缩缩不肯往上长。村子里仍然很安静，在冬天的早晨，村里人起得迟一些，现在也没有很多的农活要做，敲麦泥这样的事情并不是迫在眉睫，敲不敲麦泥，明年麦子一样长起来，多收几斤少收几斤大家已经不怎么在乎，油菜秧也软绵绵地挂在田里，一群早起的鸡来到田岸边，到处寻食，田脚边的野菜都枯黄了，几株不知名的野花却生机勃勃地开出一丛一丛的白色的花，一只瘦弱的老狗从远处慢慢地踱过来，站在田边，向芦花看看，它的眼睛有一种悠长的哀哀的内涵，狗看看芦花，侧着脑袋想了一会心思，又无声无息地走开了。一眼望不到边的麦田里，只有芦花一个人在劳动，这使芦花看上去就像汪洋大海上的一只孤立无援随风颠簸的小木船，像迷失在茫茫大沙漠中的一头小羚羊。

老师从田岸上走过往小学里去，老师的背已经有点儿驼，老师眯着眼睛向田里看了一下，他看清楚是芦花。“芦花，”老师叫了一声，说，“芦花，敲麦泥？”

芦花向老师笑笑，“敲麦泥。”芦花说。

老师停下来，站在芦花的田边，老师默默地看了一会芦花，老师说：“芦花，琴儿好些了没？”

“好些了。”芦花想了想，又说，“还好，还是那样。”

老师有些担心地摇了摇头，老师说：“还是不能上学？”

“医生说不能，”芦花将挂到眼前的头发往头巾里塞进去，芦花说，“医生没有把握，医生不说能治好还是不能治好。”

“这些日子，”老师说，远处河荡的芦苇丛中，飞起几只野鸭，扑腾着飞远去了，很快就不见了它们的踪影，老师朝野鸭飞去的方向看了一会，又回头问芦花，“这一阵，吃的谁的药？”

“养生堂张先生的。”芦花说，“说张先生药到病除的，到张先生处，就诊挂号很贵。”

“见效不？”

“也不觉得，仍然那样子。”

老师沉默了一会，有一辆拖拉机从大路上经过，有人在拖拉机上大声唱着什么，但是拖拉机的噪声盖过了他的嗓门，只能依稀听到断断续续的离了谱的音调，拖拉机过去以后，四周复又安静下来。

“芦花，”老师说，“你得抓紧给孩子治病。”

“是的。”芦花说。

老师好像犹豫了一下，像是在考虑下面的话还说不说，“芦花，你托我打听河西周庄的那个郎中，”老师慢慢地说，“我打听了，打听到了，不是那么回事。”

“没有？”芦花的目光暗淡下来。

“有是有的，有那个郎中，姓蒋，只是，”老师犹豫着说，“只是，不怎么可靠。”

“试试，”芦花看着老师，说，“试试也不行？”

“试试也可以，就怕反而误了事，是个年老的郎中，有些迂腐，怕没什么用，”老师看着芦花的表情，说，“你若是想试试，我托人叫他过来。”

“那样好吗，叫他过来？”

“江湖郎中，乐意走的，在家里反而待不住。”老师笑了一下，说，“要不怎么叫他们江湖郎中？”

“那真是，谢谢老师。”芦花说，“琴儿的病，把大家害忙了。”

“忙得不在点子上。”老师遗憾地摇摇头，说：“治病不能老是换医生，琴儿的病，一直没有找到好医生，总得想出办法来。”

“是的。”芦花说。

老师往前去了，芦花拄着敲麦泥的木榔头目送着老师往小学去，老师没有再回头，老师走路的步伐，已经像个老人了。老师也应该是个老人了，在芦花小的时候，老师就已经在学校里教书，老师也曾教过芦花，现在芦花的女儿也是老师的学生，老师想转正的愿望跟着老师在小学里待了几十年，现在它仍然跟随着老师，也许老师已经不怎么在意它，但是它仍然跟着，老师有时回头看到了它，老师再也提不起兴趣，老师最多只是对它笑一笑罢了，别的也没有什么。老师的身影消失在地平线的那一边，村子里也渐渐地热闹起来，烟囱冒出稀稀薄薄的白烟，鸡和狗都大声地叫了，羊也跟着叫唤几声，猪还得再睡一会，有人开始在村子里走动。芦花远远地朝村子里望一眼，她虽然看不见什么，但是她能够想象出村子里的一切活动，婆婆正在家里让琴儿喝今天的第一碗汤药，琴儿喝了汤药，咂巴咂巴苦涩的嘴，走出屋子，将瘦小的身子，放在墙角的旧藤椅里，太阳照着她病弱的身体，琴儿苍白的脸上也会露出些淡淡的笑意，家里永远弥漫着浓郁的草药味。太阳越升越高，芦花感觉到有些暖意，芦花摘了头巾，将头巾掖在腰间，头巾在她的腰间飘荡摇曳，芦花继续敲麦泥，啪哒啪哒的声音在辽阔的田野里显得十分轻弱。

当老师的身影在地平线上消失的时候，另一个苍老的身影又出现在辽阔的天幕之下，老满从大路上过来，大路上没有什么行人和车辆，在寂寞的阴郁的背景前面，老满像一头孤独的老狼蹒跚在公路上。老满挑着一副担子，担子看起来并不很重，但是老满已经老了，他也许不应该再挑担子。老满许多年来一直在村里做些杂事情，像管管乡里的通知和村里开会的事情之类。老满是从前村支书的父亲，后来村支书不做支书了，老满仍然做着他的工作，老满的儿子做村支书的时候，没有处理好一些关系，村里有许多人对他不满意，后来接替了老满的儿子做支书的季凤林，也许是想叫老满走的，可是老满不走，老满也没有别的地方可去，要不就回家。老满若是回家，会感觉到很无聊很烦闷。老满不想回家，季凤林也拿老满没有办法。老满虽然老了，可是他有自说自话的脾气，谁也拿他没有办法，老满的儿子从前批评过老满，可是老满并不服气，现在老满独往独来，也不和儿子住在一起，老满仍然做着他做了许多年的工作，像老师一样。

老满其实可以从大路上直接到村里去，可是老满没有这样做，他远远地看见芦花在敲麦泥，便从小路上绕过来，走到芦花的田边上。“芦花，”老满说，“别敲了，看看。”

老满搁下担子，拉开包裹，露出两包五颜六色的衣服，“救灾物资，乡里发下来的。”老满说，“一大早我就赶到乡里去，去迟了，便会被别的村抢走。”

芦花有些不明白，“什么灾？”芦花说，“救什么灾？”

老满笑起来，说：“什么灾，旱灾呀。”老满指指芦花脚下的麦田，“这不是干旱吗？”老满说。

“是有好多天不下雨了，”芦花说，“这就算是旱灾？”

老满说：“算的，有规定的，多少天不下雨，就算，我们算是轮上了，发了这些东西。”

芦花朝老满的包裹里看看，“都是衣服？”芦花问。

老满从包裹里抽出一顶小孩子的帽子，朝芦花扬了扬，说：“这顶帽子，给琴儿戴，挺漂亮。”又弯下身子到包裹里翻，说，“没什么好东西，好东西全截走了，乡里的那些家属截的，说不定还有别的什么人也截了，我没看见，留下这些，我替你挑一挑，看有没有新些的。”

芦花有些不好意思，说：“老满，别挑了，随便给件就行，有琴儿这顶帽子也行了。”

老满不听芦花说，弯着身子给芦花寻出一件半新的上衣，又翻出一件老人穿的夹袄，走到田里，递给芦花，“看看，这两件怎么样？”

芦花说：“好的。”

老满回到田岸上，整理着翻乱了的衣服，说：“谷子有信回来吧？”

“有的。”芦花说。

“还好吧？”

“还好。”

“快了吧？”

“还有一年。”

老满长长地叹息一声，“够长的。”老满说，“快过年了，不去看看他？”

“要去的，”芦花低垂着眼睛，说，“要去的。”

老满想了想，从自己口袋里摸出一副全新的手套，说：“这是我留下的，算了，你去看谷子，给谷子捎去吧。”

芦花接过手套，手套上仍留着老满的一些温热。捐救灾物资，还捐一副手套，芦花没有想到过，芦花将手套揣进自己的裤袋，使裤袋鼓鼓胀胀，像一个人在嘴里塞了一大堆的食物，将整个腮帮子鼓了起来，看上去有点滑稽。

“芦花，”老满整理好衣服，指指给芦花挑出来的两件，“你的，怎么样，给你送回去，还是你自己带回去？”

“等会我自己带回去。”芦花说。

老满将衣服叠整齐了放在田埂上，说：“对了，芦花，在乡里听说乡卫生院来了个专家，城里下来的，你不去看看？”

“刚来的？”芦花说。

“来了好几天，说不定马上又要走，”老满说，“只是不知道专门看什么的。”

芦花说：“我下午去试试。”

老满点点头，便挑起担子，绕过小路向村子里去，过了一会老满挑着担子重又绕了回来，说：“芦花，我想来想去，琴儿这事，老这么喝汤药也不是个事情，是不是得动点儿歪脑筋。”

“什么？”芦花没有明白，“什么歪脑筋？”

“我是说，”老满好像不知怎么表达似的，考虑了一下，说，“我是说，比方有一个人，得了癌，反正不管了，就拣脏东西吃，拣有毒的东西吃，反倒把癌吃好了，我想琴儿，走点歪门邪道试试，或者气功什么。”

芦花说：“也托过人，也想过办法，有个人，说从城里发功过来，就能治好，让琴儿接着，琴儿也没接到。”

“别急，”老满说，“别急，我给你打听，能打听到，我乡里县里熟人多，现在的日子，什么稀奇古怪的事情都有。”

“婆婆说，琴儿也就那样了，”芦花停顿一下，说，“我想，再试试，也许还有希望。”

“当然有希望。”老满挑着担子重新又上路，他的语气似乎有点不乐，“当然要试试。”

芦花仍然敲着麦泥，麦泥很干松，一敲就碎，敲碎的麦泥在芦花脚下窸窸窣窣,像老鼠钻在隔墙里发出的声音。老满说这就是旱灾,救灾物资也发下来了，旱灾大概是真的了，来年的麦收恐怕不能很理想。也许因为干旱，大家就更不指望麦子的收成，也就不来敲麦泥，只有芦花，仍然敲着麦泥，芦花指望麦收能好一点。快到中午，芦花被太阳晒得有些眼花，她定睛朝四处看看，辽阔的田野上仍然只有她一个人在敲麦泥。过了一会，那只孤独的瘦弱的老狗，又慢慢地踱了过来，它走到堆在田埂上的救灾衣物跟前，停下，闻了一下，抬头用悠悠的眼光朝芦花看看，又低下头去闻一下。芦花不知道它对救灾衣物有什么兴趣,芦花怕它把尿撒在衣服上,想赶它走,但是狗看上去并没有要撒尿的意思,芦花也就打消了赶它走的想法，狗也是没处去，像它这样的老狗，别的狗都不怎么愿意搭理它。

芦花从田里走上来，狗便退了几步，离她稍微远一些，仍然悠悠地看着她，芦花忍不住笑了一下，说，狗。芦花突然发现她笑的时候，老狗好像也笑了一下，因为在那一刻，狗的眼睛里哀哀的内涵没有了。狗笑过以后，那一种悠长的哀哀的内涵复有出现，芦花抱起老满给她挑的衣服，衣服上有一股奇特的气味，这是别的不知什么人的体味，芦花心里有点奇怪，不知什么人穿过的衣服，现在到了她的手里，这算什么，也许算有一点缘分吧。芦花抱着衣服，回家去，琴儿在屋前晒太阳，她的瘦弱的身躯被破旧的大藤椅笼罩着，看到芦花回来，琴儿朝她笑了一下。

“好些吗，琴儿？”芦花放下木榔头，走近女儿，亲了亲她的小脸蛋。

“好的。”琴儿看着芦花手里抱着的衣服，她看到了那顶小红帽，琴儿又笑了一下，“婆婆，妈回来了。”琴儿向屋里喊。

婆婆蹲在小行灶前给琴儿煎今天的第二碗汤药，药在药罐里扑通扑通地翻动，药罐的盖发出扑扑的声响，屋里弥漫着浓浓的药味。婆婆总是自己动手给琴儿煎药，她不放心让别人来干这件事。婆婆的眼睛被行灶的烟熏得通红，眼角渗出黑渣，婆婆用手揉了一下眼睛，看到芦花抱着衣服站在门口。

“什么东西？”婆婆问。

“老满从乡里挑回来的，是救灾物资，是衣服，分给我们两件。”芦花将两件衣服抖开来，让婆婆看。

“老满有心。”婆婆说，“你一件，我一件。”

琴儿在院子里说 ：“也有我的，我有一顶小红帽。”

“小红帽好，”婆婆说，“小红帽漂亮。”

芦花从裤袋里摸出手套，给婆婆看，说 ：“这是老满自己留的，老满给我了。”

“怎么还有手套，老满怎么会给你 ？”婆婆将手套看了一下，放下，说，“是新的呢。”

“不知道老满是怎么想的，老满说，让我捎给谷子。”芦花说。

“谷子也不知怎么样。”婆婆的眼睛红了，眼角又渗出黑渣，婆婆回到行灶前，往灶里加柴，倒行的烟把婆婆呛得咳嗽，婆婆一边咳嗽一边说，“你什么时候去看谷子 ？”

“我想，”芦花犹豫着，“我想……老满说卫生院来了专家，我想下午过去看看。”

“又是专家，”婆婆捅了捅行灶里的柴，“专家来得不少，也没有什么用。”

“这一次也许不一样，”芦花说，“我下午过去看看，试试。”

婆婆没有再说什么，以婆婆的想法，芦花完全没有必要再去看什么专家，在经过了许多次的希望和许多次的失望以后，婆婆觉得事情就是这样了，婆婆以为以人的力量也许是战胜不了什么了，婆婆已经不相信专家，也不相信养生堂或别的什么堂的老先生。婆婆现在仍然每天尽心尽意地煎熬张先生开的药，婆婆在做这些事情的时候，庄严肃穆，给人的感觉，婆婆完全是在进行一种仪式，是在完成一项必须完成的工作，婆婆是在做一件不计较后果的事情。每天婆婆将汤药端到琴儿面前，看着琴儿喝下去，就像婆婆每天看着琴儿吃下一碗饭一样。婆婆从前内心积满焦虑等待的情绪已经趋于平静，婆婆已经不再等待结果。什么结果，婆婆说，不知道什么是结果。

## 二

芦花出村口的时候，看到有三在村口徘徊，看上去有三好像特意在等着芦花。

“芦花，”有三说话时眼睛直盯着芦花，“到乡里去？”

“你知道我到乡里去？”芦花想避开有三的目光，却不知自己的眼睛该往哪里看，芦花心里稍稍有些乱，“你怎么知道？”

“听文才说的。”有三说。

“文才怎么知道？”

“也许，听老满说的。”

“文才碰到老满了？”

有三笑了一下，没有再解释他怎么知道芦花今天要到乡医院去这件事情，有三说：“想到你家里去看看，没有去。”

芦花对有三的话不知该怎么回答，芦花说：“时间不早了，我得走路，迟了怕遇不上专家。”

有三看看手表，说：“还早呢。”

“我走得慢。”芦花说。

有三又笑了一下，说：“那就走，我送你一段。”

“不用。”芦花向后退了一步，“不用。”

“送送，”有三说，“反正我也没有什么事情。”

“不用。”

有三也没有再坚持，换了个话题，有三说：“芦花，我是特意在这里等你的，有件事情，”有三停顿了一下，说，“有件事情，你愿不愿意，想听听你的意见，乡政府里，少一个做饭的人，你愿不愿意？”

芦花有些意外，“你是说我去？”芦花说。

“和乡干部拿一样的奖金，”有三说，“事情不很多，有大师傅烧菜，缺一个做做下手的，洗洗菜什么，芦花，你去挺合适。”

芦花觉得很意外，一时像有些接受不了，芦花从来没有想到会有这样的事情，她不知道这样的事情算是一种什么样的事情。芦花有些茫然地看着有三，过了一会，芦花说：“这事情不归你管，是不是，有三？”

有三说：“管是不归我管。”

“也许有别的人想去。”芦花说。

“没有别人知道，原来的那个人，今天上午刚走，都还不知道，我特意请了假回来告诉你的。”有三仍然盯着芦花，“芦花，你怎么想？”

芦花摇了摇头，“不行，有三，不行的，”芦花说，“琴儿怎么办，婆婆一个人顾不过来……”

有三轻轻地叹息一声，“其实我知道你不会去的。”有三停顿了一下，接着说，“其实，芦花，我也是为琴儿的病着想，你到乡政府里，接触的人多，听到的消息也多，说不定哪天就碰到了什么，也是有可能的。”

“我，”芦花有些动心了，说，“有三，能不能等我一两天，我回去，跟婆婆商量商量看。”

“行，”有三说，“你和婆婆说说，婆婆会同意的，为琴儿的病，婆婆会同意的吧。”

“不知道，婆婆认为琴儿就这样了，婆婆说她也不指望什么了，可是……”芦花两眼暗淡无光，停了一下，说，“有三，我得走了。”

有三点点头，“我送送你，这一段路荒。”

“不用。”

芦花从有三身边经过，向村外的小路走去，长长的小路一直向前延伸，望不到尽头。芦花始终没有回头，她不知道有三是不是一直在盯注着她，她只是感觉到背上像有一条小毛虫在爬。走了一段，芦花隐隐约约听到身后有轻捷的脚步声，仔细辨别，却又不像，快走到小路尽头时，声音仍然时隐时现，芦花终于忍不住回头看了一下，芦花没有看到有三，弯弯曲曲的小路上，没有一个人影，一直跟在她后面的是那只孤独瘦弱的老狗。

狗注意到芦花回头看它，狗停下了脚步，出神地看着芦花，狗的眼睛仍然传递出悠悠的内涵，芦花说：“你跟着我做什么？”

狗侧着脑袋听芦花说话。

“你回去吧。”芦花说。

狗没有动弹。

“我不认得你，”芦花说，“你是谁家的？”

狗没有告诉芦花它是谁家的。

“你要是觉得和我有缘，你到我家去，好不好？”芦花说，“去陪陪琴儿，好不好？琴儿病了，她不能去上学，我们家养不起狗……”

狗听不懂芦花的话，却专心致志地看着芦花，芦花无可奈何地笑了一下，芦花说："真是只狗，你要跟就跟着吧，你能跟到哪里呢？"芦花继续赶路，她再听不到身后狗的轻捷的脚步声，芦花回头看看，狗真的没有再跟上来，它远远地站着，瘦弱苍老的身躯一动不动，因为离得远了，站在小路上的老狗，看上去就像一只小鸡，芦花心里忽悠了一下，四周的寂静，使芦花内心深处的恐惧爬了上来。这条通往严墓镇的路，行人很少，芦花有些后悔，不应该把老狗赶走，有一条不相识的狗跟着，芦花也许不会恐惧，现在芦花不可能再回头把狗叫来，狗离她越来越远。

芦花在路上走了很长的时间，没有遇到一个行人，天色却有些变化的样子，早晨升起来的太阳，现在被云遮掩去，阴郁的气氛渐渐地笼罩了大地，气温明显降下来，柔和的风也变得有些尖利，刮在脸上隐隐生痛。芦花在寒冷的气候里想着家里的麦田，麦苗萎萎的枯黄的样子，使芦花担心来年的麦收。干旱的时间很长了，沟渠的水已经见底，泥土在沟底裂着干缝，大河湖荡的水降到最低的位置，只有一大片一大片的芦苇依然如故，芦花开得依旧热闹，白茫茫一片，风吹过，在一片沙沙的响声中，有芦花飞扬起来，四周飘荡。现在天气好像要变了，也许就要下雨了，下了雨，土地滋润，干涸的麦苗吸饱了雨水便会绿油油地长起来，来年的麦子收成能好一些，也许就算不上是旱灾，发下来的救灾物资不可能再收回去。老满的那一副手套是新的，芦花看过它的衬里，衬里的绒毛又长又柔软，看一眼就给人一种暖意似的。芦花始终有些奇怪捐赠救灾物资怎么会把一副手套捐出来，也许是老满自己买的手套吧，老满常常会有些古怪的事情做出来。乡间的路上仍然空无一人，路边的田野也是空旷一片，没有人在田里劳动，阴郁的天气和空旷的田野，使芦花感觉到有点心神不宁。芦花想念那只愿意跟随她的孤独瘦弱的老狗。从小路的对面突然出现了一个人，是一个男人，也许有三十多岁，也许是四十岁，男人渐渐地走近，走到芦花对面时，男人突然停下，把芦花吓了一跳，男人却朝芦花笑了一笑，接着男人咳嗽一声，说："你很害怕？"男人依然笑着，他的声音浑厚而且温和，有一种抚慰的意思，"你以为我是坏人？"

"没有，"芦花低着头轻声说，"没有。"

"没有什么？没有认为我是一个坏人？"男人说，"你其实不必怕我，我认得你，芦花，你不认得我，也不要紧，我想告诉你，你到卫生院去也没有用，今天的专家是看精神科的，我刚从那里过来。”

突如其来莫名其妙的遭遇令芦花完全不知所措，惊讶和恐惧的感觉爬满了芦花的全身，芦花感觉到自己的身体有些发麻，有些战栗，四周一片寂静，芦花能够听到自己的心跳和男人的喘息。芦花怀疑地看着眼前的这个男人，她很难相信他的话，但是无缘无故男人似乎没有必要骗她，芦花犹豫着，不知道是听他的话还是不听，也不知道是继续向前，还是返回家去。天气越来越灰暗，风也渐渐地大了，芦花打了个寒战。

“而且，看天气，要变天了。”寒风中男人浑厚的声音像一团暖气温热着芦花冰凉的心。

“要下雨了。”芦花说。

“也许是下雪。”男人仰起头来，像是要迎接什么，“下雪的景观，很美，你看那边的一片芦苇，一片两片三四片，五片六片七八片，九片十片十一片，飞进芦花都不见。”

“什么呀，”不知是什么原因，芦花的恐惧感渐渐消失，她忍不住笑了一下，“什么，一片两片？”

“下雪，”男人说，“下雪的景观。”

芦花有些疑惑，他为什么站在这空无人烟的荒野向她说下雪的景观什么的，芦花向四处看看，依然没有人出现，“专家真的是看精神科的？”芦花说，她想把话题拉得离她近一些，这样，她的感觉似乎会好些，“你怎么知道？”

“我刚从那里来，”男人说，“我不骗你，骗你对我也没有什么好处，你不认得我，我认得你，我听有三说起过你。”

“你认得有三？”

“我和有三在一个部队里，是战友。”男人说，“我见过你，在镇上有三指给我看的，那天你带着你的女儿到医院配药，你女儿有病。”

芦花没有说话，有三把芦花和芦花家的事情都告诉别人，现在芦花站在荒野里，这个陌生的男人对她的一切了如指掌，芦花有一种被剥光的尴尬，芦花不知所措，不知道该说什么。

“你女儿，”男人说，“能说说你女儿的事情吗，她的病？”

“有三没有和你说？”芦花想往前走，但是现在她不知道哪里是前哪里是后，而且，芦花移动不了脚步。芦花不明白事情怎么了，因为眼前这个男人站着，看上去他暂时还不想走开，所以她就要跟着他一起站在这空无人烟的荒野上？芦花感觉到男人等着她的回答，“琴儿的病，有三没有告诉你，琴儿是心脏病，心里闷，胸口疼，吃不下东西，瘦，是心脏病。”芦花说。

“谁说是心脏病？”

“医生说的，到处的医生都这样说，检查过的。”风吹来，芦花又打了一个寒战，芦花说，“天真的要变了。”

“是这样。”男人点点头，说，“你可以往回走了，天要变了。”

“你，”芦花觉得不便直接问他的姓名，犹豫了一下，说，“你刚从乡卫生院来？”

男人点点头，说：“我请专家看病，专家是专看精神病的，”他注意到芦花惊愕的神态，笑了一下，说，“我是一个精神病患者。”

芦花也笑起来，芦花想说什么，却没有说，寒冷的气候和冷寂的环境使芦花不能不调动起全部的情绪，风吹芦叶的沙沙声，从很远的湖荡边若隐若现地传来。

男人再一次用非常清晰的口齿说：“我是一个精神病人。”他说，“今天乡卫生院很热闹，乡里和四周的精神病患者都到了。”

芦花忍不住“哈”了一声，便紧闭了嘴唇，她怕笑声从嘴里毫无顾忌地冲出来，她没有见过这样的一个人，一本正经的样子让芦花实在忍俊不禁，芦花把眼睛转向空旷阴郁的远方，她不能再看他的脸，看了他的脸，芦花觉得自己会忍不住笑起来，她忍了一会，觉得内脏憋得难受，便慢慢地说：“既然……那……我就回去了。”

男人也慢慢地说：“今天专家很忙，病人很多，今天是最后一天，明天专家就走了。”男人继续注意着芦花的神态，男人狐疑地说，“你不相信我说的话，你不相信乡卫生院来的专家是精神科的专家。”

“我相信。”芦花说。

“那就是说，”男人脸上有一种恍悟的意思，他略有些遗憾，说，“我知道了，你不相信我是一个精神病人。”

芦花不能再和他议论这个话题，芦花现在渐渐地有些感觉，虽然说不清是一种什么样的感觉，也许是因为这个男人的固执，因为他总是把话题放在精神病的问题上，使芦花隐隐约约地想到些什么，芦花小心翼翼地说："你现在，要到哪里去？"

男人说："往南边去。"

芦花指着她的来路，说："我从这条路上回去。"芦花说着，踏上了来路。

"你决定回去了，你相信了我的话。"男人走在芦花身边，他的脸上像有一种感动的神色，他侧着脸看着芦花，说，"谁也不相信我的话，只有你，你是第一个。"

"有三呢，有三和你是战友，他也不相信你？"芦花话一出口，便有些后悔。

"其实有三也不能算是我的战友。"男人又否定了自己的说法，说，"有三就算是我的战友，但是他不一定理解我，精神病患者并不一定都是你们想象的那样，不一定非要手舞足蹈。"风越刮越大，男人几次停下脚步，抬头看看天，重又向前，追上芦花，说："像是要下雪，不像下雨的样子，是要下雪。"

"可能的。"芦花说，"天晴了很长时间，很长时间没有雨水下来了。"

"如果下雪，"男人说，"就不怎么好出门了，我本来想出一趟远门，现在看起来，也许不行了。"

芦花不知道该沿着他的话题跟着他的思路往下走，问他打算到什么地方去，去做什么，还是不接他的茬，换一个话题和他说说。这时候，芦花看到了自己的村庄，家就在眼前了，"到了，"芦花说，如释重负，重复了一遍，"到了。"

男人停下来，朝村里看看，也许由于天气的关系，村里基本上没有什么人走动，家家户户紧闭着屋门，寻找野食的鸡和到处转悠的狗也都回家去了，男人不易觉察地叹息了一声，他向芦花道了别，说："现在不认为我是坏人了吧？看到有三，给带个信，他知道我是谁。"

"好的，"芦花说，"我和有三说。"

"再说最后一句。"男人好像在拖延时间，男人说，"其实，我自己也是医生，人的一生，离不开医生。"男人对芦花挥挥手，"再见，"男人说，"再见。"他向另外一条路上走了，芦花站在村口，看着在大风中向前的古怪的男人，风将他的衣襟吹起一片，他的步伐坚定有力，芦花心里有些茫然，也有些纷乱，理不出头绪来。

芦花推开院门，看见那只孤独瘦弱的老狗正独个儿站在院子里，见到芦花，狗依然如故，不动声色地将悠长的目光投到芦花脸上，芦花忍不住抚摸它的头，芦花说：“你真的到我家来了。”

狗跟着芦花向前走了两步，看芦花快进屋，狗停下来，婆婆听到院子里的声音，开了房门，看到芦花，奇怪地说：“怎么这么快，看到专家了？”

“没有去，没有到乡卫生院去。”芦花说，她不知怎么向婆婆解释这件事情，路上碰到的人、碰到的事，使芦花陷入了迷茫的状态。

“怎么的？”婆婆也只是随口一问，并没有追根寻底的意思。

芦花含含混混地说：“听说专家是其他科的专家，不治心脏上的病，就没有去。”

“不去也好，”婆婆说，“要变天了，我怕你碰上雨呢。”

“像是要下雪吧。”芦花想起路上那个男人的话，“不像下雨的样子。”

“可能吧，反正天在作，不是作雨就是作雪，还能作什么？”婆婆往屋里退进去，说，“进来吧，冷起来了。”婆婆看到了跟在芦花脚边的老狗，婆婆说：“这是谁家的狗，怎么进来的？我院门一直关着的。”婆婆说，“是跟着你进来的？”

芦花看看老狗，狗也在朝她看，芦花心里忽悠了一下，像是这只老狗能够懂她的心思似的，但是芦花没有理由留下这只瘦弱的老狗，芦花对狗说：“你走吧。”

狗慢慢地转过身去，向外面走去，它走到院子门口，停下了，再次回头看看芦花，芦花被它的眼神触动，但是芦花不能留它，狗犹犹豫豫的，脚步迟缓，最后它还是走了出去，消失在大门外。芦花想象不出狗将要到什么地方去，野外的风越来越大，很可能马上就要下雪。狗如果睡在野外，明天早晨起来，狗的身上全是雪，不过，狗并不怕雪，狗是喜欢雪的，婆婆说：“这狗很老了。”

“不像是我们村上谁家的，我从来没有见过这狗，”芦花说，“也许是从外面来的。”

“是野狗，野狗不能惹。”婆婆关上房门，说，“野狗，很可能是一只疯狗。”

“不像，”芦花的眼前，竟是浮现着老狗孤独瘦弱的样子，老狗悠悠的哀哀的眼睛，芦花说，“不是疯狗。”

“难说，”婆婆正在行灶上给琴儿煎今天的最后一碗汤药，屋子里弥漫着药味和柴草的焦味，婆婆蹲下去往行灶里加柴，然后直起腰来，说，“看不出的，疯狗有时候也难看出来，不疯的时候，和好狗一样的。”

婆婆的话使芦花再次想起路上发生的事情，芦花感觉到那像一场梦，恍恍惚惚的一场梦，在阴郁的天气下，在大风和寒冷中做的一个梦。现在梦醒了，阴郁的天气被关在门外，一切都已经过去，那个人，也许再也不会出现，虽然临走的时候，他说了“再见”，那也只是一般的说说而已，他们已经没有再见的理由和任何可能性。关于他所说的一切，他说的专家的事情，他说的他自己的事情，如果芦花想要证实，这并不难，她可以问一问有三，也可以到乡卫生院去打听专家的事情，但是，这都已经是事后的行为。那个人，在那样一种特定的情形之下，和她说了那样一些话，她的那些感受，也许永远不会再回来。看起来，他比任何人都正常，或者至少可以说，他像任何正常人一样。芦花想，也许他真的是一个精神病人，芦花无从对自己的想法作出理性的判断，芦花只是觉得，她应该相信他的话。

“猪来穷，狗来富，好的。”婆婆揭开药罐盖子看了一下，重又盖上，自言自语地念了一句谚，便笑起来，说，“好什么好，到哪里去富呀，猪来穷，狗来富……”

睡着的琴儿忽然醒了，听到婆婆说话，问道：“婆婆，什么狗？”

婆婆说：“你睡吧，没事。”

琴儿抬起身子四处看看，“是不是有一只狗？”琴儿说，“我好像听到有一只狗。”

婆婆看了芦花一眼，凑到琴儿跟前，说：“没有狗。”

琴儿又沉沉地睡去，芦花替琴儿盖紧了被子，对婆婆说：“有三跟我说了个事情。”

“有三。”婆婆仍然蹲在行灶边，注意着行灶里火苗的情况，“你见到有三了？”

芦花说：“有三说，乡政府食堂里少一个做饭的，问我去不去，和乡干部拿一样的奖金。”

婆婆半天没有吱声，行灶里的火苗照着婆婆枯老的脸，把婆婆脸上的纵横交错的皱纹照得清清楚楚。

“算了，我不想去了。”芦花说。

“你和有三说你不去？”

“也没有说定，”芦花说，“有三说可以等我几天，时间太长了不行，食堂要等人用的，有别的人想去的。”

婆婆仍然没有抬头，她专心致志地注意着行灶里的火苗，好像婆婆全部的心思就只有琴儿的汤药，婆婆对有三的建议，既没有反对意见，也没有赞同意见，芦花停顿了一下，说：“有三的意思，在乡政府里，外面来的人多，也许能碰到些什么。”

什么，碰到什么，婆婆起先一愣，后来明白了，看了睡在床上的琴儿一眼，叹息一声，说，“你以为能碰到？琴儿也不是病了一天两天，折腾来折腾去看的医生也不少，能怎么样呢……”

“难说，也许，试试呢。”芦花说。

“你想去？”婆婆说，“你要是想去就去试试，不好的话，再回来。”

“把琴儿丢给你，”芦花不知道自己是愿意到乡政府的食堂去还是不愿意去，芦花犹犹豫豫，过了好一会，说，“算了，我还是不去了。”

婆婆终于抬头看了芦花一眼，婆婆说：“其实，你也别愁，琴儿也就这样了，每天的药仍然是要喝的，我不会误，别的，我也说不上，她又不想吃什么，我也无法。”

芦花说：“我若是去，不能常常回来，我……算了，我不去了。”停了一下，说，“我要不要就去和有三说一下，免得有三还以为我要去，把一个位子空占了，不好，有人想去的。”

“那你就去说。”婆婆说，“天要下雨了。”

“看上去是要下雪，”芦花说，“不像下雨的样子。”

“可能吧。”婆婆说。

芦花出了门，向有三家走，风已经把村子里的人和所有的家禽都赶回家去了，村里空无一人。天边的阴云越来越密，天色有些发紫，孕育着满满一天的水，不知道是化作雨的形式还是化作雪的形式下来。以芦花的想法，更相信是要下雪了，路上那个男人的话，一直盘旋在芦花的心头，她相信了他的话，相信他所说的一切，包括天要下雪而不一定是下雨。

芦花推开有三家的院门，有三正站在院子里望着天，像有满肚子心思似的，芦花稍稍一愣。

“是你，芦花。”有三说，“你回来了，我正在看天，怕你遇上大雨不好走了。”

“可能是要下雪吧，”芦花说，“看起来像是要下雪，不像是下雨。”

有三笑了一下，说：“可能吧，你也会看天？”

芦花有些不好意思，她随有三进了屋，有三的母亲正在做晚饭，看到芦花，有三的母亲朝她笑了一下，说：“芦花，琴儿好些不？”

“还好，”芦花顿了一下，“反正，还那样。”

有三的父亲坐在一张椅子上昏昏欲睡，来人说话也没有惊动他，芦花小心地看看他，有三母亲说：“不碍事，打雷他也听不见，聋了。”有三母亲起身给芦花倒了茶，芦花给这间小屋带进来一股寒意。有三母亲说：“外面风好大，雨还没有下来吧？”

“没有。”芦花说，“看起来不会下雨，怕是要下雪。”

“可能吧，”有三母亲说，“冬雪好，有三也刚回，真巧，你知道有三今天回来？”

“我在村口碰到芦花的。”有三说，“看过专家了？这么快就回了？”

“正要向你说呢，”芦花回想路上发生的一切，心里有些异样的感觉，“没去成，路上碰到一个人，说专家是精神科的，专看精神病，让我别去了。”

有三觉得有些奇怪，“专看精神病的专家，会有这样的事？”

芦花说：“说今天卫生院里热闹了，乡里和四周的精神病人都去了。”芦花想象那样的场合，忍不住笑了，看有三一脸狐疑，芦花又说，“是你的一个战友，他说的。”

“我的战友，谁？”

“我不知道他叫什么，他没有告诉我，我也不好问他，他只是说，让我回来告诉你，你知道他。”芦花说。

“他长的什么样子？”有三问。

芦花努力地回想那个男人的模样，可是她怎么也想不起来，在芦花的记忆里，只有一个影子，一片模模糊糊的感觉，那一大片空旷田野和芦苇飘花的背景倒是十分清晰。芦花有些尴尬，好像说谎被人戳穿，有三却没有很在意芦花的尴尬，有三正在想着他的哪一个战友。

“对了，”芦花终于想起了什么，说，“他认得我，说是哪一次在镇上你指给他看过，他知道我的事情，琴儿的病他也知道。”

“哪有这么个人，我的战友里，没有这么一个人，没有的。”有三说，“他大概和你开玩笑吧。”

“他说他自己是个……”芦花突然停下。

“是个什么？”

“是，是个医生。”芦花改了口，心里异样地跳动了一下。

“那更不可能，我的战友里，没有做医生的。”有三说，“一定是和你开什么玩笑，”有三说着，脸色慢慢有些严峻，“会不会，有别的什么心思，想干什么？”

芦花的脸不由自主地红了一下，“没有的，没有。”

“没有什么？”有三盯着芦花微红的脸，“没有什么，你怎么知道没有？”

“反正，”芦花突然不想再和有三议论这个人，“反正，卫生院也没去成，不说了吧。”

有三仍然盯着芦花，说：“明天我回乡里打听一下就知道，是不是精神科的专家，如果不是……”

“别打听了，”芦花说，“打听也没有什么意思，明天一早专家就走了，今天是最后一天。”

锅烧开了，有三母亲从灶边站起来，走到有三和芦花跟前，听到芦花的话，有三母亲说，“说谁呢，谁明天就走？”

芦花说：“说卫生院请来的专家。”

有三母亲叹息一声，说：“有三，香红快放假了吧，放了假叫她早点回来。”

有三说：“知道了。”

“点点的功课怎么样？”有三母亲问。

“马马虎虎。”有三说。

“娘是做老师的，也马马虎虎。”有三的母亲说着，走开去，有三父亲仍然沉沉迷迷地睡在椅子上，周边的一切，对他来说等于没有。

“有三，”芦花有些不好开口，顿了一会，还是说，“和婆婆商量了，还是不去了吧，乡政府食堂那边。”

有三说：“是婆婆不同意？”

“没有，”芦花避开有三的盯注，去看有三父亲的脸，有三父亲的脸呆呆板板，没有什么生气，也没有什么表情，芦花说，“婆婆没有说什么，是我自己，想还是不去了吧。”

“也好，”有三说，“你要是不想去，去了也不安心。医生的事，我会替你留心的，有什么消息，我会捎信回来。”

芦花点点头，“那，我走了。”芦花说。

有三送芦花走出来，“有什么事情，”有三说，“有什么困难，叫人带信给我。”

“一般也没有什么事，”芦花犹豫了一下，说，“年前，想去看看谷子。”

有三想了想，说：“有一年没去了？”

“有了，”芦花说，“一年多了。”

“该去看看。”有三说。

芦花看起来有些为难，慢慢地说：“我总是想，总想，等琴儿的病……可是……”

“我知道你的心思，只是琴儿的病，也急不起来。”有三说，“你去看谷子，路上不好走，要不要我陪你去，我可以请几天假。”

“不用，”芦花说，“我去过一次，知道怎么走。”

天色已经有点昏暗，阴郁的天气使黑夜早早地降临，走出屋子，一阵大风刮过来，芦花呛了一口风，咳嗽起来，她朝前走了几步，停下了，回头对有三说：“有三，真的，没有那样一个战友？”

有三说：“没有。”

“他说他是一个……”芦花欲言又止。

“什么？”有三觉得芦花的神态有些异常，“你说什么？”

“没有什么，”芦花恢复了正常，说，“他说他是个医生。”

“噢，”有三说，“你已经说过了，他是医生，这更证明他不是我的战友。”

芦花在灰蒙蒙的黄昏里向自己家走去。风继续刮着，雨仍然没有下来，雪也没有下来。芦花在小路的尽头，又看到那只老狗，老狗身上稀疏的毛，被风吹得全倒向一边，看上去老狗像要被风刮走似的。芦花走近了它，说：“你是不是无家可归？”

狗不说话，只是看着芦花，芦花说：“你如果能够不出声，就到我家的院子里去吧，在那里过夜，暖和一些。”

芦花一边说一边往前走，狗慢慢地跟着她，和她保持一定的距离。芦花进院子的时候，将大门多开了一会，她看到老狗悄没声息地溜进来，走到墙脚根，便伏了下来。

## 三

老师将河西周庄的老郎中蒋先生带到芦花家的时候，芦花正在替琴儿梳头，琴儿失血的脸，在早晨的明亮的光线里显得愈发的苍白。老狗一动不动伏在院子的一角，默默地看着芦花和琴儿。婆婆早晨起来看到老狗，婆婆本来是要赶老狗走的，可是老狗的眼睛使婆婆的心肠软了下来，婆婆说，你不想走，就待着，只是我们家，没有好的东西给你吃。狗不说话，也不表示什么，它伏在院子里注意着芦花家的一举一动，琴儿出房门的时候，看见了老狗，琴儿很高兴，琴儿说，我昨天做梦就梦见你了，你果然来了。琴儿走过去摸摸狗的脑袋，狗并没有向琴儿表示出亲热或别的什么感情，狗可能还没有认识琴儿。琴儿坐在破旧的藤椅上，芦花替琴儿梳头，琴儿的头发稀稀疏疏，又黄又软，像老狗身上的毛一样。

老师和老郎中一起走进来，老师看见伏在院子里的老狗，老师觉得有些奇怪，“这条狗，我见过，”老师说，“常常在村里转，也常常到我们学校去，这是一条老狗，很老了。”

蒋先生也朝老狗看看，说：“老了，而且看起来有病，很衰弱。”说着蒋先生自己先笑了一下，“顾影自怜，看它是不是有点像我？”蒋先生看起来真的已经很老，少年木匠老郎中，做先生应该不怕老，越老越有经验。

琴儿忍不住笑起来。

蒋先生过去拉起琴儿的手，说：“这就是病孩儿吧。”琴儿的手细得像根芦柴，蒋先生拉着，像拽着一根线。

“先生和老师来了？”婆婆说，“这家里弄得，也不像个样子。”

“夫一人向隅，满堂不乐。”蒋先生说，“而况病人苦楚，不离斯须，最可怜的是病孩子。”

“是不是请先生屋里坐？”婆婆说。

老师看着蒋先生，蒋先生说：“院子里好，今天不冷。”

婆婆说：“昨天刮一夜的风，以为要下雨，也没有下。”

“像要下雪的样子，”芦花说，“没有下。”

老师抬头望望天，“干旱的日子久了，不是一天两天就能变得了的，还得作一阵子，才下得来。”老师说。

“若是昨天夜里落下来，”蒋先生说，“今天怕也来不成，路上不好走，老骨头经不起跌了。”

“真的不好意思，我是想过去看先生的。”芦花说，“不知道先生年岁这么大了，琴儿的病，把大家害忙了。”

“家家有僵死之痛，室室有号泣之哀。”蒋先生说，“生病的事，谁也难以预料，说说，小孩子怎么样的情况？”

婆婆朝芦花看看，芦花也朝婆婆看看，芦花说：“心里闷，胸口疼，吃不下东西，瘦，是心脏病。”

“谁说是心脏病？”蒋先生问。

“医生说的。”

“哪里的医生？”

“到处的医生都这么说，”芦花重复说，“是心脏病，检查过的。”

蒋先生不吭声，看不出他是赞同医生的诊断还是不赞同，蒋先生给琴儿把了脉，看了舌相，过了好一会，蒋先生说：“孩子这病，我治不来，不是我不肯担肩胛，我是治不来，让一个老郎中承认自己不行，也不容易的。”蒋先生停顿了一下，又翻开琴儿的眼皮看看，说：“不过，别急，我知道有一个人，这个人能治孩子的病，听说过南边的杨湾吗？”

“南边？知道。”芦花说，心里莫名其妙地跳动了一下，“我知道，南边有一个杨湾镇。”

“听说过单方一味、气煞名医吗？”

“没有，”芦花说，“什么单方一味？”

“这个人，常常用单方，以偏师胜，治小孩子的奇怪病症。”

芦花看蒋先生拿了一张纸，写了几个字，递过来，芦花接了，上面写的是一个地址和一个名字。

杨湾镇大石头街 5 号

周先

## 四

芦花在杨湾镇大石头街 5 号敲门，她的心情很紧张，不知为什么，一路上，芦花总有一种预感，她觉得她要找的人，她好像是见过面的，她好像认得他，他就在她内心的一个什么地方守着，随时随地会走出来，说，我知道你会来找我，我能给琴儿治病，芦花不知道自己的这种离奇的想法从何而来，也许因为琴儿的病，使芦花有些心神不宁。

但是大石头街 5 号的门一直没有开，屋里好像没有人，芦花敲了半天，里边一点动静也没有，街上的行人经过，看到芦花敲门，也不说什么，慢慢地往前走，也有的人停下来，站一会儿，看着芦花敲门，好像等着芦花把门敲开似的，也不说话，看一会儿，见门依然不开，走开了。芦花看着他们的背影，很想追上去问一问，可是他们的背影让芦花有一种望而却步的感觉，芦花觉得钥匙不在他们手里，芦花不知道自己应该怎么对付眼前的这一扇敲不开的沉重的门。街上一片冷清，没有行人经过的时候，街像乡下的田野一样宁静，芦花被一种无声无息的压抑的气氛笼罩着。

又过了一会，芦花听到街对面有了些声响，芦花回头看，发现街对面的一扇门开了。

一位老太太站在门口，看着芦花，“你找谁？”老太太问。

“找周先生，”芦花手里持着蒋先生的纸条，“找一位姓周的医生，叫周先。”

“周？周先？”老太太怀疑地看看芦花，“你找周先？”老太太的脸上有一丝奇怪的神色，“你找的人，早死了。”老太太说。

“不会的，”芦花说，“有人介绍我来的，周医生专治小孩子的奇怪病症。”

老太太点点头，“是他，周先，好多年前就死了，专治小孩子的病的。”

“那么，”芦花一时不知怎么办，想了一想，说，“会不会这个周先生是他的儿子或者别的什么传人？”

“哪里有，”老太太说，“周先哪里有什么儿子，周先治了很多孩子的病，绰号叫留丁，自己却没有留下什么丁来。”老太太说罢，退进门去，老太太的脸消失在门背后。

现在芦花茫然不知所措地站立在陌生的街头，她知道有什么地方错位了，不是这儿错了，就是那儿错了。蒋先生不知道周先已经不在人世，或者老太太说的根本是另外一个人，也或者，本来就没有周先，没有这么一个人。芦花不知道错在哪里，她努力整理自己纷乱的思绪，慢慢地挪动脚步，虽然她现在还不知道自己该往哪儿去。

芦花慢慢地离开大石头街，突然，在小街的尽头，芦花看到了一个熟悉的身影，芦花心里一热，眼眶也热了。

狗。

老狗站在小街尽头，默默无语地看着芦花，狗的目光，悠深而细长，像一线温热的暖流输入芦花的心头。

“你怎么来了？”芦花说，“你不可能跟着我来到这里，这里离家很远很远了，我走了很长的路，坐了车，又坐了船，因为干旱，船走得很慢，走了一夜，才到这里，你不可能跟着我。”

狗不说话，依然默默地看着芦花。

“不管你是怎么来的，总之你是来了。”芦花沮丧地说，“你不知道，我没有找到周先，也许，根本就没有周先，我弄错了。”

狗张了张嘴，说：“你没有错，确实有一个周先，专治小孩子的奇怪病症，周先没有死，好好地活着，只是，你还没有找到他。”

芦花大吃一惊，仔细看狗，狗其实并没有说话，狗也许打了个呵欠，现在狗的嘴重新又闭上了。狗是不可能开口说话的，芦花听到的，是她自己内心深处的声音。

“没有办法，”芦花向狗说，狗尽管听不懂，但芦花还是向它说，“即使确实是有一个周先，即使周先确实能治琴儿的病，但是我不知道他在哪里，你说是不是？”芦花看到狗侧着脑袋，像在听她说话，忍不住笑了，说，“狗，你别装模作样，你根本不懂我说的什么，我们现在，只能做一件事情，回家去。”

狗跟着芦花，它像从前一样，始终和芦花保持着一定的距离，不远不近，他们一起向轮船码头走去。芦花并不回头看狗，但是她能感觉到狗与她之间的距离，能够感觉到狗的细细长长的目光的注视。

杨湾镇的古塔脚下，耍猴戏的外乡人，腰里扎着红带，手里持着绳鞭，嘴里念念有词，转来转去，同猴子一起做出各种各样的把戏。看猴戏的人不多，零零散散勉强围成一圈，芦花走过去，朝圈里看了一眼，有一老一小两只猴，小猴在耍猴人的鞭下，听从指挥，作出各种各样的努力，看上去小猴已经有些不耐烦，但是耍猴人并没有让它休息的意思，小猴演出的时候，老猴守在一边茫然看看四周的人，再看看小猴和耍猴人，漠然置之，无动于衷，芦花正要走开，突然听得“啪”的一声响，吓了一跳，见耍猴人用鞭子指着小猴，说，小猴，我问你，你不肯跳迪斯科，是不是？

是的，瘦骨伶仃的小猴四处观望一下，然后点点头。

你不肯跳迪斯科，你不服从领导。耍猴人似笑非笑，瞥了芦花一眼，说，小猴，你不肯跳舞，你胆大包天，目无领导，是不是，小猴？

是的，小猴并没有意识到目无领导是一个什么样的错误，小猴仍然点头，眼光四射。

你目无领导，该打不该打？

不该。小猴果断地摇头。

好，让你老子来教育你。耍猴人将老猴牵过来，老猴，你说，小猴目无领导，该打不该打？

该打。老猴毫不犹豫地点头。

耍猴人笑起来，好，老猴，他表扬老猴，说，既然小猴该打，你过去，打它的脸。

老猴并不动弹，它看起来不想打小猴的脸，也许小猴真是它的儿子，也许小猴不是它的儿子，总之老猴完全没有打小猴的欲望。老猴沉着冷静从容不迫，耍猴人表现出一些恼火的样子，他举起绳鞭，向老猴一扬，老猴，你要是不打小猴，我就打你。耍猴人厉声说。

老猴对耍猴人的鞭子视而不见，它若无其事地向观众四顾，表现出大度的气派。啪！耍猴人的鞭子打在老猴屁股后面的地上，你打不打，你打不打？耍猴人气势咄咄逼人，四周扬起一片灰尘。老猴面不改色，突然跳了起来，对准耍猴人脸上打了一下。耍猴人一手捂着脸，一手持鞭子指着老猴，你造反了，老猴，你犯上作乱，该当何罪？耍猴人苦笑着说。

四周一片嬉笑声，芦花也忍不住笑起来。她想起了一直跟随她的老狗，狗并没有过来看猴戏，它也不走开，只是远远地伏在某一个角落里，等候芦花。芦花慢慢地走出来，有一个半大的孩子跟过来，向芦花一抱拳，“姨，请给一点再走。”

芦花掏出些零钱交给孩子，孩子又一抱拳，“谢谢姨。”转身离去，回到猴戏场边，芦花向老狗走去，狗已经站了起来，等着芦花，“你不喜欢看猴戏。”芦花说，“我们走吧。”

当天开出的两班轮船都已经离开码头，芦花要在杨湾码头的候船室坐一个晚上，等待天明后的头班船。芦花买了些干粮，也不再走动，静静地守在候船室。两班船都已出发，已经没有什么候船的人。像芦花这样，要在这里坐一个晚上的人，多半不是杨湾本地人。芦花四处看看，像她这样的人，也不多，只两三个，风尘仆仆一脸疲惫，也看不出是干什么的。芦花因为有老狗做伴，心情坦然得多，老狗出去了一会，又进来，趴在离芦花不远也不近的地方，静静地看着芦花。

下晚时候，耍猴人带着一老一小两只猴子也进了候船室，那个向人抱拳的半大孩子提着一个单单薄薄的行李卷，跟在后面，脸色灰暗，他们坐下后，开始吃东西，老猴和小猴各分到一块面包，吃过以后，老猴默默地蹲在一边，神情淡漠，小猴东张西望，像是要寻找新的希望。耍猴人不知从什么地方摸出一个酒瓶，慢慢地喝着酒，浓烈的酒味立即弥漫开来，长椅上半躺半坐着的另外几个人，睁开眼向他们看看，鼻子翕动了几下，复又闭起眼睛。小猴被酒味诱惑，几次走近耍猴人，没有被理睬，又怏怏地走开，老猴始终安分守己。

耍猴人喝了酒，吃了东西，脸上现出了满足的表情，他四处看看，便朝芦花坐的地方走过来，“那只老狗，是你家的？”他指指伏在角落里的狗，说，“你家怎么养这么一条狗？”

“不是我家的狗，”芦花说，“我们家不养狗。”

“但是它一直跟随着你，我注意到了，它对你很忠心。”耍猴人朝狗看看，说，“我倒是需要这么一条狗，你能不能把它卖给我？我们谈个价钱。”

芦花也朝狗看看，“它不是我们家的狗，我不好卖它。”芦花说，狗并不知道他们在说什么，它的细长的目光一直停留在芦花身上。“它已经很老了，”芦花说，“看上去它的身体也不强壮，它可能有什么病，或者就是因为它老了。”

耍猴人笑起来，说：“说不是你家的狗，你倒心疼它，我要收留它，也不会让它干重活。”

小猴乘耍猴人不注意，跳了过来，抢了一块饼，迅速往嘴里一塞，耍猴人苦笑着踢了小猴一脚。小猴跳开了，蹲到一边，细细地品味抢来的食物。老猴目睹这一切，却置若罔闻，“你看到的，这些东西，刁得很，”耍猴人说，“老狗也许能管它们。”

“其实，”芦花说，“你们演猴戏，都是事先训练好的，是不是？像它打你的脸什么，都是事先教好的，是不是？”

“你说呢？”耍猴人反问道，“你说是不是调教好的呢，你以为是不是呢？”

“人家说是训练好的。”芦花说，“我听人家说的，我也不知道，看起来倒不像，真像是你把它们惹火了。”

一直默不做声的向人抱拳的半大孩子突然“嘿嘿”笑了一声，随即又闭了嘴，脸上的笑意稍纵即逝。

耍猴人也像孩子一样“嘿嘿”一笑，但是他没有说出来老猴和小猴的反抗到底是早就排练好的节目，还是临场发挥，他的注意力仍然在老狗身上，他仍然想把话题引到狗那边去，“你不是本地人。”耍猴人说，他的眼睛和小猴的眼睛一样，四处转溜。

“你看得出来，”芦花说，“你们走南闯北，见的世面多，能看出来。”

“一般说来没问题。”耍猴人又把眼光投向狗，说，“只是这只老狗我看不出来，它是跟着你来的？”

“不是，”芦花想了一想，改口说，“应该算是的，不然它怎么会跑到这里来呢？不过我没有看见它怎么来的，从我们那地方到杨湾，要走路，坐车，再坐船，狗怎么会坐车坐船，没有人带着，别人不会让它上车上船的。”

“别说是狗，”耍猴人看看老猴和小猴，说，“猴子也能办到，它们知道怎么坐车坐船。”

一阵大风把候船室的门吹开了，半大孩子站起来，去关了门，耍猴人朝候车室的窗外看看，说："风又大起来了。"

外面天色已经完全黑了，风呼呼地刮着。"天要变了，"芦花说，"刮了好几天的风。"

"也许，就要下雨了。"耍猴人说。

"可能是要下雪吧。"芦花说，"看起来，不像是下雨，像要下雪。"

耍猴人走到窗前向外面的天空看看，说："也许吧，也许要下雪。"他朝芦花笑了一下，说，"你会看天？"

"不会。"芦花说，"我不懂天气，我也是，"她顿了一下，说，"我也是，听人说的。"

在芦花的心底里，那个说要下雪的人始终没有离开过，但也始终没有清晰过，芦花回忆不起他的真实模样，却也忘不了他的每一句话，比如，他说要下雪，不是下雨。

"你是北边的人吧，"耍猴人说，"你到杨湾镇来干什么？"

"找医生，"芦花一说到医生两个字，心里就有一种异样的感觉，芦花不知这种感觉意味着什么，芦花说，"找一个叫周先的医生，给孩子看病，可是，我找不到他，他们说他早就死了，也许是搞错了，不知道哪里出了错，我找不到他。"芦花盯着耍猴人薄薄的两片嘴唇，她似乎觉得耍猴人会对她说，噢，周先，我知道他在哪里。

耍猴人并不知道周先，他只是说："你孩子的病，很麻烦？"

"是的。"

"你经常出门给孩子找医生？"

"是的。"芦花想起琴儿得病以后的每一个日日夜夜，每一次芦花独自出门寻医，每一次芦花携带琴儿四处求医，每一个日日夜夜芦花都不会忘记。

"走了很多地方？"

"是的，"芦花说，"很多地方。"

"一直没有找到？"

"我也不知道找到了还是没有找到。"芦花说，"每一个医生都给琴儿开药，每一个医生的药琴儿都吃了。"

"是吗？"耍猴人停顿了一下，突然说，"咦，狗呢？"

狗果然不在原来的地方，芦花四处找了一遍，不见狗的踪影。

“门一直关着，它怎么走的？”耍猴人看起来有些兴奋，也许他为自己的感觉而兴奋，在他的感觉里，一开始就觉得这是一条奇怪的狗。

“可能从门缝或别的什么地方溜出去了。”芦花说。

“我出去找找看。”耍猴人毫不掩饰自己对狗的兴趣，起身走出去，过了会，他回进来了，“没有，外面也不见。”

“它会回来的，”芦花说，“可能拉屎撒尿去了。”

## 五

村干部季凤林办公的地方，有一张办公桌，一架电话机。屋子已经很破旧，一直说要造新房子，也没有造起来，除了乡里拨下来很少的一些日常开支费用，村里基本上没有别的什么收入。去年村里和南边的一个富裕乡村联合养鱼，人家出技术和鱼种，季凤林这里出水面和劳动力，倒是发了一点小小的财，那些钱，拿到小学里去了，村里也没有留下什么。今年以来，天气开始干旱，水塘的水越来越浅，养鱼养不起来了，半大的时候就捞起来，连本也没有收回来，南边的人撤退回去了。季凤林依然守在破旧的办公室里，守着一架老式的电话机，看老满在那里忙进忙出，烧水，待客，向大家解释许多事情，像是季凤林的秘书，又像是季凤林的勤务兵。季凤林虽然对前任的支书有些看法，本来是不想留老满的，但是老满不走，季凤林拿他也无法，过了一段日子，季凤林倒觉得留下老满也是对的，没有错。

有几个孤寡老人坐在办公室门前的角落里晒太阳，其实太阳已经隐没了好些天，老人像是不知道天要变了，他们仍然坐在老地方，闭着眼睛，像世界上的一切都已经与他们无关的样子。老满到河边去挑水，河里的水快要见底，水很浑浊，一团泥浆，老满将水挑上来，倒进水缸。水缸里放了不少明矾，使老满烧出来的开水，有一种奇特的味道。芦花包着头巾走过来，“老满，挑水呀？”芦花说。

“芦花你来了。”老满歇下水担，他显得很高兴。

“季凤林找我？”芦花说。

“是补助的事情，”老满高兴地说，“放下来了，有你家的。”

“谢谢老满，”芦花感动地说，“谢谢老满。”

“不是我的事情，”老满说，“我说了不算，对了，芦花，听说你到杨湾去过，怎么样，找到医生没有？”

“没有。”芦花说，“也许搞错了，说早就死了。”

“怎么回事？”老满有些不乐，说，“叫你去找一个死人，怎么回事？”

芦花说：“也可能哪里搞错了，我总觉得有什么地方错了。”在芦花的思想里，总觉得那一个能够治好琴儿病的医生是有的，是存在的，也许他叫周先，也许不叫周先，但是他没有死，好好地活着，正等着给琴儿治病，医生手到病除。

“老师介绍的，”老满不满意地说，“老师其实并不知道谁谁谁，老师一直待在学校里，他怎么知道哪里有什么人。”

芦花想了想，说：“会不会，是我搞错了，找错了地方，或者……”

“你听他们，”老满打断芦花的话，说，“虚头滑脑，推托推托罢了……”老满听到季风林办公室里响起电话铃声，老满说：“进去吧，季风林在，等会儿他要走开的。”

老满重新挑起水担，芦花说：“哎，老满。”

老满回头看着她。

“老满，”芦花说，“你到乡里去了没有？”

“去了。”

“见到有三没有？”

“见到了，怎么？”

“有三，”芦花犹豫了一下，说，“有三有没有和你说专家的事情？”

“专家？什么专家？”老满有些不明白，“什么专家？”

季风林从屋里走出来，看到芦花，说：“芦花来了？我正要出去，你来迟一步，我就走了。”

芦花跟着季风林进屋，季风林坐下，芦花站着，季风林说：“芦花，坐。”

芦花依然站着。

“芦花，补助款下来了。”季风林笑了一下，说，“芦花，像你们家，这种情况，照理是不能给补助的，芦花，你知道不知道？”

芦花低着头，轻声说："知道。"

"我们商量了，"季凤林开了抽屉，慢慢地从抽屉里拿出一个纸包，看着芦花，慢慢地说，"我们商量了，还是给你，谷子的事情，我们的想法，也不能全怪他。另外，有三也关照过，所以我们，还是发给你，要过年了，拿着，给孩子老人买些什么。"季凤林将纸包递过来，交给芦花。

芦花仍然低着头，接了季凤林手里的钱包，"谢谢季支书，"芦花说，"谢谢季支书的关心。"

"大家商量的，"季凤林说，"不是我一个人作主，琴儿怎么样，好些了没有？"

"还好，"芦花说，"一直是那样子。"

"还是得想办法，"季凤林说，"谷子很担心琴儿的事情吧？"

"他不太清楚。"芦花说，"他只知道琴儿身体不太好，详细的他不清楚，我怕他，不安心。"

"这样也好，"季凤林说，"抓紧给琴儿治病，我们都知道你，找了不少人，走了不少地方，唉，轮到这样的事情，也无法。"

"是，"芦花说，"总有人能治琴儿的病，只是我还没有找到他，也许就在哪里守着……"

"想起个事情，"季凤林说，"有个人，一个男人，来打听过你。"

芦花的心里有一种异样的感觉，"是谁，打听我干什么？"

"不知道，"季凤林说，"不肯说，只问你的家在哪里，不肯说什么事情。"

"怎么样的一个人？"芦花的心情莫名其妙有点紧张，"有多少年纪的样子？"

季凤林想了想，说："说不准，说不准有多少年纪，像三十几岁，又像四十岁，长的那样子，也说不起来，反正，就那样子。"

芦花的心底里，再又出现含含糊糊的一个影子，她很想回忆起他的模样，可是她的努力总是徒劳，这个人的形象始终含含糊糊，只有芦花心里明白，他是存在的。

季凤林感觉到芦花有些心思，慢慢地猜测了一会，说："会不会是谷子那边的？听说过这样的事情，"季凤林顿了一下，说，"一起在里边的，知道了地址，先放出来的，就找来了，没有好事情，你还是，小心一点好。"季凤林关注地看着芦花。

“不会，不是谷子那里的。”芦花说，她的口气好像很肯定。

季凤林有些奇怪地看看芦花，“你知道是谁？”季凤林说，“他找到你了？”

“没有，”芦花说，“不知道，我不知道他是谁。”

“我没有告诉他，”季凤林说，“不过，也许他会向别的人打听。”

“他有没有说，医生什么？”芦花的思绪回到了某一个特定的时间，回到了某一个特定的场合，天气开始变化，风渐渐地大起来，像要下雨，不，也许不是下雨，是下雪，芦花感觉到季凤林奇怪地盯着她，芦花努力撇开乱七八糟的思想，说，“他或者说过看病这类的事情？”

“没有，什么也不说，”季凤林说，“所以我怀疑他，现在的事情，什么都说不准，看起来，一点也不像个医生。”

“看也许是看不出来的。”芦花坚持说，突然，电话铃响起来，把芦花吓了一跳。季凤林接了电话，一听声音，笑起来，说：“你放心，不会漏的，正在我这儿呢，是我叫她来拿钱的。”季凤林把眼睛投向芦花，说：“是有三，不放心，怕我们不给你钱，来了几次电话问。”

“害大家操心。”芦花低声说，“我们家的事，大家操心。”

季凤林将话筒递过来，“芦花，你和有三说说。”

芦花接过话筒，有三说：“喂，芦花。”

“我是。”

“好吧？”

“好的。”

“没有什么事吧？”

“没有。”

“那好，”有三说，“我正在开会，溜出来打电话，我挂了，过几日回来再说吧。”

“有三，”芦花叫了一声，像是有些尴尬，停顿一下，又叫了一声，“有三。”

有三听出芦花有什么事情要说，“说吧，芦花，”有三担心起来，“芦花，你说。”

“想问问，”芦花支吾着，说，“上次说的，那个专家，专家的事情，你打听了没有？”

“专家？什么专家？”有三显然想不起来芦花说的什么专家，专家的什么事情，“芦花，你说什么？什么专家？哪里的专家？芦花，是不是发生了什么事情？”

“没有，”芦花说，“我随便问问，没有什么事情，有三，你开会去吧。”

季凤林和芦花一起走出门来，在分手的地方，季凤林抬头看看天，“天真的要变了，”季凤林说，“肯定要下雨，下了雨，旱情就能减轻，明年的事情，也许好办些。”

芦花也看看天，“可能要下雪吧，”芦花说，“不像下雨的样子，像是要下雪。”

“也许吧。”季凤林说，“反正有水要降下来，旱的时间太长了，总会有水下来的，这是自然规律。”

季凤林和芦花分头而去，芦花到学校去，见到老师，正是下课的时间，芦花把琴儿上一个星期的作业交给老师，等老师再给琴儿布置下一个星期的作业。老师认真地批改琴儿的作业，琴儿的作业不能使老师满意，但老师也没有别的办法，琴儿是个病孩子，老师不能拿一般学生的要求去要求琴儿，琴儿能够和同龄的孩子一样学习，已经算是很不错了，老师没有更多的话可说。老师只是像所有关心琴儿的人一样，希望琴儿早日好起来，像正常的孩子一样到学校上学。芦花拿起老师桌上另一个学生的作业本看看，这是一本作文本，学生写的一篇作文，题目叫作《故乡的土地》。下课的学生在外面的泥地上奔来跑去，将教室外面扬起一层层的泥灰，学生生动活泼的形象，使芦花的思绪又落到琴儿身上，琴儿病弱的身躯，正放在破旧的大藤椅里，琴儿脸色苍白，神情忧郁。

“芦花，”老师抬眼看看芦花，说，“听说在杨湾没有找到那医生？听说早就死了，怎么会呢？”

“不知道，”芦花说，“是他们家的邻居说的。”

“怎么会？”老师惊讶地说，“怎么可能，那天我送蒋先生回去的路上，蒋先生还对我说起周医生，说前不久他们还碰了头。”

芦花说：“也许，什么地方搞错了，总有一个人或者几个人搞错了，我找不到周医生。”

老师想了想，说：“别急，芦花，再想办法。”老师安慰芦花，说，“把这个带给琴儿，下星期的作业，让琴儿慢慢做，不懂的地方，留着我来讲。”

芦花收起作业本，上课铃便响了起来，老师有些苦涩地一笑，说：“上课了。”

老师夹着讲义，和芦花一起走出小小的办公室，走到教室门口，老师停下来，说：“对了，芦花，有个人，一个男人，来打听过琴儿。”

“谁？谁打听琴儿？”芦花心里隐隐约约地再次产生出一种预感，芦花说，“打听琴儿什么？”

“打听琴儿的病，问琴儿的病情。”老师说，“我看不出这个人是什么意思，也没有详细告诉他，他走的时候，有点遗憾。”

“他长什么样子？”芦花说，“是不是三十多岁，或者像四十岁？”

老师想了一想，慢慢地说：“也许吧，说不准。”老师努力回忆这个人的形象，可是老师怎么也回忆不起来，活生生的一个人，到了老师的脑子里，便成了模模糊糊的一片。老师有些担心地摸摸自己的头，老师说，“我的记忆，很不好，最近越来越差，我记不起这个人到底什么样子，只是知道他是来打听琴儿的。”

“别的，他有没有说什么？他有没有说说别的什么话？”芦花说，“比如说，他有没有说到他自己什么？”

老师摇了摇头，说：“他若是说说他自己，我也不会怀疑他什么了，他不肯说他自己，所以我不知道他是怎么回事。”

“他有没有说，”芦花顿了一顿，心里好像有点紧张，好像马上要发生什么事情，芦花顿了一下，尽量平静地说，“他有没有说，他是个精神病人之类的话？”

“啊哈，”老师笑了一下，老师说，“芦花你开什么玩笑，行了，回去吧，我得进教室，学生等我。”

芦花看着老师走进教室，听到教室里响起一片乱糟糟的老师好的声音，芦花暗自笑了一下，走出学校。

芦花踏着村里的小路回家，琴儿依然坐在破旧的大藤椅里，向芦花微微一笑，婆婆在行灶前煎药。芦花走进屋，“补助发下来了。”芦花说，她从口袋里掏出季凤林给的纸包，给婆婆看看，“照顾我们。”

婆婆没有吭声，低着头烧火，芦花向屋里四处看看，像要看出些什么与平日不一样的地方。

“有人来过吗？”芦花说，“婆婆，有人来过吗？”

“谁，谁来？”婆婆抬起红红的眼睛，她的眼角永远渗着黑渣。

“没有人来？”芦花心里，有一种莫名其妙的失望，她并不知道她在期望什么，也不知道她的失望从何而来，为何而生，“一直没有人来过？”

“没有，”婆婆奇怪地看着芦花，“你是不是，在等什么人，是谁？”

“没有，”芦花把眼睛转向一边，好像婆婆昏花的老眼，能够看穿她的心思，只是，连芦花自己，也不知道自己有些什么样的心思，芦花平平静静地说，“不等什么人。”

婆婆并没有完全相信芦花的话，她往灶膛里塞了一把柴，又抬头狐疑地看了芦花一下。

突然间响起了琴儿兴奋的声音，琴儿说，“狗，狗。”

芦花走出来，她看到院子门口站立着一条狗，狗的细长的目光投在芦花身上，“不是的，”芦花说，“不是的。”

“怎么不是，”琴儿有些奇怪地看着母亲，说，“怎么不是？”

“我是说，”芦花不知道该怎么说，“我是说……”

## 六

天气已经阴郁了很长时间，大家都说要下雨，或者下雪，可是雨或者雪一直没有下来，风仍然刮着，一点也看不出它想停息的样子。辽阔的麦地里，空无一人，风从田野上经过，发出呼啸声，远处河荡里，芦苇被风吹打发出的沙沙声时隐时现。出门的时候，芦花想，也许回来的时候天已经下雪了，现在芦花已经在往回走，天依然是那个样子，没有下雨，也没有下雪。从前谷子在家的时候，芦花很少出门，琴儿的病是和谷子的事情连在一起的，自从琴儿病了，芦花常常出门，芦花早已经习惯。游走四方，已经成了芦花生活中的必不可少的一课，现在芦花背着一个包裹，从谷子那里回来，她终于踏上了通往家的这条小路。小路在阴郁的气候中泛着白光，路面上很干净，所有的杂物，都被风刮走。芦花用头巾包着头，风卷起的沙粒打在脸上和手上，脸和手都有些生痛。在芦花背上的包裹里，老满的手套仍然放在里边，谷子没有要它。

“我这里有手套，”谷子接过芦花递来的一副新手套，看了一下，又交还给芦花，“我们这里，发了不少劳动防护手套，用不了，我本来，想让你带些回去呢。”

芦花把手套拿来又看了看，说：“是老满特意给我的，是救灾物资，本来老满自己要了，后来就给我了，让我捎给你。”

“救灾物资还有一副手套？”谷子说，“你带回去吧，我们做粗活，用不着这么好的手套。”

芦花收好手套，说：“你若是真的用不着，我去还给老满。”

“也好，反正是男式的，你也戴不上。”谷子顿了一顿，说，“旱情怎么样，严重吗？”

“还好，”芦花说，“很长时间不下雨，明年麦收大概不会太好，不过，也许，就要变天，好些天了，天天刮风。”

“要下雨了？”谷子问。

“不像下雨，也可能是要下雪了。”芦花说，“也许我回去的时候，雪已经下来了。”

谷子沉默了一阵，他也许想起家乡的大雪，或者想起了家乡的别的什么事情。谷子在家的时候，家乡没有遇到过什么灾，旱灾，水灾，都没有，谷子离家三年，就碰到了两次灾，先是发大水，接着，今年又干旱。“是不是，琴儿的病比较麻烦？”谷子盯着芦花，“你说实话，别瞒我。”

“哪里，”芦花说，“谁说的，谁说琴儿的病麻烦？琴儿好好的，每天上学，怎么会麻烦？”

谷子盯着芦花看了好一会，叹息了一声，说：“算了，我知道，琴儿得了重病，很难医治。”谷子看芦花有些紧张，又说，“我做了梦，让老狐狸给我解梦，老狐狸解梦很准。”

“没事，”芦花说，“没事，医生已经找到了，医生专治小孩的奇怪病症，像琴儿这样的情况，医生说，保证能治好。”

谷子狐疑地看看芦花，“真的，找到好医生了？”

“真的，”芦花完全相信自己说的是真话，“等你回来，琴儿早就好了。”

小路上始终没有人走过，一个人也没有，芦花心底的预感并没有能够成为现实。芦花在出门的时候，就感觉到她在路上会碰到什么人，或者，她会重新遇到那只孤独瘦弱的老狗。从杨湾镇的轮船码头失踪以后，芦花再也没有见过老狗。芦花想象着老狗会突然出现在小路的尽头，静静地朝她看着，狗的细长的悠悠的目光像一股暖流注入她的心田，可是没有，一个人也没有，也没有狗，只有风陪伴着芦花，拍打着芦花的脸和手。芦花停下来，从包裹里取出老满的手套，芦花小心翼翼地戴上手套，一股暖意立即涌向全身，慢慢地，芦花感觉到戴在右手上的手套里有一件什么东西触着她的手，芦花摘下手套，摸了一下，从手套里摸出一张纸，展开来一看，是一张购买手套的销货票，手套的价格是十八元七角，购买日期是两个月前。芦花想，这个人刚刚买了手套就捐出来了，芦花将那张薄薄的销货票随手扔了出去，风将它高高地吹起，飞得远远的，芦花没有看见它是不是慢慢地掉落下来。

芦花到家的时候，行灶上的药罐已经在扑腾，家里飘散着草药味，药味似乎有了些变化，不像从前的药味那么浓烈，那么错综复杂，好像清爽了些，单纯了些。

“回来了？”婆婆从里屋走出来，“我以为，你要碰上雨了。”

“我以为，会下雪。”芦花说，“我以为会被大雪封在路上，却没有。”

“谷子怎么样？”婆婆的声音有些异样，像是洪亮了许多，婆婆说，“谷子好吧？”

“好的，谷子好的。”芦花注意到婆婆的神情有点特别，“家里有什么事情？”芦花心里有些紧张。

“医生来过了。”婆婆说，婆婆昏花的老眼，闪出了希望的光泽，婆婆看芦花像是没有听明白，又重复了一遍，“医生来过了。”

“谁，什么医生？”芦花惊讶地看着婆婆，再看看琴儿，琴儿的脸上，泛起了很长时间不见的红晕。

“你走的那天来的，到今天，吃了他五帖药，就见效，胸已经不闷了，也不痛了，是不是，琴儿？”婆婆兴奋地说，“我总以为，琴儿的病也就那样了，我也不指望什么了，想不到。”婆婆揉着眼睛，她的眼角仍然渗出黑渣。

“谁，哪来的医生？”芦花摸摸琴儿的手，琴儿的手已经不像从前那样冰凉，温温的有了热气。

“咦，”婆婆不解地看着芦花，“你怎么的，是你请的医生，你去看谷子前请的医生。”

“谁说的？”

“医生说的，”婆婆说，“他一来的时候，就对琴儿的病已经都了解了，是你告诉他的，要不然他怎么知道？”

“是不是，”芦花想了想，她看到婆婆在行灶上煎的草药确实已经不是原先的那一种，只有很简单的一堆药，单味一方，气煞名医，芦花想起蒋先生说的话，问道，“是不是杨湾的那个医生？”

“不知道。”

“没问他姓什么？”

“问了，”婆婆回想起医生的行为，觉得有些奇怪，也有些特别的意思，婆婆说，“我问他的，他说，你知道。”

“是怎么样的一个人，年纪大不大，是不是像三十多岁，又像四十岁？”芦花心里的那个模模糊糊的形象仍然模糊不清。

“没有很注意。”婆婆有些遗憾，说，“我只注意他给琴儿看病的事情，他的样子，我也说不出来，反正就那样子，你知道的，不会错，就是你请的那个医生。”

“他有没有说，”芦花犹豫了一会，仍然坚持自己的思路，说，“他有没有说，他是一个病人？”

“什么？”婆婆越来越感到芦花的话捉摸不透，婆婆说，“他是医生，他怎么说自己是病人？”

“看上去，”芦花仍然不折不挠，说，“看上去，这个人，像不像个不正常的人，我是说，像不像个精神病人？”

“说什么笑话，”婆婆终于有些不乐，走开去，对琴儿说，“琴儿，来喝药。”

屋里弥漫着苦涩的草药味，琴儿喝了药，走到门前院子里，看着天，芦花跟着琴儿出来，也朝天上看看，芦花说：“琴儿，这个星期的作业做了没有？要放寒假了，抽空我再到老师那里去一下，看看寒假里有什么作业，也许到开学的时候，你就能重新上学了。”

琴儿仍然抬头看着天，她慢慢地说：“开了年，老师不再教书了。”

“你怎么知道？”

“老师来过了，”琴儿说，“老师要回家，老师有四十年不回家了。”

芦花一时不知说什么好，愣了半天，忽然，她感觉到眼前飘过一片轻轻的白白的影子，芦花脱口说：“下雪了。”

琴儿伸出手，向天空张开手掌，等了一会，“不是雪，”琴儿说，“没有，没有下雪。”

紫灰色的天空依然阴郁沉闷，像一个沉重的大磨盘，婆婆走出来，“外面冷，”婆婆说，“风大，进来吧。”

她们进屋，关上了门。

# 又见乡塘

## 一

机关干部下基层锻炼这是一个新事物。如果要说说这事情的种种好处比如作用意义什么的，恐怕十条八条也可以说得上，像加强机关和基层的联系，像改变机关作风，像促进经济发展，像培养干部的实际工作能力，等等这一些话都可以包括进去，这毫无疑问。

这些道理大家都明白，只是在具体执行的过程中可能会有一些困难或者别的什么障碍，这基本上属正常情况，如果一点没有困难或别的什么，那倒是有些奇怪。在安排第三批下基层的时候，文化局说，这一次能不能跳过我们，我们有困难。有困难这是真的。文化局共有符合下基层首要条件的正科级八人，其中两人已经在前两批下过基层，剩下的六人中有两位女同志，这一次不在范围之内，再剩下四人，老张是慢性肾炎，不能去；小李正在党校学习；还有老余是局里的主心骨，虽是科级，却常常起着局级的作用，局里大家都知道少不了老余。最后就是吴为一，吴为一说，说得出的，叫我下去？我在乡下待过十年。大家说，那你说叫谁去？吴为一说，我也不知道。最好是都不要去。都不要去当然是最好，本来局里的人手就偏少，工作偏多，再来些人倒是很需要。所以局长说，这一次能不能跳过我们，我们有困难。

其实局长也知道说也是白说，困难哪家没有，说起来还一家比一家厉害。

所以局长说了一两回，见不到什么作用也就不再说，他只是回来把重点放在吴为一身上。

吴为一，年富力强，孩子读中学，妻子长日班，家里有丈母娘能做家务，还有什么好强调的？

吴为一说，我已经下过乡了。

大家说，你不是十年也下来了，这就去一年，你就帮帮忙。

吴为一说，真是的。

大家说，其实下这一年乡，还是很合算的，回来提副局谁也比不过你。

吴为一说，像真的似的。

这确实是真的，第一批下去的刘，已经提了副局，虽然调了一个单位，但副局是真的。第二批下去的钱虽然刚刚回来，已经有风声要动他了，这风声总也是有一些来源的吧。

大家说，吴为一，你再上来我们就叫你吴局了，这真是很合算。

吴为一说，既然真是合算你们怎么不去？

大家说，我们实在是心有余而力不足。

他们一起笑。

吴为一下基层的事情就这样定下来。吴为一回去把事情和家里人说了，吴为一的妻子江小燕看看他，说："你上次回来说第三批开始，我就知道你要去了。"

吴为一说："你聪明。"

江小燕说："不是我聪明，是我已经把你这个人料定了。"

吴为一说："那还是说明你聪明。"

江小燕说："你这个人，和别人家的男人正好相反，在家里狠霸霸的，在外面被人欺，真是没有用。"

吴为一说："你怎么对别人家的男人这么了解？"

江小燕对他翻了一个白眼，说："我知道你的，被人家几句话一说，就动心了。"

吴为一说："什么叫几句话一说就动心了？你说，我们那地方，那些人，我不去，该叫谁去？"

江小燕说 :“奇怪，我又不是你们局长，我怎么知道该叫谁去，问我，奇怪。”

吴为一说 :“你不知道就不要乱下结论。”

江小燕反对吴为一下乡其实也不是反对得很厉害，这看也看得出来，要是她真的是非常的反对，那她的态度肯定还要差得多，现在她只是以一般的反对态度和吴为一说说，口气里也还是很有些余地的。再说下这一年的乡，大家对吴为一说的合算还只是从提不提副局这一个角度，其实另外还有许多的角度他们都没有提到，也许是没有想到，或者即使是想到了也没有很深的体验，所以也就没有当作一回事情说起来。这在下过基层的刘和钱那里是深有体会的。吴为一偶尔也曾听他们说过一些，但是印象并不很深，这完全是因为吴为一自己没有那样的体验吧。吴为一以后一定会有许多感受许多体验，这大概不用怀疑。

这样，在春暖花开的一天，由市里用车子把下基层的同志送到各个县里，县里给大家洗尘接风。县委书记和组织部长都发表了热情洋溢的讲话，在讲话中书记和部长都反复强调了下基层干部对基层单位的帮助是多么的大，又说到了下面基层单位是多么的欢迎你们的到来，再就是说你们到了我们这里就等于是到了自己的家，我们一定在生活等等各方面给你们尽可能多也尽可能好的关心和照顾。说得下基层的干部心里真是暖暖的，十分感动。书记和部长甚至把下基层的干部称之为国宝，完全可以看出他们对下基层的干部真是很尊敬很信任。这些话对下基层干部也是一个很大的鼓励，他们想，既然基层单位这么看得起我们，我们也不能对不起人家，这一年，看起来是要好好地为人家做一点事情才对。这样就把他们来之前的一些不正确或者不够正确的思想消除了，已经开始确立正确的想法。最后由县里具体负责这项工作的同志宣布了有关的事项，一是年终分配，奖金跟所在乡拿，另外如果为乡里办成了一些事情，比如拉到一个合资项目，比如借到多少以上的贷款，再比如推销了多少产品等等，反正总是为所在乡或者是村做出一定的贡献，有了实际的成效，那么在奖金方面则是上不封顶，具体的实施办法，再由各个乡和下基层的干部分头落实。接着又说了前两批下到这个县的干部一年奖金的一个平均数，大家听了心里都暗暗吃了一惊。吴为一想，这不过是个平均数，就已经很可观的了，如果按上线来算，那还不知道在哪一个水平上呢，真是上不封顶，他想第一批的刘和第二批的钱不知道他们的水平是上线还是中线。他知道刘和钱都不会是下线，刘和钱的工作吴为一也是有数的，在单位里怎么样，到了别的地方也不会变到哪里去。刘和钱从来没有说起过他们拿下面奖金的事情，本来吴为一他们也不觉得这有什么，要他们把乡下的事情都向同事汇报这是不可能也是不必要的。但是现在想想，也许是拿得比较多了，不大好说话，说了这个话题，别人要是问起来，是说实的好，还是说虚的好呢？换了吴为一，也是不知道说什么好的，所以干脆避而不提倒也过去了。

接着负责同志又说了其他一些事情，比如规定每个星期六乡里负责用车子送大家回去，星期天照过，不受任何影响。这些都是总体方面的。还有更细的就要由乡里的领导来关照。这一天各个乡的领导也都来了，县里的领导都这么重视，乡里当然是更要重视一些的。一个乡一般能分到一两个下基层干部，乡里出来接他们的倒有好几个人，从乡党委乡政府到乡农工商总公司三套班子都有人来，这更使下基层干部感受到基层同志的热情亲切和尊重。

开过欢迎会就吃饭，饭是县里请的，乡里的同志跟下基层干部开玩笑，说，我们这是靠你们的福，平时我们上来，哪有饭给我们吃？

县里的同志就笑，说，真是的。

下基层干部听了越发地感动，觉得真是有一种到了自己家的感觉，在席上有人代表下基层干部发言时，就说了这一层意思，大家都觉得说到了心里。喝了点酒，吴为一也有点兴奋，他也站起来说几句，他说：“我这次来，更是比别人有一种亲切感，因为我从前也在乡下待过，我插过队。”

大家都看吴为一，说那真是太好了，你对农村应该是很熟悉的。

吴为一说：“以前是比较熟悉的。”

大家又说，现在你再下去看看，跟以前可是大不一样了。

吴为一说：“那是的，谁不知道这几年乡下真是大发展了。”

说得大家很开心，又劝酒劝菜，菜也都是很上档次的，也想不到在一个小县城里能有这样水平的菜做出来，下基层干部都感叹现在农村的变化。

这时候县里的书记又站起来敬酒，说：“劝君更尽一杯酒，走出县城到基层。”

大家热烈鼓掌。

散席后，下基层干部就分手，跟了自己所在乡的干部走，都是有小轿车在门口等着，出门的时候，大家互道再见，不知怎么，竟已经有些不舍似的。其实这些人，在这之前根本也是不认识的，只是因为下基层才走到一起，好像觉得命运把他们捆在一处了。可是刚刚认识了，对各人的酒量也才有了一点半点的了解，却已经到了分手的时候。

坐上小轿车，很快就到了乡里，进了乡的办公大楼，看上去简直是比县里的还要气派还要豪华。会议室里水果香烟早已经放好，人一到，就有茶水端上来。到这个乡的只有吴为一一个人，却有三五个乡干部陪着，吴为一有些拘谨，喝着茶，也不知该说些什么。好在乡干部里有能说会道的人，先问了吴为一一些情况，比如家庭啦什么的，又打听文化局具体做些什么工作，是一个什么性质的局。吴为一一一说了，他们听了，也没有什么明显的表示。后来又说起吴为一也是下过乡插过队的，这一说倒是有一些共同的话题，党委副书记说，我也是知青呀。

吴为一说："真的？你哪一届？"

副书记说他是早几年的，还在老三届之前。别的几个干部就笑他，说他想跟吴为一套近乎，说他哪里是什么知青呀。

党委副书记也笑，说算是回乡知青吧。

大家又笑，说，你这样算是回乡知青，那我们也都好算了。

副书记说：你们算就是了，又没有人不准你们算。

又问起吴为一插队是插在哪里，吴为一说了他插队的地方，离这地方是比较远的，快要靠近苏北那一带。吴为一说："本来我是想到我插队的地方去的，可是那个县不在我们这次范围内。"

乡干部异口同声说，不要到那里去，不要到那里去，到我们这里来好。

吴为一又一次被他们的热情所感动，他说："你们对我这么关心，真是叫我不知说什么好，反正，反正以后有什么事情用到我，我一定要做好的。"

乡干部说，那是，那是，你们下来的，都是好干部，都是表现好的，这个我们都知道，县里早已经跟我们说过的，回去你们都是要那个的。

吴为一笑笑。

一下午就这么很随便地说说笑笑，吴为一也不知道下一步该怎么样，又不好问，只是这样和这些乡干部有一句没一句地说说，一直到下晚时，乡干部才站起来，请吴为一到另外一间屋里去。吴为一进去一看，是餐厅，一桌好酒好菜又摆好了，吴为一虽然觉得中午的饭还没有完全消化，但他也知道入乡随俗，什么话也没有说，就跟着入了席，坐在被指定的位子上又和中午一样饱餐一顿，到酒足饭饱，乡长说：“吴科长，关于你的工作安排，我们本来是想安排在总公司做副总的。”

吴为一连忙摇手，说：“我怎么行，我不行的。”

乡长笑笑，说：“不过，上面有个规定，正科级最好是放在再基层的一些，我们……”

吴为一说：“这个我知道。”

乡长说：“那就好，我们想把你放在总公司下面的工业公司做副经理，还没有征求你的意见呢。”

吴为一说：“做工业什么？”

乡长说：“工业公司副经理，抓经济。”

吴为一说：“我恐怕不能胜任，我原来的单位是搞文的，对经济真是一窍不通的。”

乡长说：“吴科长你不要客气，你是大学生，我们都知道的。”

吴为一说：“我那是读的中文呀。”

乡长说：“我们也中文呀，你以为我们都跟你说洋文吗？”

大家笑起来，吴为一也笑了，说：“我恐怕，我是怕……”

乡长说：“你们这些干部都是很谨慎，前一批也是这样，一开始说不行不行，到后来比我们还做得好呢。”

大家都说是，说吴科长你就不要再推托了，工业公司副经理你肯定是能做好的。

吴为一也不好再推托。

乡长说：“好，吴经理，你的宿舍也不另外安排了，反正就是一年，就在乡招待所住吧，洗澡食堂什么都有，很方便的。”

吴为一谢过乡干部，说：“我真的，等于是小学生，一切都要从头学起，从头做起，希望各位领导多关照。”

大家说，这不用说的。

乡长突然“哎”了一声，说：“对了，今天工业公司的经理也在陪客，在隔壁，我去叫他过来，你们先见过，以后就要一起做事。”

乡长到隔壁果真把工业公司的经理叫过来了，给吴为一介绍过，知道是钟经理，年纪也不大，好像还不到四十，十分精明强干的样子，见了吴为一，一把握住他的手，抓得紧紧的，说：“早就知道你要来，今天总算是来了。”

吴为一说：“以后要请你多关照。”

钟经理说：“吴经理客气，以后许多方面还要靠你外面的路子。”

吴为一连忙摇手，说：“我哪里有什么路子。”

钟经理也不和吴为一争什么路子不路子，他拉起吴为一，说：“走，到隔壁去敬杯酒，都是我们的老客户。”

吴为一糊里糊涂被拖过去，拿着一个酒杯，嘴上说：“请各位多关照。”一边说一边把杯中的酒干了。

一片叫好声，有好几个人也喝干了杯中酒，也有调皮做手脚的，或者喝了又吐在餐巾里，或者喝进口去又重新回到杯中，也或者就用雪碧什么冒充一下，反正种种手段都有，吴为一也不好和他们计较，倒是钟经理不肯放过他们，一一地逼着罚酒，闹了一阵，钟经理才介绍说，这是我们新来的吴经理。

大家又是闹，说新来的一定要自干三杯，以示诚心。吴为一也弄不过他们，估量一下还有一些余量，就干干脆脆地喝了三杯，只听得又是一片叫好。有人说，不好了，这下子我们要当心了，钟经理又弄了个酒坛子来。也有的说谁知道什么吴经理是真是假，怎么事先一点没有听说，喝喝酒就冒出个吴经理来，不要是弄来对付我们的呀。

钟经理笑着对吴为一说：“你看看这些人，什么话都说得出来，是不是醉了？”

吴为一只是笑。

钟经理眼睛盯着吴为一，说：“不管他们怎么说，有一句话我是中听的，我又来了一个好帮手。”

吴为一刚要说什么，被钟经理打断，说：“以后这样的场面你要帮我撑撑，我这两年，这个肝，已经变成一只酒肝了。”

吴为一想笑，但是一看钟经理的脸没有笑意，倒有些要哭的样子，吴为一说：

“是要适量。”

钟经理苦笑笑说：“谁不知道要适量，医生也不知关照我多少次了，可是到了这地方，就由不得你了。”

吴为一不由得有些担心起来，他说：“其实我的酒量，也是有限。”

钟经理朝他看看，说：“你反正是有出头之日，最多不过喝一年，我们这酒还不知到什么时候罢休呢。”

吴为一没有再说什么，他只是想以后到了这样的场面确实应该帮钟经理应酬应酬，吴为一现在开始有一点了解乡下的事情了。但是这还仅仅是个开头。

那边一桌的领导见钟经理把吴为一借去一直不还，过来追，又把吴为一追过去，看得出吴为一已经有了几分醉意，大家说，吴经理是个爽快人，和你这样的人一起工作有劲的，于是又劝了吴为一一些酒下去。吴为一直说不行了不行了，但是心里还很清楚的，大家不放过他，他们一致认为凡是说自己不行的，说明还行，还早着呢。又劝酒。吴为一明白了这一点，就主动去要酒喝，大家看他，说，差不多了，差不多了，不要再劝了，不要第一天来就弄得喇叭腔。吴为一听了，心里暗暗好笑，他觉得乡下人真是很好骗，一点也不难弄，不比机关那些人，真是拿他们刀枪不入。

后来一群人就把吴为一领到乡招待所，到房间一看，还是说得过去的，床上有席梦思，房间里有沙发，地上是腈纶地毯，虽然没有空调，但是房间朝南，又在三楼，通风比较好，夏天不会很热，冬天不会很冷，乡里考虑得周到，在房间里还给装了电话。乡长笑着说，这是直拨的，夜里想老婆你就拨。吴为一没有好意思说他家里没有电话的，夜里往哪里去拨？

后来又叫招待所的服务员过来给吴为一介绍过了，说有什么事找她就是，说这是一个很能干的小姑娘，这一点吴为一看她样子也能看出来。服务员出去端了茶进来，给吴为一和乡里领导一一上了茶，本来大家说说就要走的，看上了茶，说，那就喝了茶走吧，这时候回去干不成别的什么，也是要喝茶。

喝着茶，又说到吴为一原来的工作单位，吴为一说文化局其实是没有什么花头的，是市里面比较不被重视的部门。

大家说，哪能呢？

吴为一说：“真是的，没有经济实力，现在到哪里都是要看经济实力的，没有经济实力的单位是不吃香的。”

大家说这倒也是的。

吴为一说：“下来第一天我就觉得现在乡下的实力真是很强，我想想也有点发慌，也不知以后怎么做贡献呢。”

大家说：吴经理我们相信你是有路子的，要不然也不会叫你下来了，是不是？

吴为一只是觉得脑子里沉沉的，说话也是在说，听话也是在听，只是好像不是受大脑指挥似的，好像那说的话和听的话都离他很远很远。

终于乡里的干部喝够了茶，都一一告辞了，招待所的服务员又过来告诉吴为一，现在还有热水，可以洗澡。吴为一说：“今天不洗了吧。”

服务员看看他，说：“吴经理，你是不是喝多了？”

吴为一说：“也没有喝多少，只是有点累了，想早一点休息。”

服务员点点头，退出去关了门。

吴为一也懒得洗脸什么，不比在家，偷一次懒要被老婆说几天，得不偿失，现在自由了，想洗就洗，不想洗就不洗。吴为一脱了衣服上床，刚想入睡，电话铃响了，拿起来一听，是钟经理。

钟经理说：“没有睡吧？”

吴为一说：“还没有呢。”

钟经理说：“没有什么事情，就是打打这电话灵不灵，灵的就好。”

吴为一说：“灵的。”

钟经理说：“那就这样。”

吴为一刚要挂电话，突然想起明天怎么安排还不知道，他说：“钟经理，明天我到哪里上班？”

钟经理笑了，说：“你真是很积极，明天你到工业公司来，晚一点不要紧，客人中午到。”

吴为一说：“我做什么事情？”

钟经理又笑，说：“也没有别的什么事情，就是陪客啦。”

吴为一挂了电话，很快就睡着了。

## 二

第一个星期说说也就过去了。

吴为一只是陪着客人吃饭，跟着钟经理看他怎样跟人家谈生意，或者也说几句话，那当然都是些无关紧要的话，说了也就说了，不说也无所谓的，别人听了也不会当一回事情。吴为一觉得这样似乎太轻松了一些，这样的事情也用不着专门从上面派一个人下来做。吴为一对钟经理说，是不是让他做点别的，哪怕是体力的活也好。吴为一确实是有许多的想法，比如到下面的厂里去看看，到村子里去走走，也可以早一点开阔眼界，熟悉情况，早一点把该做的工作做起来。钟经理笑着说你性急了是不是，以后有你忙的，你不是要学生意么，现在就是学生意。钟经理这样说了，吴为一便不好再有别的什么想法，既然钟经理认为这是学生意，吴为一就应该好好跟着学学，正如钟经理说的，以后派得上用场。

就这样过了一个星期。

到了星期六的下午，果然是有一辆小车停在工业公司门口，钟经理在楼上朝下面看了看，说："吴经理，车来了，你走吧。"

吴为一看看手表，说："还早着呢。"

钟经理说："可以走了，星期六嘛，都是要早走的，你现在往回走，到家恐怕也不很早了。"

吴为一说："早呢早呢，小车子不过一个多小时就可以到了。"

钟经理顿了一下，说："还是走吧，车子不是我们公司的，公司的车子出去了，这是借的乡里的车子，正好这时间空着，回头司机还要赶回来吃饭，还要接送书记他们。"

吴为一这才说："那我就早走了，你们辛苦。"

钟经理说："星期一早上你在家等着，车来接你。"

吴为一谢过钟经理就要下楼，钟经理说："走，我送你下去。"

吴为一说不要送，他跟乡里的司机也认识了，虽然只来了一个星期，却也已经坐过他两次车了，是个很热络的人。钟经理听吴为一这么说，只是笑，一手推着吴为一，两人就一起下了楼，到小车跟前。钟经理把吴为一介绍给小车丁师傅，丁师傅笑笑说：“早认识了，酒也一起喝过，介绍什么呀。”

吴为一说：“丁师傅今天要辛苦你了，赶一趟长路。”

丁师傅说：“小意思，这叫什么长路？”

钟经理问丁师傅：“东西弄好了？”

丁师傅点点头，领着钟经理和吴为一一起走到车后，打开后盖，说：“你看看。”

钟经理看了，回头对吴为一说：“一点点副产品，带回去尝尝鲜。”

吴为一也伸头看了一下，东西都用口袋包着，也看不清是什么，吴为一说：“不行不行，我不要的。”

钟经理说：“这有什么客气，都是这样，春里没有什么别的鱼，弄了些塘里鱼，回去烧烧吧。”说着就不再和吴为一啰唆，把吴为一又从后面推到前面，推上了车。

吴为一坐好，朝外面看时，钟经理已经返身回去了，吴为一实在是有点不好意思，钟经理他们都很忙，他自己却拿了东西早早地回家去，吴为一叹息一声，说：“真是客气。”

丁师傅回头朝他笑笑，说：“刚来总是这样说的。”

一路上丁师傅和吴为一有一句没一句地聊天，说的多半是现在乡下的情况，吴为一听了也是十分感慨。他一边听丁师傅说话，一边看着公路两边的田野、河塘，后来他说：“我在乡下的时候，开过河塘，也填过河塘。”

丁师傅说：“你从前也下过乡？”

吴为一说：“我是插队的。”

丁师傅说：“噢。”

吴为一说：“那时候真是有意思，一会叫我们开河塘，要养鱼；一会儿又说不能开河塘养鱼，把开的河塘全部填掉。真是作。”

丁师傅笑了，说：“乡下就是这样的，作。”

吴为一说：“现在不一样了，现在好了。”丁师傅笑了，说：“你再待些时候你才知道。”

吴为一想丁师傅说的也有道理，哪时候能没有矛盾没有曲折呢，有矛盾有曲折这都是正常的。

一路上很顺利，百多里的路程一个来小时也就走过来了。进了城，也还算好，赶在下班高峰之前，总算没有堵车，很快到了家。车停在门口，丁师傅相帮着把两大包一小包的东西送了进去，江小燕还没有下班，孩子也还没有放学，只有老丈母娘在家，看见女婿和人弄了东西回来，说："哎呀呀，哎呀呀。"

吴为一也没有跟老太太多说什么，只是叫丁师傅把东西放下，洗洗手，请丁师傅抽烟，丁师傅说："走了。"

吴为一说："这么些路把我送回来，坐也不坐就走，怎么行，在这吃过晚饭走。"

丁师傅说："那哪成，你也是知道的。"

吴为一说："不吃晚饭，我弄点点心你吃了走。"他一边说一边回头问丈母娘家里有没有什么吃的，现成的，或者很快能做起来的。

丈母娘说："哪里有？"

丁师傅说："不吃了不吃了，什么也不能吃了，我走了。"

吴为一留他不住，只好满嘴说着对不起谢谢这样的话，送丁师傅出来。临上车丁师傅看吴为一真是满脸愧疚的样子，笑笑，说："下次到你这里来喝酒。"

吴为一说："好，说定了。"

丁师傅就开着车子远去了，吴为一一直看到车子看不见才回进屋来，心里不知怎么的竟有些感想了。

丈母娘正在看那些大包小包的东西，已经拆了一地，一包是活鲜鲜的塘里鱼，足有七八斤，另一包是火腿肉，也有一大块，小包是干干净净的，拆开来一看，是两段丝绸料子，一段是印花的，一段是素色的。吴为一正在感叹着，丈母娘说："这鱼，这么多，杀起来烦也烦死了，我是弄不动了。"

吴为一说："这鱼不难弄的。"

丈母娘说："说得轻巧，也是的，这些乡下人，别的不好送，送些小鱼。"

吴为一说："你懂什么？塘里鱼现在是最吃香的，是高档菜。"

丈母娘说："我是不懂，你懂，你就是最喜欢乡下人，从前这样，现在还这样。”

吴为一说：“乡下人有什么不好，人家送这么些东西，还说三道四。”

丈母娘说：“哟，不得了了，又好摆架子了，送了这么多东西，又了不起了。”

吴为一再懒得跟老太太说什么，跟老太太说，是怎么也说不过她的。既然老太太不肯弄塘里鱼，只好他自己动手了。老太太看他搬了小凳子，拿了刀，要杀鱼，就说：“你装什么样子，你能杀个什么东西出来，让让开，还是我一把老骨头来。”

吴为一早知道会有这样的结局，暗自好笑，走开了。

老太太回头看看那段素色的绸料，说：“这段料子颜色蛮好的。”

吴为一说：“这是给你做的。”

老太太说：“做件褂子是蛮好，不过好像太嫩了一些是吧，穿出去，人家不要骂老妖怪？”

吴为一说：“怎么会，你穿是正合适的，我特意关照他们选这一块的。”

老太太又拿起那块料反复地看了看，说：“下次最好弄一块颜色再深一些的，你跟他们说说，是七十岁的老太穿的，不能太嫩。”

吴为一说：“好的。”

老太太到厨房杀鱼，吴为一就到自己房里，泡了一杯茶，点了一根烟，只是觉得浑身松松的，回想下基层这一个星期，倒觉得已经有了好长时间似的，也不知这种感觉从何而来。

先是孩子放学回了家，还没说上两句话，江小燕也到家了，看到吴为一早早地回来了，也很开心，说：“早到了啊。”

吴为一说：“小车子送的，一会就到，基本上只是上一趟街的时间。”

江小燕说：“怎么样，还好吧？也不打个电话回来说说。”

吴为一说：“打过电话，你不在班上，叫不到，我住的宿舍里就有直拨的，可惜家里没有电话。”

江小燕说：“你想得美。”

吴为一拉了江小燕到厨房：“你看看。”

江小燕看到那些鱼肉，正要说什么，老太太就叫了起来：“哎呀，要做死我了。”

江小燕说："妈，你怎么？"

老太太说："你看不出呀，还问什么问？我是前世里欠的什么债，在你们这里做牛做马做奴隶。"

江小燕说："跟你说过的，做不动就不要做。"

老太太说："你说的，不要做，弄这么多鱼回来，不做怎么办？"

吴为一说："我要弄的，你又不让我弄。"

老太太说："你们这些人，实在是没有良心的，等我已经做好了，才来说这种话。"

吴为一还要分辩什么，江小燕说："不说了，不说了，已经弄好了还说什么？"

他们一起把杀的鱼分作几份，留出一份晚上准备吃的，其他的都用保鲜袋装了放进冰箱。从厨房里回来，江小燕说："乡下现在都这样啊，第一个星期就送这些，以后还不知怎么样呢。"

吴为一想真是的，局里第一批下去的刘和第二批下去的钱也不知他们到底弄了多少，总是好处大大的。吴为一好像已经尝到下基层的味道了，其实一切都还早着呢，一切都还刚刚开始，酸甜苦辣都还在后面，这一点吴为一应该明白，也应该有所准备。

江小燕看看那两段丝绸料子，说："这也是乡下人送的？"

吴为一说："乡下人有丝绸厂，自己出的产品。"

江小燕说："那倒是好，我们几个女的，一直想买些便宜的丝绸。现在丝绸贵得不得了，根本是穿不起了，你那边乡下有丝绸厂真是太好了，什么时候我约几个朋友一起去。"

吴为一不知说什么好。

江小燕又说："是不是出厂价打七折？一般开后门都是这样的折头。要是能出厂价打七折，就要比街上的便宜一半，我是要多买些的。"

吴为一说："现在先不急，等我把那边先混熟了再说，现在刚刚去工作就提这提那恐怕影响不大好的。"

江小燕白了他一眼，说："我又没有说明天就去，你急什么？不行的话，我不去就是，人也不是非要穿丝绸的，这几年我没有穿丝绸不也一样过来的。"

吴为一看看她，说："就你话多。"

江小燕倒笑起来，说："好了，好了，说说别的吧，乡下工作怎么样，习惯吧？"

吴为一就把下乡的一些情况说了，最后他说："他们对我真是很不错的，我也不知道怎么做才能帮到他们的忙，现在只是叫我陪陪客人什么的。"

江小燕说："你急什么，慢慢来嘛。"

吴为一说："慢慢来，总共才一年时间，慢慢来来到什么时候？"

江小燕说："听你口气倒是嫌一年太少了是不是，你要不要要求再延长时间呀？"

吴为一知道江小燕是挖苦他的，他也不跟她计较，只是说："其实要是我能找到一些路子，帮乡下介绍些什么关系，帮哪一家厂联系个什么业务，那倒也是帮他们的忙，可惜我们文化局真是死蟹一只，一点花头也没有的。"

江小燕说；"这个我也可以帮你留心的，我们那边接触外边的人多一些。"

吴为一："那是最好了，要是真的办成什么，奖金还挂钩。"

后来他们又说了别的一些事情，也有吴为一乡下的事，也有江小燕单位的事，还有孩子学校的事，吃晚饭的时候除了老太太照例啰唆几句，别的人都很开心，晚上又一起看电视，气氛很融和。

小别如新婚，晚上的夫妻生活也比平时更有些味道，江小燕说："看起来下乡倒也是有下乡的好处。"

吴为一说："那当然。"

第二天是正常过星期天，上午打扫卫生，下午到街上转转，一天就过去了，轻松愉快。

到星期一的早上，江小燕去上班时，接吴为一的车子还没有到，江小燕说："会不会有什么事情不来了？"

吴为一说："不会的。"

江小燕说："万一不来，你今天去不去？"

吴为一说："会来的，万一不来，我就去乘汽车。"

江小燕说："好吧。"

江小燕走后又过了一会，吴为一听见外面有汽车喇叭声，探头一看，是丁师傅来了，连忙拿了要带的东西下楼，在楼梯上碰见邻居，打招呼，邻居说："哟，小吴升官了。”

吴为一说：“哪里！”

邻居说：“还瞒着我们呢，升官又不是做贼，好事情嘛，你们倒好，不说发点糖给我们大家喜一喜，还瞒得紧呢。”

吴为一说：“真的没有。”

邻居就有点不高兴，说：“没有升官，有小轿车接送啊，星期六你回来我就看见了，今天又来接，不是做官是什么？”

吴为一一时也讲不清楚，也没有时间再详细解释，只好由他误会去，急忙下了楼，上了丁师傅的车就走。

到了乡下，钟经理在工业公司，见了吴为一，说：“怎么样，星期天过得好吧？”

吴为一点头，笑。

钟经理说：“这个礼拜我要出差去，你这样吧，就到乡里的一些厂转转，先摸摸情况，调查了解，我叫小洪陪着你。”

吴为一说：“好的，我正想到厂里转转，若是小洪有事情也不一定陪着，我自己看看就行。”

钟经理把小洪叫过来，跟他说如果没有事情就陪吴经理一起走走，如果手上有事情也就不客气，吴为一在一边连连说是。

小洪说：“好的。”

钟经理又向别的几个人交代了别的一些事情，就出发走了。吴为一坐在办公室里从楼上往下看着钟经理的车子走远去。

小洪说：“吴经理，今天你想跑哪个厂？”

吴为一说：“我不大了解，你看着办，我跟你。”

小洪笑了，说：“那就到丝绸厂。”

吴为一说：“好的。”

小洪说：“只是很对不起，没有车子，要走过去了，三辆车都用出去了，这一阵真是忙。”

吴为一说：“不用车，不用车，走走就行。”

小洪说：“反正不远。”

他们一起走了大约十分钟就到了乡办的丝绸厂。丝绸厂的规模是比较大的，有一条龙生产，就是说从丝织到丝绸印染都是自己完成的，产值利润也是很好的，现在生产任务忙得很，生活根本来不及做，出口产品占百分之八十以上，是乡里也是这个县里的一家重点企业。

厂里的噪声很大，吴为一进去，就觉得耳朵有些震痛，小洪领着他到厂办公室见过厂长，其实厂长和吴为一也已经见过面，因为是在饭桌上结识的，也就比一般的场合结识更容易沟通一些，感情也更融洽一些，现在厂长见到吴经理，第一句话就说："吴经理，我们熟的，吴经理好酒量。"

吴为一说："哪里哪里，在大厂长面前我是小弟弟，大厂长海量。"

小洪说："你们都不错。"

厂长说："今天中午在我这里吃饭。"

吴为一看看小洪，说："不行吧，我们还要跑几家厂。"

厂长说："好啊，跑几家厂，跑到别人那里去吃饭，是不是？吴经理是不是嫌我的酒量不够陪你？你放心，我们厂，别的能人不敢说，喝酒方面还是有几个种子选手的。"

吴为一连连摇手。

厂长说："如果吴经理不想和他们喝，那我就来舍命陪君子。"

厂长说到这份上，吴为一要是再推托，厂长也是要不高兴的，小洪说："既然厂长说话，我们就在这里了，反正到哪里也是一样要吃饭。"

吴为一说："好吧。"

厂长笑起来，说："这才好。"

时间还早，厂长说："你们先看看厂里生产情况，我这边还有点事情，处理完了，就过来陪吃饭，你们转转，我叫小倪陪着。"

小倪就来陪着在厂里看看，一个车间转到另一个车间，最后在成品库看到有一批人在那里挑选成品。厂里有人陪在一边，介绍这一种叫什么，质量怎么样，市场价格以及销售情况怎么样，那一种又是什么产品，情况如何等等。吴为一问小洪这是在做什么，小洪说大概是上面什么人来看厂，要买一些丝绸吧。

吴为一听了也过去看看，看到那些人左挑右挑，看上去好像是挑花了眼，不知到底要买哪一种好了，听听介绍哪一种都好，挑了这一种又舍不得放下那一种，挑了那一种又舍不得放下这一种，真是左右为难。小倪上前说："老陈，他们要喜欢，就让他们各样买一些算了，这样挑，挑到什么时候？"

老陈说："好的。"

小倪回过来对吴为一说："是县审计局的。"

吴为一说："审计局怎么也到丝绸厂来了？"

小倪说："吴经理你慢慢就会知道，我们这里是一块肥肉，谁都要来咬一口的。"

吴为一说："他们又管不着你们，也要来捞一点呀。"

小倪叹口气说："他们虽然不直接管到我们，但是他们来是乡镇局介绍来的，不好不接待的。再说就是审计局吧，虽然不是直接管我们的生产，但是间接地也能管到我们一些事情，总之现在是谁也都能管我们一下子。你想想，财政，税务，银行，纺织，乡镇，经委，计委，外贸，什么什么，哪家是敢得罪的呀。"

吴为一不由得也叹了口气，说："是这样的。"

小倪看看吴为一的脸色，说："吴经理你要丝绸尽管开口说好了。"

吴为一连忙说："我不要，我不要。"

小洪说："你不一样的，你是我们自己人，不搭界的。"

小倪说："是呀。"

吴为一红着脸走开了。

## 三

吴为一这几天由小洪陪着跑了好些厂，又到几个重点的村里也看了看，重点村是包括两头的村，或者是明星村，好的，或者是薄弱村，差一些的。好的差的看下来，对比反差确实是比较大，感触也比较深，但是有一点却基本上是共同的，那就是大家都强调自己的困难，把困难摆出来看，也确实是真困难，有的厂看上去简直一天半天也难以维持下去似的。吴为一有时听听真是很为他们担心，可是小洪背地里对他说，吴经理你放心，说总是这么说说，你看哪一个厂不能维持下去，都能维持的。

吴为一想小洪的话也是有道理的，说困难已经到了不能再困难的地步，但是如果再加一些困难厂也是要继续办下去的。只是吴为一每到一个单位，大家都知道工业公司来了个吴经理，路子是很多的，所以每一个单位都希望吴经理能拉他们一把，吴为一被捧得天高似的。

小洪看吴为一为难的样子，对他说：“吴经理，这许多厂，你要全部包下来是不可能的，你只能顾其中一两家。”

吴经理也不好再解释自己根本是没有什么路子，也只能将错就错，他说：“那你看，我还是先考虑哪家好？”

小洪说：“那当然是要重点考虑乡办的，乡办的里头也要先考虑重点企业。”

吴为一说：“是的。”

钟经理出去了好几天一直没有回来，吴为一本来想等钟经理回来，跟他把思想和一些打算汇报一下，下个星期到市里去找人找路，不一定下乡来了，可是等不到钟经理回来，他也不好自说自话就走开。

这一天吴为一接到丝绸厂厂长的电话，说是丝绸厂明天要搞一次比赛活动，请钟经理和吴经理参加指导。吴为一告诉厂家钟经理不在家，厂长说钟经理不在你吴经理来也一样，别的还有没有人空着，吴为一说小洪好像没有什么事情。厂长说那就叫小洪一起来。

吴为一放下电话跟小洪说了，小洪说：“去就去一下吧，反正也没有什么事情，明天是星期六。”

吴为一说：“钟经理怎么还不回来，我明天……”

小洪说：“钟经理走的时候关照过的，明天总有车子送你回去，放心好了。”

吴为一想说什么，但是没有说出来。

小洪过了一会想起来问吴为一明天丝绸厂什么活动，吴为一“呀”了一声，说：“我忘记问了。”

小洪重又给丝绸厂挂电话过去，一问，说是钓鱼，吴为一一听，很高兴。他是很喜欢钓鱼的，从前在乡下插队的时候，春天农闲，几个人就一起钓鱼，春天也没有什么大鱼好钓的，只要能钓到几条小小的鱼就已经很开心了，回城以后机会就少了，这几年可以说是越来越少。

吴为一笑着对小洪说：“丝绸厂倒是很会玩的啊。”

小洪也笑，说：“借着玩拉关系这是理所当然。”

吴为一说：“怎么想到钓鱼呢。”

小洪说：“这我也不清楚，可能有些什么关键的人物提出来的，或者是丝绸厂已经摸到了情况吧。”

吴为一说：“现在到哪里去钓鱼，河塘不都是承包的么？”

小洪说：“这好办，向承包的人买下一塘不就行了，专供钓鱼活动。”

吴为一说：“这也是个办法。”

第二天早上司机听说吴经理和小洪到丝绸厂活动，就推掉了另一个任务，主动提出送他们到丝绸厂。

车子到了，已经不算很早了，停车处的车已经来了不少，吴为一和小洪走进去，司机停好车也跟了来，一起在会议室坐下。厂长正忙着和来人一一打招呼，小倪也在一边张罗着，吴为一见到小倪，心里不免有点虚，上次说过，他答应了小倪近期要给回音的，他怕小倪见了他又说起路子什么，可是小倪并没有说什么，他看到吴为一和小洪只是朝他们一笑，说：“来啦，坐，先喝茶。”

吴为一松了一口气，回头和一些认识了的人打打招呼，一边喝着茶，等时间。过一会厂长朝这边过来，抱歉说今天人多，抽不出身子专门陪着吴经理，请吴经理谅解。吴为一笑着对厂长摇摇手，说：“我们是自己人，你不用管我们的，你忙你的，招待客人要紧。”

厂长这才放心地走开了，吴为一想，做一个厂长可真是不容易。

到十点来钟，说是人到得差不多了，一大群人就跟着厂里的人往鱼塘去，到那边一看，鱼塘很大，果真如小洪说的是包下了人家承包户的，也不知一次性给了多少钱。

每人给发一根鱼竿，安排好位子，吴为一问小洪今天来的还有些什么人，小洪说我也不大清楚，反正总是对厂里有用的人，小洪说现在不介绍等会吃饭时会介绍的，小洪又说今天的一份礼品不会轻。吴为一问小洪怎么知道，小洪笑，说这一点都不了解，还在公司混什么日子，又说你不见今天司机很热心什么的。

说了些话，吴为一就开始专心钓鱼，可是不知怎么的，没有鱼咬钩，小半上午过去，一条鱼也没有钓着。吴为一看看别的人，也有的和他一样空空的，也有人已经钓着一些小鱼，很兴奋了，吴为一想沉下心去钓鱼，可是总觉得有什么事情似的，搅得沉不下心去，想来想去，又想不出有什么事情使他不安神。

想来想去，思想就想远了去，想到下基层啦，又想到城里和乡下的种种不一样啦，再想想从前他插队那时候乡下是什么样的情况，这样东想想西想想，时间倒是过去得很快，最后就听到厂长宣布第一名是农行的李行长，第二名是外经贸的胡主任，第三名是税务局的沈局长。

大家鼓掌，发了奖，厂长说，还有会议纪念品，今天到会的每人一份，吃饭时候发。这钓钓鱼，也不知算个什么会议。

果真一切如小洪说的，礼品是不轻，一段二米五长的高档全毛西服呢料，两条金利来领带，一双耐克鞋，一起放在一只大包里，每人一份，司机也有。大家都很开心，到饭桌上情绪就更热烈，不断地掀起一个又一个的高潮，最后活动圆满结束。

吴为一和小洪回到工业公司，钟经理已经回来了，吴为一进办公室手里拿着那大包，觉得有点尴尬，钟经理却笑着说："辛苦了，辛苦了，出去开会什么是最辛苦的，喝酒应酬我实在是怕透了，今天我正好逃过，谢谢吴经理帮我应付了一次。"

吴为一也知道钟经理说的是真话，不再掩掩饰饰，把包放下，说："丝绸厂，真是破费。"

钟经理说："这是放长线钓大鱼。"

吴为一说："今天自然也是有大鱼来的，可是我们这种小小的鱼，他也放这么长的线，真是的。"

钟经理说："吴经理又说客气话。"

吴为一只好又闭嘴不说。

钟经理问吴为一这一星期的收获如何，吴为一说收获很大，他正想向钟经理汇报，准备下个星期就在市里活动，不一定星期一就能回乡下。

钟经理说："吴经理真是积极，其实再熟悉熟悉也好，不急的。"

吴为一说："差不多了，情况大体上我都有数了。"

钟经理说："那也好，你就忙你的好了，什么时候要下来，打个电话来，我们有车上去接你。"

吴为一想客气说不要车，钟经理说："就这么说定了。"

吴为一下午到家又跟江小燕说了找人拉关系的事情，江小燕说："你怎么这么急，你以为好事情就现成的在那里等着你呀。”

吴为一说：“就是因为没有好事情在等着我，所以要主动出击。”

江小燕说：“我已经帮你排过队了，有这么几个人是可以考虑的。”

江小燕把一些人名一一报出来给吴为一听，吴为一听一个否定一个，这个也不行，那个也不可能，这个没有把握，那个又是不可靠，否定得江小燕全没了信心，最后说：“我的人都不行，你自己另请高明吧。”

吴为一也觉得否定得太厉害了一些，回过来说：“再想想，再想想。”

他们又一起想起一些人来，但是把握都不是很大。江小燕说：“我头也疼死了，我是不再帮你想了，你就拿这些人，死马当作活马医吧。”

吴为一说：“也只有这样。”

到星期一，吴为一就出门奔波。

吴为一首先当然是要到自己局里去，虽然文化局本身没有什么大的希望，但是那毕竟是吴为一的大本营，局里的人也不是个个死蟹一只的，吴为一也知道其中谁谁是有一些办法的，与其出去找不熟识的人，还不如先和局里的同事们谈谈，现在虽然没有什么把握，但是有许多事情也就是随便谈谈就谈起来的，吴为一就抱着这样的一种心情在星期一的一早就到自己局里去。

吴为一下基层也不过才走了两个星期，奇怪的是这两个星期好像就已经是很长的时间了，现在回来踏进文化局的门，竟然就有了一些陌生的感觉。局里的同事对吴为一也表现出同样的反应，本来每天在一起进出，很随便的，见了面，想点头就点个头，不想点头就不点头，看见了笑最好，看见了只当看不见也无所谓，一切随意。现在却是不一样，吴为一走进去，所有的人都把他看得很分明，很仔细，都一一跟他点头打招呼。吴为一笑着说：“这么看着我，怎么，不认识啦？”

大家说，谁敢不认识你呀。

吴为一说：“本来嘛，我们现在是乡下人。”

大家说，你算了吧，我们现在都叫你吴梯队了。

吴为一说：“说得出，以后不要把我赶出大门我就是万幸的了。”

不淡不咸的话说了一会，局长来了，看到吴为一，也很高兴，说：“小吴，怎么上来了？”

吴为一说：“上来看看大家。”

局长说：“走，到我办公室喝杯水。”

吴为一就跟着局长到办公室喝茶，局长大体地问了一下情况，主要是生活什么的，吴为一一一作了汇报，局长说：“好，这样很好。”

吴为一考虑再三还是要跟局长汇报一下他回局里来的主要目的，吴为一说过后，局长想了想，说：“这是好事，要是能帮乡下办成些什么项目，不说对你下基层是一个收获，对我们局也是好的。”

吴为一说：“那是。”

局长说：“可以发动大家献计献策，人多路子多。”

吴为一说：“是的，我也是这样想，所以回来求援。”

局长说：“怎么是求援，这也是我们局里的事呀。”局长想了想又说，“不过，我想想，要是发动大家做，也有个不好，弄得沸沸扬扬的，不要事情没有办成，反倒影响了正常的工作。”

吴为一觉得局长刚才说要发动大家是很有道理的，现在说不要弄得沸沸扬扬也不是没有道理，吴为一点点头，说：“也是的。”

局长又点了一根烟，吸了几口，说：“其实你说的这些要求，我也有些路子可以介绍给你，银行方面我也有些人，还有其他一些部门，也可以找些人出来。”

吴为一说：“要是局长能有办法，那是太好了。”

局长说：“现在还不好说保证的话，不过，把握还是有一些的，这样，我先介绍你找这几个人，找下来再看情况。”

局长一边说一边就把几个人的工作单位和姓名写下来，一一跟吴为一介绍这是什么长那是什么主任，吴为一拿笔在每个人名字的下面都写了官职等等，写完了，局长拿过去一看，改了一下，又还给吴为一，说：“对，就是这样。”局长又关照了吴为一一些找人要注意的问题，吴为一放好那名单就出来了。

到了外面办公室，被大家挡住了，说，吴梯队，什么事情这么保密，和杨局长密谈呀。

吴为一笑着说：“我能有什么保密的事情。”

大家说，不对不对，没有秘密，为什么关着门说了这半天，今天你不说不让你走的。

吴为一说："哎呀，真是没有什么大事情，我们那里乡下的乡镇企业有困难，叫我帮他们找找路子，资金啦原料啦什么的，我想我哪有什么路子，才问局长的。"

大家听了，都说，好啊吴梯队，要办大事了，好处大大的，我们也帮你出出主意怎么样？

吴为一说："真的，你们要是有办法那是太好了，乡下真是四处拉人找人呢，那些手段你们真是想也想不到的呀。"

大家说，我们要是帮了你，以后的好处怎么说，你独吞啊。

吴为一说："那哪能，这乡下都是有规矩的，该怎么是怎么，我怎么好独吞呢。"

大家笑了，说，吴梯队你还是老样子。

吴为一想了想，也不知这说的是什么意思，他也没有计较什么。

大家说笑了一会，谁也没有真正把吴为一的事情放在心上，吴为一原来想到的几个可能有办法的人，也都摇头说不行，现在路子早给什么什么人弄去了，现在再来找人，真是太迟了一点。

吴为一因为手里有局长的名单，心里也已经有了些底，所以大家说说笑笑，不把他的话当回事，他也不很急，也和大家一起说说，说过之后，吴为一就去找局长推荐的人去。

吴为一先到银行，这是最实际的地方，所以也是最难啃的骨头，吴为一此来当然是有充分的思想准备，准备碰钉子，准备看脸色，也有长期作战的准备。局长介绍的那个人是个什么部的部主任，虽然只是银行中层的一个干部，但是是个实权派，权大，架子也是比较大的，一听说吴为一是文化局的，就说："文化局，文化局来银行做什么？"

吴为一刚要解释，那主任又说："我们和你们好像没有什么直接的来往是不是？"

吴为一连忙抓住话头说："我是文化局的，不过我今天来不是代表文化局。"

主任研究似的看了他一眼。

吴为一说："我现在下基层锻炼，在乡下工业公司。"

那主任一听马上说：“你不要说了，你是为乡下的厂来借钱的。”他看吴为一一脸的惊奇，不知觉得吴为一什么地方可笑，他竟笑了一下，说：“这种事情我们碰得多了，这是不可能的。”

吴为一说：“怎么不可能，那厂实在是需要……”

主任说：“需要？现在谁不需要钱？你不需要还是我不需要？你现在还拿需要这样的话来说事情，你也真是，你知道现在乡下这样的厂多如牛毛，叫我怎么办？拿我的骨头拆了也是分不够的。”

吴为一说：“我们那家厂，是乡里的重点企业，县里也是很重视的，而且……”

主任又笑了一下，说：“不要说了，不要说了，你说了也是白说。”

吴为一说：“我不是自己来找你的，是杨局长介绍我来的。”

主任说：“杨局长，哪个杨局长？”

吴为一说：“文化局的杨局长，他跟你很熟的。”

主任说：“噢，老杨啊，从前是认识的，也有些时候不来往了，他最近好吧？”

吴为一说：“很好的。”

主任说：“你回去带个信问他好。”

吴为一说：“好的。”他盯着主任的脸，觉得现在应该是有转机了，可是主任说：“贷款的事情，是不行的，你也不要说了，别说是杨局长，就是……不说了吧，说了也没有用，你还是想想别的路子吧，我这里是不可能的。”

吴为一想已经把杨局也抬出来了，还是这样的口气，看起来确实是没有希望，只好勉强笑着和主任道别。

主任伸出手和吴为一握一下，吴为一看到主任手上的戒指突然想到了一件事，钟经理曾经问他办事要不要带些东西，银行方面的冷淡，会不会因为他两手空空的原因呢？吴为一想了一下，对主任说：“我说的我们那家厂，是丝绸厂，生产的丝绸是出口的，质量很好，我……”

主任不等他说下去，又笑了一下，说：“再见。”

吴为一再也无法可想了。

这一天吴为一又跑了好几个部门，收获都不大，或者说是基本上没有什么收获，最后只剩下外经委了，因为杨局长事先说过外经委那人是这些人中比较难弄的一个人，杨局长跟他的关系也不如跟另几个那样好，所以杨局长说不到最后没有办法也不一定找这个人。但是现在吴为一基本上已经到了最后没有办法的时候了，他如果不找外经委这个人，他这一次回来就是一无所获，辛苦什么不要说了，回去怎么向乡里交代，就是见了钟经理见了小洪见了丝绸厂的厂长和那个小倪也没有脸跟他们说话了，所以吴为一是一定要到外经委跑一趟的。

果然如杨局长所说，外经委的那个人很难说话，吴为一还没有把情况说清楚，他就一口回绝，一点没有商量的余地，好像比银行的架子还大似的。吴为一心里虽然沮丧，但是面子上却不能怎么样，这样的人他对不起你，你还不能对不起他，要是得罪了，一方面杨局长那边不好交代，再说既然乡下求得着他们，说不定哪一天还是要来求人的，不能把自己的路给弄断了，吴为一所能做的也只是赔着笑脸，一直到走出办公室。

一走出办公室，吴为一长长地出了一口气，心里沉沉的，眼睛也有些发花，一时已不知往哪边走出去。

正在着难，就听得有人说："咦，不是吴老师么。"

吴为一一看，一个年轻人站在他面前朝着他笑。吴为一想不起来这个人在哪里见过的，但是从叫他吴老师这样的称呼上可以断定是文化局办的文化班的学生，因为吴为一从前没有做过什么老师，称得上老师唯一的可能就是他在文化局办的文化班上讲过几课。文化班的学生都是市机关的年轻干部，需要动动笔头子的，文化局办这样一个班，也算是培养培养，象征性地收一点钱，主要也是联络各机关的关系吧，这年轻人一定也是那个班上的学员，只是他认得吴为一，吴为一不认得他。

吴为一正在想着，年轻人说："我是小田，外经委的，在你们文化班学过的，你教过我们课。"

吴为一想果然如此，他一边伸出手和小田握手，一边笑着说："我倒认不出来了。"

小田说："那当然，从来只有学生认得老师，老师哪能全认得学生，再说我在那班上也算不上什么出头的学生，无声无息的吧。"

吴为一说："哪里，你们这一批，都是很有出息的。"

小田说："吴老师你到我们这里来有事情？"

吴为一心想你们领导也解决不了的事情，跟你说了也是没用，不说也罢。但是一看到小田一双热诚的眼睛，吴为一不知怎么又充满了希望似的，就在走廊里把事情跟小田说了。

小田听了，说："噢，吴老师现在下基层呀，提拔对象了。"

吴为一说："哪里呀，我是现在还不知这一年怎么下来呢。"

小田说："我们这里也有下基层的，没有你这样认真的。"

吴为一说："我总是觉得人家对我们好，我们不应该不尽点力帮帮他们。"

小田一笑，说："乡下现在很来事的，也未必就需要我们帮助。"

吴为一说："我们那边我是知道的，我专门下去了解的，确实是困难很大，需要帮助。"

小田笑着看吴为一，说："既然这样，你等一等，我帮你问一问，我们这里，有的是来投资的台湾老板，有一份表格的，只是上下的沟通还没有做好，有时候下面很想要，但是上面工作来不及做，现在既然你有这方面的需要，我帮你打听一下。"

小田说着把吴为一领到会议室坐着，先去泡了一杯茶来，让吴为一稍稍等他一会，就出去了。

吴为一喝着热热的茶，心情好得多了，想来想去，感悟到还是熟人好办事，虽然小田跟他也算不上什么很好的关系，只是有那么一点点的联系，事情就好得多了。吴为一想着要是事情能成，那真是太好了，乡下一再跟他说过，最好的结果就是拉到外商投资，这成效比什么银行贷款比什么弄一点原料之类不知要高多少呢。

过了不多会，小田就过来了，还带着个女的，年纪也和小田差不多，小田介绍了，也是外经委的同事，姓沈，吴为一就叫她小沈。

小田告诉吴为一，小沈就是专门负责这事情的，现在她手上就有几个人，他们排了一下，其中有一个很适合投资丝绸厂的，是台商，如果吴为一觉得可以，定个时间就谈一谈。

吴为一开始几乎不能相信这是真的，好像一切来得太突然，好像他跑了这一大圈并不是为了追求这样的目的似的，也好像这样的结果是他意料之外的，总之他是很激动，也不知说什么好。小田和小沈不知道他这样子是什么意思，互相看看，小田说 ：“吴老师要是觉得不合适就算了。”

吴为一连忙说 ：“合适的，合适的，什么时候，听你们的。”

小田和小沈又交换了一下眼光，小沈说 ：“你能不能代表厂方 ？”

吴为一说 ：“基本上可以。”

小沈说 ：“那就定在明天吧。”

吴为一说 ：“你就可以定了 ？”

小沈笑了，说 ：“我就是管这事情的，我不定，谁定呢？ ”

小田也说 ：“就是，小沈你不要看她年轻，又是女的，能干着呢，你要当心她。”

小沈说 ：“去你的。”

吴为一看着他们朝气蓬勃的样子，心里很振奋。

第二天约定的地点时间，来了两位妇女，一位看上去有五十来岁，另一位四十来岁，都是珠光宝气的，吴为一上去就要自我介绍，小沈说 ：“她们是台商的代理人，老板还没有来，到杭州玩去了，估计一两天要回来，先和张太太谈谈也一样。”

五十来岁的妇女说 ：“是的，我是他的妹妹，现在是代理人，和我谈也是一样的，这一位太太是何太太，是我的表妹，也是我们一起的。”

吴为一欠身表示致意，说 ：“张太太好，何太太好，给你们添麻烦。”

张太太说 ：“好说的，都是为了发展嘛，对不对，小沈 ？”

小沈好像对张太太并不很热情，说 ：“是的。”

接下来就由吴为一把丝绸厂的情况简要地说了一下，张太太还是很感兴趣的，又详细问了一些厂里的情况，生产啦什么，吴为一都说了。最后张太太说 ：“这样的话，我看是可以考虑。”

她一边说一边回头看着何太太，何太太点头表示同意。

小沈说 ：“具体的是不是等孙先生回来再谈 ？因为投资毕竟不是一件小事。”

张太太说 ：“那当然。”

吴为一对张太太说 ：“还希望张太太在孙先生面前多美言几句。”

张太太说 ：“那当然，只是我这样为你们尽心尽力，真是赤胆忠心的啊，你也看得出来。”

吴为一说：“看得出，看得出。”

张太太说：“看得出就好，到时候可不要做出过河拆桥的事情，我，还有何太太，你们是不好忘记的呀。”

吴为一说：“怎么会忘记，绝对不会的。”

小沈和小田一直没有说什么，后来吴为一问他们的意见，他们也没有明确表示，等张太太何太太走后，小沈说：“真是，这两个人真难摆脱，我一看她们就知道她们脑子里是什么坏点子。”

小田说：“我们反正公事公办，你管她们想什么呢，我们只作不知就是。”

小沈说：“我看见她们就没有情绪。”

小田想了想，说：“其实我们应该想办法单独和孙先生谈谈。”

小沈点点头，说：“是呀，我也是这样想，上次我已经听出孙先生对张和何是有些看法的，她们也太那个了，弄得孙先生比较为难的。”

小田说：“就是。”

最后小田和小沈商量下来，决定找机会单独和孙先生谈谈，他们叫吴为一尽管放心，说既然他们已经答应下来，那是一定要把事情办好的。

吴为一连连感谢。

他们说这用不着谢，这也是他们的工作。

吴为一很感动。

果然只过了两天，小田就告诉吴为一已经设法和孙先生单独谈了，孙先生完全赞同他们的意见，这一次不打算再让张和何插手，小田让吴为一赶快和乡下联系，小田说最好是由厂里派车子出来接，倒不是孙先生自己叫不起车子，也不是外经委派不出车子，主要是想让孙先生一开始就有一个良好的印象。

吴为一点头称是，觉得小田虽然年纪不大，但是考虑问题什么真是很周全，还有那个小沈也是，给人的感觉是很能干也很踏实。

吴为一当天就赶回乡下，和工业公司说了，又赶到丝绸厂找到厂长，厂长一听有台商来谈投资，真是喜出望外，提什么条件都好商量，说起要派车子，那真的小事一桩。

厂长问吴为一一辆车够不够，有几个人下来。

吴为一想了一下，一个是孙先生，小田和小沈大概不会都来，估计是沈来，还有吴为一自己，总共不过三个人，一辆车也够了。

厂长说："那正好，我上去接孙先生，一车坐四人。"

这样很顺利地就说定了，吴为一又赶上来把时间什么通知了小田，由小田再去通知孙先生和小沈，小田那边也很高兴，好像一件事情已经做得差不多了，好像一篇文章已经写好，只等到乡下厂里去画上一个句号了。

## 四

到了约定的日子，乡下的车一大早就开出来，停在约定的地点，吴为一也早早地过来。等了一会，就见小田来了，问起来，说是孙先生由小沈去接的，又等一会，就见小沈来了，不过不止是陪着孙先生一个人，在孙先生背后还跟着三个女的，在张太太和何太太之外，又多了一个年纪很轻的女人。

吴为一迎上去，小沈苦着脸说："又跟来了。"

厂长也跟着吴为一过去，吴为一先介绍厂长和孙先生认识，厂长和孙先生握手，说着热烈欢迎这一类的话，然后看着那几位女士，说："这几位……"

孙先生大概也觉得不大好说，看了小沈一眼，小沈说："这些都是孙先生的亲戚。"

张太太走上一步自我介绍过，又介绍了何太太，却不介绍那年纪轻的姑娘，那姑娘就自己说："厂长，我叫小丽，我是孙先生的外甥女，孙先生是我舅舅，这次我舅舅愿意到你们厂投资，我可是出了大力的呀，到时候你们不好忘记我的呀。"她一边说一边过去挽住孙先生的手臂，说："舅舅，你说是不是？"

孙先生笑笑。

小沈看了小田一眼，小田也没有办法，小沈说："好了，你们几位送孙先生就送到此吧，我们上车了，你们请回吧。"

张太太和小丽同时说："那怎么行，孙先生要我照顾的。"

小沈说："照顾孙先生我来好了，你们都要去，车子也坐不下，你们看。"

厂长听小沈这样说，连忙说："车子不要紧的，我们再叫出租也行。"

大家看着厂长，厂长说："这怪我们事先没有考虑周全，真是很对不起。"

吴为一说："这怪我，我说只要一辆车，要不，我就不去了。"

厂长说："那不行，这里谁也不能不去，张太太、何太太，小丽你们都去，我们乡下请还请不到你们呢。"

厂长这样说，小沈小田还有吴为一也不好再多什么嘴，看得出孙先生很高兴，情绪很好，厂长就让驾驶员另外去租了一辆车，正好八个人，分坐两辆车就往乡下去了。

小沈陪着孙先生和厂长坐一辆车，小丽因为一直拉住孙先生不放，也只好让她上了那辆车，这边出租车里是吴为一、小田还有张何两位太太。上路后，张太太就开始诉说小丽的种种不是，说来说去总不外是小丽把孙先生骗得怎么晕头转向，张太太甚至对小丽的身份表示怀疑，张太太说一句问何太太一句是不是，何太太就说是，张太太就回头对吴为一、小田说："你们看，不是我瞎说吧，那女的，就是这样。"

吴为一和小田心里都有些好笑，但是嘴上又不能把她怎样，也只好由她去说说了。

到了乡下，先把一行人领到工业公司，钟经理正好在家，一起见过，坐了一会，喝过茶，厂长就提出来请孙先生到厂里去，钟经理笑着说："你急什么，今天的午饭总是要在我们这里吃了。"

厂长说："我那边已经准备了。"

钟经理说："晚饭到厂里吃吧。"

就这样决定了，厂长也不好跟钟经理强调什么，虽然他一心急着要跟孙先生谈事情，但是起码的程序还是要遵守，一步一步来，从前也都是这样。

钟经理把孙先生来的事情告诉了乡里的领导，乡里书记乡长听了，也都表示中午要一起来陪客，弄得工业公司的餐厅有点紧张起来，临时又派人去弄些上档次的菜。

时间还早着，大家坐着说说话，也是有一句没一句可说可不说的，别人也许没有觉得有什么不好，最坐立不安的是吴为一。他朝孙先生看看，看不出孙先生是什么心情，他又朝厂长看看，厂长也是和大家说说笑笑，好像根本就没有谈投资的大事在等着似的，很从容很悠然的样子。

倒是小沈和小田都有些不安，好在小沈他们是常常见到这样的场面的，心里很清楚，坐了一会，小沈就对孙先生说："是不是请厂长先把情况说一说。"

厂长说："是呀，先说一说，反正坐在这里也是说话。"

孙先生点点头。

张太太她们几个一听谈生意，就都围过来。小沈说："厂长，是不是厂里请人带几位太太小姐到厂里看看。"

小丽说："不用的，等会儿舅舅去看，我们一起去就行，不用专门陪着我们。"

小沈朝吴为一和小田做一个脸色，小丽和张太太她们也明明是看见的，但是只作不知，嘻嘻哈哈的。

厂长就向孙先生汇报了厂里的大体情况，孙先生问了一些问题，问过后，也没有明确表态，只是说要看了厂再说，这样一直到吃过午饭，又休息了一会，一行人才前呼后拥地到了丝绸厂。

到了厂里，先领着看样品室，一进去，张太太就有些咋呼，说："哟，这么多丝绸，都是你们厂生产的？"

厂长点头笑。

张太太又说："真不错，颜色真多，花样也很好，质量也很好的，你们看看，你们摸摸，怎么样？"

厂长说："真是的，内行人一看就看出来了。"

张太太说："那当然，我是有数的。"

小丽挽住孙先生，在一边斜着眼看了一下，说："这算什么好，真是没有见过大世面的，舅舅，你说是不是？"

孙先生不说是也不说不是，只是笑。

张太太又想说什么，被小沈打断，小沈说："这样七嘴八舌能说出个什么来。"

张太太说："我们不是要说什么，只是看到这丝绸好，市场上买不到，想等会在这里买一点，不知行不行。"

厂长说："这个你们放心，已经给你们都安排好了。"

张太太说："厂长你不要误会，我不是向你们要，我是想买一些，我真是看着好，钱我照出就是。"

小丽说：“跑这么老远来麻烦人家，真是不合算，这些东西街上也有卖的，只要有钱什么东西买不到？如果没有钱那是另一回事了。”

张太太说：“哪里有卖？我找遍了也没有见到，这点钱我还是有的。”

小丽说：“你到友谊商店去，保证有。”

张太太说：“友谊商店，那里面我是不去的，东西比别的店贵得多。”

小丽笑了一下，说：“说到底还是没有钱啊。”

张太太很不高兴。

厂长连忙说：“你们说哪里话，怎么能要你们的钱，一点点丝绸料子，我们自己生产的，还要收你们的钱，那是不像话的了。”

厂长这一说，大家都笑了，说厂长真是客气什么。

看完样品室又看车间，等一一把厂里的所有设施看下来，大家都走得有点累了。到了会议室，小沈先进去，看是里外两间套的格式，就注意把人分成两拨，一拨是厂长、孙先生还有小田，小沈就把他们往里间请，孙先生带来的几位小沈就把她们让在外间，说：“坐，坐，就这里坐。”

然后小沈又对吴为一说：“你在这里陪陪她们。”

吴为一说：“好的。”

小沈进去很自然很随便地就把里间的门带上了。

外面张太太和小丽她们先是忙着喝茶解渴，等到歇过气来，才发现已经被隔在外边，张太太对吴为一说：“你这位同志，真是老实，人家把你蹬了，你还不明白。”

吴为一一笑，说：“你说什么呀。”

张太太说：“换了我我是没有这么好说话的，我是要挤进去的，你是牵线人是不是？”

吴为一说：“我是牵线人这不假，不过我是外行，谈生意还是要他们自己谈的。”

张太太说：“你真是拎不清的。”

小丽在一边笑着说：“你最拎得清，人家这是配合你懂吗，不懂就不要吹。”

正说着，厂里有人拿着水果什么的进来，大家吃水果，小丽就抱了水果进里间去，随手也把门关上了。

张太太看着那关上的门，对何太太说："我们真是……"

何太太说："你吃香蕉，这香蕉大。"

张太太说："你就是知道吃。"

何太太笑笑，也不跟她计较，只顾自己吃水果。吴为一看她一口气吃了香蕉橘子又吃了一只很大的苹果，便想这何太太看上去很瘦小，胃口倒是很不错。吴为一也吃了一根香蕉，觉得很凉，就没有再吃别的。

大约过了半个多小时，里边的人出来了，吴为一心里很紧张，他注意看他们的脸色，看厂长很开心的样子，孙先生也笑眯眯的，吴为一心里一松，想大概事成有望了。

孙先生出来，张太太他们就围着他说话，吴为一找个空子，问小田是不是差不多了。

小田摇摇头。

吴为一说："怎么？"

小田说："孙先生觉得投资环境不行。"

吴为一说："再谈谈还有没有希望？"

小田又摇摇头，说："恐怕没有。"

吴为一叹息一声。

小田说："你叹什么气，这种事情，你以为一谈就谈成的呀，像我们也不知做了多少的无用工了。"

吴为一说："不管怎么说，线是我牵的，谈不成我心里总是有点那个的。"

小田说："那当然。"

看看时间，又差不多了，厂长说："吃饭，边吃边谈吧。"

小沈看看手表，说："时间还早，我们其实可以赶回去吃饭，省得再打扰了。"

厂长说："你说得出。"

不由分说就请孙先生，孙先生也没有推辞，一行人跟着又到了丝绸厂的餐厅，晚饭的招待又是相当的丰富相当的高档，吴为一吃在嘴里，心里却不是滋味，不住地朝厂长看，厂长和孙先生以及小丽张太太他们谈笑风生，一点没有失落的感觉。

吃过饭，送上车的时候，把每个人的礼也拿来了，一人一个包，张太太当场就拆了包，是两块丝绸料子。

吴为一也给了一份。他不好意思拿，说："我就不拿了吧。"

厂长说："吴经理看不起是不是？"

这样一说，吴为一倒不敢不拿了。

两辆车子送大家回去，一辆是丝绸厂的车子，再向乡里借了一辆，孙先生一行四人，加上小田小沈一共六人，吴为一问小田他要不要再陪上去，小田说不用了，吴为一就没有再去。没有谈成事情，吴为一的心里最沉重，他简直不知怎么向丝绸厂以及工业公司和乡里交代，他也实在不愿意再陪着这些白吃白拿的人走一趟。

客人走后，厂长对吴为一说："吴经理今天酒没有喝够，我知道的，来，我们继续喝。"

吴为一长长地叹了口气，说："我怎么喝得下去。"

厂长十分惊异，说："怎么啦吴经理，是不是身体不舒服？"

吴为一说："没有，要说不舒服，就是心里不大舒服。"

厂长想了想，说："是不是我们在哪里不周到？"

吴为一说："我真是，我真是没有本事，怎么介绍了这样的人来。"

厂长说："你是说孙先生？"

吴为一说："是呀，谈也没有谈成，吃吃喝喝还带这么多人来，拿了这么多的东西走，真是的，我觉得不好向你们交代，都怪我没有本事。"

厂长听了先是一愣，随后哈哈大笑起来，笑了好一会才停下来，说："吴经理，你这话是玩笑还是当真？"

吴为一说："真的，我的真心话。"

厂长又是大笑，说："吴经理你这人真是，怎么说呢，叫我怎么说呢，这算什么？我可以告诉你，这位孙先生，也算是我碰见的客商中比较讲道理也比较有水平的一位呢，有些人你真是想也想不到的，他这带两三个人来吃吃喝喝拿一点小礼品去算什么呀。"

吴为一看着厂长，知道厂长说的是真话，他想了想又说："不过我想想总是有点什么的，介绍的事情不能成功，我真是……"

厂长说："吴经理你还早呢，你下来至少是一年是吧，现在才几天时间，以后有你的事情做呢。”

吴为一张了张嘴，想说什么，却再也说不出来。

厂长说：“不管他们了，我们喝酒，叫小洪他们也来，一起热闹热闹。”

吴为一总还是放不下这件事，总觉得下乡来第一次办事情就办得这样，很不是味道，厂长也知道了他的心思，告诉他，这样的谈生意，二十次里有一次成功那算是大顺了，这一次两次的不成功实在是算不得什么事情的，厂长一再叫吴为一不要再放在心上，小洪他们也说，吴经理你刚来，以后时间长了你就知道，你就不会这样放不下了。

吴为一想想这也对，乡下这些年来能发展成现在这样，也不知经过多少挫折，也不知碰过多少钉子，也不知失败过多少次，吴为一应该有一定的思想准备。

牵线搭桥的事情就过去了，事后谁也没有说吴为一什么不是，倒是更多的人认为吴为一确实是有路子，要不然怎么一下来就介绍了一个台湾省客商呢，找他办事找他帮忙的人也很多，吴为一看大家信得过他，当然是要尽心的。

过了些时，乡里负责组织工作的党委委员到县里汇报下基层干部的情况，把吴为一大大地表扬了一番，说吴为一既有工作热情又有工作能力，到基层不久，就介绍了台湾省客商等等，县里负责抓下基层干部工作的领导听了也很感兴趣。事后向县里一汇报，觉得可以把原来定下来的下基层干部一个季度集中一次的地点放到吴为一下去的那个乡去，这样就可以听吴为一介绍一下他自己的情况，也可以向当地的领导了解一些怎么关心帮助下基层干部的经验。

定下来后，县里就通知吴为一本人，叫他再向党委汇报。吴为一接了这个电话很为难，这一来，又是好几十人，不说别的光一顿饭就要好几桌，他自己下来到现在什么也没有帮乡里办成，现在倒要乡里为了他付出许多，他实在是有些开不了口，可是时间已经定下来，很快就要来开会的，不说也是不行的。吴为一找到乡党委书记，支支吾吾不大好说，乡党委书记再三催促，吴为一才把事情说了，最后他说：“实在是不好意思，我已经过了好几天没有找你，可是时间也来不及了，我本来是想推托掉的。”

乡党委书记说：“哎呀，吴经理，差点给你误了事呢，这么好的事情你怎么可以推托掉呢，你要是真推掉，我们是要生你的气的。”

吴为一说：“我是怕给乡里添麻烦。”

书记说：“这叫什么麻烦，这就是我们的工作，要是一个乡什么人也不来，这个乡也就完了，你说是不是？”

吴为一想想也对。

书记又说：“下次要是有这样的机会，不要说推托了，我还希望你能为我们争一争呢。”

吴为一说：“要来好几十人，县里组织部长也要来的。”

书记笑着说：“人多才好呢，说明大家看得起我们乡，吴经理你放心，我乡党委出面接待，保证不会差的，一顿饭，要什么酒你开口，只要能办到一定办，每人一份礼品，这是老规矩，你也不用操心，总之不会不给你面子。”

吴为一说：“我主要是为乡里考虑。”

书记说：“你能把这个会拉到我们乡来开就是为乡里出了最大的力了，你前一任的下基层干部在这方面就不如你，我们一直想通过他拉些什么会议来，结果一次也没办成。你看你一来，又是台商，又是开会的，原来别人还认为你是文化局的，不会有什么花头，我就不信，我说文化局自有文化局的路子，我说得果然不错。”

吴为一面对这样的书记，真是不知说什么好，他真不知是要感谢乡里的领导还是要怎么样，心里真是百感交集。

下基层的干部碰头会如预期的那样开得很好，县里的领导很满意，各乡集中过来的下基层干部也都觉得吴为一所在的这个乡确实是很不错，无论是在对待下基层干部的问题上，还是乡里其他各方面的工作，都是无可挑剔。

吴为一在发言时说了乡里对他的关心等等，最后他说他觉得惭愧，因为这一次介绍的生意并没有谈成，倒是给乡里厂里添了不少麻烦。

大家听了都说，这一次的不成功算不了什么，一年下基层还刚刚开始呢，以你这样的劲头和本事，这一年下来，一定会有很大的收获。

吴为一说，这倒是的，乡里领导和厂长他们也都是这样说的。

大家说那就是了，还惭愧什么。

会开过后，到了星期六，照例有车子送吴为一回家，这一天晚上吴为一心情还没有完全平静下来，他向江小燕详细讲述介绍台商、谈判没有成功以及乡里怎么关心、县里又是怎么重视把会议放过来开等等，讲了好一会，吴为一才发现江小燕不知什么时候已经睡着了。

夜很静，江小燕发出轻轻的均匀的鼾声。

吴为一想，是该睡了。

# 还俗

## 一

结草庵住持尼慧文在五十年代初还俗，参加生产劳动，就在里弄缝纫组做做。那时候的里弄生产组是没有什么规模的，也没有一台缝纫机，只是三五七八个闲散的妇女聚在一起，从服装厂领一些外发活来做做，像钉钉纽扣什么，这样的工作其实也可以拿到自己家里去做，但是大家还是愿意凑在一起，说说话，比一个人闷在家里好，至于收入，虽然不高，但那时候整个的生活水平就是这样，一个人做做，也够自己过的。

里弄缝纫组的地方就是用的结草庵宇，从前是两位小师太天悲天慈住的，自慧文还俗，天悲天慈也都走了，是回了自己的家乡还是到别的什么地方去了，后来她们的命运如何，结果怎样，那都是另外的话题了。结草庵还有一位慧明师太，是慧文的师姐，她不愿意还俗，但是既然住持已经不再侍佛，在慧明师太看来，结草庵就有了一种树倒猢狲散的凄凉意味，慧明师太就是怀着这样一种凄凉的心情离开了结草庵，到郊外上圆山观音寺修禅侍佛去。从这一点看，对于佛的诚信，慧明师太似乎要比慧文更甚一些，而且慧明也比慧文早入佛门，又年长慧文几岁，以这些条件来看，在结草庵做住持的也许应该是慧明师太而不是慧文，可是当初慧文慧明的师傅圆信在圆寂之前怎么会指定由慧文接替她住持结草庵，对这一点，慧明是有一些想法的，但是慧明决没有嫉妒，她知道嫉妒这是要力戒的，慧明认为师傅一定是有道理的，她觉得自己要做的就是潜心侍佛，禅悟师傅的道理。

慧明师太和天悲天慈她们走了以后，结草庵的庵宇就空出来，有一段时间街道办事处曾经借用过结草庵做办公的地方，可是用了一阵就搬走了，说是结草庵阴气太大，潮湿，在里面办公关节痛，那时候的房子问题还是比较宽松的，可以有挑挑拣拣的余地，不比现在。

结草庵的几间庵宇最后是被结草服装厂用去作了仓库。

结草服装厂大家知道就是当年的里弄缝纫组，后来发展成厂。他们生产的结草牌服装，也有了一些小名气，这一切都是随着时代的进步走过来的，一切都在正常的轨道之内。

慧文在她年纪尚轻的时候在厂里做做，后来上了年纪她就不再做了，她孤身一人，属于社会照顾对象，五保老人，生老病死总会有人管。慧文自己也没有什么特别的嗜好和特别的开支，她只是需要一些日常的生活费用，这些费用，结草服装厂可以负担，街道也可以承当起来，慧文老来，一般的生活还是能够过过的，这一点不用怀疑。

对于像慧文这样一位从前做过尼姑的孤身老人，一般的人看起来，总是有一些神秘感，但是慧文好像没有给人这样的感觉，在结草庵这一带，大家都知道慧文的情况，关于慧文当年为了什么出家当尼姑，关于后来慧文又是为了什么要还俗，还有慧文还俗那时候还不到三十岁，既然还了俗，为什么一直不嫁人等等，这一带的人都是了解的，一旦了解了，也就觉得没有什么秘密了。

从慧文精通琴棋书画这一点，不难猜出慧文的出身，早几年在市场还不怎么丰富的时候，到了年关，结草庵就有一些人过来请慧文写一些春联什么的，慧文总是认真地帮他们写好，拿回去贴在大门上，过路的看了，也只是看看而已，一般不是内行的人，也看不出慧文的字有多好。后来市场很丰富了，只要有钱，什么都能买到，对联什么的，人家也不大用了，请慧文写字的人也就少了。

慧文在上了年纪以后，街道居委会就落实了专人负责照顾慧文的日常生活，主要是一些买米买煤的重活，慧文不用担心，到时间会有人送上门来。

一直给慧文送煤球的是一位苏北老人，他给慧文，也给结草庵一带的人家送了几十年的煤球，可是有一天在结草庵外面喊“煤球来了”的不再是他了。

慧文开了门，是一位小师傅拖着煤车在门口，慧文说："老师傅呢？"

小师傅说："去了。"

慧文愣了一下，说："怎么会，上个月来送煤，还是好好的。"

小师傅说："人老了，谁说得准。"

慧文点点头，她心里有点难过。

小师傅说："你怎么不说阿弥陀佛，电视上的和尚尼姑看到死了人都要说阿弥陀佛的。"慧文被小师傅的话逗笑起来。

小师傅把煤球往下搬，一边奇怪地盯着慧文看。

慧文说："以后就是你来送煤球？"

小师傅说："是我。"

慧文说："那就要麻烦你了。"

小师傅说："没问题，除了送煤球，你要是有别的事情也可以叫我。"

慧文看小师傅一脸煤黑，说："洗洗脸吧。"

小师傅笑起来，说："洗什么脸呀，我们这样的，有脸没脸都一样。"

慧文也笑了，说："听你口音，不是本地人。"

小师傅说："苏北人，你们叫江北人，江北猪猡。"

慧文问他："你到这边来多长时间了？"

小师傅说："好几年了，一开始是在郊区的厂里做的。"

慧文说："厂里也很好的，怎么出来了？"

小师傅说："不好的，不自由的，管得太死，我是不高兴做了，就跑出来，弄个炉子卖烘山芋，又批点老姜卖卖，赚不到什么钱，又到小店里去。唉，做来做去，实在也是没有什么意思。"

慧文说："你现在送煤球有没有意思呢？"

小师傅说："什么意思，做做算了，一张嘴要吃的。"

慧文看小师傅一边说一边已经把煤球搬好，还帮她堆得整整齐齐，慧文说："你手脚很快的。"

小师傅得意地笑了。

慧文进去拿了水来给小师傅喝，小师傅喝了水，又盯着慧文看，那眼神很滑稽的。

慧文说："你是不是有什么话要问我？"

小师傅说："你怎么知道？"

慧文笑着说："一般的人第一次见了我都要问问的。"

小师傅说："真是的，哎，他们说你从前是尼姑，是不是？"

慧文说："是的。"

小师傅听慧文回答得这么干脆，倒有点不好意思了，顿了一顿才说："你为什么要做尼姑？"

慧文说："那时候我的未婚夫被我的妹妹抢去了，我很伤心，在他们结婚的那一天我就出来当尼姑了。"

小师傅"嘻"地一笑，说："那你后来怎么又不当尼姑了呢？"

慧文说："政府号召生产自救，你知道有句老话叫穷算命富烧香，富人后来都要自己劳动，没有很多钱来烧香，我们都要饿死了，就出来做工作。"

小师傅又是"嘻"一声，说："你怎么不结婚？"

对于这样直率甚至很粗鲁的问题，慧文并不觉得有什么不妥，也许这许多年来她已经接受过无数次类似的提问，有许多问题并不是从嘴里说出来，而是从人的心里射出来，那恐怕要比嘴里提出来的更厉害，慧文也没有觉得怎么样，一切都属正常。所以慧文仍然微笑着回答小师傅的问题，她说："我不结婚是因为我不想结婚。"

小师傅张了张嘴，好像再也问不出什么来了，过了一会他又说："就这样？"

慧文说："就这样。"

小师傅"咦"了一声，说："这没有什么呀。"

慧文说："是没有什么呀。"

小师傅在临出门时说："反正我觉得你不像尼姑。"

慧文说："我早已经不是尼姑了。"

小师傅说："不管怎么说，你也不像从前的尼姑。"

慧文说："你觉得尼姑应该是什么样子呢？"

小师傅一笑，说："我也不知道。"

慧文送小师傅出了门，不一会听到小师傅又来敲门，慧文去开了门，说："什么事？"

小师傅指指结草庵对面的一户人家说："那边那个瘫子，叫你过去。"

慧文就跟了小师傅一起到王桂花家。王桂花的儿子王恒从小就坏了双腿，瘫在家里好多年了，家中别无他人，只有母子俩，靠王桂花一人工作，养活王恒，平时因为和慧文住得近，两家倒是常常有个互相帮助什么的，早几年王恒还跟慧文学画，慧文认为王恒在绘画上是有才能的，只是没有机会展示。

慧文到王恒那边，王恒说："慧师傅，我妈病了，又不肯去医院，你说说她。"

王桂花的为人脾气在这一带大家都是知道的，从"王老虎"这个绰号，也多少能了解这个人的一些特点，在结草庵一带，多半的人不大和王桂花啰唆，有什么事情要找她，大都是要通过慧文的，只有慧文的话，王桂花还能听进去，这也是很奇怪的。

慧文到王桂花床前，看看她，王桂花脸上通红，慧文摸摸她的头，很烫，慧文说："发烧了，要去医院的。"

王桂花说："我走不动，你背我？"

慧文说："我去找人来。"

王桂花"嗤"了一声，说："这时候去找鬼。"

慧文也不跟她多说什么，出来看见送煤球的小师傅还没有走远，慧文说："小师傅你帮帮忙。"

小师傅说："我要去送煤球，没有空的。"

慧文就和小师傅一路走到居委会，居委会的几个干部听了，也很急，相帮到小店里去借黄鱼车，黄鱼车倒是空着，可是踏车子的人走开了，居委会两个主任一个书记都是七老八十的了，几个人只有对着黄鱼车发愣。

小店里的人说："哎呀，你们居委会也是的，尽是弄些老的，怎么不弄个把年轻一点的，碰到这样的尴尬事情也不至于弄僵了。"

居委会几个人说，哪个年纪轻的肯来做居委会呢。

小店的人说，这倒是的，居委会，烦也烦死了，叫我做我也不高兴的。

慧文看看这边没有办法，就回过来，王桂花一看慧文一个人回来，说："我说的吧，你这时候去找人，找居委会那几个人呀，他们肯来帮我？"

慧文说："倒也不是他们不肯来，实在也是，一个个都是一把年纪的，李主任我看她身体也是很不好。"

王桂花说：“占着茅坑不拉屎，就是他们这种人。”

慧文看王桂花呼吸急促，连忙说：“你少说两句吧，我去叫部三轮车来，你不要急，一会就来。”

慧文走出去的时候听王桂花说：“倒霉的，都是橡皮狗不好，上了他个黄狼当，弄出毛病来了。”

王恒说：“你总是怪别人。”

王桂花说：“不怪他怪谁？”

慧文走出来，就看到送煤球的小师傅也过来了，小师傅说：“不要来回作了，我来送去吧。”

慧文说：“你的煤球怎么办？”

小师傅说：“再说吧，也不在乎这一趟了。”

慧文领着小师傅进去，告诉王桂花小师傅肯送她去医院。

王桂花看看小师傅一身的黑气，说：“脏死了。”

小师傅并不生气，只是说：“你还嫌我脏，我还嫌你臭呢。”

王桂花笑了起来：“你个小贼。”

王恒对慧文说：“你看她，病得这么重，还寻开心，真是的。”

小师傅拿了一张椅子放在煤车上，又搀着王桂花上了车，一路车子拉过结草庵，一些老人看了，都说作孽。王桂花听了，眼睛朝他们瞪瞪，说：“说我作孽，你们到时候不定还不如我呢。”

大家说，王桂花这人实在也是不知好歹。

后来车子走到居委会门前，主任副主任都出来，站在门口关照小心一点，旁边的一些人说，怎么弄个拉煤球的小猢狲，居委会那班人只会站在那里看，也不过来帮帮，放他们在那里吃干饭。

另外就有人说，居委会那班人，实在也是不能做什么了，跟我们这班也是差不多的了。

## 二

许梅芳在小店里做了八年，现在是越做越没味道。小店里七个女将，个个都是久经考验的。许梅芳常常向人介绍自己单位是三千五百只鸭子，因为大家常说两个女人在一起等于一千只鸭子，许梅芳按照这个比率折算，七个女人就是三千五百只鸭子，连她自己也在内，对这一点，许梅芳是有自知之明的。

好几年来许梅芳一直想做店里的主任，其实在这样一个小店里做一个店主任并不见得有很多的好处，烦恼和辛苦倒是多一些，许梅芳想做店主任，她既不是想得什么好处，也不是想给自己增添什么烦恼，许梅芳只是想她做了主任就能管一管那三千只鸭子，她真的很想管一管她们，许梅芳早已经想好，如果她能够做上店主任，她就要拿出一点颜色来给她们看看，她要封住三千只鸭嘴。

其实许梅芳也知道她做不到这一点，不说别人，就是她自己的嘴，她恐怕也是封不住的，更何况许梅芳做店主任的可能性实在是很小很小，几乎等于没有，尽管许梅芳在小店里已经工作八年，但是比起其他同事，她永远是资格最嫩、工龄最短、年纪最轻、本事最小的一个。不论从哪一方面哪一个角度看问题，许梅芳都没有具备做店主任的条件。

当然，做店主任也好，不做店主任也好，有味道也罢，没有味道也罢，许梅芳还是要在这个小店里继续工作下去的，她还是要沿着这一条早已经给她安排好的路走下去。

可是有一天，许梅芳却走到了一个交叉路口。

居委会干部的老龄化问题许多年来一直是街道工作的一个难题，随着时代的进步，对居委会工作的需要也越来越高，现在一个居委会主任真是一个百管部长，大大小小有十几条线几十项工作要管要做，要动笔动嘴的也多了起来，对一些上了年纪的人来说，确实存在着力不从心的苦恼，在工作上也确实出现了一些难以解决的问题。

街道在上级部门的支持下，下决心在居委会工作中来一次大的改革，一方面由街道划出一部分集体编制的名额，另一方面就在街道所属的一些部门中招聘专职居委会干部。应聘的条件并不很复杂，有三条：一是年龄，在四十岁以下；二是文化，在高中以上；三是要有对居委会工作的一定的认识和热情。

许梅芳应聘，年龄和学历这是不用考试的，第三个条件采取面试的方法。

面试的地点在街道会议室，许梅芳进去的时候看到里面一字排开坐了好几个主考官，许梅芳“扑哧”一笑，说：“像真的一样。”

街道领导说："没有别的什么，主要了解一下你对居委会工作的想法。"

许梅芳说："我没有什么想法。"

街道领导说："怎么会没有想法，随便说说。"

许梅芳说："叫我说，一班老头子老太婆管工作怎么管得好，还是要年轻一点的人来管。"

许梅芳这话虽然说得没有什么水平，但道理还是有一点的，街道领导说："你主动要求到居委会工作，这种精神是很好的，但是你也要有思想准备，居委会工作是很繁忙很琐碎的，也是很烦人的，你要是没有吃苦耐劳的准备恐怕是不行的。"

许梅芳说："我有准备的，其实我们在小店里做也是很烦的，我也做了好多年下来，也没有怕烦。"

街道领导说："居委会的工作同小店里是不一样的，恐怕更麻烦。"

许梅芳说："你们说的，吓人倒怪。"

街道领导说："不是吓唬你，你知道居委会主任是一个百管部长，我报给你听听，三产经济、民政老龄、文教宣传、治安调解、卫生计生……"

许梅芳听着笑起来，说："真是很多的，我就是喜欢多管闲事的，人家都叫我闲八脚。"

街道领导说："不是闲事，居委会工作可不是闲事，都是很重要的。"

许梅芳说："我知道不是闲事，我只是打个比方呀。"

面试的结果，街道领导认为许梅芳基本合格，虽然看起来觉悟不是很高，对居委会工作的重要意义还不是很明白，但是为人却是不错的，看得出比较爽快，不是那种小肚鸡肠的人，做一个居委会的干部是最忌小心眼的，至于觉悟什么，还有对居委会工作的认识什么，相信她在工作中会不断提高不断完善。

这样就确定了许梅芳的工作，到结草巷居委会做主任。

许梅芳到了结草巷，第一件事情就是挨家挨户拜访，原来的主任就觉得很好笑，在她们来说，对结草巷的每家每户，一草一木，都是烂熟于胸的，根本用不着这样做，可是许梅芳不能不这样做，她不是结草巷的人，结草巷的一切对于她来说都是陌生的，她必须从头开始。

许梅芳拜访到结草庵慧文那里，她了解了慧文一个人生活的情况，最后说：

“慧师傅，以后有什么困难，尽管来找我。”

慧文说：“我倒没有什么，对面王桂花那里你们最好常常看看。”

许梅芳说：“刚才去过了，敲不开门。”

慧文说：“在家，王桂花就是这样的，我领你去。”

慧文和许梅芳一起到王桂花那边，王桂花开了门，说：“什么事？”

慧文说：“居委会新来的许主任来望望你。”

王桂花并不让她们进屋，眼睛朝许梅芳白了一下，说：“别出心裁，弄个大小姐来做居委会。”

许梅芳说：“大小姐为什么不能做居委会？”

王桂花撇撇嘴。

慧文说：“看看王恒。”

许梅芳跟着慧文一起进去，看王恒瘫在床上，许梅芳说：“有什么困难你们提出来。”

王恒说：“不是一年两年了，困难不困难也不觉得了。”

许梅芳看王恒身边有一些画，她拿起来看看，说：“这是你画的？很好的。”

王桂花在一边插嘴说：“画得好有什么用，你说也是白说，你又没有钱买他的画。”

王恒说：“我的画是不卖的。”

王桂花说：“你当然可以不卖，你又不要寻钱养活谁，反正有老娘养你，你做做好人就是。”

王恒说：“你不愿意养我也行。”

慧文说：“许主任来看你们，你们这样算什么。”

王桂花说：“我见过的主任多了，有几个把我们这样的人家放在眼里的，最好自己管的地段少几家我们这样的负担，对不对，许主任？”

许梅芳笑笑说：“那也不见得。”

许梅芳把挨家拜访的工作做完后，就开了个居民会，许梅芳的记性很好，只是上了一次门，多半的人都能叫出名字来了，跟大家也已经很熟的样子，开开玩笑什么都有，大家说，到底是大小姐，甩得开的。

许梅芳在会上就说了自己做好结草巷居委会主任的一些打算，希望大家多给她帮助和指点，也算是就职演讲了。老人并不知道什么就职演讲，只是觉得许梅芳还是比较谦虚比较实在，一些对大小姐做居委会主任不以为然的人现在也不好说什么，大小姐做居委会干部到底怎样，这还要看许梅芳工作的成绩，还要以实践来检验。

许梅芳说居委会的工作虽然有主任有书记，但是因为千头万绪，光靠几个主任书记是做不好的，主要还是靠居民大家一起努力。许梅芳这样说，大家听了也比较舒服，觉得许梅芳没有架子，所以当许梅芳说到希望结草巷的居民们大家平时要互相帮助，多多关心左邻右舍，大家都点头称是。说许主任你放心，我们这么多年相邻做下来，都知道远亲不如近邻这个道理。

许梅芳最后说："我没有什么好说的了，大家发言，对居委会的工作提意见提建议，我是最欢迎的。"

大家就七嘴八舌地说了一些，后来就有人提出来，希望许梅芳自我介绍一下，多大年纪，从前是做什么的，等等。许梅芳说："二十八岁，没有结婚，也没有对象，从前在小店里工作。"

大家笑起来，说，这个大小姐，脾气真是很爽的。

既然许梅芳说话很随便，别人也没有必要很拘谨。就有人跟她开玩笑，说："许主任，你二十八，怎么还不找对象呀？"

其他人就跟着起哄，说："许主任肯定是眼界太高了。"

许梅芳拍着巴掌，笑着说："说的是呢，我这个人，就是这样的，高不成低不就的，自己把自己弄僵了。"

大家越发地笑，觉得许主任人是很直爽，再想想，就觉得直爽得有些十三点了。

男怕娘娘腔，女怕十三点，这是一句老话。

开过会大家就散了，慧文走出来，许梅芳说："慧师傅，我跟你同路，一起走。"

她们一起走了一段，许梅芳问慧文："慧师傅，你好多年都是一个人过的？"

慧文说："是的。"

许梅芳说："冷清吧？"

慧文说："也惯了。"

许梅芳突然笑起来，说："你知道我想起什么？"

慧文看着她。

许梅芳说："我想介绍你到老年婚姻介绍所去看看呢。"

慧文也笑了，说："你还是关心关心你自己吧。"

这时候送煤球的小师傅迎面过来，慧文正要和他打个招呼，许梅芳却叫了起来，说："好你个小贼，你躲到这里来了。"

小师傅嬉皮笑脸地说："许大小姐，我怎么躲也躲不过你呢。"

许梅芳回头问慧文："他现在在你们这里送煤球？"

慧文说："是的，小师傅人很好的，很热情的。"

许梅芳说："当心他热情得把你家的东西搬到他家去。"

小师傅说："你说得出，我又没有家。"

许梅芳对慧文说："要当心他的，小贼，前段时间在我们店里相帮送送货，手脚实在是不大好。"

小师傅说："你不要拿老眼光看人好不好，就算我从前拿了你们店里的东西，那也是你们活该，你们店里的人不是常说，店里的东西不关你们屁事，偷光拉倒，偷光最好，你们这样说，我才拿的，要不然叫我拿我还不要呢，你看我到了这里就改正了么。"

许梅芳说："你改正呀，太阳从西边出来。"

小师傅说："那不一定，你自己什么货色，还弄个什么主任做做，太阳不是已经从西边出来了么。"

他们正在斗嘴，有人从后面赶上来叫住许梅芳，说："许主任，你等等，我问你一下，骂人对不对？"

许梅芳笑了，说："骂人当然不对。"

那人说："好，你跟我去听听，那边在骂什么。"

许梅芳就跟着那人过去了，许梅芳作为居委会主任的烦恼已经开始了。

## 三

结草庵其实早已经不是一座庵堂，但是大家习惯上一直还是叫作结草庵。

在一座古老的小城，民风笃雅，民间信佛吃素者很多，城中寺庙甚众，许多年迭经兴废，其中自然不乏一些古寺名刹，但大部分是小寺小庙，僧人不过三五七八，一般庙舍也以简陋居多，僧人早晚课诵，以经忏为主要收入，这种小规模的寺庙，也比较符合小地方的特色，受大家欢迎。结草庵从前是一座家庵，由吴中富豪李济同所设，起先只是为李母供奉佛事之用，并不对外，李母归西，即由寂净师太主事。寂净师太不是本地人氏，乃外省一大军阀之妻，因看破红尘，遁入空门，先是在上海某大寺庙修宗念佛，受戒后不久即来本地做了结草庵的住持。寂净师太的弟子圆信原是大户人家出身，因家庭变故而出家，圆信也就是慧文慧明的师傅。

结草庵虽然规模有限，但在从前却是相当有名的一座尼庵。五十年代政府商量保留一批寺庙时，曾有人提出结草庵的保留问题，但是最后因为种种原因而放弃了结草庵。一直到许多年以后，一些可以恢复或者说应该恢复的寺庙都在陆续地恢复，拨乱反正，这是一项相当艰巨的工作，佛教协会全力以赴。

在第一批的恢复名单中就有结草庵，恢复结草庵，当务之急是腾出结草庵的庵宇。

佛教协会的秘书长安济和宗教局的干部胡炎一起到街道，又到了结草巷居委会，这是土地神，不拜不行。

许梅芳做了结草巷居委会主任，也接待过不少人物，来个和尚却还是第一次。

胡炎给许梅芳介绍了安济，许梅芳按照胡炎的介绍叫了一声“安济师傅”。

接下来胡炎又自我介绍：“我是宗教局的，我叫胡炎。”

许梅芳“扑哧”笑了。

胡炎说：“请问主任——”

许梅芳说：“我叫乱语。”

胡炎没有听明白，说：“你姓什么，姓乱，是姓栾，是不是？”

许梅芳笑得弯了腰，旁边的几个副主任看不惯她，说：“小许，人家是来谈工作的。”

胡炎听他们叫她小许，恍然说：“对了，刚才街道介绍过，你是许主任。”

许梅芳还是笑个不停，说：“你可以叫胡言，我为什么不能叫乱语。”

胡炎自己也笑起来，说：“你这个人，哎，怎么年纪这么轻做居委会工作呢，我还没有见过呢。”

许梅芳说：“你今天不是见到了么，也没有什么奇怪是不是。”

胡炎说：“是没有什么奇怪的，只是不多见。”

他们扯了一会，就由安济把收回结草庵的事情跟许梅芳说了，许梅芳听了说：“结草庵的房子不是我们管的呀，是服装厂，要叫街道出面的。”

胡炎说：“已经跟街道说过了，街道没有空，想请居委会领导和我们一起过去看看，有你们在，话也好说一些。”

许梅芳又笑，说：“居委会领导，嘻嘻，什么领导呀。”

胡炎也笑了，说：“你这样的主任倒是很发松的。”

许梅芳站起来说：“走吧，我陪你们去。”

他们一起到了结草庵，先看了看用作仓库的那几间，已经是很破旧，厂里的人也已经知道要归还结草庵的事情，从仓库保管员的态度就知道厂里是不情愿的，但是政策之下没有办法。

保管员看他们东张张西望望，说：“有什么好看的，几间破房子。”

许梅芳说：“破房子你们还舍不得放手呢，要是新房子，恐怕是要打官司才能解决的了。”

保管员自言自语说：“什么意思，破尼姑庵又要恢复，不是活倒回去了。”

许梅芳说：“这叫拨乱反正。”

保管员嗤一嗤鼻子，没有再说什么。

看过仓库，安济提出来要看一看慧文师太，许梅芳就领了他们绕过来，在慧文这边坐了一会，安济告诉慧文结草庵恢复是指日可待了，慧文说：“好呀。”

安济说：“很可能再把慧明师太请出来主事。”

慧文说：“她这几年，还好吧？”

安济说：“这几年好了。”

正说着一些往事，有几个小孩子进来，嚷嚷着问慧文要什么东西，慧文拿出一个盒子，打开来，抓出一些小珠子给小孩子拿去玩。

安济看那些小珠子，问道：“这是什么，是莲心刻的？”

慧文点点头，说：“平时没有事情，刻了玩玩的。”

用莲心干刻成佛珠或者别的小动物，这还是寂净师太传下来的手艺，传到圆信那里，再传到慧文这里，和慧文同一个师傅的慧明却没有学会。所以现在会这一项手艺的只有慧文一个人了。

安济看到那些小孩子拿了这么精致的东西出去玩，他觉得很可惜，他对慧文说："怎么给小孩拿去呢？"

慧文笑笑说："他们要就给他们玩玩，有什么用？"

胡炎和许梅芳也都把莲心佛珠拿过来看，看了他们都觉得很好，许梅芳说："慧师傅，你刻了这些就是给小孩子玩玩的？"

慧文说："那你说刻了做什么呢，本来就是刻着玩玩的么。"

安济说："你有没有串好的佛珠？"

慧文说："有的。"

安济就向慧文要了几串，他没有说要了去做什么，慧文也没有问他。

胡炎看慧文身体很不错，他问慧文："您是不是练功的？"

慧文说："没有。"

胡炎说："奇怪，你身体看上去很好的。"

许梅芳说："身体好也不一定就是练功练出来的，有些人天天练功，也不见得就长生不老。"

胡炎说："这倒是的。"

他们说着又谈到了这一阵很热门的香功，问安济师傅对香功怎么看。

安济说："依我看，不管是香功还是别的什么功，都是师傅们经过多年的实践经验总结出来的，我想如果在同一个起点上，练功的人身体总要比不练功的人好一些。"

胡炎说："这倒是的。"

许梅芳看着胡炎又笑了，说："你这个人，真是的，别人说什么你就附和什么，好像没有自己的主见。"

对于许梅芳这样不知道轻重的话，胡炎一点也不觉得有什么不好，他说："哎呀，你说得正是，我这个人就是这样，我们领导一直批评我就是这一点，自己没有主见，我也不知道怎么搞的，听听人家说的话总很有道理的。"

许梅芳说："那你觉得练功到底怎么样？"

胡炎说："我也不知道。"

许梅芳笑着说："所以你不敢直言，只好跟着别人说说。"

胡炎不好意思地笑笑。

他们从慧文那边出来，胡炎对许梅芳说："恢复结草庵，慧师傅的这一间恐怕也是要腾出来的。"

许梅芳说："为什么，慧师傅一直住在这里，你叫她搬到哪里去？她是五保老人，归我们居委会管，居委会到哪里去弄房子给她住？"

胡炎回头看看安济。

安济说："是要搬出去，她是还了俗的。"

许梅芳说："她算什么还俗呀，这么多年她一直一个人，又没有结婚，又是吃的素，还什么俗呀。"

安济说："但她确实还了俗的。"

许梅芳问："什么叫还俗？"

胡炎说："你不搞这一行不懂的。"

许梅芳看了他一眼，说："你懂？"

胡炎脸有些红，他说："说老实话，我也是不大明白，特别像慧文师太这样的，到底算是什么，我虽然在宗教局工作了几年，我也弄不大懂。"

许梅芳看胡炎很认真的样子，她自己的脸突然也红了起来。

## 四

送煤球的小师傅现在常常到慧文这里来，只说是来看看慧文这里有没有事情要他相帮的。其实慧文这边也没有很多的事情，慧文一个人，除了米煤这些，别的事情她自己还都能应付。小师傅看慧文的窗子有些脏，就帮她擦窗子，爬上爬下，弄得一身的灰，慧文说："小师傅真是很勤快的。"

小师傅却咧嘴一笑，说："说我勤快你还是第一个呢，其实我这个人是最懒的了。"

慧文笑笑。

小师傅擦过门窗，又到小天井里东看看西摸摸。小天井里有一堆旧东西，小师傅去翻开看看，慧文说：“都是从前的一些旧物。”

小师傅说：“你还要不要？不要的话我帮你送到收购站去，好卖钱的。”

慧文就留下一些东西，其余的让小师傅拿去卖了。

小师傅回过来，把钱和发票交给慧文，说：“不值钱的，卖给他们等于送给他们，你看看，这么多硬纸板，才这么一点点钱。”

慧文说：“你拿着吧。”

小师傅“咦”了一声，说：“慧师傅你不会以为我是来弄点小钱的吧，我要是想弄点钱，我有的是办法。”

慧文说：“那当然，你们小青年。”

小师傅和慧文说着话，就爬上那堵隔着慧文住处和服装厂仓库的矮墙，朝那边看看，说：“我看看，这里就很好偷。”

慧文说：“你下来。”

小师傅跳下来，很兴奋地说：“他们那边，很松嘛，门大开着，怎么也没有人看着。”

慧文说：“你当真啊，你不会进去做坏事情吧。”

小师傅“哈哈”一笑，说：“我怎么会？”

就这样。

过几天小师傅又来看看，有时候慧文坐在走廊上雕刻莲心干，小师傅就在一边看着她弄，看了一会，小师傅叹一口气说：“你这个人，真有意思。”

慧文说：“我有什么意思？七老八十，死气沉沉的。”

小师傅停了一会不说话，过一会突然说：“我小时候我爸爸常常打我的。”

慧文看看他，说：“你们家是不是比较困难？”

小师傅说：“那是，吃也吃不饱的。”

慧文说：“所以你就出来了。”

小师傅说：“那倒不是的，我出来主要是想长长见识，我们那里有许多老人一世人生下来，连汽车也没有看见过，不要说火车飞机了。”

慧文点点头，说：“真是的。”

小师傅说：“我的心思，要想坐一次飞机。”

慧文说：“那倒不错的，不过飞机票很贵的。”

小师傅说：“我知道很贵，不贵我还不想坐呢。”

他们说着话，小师傅又朝矮墙那边探了探头。

后来小师傅果然去偷了服装厂的一些衬衣，拿到大街上去叫卖，那一天正好服装厂厂长经过，听见街上有人大喊：“快来买啦，结草衬衣，天下第一，厂方批发，价廉物美”什么的，厂长觉得奇怪，还以为别的什么厂家盗用结草的商标，连忙过去，一看才发现是结草庵送煤球的小师傅，那一些衬衣却是厂里的一批过时的滞销品，堆在仓库里积压了好长时间也处理不了的。现在经小师傅一叫唤，抢购的人倒还不少。厂长在一边站一会，犹豫了半天，要不要当场抓住小偷；可是他看到自己的滞销产品销路这么好，一时居然忘记了抓小偷的事情，索性在一边看小师傅做起生意来。

小师傅偷得并不多，总共大概就偷二十件东西，因为货少，更引起购买者的兴趣，这些衬衣不一会就卖完了，没有买到的，人十分遗憾，问明天还有没有，小师傅一边数钱一边随口说：“明天来明天来。”

等大家散了，厂长上去说：“小师傅，做得不错啊。”

小师傅看见厂长，他很自然地笑笑，他觉得没有什么可以惊慌的，他把手里的钱给厂长看看，说：“厂长，你看，我这个推销员还可以吧？”

厂长说：“谁叫你来卖的？”

小师傅说：“没有人叫我来卖，是我自己想出来的，这个主意不错吧？”

厂长说：“主意是不错，成效也可以，不过你要跟我到派出所去一趟。”

小师傅说：“不需要吧，我是做好人好事的呀，我知道你们这一批衬衣卖不掉，放在仓库又不会生儿子，帮你们卖掉一点，有什么不好的？你看，钱在这里，你只要付我一点推销费就可以了，多少不限。”

厂长哭笑不得，说：“派出所不去也可以，你先跟我到厂里去一下。”

小师傅说：“是不是去办手续，领推销费？”

厂长说：“你走吧。”

小师傅跟了厂长到结草服装厂，厂长另外找人去通知派出所，自己和小师傅谈起推销服装的事情，一会儿居然谈得头头是道了。

结草派出所来了一个民警，问明了事情经过，说：“这一点点小事，也要找派出所，派出所不要忙死了啊。”

厂长说："这总是一桩失窃案吧。"

民警笑了起来，说："你说得出，几十块百把块钱的事情也可以叫作案，那这社会上的案恐怕多得要大家炒着吃了。"

厂长也笑了起来，说："那你说怎么办？就这么算了，便宜了这小子。"

小师傅在一边说："我便宜什么呀，得便宜的还是你们厂呀。"

民警实在没有空时间跟他们纠缠这样的小事，最后说了一句："数额不大，又是初犯，你们厂里自己看着办吧，或者叫结草巷居委会来人一起解决。"

民警走后，厂长又叫人去叫了许梅芳来，告诉她小师傅偷了厂里的衬衣。

许梅芳过来一看，说："就那几件衬衣，人家把钱也都还了你们，就算了吧。"

厂长说："好你个居委会主任呢，怂恿坏人呀，你。"

许梅芳说："哎呀，什么坏人，小师傅还小呢。"

厂长说："小什么小，人小心思不小，一张嘴多会说话。"

许梅芳笑了，说："你觉得他会说话，那太好了，你用用他嘛，帮你做做推销员。"

厂长说："谢谢了，我用他不是用个黄鼠狼给我看鸡么？"

大家都笑，许梅芳说："哟哟，就算看在我的面子上，放他一马。"

厂长说："看你的面子，从前倒好说，从前我们是一家人，现在不一样了。"

许梅芳说："现在有什么不一样？"

厂长说："现在你不跟我们做一家人了，帮了和尚来吃我们，现在你跟和尚做一家人了。"

许梅芳"咯咯咯"地笑弯了腰，说："和尚尼姑，天下都是一家人嘛。"

小师傅的事情就在说说笑笑中放过去了，出来时，许梅芳对他说："你放点魂在身上，我还没有说你呢，派出所要是知道你不是初犯，对不起，恐怕没有这么容易放过你呢。"小师傅嬉皮笑脸："许主任，我知道你会包庇我的。"

许梅芳"呸"了他一口，说道："你小子，怎么偷到手的？"

小师傅说："我从老尼姑那边翻过去的。"

许梅芳说："慧师傅知道了，会怎么想？"

小师傅说："她不管闲事的。"

许梅芳想了想，说：“这倒也是的。”

许梅芳回到居委会，胡炎正在那边等她，许梅芳说：“你又来了。”

胡炎脸有些红，说：“我是为工作来的。”

许梅芳笑笑，没有说什么。旁边的几位老主任，都觉得胡炎来得太勤了一些，他们认为即使是为了工作也没有必要跑这么多，结草巷一个居委会要管很多很多的事情，许主任也不能为了一件本来不属结草巷居委会管的事情放进去很多的精力和时间，他们虽然嘴上不明说，但他们的意思一般的人都是明白的。

胡炎恐怕也是明白的，他看看许梅芳和别的几位居委会干部，说：“主要是慧师傅那里了，厂里已经讲定时间搬迁，慧师傅的事情，还要请你们大力协助。”

许梅芳说：“最难的事情。”

要慧文搬出结草庵，就要给她另外安排住处，但是居委会到哪里去给慧文弄一间住房呢，而且慧文在那里住了几十年，叫她搬走，也是很难说出口的。

胡炎说：“我再到慧师傅那边看看，跟她说说。”

许梅芳说：“我陪你去。”

胡炎说：“太好了。”

他们一起走到门口，许梅芳突然有些脸红，停了下来，说：“我不去了，我还有些别的事情。”

胡炎看看她，有点遗憾，说：“那我一个人去。”

胡炎到慧文这里，他对慧文说：“慧师傅，我说一句话，可能有点冒昧了，我倒是希望，结草庵还是由你来主事，这样也省得再另找房子了。”

慧文并不觉得冒昧，她说：“我是不行的了。”

胡炎告诉慧文，慧明师太的情况不是很理想，毕竟老了，身体也不怎么好，不大能多活动了，虽然慧明师太自己很愿意来主事结草庵，但是大家担心她心有余而力不足。

慧文说：“慧明师姐我知道她的，她一定能做好的。”

胡炎还想说什么，就听见有人在外面叫他的名字，出来一看，是结草巷居委会的一位干部，对他说：“来了一位女同志，说是你的爱人。”

胡炎一愣，说："在哪里？"

那干部说："在居委会呀。"

胡炎急急地赶过去，到门口就听见他老婆的声音，说："一天到晚把个许主任许主任的挂在嘴上，我就奇怪，一个居委会的老太婆，要他这么挂牵做什么，原来是个年轻的，怪不得呢。"

胡炎只觉得脑袋发胀，站在门口，不敢进也不敢走开。

里面胡炎的老婆继续说："这么年轻的做居委会我真是没有见过的，总是有一点名堂的，要不然怎么把个有老婆的人迷昏头呢。"

许梅芳生气地说："你说话注意点影响。"

胡炎的老婆说："影响不影响都是自己做出来的，别人造是造不出来的，什么时候叫胡炎来，问问他。"

外面胡炎一听这话，也不敢再停留，拔腿走了。

许梅芳在胡炎老婆一出现就知道碰上什么样的人了，没有别的办法，只好自认倒霉，跟这种人，不能很计较的，要是她说一句你也回一句，这场官司永远也打不清了，许梅芳只有吃一回闷棍，不作声。

虽然许梅芳不作声，胡炎的老婆却没有就此罢休，因为她也看出来，这居委会的办公室里，也有几个人是想听她说说的，她受到了鼓舞。

许梅芳一边听胡炎的老婆说些很不好的话，心里一边在恨胡炎，她叫人去喊胡炎来，也该喊到了，一定是胡炎听说老婆找来了吓得溜走了。

其实胡炎并没有一走了之，他跑到街上给这边挂了个传呼电话，小店里的人就到居委会来喊张秀英听电话，胡炎老婆一边跟着走出去，一边奇怪地自言自语："怎么会打到这里来呢，怎么知道我在这里呢。"

胡炎老婆走后，居委会几个人议论起来，都说这样的女人实在不像话，大家看许梅芳的脸，许梅芳是呜拉不出，过了一会她说："烦死了，还是慧师傅那样的清净。"

大家开她的心，说："你怎么羡慕慧师傅了，你不见得要去做尼姑吧？"

许梅芳说："那也没有什么呀。"

大家笑，说："你说得出。"

## 五

服装厂退出来的是几间破烂不堪的庵宇，要把这些房子修得能够见人，并不是一件很容易办好的事。当然，要说怎么的困难也不见得，就那么百把平方的地方，只要有比较充足的经费，也不愁弄不好。

问题是没有很充足的经费。

按现有的经费要想把结草庵修复得很像样子确实是有困难，即使是恢复成从前结草庵的规模恐怕也是很难的了，修复方案只能把重点放在小修小补上，最多也就是粉墙漆柱这样的事情，别的方面就不敢有更多的指望了。

但是后来事情出现了转机，来得完全不费工夫也不费心思，一位台商夫人在参观一家对外开放的寺庙时，看到卖品部的柜台里有一串莲心干刻成的佛珠，开价五十元人民币，台商夫人立即买了下来，并且一再打听是谁做的这串佛珠，小卖部的人并不知道是谁做的，只说是安济放在这里的，台商夫人后来通过关系找到了安济，向他询问莲心佛珠的来历。

安济告诉她，是结草庵的慧文师傅刻的。

台商夫人详细问了结草庵的地址和其他一些情况，从前怎样，后来怎样，现在又是什么样子，安济一一回答了，后来台商夫人问了慧文师傅的情况，安济告诉她，慧文早已经还俗，但是许多年一直是一个人过的，很平静。

台商夫人当时就提出来想到结草庵看看，安济说，现在结草庵正要修复，工厂的仓库还没有全搬走，建议台商夫人过一些时候去看，台商夫人听安济这样说，虽然有些遗憾，但是客随主便，她也不好勉强，就留下她的地址，希望安济到时候一定通知她。

最后台商夫人主动提出经费的问题，她说她在台湾是一个居士，理应为自己祖国的佛教事业出一点力，她希望安济不要客气，有什么要求尽管提出来，只要是她力所能及的，她一定做到。

既然台商夫人说到这地步，安济也就不客气了，老老实实地说了修复结草庵方面的困难，台商夫人答应资助，问题就这样轻而易举地解决了。

过了一天安济就到结草巷这边来，胡炎这一次没有陪他来，安济还是先到居委会，又由许梅芳陪了一起到结草庵。

安济这一次不是来看服装厂的，既然厂里已经说好搬迁的日子，再说什么也是多余，厂里也会嫌烦，安济是专门过来看慧文，向她表示感谢，安济告诉慧文，她的莲心佛珠帮了大忙，他是特意来谢她的。

慧文听了安济的话，笑笑说："这倒不错，几个莲心还派了大用场。"

安济说："对了，她希望慧师傅能多刻一些佛珠。"

慧文说："要很多恐怕不来事了，手里也没有力气了，眼睛也花了，只能是弄着消消闲的，要赶任务是不行了。"

安济叹息一声，说："可惜的，人家愿意出大价钱买呢。"

许梅芳说："其实慧师傅也可以带带徒弟的，要不然，你这一门手艺就没有传人了。"

安济也点头称是。

慧文说："这叫什么手艺呀。"

许梅芳说："你不要说，现在外国人看中的东西是很值钱的呢。"她想了一想，拍了一下手，说："倒提醒了我，其实这东西要是有销路，我们居委会倒可以组织些人弄弄，安济师傅，你是不是说外国人很喜欢这些的？"

安济说："是呀，上次我从慧师傅这里拿去的一些，很快就卖掉了。"

许梅芳朝慧文看看，说："真的，慧师傅，你肯不肯吧，带几个学徒，像王恒这样的，手可以做做的，也创造一点么。"

慧文说："教是可以教教的，只是做得多了是不是有人要呢？"

许梅芳说："这个，关于销路的问题，我是先要摸清楚的，不会随随便便就做起来。"

安济说："我也可以帮你们联系联系，我那边接触的人比较多。"

许梅芳说着就兴奋起来，好像马上要做起来了。

后来安济对慧文说："还有一件事，也是要麻烦你的，那位台商夫人，不知为什么认定你的字一定写得很好，无论如何要我代她向你要几个字。"

许梅芳笑着说："慧师傅走红了啊。"

安济说："我们也知道慧师傅平时不大愿意多管别的事情，但是这一次是要麻烦慧师傅了，主要看在人家愿意出钱资助结草庵的面子上。”

慧文说：“她要写什么？”

安济说：“没有说写什么，只说要几个字就行，随便慧师傅写吧。”

慧文就去拿了墨砚毛笔，一会儿就写了两句：

燕子来时新社
梨花落后清明

安济和许梅芳都看了一下，不知为什么，他们都没有说话。

慧文看安济等墨迹干了，小心翼翼地收起来，她对安济说：“其实谁要是想要一些书画，我倒可以推荐一个人。”

安济说：“谁？”

慧文回头对许梅芳说：“王恒的画是很不错的。”一边说一边就拿了几幅画出来。

安济问：“王恒是谁？”

许梅芳说：“是我们这里一个腿坏的人，就在结草庵对面。”

安济看看那些画，没有说什么。

许梅芳看了一下，说：“画的什么？一些残疾人，在做什么呢。”

慧文没有说残疾人在做什么，她只是看着安济，她希望安济能把这些画带一些走，安济说：“好吧，我带一些去，试试。”安济的口气是有一点勉强的。

也许台商夫人也只是说说而已，对于莲心佛珠的事情说不定说过之后就忘记了，但是许梅芳自从听了安济的话以后却上了心思，现在是很强调街居经济的，在改革开放的大潮中，街居经济实在还是一个相当薄弱的环节，由于街道居委会的经济实力比较差，发展经济常常只是停留在口头上，所以街居干部现在都是要把许多精力放在这上面的，如果能够抓住一个机会，说不定就能创出些奇迹来。

许梅芳等了几天，不见安济给她什么回音，就找上门去，安济告诉她，他已经和台商夫人谈过，人家是很感兴趣的，只是不知道批量生产后，质量上能不能保证。

许梅芳说："当然是要保证的。"

安济说："我看不如先少量的来一些，试试，好的话再发展。"

许梅芳说："这也好，省得我也担心，不要做了白做。"

安济说："具体的事项，你还是直接找她本人说说。"

许梅芳就按照安济提供的地点到台商夫人下榻的宾馆，和台商夫人谈了，台商夫人说："我现在不知道销路怎样，过几天我要回去一次，摸一摸底再签合同。"

许梅芳回去等了不几天，那边回音就来了，第一批的合同就签下来了。许梅芳很激动，见人就说人家办事的效率怎么高，说得几个老主任直是发愣。

许梅芳这边的事情进行得也比较顺利，人手是不用愁的，仅是结草巷的地段上，愿意来做这工作的就有好几个人，王恒自己虽没有提出来，许梅芳还是把他算在里边的。

居委会空出半间房子，让几个人集中在一起，每天由慧文师傅过来教手艺，倒也弄得蛮热闹，原来这些人都是社会上的一些负担，现在也开始自己创造，他们也觉得很开心，学得都很认真，这本来也不是很难的事，只要肯下工夫，学起来是比较快的。过了几天大家学得差不多，慧文就不再过来了。

第一批的佛珠数量不多，很快就完成了，那边台商夫人看了货，很满意，有一次在无意中就把这件事情告诉了正和她做生意的外经委，外经委也觉得这是一件好事，派人下来调查一下，不知怎么又传到了记者那边，记者也来采访，写文章表扬了结草巷居委会，街道对这事情也是很重视的，结草巷居委会的工作不仅是一个居委会挣一些外汇的事情，而且有着更重大更深远的意义，那就是零的突破，因为在这之前，这个街道下属的居委会在创汇方面一直还是零的纪录。

许梅芳现在出了点小名气，正如安济当初要感谢慧文一样，许梅芳觉得她的成绩等于也是慧文带给她的，许梅芳到慧文那边，跟慧文说："我知道你也不要听什么感谢的话，我给你提供一个信息。"

慧文说："什么信息？"

许梅芳说："那个台商夫人，很奇怪的，对你的情况她非常感兴趣，问了我好多关于你的事情，还有关于你从前的事情，可惜我不大清楚。"

慧文说："是吗？"

许梅芳说："这位老太太，真有风度呢，看上去最多像五十来岁，后来才知道已经六十八了，我听了真是吓一跳，很嫩相的，她还问我你是不是属猪的，我哪里知道呀。"

慧文笑笑说："她倒说对了，我是属猪。"

许梅芳意味深长地看了慧文一眼，说："你是不是知道她为什么对你这么感兴趣？"

慧文说："我哪里会知道。"

许梅芳想了想，说："也是的，你们连面也没有见过，不过我总是怀疑这里面有些原因的，慧师傅你有没有什么亲戚在台湾的？"

慧文说："你要帮我找海外关系是不是？"

许梅芳说："现在最吃香呢。"

她们一起笑笑，后来许梅芳又想起一件事，说台商夫人还问了慧文的姓。

慧文说："你们不是都叫我慧师傅么？"

许梅芳说："那是你到了结草庵才叫这名字的，你从前姓什么，人们好像都不知道的。"

慧文说："不知道也没有什么不方便，对吧？"

许梅芳说："我最想得开，没有姓也不要紧。"

日子过得很快，服装厂到说定的时间就把仓库迁走了，总算是守信用的，接下来就是要做修复方面的事情了，安济过来的次数也多了一些。一天他到慧文这边，告诉她，王恒的那些画，也都被人家买去了，安济把钱交给慧文，让慧文转交王恒，安济还说，以后要是还有的话，还可以拿一些过去，放在那边，但在工商税务方面恐怕要打个招呼。

慧文把钱送到王恒家里，王桂花见了，马上说："本来么，我儿子的画就是好的，他们瞎了眼，不识货。"

王恒说："他们现在不是识货了么？"

王桂花说："到现在才想起承认我儿子的画，算什么水平。"

王恒说："要不是慧师傅推荐，谁来认你呢。"

王桂花说："你一共给了慧师傅几幅画？"

王恒说："我也不记得。"

王桂花说："要说说清楚的。"

慧文说："一共在我那里有八幅画，都拿去了，一共是三百块钱，在这里。"

王桂花说："三百块，八幅画怎么是三百块，算不过来的么，一幅算是多少钱？四十块的话应该是三百二十块呢。"

王恒说："你懂什么？画又不是按平均数来的，哪幅人家喜欢一点，就多出一点，哪幅人家不喜欢，就少出一点，这是很平常的。"

王桂花说："哪一幅人家会不喜欢，你的画，我看是幅幅好的，我早就说过的，我是有后福的，你小时候我叫瞎子给你算过命，好着呢，后福。"

王恒说："你也不知道难为情。"

王桂花说："这有什么难为情？"

王恒谢慧文，慧文说："谢什么。"

王桂花说："是没有什么好谢的，你帮我们卖画，好处也是不会少得的啦，说不定比画画的人还多些呢。"

王恒听母亲这样说话，很生气，慧文却笑着说："这也没有什么。"

王桂花也笑了，说："还是慧师傅实事求是。"

后来结草庵恢复开放时，庵里墙上少一些画，慧文提议用了王恒的画，很受大家欢迎，王恒的画，以残疾人的生活为主题，其中浸透着浓厚的宗教精神，对结草庵这样的佛教场所来说，是十分合适的。

## 六

结草庵的修复工作进行得很顺利，眼看着就要完成，但是给慧文另外安排住处的事情却一直落实不下来。后来大家也想通了，既然没有可能，那也就不必再作无谓的努力，最后统一了意见，决定留下慧文住的这一间，反正像慧文这样，虽然几十年前就还了俗，其实看起来和不还俗差不多，结草庵一带有好多老人许多年来一直是把慧文当作尼姑看的，年轻的人当然更是不明白还俗与不还俗之间的区别，慧文又不是个多事的人，住在结草庵的她决不会妨碍结草庵的佛事，这一点大家都相信。只是为了表示内外有别，还是把慧文住的地方和结草庵的宇舍隔了开来，所以结草庵无论是做工厂的仓库，还是重新恢复成佛教场所，对慧文来说，变化都不是很大，她完全可以按照她许多年来的生活习惯继续生活下去。

这样对结草庵来说虽然少了一些地方，但也不至于少得就不够用。结草庵从前的排场也不大，现在恢复起来也只是和从前差不多的规模，有一座大殿和四间平房，也可以派些用场了。

在举行开光仪式之前，结草庵的佛事人员都已经到位，慧明师太果然从山上下来，住持结草庵，另外从外地招来三个年轻的尼姑，都是有学历的。

慧明师太回到结草庵，可说是感慨万端，她到慧文这边来，一见到慧文，叫了一声“师妹”，眼睛就红了。

这许多年来，慧明师太虽然始终潜心修禅，一心念佛，不问世事，但是世事却常常要去烦扰她，慧明师太经受的世间风霜雨雪，也是可想而知的，二十年前慧明师太在乡下劳动的时候，曾经好几次起过自杀的念头，但是一想到佛祖，慧明师太就对自己的念头羞愧不已，可以说慧明师太完全是凭着对佛的坚定信念以及她自己的坚强的意志走过来的，慧明师太深感来日无几，不顾年老体弱，加倍潜心研习，她曾以当年印光大师掩关的精神闭门修禅，“虚年七十，来日无几，如囚赴市，步步近死，谢绝一切，专修净宗，倘鉴愚诚，是真莲友。”印光大师的这一段宣言，也就成了慧明师太勉励自己的座右铭。

后来决定恢复结草庵，安济他们找到慧明师太，请她出山到结草庵任住持，慧明师太却一反常态，欣而应允。

四十年后，慧明又回到结草庵，万般感慨当然是难以说清的，只是慧明师太修禅已经达到了一定的水平，对世间事、人生情都已经有了自己独特的认识和想法，这一点是不用怀疑的。

慧文见到了几十年未见的师姐，她的心里是什么样的滋味，现在来详细叙述描绘似乎没有很大的必要，事实上慧文也并没有更多地把自己的内心世界表现出来的愿望，她只是说了一句：“师姐，你回来了。”

慧明看着慧文，说：“我以为一辈子再也见不到你了。”

慧文说：“我也是。”

慧明说：“这些年，你好吧？”“好的。”

慧明说：“我听是听他们说起你的，本来结草庵的事情是要你来主事的。”

慧文笑着摇摇头。

后来慧文问起慧明在山上过得怎么样，慧明说她只是修禅念佛，别的都不管不问，慧明说她许多年悟到了许多的东西，但是一直到这一次下山之前，有件事情，还是没有悟透。慧文说：“是什么？”

慧明说：“就是结草庵住持，当年师傅为什么会叫你做。”

慧文说：“你说在下山之前没有想通，是不是下了山就想通了呢？”

慧明说：“反正是想到了一点，我看了那边墙上的一些画。”

慧文说：“是王恒画的。”

慧明说：“是的，我跟他谈过，他说是跟你学的，其实他不说我也能看出来，看了这些画，我忽然有些明白。”

慧文笑着说：“你明白什么？”

慧明说：“我从那些画里看到了你的影子。”

慧文说：“你说的，王恒的画都是画的残疾人，你说我是残疾人呀。”

慧明也笑了，说：“反正你自己心里有数，王恒的画是很有意思的。”

慧明看慧文手边有一些莲心佛珠，她拿过去看看，问慧文：“你还在刻？”

慧文说：“没有事情，弄着消消闲。”

慧明叹了一口气，说：“当年我就是一心要学上师傅的本事，可是怎么也弄不好，看你的手那么巧，我还不开心呢。”

她们一起笑了起来，两个人回忆起从前的一些事情，都觉得就在眼前似的。

佛像开光仪式定在九月一日，在这之前结草庵就热闹起来，到了开光那一日，就达到了高峰，连附近一带的居民也都赶来看热闹。这一天午饭后，王桂花到慧文这边来，问慧文去不去看开光仪式。

慧文说：“不去了。”

王桂花说：“我知道你不会去的，其实也用不着去，在隔壁听听也就行了，对不对？”

慧文笑笑，说：“对。”

王桂花说：“我就是知道你不会去，所以才来找你的，今天送煤球，到时候小猢狲来了，你帮我关照一下，堆到里边去。”

慧文说："好的。"

王桂花想了想，说："王恒小子，到画院去了，不然也不来麻烦你了。"

慧文说："不麻烦的。"

王桂花说："你不嫌麻烦最好。"

王桂花就到隔壁结草庵去看热闹。

三点钟，开光仪式正式开始，各种法器吹打起来，煞是喧闹，各界人士发言致辞，争相祝贺。与结草庵一墙之隔的慧文，正在家里刻着莲心，不一会，送煤球的小师傅来了，在门外扯着嗓子大喊："煤球来啦。"慧文放下莲心，去开了门，小师傅搬着煤球进来，帮慧文把煤球堆好。小师傅听见隔壁的喧闹，说："那边做什么？"慧文说："佛像开光。"

小师傅爬到矮墙上朝那边看看，又回下来，说："什么佛像开光，什么意思？"

慧文告诉小师傅，佛像开光就是在新佛像造好后举行的祭典，到时要在新造佛像的眼睛上点一下，这叫开眼，然后大家举行法会，迎接佛灵。

小师傅听慧文说了一笑说："捉鬼啊。"

慧文说："这是仪式。"

小师傅说："许多年也没有人问这个破尼姑庵，现在怎么又起劲了呢？"

慧文说："结草庵恢复了，以后就有正常的佛事活动。"

小师傅又说了一声"捉鬼"，然后问："怎么又要恢复了呢，以前又要关闭，现在又要恢复，不是自找麻烦？"

慧文说："老话说，穷算命，富烧香，现在大家富了，又要烧香了，是不是？"

小师傅说："大概是吧。"

这时候隔壁的喧闹声又高起来，小师傅又爬上墙去看。看了一会，他自言自语说："奇怪，十三点主任怎么也在里面，她也要做尼姑啊。"

慧文说："你脏嘴，许主任对你实在是很不错的。"

小师傅说："对我怎么样是一回事，她自己怎么样是另一回事，十三点么就是十三点，大家都说的，又不是我想出来的……不好了，十三点主任要发言了，真是的，她发什么言呀。"

慧文说："她也是一方面的代表呀，街居方面都是要有人参加的。"

小师傅好像突然恍悟似的点点头，说："一方土地，对不对？"

小师傅又看了一会，回头看看慧文，慧文又拿着小小的莲心刻着。小师傅问慧文："慧师傅，你怎么不过去？"

慧文说："我要是过去，你来送煤球，不是白送了么？"

小师傅想了想笑着说："这倒也是的。"

# 文火煨肥羊

## 一

从前有高僧云游四方，在这个小城某街巷的井台边歇脚饮马，马先饮而后溲，溲处忽生莲花，故巷名即莲花巷。

这是传说。

大家知道这地方这一类的传说很多，在每一个角落，都有着一些神奇吉祥的或者诡谲怪异的故事，就像石子小街上的石卵子，俯拾皆是，也就不足为奇了。报纸副刊的某一个角落也间或登一篇地名考之类的小文章，几百字，把口头的传说以书面的形式表现出来。读报的人也许一掠而过，没有什么大的兴趣。

住在莲花巷的梅德诚是副刊地名考栏目的作者之一。因为报纸平均每一周甚至每两周才登一篇地名考类文章，而且固定的专栏作者至少有六位，所以梅德诚的文章并不是每一篇都能被采用的。早几年的情况要好一些。早几年基本上只有梅德诚和另一位作者，那时梅德诚的用稿率比较高，现在的用稿率就低了，但这并不影响梅德诚的写作心态。梅德诚是一个认真严谨、一丝不苟的作者，他的一手蝇头小楷，抄写得毕工毕整，即使错了一个标点符号这一页他也要重新写过。副刊的几个人跟他熟了，见了他的手稿，就说，印制品来了。梅德诚听了这话很是高兴，因为每次他都亲自将稿子送到报社，而不是邮寄，所以每一次他都能听到大家的称赞。

其实梅德诚的为文，与他的为人，有许多相似之处，这是很自然的，言为心声，文如其人。为文的严谨是好事，文章就不能很潇洒，当然像地名考这样的文章，本来是不讲究潇洒什么的。但是从为人来说，却应该有一些另外的要求，梅德诚已步入知天命之年，尚未婚娶，大家归纳说梅德诚做人太认真。

梅德诚在古旧书店做营业员，这个工作对他十分合适。梅德诚出身于书香名门，这一点即使不说大家也能看出来。梅德诚小的时候家宅里还有许多古书旧书，应该说这些书对梅德诚的人生是有很大影响的，虽然他没有来得及读完这许多书。

现在以及过去很多年，梅德诚每天骑一辆很旧的自行车去上班。一个星期有一天休息，不一定是在星期日，轮到哪一天就是哪一天。

在轮休的这一天，梅德诚坐在走廊上看一本书，这是包天笑写的《剑影楼回忆录》。梅德诚读这本书有一种亲切感，他读书的时候很投入。他读《剑影楼回忆录》时，常常想象自己早生五十年会是什么样的情形。初夏的空气暖洋洋的，正午时分，宅子里没有人声，梅德诚看到包天笑写他从上海坐烟篷回苏州，因为外侧睡了一个女的，半夜里憋尿。梅德诚觉得很好笑，这笑里大约含着一丝不屑，他想这个人也太迂了。这时候梅德诚听见同宅邻居的门开了，王家的媳妇小金走出来，穿着很单薄的衣裳，打着呵欠，睡眼蒙眬地走到自来水龙头那边洗脸。小金洗脸的时候回头看看梅德诚。眯着眼睛好像笑了一下，随后小金说：“杨树花开，掰眼勿开。”

梅德诚说：“立夏前后，背夫逃走。”

梅德诚的话本来是顺着小金的口气说的，可是梅德诚说了这句话，小金忽然生气了，脸有些红，责问他：“你什么意思．你说这种话，什么意思？”

梅德诚说：“什么意思，就是‘立夏前后，背夫逃走’呀，这是谚语。谚语你懂不懂？谚语就是用通俗的话反映出深刻的道理……”

小金脸涨得更红，说：“什么深刻的道理，你说清楚，什么深刻的道理？”

梅德诚说：“这还不明白，你真是聪明面孔笨肚肠。立夏前后，背夫逃走，就是说立夏前后的日子，人发困睡得熟，老婆逃走，丈夫也不知道。你懂了吧？”梅德诚看小金仍然有恼怒之意，又说：“这是吴谚，书上有的，你不信我把书拿来翻给你看。”

小金却笑起来，说："谁要你拿书来翻，我跟你说，以后讲话嘴巴里放干净点。什么背夫逃走，不清不爽的。"

梅德诚说："咦，这是比喻，比喻你也不懂呀，比喻就是……"

小金不再听梅德诚解释什么叫做比喻，她回屋梳妆换衣，有人在大门外喊："金丽萍！"

小金应了一声，很快走了出去。

然后小金的婆婆走了出来，朝大门看看，问梅德诚："什么人喊她？"

梅德诚说："我不晓得。"

老太婆又问："她到哪里去了？"

梅德诚说："我不晓得。"

老太婆"哼哼"了两声，说："刚才她和你说什么？叽叽喳喳。"

梅德诚说："我说立夏前后，背夫逃走，她不高兴。"

老太婆说："做贼心虚。"

梅德诚说："你说谁做贼心虚？"

老太婆说："我又不说你。"

梅德诚说："那你是说小金？"

老太婆白了梅德诚一眼，进屋去了。

梅德诚从从容容地叹息了一声，他记得《增广贤文》中说："静中观物动，闲处看人忙。"梅德诚又读《剑影楼回忆录》。

到下午时候，融融的日头就消失了，天上堆起乌云，像要下雨的样子。再过一会，刮起风来，隐隐有些雷声，又过会，雷声就近了。在头上绕来绕去。梅巽仙老太太走出来站在天井里，看看天，说："这雷不好。"

梅德诚说："妈，你睡醒了？"

梅老太太说："这雷不好。"

梅德诚说："怎么不好？"

梅老太太说："我哪里睡得着。"

梅巽仙已有些混沌，当然这算不得早衰，她已经八十九岁。八十九岁的梅老太太反复地看天，反复地说："这雷不好。"

接着在绕来绕去的雷声中，梅汝雨回来了。她是带着蓝家衡一起来的，这是事先就讲好的。这一天梅德诚轮休，梅汝雨说："今天你们见见面，我带小蓝来。"

小蓝来了以后，大家就进屋里坐。

梅德诚大方地说："你好，我是梅德诚。"

小蓝也落落大方地说："我叫蓝家衡。"

梅德诚说："你的名字有点男性化，你的姓，是瑶族的大姓，你是瑶族吗？"

小蓝摇摇头一笑，喝了一口茶。

梅巽仙老太太说："这雷不肯走，这雷不好。"

梅德诚说："怎么不好？"

梅老太太看看小蓝，说："这是打人的雷。"

梅德诚说："打什么人？"

老太太又看看小蓝说："善有善报，恶有恶报。"

梅汝雨连忙去搀老太太，说："妈，你进屋里歇歇。"

老太太不动。

小蓝又笑笑，说："这房子，是老房子了。"

梅德诚说："老房子好，冬暖夏凉。"

小蓝说："是的，我们家也是老房子。"

梅汝雨对小蓝说："我弟弟，文章写得不错，日报上常有文章的。"

小蓝看看梅德诚，说："我们单位里有一个人，姓刘，很像你。"

梅德诚说："若要人似我，除非两个我。"

小蓝一时说不出话来。

雷声又作了一阵，终于下雨了，雨很大，大家都有些发愣。

从雨地里奔进一个人来，浑身透湿，脸色显得有些苍白。他奔进来，看到屋里的情形，有些尴尬，不好意思，张着两臂不知怎么办。

梅汝雨向小蓝介绍说："这是我儿子，叫丁阿平。"

丁阿平朝小蓝笑笑，小蓝也笑笑。

丁阿平说："对不起，我换衣裳去。"

丁阿平走后，梅汝雨对小蓝说："他在区房管所工作。"小蓝点点头。

大家闲扯起来。小蓝兴致很高，提了很多问题，大多被梅汝雨抢着回答了，别的人就不大有趣。

过了一会，雨停了，梅德诚说：“雨终于停了。”

小蓝笑着说：“下雨天留客，雨停了，我也该走了，是不是？”

梅德诚说：“我不是叫你走，我不是这个意思，我说的是一种自然现象。”

大家笑了，这时候梅老太太走出来，含糊不清地说：“天作有雨，人作有祸。”

小蓝有些惊愕。

梅汝雨连忙说：“老太太头脑拎不清了，老是混混沌沌的。”

丁阿平走过来，朝小蓝笑笑，说：“再见，有空常来啊。”

小蓝也笑笑，临出门时，和丁阿平握握手。

梅德诚在后面说：“咦，她怎么跟阿平握手，为什么不跟我握手？”

梅汝雨生气地瞪了他一眼，她送小蓝出了大门，才回进来。

梅老太太一点也不混沌地说：“人无远虑，必有近忧。”

大家听老太太这样说，都很吃惊地看她。

梅汝雨说：“小蓝人是不错的，是吧？”

梅德诚说：“娶妻娶德，娶妾娶色。”

梅汝雨生气地说：“照你的意思，小蓝怎么样？”

梅德诚说：“人无完人。”

## 二

潘家没有人姓潘。

这是一个有悖常理的事实。

这与梅汝雨梅德诚以及丁阿平均没有关系，关键在于梅巽仙，这一点不用怀疑。

梅巽仙是已故的潘公祖武的小。以梅巽仙的家门出身，是不应该做小的，但是梅巽仙还是做了小。

梅巽仙嫁与潘祖武做妾的原因并不复杂，一切起因于昆曲。

梅巽仙的父亲平生爱好昆曲，梅巽仙深受熏陶，十三岁始，即拜师拍曲，迷恋甚深。早时这地方女子爱习昆曲者甚多，曾办过女子曲社，定期在亭园聚会唱曲，梅巽仙对此活动，尽心尽责，不遗余力。无奈天下没有不散的宴席，那一班姐妹，日渐星散，女子曲社终至瓦解。梅巽仙已年近三十，仍不思婚嫁，一味沉迷于昆曲。但此时习曲之风已大不如前，一般的曲社都已解散，唯有潘公潘祖武在宅中设一曲社尚存，但曲社皆为男子。梅巽仙便以作妾为代价，进入潘宅，从此终日学曲演唱。梅巽仙扮相秀丽，嗓音甜润清亮，唱做功底俱厚，本来是很有前途的，可惜她入了潘宅便如小鸟入笼，断了与外界其他曲友的往来。潘祖武曲社中的曲友，大多是些阔家子弟，学不成器，消遣而已。而潘祖武虽然创设曲社，自己却不习拍曲，只听不唱，所以梅巽仙虽有尽兴之娱，却无开心之乐。

潘祖武的正房因身体有病，并未留下一儿半女，潘祖武是一心要让梅巽仙传宗接代的，可是梅巽仙与潘祖武貌合神离，处心积虑不让潘祖武如愿。待潘祖武和正房先后故去，梅巽仙领养了一女一儿，皆跟她姓梅。在潘公故去后的很长的时间里，梅巽仙以潘家的财力物力托养两个不姓潘的子女，这多少能反映出一些梅巽仙的性格特征。

梅巽仙在年纪尚轻的时候，常常觉得自己是爱昆曲反被昆曲误，这完全符合人生的常规。现在梅巽仙已经很老了，她几乎已经记不起从前的事情，曾经受累于昆曲也好，受益于昆曲也好，对于梅老太太来说，一切已经过去，再无瓜葛。

但是当这一天中午，当梅巽仙老太太拉开有线广播的开关时，事情就有了一些变化。有线广播是根据有关部门的要求安装的，虽然电视普及，广播仍然是可以代表一个城市的政治喉舌的重要工具。不过虽是一个城市的政治喉舌，并不强调人人必听，所以又在广播上安了开关。梅家广播始终是关着的，关着有线广播就等于没有有线广播，但是这一天梅老太太把广播打开了。

梅老太太听见有线广播在播一个通知，说是要举办昆曲会演，要从前各个曲社的曲友会聚起来，于某月某日在鹤园聚会。广播里报了从前各个曲社的名称，有谐集曲社，新乐曲社，还有梅巽仙她们的幔亭女子曲社。这个通知反复播了两遍。梅老太太听得十分清楚。最后广播说，详细内容可见当天报纸，梅老太太一一记住了。

外孙丁阿平回来后，梅老太太就把这些话有条不紊地跟他说了。丁阿平见老太太说话思路如此明白，口齿如此清晰，十分惊讶。他看着老太太，忽然说："呀，你的牙齿。"

老太太没牙的嘴里长出了几颗新牙。丁阿平连忙叫大家来看老太太的新牙，大家说："老太太，恭喜你，返老还童。"

七十七,八十九，阎王不请自己走，梅老太在八十九岁时长了新牙，可是老太太她自己不知道。

梅老太太说："报纸，报纸上有。"

丁阿平把带回来的日报翻了一遍，连中缝也没有放过，根本没有什么曲社的事。丁阿平问："是日报还是晚报？"老太太说："是报纸上。"

到下晚晚报送来了，丁阿平又仔细地寻找，晚报上也没有。

梅汝雨说："阿平，你帮她去打听打听，现在这种活动是比较多的，也让她了却一桩心事。"

丁阿平叹口气说："我到哪里去打听呀。"

梅汝雨说："听说有个昆曲艺术振兴委员会。"

丁阿平隔日就抽个空到昆曲艺术振兴委员会去。丁阿平绕了几圈，才在一条小巷里找到了这个地方，进去一看，一间很小的房间，积满了灰尘，有一位六十多岁的老人坐着在看报纸。

老人见丁阿平进来，显得很高兴，问："你有什么事？"

丁阿平一时不知怎么说才好，愣了一会，问老人："你们最近，有没有什么活动？"

老人说："什么活动？"

丁阿平说："就是聚会，哦，就是振兴昆曲，就是……"

老人笑起来，说："我们就是搞振兴昆曲的，你是不是对昆曲感兴趣？现在对昆曲感兴趣的人太少，尤其是年轻人少，像你这样的人，很少的。"

丁阿平说："不是，我是想问一问，你们的活动，昆曲会演……"

老人说："会演，有啊，会演是常常要会演的，为了振兴昆曲，不会演是不行的。"

丁阿平摸了摸头皮，又说："你们有没有发过一个通知，叫从前曲社的曲友聚会？"

老人又笑，说："有啊，有啊，曲友聚会，这也是常有的事，不过即使不发通知，他们也会来，你不知道，那些曲友，七老八十，劲头足呢。"

丁阿平出了一口气。

老人对丁阿平看了一会，说："哎，你是不是也想参加昆曲界的活动？我们欢迎，我们是欢迎年轻人的，有了你们，昆曲才后继有人呀。"

丁阿平连连摇头，说："不是不是，我是受人之托，来打听的。"

老人问："谁？"

丁阿平说："是我的外婆，叫梅巽仙，她从前参加过女子曲社的。"

老人对梅巽仙这个名字好像没有什么反应。丁阿平有些失望，他说："我外婆从前是很有名气的，梅兰芳也夸奖过她呢。"

老人说："哦，梅兰芳，梅兰芳是唱京戏的呀。"

丁阿平有些发愣。梅兰芳唱京戏，梅巽仙唱昆曲，梅兰芳怎么夸梅巽仙呢？他也弄不明白。但这件事，不仅老太太自己说过，父亲也说过，甚至书上写过。

老人看丁阿平有点难堪，笑了笑说："哎，梅兰芳姓梅，你外婆也姓梅，是亲戚吧？"

丁阿平说："不是的。"

老人又问："你外婆高寿？"

丁阿平说："八十九。"

老人"噢噢"了一声，说："小同志，不瞒你说，我见了老人就怕。我们现在聚会，最担心的就是老人，每次要带一个医生怎么行？你最好回去劝劝你外婆，不要来了，索性再跟你说，这些老人，古稀耄耋，喉咙发毛，嗓音浑浊，怎么还能唱曲？他们自己也不明白，每次在鹤园唱曲，叫人发笑。"

丁阿平点点头，他认为这位老人的话是有道理的，他正想就此告辞，老人却说："不过嘛，小同志，你倘是想来，我们很欢迎。"

丁阿平说："我来做什么？"

老人眼睛一亮："来振兴昆曲呀。"

丁阿平不明白。

老人告诉丁阿平，现在这个委员会，上面拨了六个编制，还差一个没有到位，就是要物色一个年轻人，看丁阿平知书达理，文绉绉的样子，又是昆曲名票的传人，他认为是最合适的。

丁阿平说："我哪行呀，我外婆年轻时唱过昆曲，跟我有什么关系呀，我一点也不懂的。"

老人笑眯眯地说："不懂也可以学嘛，其实也不难，整理材料。"

丁阿平摇摇头。

老人问了丁阿平的工作现状，又说："你看你看，你还是到我们这边来合适，你如果同意，我就以组织名义出面，帮你办调动。"

丁阿平笑起来，说："老同志，你当真啊？"

老人惊讶地说："你不愿意？"

丁阿平说："我不愿意。"

老人重重地叹了口气，临了说："我姓何，你要是想通了，来找我。"

丁阿平从昆曲艺术振兴委员会回到房管所，科长说："小丁，你跑到哪里去了？刚才有人来登记，等不及，又骂人。"

丁阿平说："人呢？"

科长说："走啦，又要反映什么。唉，烦死人，你怎么不注意劳动纪律？"

丁阿平不做声。

丁阿平的工作，是负责居民修房登记的，居民的住房破了，旧了，漏了，危险，要修要补，先到丁阿平这里登记，由丁阿平把登记单填好，交给科里，再由科里统一安排，排给维修队，由维修队去修理房屋。由于这个区旧房比较多，维修队的人手又太少，再加上其中的环节多，从登记到修房，有时隔的时间很长，住户的怨气常常就发在丁阿平身上，因为丁阿平等于是房管所的一个门面，不骂他骂谁？

丁阿平刚刚坐下，又有人来登记，丁阿平问他姓名、住址。那人说："你眼睛瞎了，我来了三次啦，还不给我修，天气报告后天又要来雨了，雨来之前你再不给我修，我就去扒你家的屋顶。"

丁阿平没有办法，他也不好解释。

那个人走后，科长过来说："你看你看，工作做不好，天天让人家骂山门，你怎么一句话也不说，你要做说服工作呀。"

丁阿平不说话。

照资格讲，丁阿平在房管所的资格比科长要老得多，丁阿平是七〇届初中生，初中毕业，就分配进来了。先在维修队学泥瓦工，后来调到科里。现在局里比丁阿平待得长的，只有有数的几个人，科长是去年才来的，但他是科长，丁阿平是科员，这是事实。

科长批评了丁阿平，又说："维修队也不知怎么搞的，动作怎么这么慢，一天的活不知要做几天才做好。这样下去，我们哪里吃得消？"

科里其他人都应和说，要跟局长汇报，科长也说是。

科长说："小丁，你什么时候跟梁局长说说。"

丁阿平说："怎么叫我说？"

科长说："怎么不该你说，你和梁局长不是老同学么，老同学好说话呀！"

大家也说是。

丁阿平不好再拒绝。

丁阿平找个机会就去向梁局长汇报。梁局长说："小丁，你还来反映维修队，人家维修队还反映你们呢！有些小修小作，需要你们做做住户的工作，自己能修的就动员他们自己修，巨细无分，每一样要落到维修队头上，维修队的人，又没有三头六臂，你自己，也是维修队过来的，应该体谅他们的苦处。"

丁阿平点点头。

梁局长又说："听你们张科长说，你工作上不是很那个的，住户有意见，科里的同事也有看法。小丁，你我是老同学，我才说你几句，工作二十年了，也不为自己的前途想想。"丁阿平笑笑，说："什么呀？"

梁局长看看丁阿平，无可奈何地摇摇头。

这一日丁阿平下班回家，告诉老太太，没有什么曲友聚会的事，打听不到。老太太听不清他的话，问："什么？"

丁阿平说："没有聚会。"

老太太笑起来，说："我唱《思凡》，是跟马老师学的，马老师你知道吧？"

吃晚饭的时候，老太太抱怨猪肉没有煮烂。梅德诚说："阿平，你记住，急火鱼，慢火肉。"

梅汝雨说："阿平，你不知道吧，隔壁的小金，出事了。"

丁阿平说："什么事？"

梅汝雨说："我就看这个女人一双眼睛，眯花眼，看男人总是眯花眼……"

丁阿平说："你说什么？"

梅德诚说："各人自扫门前雪，莫管他人瓦上霜。"

梅汝雨说："你最清闲。"

梅老太太用筷子敲敲碗，说："听听，听听，是《思凡》的曲子。"

哪里有什么曲子的声音？可是老太太她是听见了，哀怨的曲调。戏剧界有男怕《夜奔》、女怕《思凡》之说，老太太年轻时曾专攻《思凡》，炉火纯青。

## 三

文燕一直到很晚才回来吃晚饭，梅汝雨始终守在客厅里等她。文燕一进门。梅汝雨就不客气地说："你还知道有个家，有饭吃的。"

文燕吐一吐舌头，说："噢，对不起，以后改正，早一点回来。"

梅汝雨很生气，说："女儿都这么大了，也不知道做个好样子。"

文燕仍是笑嘻嘻的，不回嘴，自己盛了饭来吃。

梅汝雨坐在她对面，看她吃得喷香，心里生闷气。肖文燕是她教过的学生，梅汝雨很喜欢这个学生。后来就介绍给阿平，再后来终于如愿以偿，让她成为自己的儿媳。

文燕的性格柔得像一团面，揉她长就长，揉她圆就圆，怎么揉她也不生气，当初梅汝雨也就是看中了她这一点。因为梅汝雨知道阿平的性子弱，如果娶了太强的女人，阿平一辈子吃亏，文燕是再合适不过了。

开始文燕和阿平做人家，做成很好的一家人，自从女儿上了小学，虽然调皮，但很聪明，功课从来不要大人烦心，文燕闲得没事，慢慢地迷上了麻将。一头钻了进去。

文燕的性格在麻将桌上也体现出来，别的人来输赢，赢了必大乐，输了必眼红，可是文燕不这样，赢了她觉得有点内疚，输了她不着急，总是温温地笑，这对那些易动肝火的麻将迷恰是一服清凉剂，所以大家喜欢拉文燕入伙，文燕成了一个很红的人。

梅汝雨开始还能保持沉默，只是叫阿平跟文燕说，后来终于撕下脸来。

但是不管梅汝雨怎样批评指责，文燕总不生气，总是承认自己不对，一转身又去了。梅汝雨没有办法。

梅汝雨看文燕又去盛了一大碗，问她：“你今天上班了吗？”

文燕说：“上啦。”

梅汝雨脸一沉：“说谎，你们组长今天上门来了，你又请了两天事假。”

文燕说：“我请的是病假。”

梅汝雨说：“你有什么病？”

文燕说：“我是思想病，我这个人，就是思想不好，妈，对不对？”

梅汝雨说：“我看你是面皮有毛病，面皮增厚症。”

文燕只是笑，一边吃饭，一边朝丁阿平做鬼脸。

梅汝雨和文燕说话的时候，丁阿平一直没有插嘴。梅汝雨走开以后，丁阿平说：“妈妈最不喜欢油腔滑调，你总是要跟她油腔滑调，你是不是存心的？”

文燕说：“你妈妈教训我，你也不来帮帮我。”

丁阿平说：“还帮你呢，你好意思说，天天出去赌。”

文燕嘻嘻一笑，朝阿平伸出手。

丁阿平说：“什么？”

文燕说：“借点钱。”

丁阿平说：“又输了？”

文燕“嘿嘿”笑。

丁阿平说：“输了，你还笑！”

文燕说：“你舅舅说，笑一笑，十年少。”

丁阿平叹着气，掏出钱来给文燕，文燕在他脸上吻了一下，转身要走，阿平喊住她，说：“哎，你等一等，有件事，我想和你商量商量。”

文燕停下来问什么事。

丁阿平犹豫了一会，说：“如果可以调个工作，你说怎么样？”

文燕眼睛一闪：“调工作，好啊，我现在做事也做厌了，你帮我调呀。”

丁阿平说：“不是你，是我。”

文燕“噢”了一声。

丁阿平又停了一会，才把昆曲艺术振兴委员会的事跟文燕说了。文燕并没有耐心听完，她嘻嘻笑着打断阿平的话，说：“笑死人了，昆曲艺术还有什么委员会，那里边是做什么的？”

丁阿平知道跟文燕三句两句也讲不清，又说：“反正是正事。”

文燕咬文嚼字地说：“昆曲、艺术、振、兴、委、员、会，哈哈……”

丁阿平说：“想听听你的意思。”

文燕看了阿平一眼，摇头说：“我没有意见。我不晓得的，你去问你妈吧。”

说着就往外走，丁阿平失望地说：“唉，连个商量也没有。”

文燕回头一笑：“哟，你认真啊，我这个人本来就是没有商量的呀，又不是一年两年夫妻下来，你还不晓得我呀。”

文燕走后，丁阿平闷坐了一会，打开电视机，随便选了一个频道看。梅汝雨这时走进来，沉着脸不说话。

丁阿平看看母亲的脸，过一会他说：“我拦不住她。”

梅汝雨说：“谁也拦不住她。”她把一叠报纸交给阿平，说：“这是我专门给她找的，上面有关于赌博的报道，你叫她看看。”

丁阿平接过来，一眼看到第一张报纸上的大标题：《父母迷麻将，儿女喝农药——惨祸！！！》。

丁阿平心里一抖，把报纸放下。

梅汝雨有些激动，说：“你叫她看，你叫她看，多看看。”一边坐下来，好像还要说什么，却没有说下去。

丁阿平羞愧地说：“都怪我。”

梅汝雨半天不响，后来丁阿平见她两眼发红，晓得她心里不好受，却又不好去劝她。

梅汝雨退休以后，心情就一直不好，大家也不见怪，离休退休综合征现在很普遍，没有谁当回事。梅汝雨教了四十年书，突然在一夜之间，耳朵边上再没有孩子们的叽哇吵闹声，这种失落感谁都能理解，但谁也帮不了她。梅汝雨后来加入了区教育局代课教师联络网，在职的老师倘是生老病死或临时有事，要找代课老师，就由区里统一从联络网中找人。这样，梅汝雨每隔半年数月，就能回一次学校，代上一段时间的课。短则几天，长则几个星期，也只能以此来调节情绪，平稳心态。

梅汝雨正闷坐着，丁丁跑进来，说："奶奶，有人找你。"

梅汝雨已经听出了声音，说："是老王，阿平你去泡杯茶。"

丁阿平泡了茶端过来，听见区教育局的老王说："又要麻烦梅老师了。"

梅汝雨点点头，她的情绪好了一些。

老王说："不过。这一次不是代课。"

梅汝雨说："什么？"

老王说："实小的校医病了，一直缺着，本来不添人也可以应付，但这一阵全市教育系统大检查，全范围的，实小又是市重点小学，也是检查的重点，不能少一个校医的。"

梅汝雨说："可是我怎么能代校医呢。我不懂医的。"

老王笑笑．说："哎呀，小学里的校医，那一点事，梅老师你也明白，一般的人都能代的，我们请你，也是因为了解你，你是有水平的。"

梅汝雨说："可是……"

老王说："再说，另外还有一位校医的，两个人，万一真的有什么事，她可以抵挡的，你放心好了。"

梅汝雨不好再说什么。

老王又说："只是有一点，你们家要克服一下，校医中午要值班，恐怕不能回家吃午饭，你们有没有困难？"

梅汝雨说："没有什么困难。"

老王说："那好，麻烦你了。就这样，明天一早，你就到实小去吧，那边都已经讲好了。"

老王走了以后，丁阿平说："中午怎么办呢？"

梅汝雨中午不回来，家里是有一些困难的，丁丁中午要回家吃饭，还有老太太。

梅汝雨说："叫丁丁到你那儿吃，你多订一份饭。"

丁阿平说："老太太呢？"

梅汝雨说："文燕照顾一下，她自己也要吃饭的。"

丁阿平说："好吧。"

然后阿平去找文燕，跟文燕说了，文燕一口答应，并且叫丁阿平放心，她保证把老太太的马屁拍好。

丁阿平走出来，听见里边的人笑，稀里哗啦地洗牌。

丁阿平回家，女儿已经做好了作业，正在看电视，他说："丁丁，明天开始，中午到我单位里来吃饭啊。"

丁丁看看他，问："为什么，是不是奶奶又要去上课了？"

丁阿平点点头。

丁丁嚼着口香糖，吹出一个大泡泡，"啪"的一下破了，她说："你们那里，有什么好吃的菜？"

丁阿平说："你要吃什么菜？"

丁丁说："有没有大排骨？"

丁阿平说："要是有，我帮你买大排骨。"

丁丁说："谁要你买大排骨，我最讨厌大排骨了。"

丁阿平笑笑。

丁丁说："噢，对了，给我点钱。"

丁阿平问："做什么？"

丁丁说："明天我们学雷锋。"

丁阿平说："学雷锋还要钱啊。"

丁丁说："你不懂的。学雷锋就是做好事，对不对？做好事要出力气，对不对？出了力气就容易消化，对不对？消化了肚子就饿，对不对？饿了就要吃，对不对？吃了才有力气去做好事，你说对不对？"

丁阿平再无话可说，给了钱。

丁丁接过钱，就去睡了。

不多会，文燕回来了。丁阿平觉得奇怪，这么早散场，是很少的。

文燕说："张麻子高血压，一只手僵了。"

丁阿平说："你们这种人，要赌不要命，这下好了，来不成了。"

文燕说："他们去找新搭子，我回来撒泡尿。"

丁阿平说："我先睡了。"

## 四

科长叫丁阿平到市局去拿一份报表。丁阿平路过古旧书店，顺便进去看看。

梅德诚正在向一位年近五十的顾客介绍一本书，梅德诚说："这部《九尾龟》，全是用吴方言写的，很有味道的。"

那顾客说："我是北方人，不懂吴方言呀。"

梅德诚说："不碍事，不碍事，这本书中的吴方言，北方人也能看懂，不信，你翻翻，念念看。"

他把书翻开送到顾客眼前，顾客念了开头一段："……且说这名士，姓章，单名一个莹字，别号秋谷，江南应天府人氏，寄居苏州常熟县，生得白皙丰颐，长身玉立，论他的才调，更是胸罗星斗……"

那顾客说："咦，这不是吴方言吧，这是普通话嘛。"

梅德诚说："是普通话呀，当然是普通话呀，要不然你们北方人怎么看得懂，看不懂，买回去不是浪费么？"

顾客说："那你刚才明明说是用吴方言写的。"

梅德诚说："我是说，这书里边的人物的对话，是用的吴方言，不信你找一段念一念。"

顾客找了一段。

"秋谷说苏州地方并无相好，这位贵相知难道是天外飞来的不成，快快实说，是几时做起，为何瞒着我们？是何道理？"

顾客又"咦"了一声，说："这还是普通话嘛，你这个人怎么……"

梅德诚说："你这个人还说我呢！我明明跟你说了，这本书中，凡是苏州人说话，就用吴方言。你想想，倘若一个人物是北方人，也写他用苏白，这不是笑话吗？所以非要是苏州人才说苏州话呢，你念念这一段。"

这一段是这样的：

"倷阿要好意思格，花家里明朝去末哉！倪搭小场化，委屈倷点阿好！"

顾客佶屈聱牙地念了，忍不住笑起来，说："他娘的，什么名堂？"

梅德诚有些得意地笑了，说："不懂吧，我帮你翻译一下。"

顾客连忙摆手："不用不用。"

梅德诚说："也好，你不如先看看内容介绍吧。"

顾客说："不看了。就买了吧。"

梅德诚说："你看不懂你也要买呀？"

那顾客忽然奇怪地一笑，说："不瞒你老先生说，我儿子找了个对象，是苏州人，一口苏白，我听不懂，所以……"

梅德诚说："所以你要买吴方言的书？"

顾客说："买了买了。你这位老同志，这么热情，不买也不好意思了。"

梅德诚一边笑着一边给顾客包书。

顾客买了书走后，梅德诚回头对丁阿平说："哎，你怎么有空过来，你来做什么？"

丁阿平看看书架和书柜，不说做什么。

梅德诚又问："你看什么？"

丁阿平支支吾吾地说："有没有昆曲方面的书？"

梅德诚问："书名是什么？"

丁阿平说："我也不知道什么书名，只是昆曲方面的。"

梅德诚朝外甥看看，说："谁要？"

丁阿平说："一个朋友托我的。"

梅德诚去抱了一大堆书来，都是和昆曲有点关系的。丁阿平挑了半天，选了两本，很贵，两本书三十多块钱，他舍不得，说："我没带钱，下次来。"

梅德诚说："钱我有，我先给你垫上。"

丁阿平只好买下那两本书来，因为没有带包，抱着到市局拿了报表，又回到自己单位，他怕别人问他是什么书，幸好没有人注意他。

中午丁丁来吃饭，吃过饭就在办公室玩一会。局里中午不回家的有八个人，开牌桌，正好两桌。第一桌的四人很快凑齐已经开始了，玩的是逃牌，又叫关牌，一张牌一大毛。另外三个人等着丁阿平，可是丁阿平不来，他们说："丁阿平，三缺一啊。"

丁阿平坐着不动，说："我不会。"

他们牌瘾很大，又说："丁阿平，三缺一不上，缺德啊。"

丁阿平笑笑。

丁丁朝爸爸看看，走过去说："他不来我来，是不是争上游？我会的。"

那些人说："是的是的，就是争上游。"一边对丁阿平说，"你女儿比你上路啊。"

丁丁第一把牌就赢了三家，赚了一大把毛票，很兴奋，大家鼓励说："丁丁来事。"

丁丁一边抓牌，一边回头对丁阿平说："爸爸，我给你提个意见。"

丁阿平看看她。

丁丁说："你没有男子气。"

丁丁和丁丁的牌友一起笑起来，丁阿平也笑笑。

丁阿平想叫丁丁不要玩牌，可是他知道，他叫了丁丁，丁丁也不会听他的，他只是说："丁丁，少来一会，下午要上学。"

丁丁"嗯"了一声，又赢了一把，大乐。

丁阿平就把两本昆曲研究的书拿过来看看。他先看《昆曲传统剧目选》，都是些剧目选本，其中有《鸣凤记》折子，有《西楼记》折子，有《寻亲记》折子，有《牡丹亭》折子等等。丁阿平选其中的《鸣凤记》"吃茶"一折看，却是看不下去，一点可读性也没有。丁阿平又换了另一本《昆曲概览》来看，仍是看不进去，实在没趣。他觉得三十几块钱出得有点冤，又想也可能中午人疲倦，不容易读书，晚上回去看，静下心来再读一读。

下晚回来，第一件事就是问老太太，中午吃了什么，吃得好不好。

老太太看看他，含糊不清地说："三天不开荤，豆腐当肉吞。"

丁阿平问："中午文燕侍候你吃了吧？"

老太太说："吃得饱，吃得饱。"

丁阿平松了一口气。

这一天文燕倒是准时回来吃晚饭了。文燕一进门，见了丁阿平，她"哎呀"了一声，说："不好了，不好了，中午把老太太吃饭的事忘记了。"

丁阿平说："你这个人，没事找事，明明侍候老太太吃了，你又来瞎说八道，妈听见了又是烦恼。"

文燕盯着丁阿平看了一会，说：“咦……大概……可能……我自己也弄不清了，大概是给老太太吃了饭的。唉，麻将麻昏了头了。”

丁阿平说：“那你不要去了。”

文燕说：“不去不行，三缺一。再说，我不去，他们还是要来喊的。”

文燕走后，丁阿平见丁丁自己在做作业，便拿出那两本昆曲的书来看。

《昆曲概览》第一部分是介绍昆曲历史。开头说，昆曲又名昆腔，最早是流行于民间的一种土腔，大约于元末明初产生在苏州昆山一带等等。

丁阿平觉得没有什么意思，他翻过这一节看目录中有一节“曲社回顾”，他便翻到这一节。

这一节介绍的是，自明清就有的各种昆曲曲社，其中有相当著名的“仙霓社”“同声社”等，在这一节里，丁阿平很快就找到了梅巽仙的名字。

书上是这样写梅巽仙的：

由梅巽仙、张雅秋姐妹等人发起，商办女子曲社，由当时的词曲专家刘梅提名为“慢亭曲社”，并聘请全福班老艺人郑月泉等担任指导。女子曲社成立之前，先有一次聚会，在可园荷花厅，梅巽仙唱《西楼记·玩笺》，压倒群芳。以后即正式成立“慢亭曲社”，首次聚会在鹤园举行，到会者有三圆桌，梅巽仙唱《金雀记·庵会》，声震四座……

丁阿平看到这一段介绍，想象当年老太太在鹤园唱曲的情景，觉得有趣。他拿了书，去老太太屋里。

丁阿平说：“这书上有你。”

老太太睁开眼睛看看丁阿平，没有说话。

丁阿平又说：“书上说你从前创办女子曲社。”

老太太说：“女子曲社，是女子曲社。”

丁阿平说：“你说说呢。”

老太太说：“我到莲花巷的时候，女子曲社已经散了，是不是？”

丁阿平说：“大概是的。”

老太太说：“我到莲花巷，姚伯龙是不情愿的，你知道吗？”

丁阿平问："谁是姚伯龙？"

老太太说："姚伯龙你怎么不认识，你看看书。"

丁阿平翻了翻那本书，书上果然有姚伯龙的介绍，有一大段，比介绍梅巽仙的更长。丁阿平没有心思细细地看，他想向老太太请教怎样了解昆曲，但不知从何问起，想了半天他才说："学昆曲，怎样学？"

老太太朝他看看，随后闭了眼睛，自言自语地说："学《思凡》，女怕《思凡》，唱工重，做工繁，独角戏，小尼姑，色空，守着青灯古佛……"

丁阿平叹了口气，走开了，他知道老太太已经进入一种状态，他拉她不动。

丁阿平回到自己屋里，梅德诚正在等他。见了丁阿平，梅德诚问他要垫付的三十块钱，丁阿平摸出钱来给他。

梅德诚说："不是我盯得紧，我怕你忘了，提醒你的。"

丁阿平点点头。

梅德诚说："你不要不高兴，你应该懂得亲兄弟明算账的道理。"

梅德诚又教导了丁阿平一番，走了。

## 五

一个女人站在丁阿平面前，丁阿平先是一愣，随后他想起来，她是小蓝，蓝家衡。

小蓝说："小丁，你好。"

丁阿平有点不好意思，他笑笑。

小蓝说："我是来找你帮忙的，我们家的房子，要修一修了。"

丁阿平连忙说："你坐，坐下来说，我记一下，地点，门牌号，户主姓名，哦，你是户主，蓝家衡。"

小蓝说："我们家就我一个人。"

丁阿平"哦"了一声朝她看看，小蓝也看看丁阿平。

小蓝说："本来也不是什么大问题，但是我一个女人家，不会弄的。"

丁阿平说："你放心，明天就叫维修队去帮你弄。"

小蓝又坐了一会，起身走了。丁阿平送走小蓝，就去找维修队队长小张，小张从前是丁阿平的徒弟。

小张看看那张修房单，说："什么人？今天登记明天就要修，哪里排得及！"

丁阿平说："帮帮忙，帮帮忙。"

小张说："是你什么人？"

丁阿平不好说，但他不说小张就不肯去做，只好如实说了。小张听了，把维修单往口袋里一塞，说："好吧，明天上午就去，你那个舅舅，也是作孽，我们相帮，也是应该。"

第二天一早，丁阿平不放心，怕小张放汤，就到小蓝那边去看。他去的时候，维修队已经有人在弄房子了。小蓝买了饮料，发了烟，忙前忙后地张罗。

丁阿平上去和小蓝打过招呼，又给几位师傅派了烟，心里落下一块石头。这时候小蓝的一个邻居过来，指着一位师傅问："你们是区房管所的？"

师傅点点头。

那邻居立时就变了脸，说："好啊，房管所，我的房子，你们看看，破成这样，我登记有大半年了，鬼影也不见，她的房子，昨天才说要修，今天就来修，你们什么名堂？!"

泥瓦匠师傅说："你问我，我怎么知道？我们是根据修房单做活的。"

邻居说："不问你问谁？"

泥瓦匠师傅指指丁阿平，说："喏，修房单是他们派的，你问他。"

丁阿平看小蓝的邻居铁青着脸过来，吓了一跳，说："你做什么？"

邻居说："不做什么，问问你，你们办事，凭哪一条？"

丁阿平说："我不知道。"

小蓝的邻居说："我看你也不像个做领导的，走，到你们区里去解决。"

丁阿平说："我不去。"

小蓝的邻居不再说话，上前一把揪住丁阿平的衣襟。

丁阿平被人揪住衣襟，挣脱不了，一路出门，也不能跟小蓝打招呼，他想自己的样子，一定很狼狈。

到了区政府，又到了房管所，惊动了区长和局长，道了歉，并保证隔日就上门修理，这才结束。

大家散了以后，科长找丁阿平谈心，批评丁阿平。丁阿平一声不吭。科长知道说他也没有用，说了几句就算了，正要走开，不料丁阿平却突然说："我不想在这里做了。"

科长吃了一惊，回头看他，问："你说什么？"

丁阿平说："我能不能调工作？"

科长说："调工作？你怎么了，这里不好吗，这里谁对你不好吗？"

丁阿平说："没有。"

科长说："多少人想进这地方都进不来，你想调走，你这个人真是的。"

丁阿平说："我不适合做这个工作，我不适合……"

科里其他同事听丁阿平这样说都笑起来，他们说："丁阿平你又不是新手，你在这里的资格，谁也比不上，什么合适不合适，局长还要叫你一声老兄呢。"

大家笑了一阵，都不把丁阿平的话放在心上，科长也没有当一回事。

小蓝那边修好了房子，星期天小蓝就提了水果上门来了。

丁阿平见了，说："哎呀，我舅舅今天不休息。"

小蓝说："不碍事，我随便坐坐。"

丁阿平又说："我妈妈也出去了。"

小蓝还是说："不碍事。"

丁阿平就和小蓝一起坐下，小蓝说了许多感谢的话，丁阿平很不好意思，说："这是我的工作。"

小蓝笑着说："你是开了后门的呀，是不是啊？"

丁阿平笑笑，说："我舅舅……"

小蓝说："我看你这个工作，也是个受气的事，对吧？"

丁阿平说："是呀，也没有办法，做了十几年了。"

小蓝说："你可以想办法动一动，一个地方做十几年，怎么不厌气，再说这个工作，又是受气包。"

丁阿平说："是呀，我也想要换换环境，可又没有人商量。"

小蓝眼睛发亮，说："你说，我帮你拿主意，我是最喜欢帮人出点子的。"

丁阿平叹息了一声。

小蓝说："你说呀。"

丁阿平就说了。

小蓝听了，想了一会，她说：“嗯，你有没有问过，是干部编制，还是工人编制？”

丁阿平被问住了。

小蓝又说：“其实我也是多问，这种文化单位，肯定是干部编制。”

丁阿平说：“我想也是。”

小蓝说：“我看你调过去也好，你这个人很文，不适合做房老虎的，你还是做文一点的事好。”

丁阿平说：“可是我对昆曲什么的，一点也不懂。”

小蓝笑着说：“你这个人，像小孩子，现在外面，不懂行的人才能活得好呢，再说这种东西，又不是学不会的。”

丁阿平被小蓝说动了心。

停了一会，丁阿平说：“我舅舅……”

小蓝打断了他，说：“我看你很瘦弱的样子，你多大了？!”

丁阿平说：“我三十八。”

小蓝说：“你比我小三岁，你好像有白头发了。”

丁阿平不好意思，说：“大概有几根了，不管它。”

小蓝叹气说：“人到中年，辛苦啊。”

丁阿平听见门外有声音，连忙说：“我舅舅回来了。”

丁阿平和小蓝一起迎出来，梅德诚推着自行车进门，一眼见了小蓝，说：“是你，蓝家衡。”

小蓝一笑。

丁阿平说：“小蓝还带了水果。”

梅德诚放好车子，说：“吃吧吃吧。”

丁阿平说：“我平时不大吃水果。”

小蓝说：“我也是。”她好像闻到了什么焦味，说：“你们在烧什么？是不是糊了？”

丁阿平“啊呀”了一声，连忙奔到厨房去，炖的一锅蹄髈，成了蹄髈干，又加了水，改用文火再炖一下。

回过来，他说了，小蓝直笑。

梅德诚说："阿平你这个人，跟你说过多少次，毛手毛脚的。"

小蓝笑了一会，说："你们家喜欢吃羊肉吗？"

梅德诚说："什么羊肉？"

丁阿平说："羊汤很鲜的。"

小蓝说："你们喜欢吃，到冬天我拿一条羊腿来。"

丁阿平惊讶地看着小蓝。

小蓝说："我舅舅家在东山，每年冬天他们杀好多羊，到时候我来教你怎么煮。"

梅德诚开始不停地朝丁阿平看，丁阿平起身，说："你们谈吧，我去弄晚饭，小蓝你在这里吃晚饭。"

小蓝说："我在这里吃晚饭，我去帮你弄吧。"

梅德诚说："你让他去吧，阿平很勤快的，他喜欢做家务。"

丁阿平进厨房开始弄饭，刚一会儿，小蓝也跟进来了，说："既然我在这里吃晚饭，我还是应该来帮帮忙的。"

丁阿平说："我舅舅……"

小蓝说："你舅舅这个人……"

丁阿平等她的下文，可是小蓝不再说什么，丁阿平也不好问。

然后他们就听见有人在门外大声吵，叫喊："姓梅的，你出来！"

丁阿平和小蓝连忙出去，就见门口站着一男一女，丁阿平问："你们找谁？"

女的说："梅德诚。"

男的说："叫他出来。"

梅德诚已经出来，见了这一男一女，他笑起来，说："咦，是你们二位，请进请进，刚才在路上碰见，你们也不说要来，真是不速之客。"

那女的说："你少来这一套，我们来，要叫你讲清楚，刚才你说的话，什么意思？"

梅德诚看看女的，又看看男的，说："什么，刚才什么话？"

男的上前一步，说："你说清楚。"

丁阿平见梅德诚摸不着头脑的样子，走过去问什么事。

梅德诚在下班的路上，碰见这一对熟人夫妻，双双骑着自行车，梅德诚下了车，和他们打招呼，他们也下车回礼，梅德诚说：“怎么，你们还在一起啊？”

人家夫妻不明白。

梅德诚说：“不是说你们离婚了么，还没有离啊？”

那对夫妻莫名其妙。

梅德诚说：“噢，已经离了，唉，现在的人好，好合好散，不成夫妻仍是朋友，想得开，不像从前，不成夫妻就是仇家。”

一边说一边上车走了，扔下那对夫妻在那里发愣，想了半天，互相起了疑心，吵起来，最后一起来找梅德诚对证。

梅德诚听他们这样说，摇了摇头，说：“是吗，我说这话了吗？也可能的，我反正是听谁说的。其实嘛，离婚也不是什么丑事，不要紧的，你们想开一点。”

那对夫妻不知说什么好。

小蓝连忙把梅德诚推进里屋，留下丁阿平对人家赔不是，认了一大堆错，最后说：“我舅舅，”他指指自己的脑门，“这个，有点那个，有点毛病，请多多原谅。”

这话正巧被重新出来的梅德诚听见了，梅德诚问丁阿平：“你说什么，你说我的脑子有毛病？你为什么要破坏我的名誉？小蓝也在这里，你当着小蓝的面，败坏我的名声……”

那对夫妻见梅德诚如此，也觉得不好再同他计较，自认倒霉，十分晦气地走了。

丁阿平忍不住说了梅德诚一句：“你这么大年纪了，怎么还在外面惹事？”

梅德诚不屑地一笑，说：“是非朝朝有，不听自然无。”

小蓝听了，差一点笑出声来。

## 六

区实验小学不仅是全区最大的一所小学，也是市重点小学，因此全校各部门都要和这个地位般配，一般的区小学，医务室只有一个校医，而实小却有两位。

现在梅汝雨在这里做校医，开始她还有一点担心，怕不能胜任，几天下来，大体上就放心了。校医的事情不算很多，学生有了什么病，一般都是家长自己带去医院看病，校医要应付的，主要是一些在校时发生的小伤小痛，抹点红药水，贴块止痛膏。而实小因为教育质量高，管理抓得紧，学生更文气一些，跌打损伤的事也就少一些。

梅汝雨很清闲。

空时，梅汝雨和另一位校医柳医生聊聊天，柳医生四十出头，长得很秀气。柳医生告诉梅汝雨，她毕业于一所名牌医科大学，原来是某大都市大医院的医生，因为嫁了一个拈花惹草的丈夫，婚姻很不幸，熬了近二十年，才离了婚。她要回老家，可一时进不了医院，就联系到学校做校医。

梅汝雨开始只是同情她，可怜她，慢慢地她又发现柳医生很有修养，梅汝雨想把她介绍给弟弟，可是她也明白弟弟配不上柳医生，她一直未开口。但这一份心思却始终不能摆脱，梅汝雨在闲谈中几次提到梅德诚。

一天她们正在闲聊，当天的报纸送来了。梅汝雨看了一下，有梅德诚一篇文章，她把文章介绍给柳医生看。

柳医生认真地读了这篇地名考文章。她觉得文章虽然书卷气太浓了一些，但看得出作者功底深厚，学识渊博，她称赞了几句，梅汝雨很高兴。

隔了几日，梅汝雨对柳医生说，老太太病了，不肯上医院，想麻烦柳医生走一趟。

柳医生上门之前，梅汝雨对梅德诚说了，要介绍他和柳医生认识。梅德诚一听，急了，说："我怎么能脚踩两头船呀。"

梅汝雨说："什么两头船？"

梅德诚说："咦，小蓝呀，小蓝不是你介绍的么？"

梅汝雨说："人家早回了。"

梅德诚笑着说："哪里呀，小蓝来看过我好几次了，还带水果来。"

梅汝雨有点吃惊。

梅德诚说："小蓝这个人么，怎么说呢，人无完人嘛，不过，我看总体上还可以，我打算再考虑一段时间。"

梅汝雨哭笑不得。

柳医生来后，梅汝雨不敢介绍给梅德诚，径直先到老太太屋里。柳医生给老太太看过，梅汝雨和她一起出来，就见梅德诚坐在客堂间。

不等梅汝雨说什么，梅德诚就上前和柳医生握手，说："你好，我是梅德诚，你是柳医生吧，梅汝雨介绍过你。"

柳医生也笑了，说："我也知道你。"

梅德诚表示惊讶，刚要说话，被梅汝雨接过去："我跟柳医生谈过你。"

梅德诚朝她们两人轮流看过来，然后笑了，他说："我知道了，梅汝雨你真是的，乔太守乱点鸳鸯谱呀。"

梅汝雨脸涨得通红，急忙把话岔开去，问柳医生："你看我母亲的病……"

柳医生说："没有什么大问题，可能肠胃功能有些紊乱，可能便秘……"

梅汝雨说："是呀，老太太每天大便要坐半天马桶。"

梅德诚说："中医说，便秘有'热秘''气秘''虚秘''冷秘'四种。"

柳医生笑笑，不说是也不说不是。

梅德诚说："古人说得好，医家通相法，柳医生你看看我们家老太太有多少寿？"

柳医生仍然笑笑，没有说多少寿。

又坐了一会，柳医生就客客气气地告辞了。

隔日梅汝雨到小蓝那边去，见了小蓝，她就问："小蓝，你那次不是跟我说，你不想跟梅德诚谈，怎么三天两天又来看他？梅德诚是个实心眼的人。"

小蓝说："我什么时候去看过他呀，真是的。"

梅汝雨张了张嘴，一口气咽了下去，憋了一会，她说："小蓝，我不明白，你这样好的条件，为人又随和，一点也不孤僻，怎么不结婚呢？"

小蓝先是一愣，随后她笑起来，一边笑一边说："你说我不结婚呀，我二十年前就结了婚，我的儿子今年考大学了。"

小蓝告诉梅汝雨，她和丈夫感情不大好，但也没有什么大的矛盾，现在分居，各找各的，谁找到中意的，就提出离婚。找不到，就暂不离婚。

梅汝雨听小蓝这么说，愣了半天，末了她说："你既然不中意德诚，还往我们家跑做什么呢？"

小蓝说："做朋友呀，我很想和你们家做朋友，你们家的气氛我很喜欢呀，怎么，不能做朋友吗？"

梅汝雨不好说。

小蓝又说："对了，我正要上你们家去呢，你来了，我就不过去了，这两本书，你带给阿平吧。"

梅汝雨看那两本书，都是有关昆曲研究的。梅汝雨说："他要这书做什么？"

小蓝奇怪地说："他没有跟你说呀，他想调工作，有个机会。"

梅汝雨惊讶之余有点生气，她也说不清为什么。

梅汝雨回家就把小蓝的情况告诉了丁阿平，丁阿平听了，过一会说："哦，是这样。"

梅汝雨说："这个人，好像有点……我总觉得不交为好，你说呢？"

丁阿平说："什么？"

梅汝雨说："你想调工作的事，小蓝跟我说了，现在有这样的机会，我看这个机会不错的。"

丁阿平朝母亲看看，说："是的。"

梅汝雨说："我认为可以试一试。"

丁阿平点点头。

过些时丁阿平到"昆曲艺术振兴委员会"去，接连去了几次，都没有人在。丁阿平有些奇怪，向巷子里的人打听，他们说，这里本来就很少有人来。丁阿平说，上次碰见一位老人，说他是常年值班的，人家看看丁阿平，不相信地摇摇头。

再过几天，丁阿平再去，仍然没有人，丁阿平就到居委会去。居委会的人告诉丁阿平，常年值班的事是没有的，倒是知道有一班老头老太，逢阴历双月半的下午在鹤园聚会唱戏，说的就是振兴昆曲。

丁阿平算了一下时间，阴历八月半已过，下一回是十月半，还有十来天时间，他还可以作一些准备。

到阴历十月半前一天，丁阿平见老太太精神不错，想动员她一起去。他跟老太太说了半天，老太太不明白，只是反复地说："烧香碰到佛，烧香碰到佛。"

丁阿平无奈。

到了第二天中午，丁阿平洗刷了一下，换了衣服，正要出门，老太太突然说："我也去。"

丁阿平说："你要到哪里去？"

老太太说："莲花巷。"

丁阿平说："你不要搅，你不就住在莲花巷？"

老太太坚持说："我要去。"

丁阿平看看老太太长出的新牙和浑浊的眼珠，他想了一想，说："你是不是装糊涂？你知道今天鹤园度曲。"

老太太笑起来，说："莲花即是佛。"

丁阿平不再理睬她，自己去了。

进了鹤园，就听见一派咿咿呀呀的声音，丁阿平循声而去，发现那一班穿红着绿的老人聚在枕波轩，惹了一大批的游人，围观者甚众，有人哈哈大乐，有人嗤嗤窃笑。丁阿平连忙站定，四处寻找那位姓何的老人，可是怎么也找不见。他有点着急，这时就听见咿咿呀呀的乱嚷声忽然静了下来，一位鹤发童颜的老人站在枕波轩中央，声如洪钟："……群贤毕至，曲友咸集……先请昆曲艺术大师周小飞唱一曲《荆钗记·见娘》，笛奏由徐伯仁担任。"

周小飞就站出来唱《见娘》。丁阿平只觉得那曲调柔和声调却怪里怪气的，他耐心地听他唱完。

周小飞唱罢，曲友们报以热烈的掌声。那位主持的老人又说："周先生真不愧为大师，家学渊源，令我等大饱耳福。下面由江小苇先生唱《西楼记·玩笺》，笛奏薛志民。"

丁阿平又四处寻找何姓老人，仍是不见，他向就近的一位老太太请问。

老太太"嘘"了他一声，示意他不要讲话，听曲。

丁阿平走开几步，又问一位老人，老人倒是没有嘘他，却反问他："哪位姓何？"

丁阿平说："是我向您打听有没有一位姓何的曲友。"

老人想了一想，随后表示出一种猛然清醒的样子，说："你看我，这记性，何，他……"他指指主持人，"他就姓何，何振良。"

丁阿平说："不是他。"

老人说："怎么不是他，是他，姓何，何振良。"

丁阿平叹了口气。

老人又说："不会错的，我跟他几十年的曲友了，怎么会搞错？他姓何。"

丁阿平说："我找的不是他。"

老人说："噢，那我就不知道了。"他看看丁阿平沮丧的样子，又说，"要不，叫何振良来问一问，他认识的人多。"

丁阿平说："不大好吧，他在主持。"

老人说："稍等一下……"他突然用力招呼，叫好，又是一曲终了。老人笑着对丁阿平说："难得你这个人年纪轻轻，也喜欢听曲。"

丁阿平笑笑。

等下一曲开始，老人把何振良叫过来。何振良问丁阿平什么事，丁阿平见何振良盯着他，就有点犹豫，觉得很尴尬，既不好太冒昧，又不应该错过机会。他支吾了一会，说找一位姓何的老人，那一天在振兴昆曲艺术委员会值班。

何振良听了，愣了半天。

丁阿平说："怎么？"

何振良说："没有呀，没有人值班的。"

丁阿平说："怎么会，他亲口对我说的。"

何振良又想了一会，问道："他还跟你说了什么？"

丁阿平又支吾了一会，说："他还谈了许多话，很健谈的。"

何振良的脸看上去有点奇怪，他问丁阿平："你找他有什么事？"

丁阿平觉得不能再支吾，就把事情经过说了，说出了他现在的心愿。

何振良先是惊讶，继而脸上发红，好像很窘。丁阿平不明白。

何振良红着脸闷了一会，终于说："唉，你这个小青年，上当了，那个人，是个精神病人。"

丁阿平听了吓了一大跳，他待了一会，说："怎么可能？

他很正常的，你也许弄错了一个人，那个人很正常的。"

何振良叹息着说："真是对不起，他是我的弟弟，他大概拿了我的钥匙进去的。"

丁阿平张着嘴，过半天，喃喃地说："他说，六个编制……"

何振良说："哪里有六个编制呀，有一个编制就不错了，就可以有个值班的人，也不至于闹出这种事情来。"

丁阿平呆呆地看着何振良。

何振良说过“对不起”，又回过去主持唱曲会了。

丁阿平慢慢地离开枕波轩。他心里有点什么感想，一时也理不清，这时他听何振良说：“下面，我们放一段录音，是前辈梅巽仙先生的。梅先生大家知道，高寿八十九，行动不便，前些时我们上门去录的音，曲目是《思凡》，功底不减当年，并有翁永奎老先生金笛合作……”

开了录音机，梅巽仙唱：“昔日有个目莲僧，救母亲临出地狱门……”

口齿清晰，音调委婉、清丽，随即丁阿平听到一阵热烈的掌声和叫好声。

丁阿平回去，想问一问老太太，是什么时候唱的曲子，见老太太睡着了，他不好叫醒她。

到了下午，文燕忽然跑回来，见了丁阿平，就说：“帮帮忙，你帮我挡挡驾。”

丁阿平问：“什么人追你了？”

文燕说：“来了你就知道了。”

文燕就躲到老太太屋里去了。

随后果然追进来几个人，是文燕的母亲、一个姐姐和一个弟弟。

丁阿平笑起来，连忙迎他们坐。

他们不坐，三个人站在那里，如一扇黑压压的排门。

文燕的母亲说：“你老婆呢？”

丁阿平本来是要叫文燕出来的，可是看这三个人的架势，他改变了主意，说：“文燕还没有回来。”

文燕的姐姐说：“你骗谁？刚才我们把她从麻将桌上揪下来，她明明逃回来的，你包庇她。”

丁阿平说：“我为什么要包庇她？她又没有犯法。”

文燕的母亲说：“比犯法也好不到哪里去。”

这时文燕的弟弟已经里里外外找了一遍，没有找到。

文燕的母亲先坐下，接着姐姐弟弟也坐下，他们告诉丁阿平，文燕向他们借了不少钱，只借不还，还拿了母亲的金戒指，他们忍无可忍，来算总账。

丁阿平说：“好的，我叫她还你们。”

文燕的姐姐说：“不行，今天不拿到钱，我们是不走的。”

文燕的母亲说：“是的。”

丁阿平说："借得很多吗？很多的话，我没钱代还呀。"

文燕的母亲说："你把存折拿出来。"

丁阿平说："存折上也没有多少钱，你要拿就拿去。"丁阿平要去拿存折，被从厨房里出来的梅汝雨拦住了。

梅汝雨说："冤有头，债有主，谁借的钱，谁还。"

文燕的母亲说："老婆的债，丈夫还，理所当然。"

梅汝雨说："什么理呀？按理的话，我还得向你要钱，她还借了我的钱呢！女儿的债，母亲还，也是理所当然呀！"

文燕的母亲不跟梅汝雨斗嘴，转向丁阿平，批评他："你这个人，一个大男人，自己老婆也管不好，怎么办哟。"

丁阿平低眉顺眼。

梅汝雨忍不住说："文燕这人，一点家教也没有，坏在骨子里，赖皮赖在骨子里，我不知你们做父母的，从前怎么教育她的。"

文燕的母亲说："你还问我，我们文燕本来是很好的，嫁到你们家，变成这样，你能说不是吗？如果文燕从前不好，你会要她做媳妇吗？"

梅汝雨说不出话来。

丁阿平说："别吵了，把存折拿去吧，上面有五百块，不够以后再补。"

他把存折拿出来，文燕的姐姐接过去，说："今天先拿了，还有妈妈的金戒指，要叫她吐出来的。"

丁阿平说："好的好的，我叫她还回去就是。"

文燕一直躲到娘家人走了，才出来，拍着胸，说："吓死我了，我妈我姐都很凶，是吧？我躲在老太太床背后呀。"

丁阿平说："你这个人，唉……"

梅汝雨说："你又可以去赌了。"

文燕朝梅汝雨敬个礼，说："谢谢妈，不过我要吃了饭再去，肚子饿了。"

文燕吃了饭，果真又去了。梅汝雨说："阿平，你这个老婆，要气死我了，我真的身体很不好，我自己知道。"

丁阿平说："你不要把她当回事，不要跟她计较。"

梅汝雨说："天天看在眼里，你叫我怎么不气。"

梅德诚拿着书本从自己屋里出来，没头没脑地说："古人说，娶妻娶德，娶妾娶色，以我的理解，德、色二者皆可无，唯女红不可不勤。"

正在说着，门外一阵自行车铃乱响，接着是小蓝的声音："小丁，快来帮忙。"

丁阿平起身还未及出门，小蓝就进来了，肩上扛了一条羊腿，直喘气。

她进门，把羊腿摔在地上，发出沉闷的声响。

小蓝说："我一进你们家，就觉得气氛很好，我很喜欢。"

没有人说话。

小蓝又说："我舅舅今天来了，送了三条羊腿，我扛一条过来。"

大家看那羊腿，很肥，也很脏。

小蓝对丁阿平说："我教你怎么弄。我告诉你，先用清水洗净，放入锅中加水，少放一点盐，用文火煨煮四小时，再剔骨，剔骨后再用文火煮两小时，记住啦？文火，火不能大，一大就不烂。要文火，记住了么？"

丁阿平愣了一下，说："什么，已经到冬天了？"

小蓝先是一愣，随后笑起来。

丁阿平看看日历，日历上有一行小字：今日五时三十分小雪。

# 杨湾故事

## 一

南方小镇杨湾在 1972 年冬至 1973 年春发生了一些大大小小的事情。这其实很平常。在南方农村和城市连接的地方这样的小镇本该是很多的。或者说就像一大片海滩上零乱散布的卵石一样。那么这些大大小小的事情，就像那许多粗粗细细的沙子一样。这个比方也许很蹩脚，旨在说明 1972 年冬至 1973 年春发生在杨湾的事情是多么的细小而平凡。

当然杨湾和别的小镇也许略有不同。首先杨湾不是一座新兴的商业小镇，杨湾是一块古地，这就决定了杨湾的性质。很自然杨湾肯定出过一些名人。杨湾政府有厚厚的一套人物志，专门记载杨湾籍名人的轶事，弄得好像一部野史，修志的任先生，从前做旧政府税务局的税务员，他对此类事极有兴趣。

不过在 1972 年冬至 1973 年春或者更长一点的日子里，任先生一直没有修志。

现在来回忆 1972 年冬天的气候和温度，对修志是不是有一些帮助呢？

事实上 1972 年冬天是一个十分温暖的冬天。老百姓把农历一年内两次交春的现象叫做“一年两头春”，逢上“一年两头春”的年头，冬天必定暖和，但来年的收成必定不好。所以这句话完整起来是这样的：一年两头春，饿死经济人。这是题外话。

1972 年冬天开始的时候，陈小马正在为一条湖蓝色的腈纶围巾伤脑筋，她已经到百货店看了五次，围巾的价格是五块，而她正好有五块钱。如果陈小马没有五块钱，她就不会来看这条湖蓝色的围巾，但问题在于这五块钱是家里给她的一个月的零花钱，倘若买下这条围巾，整一个月就没有钱花，所以陈小马是应该好好考虑的。

陈小马家里并不穷。请注意事情发生在 1972 年冬天。陈小马那时候是中学生，1972 年冬天杨湾小镇的中学生每月有五块钱零花，这也是说得过去了。当然陈小马家里也不富。

陈小马的爸爸陈四柱，是县人武部的副部长。当时他的级别大概在十六级至十四级之间，月工资相应在一百三十元至二百五十元之间，这在 1972 年南方小镇甚至在县城里都属于高工资无疑，问题是陈小马的爸爸妈妈曾经在八年之内生了五个孩子，这样就把陈部长的家庭经济水平从高工资阶层拉到了中层的水平。

陈小马兄弟姐妹排列状况是这样的：大哥陈小虎二哥陈小龙三妹陈小马四妹陈小羊五弟陈小弟。陈部长的四个孩子都以生肖属相为名，属虎的叫虎，属龙的叫龙，这和陈部长的文化水平多少是有一点关系的。据说陈部长有了第一个孩子一直没有起名，就按当地的习惯叫做小毛头，但小毛头这样的名字是不能报户口的，不报户口就领不到口粮。陈部长的家属催陈部长，多少有点埋怨。陈部长想来想去，想不出个好名字，后来说，他属虎，就叫小虎，以后大了再改嘛。后来陈小虎长大了，不仅没有改成陈大虎或陈其他什么，而且连他的弟弟妹妹也都受了他的影响，被叫做小龙小马小羊。陈部长最小的儿子属鸡，本意也是要跟着哥哥姐姐叫小鸡的，可是遭到丈人丈母以及老婆的一致反对，小鸡这样的名字以后会被人家篡改成“小鸡巴”或者“小 ×”之类的绰号，小马小羊什么的，已经给人家笑够了，这一次决不妥协，连帮人家倒马桶的刘阿姨还给儿子起“建国”“为民”等等这样的名字，听起来确实对陈部长有点意见。陈部长哈哈大笑，说不叫小鸡就不叫小鸡，叫什么你们定吧。但麻烦的是他们为这个最小的孩子起了一百多个名字，还是决定不了用哪一个，最后丈母娘说，先叫小弟吧，长大了再改。据说陈部长听说小弟，哈哈大笑，说小弟和小鸡，不是差不离嘛。当然陈小弟长大以后也仍然叫做陈小弟，不知这是否该称作习惯势力。

这一切和陈小马的湖蓝色腈纶围巾没有直接的关系，只是说明一下陈部长家因为子女多，家庭经济就不能太尽人意；在这同时是不是也顺带着传达了另外的一些信息，比如陈部长脾气不腻，极爽快，比如陈部长不是知识分子型的军队干部等等。

陈部长无疑是北方人，确切地说是北方农民，虽然不是很北，但对南方小镇杨湾来说，他是绝对的侉子。陈部长渡江南下，跟着部队开到南方的一个县城以后就驻扎下来。陈部长是带着北方农民老婆孩子热炕头春耕秋收二亩地的理想当兵的，那时候他必定不会想到以后他连自己的根都移到南方来了。

陈部长的婚姻已经是过去的事了，再回头弹这个老调会使人厌烦，要说的是高中生陈小马的事情，而不是填写人武部副部长的履历。但是这里边就有一个问题，陈小马既然是陈部长的女儿，她怎么会在小镇杨湾念中学，为什么她不跟父亲一起住在县城呢。

事实上住在杨湾的不止是陈小马，还有陈小虎陈小龙陈小羊陈小弟以及他们的母亲王丽芳。

倘若追溯到当初是谁提出把家安在小镇杨湾而不是在县城的，推想起来一定是王丽芳，她是独女，无疑她负有赡养照顾父母的义务。陈四柱部长大概不会有异议。在北方农民看来，南方的县城和南方的小镇是一样的，她们都是美的，但又都不属于自己。

在1972年冬天，陈小虎陈小龙插队在农村，陈小弟则在一年以前当了小兵，到部队去了，所以，1972年冬天在杨湾的只有王丽芳和她的两个女儿陈小马陈小羊。

就王丽芳本人来说她没有经济收入，她是家庭妇女。但她并不是天生的家庭妇女，她曾经在县城的女师读书（用不着怀疑，陈部长就是那时候认识了她的），以后王丽芳又在家乡杨湾的小学教书，她是在生了五个孩子以后才退职，专心做家庭妇女的，所以她随时都可以抱怨陈部长和三个孩子，她说是他们毁了她的大半生，这话好像有点骇人听闻，但细想起来并不过分。在进入1972年冬天的时候，陈小马和陈小羊都觉得母亲的怨气日甚一日，弄得陈小马陈小羊不胜负担。

进入 1972 年冬天的时候，陈小马看中了一条湖蓝色的腈纶围巾。这时候舒波也走进了百货店。舒波是陈小马的同班同学，她走进店堂以后，在陈小马后背上拍了一下，说 :“买吧买吧。”

陈小马说 :“我再看看。”

舒波说 :“不买就走。”她拉了陈小马往外走，一边凑在陈小马耳朵边上说 ,“我问你一件事。”

女中学生走出店堂，走到小街拐角上停下来，有几个过路的人朝她们看，他们是看舒波的，舒波走到哪里都有人看。陈小马不由也朝舒波看看，舒波的脸有点红，陈小马感觉出舒波确实是有什么心思了。

舒波说 :“征兵了，今年杨湾有一个女兵，是不是 ?”

如果说这句话是 1972 年冬天的一个响雷 , 这听起来确实过分确实夸张了一些，但是陈小马听舒波说“女兵”，她的心就乱跳起来这却是事实。在 1972 年冬天这样的时候，南方小镇杨湾的女中学生倘若有兴致谈论日后的婚姻大事，最理想的爱人非军官莫属，这毫无疑问，女兵在 1972 年冬天的气氛中，无疑具有女王般的吸引力，所以也就如同天上的云彩一样可望而不可即。

据有关人等回忆，在 1972 年冬天这样的时候，平均一个县至少要隔两年才能轮到一个女兵名额，每个县又至少有十个像杨湾这样的小镇。在每年征招大量男兵的情况的对比之下，女兵实在如凤毛麟角一样稀少而珍贵。

所以当女兵这样的愿望连人武部长的女儿陈小马也是不敢随随便便奢望的。

可是现在这片云居然飘过来了,伸手抓住它。陈小马这样想,舒波也这样想，在 1972 年冬天南方小镇杨湾的女中学生们都会这样想。

舒波的话可靠吗，这样的消息怎么会首先从舒波那里传出来呢，有关部队方面的所有一切，应该是陈小马最有发言权。

舒波盯住陈小马，问 :“是不是，是不是今年轮到杨湾一个名额 ?”

陈小马说 :“你听谁说的 ? 我怎么不晓得。”

舒波的脸就拉了下来，不高兴地说 :“你保密啊，招女兵总归是你啦，谁抢得过你呀，也用不着这样保密呀。”

陈小马说："我真的不晓得，骗你是小狗。"

舒波笑起来，说："你们家反正都是狗呀猪呀。"

陈小马也笑了。

舒波突然又叹口气。

陈小马说："到我家去玩。"

舒波摇摇头，说："不去了。"

然后她们就在拐弯的地方分手，舒波走了几步，又回头说："先要体检的。"

陈小马说："是要体检的。"

舒波说："那条围巾你不去买了？"

陈小马说："我不买了。"

舒波说："你要去当兵了。"

陈小马笑笑，她看舒波的脸又红了，就说："也不一定轮到我，人多呢。"

1972年冬天在南方小镇杨湾适龄女青年中到底有多少人将参加这一个名额的角逐呢？

还是说陈小马吧。

陈小马急急匆匆跑回家，看见妹妹小羊和她的同学在桌上摆弄刻纸，陈小马心里有点蔑视她们，她问小羊："妈妈呢？"

小羊说："在里边，高家里女人在跟她说话。"

陈小马走进里屋，听高家里女人说："骚货呀，我看见的。"

陈小马看母亲一脸恼怒，不说话。

高家里女人又说："你不要讲出去是我告诉你的啊。"

妈妈说："晓得了。"然后就送高家里女人出去，回头看见陈小马，劈头就说："你到哪里去了，不回来？刚才你们那个同学，舒波，来找你，等了半天，坐在这里。我看见她就烦，小妖精的样子，还问你爸爸有没有回来，我们家的事要她问什么，我就看出来，不正经的货色，和她娘一样的腔调，那个老妖精，你爸爸每次回来，她都到我们家门口转来转去，呸，下作，嫁了三个男人还不够。"

陈小马看了小羊的同学一眼，说："妈妈，你怎么说这种话呀。"

王丽芳说："你嫌我的话不好听，得罪谁啦，你们长大了，手臂拐子都朝外面翻了。"

陈小马说："哎呀，不要烦了，人家有要紧事问你，上星期爸爸回来，有没有跟你说招女兵的事？"

旁边陈小羊跳起来，说："招女兵，招什么女兵？"

陈小马说："今年杨湾有一个女兵名额。"

陈小羊跳过去拉住母亲的手，发嗲说："妈妈跟爸爸说，我要去，让我去。"

陈小马"哼"了一声，说："你不要激动，有条件的，你不够，要应届高中毕业生，你还差两年呢。"

陈小羊放开母亲的手，愣了一会，抽一抽鼻子，说："你也不要高兴得太早。"

陈小马也愣了一下，追到母亲身边，问："妈妈，你说，这个名额是不是该我去？"

王丽芳说："烦死了，烦死了，你们走开。"

陈小羊得意地一笑，说："你们那一届，梁宇红呢，邱薇呢，还有杨玲玲呢，你比得过她们？"

陈小马张了张嘴，不知说什么好，她恨恨地看了小羊一眼，说："军装呢，说借两天，几天了？还给我。"

陈小羊支吾了一下。

陈小马说："你拿出来，不要赖皮。"

陈小羊指指她的同学，说："我借给刘萍了，穿两天，就还你。"

陈小马看刘萍尴尬的样子，心软了，说："穿一天，不要弄脏了。"

陈小羊朝刘萍眨眨眼，两个人一起走出去，她们走到门外就放肆大笑。陈小马听她们那样笑，恨不得追出去收回那句话。

母亲拦住她，说："小马，我跟你说，是有一个女兵名额给杨湾中学，不过你不能去。"

陈小马心里一沉："为什么？"

母亲说："你爸爸回来，我们商量过了，今年重点要解决小虎小龙中的一个，他们下去三年多了。"

陈小马说："他们是男兵，我是女兵。"

母亲说："你不懂事，一家人家一年出去两个，要被人家说话的。"

陈小马要哭出来了："我不管，我要去。"

母亲板了脸，说 :“你不听话，就算你不为你哥哥考虑，你也不一定能去，小羊的话是有道理的，梁宇红那几个人，你也不是不晓得，都是有路的。你爸爸，现在又不吃香，你也不是不晓得，像他这样资格的，人家都提到分区去了，他在县里还是个副的，副的里头还轮不到他做主呢，今年能把小虎小龙里弄走一个，就是好事了，你不要想入非非了，再说，你马上要毕业，分配工作是笃定的。”

陈小马哭起来。

母亲说 :“你好好想想。”

这是 1972 年冬天一个晴暖的中午。

下午学校还有课，所以陈小马没有敢痛痛快快地哭，她怕眼睛哭肿了，不好见人，她已经是高中生了，应该有一定的克制能力。

在去学校的路上，陈小马好像受了惯性的支使，又绕到百货店门前，她站在门口朝那个熟悉的位置望去，心里突地一跳，她熟悉的湖蓝色消失了。

营业员认识她，见她站在门口发愣，笑起来，说 :“跟你说好看的好看的，叫你买你不买，被你的同学买去了。”

陈小马问 :“是舒波吗 ?”

营业员说是的，又说虽然舒波长得漂亮，但她围那种湖蓝色并不是很好看，还不如陈小马围着好。

陈小马“唉”了一声，朝柜台里看看，问 :“没有啦 ? 一条也没有啦 ?”

营业员说 :“没有啦，叫你买你不买，这种颜色最好卖了。”她看陈小马失望的样子，又说，“你要是存心买，过日到仓库帮你翻翻，不过要等面上这批卖掉，我们有规矩的，老货不出柜，新货不出台的。”

这对陈小马来说应该是一个好消息，湖蓝色的围巾肯定还有，可问题是舒波已经买了。并不是说舒波买过的东西别人就不能再买，问题是到时候围出来，人家眼里自然只有舒波的那一条，不会有陈小马的这一条，可事实上是陈小马先看中的。

但是陈小马毕竟已经懂事，所以在能不能当女兵这样一个重大的主题之下，湖蓝色围巾给她带来的烦恼实在是微不足道的了。

招女兵的事情无疑已经在学校传开。不管陈小马的父母亲有什么样的想法，不管陈小马自己有什么样的想法，陈小马在这个事件中，必定是主角，这一点，在她踏进教室的时候，就已经证实了。

## 二

陈小虎陈小龙听到征兵的消息就从乡下回来打探风声。他们插队的地方离杨湾不远，走一个多钟头就到了。他们在一个知青点上，没有什么约束。大多数插青都不肯好好在田里做活，高兴做就做几天，不高兴做就不做，反正家里也不在乎他们做的几个工分钱。在 1972 年冬天的苏南农村，工分值普遍很低，杨湾附近乡下也一样。

陈小虎陈小龙他们现在饭量很大，所以他们常常要回家来打秋风，加点油水，吃红烧肉，在陈小马淘米煮饭的时候，就要多舀两大碗米，吃饭的时候，小马小羊笑小虎小龙，他们一口气吃三大碗四大碗米饭。王丽芳很开心，这是一个家庭和谐美满的时刻。

当然现在他们谈话的中心必定是征兵。

其实征兵的事也没有什么更多的话好说。如果陈小虎陈小龙两个人当中只能去一个，那肯定是陈小龙去。小龙个子高小虎个子矮，小龙英俊潇洒小虎相貌平平，小龙活泼小虎老实，小龙是弟弟小虎是哥哥，事情就是这样。哥哥是应该让弟弟的。部队里的首长据说喜欢老实的战士，因为老实的战士好指挥。但是征兵的时候常常有相反的情况。倘若一个适龄青年有文艺或者体育或者其他方面的一些特长，那么他在征兵中就会沾光。陈小龙就是这样，他的篮球打得很好，在学校是校队主力，插队后代表县知青队参加过地区比赛。所以在吃饭的时候，小龙情绪比较高，而小虎则表现得有点沉闷，这也符合他的性格。当然小虎也没有完全失望，事情还没有开始，除了小龙参军这一种可能性之外，还有其他许多可能性，比如可能小虎小龙两个人一起应征，比如可能小龙有其他方面的一些问题而去不成，比如可能小龙小虎都不能参军等等，当然现在谁也不晓得，究竟哪一种可能会成为现实。有一点可以肯定，现在就断定参军的必定是陈小龙为时还过早。

但问题是除了小虎小龙，还有小马。陈小马现在也是一股不可忽视的力量，这必然就带来更多的可能性。

这一切均与陈小羊无关，所以她吃过饭就出去了。

陈小虎陈小龙希望能从母亲王丽芳嘴里听一些可靠的安慰的话。可是他们不明白，王丽芳正在走进更年期，她常常有说不出的苦恼，表现得五心烦躁，六神不安，她并不是不想给孩子们一些安慰，但她觉得现在最需要安慰的是她自己。

这一点陈小马已经有所领悟，所以她一开始就没有把希望寄托在母亲身上，她只是一心盼着父亲回来。相比起来，小马和小羊，父亲更喜欢小马，而母亲更喜欢小羊。所以陈小马庆幸做人武部副部长的是父亲而不是母亲。陈小马毕竟还年轻，她有时候会忽视这样一个事实：父亲听母亲的。

父亲既然还没有回来，陈小马就没有必要守在家里。在 1972 年冬天快要进入期末大考的时候，陈小马看不进书，这是很正常的事，考试年年要考，参军却只此一回。陈小马用不着为调不起情绪复习迎考而不安，她的功课从来都是中等水平，用功或者不用功，她都是那样的水平。何况现在陈小马唱的是另一出戏的主角，她就要全力以赴把这个主角唱好。在陈小马这个年纪，常常偏重于“谋事在人”的唯物论，所以她有信心。这时候的陈小马还不可能明白“成事在天”的宿命论中的合理成分，所以很明显陈小马是自信的，同时又是盲目的。

陈小马下午仍然到学校去，她在家里觉得很闷，陈小马的性格不是封闭式的，她很合群，所以即使学校安排自习，她也愿意和大家在一起。

在路上陈小马看见同班的几个男生走在她的前面，他们正在高谈阔论，旁若无人。

1972 年冬天在杨湾中学，高中男女同学是不说话的，当然也不是绝对不说，但是说得极少。这种现象并不说明男女生的对立或者互不关心，恰恰相反，另有种种迹象表明，1972 年冬天杨湾中学的高中男女生之间正在日甚一日地互相注意，互相吸引。这种种迹象凡是过来人大概都能回想起来，所以不必一一列举。

陈小马慢慢地跟在这一群男生后面，陈小马最关注的男生是王军，直截了当地说陈小马最喜欢的男生是王军也一样。王军是班上的学习委员，成绩很好。陈小马虽然对自己的学习成绩不很计较，却崇拜成绩好的男生，她以为那是智慧的表现。也可能在班上注意或喜欢王军的女生不止陈小马一个，但这和陈小马没有关系，她只负责自己的情感。

陈小马走得近一点，她听见他们谈论的也是征兵的事。

这时候陈小马听见王军说话，王军说："怎么才公平？我认为凭成绩最公平，谁成绩好谁去，最公平。"

王军当然不知道陈小马跟在他们身后，所以他这句话当然不会是有意说给陈小马听的。但王军这句话无疑使陈小马很伤心。

当然王军的话也有片面性，很明显王军因为自己成绩拔尖，才会这么说，所以就有别的男生反驳他。

陈小马听不清他们七嘴八舌的辩论，她也不一定要听清他们的话，既然王军已经说了这样的话，别人的话还有什么意思呢。

后来男生中有一个人回头看了一下，不知他是看什么的，结果他看见了陈小马，他回头一定跟他们说了，因为他们的嗓门立即就压低了，这就表现出对陈小马的极其不信任。

陈小马觉得胸口发闷，很痛，是一种很深部位传递出的痛感，而不是那种浅层的痛，比如在湖蓝色围巾被舒波买去以后的痛。

一个无忧无虑的女中学生应该有这样的深层的痛苦吗？当然不应该有，也可能只是陈小马自己以为痛苦很深而其实却是很浅层的。但不管深层也好浅层也好，陈小马确实很苦恼，这种苦恼在她的情感经历中恐怕应该是第一次的，这种苦恼源于招女兵的事，这一点也同样不用怀疑。

事实上陈小马在班级里已经受到了冷淡。这不公平。陈小马并没有做什么，也没有说什么，如果是因为她爸爸是县人武部副部长就指责她这样那样，这确实不公平。事情很明白，陈小马现在只要立即退出这场角逐，宣布不报名参军，让出这个主角，她就会受到欢迎、尊重，中学生的观点就是这样简单明了。这里也当然包括王军的观点，王军因为成绩好而普遍被认为智商高，他也是这样看问题的。但是陈小马不愿意退出，她没有理由退出，没有一丝一毫的理由证明她应该退出。

如果现在把陈小马放在王军和女兵中间，让她只选其中之一，她也许会有些遗憾，但她必定会毫不迟疑地选女兵。陈小马是明智的，她不是那种会被情欲控制的女孩子，何况她对王军的好感，说到底只是一种盲目崇拜而已。

所以陈小马注定要尝一尝被另眼相看的滋味。

陈小马在教室里茫然地坐了一下午，到舒波喊她回家时，她才发现背的外语单词其实一个也没有记住。

舒波和陈小马一起走出来，走了一段，舒波说："中午我听小羊说，你哥哥回来了，是小虎吧。"

陈小马说："小虎小龙都回来了。"

舒波"哦"了一声。

陈小马看看舒波，突然说："到我家玩玩吧，还早呢，小龙中午吃饭时还问起你呢。"

她说了谎，立即有了效应，舒波的脸变得绯红。

舒波喜欢陈小龙，这是事实。在1972年冬天杨湾小镇这样的地方，女孩子找同学的哥哥做对象，是很时髦的事。但是在陈小马想起来，舒波和小龙的事可能性很小，因为第一关就通不过，母亲王丽芳不喜欢舒波，不是一般的不喜欢，而是非常不喜欢，所以以前陈小马对舒波有意向她流露的意思只作不知，也从来没有透露给小龙，所以也可能小龙对舒波根本是没有印象的。

陈小马为什么要说谎，她这么说无疑是在怂恿舒波，她也许是这样想的，如果舒波和小龙果真发展了关系，那么舒波几乎就是自己人了，这样在陈小马参军的计划中就可能减少一个有力的竞争对手。如果真是这样，陈小马就是一个很有心计的女孩子。当然这种心计实在也算不上什么心计，如果连这点小小的狡猾都没有，那么陈小马无疑就是一个极平庸极迟钝的女孩子了，而陈小马不是。陈小马虽然学习成绩不算太好，但她一点也不笨，这是事实。

舒波也不笨，不知陈小马在向舒波说谎的时候有没有想到这一点，舒波这时候主动向陈小龙靠拢是不是也有什么心计在里面呢？如果有，那么看起来，舒波比陈小马就更进了一步。当然这些都属正常范围，绝不是她们的人品问题。

这样陈小马就把羞答答的舒波拉回了家。

母亲不在家，这是陈小马事先就知道的，陈小龙看见舒波，精神焕发，很熟悉很亲切地说："你来了。"

舒波笑了，笑得非常妖媚，陈小马在心里叹了一口气。

陈小龙说："坐。"

舒波就坐下。

陈小马说："她是舒波，小龙你认识吧。"

小龙哈哈大笑。

舒波也抿着嘴笑。

陈小马不明白有什么好笑，但她心里就有了一些怀疑，好像小龙和舒波已经很熟，她倒成了多余的人。

小龙的话多起来，他说各种趣闻，说插青在乡下的笑话，说乡下的男男女女的事情，舒波就一会儿笑得弯腰，一会儿羞得脸红，一会儿说："我不相信。"一会儿说："你骗人。"

这样的快活，没有能维持很长时间，后来王丽芳回来了。王丽芳进门的时候，正看见舒波在笑。

舒波见了王丽芳，立即止住笑，胆怯怯地叫了一声："伯母。"

王丽芳说："你又来了。"

舒波脸通红，很尴尬。

王丽芳回头训斥小马："要大考了，不好好温书，一天到晚疯疯癫癫，勾什么魂呀。"

当然谁都听得出这不是在骂小马。

但舒波是小马带回来的，小马有责任保护她，小马正在辩解，舒波说："我走了。"她的眼睛里含着一包泪水，更显得楚楚动人。

陈小龙说："急什么，怕什么，这屋里又没有雌老虎，怕吃掉你啊。"

王丽芳"哼"了一声，又要开口，陈小龙猛地拉起舒波的手，说："走，走，我送你。"

舒波被陈小龙拉了出去。

陈小马吓了一跳，母亲说："又是你带回来的，你看见了吧，这种货色。"

陈小马说："是她自己要跟我来的。"

母亲叽叽咕咕地抱怨起来。

陈小马有陈小马的计策，母亲不会明白，陈小马可以不在乎母亲的唠叨，母亲的唠叨对于她来说已经习以为常了，小龙却不，他还没有学会忍受，所以他居然拉着舒波的手走出去，虽然他自己长大了，但舒波还是中学生呢，再说舒波是小马带回来的，即使要送也应该由小马送，而轮不到他送，何况舒波根本用不着送。

陈小马到这时候才想到一个问题，她把舒波带回来，带到小龙面前，很可能是多余之举，她回想舒波进来以后，陈小龙和舒波的一系列表现，几乎可以断定，他们早已经有了默契。

默契就默契，陈小马只是为了自己的计划，她现在还没有资格也没有心思去过问陈小龙的事情。

在这段时间里，陈小虎一直在看一本书，他看得津津有味，别人说什么话他一概听不进去，后来他终于要把书看到头了，不料最后的一页被撕掉了，陈小虎拍着书连连叹气，说："太可惜了，太遗憾了，要是我的书，我要用牛皮纸包起来。"

陈小马笑起来。

小虎说："你笑什么？"然后他看见小马，又说，"咦，刚才那个女孩子走了？"

小马点点头。

小虎说："她是你的同学啊，我还不知道呢，上次她到乡下看小龙，小龙只是说是女朋友，小龙这家伙也没有告诉我，是你的同学呀。我看上去也是，年纪还小嘛。"

幸亏王丽芳不在这间屋子里。舒波居然跑到乡下去看过陈小龙，这使陈小马大大地吃了一惊，这件事情真是有点出格了。陈小马忽然有点害怕起来。

陈小虎说要到朋友家去，看看书上的最后一页纸，还在不在，正要出门，王丽芳走过来，说："小虎，你这个人怎么搞的，人家都在为当兵的事奔来奔去，你倒好，坐在家里看书，等吃现成饭啊。"

陈小虎说："我急也没有用，你叫我也去奔，我奔到什么地方去？我奔了也没有用，谁去还不是你们一句话，我争得过他呀。"

陈小虎说的正是陈小马心里想的，小虎和小马一样，在母亲和父亲之间，他们更信任父亲。

王丽芳却说："那不一定，小龙这种样子，不争气的，部队不一定看得中，叫我是带兵的，我也不要他。"

王丽芳怎么会说这种话？在五个孩子中她是最喜欢小龙的，现在她却因为一点小事，而忌恨小龙，这不是一个做母亲的人可能做出来的事，可是王丽芳确实是这样，这说明目前她的情绪极不稳定。

这无意中给绞尽脑汁的陈小马带来一点启发，如果在这几天中她把母亲的马屁拍好，对她是大有利的。

大约过了半个小时，陈小龙回来了，气还没有消，这时候如果不是出现了一个很重要的人物，陈小龙和母亲王丽芳之间极有可能爆发一场激战。

这个重要人物是陈四柱。

先是小羊在外面喊了一声："开门，爸爸回来了。"

小马急忙去开门，高大魁梧的陈部长站在门口，这个家里所有的人，顿时觉得有了支柱，有了依靠，有了希望。

陈四柱部长没有辜负大家的期望，他确实带回了好消息。其一：今年有三支部队来这个地区征兵，一是南京的坦克部队，一是北京的炮兵部队，一是福州的空军地勤部队。三支部队地点、兵种都很好，这是好事，当然现在为这个高兴，未免有点性急了。其二：三支部队到这个县来，带新兵的负责人都已到达县城，和人武部长们接过头，其中有两个和陈部长比较熟，这一点很关键，一个是陈部长过去的下属，另一位和陈部长则有过不少特殊的交往。其三：今年征兵人数比去年增加百分之五，这一点很重要。

陈小虎陈小龙备受鼓舞，准备第二天就回乡下，到公社去报名。

好消息与陈小马无关，父亲根本没有提招女兵的事，还是小羊后来问了一句："不是说招一个女兵么？"

陈小马十分感激小羊。

陈部长听到小羊问话，看了小马一眼，没有说话。

陈小马很沮丧很伤心。

父亲和母亲闲扯了一些别的话，后来父亲就提到了梁庆发。梁庆发原先是杨湾镇的革委会主任，前不久提到县里做县革委会副主任。

母亲说："梁庆发，那个人，怎么啦？"

父亲说："你还不晓得呢，梁庆发出事情了，挖出来了，几天之前他还在挖别人，现在他自己被挖出来了，是'五·一六'，还是头头呢，抓起来了，隔离审查。"

母亲说："这个人，我早就晓得，不会长久的，升了官，你看他们一家人，眼睛都长到额角头上去了。"

如果梁庆发仅仅是梁庆发，那么他升官也好，抓起来也好，一切陈小马都不会感兴致，但问题是梁庆发是梁宇红的父亲，梁宇红是陈小马的同学。倘是给这次应征女兵的候选人物排列一下种子选手，梁宇红很可能是第一号种子。

梁庆发出了事情，意味着梁宇红从第一号种子选手的位置上掉落下来。这对陈小马来说，却是一个天大的喜讯，在陈小马喜形于色的时候，她有没有想到她这样把自己的快乐建立在别人的痛苦之上是不是太昧良心太无情了呢？她有没有想到在她得到这个消息而欣喜若狂的时候，梁宇红和她家里的人在做什么呢？

也许还是宽容一点的好，对一个十七八岁的女孩子，也许不应该太苛求，应该原谅她的这一点小小的自私。再说梁庆发被揪出来，多半也是他自己多行不义的结果，梁庆发这个人本来就不是很好的人，杨湾小镇上的人都这样认为。

父母亲大概都没有联想到这一层意思，也可能在他们心里根本就没有小马当兵这回事，还是小羊好，小羊毕竟是女孩子，心比较容易沟通，尽管小羊平时很少对小马表示什么亲和友善，更多的时候是姐妹俩斗嘴，但在这时候小羊的心却和小马的心连在一起了，所以小羊也会对梁宇红的事有兴趣。

小羊说："活该，梁庆发活该，梁宇红也活该，我看见梁宇红就戳气，狂得不得了。"

父亲指责小羊，说："你不要瞎说，人家已经出事了，不要再说了。"然后他看看在旁边一言不发的小马，说，"小马怎么瘦了，大姑娘有心思了？"

陈小马鼻子酸酸的，真想哭。

这时候，王丽芳说："好了好了，小马小羊去温书，小虎小龙去买点菜回来。"

把孩子支出，父亲和母亲要讲秘密的话，这是常有的事，四个孩子听从母亲吩咐，都走开了。

小马和小羊在自己屋里看书，自然看不进去，小羊朝小马扮了个鬼脸，说："我帮你偷听去。"

陈小羊溜到门边，刚听了一会，就朝小马招手，小马也过去，就听见母亲说："女兵的事，能不能帮小马争取一下？"

陈小马差一点哭出来，当然是感动，母亲毕竟是母亲，她以前怎么会以为母亲偏心，不喜欢她呢。

一向喜欢她的父亲倒是走向了反面，父亲说："不大可能了，上次跟你说过，这一个女兵名额，多少人盯着呢。听说县里的那一帮子女也在想办法，说要临时插班插到杨湾中学来呢，你想想，怎么收得了场，当然这是不可能的，不可能这样张狂的，但小马不能去，小马要去目标太大，弄不好会把小虎小龙的事也搅了。"

母亲叹了口气，说："这倒也是的，还是先考虑小虎小龙吧，不过你要跟小马讲清楚，省得她不定心，这几天你看她——"

父亲说："我是要跟她讲的，她也不是小孩子了，她应该懂事了。"

门外陈小马咬住嘴唇，不让眼泪流下来，但她心里却在发抖，短时间情绪的大起大落，使我们的女中学生有点受不了。小羊已经识相地溜走了。

如果谈话到此为止，陈小马当然会觉得委屈，觉得父母为了小虎小龙牺牲自己是不公平的，但她毕竟已经懂事，她不会很恨父亲。可是谈话并没有结束，这继续下去的谈话内容，就使陈小马一下子恨透了她的父亲，并且使她想起她的外婆常常说的话，宁跟讨饭的娘，不跟做官的爷。她认识到一开始她想联合父亲对付母亲的方针是大错特错了，实在是应该反过来联合母亲对付父亲的，当然这时候她没料到，这场谈话会以什么样的结果告终。

先是父亲说："舒老师特地跑到县里来找我，差一点跪下来求我，要我帮助她的女儿参军，我看也是很可怜，如果可能……"

母亲打断他的话，问："什么苏老师？"

父亲说："就是杨湾小学的舒老师，住在学士街的，她的女儿和小马同班，叫舒波，我知道舒老师有很大的苦衷，但她不能和别人说，她求我帮她女儿走。"

如果这时候陈四柱把舒老师的苦衷讲出来，也许王丽芳后来不会发这样的大火，但陈四柱既然答应舒老师不讲出去，他就不能讲出去，他这个人一向是比较守信用的，

母亲立即尖叫起来："啊，那个女人，她竟然跑到县里去找你，她——不要脸。"

要是平时陈小马听母亲这样说，一定会以为母亲蛮不讲理，但现在她觉得

母亲很有理，舒波的母亲确实——不要脸，还有舒波，陈小马想到舒波对小龙怎么笑的，就觉得舒波也不要脸。

父亲有点生气，闷声闷气地说：“你怎么这样说人家，人家舒老师……”

母亲“呀”了一声，说：“狐狸精把你迷住了，告诉你，你不要想，我就要小马去当女兵，哼，让谁去也不能让那个小妖精去。”

父亲说：“你这个人，你这张嘴，部队又不是你的，你说了算啊？”

母亲的话就更加难听：“我告诉你，你要是敢帮她忙，我就去揭你的老底。”

父亲也火了，大声说：“我有什么老底，你揭就是了，不过我也告诉你，我已经跟带女兵的人介绍过舒波了，要是能帮上忙，我是要帮的，小马的事，死了心吧，她不能去。”陈小马在门外“哇”的一声哭了起来。

陈四柱拉开门，说：“小马，你怎么？”

小马哭着说：“你不要叫我，你不是我爸爸，你去当舒波的爸爸吧。”

父亲十分恼怒，随手给小马一个耳光。

陈小马捂住脸，愣了一会，转身跑了出去。

她不知道，她走了以后，父亲也走了，他连晚饭也没有吃，赶了末班车又回县里去了。

## 三

吵架归吵架，父亲毕竟还是父亲。陈四柱在县里基本上把小虎小龙的事落实了，带兵的人表示，只要下面送上来，他们一定要。

要过下面的关，有几个条件，一是政审，包括家庭历史面貌，这个陈小虎陈小龙都没有问题。还包括个人的政治表现，这一点估计也不成问题，小虎小龙本身没有什么偷鸡摸狗的劣迹，并且又和大队、公社书记都打了招呼。二是体检，体检现在还不敢打包票，但看起来小虎小龙都不会被卡在这一关上，尤其是小龙。

在母亲的支持下，陈小马也义无反顾地报了名，同时报名的女同学有十一位。陈小马这一届毕业生有四个班，女生有六十多人。这样就有将近五分之四的人没有报名。

这似乎很奇怪，但事实上肯定是有原因的。

女兵虽然只招一个，带兵的却来了两个，他们在县城稍作调整，就到杨湾来了，他们带来了确切的具体的条件和要求，今年招的这一个女兵是文艺兵，所以对应征对象的身高要求特别严，必须在一米六四以上才有报名的资格。这样一下子就排除了一半以上的人。陈小马大喜过望，她的身高恰好是一米六四。还有一部分身高够标准的女生，在反复估量了自己和别人之后，觉得自己各方面表现太差，比如长相不理想，比如没有艺术细胞，比如身体方面或家庭方面的问题等等，觉得希望实在太渺茫，干脆不报名了。

梁宇红没有报名，她父亲梁庆发的事已经家喻户晓。

另一个比较有力的竞争对手功课最好的邱薇也没有报名，她身高才一米五八。

这时候不能不说形势对陈小马还是很有利的，但是在这有利的形势的另一面，不利的因素也在以同样的速度和分量增加，很显然，不利因素主要来自舒波。舒波不仅身高合格，她比陈小马还高一公分，又长得漂亮，并且能歌善舞。难怪已经有人说这个文艺兵的名额好像生来就是为舒波准备的，这样一下子就把陈小马甩开了。

这样就使陈小马十分嫉妒舒波，这应该说是正常的事，反而是舒波的情绪显得不正常，舒波脸色苍白，显得十分紧张，好像即将发生什么不幸的事情。

后来果然出了一件事。

一天夜里舒波在小镇的一个偏僻的地方被几个小流氓纠缠，他们对她动手动脚，但没有出更大的事情，因为在紧要关头，任先生正好经过那里，他去救了舒波，结果舒波倒没有怎样，任先生被打破了头。

一个长得漂亮的女孩夜里独行被人骚扰，这件事本身并不是很特殊，但在舒波的这次遭遇中有几个值得怀疑的地方。其一，深更半夜，舒波一个人跑到那个地方去做什么？那是杨湾镇上最冷落最偏僻的地方，有一座塔，是一座古塔，有十三层，年久失修，阴森恐怖。杨湾镇上的人一般白天也不大愿意走近去，舒波夜里一个人去，有什么名堂呢？其二，任先生家在小镇南头，而塔在小镇北端，任先生怎么会走到那个地方去呢？其三，任先生怎么早不经过晚不经过，恰巧在舒波碰到危险的时候走到了呢？等等这些，似乎都有一些可疑之处。

当然因为舒波毕竟没有出什么事情，至多受了一点惊吓而已，所以这些怀疑仅仅也只是一些怀疑罢了。

结果倒霉的却是陈小龙。

舒波被人欺侮的事情传到陈小龙那里，陈小龙从乡下赶回来，带了一帮插兄，找几个流氓算账，打了一架，打得过头了，惊动了派出所，一抓抓了一大串，当然包括陈小龙。幸好打架声势虽大，实际效果不是很严重，除了一个人鼻梁软组织破裂,其他都是些皮肉之伤。所以拘留了三五天,一个一个都放出来，陈小龙是罪魁祸首，关了一个星期也出来了。

拘留一个星期也许算不了什么，但陈小龙参军的事却不大可能了。

这样事情就比较大了。

首先是王丽芳大吵大闹，她跑到舒波家里去吵架，并且向左邻右舍诉说，讲得口吐白沫，不能收场，要吃了镇定药才停得下来。后来被送到医院住院，才稳定下来。

陈四柱听得消息也赶了回来，但一家人对他都很冷淡，他也无能为力，只好抱着脑袋叹气。

陈小羊现在也表现得很激烈，她和她的要好的女同学，甚至还串通了初中的女生，看见舒波就追在她屁股后面唱山歌：骚妹骚奶奶，采朵花戴戴，戴花不好看，回家哭嗨嗨……这种情景陈小龙从拘留所出来后见到过几次，他很生气，要打小羊，被小羊和女生吓退了，女生说："大欺小，盐书包，大欺小，不要脸。"这种尖嘴的女生，是很厉害的。

但这事根本是小龙的不好，小羊不管她采取的态度是激烈还是温和，她的出发点是好的，说到底还是为小龙好，而小龙却为了舒波要打自己的妹妹。

现在心情最复杂的无疑是我们的主角陈小马。陈小龙参军一事泡汤，小马参军的希望就更大一点，舒波如果有什么事情，对小马是极其有利的。部队当然不喜欢那种身后跟着一大堆流言蜚语的女孩子。但是从良心上讲，小龙去不成小马去，她的心里决不会很舒服。陈小马觉得自己在几天之内成熟起来，母亲住院的时候，她天天烧了饭菜送去，并且安慰母亲家中的事情一切由她操持，要母亲放心，在父亲面前，她不卑不亢，不冷不热，好像根本没有什么不愉快的事情发生过。

最难的是小马和舒波天天相遇，她当然恨舒波，但她不可能像小羊那样表现得没有教养。所以现在陈小马和舒波并没有翻脸不说话，但是话很少，至少陈小马不会主动找舒波说话。

总是舒波忍不住要和陈小马说话，有几次舒波开口就问：“你恨我，你们家的人都恨我，对吧？”

陈小马说：“没有什么。”

舒波说：“这不怪我。”

陈小马说：“不怪你怪谁？”

舒波就哑口无言了，陈小马这时候也不再说话。

然后舒波又说：“我没有叫小龙回来。”

这是事实，所以说到底，这件事也是陈小龙自作自受。

陈小马说：“你夜里怎么跑到那里去了，你不怕呀？”

舒波说：“我是接到小龙的一张纸条。叫我去的。我后来问他，他说没有写过什么纸条，我看纸条上的字，是像小龙的字，可是他不承认。”

陈小马“哼”了一声，她发现舒波的话里是有骨头的，把责任往小龙身上推。小马觉得舒波实在太狡猾，和这样的人实在没有弄头，谈话到此为止。

课间休息的时候，传达室的老王进来告诉舒波说舒波母亲在门口等她，叫她出去。舒波走出去，过了一会儿进来，脸色惨白，眼睛直盯盯的。

陈小马不由又问了一句：“你怎么了，你妈妈来讲什么？”

舒波说：“我妈妈到县里去听课，要去两天。”

陈小马说：“喔哟，听两天课怎么啦，你这样娇滴滴，离不开娘，还要想当兵呢。”

舒波的眼泪扑落落地滚下来。

陈小马说：“哭什么呀，你妈妈到县里又不是……”她本来是想劝劝舒波的，可是突然想到一件事，舒波的母亲会不会去找她的父亲呢？杨湾小镇的人都晓得舒波的母亲作风不大好，大家都说她嫁过好几个男人，还不肯安分守己，一想到这个，小马心里就很紧张，也很压抑。这种怀疑小马她不能告诉母亲，跟小虎说也不好，跟小羊更不能说，她只有压在自己心里，现在小马觉得自己心里容纳的东西，大概已经大大超过一个十七岁女中学生所能够容纳的范围了。

这天下晚，陈小马在外面公用的水龙头上洗菜，看见舒波夹了一个包裹走过，舒波朝她笑笑，小马问她到哪里去，舒波说到任先生那里去，请教古文上的几个问题。陈小马没有说什么，她现在对舒波的话都不相信，请教古文带个包裹做什么，包裹里又是什么东西呢？陈小马觉得舒波的行动有点怪。

在体检即将开始的时候，舒波的情绪好起来，这很明显，她觉得自己大有希望。

在政审的时候，学校也有人提出舒波是否合格的问题，虽然在那个事件中，舒波本人并没有什么问题，但她和陈小龙恋爱却是事实。后来大家一致认为这次招女兵，对舒波是最合适的。舒波和陈小龙的事八字还未见一撇，不能因为这一点小事误了她的前程，所以舒波还是比较顺利地通过了政审，这说明学校的大部分老师都很喜欢舒波。

政审以后，部队来带兵的人就到学校来，看了几位准备参军体检的女生。那一天她们正在体操房里上课，在众多的女生中，舒波一下子就显示出她的与众不同。下课以后，留下将要参加体检的同学，让大家展示一下自己文艺方面的才能，唱个歌或者跳个舞。

后来带兵的两个人围住舒波问了半天，等他们一走，体育老师拍拍舒波的肩，点点头。

舒波的脸很红。

另外几位女生泄气地走了出去，陈小马也要走，舒波拉住她，说："小马，求求你，别跟我争了，让我去吧。"

陈小马很不高兴，说："真是滑稽，跟我说有什么用，你用不着跟我说，你不是早就把工作做到家了么，什么样的人你们没有求过呀，还用得着来求我呀。"

舒波对陈小马这样的态度并不计较，她自言自语地说："什么人我没有求过，什么人我没有求过。"

这一刻陈小马觉得自己简直把舒波看透了，但是看透不看透又怎么样呢，舒波参军看起来大局已定了。

体检的前一天晚上，小虎小龙都回来了，当然结果是小虎参加体检，而小龙被排除了。

小龙没有在家里吃饭，在一个朋友家喝酒，到老晚才醉醺醺地回来，吵吵闹闹，一会说要出家做和尚，一会说要杀什么人。

王丽芳说："我头痛，你不要吵了好不好？"

小龙说："这样就算吵了啊，告诉你，我走不了，有得吵呢。"

王丽芳说："你走不了，怪谁？"

小龙说："你说怪谁？"

小马忍不住插了嘴，说："当然怪你自己。"

小羊也说："活该。"

小虎一言不发。

小龙愤怒地看着大家，但是他没有说话，当然怪他自己。

问题是小龙值得不值得。

舒波参军以后，还会想到小龙吗，一定不会了，她以后肯定是要嫁一个军官的，小龙算什么呀。

不要说以后的事，就是现在，舒波恐怕也没有更多的心思去想这个叫陈小龙的青年为了她而改变了生活的道路，当然这个改变究竟是坏事还是好事，那是以后的事了。以后的事实证明，陈小龙这一年不当兵，反而挑他上了大学，后来年纪轻轻就成了大学副教授，但那毕竟是以后的另外的故事，在当初，至少在体检后的那个夜晚，谁能想得那么远，谁又能把问题看得那么辩证，那么透彻呢。

所以这时候，陈家的人，在埋怨陈小龙咎由自取的同时，又都在诅咒那个害人精舒波。

舒波这时候，恐怕已被自己即将到来的幸福冲昏头脑了吧。

## 四

1972 年冬天的杨湾小镇上，说参军是一场过五关斩六将的激战，看起来并不过分。即使体检本身，也完全可以说是一次过五关斩六将的战斗。

身高、体重、内科、外科、血压、心脏，陈小马一关一关地闯过来，舒波也一关一关地闯过来，紧紧跟在陈小马后面，或者应该说是陈小马紧紧地跟在舒波后面。每过一关，陈小马在增添一份希望的同时也增加一份失望，而舒波当然不同，她每过一关，离她的目的就走近一步。

最后一扇门是五官科。

在走过这扇门之后，陈小马突然产生了一个奇怪的想法，她宁愿自己通不过这最后的一扇门，陈小马相信舒波会很顺利地走出来。如果陈小马和舒波一起通过体检，最后被淘汰的一定是陈小马，与其那样，不如在体检上就被淘汰，虽然这由不得她自己，但陈小马在走进五官科的时候，确实已经灰心到了极点。

舒波却相反，她这时候越来越自信，她的视力、听力都不会有问题，舒波因为激动，面孔通红。

就这样陈小马和舒波一起推开了五官科的那扇门。

五官科有两个医生，一个负责查眼睛，另一个管鼻、耳、口腔，因为五官科要看视力和听力，不能有噪声，所以一次只能进两个人，这两个人正好是陈小马和舒波，她们始终排在一起，一个紧跟另一个。

进门以后，舒波抢先走到眼科医生那边，她知道在五官科最关键的是眼睛，是视力，如果这一关过了，其他就不会有大问题。

陈小马先查鼻、耳、口腔。

眼科医生果然对舒波的眼睛十分满意。然后两个人交换，陈小马查眼睛，舒波过来，查鼻、耳、口腔。

悲剧常常是在不知不觉中开始的。

悲剧开始的时候，人们并不知道这是一个悲剧。

陈小马正在查视力，就听见那边查耳朵的医生大声说：“你这个小姑娘，不好啊，你们家不好啊。”

无疑是在说舒波。

因为室内很静，声音听上去特别尖厉，这边的眼科医生和陈小马同时回过头去。

陈小马看见那个医生正捏住舒波耳朵，好像在用劲，舒波咧着嘴在喊痛。

医生说：“你还喊痛，你这样，不能参军的。”

舒波的脸变得惨白，她没有问为什么。

医生又说：“你们家里，唉。”然后她叫眼科医生，“哎，你过来看看。”

眼科医生走过来，看看，说：“喔哟，我当什么事，油耳朵。”

陈小马不知道什么叫油耳朵，她忍不住问了一句。

医生看看她，说：“就是猪狗臭呀，狐臭，懂不懂？有这种毛病的人，不好当兵的。”

舒波惨白的脸上挂下两行眼泪。

医生说：“哎呀，你怎么哭呢，哭有什么用呀，这种事情，自己不好做主的，是爹娘遗传下来的，要怪只好怪爹娘。”

这是 1972 年冬末的一个下午，陈小马的心情很难说得出是什么样子，她和舒波一起拉开五官科的门走出来，门口的护士看舒波在哭，“咦”了一声，她是她们同班同学杨玲玲的姐姐，认识陈小马，也认识舒波，所以她问：“舒波怎么啦？”

舒波不说话，陈小马也没有开口，护士就走进五官科去。

陈小马和舒波走出医院大门，陈小马很想和舒波说几句话，但她不知道该说什么，该怎么说。这时候太阳正在落山，恰有一抹余晖从哪个墙角钻出来，照在舒波的脸上，舒波把脸扭过来，看了陈小马一眼，默默地走了。

陈小马一个人回家。

在这以后的十几个小时里，陈小马很少说话，家里人问她体检情况，她推说不清楚，体检表不给本人看的。陈小马表现得很冷静，但她心里无疑正在酝酿着一场大的风暴。舒波被淘汰了，被一个完全出乎意料的原因淘汰了。如果一定要说陈小马在这个时候的心情，那只能用欣喜若狂来形容了。

陈小马是不是一个毫无心肝的女孩子呢？当然不是，所以在这时候，她眼前老是晃动着舒波那张惨白的脸，脸上还有一抹余晕。

舒波曾经不择手段地要把陈小马压下去，现在舒波由于自身的原因自己下去了，并不是陈小马做了什么手脚，与陈小马没有丝毫关系。陈小马完全不必为自己即将取代舒波参军而不安。

可是陈小马确实不安，在应该欣喜若狂的时候，她的内心好像有一种说不清的恐惧。

这种感觉从何而来，陈小马不得而知。这天夜里她睡得很不稳，醒了好几次，每次醒来，她都对自己说，你胜利了，你要去当女兵了，你多么幸福啊。她独自品尝幸福的味道，却尝不出是什么味道。半夜里她想起有一个人说过这样的话，已经得到的幸福并不是真正的幸福，真正的幸福在追求幸福的过程中。

第二天早上陈小马到学校去。这是大考前的最后一次集中复习，老师会出一些复习提纲和练习题，其中有一部分题目会和试卷上的题目相差无几，学生对这一类课总是最感兴趣的。陈小马到的时候，同学几乎都到了。

陈小马踏进教室，就看见一大半的女生围在一起，她听邱薇说："怪不得，到夏天我总是恶心，难闻死了，我问你们，你们还闻不出，说不晓得呢，原来是她。"

陈小马大吃一惊，连忙看舒波，舒波坐在自己的位子上，两眼下垂，一动不动。

另外一个女生说："我听我外婆说，越是漂亮的人，这种毛病越多。"

这时候她们看见陈小马站在教室门口，立即喊起来："陈小马，你过来。"

陈小马走过去的时候又瞥了舒波一眼，舒波正好抬起眼睛看她。她从舒波的眼睛里看到了仇恨，怨艾，看到了伤心和绝望。陈小马心里抖了一下。

女生过来围住了陈小马，正要说话，上课铃响了。

第一堂是语文课，课上了一会儿，陈小马收到一张纸条，展开来一看，是邱薇的字，上面写着："试题：一，名词解释，①油耳朵……"

陈小马正在看纸条，被老师发现了，走过来把纸条拿去一看，很生气，说："什么意思，什么油耳朵……"

女生们立即尖声笑起来，邱薇说："油耳朵就是猪狗臭。"

老师更加生气，说："你们不好好温习，太不像话。"

女生叽叽喳喳地笑，有几个男生也交头接耳的。

陈小马心虚地看看舒波，舒波好像根本没有听见大家闹，两眼直盯盯在看着黑板，陈小马松了一口气。

到语文课下课，舒波背了书包就走。陈小马说："哎，舒波，下一堂是数学复习。"

舒波没有回头，走了。

谢红芳对邱薇说："你们几个太过分了。"

注意这里第一次出现了谢红芳的名字，这是一个陌生的名字。谢红芳在班级里算不了什么，她爸爸在镇机关食堂里烧饭。谢红芳家里兄弟姐妹很多，都是很邋遢很穷酸的样子，他们家里是苏北人，说话苏北口音很重，所以谢红芳也常常要被女生嘲笑，学她的苏北口音。

谢红芳这时候敢于出来帮舒波说话，是不是可以证明谢红芳并不是一个不起眼的角色呢？

邱薇当然不服气，她是班上成绩最好的女生，一向很傲气，以前还有个梁宇红和她抗衡，现在梁宇红下去了，她就是金鸡独立，她怎么能受谢红芳的批评呢？邱薇说："喔哟，要你这样帮她呀，你马屁拍在马脚上，帮的人多的是，轮不到你呀。"

谢红芳说："随便你怎么说，我是看不过去，人家心里已经很难过了，你们还要这样挖苦人家，我是看不过去的，不公平的事，我就要说。"

谢红芳的正义，使陈小马无比羞愧，而谢红芳的命运也正是从这时开始走进一种规定性。

邱薇说："你思想这样好，可以入团了。"

谢红芳说："我的思想是比你好，你这个团员不如我这个非团员，你自己参不了军，就嫉妒人家，这算什么？"

邱薇说："我参不了军是因为我身体条件不够，没有话说的，你呢，你身体条件不是很好的吗，你为什么不去参军呀，你思想又好，这个女兵应该你去呀，你为什么不去，这不是不公平吗？不公平的事，你去说呀。谅你也没有这个胆量，没有这点本事。"

谢红芳张了张嘴，居然不再说话了。

邱薇的论断是不是下得太早了一点呢。

一个上午过去，陈小马回家吃午饭，快到家的时候，迎面碰上几个神色慌张的人，一边奔跑，一边说："塔上，塔上。"

陈小马连忙问："什么塔上？"

他们惊恐万状，说："自杀，塔上跳下来了。"

陈小马双腿一软，她心底深处模模糊糊的恐惧，一下子清晰明显了，她猜到是谁了。

陈小马艰难地问了一句："是谁？"

舒老师的女儿。

果然是舒波。

陈小马跟着他们一起跑，她一点也跑不动，两条腿抖得控制不住，心也在抖，浑身都在抖。

后来陈小马终于跑到那个地方，人已经不在了，送医院了。

几个目睹惨状的人在向后来的人讲述，陈小马不敢听，她转身想往医院去，突然觉得两条腿再也支撑不住了，她“哎呀”了一声，就瘫倒在地上。

几个邻居把她搀回家，家里一个人也没有，他们一定都去看舒波了。1972年冬末杨湾小镇上的人都去看舒波了。但是他们再也看不到一个漂亮文静、懂礼貌的女中学生向他们微笑了。

陈小马终于没有能最后见舒波一面，她的腿一时站不起来，也许冥冥之中有某种力量阻止她去看舒波。

先是母亲和小羊回来，母亲失魂落魄，小羊则像一只惊弓之鸟，然后是小虎回来，面色如灰，不断地叹气。

最后是小龙。

小龙脸色铁青，一进家门，看见小马坐着，冲上来一把揪住小马的头发，厉声说：“她有那种毛病，是不是你说出去的？”

小马的心又抖起来，说：“不是我，不是我，我没有。”

小龙又扯了她一把，说：“不是你是谁？体检的时候，那里面只有你们两个人，不是你是谁？你还要赖。”

小马流下眼泪，确实不是她，她确实是想把舒波有狐臭这件事告诉别人的，但她没有来得及，在她想说的时候，人家却已经知道了。她哭着说：“不是我，是杨玲玲的姐姐说的，她是护士，她在场，她……”但是小马的这些辩解，却被小龙的吼叫压了下去，小龙一边骂她“婊子”，一边说：“你这个害人精，是你害死了舒波。”到小虎和母亲一起把小龙拉开，小马的神态已经迷迷糊糊了，她坐在那里，不哭也不闹。后来小羊烧了饭，招呼大家吃饭，陈小马突然哈哈大笑，说：“吃饭啦，我等舒波来，我约好她来吃饭的，我要等她来……”

王丽芳吓坏了，拼命喊小马，小马听不见，她回头骂小虎：“你个死人，快送医院去啊。”

小虎过去拉小马，小马站不起来，两条腿看上去像两团棉花。小龙在旁边“哼”了一声，说：“装什么腔。”

王丽芳回手打了小龙一个耳光，骂：“你个畜生，你滚！”

小虎伸手捏捏小马的腿，用劲捏，一点反应也没有，大家都慌了。

陈小马瘫痪，两腿不能动了。医生说这种病是精神因素引起的，治疗要靠药物，也要靠精神因素。可是舒波死了，再也不可能活了，难道要陈小马的两条腿和舒波一起死去吗。陈小龙去看小马，他见小马躺在病床上，很安详，就说：“小马，我错怪你了。”

小马眼睛定定地看着陈小龙，后来她尖声叫起来：“不是我，不是我，我没有把她推下去，我没有把她推下去。”

小龙说：“我没有说你，你不要叫，我没有说你。”

小马并不听他的话，还是连声尖叫：“我没有把她推下去。”

小龙说：“小马，你安静点，早一点养好病。”

小马眼睛一瞪，说：“兵，什么兵，女兵啊，我不要当女兵，我不要当女兵，我不要……”

这时候陈小龙哭了起来。这是1972年冬末，这一天正好是冬至夜，杨湾小镇上的人合聚团圆喝冬酿酒的时候，也没有忘记说一说舒波，说一说陈小马，大家都觉得这一个冬至夜特别冷，空气都像要结冰了。其实1972年的冬天，是历史上少有的一个暖冬。

就在陈小马住院期间，杨湾小镇上又出了一件事情，杨湾小学的舒老师杀人未遂，被公安局逮捕了。

舒老师要杀的人是她的第三个丈夫。他没有被杀死。他是一个男人，舒老师是一个女人，一个女人要想杀一个男人，不从后面进攻是很难杀死的。舒老师没有从后面进攻，她是从正面进攻的，她拿着菜刀扑过去砍了他一刀，砍在他脸上，他逃跑了。

舒老师为什么要杀她的男人？在出这件事情之前，杨湾小镇上的人都认为舒老师是很喜欢这个男人的。传说很多，如果把舒波的死，以及舒波铁了心要当女兵的事同舒老师杀人的事连起来想一想，也许不难猜出一点什么来，但是即使猜出来，又怎么样呢。舒波人死不能复生，舒老师犯罪伏法。

舒老师的罪定得不重，判了两年徒刑，在舒老师抓进去以后，她的男人留下一份离婚协议书就离开了杨湾小镇，以后他再也没有回来过，他到什么地方去了，杨湾小镇上的人都不知道，舒老师也不知道。他还有一个老娘在杨湾，但他一直没有写信给她，也没有回来看她。后来老娘过世的时候，只有邻居相帮料理了一下后事。

以后舒老师出来了，过了一年，就和任先生结婚了。这桩婚姻在杨湾小镇也是一桩奇闻。这两个人不仅年龄、相貌、性格都不相称，就以前大家一致的看法，舒老师比较喜欢年纪轻的男人，而任先生平时很少搭理年轻漂亮的女人，这两个人做了夫妻，是大家想不到的。当然这应该是杨湾小镇另外的一个故事，存而不赘。

还是回头说一说我们的主角陈小马吧。现在陈小马退出了她的角色，陈小马面前再也没有什么强有力的竞争对手了，但陈小马瘫痪。虽然这个病并不是没有好转的希望，而且事实上，到来年春天，她就站起来了。但现在是 1972 年冬末，陈小马已经不能唱主角了。

如果在 1972 年冬末的时候，陈小马没有瘫痪，而舒波死了，那么陈小马会去当兵吗？这个问题，恐怕不好回答，好在现在用不着回答这个问题，因为事实上在 1972 年冬末的时候，陈小马瘫在床上。

## 五

种子选手一个接一个地败下来，但这个女兵名额却不会因此而取消浪费。终是要有一个人去的，这个人后来终于选定了，这个人就是谢红芳。

当然，如果按排队的秩序，假使陈、舒、梁、邱都下来，也还轮不到谢红芳，但事实上最终确实是谢红芳穿上了军装。谢红芳穿了军装拍的照片，后来放在杨湾小镇照相馆的橱窗里。谢红芳是许多年来杨湾小镇上第一个也是唯一的一个出去当女兵的人。

在 1972 年冬至 1973 年春这段时间里，杨湾小镇上关于谢红芳参军，有好多议论。

第一种说法关系到谢红芳的父亲谢长顺。谢长顺在杨湾镇机关食堂里烧饭，这样就有了一个有利的条件，征兵部队来带兵的人，都在机关食堂搭伙。他们有时候因为忙，去得比较晚，吃不上热菜热饭，有时甚至连冷菜冷饭也卖光了。这时候谢师傅就帮他们开一开小灶，炒几个可口的热菜，烧一个滚烫的汤。三来两往，就熟悉了，见了面，谢师傅长谢师傅短地叫，很亲热。在舒波和陈小马出事情的那几天，两个带女兵的人天天奔到很晚来吃饭，吃饭的时候还谈论这件事。谢师傅虽然文化很低，但这时候他却留了个心眼，他看他们边说边谈，就关心地说："你们快吃吧，又要凉了，吃下去胃不好。"有一天晚上，他们又来迟了，谢师傅正要关门回家，两个人见了，不好意思再麻烦谢师傅，说到外面小店随便吃一点算了。谢师傅怎么肯呢？他硬把他们拖到自己家里吃便饭。关于这个细节，也是众说不一，有人说确实是凑巧，也有人认为是谢家精心安排的。两个带兵的人拗不过谢师傅，跟到谢家，一家老少对他们十分友好、热情，桌上虽然没有什么高级菜，但也算得很丰富，热腾腾，香喷喷，当兵的人常年在外，很少享受家庭的乐趣，现在他们到了谢师傅家，就像回到自己家里一样，感到自在亲切。然后他们就看见了谢红芳。谢红芳系着一个花布围裙，正在忙着弄饭弄菜。她是家里的老二，老大是男的，所以她很能干。两个带兵的人当然就认出她也是一个女兵候选人，他们对谢师傅说："哟，她就是你的女儿呀，你怎么没有说过？"

谢师傅憨厚地一笑，说："说什么呀，我们这种人家的小孩，不可能的。"

谢师母也适时地说了一句："我们红芳是很好的，可惜我们做父母的不能为她创造条件。"

这两个带兵的人，虽然参了军，也做了小小的军官，但从前也是从苦人家出来的，在他们心底深处，可能对那些干部子女，对一些头面人物也是有看法的，现在那些人都被排除了，谢红芳这样的一个劳动人民出身的孩子，为什么不能去呢？但问题是这次要招一个文艺兵，如果谢红芳这方面什么也不行，那就不大好办，他们回去不好交代的，于是他们问谢红芳会不会唱歌跳舞。谢红芳说不会，但是可以拉一拉二胡。谢师傅就把二胡拿来，二胡是谢师傅的，他喝了酒，就喜欢拉几下，后来谢红芳也学会了，但她从来没有向外人显露过，现在到了她大显身手的时候了，她拉了一曲《二泉映月》。

这一曲《二泉映月》，决定了谢红芳的命运。

这是一种说法。

还有第二种说法是这样的：

说是谢红芳自己去找带兵的人，而没有通过谢师傅。

谢红芳找到那两个人时，他们对她并没有什么印象。甚至不知道谢红芳也参加了体检。这至少说明当时谢红芳在队伍中的位置，这时候舒波陈小马已经出事，两个带兵的人必是往后面排人头了，但他们对谢红芳没有印象。

谢红芳见了他们，她没有拐弯抹角，她对他们说："我如果不来找你们，我当兵的希望只有百分之一，我现在来找你们，我要把百分之一的希望提高到百分之九十九。"

两个带兵的人被谢红芳的直爽逗笑了。在1972年那样的时候，要当兵的人多，所以大家都会想出各种办法来，比如写血书，比如表决心，也比如哭鼻子恳求，或者送人情拉关系等等，但谢红芳这种办法却不多见。

他们打量了谢红芳的身材、长相，显然不满意，谢红芳长得极其一般，虽然说不上丑，但也绝对说不上漂亮，她的身高一米六五，但块头比较大，就显不出苗条来。只觉得有点臃肿。他们翻看了谢红芳的政审材料，没有短处也没有长处，这样他们心里基本上就否定了谢红芳。他们后来问她有没有特长，文艺方面的，这也是例行公事。谢红芳说会拉二胡，她回去拿了二胡来，拉了一曲《二泉映月》。关于谢红芳拉二胡以及拉了什么曲子，在各种传说中倒是没有分歧的。

结果也是一致的，一曲二胡独奏《二泉映月》决定了谢红芳的命运。

这是第二种说法，还有第三种、第四种等等说法，其中有些说法显然是极不可信的，比如说谢红芳能够参军，是因为舒波托梦给征兵的人。舒波满脸血污，对他们说，你们要是不让谢红芳去，我天天来缠你们。当兵的人虽然不相信迷信，但做了这样的梦心中自然害怕，就去找了谢红芳，他们自然看不中她，说你不会唱歌跳舞，文艺兵怎么当呢？谢红芳就拉了一曲二胡独奏《二泉映月》，这一曲《二泉映月》决定了谢红芳的命运。

谢红芳会拉二胡这是真的，谢红芳参军这也是真的，所以究竟哪一种说法比较可靠，哪一种说法不可靠，这些都无关紧要。后来杨湾小镇上的人从谢红芳的小妹妹谢红妹那里也零零星星地听到一些事实真相。

最后谢红妹说："我妈妈说我大姐命好，我奶奶说我大姐命不好。"

老奶奶也许是糊涂了，也许老奶奶因舍不得她最喜欢的长孙女走，才这样说的，反正老奶奶的话没有人听。那几天谢红芳穿着崭新的军装在杨湾镇上走来走去，大家都为她高兴，杨湾小镇上的人都感到自豪。在这一年春节，杨湾镇上的人到外地去做客，或者外地亲友到杨湾来，杨湾的人说起谢红芳参军，就像谢红芳是自家的女儿，有一种自豪感。

谢红芳是在农历腊月二十八走的，再过两天就是除夕。这是谢红芳第一次离家过年，她一点也没有感伤没有依依不舍，谢红芳是一个比较坚强的女孩子，她希望早一天投入新的有意义的生活。

临走之前，谢红芳没有忘记去看陈小马，陈小马已经出院，在家里养病，腿不能动，但情绪已经正常稳定了。谢红芳要去看陈小马，谢师傅和谢师母一致认为她不应该去，他们怕刺激陈小马，可是谢红芳觉得不去看一下陈小马，她会不安心的。

陈小马没有受刺激，她感谢谢红芳去看她，她向谢红芳祝贺，又叫小羊拿出一个塑料封面的笔记本。小马说："本来想上街去买点什么送你的，腿不好走，这是以前我买的，送给你，字已经写好了。"

谢红芳接过去，见扉页上写着："愿你如暴风雨中的雄鹰展翅飞翔。"

谢红芳高高兴兴地拿着笔记本向陈小马和她家里人道别。

谢红芳走了以后，陈小羊说："倒挑了她，高兴样子，神气得来。"

家里没有人接她的嘴，小羊没趣，就不说了。

这一年过年陈小马家又少了一个人，陈小虎当兵了。这个结果应了王丽芳在征兵开始时说的那句话，今年能把小虎小龙中弄走一个，就是好事。当然这个结果和王丽芳的初衷是有区别的，开始的时候，王丽芳以及陈四柱无疑是想送走小龙的。现在陈小马家就有了三个兵：陈四柱、陈小弟、陈小虎。春节期间，民政部门拥军优属，上门慰问，在门上贴了两张"光荣人家"的红纸。

谢红芳家门上第一次贴上了"光荣人家"，他们家子女多，所以走了一个谢红芳，其他人并没有觉得冷落，只有老奶奶在吃年夜饭的时候突然哭起来。大家觉得老奶奶很扫兴。老奶奶的哭却是有道理的，后来就传来谢红芳牺牲的消息。

起先并没有说谢红芳已经牺牲，部队拍来一份加急电报，说谢红芳急病病危，要家长亲属立即到部队去。当然内行的人知道这只是一种措词，一收到这样的电报就应该想到人已经不在了。

可是谢师傅和谢师母绝对是没有想到，也可能他们不能往那上面想，他们赶到部队，最后见了女儿一面，谢红芳在当地的火葬场，经过整容，面孔总算还清爽，据说她死的时候，脸被炸得模模糊糊。在谢师傅和谢师母看过女儿的遗容以后谢红芳立即被火化了，1973 年初春天气很暖，遗体已经不能存放了。

谢红芳死的时候，还在新兵连还没有分到具体部门，这时候她还没有领章、帽徽，还没部队番号，所以从某种意义上也可以说她还没有正式入伍。

谢红芳的死非常壮烈，就像过去宣传过的许多烈士的事迹一样，新兵连实弹演习，一个女兵把拉开导火索的手榴弹掉在自己脚边上，这时候也许还来得及拣起来再扔出去，但是新兵慌得连叫也叫不出来，老兵还没有来得及处理甚至没有反应过来，就看见谢红芳扑了上去，用身体压住了手榴弹，然后手榴弹就爆炸了。

谢红芳被追认为烈士，报纸上也登了她的事迹，谢师傅和谢师母带着女儿的骨灰和一张烈士证书回到杨湾小镇。

他们没有敢告诉老奶奶，只是对老奶奶说红芳受了伤，现在治好了。老奶奶也没有再问，后来他们发现老奶奶背着人偷偷地流眼泪，他们知道老奶奶心里什么都明白，老奶奶并不是在谢红芳出事以后才明白，老奶奶恐怕一开始就明白这必将发生的一切。

同学和朋友送给谢红芳的礼物，后来都被送回来了。谢师母这样做，不是很正常，但作为一个心碎的母亲，应该理解她，她也许是希望大家不要忘记她的女儿。

几年以后，任先生又开始修志。任先生把谢红芳收进杨湾的人物志，后来看过杨湾人物志的人都说，任先生把谢红芳这个人物记得很生动。其实修志并不很讲究生动的。

# 栀子花开六瓣头

## 一

往太湖当中三山岛去的小轮船，三天开一次，碰着风雨就停开，所以到开船的这一日，必定是很拥挤的，码头上的人很多，上船是有限额的，不能超载，这是人命关天的事，谁也不敢违背的。从前曾经有过沉船的事，所以大家就更加小心。买到船票的人，坐在码头上的什么地方等，心里很安逸，没有买到票的人，就到处乱窜。金志豪是事先托了乡里文化站的小王买了票，临上船，又由小王带着，找着码头上的熟人，从边上的门先进去，就占了一个座位，等到那边正门开，大家拥上船来，船上就很混乱了。

往三山岛去的，有的是住三山岛的人，出来办事或者买什么东西的，也有外面的人，要到三山岛上去。现在开放了，很多人往开放的地方去，也有很多人反过来往不开放的地方去，总是有道理的。

被世人称为“小蓬莱”的三山岛，处于太湖之中，孤绝而巧，离最近的半岛有十多里，岛上多有风景名胜，但游人甚少，居民主要以种植花果为业，名树名木极多，真所谓春日梅花尤盛，秋季橙橘满山。由于交通十分不便，历来是一处世外桃源，一直到前几年，考古学家在三山岛发现了旧石器遗址，孤岛上才有了外人的足迹。

金志豪到三山岛，是去采风，就是搜集民歌。现在对吴歌，又有点重视起来了，所以就把文化馆里有关的人员，都动员到乡下去，到角角落落的地方去。金志豪对民歌，也没有什么特别的兴趣。他原本是跳舞的，后来剧团精简，像他这样的骨干，就安排到文化馆工作，在文化馆，他工作也很好，后来就提了做副馆长，他是要带头去采风的。

说起来金志豪到三山岛，也是有目标的，据下面群众文化站上的小王反映，说三山岛有一位老人，住在东渡头，大家叫她文宝娘娘。说文宝娘娘从前唱山歌是很有名气的，又说她唱山歌唱得出名，就有好多男人追求她，她就有了好多的情人，但是最后却没有一个人做她的丈夫，等等等等。金志豪赶到三山岛来，就是要找文宝娘娘的。

开船的时候，金志豪看见小王在码头上朝他挥挥手，后来船走远了，就看不见小王了，金志豪叹了一口气，他到三山岛人生地不熟，本来小王讲好要陪他去的，后来又说乡里要叫他去谈项目，就不能陪金志豪去了。小王关照金志豪，到了三山岛，就到村里去找沈委员。

这一日天气很好，没有风，船开得很顺利，一个钟头就到了三山岛。下了船，金志豪就找人打听村里的办公室。岛上的人很热情，他一问，就有好多人过来告诉他，指了又指，又问他到村里找谁，金志豪说找沈委员，人家想了半天，说没有沈委员。金志豪就有点着急了，就向他们解释，说是管宣传文化的干部，他们又想了半天，说："噢，是癞狗。"

金志豪差一点笑出来，但是看他们都不笑，他就忍住了，想想不放心，又问："他是管文化的吗？"

岛上的人说，癞狗管的事，就是不许人家生小孩，又说癞狗来世肯定投猪胎。大家就骂起癞狗来。

金志豪说："那是计划生育干部呀。"

岛上的人说："就是，勿错的，就是伊。"

金志豪同他们搞不清，心想不管这个癞狗是什么委员，找到一个干部就弄清楚了。他又问："他人呢，在村里吗？"

有人说："在。"

另有人说："不在，昨天看见他跟机帆船出去了。"

金志豪又着急："到哪里去了？"

他们说："他到哪里去？总归是医院妇产科。"

金志豪又想笑，见他们不笑，只好又忍住。

岛上的人把他丢在一边，互相打听，问，是谁家的。

说是坤宝家女人，肚子很大了，有六七个月了，说引产下来肯定活的，七活八不活，又说作孽什么的。

他们议论了一会，想起来把金志豪冷落了，连忙又来问他，找癞狗做什么。金志豪也没有办法，只好说："我其实也不晓得癞狗是什么人，我是来找文宝娘娘的。"

"是东横头的文宝娘娘？"他们问。

金志豪不晓得什么东横头，不过他还是点点头，说："是一个会唱山歌的老太太。"

他们就"哄"地笑起来，金志豪不晓得有什么好笑的，又说："是不是她，是不是文宝娘娘？"

他们更笑得厉害，一边笑一边又说名气响什么的，金志豪也弄不懂什么名堂，但他总算晓得确实有文宝娘娘这个人，就定心了。

等他们笑好了，才告诉金志豪，他要找的文宝娘娘不是东横头的文宝娘娘，他要找的文宝娘娘住在西横头，她现在不在自己屋里住，早几年到城里去嫁人了。

金志豪听小王讲过文宝娘娘大概有七十多岁了，怎么又去嫁人呢？后来岛上的几个人就领了金志豪到西横头去，到文宝娘娘的侄儿屋里。

文宝娘娘的侄儿对金志豪说："你听他们瞎嚼，老太婆到城里去帮人家了。"

金志豪问："这把年纪还出去帮人家呀？"

文宝娘娘侄儿对他看看，说："她自己活该，老太婆，不安逸的，不死活爬。"

金志豪就问文宝娘娘的侄儿要文宝娘娘去城里的地头脚跟，侄儿找了抄给他，说："不过不一定的，她这个人，做人家做不长的，三天两头要换人家的，你自己去打听吧。"

金志豪临走才想起一桩顶要紧的事情，连忙问："文宝娘娘是不是会唱好多山歌？"

文宝娘娘的侄儿说："我是不晓得，我也没有听她唱过什么山歌，不过么，听人家说，老太婆早时候倒是会唱唱的。”

金志豪有点开心。

文宝娘娘的侄儿又说：“你去寻她吧，她大概会唱的，从前我们这里的老人，都会唱山歌的，现在大多数人不在了。”

金志豪从文宝娘娘侄儿屋里走出来，走出一段路，就有人告诉他，前面一间小草屋，就是文宝娘娘的房子。金志豪就顺着过去看看，门也没有锁，推进去，一股霉气，里面很破陋，他就退了出来，也没有仔细看。

金志豪回到码头，当日进来的船，当日是不回去的，要到第二日才走，码头倒是有个小客栈，是岛上的农民自己办的，其实就是在自己屋里隔一两间房间，加几张铺。金志豪问了，住一夜收五角，如果搭伙吃饭，中饭三角，夜饭两角。金志豪付了一块钱，进去看看，床单倒是蛮清爽的，就是地皮很潮湿。他坐不住，走出来散散心，到码头上，看见有几个人在往一只挂机的水泥船上运石头，他走过去问：“你们的船，是不是今天开？”

他们说是的，反过来问金志豪要不要搭船。金志豪说他是想走。他们就叫他上船，说马上要开了。金志豪连忙跑回房东屋里，拿了自己的包出来。房东追出来说：“喂，你不住了，钥匙还我，一块钱退给你。”

金志豪还了钥匙，说：“一块钱算了，不要了。”

房东在后面谢了又谢。金志豪心里就有点感动。上了船，他问船家要给多少钱，船家说是搭乘，钱就算了。金志豪心里更加感动，拿小岛上的人的纯朴和城里人现在的俗气比较，金志豪叹了口气。

第二日，金志豪按文宝娘娘侄儿提供的地址，去寻找文宝娘娘。到那里一问，果真不在，说是早就走了。金志豪顺带问了一句，老太太怎么样，那家人家老老少少一致说这个老太婆是个寿头，说做事情倒蛮卖力，就是人太寿。

金志豪也没有再问会不会唱山歌，不然人家拿他也要当寿头了。

后来陆陆续续打听了半个月，才有了文宝娘娘的下落。金志豪又去，到了那条巷子，看见有几个老人在说闲话。金志豪就去问她们，有没有一个乡下来的老太婆，帮人家，叫文宝娘娘。

几个老人相互看看，闭眼，撇嘴，其中一个说：“你寻她做什么？”

金志豪就晓得文宝娘娘在这里了，又问：“她是不是在 7 号刘家里做？”

老人说 :“7 号刘家里，老早不要她了，调到前面丁家里，现在也不来事了。”

金志豪不明白，就问 :“她为啥，做人家怎么换得这么勤 ?”几个老人阴落落地笑，也不说明白。

金志豪还想问几句，就看见有一个干瘪枯瘦的乡下老太婆拎了两只马桶走过来，那几个老太婆就说 :“喏，文宝娘娘喏。”一边又热络络地喊文宝娘娘，“喂，文宝娘娘，有人寻你喏。”

金志豪看文宝娘娘的样子，实在是不像会唱山歌的样子，更不像唱歌会唱来七八个姘头的人。

文宝娘娘把马桶往地上一放，喘了一口粗气，就朝金志豪笑，露出残缺不齐的牙齿，有一只金闪闪的。她说 :“倷寻我，有啥事体 ?”

金志豪倒不好讲了，他不好说我是来请你唱歌的，只好支支吾吾地说 :“我来望望你的。”

几个老人就起劲了，就同文宝娘娘打棚，说 :“文宝娘娘，交好运了。”

文宝娘娘也笑，说 :“我是免讨饭呀。”

她们就说 :“免讨饭还装只金牙齿呢。”

文宝娘娘张张嘴，指指那只金牙 :“这只牙，假的呀，就是包一层呀。”

她们又说 :“包一层也不得了，现在东西，贵煞人的。”又问是不是老相公给的。

又说到底还是一个人清爽，像我们，有多少黄货也给小辈里刮光了，不刮光是不会歇搁的，又说了一大串。金志豪没有心思听她们的闲话，他把文宝娘娘叫到旁边，说 :“听说你从前会唱山歌，想请你唱唱……”

文宝娘娘说 :“倷这个人，倷当真啊，哪个促狭鬼，骗人的呀。”

金志豪想不落，也不晓得文宝娘娘讲的话是真是假，想想自己为了寻找文宝娘娘，花了不少精力，倘是到头来一场空，真是冤枉煞了。他说 :“我姓金，在文化馆工作，听人家介绍你会唱，特为来寻你的，你晓得，现在重视吴歌，吴歌是宝呀。”

文宝娘娘朝他看看，两只浑浊的眼珠转了两圈，突然说 :“金同志，倷帮帮我的忙，帮我介绍一家人家做做吧，现在我做的这一家，又喇叭腔了，又要叫我走了。”

金志豪不响。

文宝娘娘又说："我年纪大了，没有人要了，其实我身体蛮好的，侬看得出，我做得动的。啊，侬帮帮忙，侬城里人，朋友多，侬相帮我打听打听，啊，靠侬啦。"

金志豪不想再同文宝娘娘纠缠了，吴歌本来不关他的事，在文化馆他是分管行政的，不问业务，再说这个文宝娘娘也不像个会唱山歌的人，即使她从前会唱，现在这把年纪，恐怕也唱不起来了。金志豪就一边应付她，一边脱出身来走开了，从此他再也不去想文宝娘娘的事情。

金志豪照旧在文化馆上班，做自己的工作。他很忙，一坐下来，也难得起身。有一日上午去上厕所，就看见文宝娘娘站在走廊里。

金志豪心里一动，问她："你做什么？"

文宝娘娘说："我等侬的回音啊，我托侬相帮我寻人家的，侬寻着了吧？"

金志豪哭笑不得，不过他天生的好脾气，温吞水，随你什么不讲道理的人，碰到他，就像拳头打在棉花里。他对文宝娘娘说："这个事情不太好办的。"

文宝娘娘说："喔哟，这有什么不好办呀，就是托侬介绍一家人家呀，侬相帮我问问，现在要找佣人的人家很多的。"现在城里人请保姆的是不少，金志豪自己屋里也有一个保姆，不过金志豪不大高兴相帮文宝娘娘去说人家，这个人换人家换得这么勤，谁晓得她什么名堂，手脚干净不干净，人牢靠不牢靠，做介绍人是要承担责任的。金志豪拿文宝娘娘没有办法，就敷衍她说："好吧好吧，你先回去，我帮你留心。"

文宝娘娘说："侬不是要听山歌么．我唱一首给你听听。"

金志豪就有点振奋起来，叫文宝娘娘跟了他到办公室。叫她坐，她也不坐，倒了一杯水，她也不喝，站在那里，就唱起来：

栀子花开六瓣头，
养媳妇并亲今夜头，
日长遥遥真难过，
开仔纱窗望日头。
……

唱完了，文宝娘娘仍旧站在那里，看着金志豪。

文宝娘娘唱出来的这种腔调，金志豪从来没有听见过，他说不清是一种什么感受，只是觉得心里很闷，脑子里老是转着那种古里古怪的腔调，歌词也听不太清，所以，他一时就讲不出什么话来。

文宝娘娘看他不响，又说：“我过日来听回音呀。”

金志豪说：“你等一等，刚刚你唱的，叫什么？”

文宝娘娘说：“咦，就是山歌呀，倷不是叫我唱山歌么？”

金志豪说：“你能不能再唱一遍，我记下来。”

文宝娘娘说：“我来不及了，要去烧饭了。”她走到门口，又回头说，“过日我来听回音啊。”

金志豪只好凭记忆，把那首吴歌记录下来，念了几遍，也念不出什么味道，他想起来应该把它交给老马，老马是行家。他到群艺科去看，老马不在，只有新分来的中专生小丁在，他没有对她说什么，就退了出来。回到自己的办公室，他找了点资料看看，看到一些报道，说近几年新发现的一些吴歌，都是从民间一些老人口中传出来的。所以，金志豪想，这个文宝娘娘，也可能会唱出一些很宝贵的吴歌来。

第二天上班，金志豪又到老马办公室去看。老马在，他就把记录下来的吴歌交给老马看。老马看了一下，说：“噢，这是栀子花开六瓣头，不过，不全，缺了好几段。”

金志豪点点头，说：“噢。”

老马又说：“这是明代的一首吴歌，从前流传很广的，但是后来失传了，我在 1956 年下去就搜集到了。我们馆里去年编的那本《吴歌新集》里也选了这一首。”

金志豪就有点难为情，面孔也红了。老马看看他，就说：“金馆长，那个文宝娘娘，我们想请她来，现在民间会唱栀子花开六瓣头的人不多。”

金志豪想也许她还有很多的歌在肚皮里呢。他对老马说：“过几日她还会来的，她来了，我告诉你。”

可是文宝娘娘一直没有来。一天馆里开会，老马问起来，金志豪就把文宝娘娘的地头脚跟告诉了老马，后来老马去找过一次，说已经走了，又换了人家，也不晓得到了哪里。

## 二

文宝娘娘再来，就不是做佣人的文宝娘娘了。她挑一副箩筐，走街串巷收旧货，收到金家门上来。

金志豪看见她走过来，有点奇怪，文宝娘娘就朝他笑，说："倷住在这里啊。"

金志豪以为她一定是打听了才过来找他的，要不然苏州城这么大，小巷弄堂无淘数，怎么就这么巧，走到这里来收旧货？金志豪朝文宝娘娘望望，他有点怕她来纠缠不清。文宝娘娘在巷子里喊"卖旧货哦"，又念出一大串旧货的名称，又对金志豪说："你们文化人，屋里有旧报纸的，你们又不在乎三钿两钿，五筋扛六筋，扛到收购站犯不着的，拿出来，我帮你们送过去，讨点脚路钿。"

金志豪想想也是的，屋里旧货是有不少，平常日脚也没有工夫整理，他叫小保姆去清理出来。

小保姆就很兴奋。她平常是不大笑的，但是来了收旧货卖鸡蛋的什么人，她就活络起来。

金志豪屋里请的这个小保姆，是苏北乡下出来的，金家里事情也不多，叫她照管照管老先生，做一些日常家务事，烧饭洗衣服。他们又没有小毛头，不烦人，小姑娘十六岁，土头土脑，听不懂苏州话，有时候老先生支派她做什么，叫她这样那样，她说听不懂，不做，老先生很生气，批评她，她也听不懂。

小保姆去抱了旧报纸出来，还有酒瓶可乐瓶什么东西，还有大大小小的硬纸板盒子，站在文宝娘娘身边，看她挡秤，又说秤打得太鲜了，说文宝娘娘太精刮了，文宝娘娘说，倷个小姑娘，才精刮呢。

巷子里的人家都是会看样的，看金家里卖旧货，别人家也来卖，小保姆就对文宝娘娘说："你看看，全是我们家挑的你。"

文宝娘娘把收的旧货堆在地上，她要先算好了账，再收作，地上堆满了东西，过往的人就有意见，因为东西在金家门前，话说给金家里听，金志豪催文宝娘娘快点，文宝娘娘噢噢应。

大家看她收了好多，说她装不下一担，文宝娘娘就笑，说："你再来这点，我照样一担子走。”

这一日是礼拜，忙的人忙，闲的人闲，巷子里就有好多人来看，互相问候，又一边议论文宝娘娘，说这把年纪还出来做这种事情，这种事情一般是男人家做的，又说小辈里肯写怎样怎样，金志豪站在一边也不多嘴。

后来顾虹也出来了，她拄一根拐棍，倚在门口，听大家说话，听到好笑的话，大家笑，她也笑。大家看看她，就有点作孽她。

他们说：“小顾，你瘦得来，白僚僚的。”又说，“没有血色啊。”

顾虹摸摸自己的面颊，笑笑。她是同从前不好比了。从前顾虹，在这里是很有点名气的，她是歌舞团的演员，头挑的角色，会唱会跳，这城市喜欢文娱的小青年，说到顾虹，没有不晓得她的。本来是很好的事情，唱唱跳跳，出点名，帮单位争点面子，到了年纪，单位总不会亏待，安排个清闲惬意的工作，多少实惠。顾虹偏偏不安逸，丢了主角不做，和几个演员一起，跟了文化掮客，跑到深圳那边一个叫平湖的地方，到酒吧里去做伴舞，让那些冲额头厚嘴唇的矮佬搂搂抱抱。那边生相难看的广东乡下男人，见了白嫩鲜活的苏州姑娘，就天天来跳舞。反正有钞票，把酒吧的门也要踏破了。顾虹她们到了那边，工钿倒是不少，可是日脚难过，东西贵得吓煞人，她们住不舍得住好，吃不舍得吃好，几个未婚的姑娘，本是想来赚点票子回去，将来结婚要讲派头摆排场的。顾虹是结过婚的人，因为年纪轻，又是搞艺术的，所以没有要小人。她的男人，原来是她剧团里的同事，家里也比较富裕，所以顾虹到这边来，赚钱是一条，学点新潮的东西，在艺术上有所长进的思想也是有的。

开头一段日脚，老板还是客气的，虽然做伴舞难免被男人家搂搂抱抱，不过顾虹她们跳舞跳惯了，封建思想比较淡，也不怎么在乎。

过了一段时间，老板开始要求她们暴露，说要按“出肉率”付工钿，有的姑娘愿意，就大红大紫了，顾虹不愿意，同老板怄气，自然没有好处，弄得灰溜溜的。后来跳舞的时候，滑了一跤，脚骨跌断了，只好回家来。团里已把她除名了。金志豪见她回来，对她说：“先养着吧。”别的也不同她讲什么。顾虹就在家里养伤，医生说这只脚再养也养不成原来的样子了，拐杖恐怕是要撑一世人生了。顾虹哭了几回，后来就哭不出来了，但是她年纪轻轻的，养在家里，不做什么事情，总是很闷的。

顾虹待在屋里闷气，就出来散散心。别人看她瘦刮刮的样子，就说："唉，作孽。"背地里说她是自作自受，又说金家里的人，量位大的，意思里就是看不起金志豪，以为他是做了"十三块六角"。

大家又混了一阵，看文宝娘娘把两只箩筐装得很满，说她挑不动，文宝娘娘去挑起来，扁担吱呀吱呀响，文宝娘娘腰却是笔直的，大家就啧嘴，说这个老太婆，做不煞，也有说要做煞，几个力气大的男人，就去试，有人挑起来，有人挑不起来，别人就更加要说文宝娘娘怎样怎样。

金志豪看文宝娘娘要走的样子，他本来不想再同她讲什么，可是想了一想，他还是对她说："你要是有什么山歌，就到文化馆来找我，假使我不在，就找一个姓马的。"

文宝娘娘看看他，又朝顾虹看看，一本正经地说："你们城里人，总归是女人比男人生得好。"

大家听了，先是有点莫名其妙，后来就一起大笑起来，有人笑得捂着肚皮，说："这个老太婆，笑煞了。"

屋门口吵吵闹闹，金老先生在里面听见，心里不快活，他走出来，看见大家笑，又拿一个乡下老太婆做中心，就愈加不快活，乡下人，他是顶不入眼的，乡下人出来做生意，他看见了顶戳气。老先生叫金志豪回去，又叫小保姆回去，又叫顾虹回去。

顾虹说："我出来散散心，他们说话，我听听，一个人在屋里，闷也闷煞了。"

金老先生不满意地说："在屋里弄本书看看。"

顾虹是动惯的人，怎么坐得下来看书，不过她也不同老先生辩。

后来文宝娘娘挑了担子走了，大家也散了，金家里的人回去，就听老先生说话。老先生谈兴起来，是收不拢的，不过屋里人对老先生的话，大部分是一只耳朵进，一只耳朵出。顾虹和老先生说话，金志豪也不去听，他们说说就没有趣了，小保姆烧了中饭，大家一起吃，也没有人再说什么。吃过中饭，老先生要歇一会，他要休息，别人就不再大声说话。金志豪是很孝顺的。

老先生刚刚进了里屋，外面就有人敲门，金志豪去开门，是单位里传达室的老吴，后边还跟了一个男人，两眼呆钝钝，看着金志豪，一点笑意也没有。

老吴说："金馆长，打扰了，这就是陈纪德，我同你说过的，我女人的阿哥。"

金志豪应了一声，朝陈纪德点点头，让他们进来，心里埋怨老吴来得不是时候。

老吴是聪明人，晓得金志豪的心思，连忙说：“我同他讲，人家都打中觉的，他急煞了，等不及了，唉唉，打扰了。”

金志豪说：“来就来了，我进去看看他睡着了没有。”

老吴在一边连声道谢。

老吴的老丈人，从前是金家一爿米行的伙计，金家祥老先生年纪轻的时候，做少东家，倒没有什么架子，空闲下来，也同小伙计着着棋，所以同老吴的老丈人也是比较熟的。“文革”抄家的时候，金先生把一包黄金首饰藏到老吴的老丈人屋里，后来走漏了风声，仍旧被抄了去，幸亏留下了一张查抄清单，不然真是有嘴也说不清了。不久老吴的老丈人就去世了，临终，把这张清单交给儿子陈纪德，关照他日后无论如何要寻到金先生，讲清这桩事情。

以后陈纪德就打听金先生，老吴说他们文化馆副馆长屋里，从前是开米行的，不晓得是不是，一问，果真是的，回来告诉陈纪德，陈纪德开心煞了，就要叫老吴带他来见金先生，老吴嫌陈纪德不识相，不肯，说金先生是老法规矩人，不同别人搭三搭四的。

老吴女人就凶老吴说，阿哥又不是什么不三不四的人，虽说他们是东家，我们是伙计，现在全平等了，有什么不好见的。

老吴仍旧不肯，就是一张清单的事情，他叫陈纪德把清单给他，由他去交给金馆长。

过几日，老吴就同金志豪说了这桩事，金志豪也不大在意，只是“噢”了一声，又说抄家物资前两年已经作价偿还了。后来老吴说，过几日把那张清单拿来交给金志豪，金志豪也弄不清什么清单，就说用不着了。

可是陈纪德是个犟头，不见着金老先生的面，他是不肯罢休的。老吴给他盯得没有办法，只好去向金志豪摊牌，金志豪烦不过，说：“要来就来么。”

所以老吴就领了陈纪德来了。

金志豪走进阿爹的房间，老先生正等着他，见他进来，急吼吼地说：“啥人来了，这么轻手轻脚，什么话怕我偷听呀？”金志豪说：“是来望你的，是从前金家那爿米行的老人，来望望你。”

老先生开心了，笑起来，说："叫他进来，叫他进来。"

老吴和陈纪德进来，金老先生说："坐。"

老吴不坐，就把陈纪德拉过来，说："金先生，这是我的阿舅，就是我女人的阿哥。"

金老先生不明白，朝老吴看看，又朝陈纪德看看。

老吴说："就是上次，我同你们讲的，我的老丈人，那桩事情。"金老先生说："你的老丈人？是谁？做什么？"

陈纪德就跨前一步，说："从前在你们万和米行做的，陈子仁，金先生你不记得啦？"

金老先生说："记得的，记得的。"

老吴晓得金先生不记得，就白了陈纪德一眼，说："你同他讲吧，我是要走了。"一边同金老先生打过招呼，就走了。金老先生盯牢陈纪德看，陈纪德就把事情讲了一遍，末了又说："金先生，我阿爸说的，这桩事情对不起金先生，不过那时候也是没有办法呀，你说是不是金先生，这桩事情？"金老先生说："什么事情？"

陈纪德拿出那张清单，毕恭毕敬地交给金老先生，说："就是这张纸头，我阿爸关照的，一定要交给金先生的，金先生，你收好吧，啊。"

金老先生拿那张发黄的纸头看看，也看不出写的什么，随手就放在台子上，打了一个呵欠，眼睛又搭闭下来。

陈纪德总算一桩心事落地，对金老先生说："金先生，你歇吧，我走了。"

金老先生用劲睁开眼睛，看看他，说："喏，我晓得的，我晓得的。"

陈纪德就要退出去，金老先生又说："你的老丈人，是不是叫王大麻子？王大麻子，嘿嘿，我晓得的，着棋总是输给我的，嘿嘿嘿嘿，王大麻子，臭棋，讨个女人倒蛮漂亮的，赵家里的小女儿，破过身的，破瓜。"

陈纪德皱皱眉头，说："不是我的老丈人，是我的爷，叫陈子仁，金先生，你忘记了。"

金老先生就有点不开心，说："我哪里忘记，我全记得的，陈子仁我怎么不记得，陈子仁我是顶顶记得的。"

金志豪看他们这样，心里好笑，又觉得他们无聊。他拿了菜篮，上小菜场去买菜。

后来陈纪德去了好长时间，小保姆看老先生坐在藤椅里不动，也不去喊他，怕他醒了，又烦人。她扫地的时候，看见墙角落里有一张发了黄的纸头，她稍许认识几个字，拿过来看看，写的什么嵌宝两只，龙凤三只，还有小黄三根什么的，也看不明白，就随手丢在簸箕里，倒垃圾倒掉了。

到金志豪买菜回来，看见老先生张开嘴巴，斜在藤椅里睡觉，喊他也不应，去推推他，也不动。金志豪慌了，出去叫几个人来，大家看了，都说像是中风，连忙叫了车子送到医院。医生查了，果真是中风，虽不算很严重，但右手右脚已经不灵活了，医生关照家属要小心，防止病情进一步恶化。老先生手脚不能动，心里火冒，就骂人，大家说，照这样，最好叫个懂一点的人来，专门服侍老先生。小保姆太小，会误事的。金志豪就想起了文宝娘娘和她唱的“栀子花开六瓣头”。

夜里顾虹回来很晚，金志豪说了老先生的事，问她要不要换那个文宝娘娘。

顾虹开始不作声，后来说：“那个老太婆，十三点。”

金志豪想想也是的，总觉得文宝娘娘是很怪的。金志豪看看顾虹，她已经上床，他就问她：“这么晚了，末班车停了吧，你怎么回来的？”

顾虹说：“有人送我。”

过了一会，金志豪才问是谁送她回来的。顾虹说：“是季小虎。”

金志豪叹口气：“季小虎，季家两只虎，你又不是不知道，跟这种人搭牵，不好的。”

顾虹停了停，说：“他们在帮我筹办艺术中心。”

金志豪不响了。想睡，又睡不着，过了一会，他又说：“季小虎搞多少女人，你不晓得？”

顾虹说：“我晓得，全城的人都晓得，我怎么会不晓得？”

金志豪不再说什么，顾虹也不说什么，他们就睡了。

## 三

干部健康普查的时候，老马查出来有病，是肝，又说已经是晚期。大家见了老马，掩不住诀别的脸色。老马是过来人，他比较想得开，在进医院之前，就把后事都交代了。他们群艺科，有三个人，除了老吴和小丁，还有一位是首长媳妇，以工代干的，水平是不大来事的，所以，工作上的事，老马就同小丁多讲几句。群艺科的事务很多，老马拣重要的讲，他几次提到吴歌。小丁是个心肠很软的小姑娘，她想老马几十年辛辛苦苦，结果这么惨，她很伤感，就眼泪汪汪。老马看看她，说："还没有到时候。"

小丁就不好眼泪汪汪了。

后来老马就进了医院，再后来老马就去世了，开过追悼会，老马的事就结束了。

老马原先是科长，现在科长没有了，另外的两个人，都不适合做科长，过几日，局里就调了剧目科的老张来做科长。

小丁一直记住老马的话。老张来了以后，小丁就向老张汇报，说了关于搜集民歌的设想，老张是搞创作的，虽然有五十岁了，创作的兴致还是很高，所以他做了科长就等于没有做科长，一个礼拜只到班上转一两次，就回去写。小丁说要搜集民歌研究什么，他就不大赞成，照他想起来，创作从无到有，是发明，搜集从有到有，是发现，发明和发现，是不能比的。他就不大支持小丁的工作，小丁对老张的态度有意见，老张对工作的态度，对吴歌的态度，对老马的态度，都是不对的，小丁就跑到馆长那里去。

那天馆长要到局里去开会，就对小丁说："你有事，同金馆长说，一样的。"

小丁就同金志豪说了。

金志豪听了小丁的话，想想老张是不大应该，其实不光是小丁，馆里好多人也对老张有看法，他又想与其让老张做个不管事的科长，不如让小丁来做，说不定倒能做点什么事情。

金志豪后来对小丁说："好吧，我们研究研究。"

小丁就去等研究，等了好多天，也没有等到什么。小丁也晓得，研究不出什么名堂，她也就作罢。她又不是老马，对吴歌入痴入迷，她只不过想替老马做一点事，做不成也罢。以后金志豪遇见小丁，就有点不好交代的样子，总是小丁先去招呼他，小丁明白他有难处。

金志豪很感谢小丁，他想小丁年纪虽然小，却晓得处处体谅别人。他心里就有点喜欢小丁。

金志豪有一天经过群艺科，看只有小丁一个人在，他就走进去，小丁朝他笑笑。小丁桌上摊着一本书，金志豪从桌子对面反着望过去，是一本《吴歌简论》。

小丁把书翻了几翻，说："随便看看。"

金志豪把文宝娘娘的事告诉小丁，小丁也晓得有文宝娘娘，是老马告诉她的。金志豪建议小丁去找文宝娘娘，小丁点点头。金志豪又站了一会，和小丁说了几句别的话，小丁看他站着，叫他坐，他总不坐，就走了。

过了几天，金志豪碰见小丁，问起她有没有去找文宝娘娘，小丁说去找了，说文宝娘娘又换了人家，在医院里服侍病人，浑身药水气味。小丁同她说起唱山歌的事，文宝娘娘说她唱的山歌已经编成了一本书，小丁问她是什么书，她不晓得什么书，只是说编书的人拿了好多钱，一分也不给她。

金志豪想了想，说："会不会是老马编的《吴歌新集》？"

小丁说："不晓得。"

金志豪叹口气，说："都挖光了。"

小丁说："想想是不公平，老太婆作孽兮兮的。"

金志豪就不好再说话，他晓得馆里对一些经常有联系的老民歌手，是有一些补助的，不定期，也不一定多少，不过每次补助总要弄点事情出来，你多我少，有的要求常年补助，有的住到文化馆来，癞皮样子拿出来，弄得喇叭腔，索性一分不给，倒没有什么事情来烦。

小丁看金志豪不说话，就笑起来，说："这种人，也是呒弄头的。"

金志豪也笑了，他看小丁笑的样子，天真无邪，心里一动，说："小丁，你还没有谈朋友吧？"

小丁先是面孔一红，后来她把长头发甩一甩，就大笑起来，调皮地说："没有呀，你帮我介绍一个。"

金志豪说："真的？"

小丁说："当然真的。"

金志豪就当真了。他平时不大愿意管别人的闲事，别人的事他是不大上心的，现在他就想起来，前些时候，他的一个老同学黄三托过他，要他帮他弟弟黄四物色对象，当时金志豪是嗯嗯哦哦地应付了一下，事后就忘记了。现在想起来，黄四的条件还是蛮好的。金志豪就对小丁说了，看小丁笑眯眯的，最后他说："长相身体什么，比他哥哥还好，你到我办公室来，我有他哥哥的照片，你看看。"

小丁就跟了金志豪到他的办公室，看见一张同学会的集体照，金志豪指着其中一个说："喏，这个就是黄三，黄四的哥哥。"

小丁看看那个黄三。

金志豪激动起来，下了班就到黄三家里去，黄三夫妻俩见了他，有点奇怪。

金志豪就说了帮黄四找对象的事。黄三的妻子全英当时也是他们一个班的同学，听金志豪这么说，就对他暗示什么，可是金志豪看不懂。

黄三说："呀，这事情我托了你有半年多了，黄四已经谈了。"

全英说："谈了几个了。"

金志豪很失望，心里空落落的。

黄三说："不过么，现在谈的这一个，黄四好像不大满意。"金志豪连忙说："那不好的。"

黄三说："这样吧，我去问问黄四，过几日，你听我的回音，噢，你有没有那个姑娘的照片？"

金志豪把小丁的照片给了黄三，心里不踏实。

第二天上班的路上，他遇见了全英。全英的单位，他是晓得的，她上班，走不到这条路上来。

全英迎面过来说："小金，我是特为来候你的。"金志豪说："怪不得。"

全英说："黄四那个人，你不晓得，不好的，花花公子。"

金志豪张了张嘴。

全英又说："昨天我不好说，给你甩令子，你又拎不清，当了他的面，我不好说他弟弟的，黄四这个人，见好爱好，心思活得不得了，你那边的小姑娘，假使太老实，要吃亏的。"金志豪"噢"了一声。

全英说："昨天，你走的时候，我想追下来，又怕他疑心，你晓得他这个人疑心病重得不得了。"

金志豪看看全英，不晓得说什么好。

全英却笑起来，说："我就是来提醒你的，不过你也不要太上心，现在的小姑娘，也都是厉害煞的。"

全英说过，就急急忙忙走了。

金志豪心存疑惑地去上班，刚刚进办公室，电话铃响了，去接，是黄三，说黄四想同小丁谈，叫他约小丁什么时间见面。

金志豪就为难了，又怨自己多事，现在弄出麻烦来，也只好走下去再看了。

然后就是安排约会，金志豪和黄三只做了一次中间人，第二次他们就自己去谈了。以后小丁常常到金志豪办公室坐坐，金志豪问她黄四人怎么样，小丁说："看他样子，蛮忠心的，老实人。"

金志豪说不出话来。

一日小丁又到金志豪这边来坐，告诉他，过几日就去领结婚证了，金志豪呆了一会儿，说："这么快。"

小丁说："什么快不快呀。"

金志豪觉得小丁的话说得奇怪，看看她，正想说什么，就听见窗外对面马路上放炮仗，他回头朝外面看看，说："这时候，放什么炮仗？"

小丁说："是艺术中心开张。"

金志豪心里一跳，问："什么艺术中心？"

小丁说："咦，艺术中心呀，你怎么不晓得？不是我们馆里搞的么，叫人家承包的。"

金志豪说："是叫人家承包的，是谁，我忘记了。"

小丁看看他，说："咦，不是刘国庆么，我是不认识，听他们说，判了五年的，出来了没有工作，说本事很大。"

金志豪点点头，又去看马路对面。

小丁说："现在外面，什么艺术中心，多得很，挂羊头卖狗肉的。"

金志豪说："是挂羊头卖狗肉。"

小丁看他失魂落魄的样子，就想走，金志豪却叫住她，告诉她，顾虹也在搞艺术中心，是季小虎帮忙的。

小丁想了想，叹口气说："真是的，人人都烦。"

金志豪说："你叹什么气，你烦什么？"

小丁也朝外面看了一会，回头说："黄四这个人。"

金志豪就有点紧张，问："黄四怎么样？"

小丁说：“不怎么样。”

金志豪连忙说：“你要是发现有什么不好，就早点讲，现在又不是来不及。”

小丁说：“什么好不好呀，黄四不好，换个李四就好呀。”

金志豪说：“话不能这么讲，一个人总归不好跟自己不满意的人结婚。”

小丁说：“也没有什么不满意。”

金志豪就和小丁谈不拢了，他想到全英说，现在的小姑娘是很厉害的，这句话是有道理。

后来馆长进来了，看他们两个都呆钝钝的，就说了一句什么话，小丁说：“我走了。”

小丁走后，馆长把一份报告放在桌子上，对金志豪说：“这是小丁上次打的报告，她想搞一个活动，是民歌方面的，要三千块钱，我想么，民歌的事，不是一天两天的事，再说，馆里也没有钱。”

金志豪说：“钱是多要了一点。”

馆长说：“这事是不是以后再说吧。”

金志豪点点头，没有再说什么话。

## 四

小保姆要走，不是说了一天两天了，想不到这一次说说就真的了，包裹也打好了，就等金志豪下班回来。

金志豪是不想小保姆走的，可是小保姆坚决要走，说是吃不消老先生，天天骂人，乡下小姑娘，在城里住了几年，也晓得要精神自由了。

金志豪想拖拖再说，他对小保姆说：“你说走就走，一时叫我到哪里去寻人，这个屋里，你是晓得的，一日也离不开人的。”

小保姆说：“我不会过河拆桥的，人，我帮你寻好了。”

金志豪问：“啥人？”

小保姆笑了，说：“你认得的。”

金志豪就猜到了：“是文宝娘娘？”

小保姆又笑。

金志豪皱皱眉头：“这个人，不晓得怎么样。”

小保姆很内行地说：“老人服侍老人，最好了，你可以试试么，不称心，再重新寻人，让她先做做。”

金志豪说：“她什么时候来过了，是不是，她说什么？”

小保姆说：“她要调人家，我说正好我要走了。”

金志豪这时候再看小保姆，已经不是从前的样子，有点洋里洋腔了。金志豪说：“你要走，肯定不是因为老先生啰唆，对不对？”

小保姆又笑，坦白出来：“我要到那边阿六头的饭店里去做，人家开工钿一个月二百块。”

比做保姆的工钿翻三四番，她自然是要走了，金志豪晓得留不住她，就问：“文宝娘娘什么时候来？”

小保姆说：“今朝就来，说好的，她不来我不走，你放心，总归不会叫你屋里断人。”

到吃夜饭的时候，文宝娘娘来了，背一个破破烂烂的包袱，还是穿一件打补丁的蓝士林布的大襟衣裳，见了金志豪，笑一笑，露出那只金牙。她把包裹往地上一放，说：“来晚了，路上碰到从前的东家刘家里，又要叫我去做了，我是不去的，好马不吃回头草，这边约好的，我不可以拆烂污的，是不是，金同志？”

金志豪勉强地点点头。

小保姆性急，见文宝娘娘来了，等不及吃夜饭，就走了。

文宝娘娘熟门熟路，去拿了碗筷，盛了老先生吃的粥，又端了菜，对金志豪说：“倷先吃。”一边说一边走进老先生房间。

金志豪没有说话，一个人在外间吃饭，就听见老先生在里边大声说：“你是啥人，小姑娘呢，我要她来弄。”

金志豪连忙追进去，说：“你不是天天讲不要小姑娘弄么，你嫌避她，现在换个人来服侍你。”

老先生气哼哼地说：“弄这样一个邋遢相的老太婆来，你们想阴损我啊。”

文宝娘娘笑起来说：“什么邋遢相不邋遢相，老古话讲，吃得邋遢，成得菩萨，你们城里人，细皮嫩肉，手里没有三两力气，就是太清爽了，我来服侍倷，不过几日，保你活蹦鲜跳。”

老先生啐她一口，说：“你说得出，我七八十岁的人，还活蹦鲜跳呢。”嘴上这么说，面孔上倒是有了点笑意。

文宝娘娘乘机说：“吃吧，吃吧。”

老先生朝她看看，嫌饭菜冷了，要叫她重新热过，文宝娘娘说：“不冷的，倷摸摸碗底，烫手呢，热焐焐的，正好，我告诉倷，年纪大的人，不可以太烫的，要烫坏喉咙的。”

老先生很生气，说：“你是存心来气我的，我讲冷，就是冷，你不肯帮我热一热？”

文宝娘娘说：“怎么不肯热呢，我是为倷好，倷要热，我就去热，等歇不要嫌避太烫啊。”说着就去端碗。

老先生说：“算了算了，马马虎虎将就吃吧，这把年纪了，苟活。”

文宝娘娘笑眯眯地说：“喔哟，老先生倷不可以这样讲的，你们这种人，有福之人，人上人呀，怎么是狗活呀，我们喏，像我这样喏，人下人，才是狗活呢。”

啰哩啰唆，不像小保姆，老先生问她十句，也不肯回一句。金志豪看两个老的有一句没一句地瞎扯，他心里烦，没有心思听他们讲，只要老太爷不发脾气，他是得过且过，回到客堂里吃饭。

等他吃好，文宝娘娘端了空碗出来，金志豪叫她吃饭，她说：“吃饭我不会客气的。”就去盛了过来吃，一边对金志豪说，“喔哟，你们屋里老太爷，疙瘩人，难弄的。”

金志豪没有接她的嘴，他心里想总归要托人重新介绍一个保姆，文宝娘娘看上去，又是不会长的。

文宝娘娘很快地吃了一碗粥，又去盛了满满一碗，稀里呼噜地吃，金志豪不敢看她，怕看了引起她多心，以为他嫌她吃得多，他们家粮食倒不缺，可是金志豪有点不习惯文宝娘娘的腔调，他想，顾虹肯定是要讨厌这个老太婆的。

文宝娘娘又去盛了第三碗，这一次稍许浅了一点，她看看金志豪，说：“我饭量大，吃煞不壮。”

金志豪勉强笑笑。

后来顾虹回来了，金志豪说："今天早。"

顾虹说："早一点。"

金志豪正要把文宝娘娘介绍给顾虹，不料顾虹先对文宝娘娘点点头，笑一笑，说："你来啦。"

文宝娘娘也熟人熟事地点点头，笑笑，去帮顾虹热饭热菜。

金志豪问顾虹："你们碰过头了？"

顾虹点点头，说："那天她来，你不在，要来寻人家，大概是同小姑娘串好档的，小姑娘要走，我就叫她来了。"

金志豪不明白："你不是嫌避她的么？"

顾虹说："反正要请一个人的，张三李四都一样的，她送上门来，也省得再出去寻了。"

金志豪想不落，他被排除在外。

顾虹看看她，说："本来是要同你讲的，我回来晚，你先困了，有几日我早回来，要跟你讲，看你的样子，不大愿意和我讲话。"

金志豪不说话。

顾虹说："你要是嫌不好，重新再换好了。"

金志豪说："有什么好不好。"

文宝娘娘把饭端过来，叫顾虹吃，他们夫妻里就不再说话了。

金志豪到屋里去看电视新闻，看了一歇，没有什么看头，就关了电视，听见顾虹和文宝娘娘在外间谈笑风生，听口气好像是一对老朋友，金志豪叹了一口气。

文宝娘娘留下来了，每日金志豪下班回来，总要听老先生抱怨文宝娘娘，金志豪问他文宝娘娘哪一点不好，他也不说什么不好，只是说要气煞他，要叫金志豪立时立刻去换人。金志豪问文宝娘娘出了什么事体，文宝娘娘说什么事也没有，蛮好的，叫他不要听老先生。

到休息日脚，金志豪在屋里，听出来两个老人拌嘴舌，全是一些鸡毛蒜皮的小事体，他就说文宝娘娘："你少说几句，阿爹年纪大了。"

文宝娘娘就不响了。

顾虹却说："文宝娘娘年纪也蛮大的。"

金志豪说：“阿爹是有毛病的人。”

顾虹说：“文宝娘娘也有毛病，她有胃气痛。”

金志豪就不好再多说了，再说，就显得他把保姆佣人当下等人看了。金志豪是不愿意把人分等的，他希望人人平等。

以后，日脚就这样过，大家也习惯了，有时候老先生烦得过分，金志豪就说已经找到了新人，文宝娘娘马上就走。老先生又要骂人，要动气，说金志豪要气煞他。

文宝娘娘做事体手脚快，金家里一点家务事不经她做的，每日下昼，老先生打中觉，文宝娘娘就出去转转，看见路上垃圾箱边上有纸头盒子、旧塑料什么的，就拣了塞在蛇皮口袋里带回家，往床底下一放，过三五日，积得多一点，就到收购站去算，卖个三角五角，也很开心。

金志豪看文宝娘娘这样，十分讨厌，有一日熬不牢对她说：“你倘是缺零用铜钿，我再贴你一点也是好商量的，这样弄，像什么腔调？”

文宝娘娘说：“我是顺带的，不碍事的。”

金志豪说：“怎么不碍事，龌龌龊龊的垃圾，放在床底下。”

文宝娘娘说：“不龌龊的，不龌龊的，我在外面拍干净带回来，倷放心，放我的床底下，又不放在你们房里。”

金志豪讲了几次，她不听，他也不高兴再讲了。

金志豪每日上班，天天老样子，只是有一段时间没有见到小丁了，小丁结婚，先是外出度蜜月，回来以后又是怀孕反应请病假，再后来又是流产休息，前前后后有两三个月没有正常上班。这一日小丁来上班，金志豪一见，倒有点认不出了，小丁胖了，添了几分福相，面孔上甜眯眯的，很快活的样子。

小丁到金志豪办公室来坐，坐了一歇，东南西北瞎吹了一会，后来小丁说：“看见你们顾虹得奖了，恭喜啊。”

金志豪笑了一笑，说：“也不晓得怎么样，我还没有看过呢。”

顾虹编的一个现代舞，由艺术中心的演员排演的，在全国性的舞蹈大赛中得了奖，回来作汇报演出时，金志豪正好出差，没有看到。

小丁说：“正巧，我看电视节目报，这个礼拜有录像，礼拜几，忘记了，好像是礼拜三。”

金志豪去找了电视报来看，果真是礼拜三。

到礼拜三，吃了夜饭，他就开了电视机，文宝娘娘和老先生也过来看。

到跳舞的时候，老先生说："什么名堂？"

文宝娘娘说："这是你们家孙媳妇弄的，嘿嘿。"

对舞蹈金志豪应该说是行家，他从前是吃这碗饭的，但对顾虹编的这个名为《桑娘》的现代舞，一连串奇异独特的舞蹈语言，他都有点不得要领，时而若有所悟，时而又如入迷宫，还有音乐，在强烈奔放的快节奏中，有一种荒凉悲怆、古朴幽怨的味道，给他一种既陌生又熟悉的感觉。

老先生坐在一边闭着眼睛问："跳的什么？"他对跳舞，本来没有什么好感的，当初孙子去跳舞，他就反对过，没有用，后来又找了个跳舞的媳妇，他一直憋着气，后来孙子总算不跳舞了，而顾虹跌断了脚骨，倒给她跌出脸面来了，还上电视，拿什么奖，他想不明白。

金志豪不好回答老先生的问题，舞蹈本来就是一种难以言传的艺术。

文宝娘娘却在一边拍手笑起来："啊哈哈，这个小娘娘，聪明得极，啊哈哈，这个小娘娘，是个人精。"

金志豪没有听清，问她："你说什么？"

文宝娘娘说："这个跳的什么舞呀，就是我上次唱给伊听的山歌呀：湖州地上白浪浪，姐姐妹妹去采桑。桑篮挂勒桑树上，一把眼泪一把桑，小麦青青大麦黄，姐姐妹妹去采桑……"

老先生在一边"呸"了一声，说："老妖怪。"

文宝娘娘不理睬他，自顾自地对金志豪说："她倒好，拿我的山歌去赚票子，又捞一把票子，哎，得的什么奖，是不是一等奖？哎，金同志，她拿多少奖金？"

金志豪说："我不晓得。"

文宝娘娘说："还是我们唱山歌的顶吃亏，歌是我们唱出来的，好处给你们城里人捞得去，城里人真是精刮。"

金志豪看了文宝娘娘一眼，说："你唱来唱去这几首歌，不稀奇了，你有没有其他的，别人没有听过的？"

文宝娘娘笑起来，说："哎呀，倷这个人，还不晓得我的臭脾气呀，我这个人，吃亏就吃亏在肚皮里藏不牢货色，活狲不赅宝，老早给你们挖光了。"

金志豪说："就是呀。"

文宝娘娘不响了，好像有点伤心，过了一歇，她突然神秘地一笑，对金志豪说："哎，我告诉倷一桩事体，倷不要告诉别人啊，倷勿晓得，倷寻我，寻错人了，我们那里有两个文宝娘娘，其实东横头的文宝娘娘，才真是会唱山歌的。"

金志豪笑笑，不相信。

文宝娘娘说："我勿骗倷的，这桩事体别人全不晓得的，只有我晓得，我是看倷人老实，才告诉倷的，我看倷，还弄不过家主婆呢，嘿嘿嘿嘿。"

金志豪又朝文宝娘娘看看，看她一本正经的样子，他问："真的？"

文宝娘娘说："伊这个人，古怪煞的，山歌一肚皮，从来不肯开口的，倷去寻伊，也没有用场，伊不肯唱的。"

金志豪问："为啥？"

文宝娘娘说："不为啥，伊就是这种腔调，就是古怪的，不肯开口的，我同伊的脾气，扯扯匀就好了，我也不会这样吃亏了。不过，倷假使去寻伊，倷就对伊说，是我叫倷去的，是我叫伊唱的，伊就肯唱了，我同伊，从前是有交情的，别人不晓得的，我们的交情，勿一般的。"

文宝娘娘又神秘地笑笑，弄得金志豪半信半疑。

第二日上班，他去看小丁，想同她说说这个东横头文宝娘娘的事，到那边办公室，一看，说是小丁病假。金志豪有点泄气，回过来，馆长看他不忙，就叫他到小丁屋里去望望她，一方面是看看她的病，一方面也要做点工作。这一段，小丁的工作精神不大好，要了解了解是不是有什么原因，做领导的，要关心人。

金志豪就到小丁屋里去，敲门的时候，听见里面有稀里哗啦的洗牌声音，门开了，金志豪看见小丁也坐在麻将桌上，见了他，小丁也不惊慌，也不意外，朝他笑笑，回头对几个牌友说："你们等一等，我马上来。"一边说，一边让金志豪进里屋。

金志豪说："你怎么？"

小丁笑笑，说："心里闷，开了病假，不白相白相，做啥呢。"口气里一点也没有检讨的意思。

金志豪就皱了皱眉头。

小丁问他有什么事，金志豪看她这样子，本来不想讲文宝娘娘的事了，但他想也许提一提吴歌的事，还能引起小丁一点兴趣，他就说了。

小丁听了，笑一笑，说："你已经晚了，那次我到县里去，他们在东渡头找到一个老太太也叫文宝娘娘，也会唱吴歌的。是县文化馆的老李，开始那老太太不肯唱，老李就把文宝娘娘请到自己屋里，天天鱼肉招待，待老祖宗一样呢。啧啧，人家这种工作精神，现在是少见。"

外面的牌友性急了，催小丁，小丁只是朝金志豪看，金志豪说："我走了。"

小丁自然不留，就把他送出来。

金志豪走出小丁家门，一时不知朝哪里走，他看看手表，时间差不多了，他就没有再回馆里，直接回家去了。

年底时候，市里宣传文化系统开大会，总结工作。在总结报告里，有很长的一段提到了吴歌，说是某县文化馆的某同志，经过多年的艰苦工作，终于在三山岛挖掘搜集出长达三千多行的民歌《九姑娘》，打破了吴歌历史上没有长篇叙事民歌的看法。报告里表扬了这位同志，说他做了多少工作也就可想而知，最后是说给这位同志发奖金加工资的事。

金志豪听了，一时说不出什么感觉，好像有点懊悔，不过他的后悔也不深，因为他对吴歌本来就没有什么大的兴趣，他也不晓得栀子花开是不是六瓣头。

# 顾氏传人

## 一

他们家姓顾。

提起来大家都晓得，顾家。

顾衙弄里有座大宅，就是顾宅。大家都晓得顾宅的大。顾衙弄原先一定不是叫顾衙弄的，是因为有了顾宅才叫这个名字的，就一直叫到现今。

顾家是苏州城里的大家。从前顾家的人读书做官是有传统的，而且顾家的人丁一直很兴旺，他们家里从前多有“父子会状”“兄弟叔侄翰林”，所以顾家的人倘是做个州官，是很不稀奇的。话再说回来，倘是顾家的人做州官，必定是做得极好的，这家人家的才智是血脉里传下来的，别人要想学也学不来，要想比也比不过的。后来有许多戏文里唱的历史故事，像《杨桂芳拦轿喊冤》什么的说起来都是顾家上代里判过的案子。

顾氏的家声后来到了顾允吉这里，就莫名其妙地溃败了。

顾允吉是父母的末拖儿子，也是唯一的儿子。并且顾家在这一代上，堂房各室偏巧均不得子，所以顾允吉就是顾家的最后一个男丁。

顾允吉的父亲顾尧臣，1895 年生人，原本也是科举的种子，在顾家这样的家庭里，总是教子孙的精力放在这上面的，自幼时起即练小楷，作八股文，试帖诗，父以此教，兄以此勉，然后就由秀才而举人，而进士，而翰林，步步高升。

当然那时候也有另外的规矩，世代做官的人家，倘若子孙读书不成气候，难得高中，也可以买个官来做做，或由上面封个官做。但顾家的规矩素来是笃学修行，不坠门风，从未有过捐官之举，所以教子弟进学，乃顾家之头等大事。顾尧臣从小，自是聪慧过人，读得进书。就因为读书读得太多，到六七岁就弄成个近视眼，看物事已是模模糊糊，就想去弄眼镜来戴，那时候的眼镜店里已不止有国货的水晶片眼镜卖，外国的玻璃片眼镜也已流进中国来，所以要弄一副眼镜是不难的。可是顾家门风甚严，家中男儿都不许戴眼镜的。因为，要走科举道路，预备以后是要见皇帝的。从前皇帝召见，或者什么人引见，是不许戴眼镜的，说是顾家上代里就有一个做大官的，近视眼，平时背着人偷戴眼镜，贪图惬意，后来就越戴越深，戴惯了便拿不下来。到皇帝召见，摘了眼镜进殿，看见皇上就跪拜，旁边太监皆掩口而笑，原来进的是一便殿，殿中置一穿衣镜屏风，正对皇帝龙座，他跪拜的竟是镜中的皇帝。皇帝嘴上虽没有说什么，心中自是不快活的，所以后来顾家就有了这个规矩。

顾尧臣眼睛看不清的苦恼，倒是不多久就没有了，因为到了后来，科举就停了。顾尧臣再提出来要买眼镜，家里也就不再反对。

顾尧臣的阿爹临终前，“心气不畅，多叹息”，其实也就是气死的。顾尧臣的父亲就想得开得多，推翻皇帝，是因为皇帝的气数到了。所以到顾尧臣长大了，相中了绸缎庄钱老板的女儿钱宝珠，他就没有横加反对。要是放在从前，这种门不当户不对的婚姻，是要全族共诛的。

顾尧臣是在一次看戏时认识钱宝珠的。一日顾尧臣听说北边来了一个京戏班子，在阊门外的戏院子里摆台，就约了几个朋友去看。从前在苏州是重昆剧轻京戏的，苏州人是看不起京戏的，京戏草台班，下三滥的，昆剧就不一样，全是缙绅子弟白相的。官家就规定，京戏班子只许在城外唱。顾尧臣他们一班年纪轻的，倒没有什么偏见，在他听起来，昆剧有昆剧的调头，京戏有京戏的味道，各有特点。因为大家对京戏另眼相看，不光限在城外演唱，对京戏的剧目，官方也控制得十分严格。那一日顾尧臣他们几个人点了一出《卖绒花》，正要开演，官方就来了一个当差，说《卖绒花》是淫戏，不许唱。顾尧臣不服，就前去评理，人家一看是顾公子，自然让三分，虽然京城里打倒了皇帝，不过在下面小地方，皇帝的官，特别是像顾家这样的人家，还是很有威风的，何况那个当差，原来还是顾家下人的子弟，看顾公子出来，就不再管闲事了。

戏就唱起来了，想看戏的人自然是感激顾公子的，大家朝他看，向他致意。顾尧臣后来就看见有一个姑娘在朝他笑。

这个姑娘就是钱宝珠。钱宝珠的漂亮是没有话讲的，要不然顾尧臣这样的大家子弟，怎么会去看中她呢。

绸缎庄在苏州讲起来是一种大商业，钱家的绸缎庄又是有相当规模的，在同行道里，钱家是出众的，不过在顾家的门前，是抬不起头来的。所以顾尧臣能够同钱宝珠结成百年之好，说起来还要感谢维新革命呢。

以顾尧臣的才学加上钱宝珠的美貌，养出来的小人，自然是绝顶优秀的。

顾允吉的四个姐姐，芝兰，芸香，芬菲，蔓菁，内秀外慧，天生丽质，未及成年，名气就已经传开去了。书香门第的一帮青年，谈起来总归说顾家门里四大才女，要想结秦晋之好，没有秦少游的才气，是很难得手的。另一帮不学无术的阔少，说起来就是顾家门里四大美人，老大清秀老二艳，老三活泼老四媚。等到女儿们有了自己的交际，顾家门上就愈加川流不息了。

顾尧臣总算是个开朗的人，可是回想起从前顾宅森严壁垒，家风优良，弄到现在，阿猫阿狗都涌进来，着实不像腔。前思后想，就要怨钱宝珠肚皮不争气，倘是养个儿子，省却多少烦恼。顾尧臣因此总归不死心，还是想生一个儿子，一直到他五十岁，钱宝珠四十九岁，终于遂愿，得一贵子，取名允吉。允吉和她的大姐，相差二十五岁。

允吉生下来，就和他的姐姐不一样，皮肤粗糙，又黑，五官也算是端正的，眼也不斜，嘴也不歪，鼻也不塌，可是组成一起，放在他的面孔上，就很难看，也说不出是怎么样的难看，总归是叫人看了心里不舒畅。

顾尧臣因为上了点年纪，脾气也大了一点，看儿子这个脸面，心中甚是不快，他们顾家是讲究相貌的。钱宝珠就是另一样的想法，她是癞痢头儿子自己的好，抱在手里看一张小面孔，越看越好看。

别人看顾尧臣不称心，就说，这是胎气，退了胎气，自会长好的。顾尧臣也相信这是胎气。后来小毛头一日一日长大，胎气早应该退了，他的面孔仍然是粗糙而且黑，而且说不出的难看，顾尧臣就晓得不是胎气了。

顾允吉开始也和别的小孩一样，半岁学说话，一岁学走路，也不见得比别人慢多少。可是到了三五岁上，别的小孩开始聪明伶俐起来，顾允吉就显出他的愚钝来，比如他对别人的称呼，不论是男是女，总是喊“小姐”，或者是“二小姐”，或者是“三小姐”。

人家看顾允吉这种样子，私下里就说，顾家恐怕是气数到了。顾允吉是个孽障，前世里欠了顾家的债，今世里来还报。顾家的上代里，把顾家的优秀占完了，及到顾允吉，便只有顽钝了。

后来就请算命先生算命，得了四个字：大智若愚。

顾尧臣起先是被这四个字鼓舞的，到后来他就晓得这四个字不过是骗骗人的，骗骗自己，骗骗别人。

顾尧臣后来就是带着这一个美好的骗局走的。大家说，顾尧臣寿虽不长，五十多岁,但总算去得是个时候,总算是得个忠孝双全的。顾尧臣死后不到一年，顾宅就充公了。

顾宅应该说是在钱宝珠手里败掉的。不过钱宝珠毕竟和顾尧臣不是一种样子的人，要是换了顾尧臣，顾宅败了，必是要吐血伤肝的，钱宝珠从顾宅里出来，自然也伤心，但顶要紧的还是她和儿子的生计。

那时候顾家四位小姐，三位均已嫁人，四小姐也在顾尧臣死后不久跟着一个戏子跑走了，有大半年不通音讯，想起来也该成人妇了。

钱宝珠就带着顾允吉回了娘家。

钱宝珠的父亲是早几年就过世的，家业传到钱宝珠兄弟手里，因从小悠闲惯了，不会治家理业，又抽上了大烟，钱氏绸缎庄便败在他这里了。

到了评成分的时候，就评了一个小业主，也算是因祸得福。

比起来，钱宝珠屁股上的屎就臭得多了，顾尧臣一死，本来要兜在顾家子孙头上的污秽便全兜到了钱宝珠头上。

钱家兄弟是要清清白白，是要想摆脱这种干系的。阿姐带了外甥住回家来，自是不受欢迎，并且这个外甥痴愚之极，讨人嫌。

钱宝珠叫他喊舅舅和舅母，他朝他们看看，就喊 × 小姐，然后鼻涕就挂下来，拉得很长，舅母先就不开心了，看了就有点恶心，对钱宝珠说：“姐姐，你怎么不教教他揩鼻涕？”

钱宝珠叹口气："教也是教的，就是不会揩。"

大家说顾允吉的愚笨，以为他是听不懂的，后来就看见顾允吉跑到舅母身边，把鼻涕往她身上一揩，然后笑嘻嘻地叫一声："大小姐。"

舅母就尖叫起来，用抹布揩衣裳，并且不断地打恶心，钱宝珠就装装样子要打顾允吉，其实她是从来没有打过他的，他是晓得的。

舅舅就很生气，说："你这样不来事，这个小人要打的，打得乖的。"

后来顾允吉犯了错，舅舅就打他，这也是应该的。

在舅舅的屋里，顾允吉就觉得很闷，他是喜欢和小姐在一起的，现在他天天叫三小姐，三小姐，就没有人应答他。

钱宝珠就带他去看大小姐和二小姐。看大小姐和二小姐，顾允吉是很开心的，可是钱宝珠总是眼泪汪汪的，大小姐和二小姐，也总是眼泪汪汪的。

后来钱宝珠对顾允吉说："我带你去看三小姐吧。"

他们走到一幢很漂亮的小洋房门前，钱宝珠就站住不动了，顾允吉想喊"三小姐"，钱宝珠不让他喊出来。他们立在门口，对那幢小洋房看了半天，就回去了。

舅母阴阳怪气地说："这个三小姐，也是做得出的。"

顾允吉虽然痴笨，但从前在顾宅住的时候，他是不会恶死做的，现在他就学会了，好像是无师自通，他把舅母新做的衣裳用剪刀剪一个口子。

舅母就把衣裳拿给舅舅看，说："哼哼，你看看，你们宝贝外甥。"

舅舅就拎住顾允吉的耳朵，把他的头往墙上撞，一边骂："讨债鬼。"

顾允吉就张着嘴巴哇哇地哭，还含糊不清地叫 × 小姐。

钱宝珠心里自然是气的，但嘴上也不好说什么。过了一些时候，钱宝珠也病逝了。

钱宝珠临终，只求兄弟一桩事，她指指允吉，对兄弟说："你把他，送到三小姐那里去吧。"

看兄弟点点头，钱宝珠就闭眼了。

顾家三小姐芬菲，在女中读书，南下的部队就进城了。三小姐是很活泼的，女学生和部队联欢，总是有她的节目，她是很突出的。有一天就来了一个警卫员，说首长叫她去，她就去了。首长就问问她的情况，她就笑。首长是山东人，高大粗黑，说的全是山东侉子话，说“我”是“俺”，三小姐就不停地笑，首长很喜欢她，他想起山东老家的媳妇，叹了口气。

后来三小姐就和首长结婚了。

别人就想，吉人自有天相，眼看着顾家要不来事，便有了保佑神；又有人想，恐怕三小姐的婚嫁，是顾家的一着棋罢。

部队后来又往别处开，首长自然是要带着部队走，三小姐自然是要跟着首长走。

充公顾宅的时候，三小姐不在苏州，她是不晓得的。

三小姐重新回苏州，晓得顾宅没有了，便和首长吵闹。首长这时已经从部队转到地方，做了地方的首长，管着一个城市的好多好多事情。

他和顾三小姐结婚以后，就很厌倦打仗了，所以后一次的开拔他是不情愿的，现在回想起来，幸亏他又去打了一仗。

三小姐闹，他就说：“你到底是要你的封建家庭，还是我们的革命家庭？”

三小姐要革命家庭。那时候解放了，大家的思想都是要革命的。

照三小姐的才能，做团的正书记也是可以的。首长说，你家庭出身不好，不要太惹眼了吧，就做个副的吧。三小姐就做了副的。他们的正书记，是一个纺织厂里出来的女工，十五岁就做了地下党的交通员，资格是很老的，是够做正书记的，可是文化不高，也不大会讲话，水平是比较低的，所以就更反衬出顾芬菲的能力来。

那一日顾芬菲开会，正在讲话，就有人对她说：“顾书记，你弟弟来了。”

顾芬菲讲完话出来，就看见舅舅搀着她的弟弟站在走廊里。

舅舅看见她，生气地说：“三小姐，你们家……”

顾芬菲面孔很红，打断他的话：“什么三小姐。”

允吉看看姐姐，很开心，也叫了她一声：“三小姐。”

顾芬菲皱皱眉头，对舅舅说：“我叫你把他领到我屋里去，你怎么领到我这里来，这里是机关。”

舅舅不满意地说：“我还要问问你呢，你们家看门的，不让我们进去，说首长关照过的，不许外面人进门的，现在嫡亲兄弟也是外人了……”

顾芬菲就没有再说话，母亲的死，她没有戴孝，心中总是很不安的，说：“弟弟往后跟姐姐住，要听姐姐的话，要乖，啊。”

顾允吉就涎出口水，叫一声：“三小姐。”

以后他就住在三小姐的家里了。

丈夫前妻的三个小孩，顾芬菲自己的两个小孩，加上顾允吉，家中就很混乱了。按辈分讲，顾允吉要比他们大一辈。可小孩子们是不客气的，总要欺侮这个舅舅。顾允吉是吃了不少哑巴苦的，他又说不出来，弄急了，也只是喊一声：“三小姐。”他喊“三小姐”的时候，顾芬菲总是不在屋里的，她在屋里，小孩们是不会去捉弄顾允吉的。

他的山东姐夫自然是不喜欢他的，他也是没有什么讨人喜欢的地方。可是山东姐夫有时看到自己的儿女们欺侮自己的小舅子，他看不下去，也会把自己的儿女训斥一顿，这时候顾允吉就会流着口水叫他一声：“三小姐。”

他便哭笑不得。面孔上虽不给他好的颜色看，但心底里却是有点可怜他的。

顾允吉很快长到十六七岁，他的身体发育总算正常，身坯也不小，个子也不矮。只是仍旧粗糙黑丑，别人长胡子的部位，他也生出了一些黄茸茸的小毛。有一天早上，顾芬菲去叫他起来，就发现他光着屁股在被窝里，短裤扔在地上，见顾芬菲进来，他涎出口水，指着短裤，叫“三小姐”。

顾芬菲虽然是姐姐，因大他近二十岁，却是如母亲般照管他的，所以她把短裤拿来看看，上面有一摊斑迹。顾芬菲想可能是顾允吉遗精了。这一想她倒也有点激动起来，既然他能和正常人一样发育，他的痴呆或许还有希望治愈。大家都说人在发育的时候是能治好一些病的，她复又带他去求医。她找的自然都是名医。但名医也无奈顾允吉的病。或者也许顾允吉根本不是什么病，他这种样子是胎里带出来的，是骨子心里的问题，当做毛病治是治不好的。

并且那一阵顾允吉就表现出有点疯狂的样子，总是不肯穿裤子。他的几个外甥女，从前也是欺侮过他的，这时都已长大成人，突然地看到他赤条条地在屋里乱走，吓得直哭。顾芬菲没有办法，只好把他送到医院住一段时间。

顾允吉住院出来，就不再脱裤子了，不过痴呆状依旧。别人看了总说，二十郎当岁，这样孵在屋里总不好，不如叫他出来弄点什么事情做做，顾芬菲不愿意，她宁愿白养着他。

可是后来她就不能再养着弟弟了。

因为顾三小姐的漂亮，能干出风头，又嫁个大官，她便是很遭人嫉妒的，所以运动一来，她和她的大官丈夫就首当其冲。

顾允吉等不见三小姐回来，也等不见山东姐夫回来，他先是在屋里喊“三小姐”，后来就出外去喊“三小姐”，别人看了作孽，就指点他说三小姐在什么地方。他就去看了，没有看到三小姐，却看到了山东姐夫，他的胡子很长，面孔很瘦，他对顾允吉摇摇手，叫他走开。

顾允吉走了，他去拣了一包甘蔗头和一包香烟屁股，就给山东姐夫送去。山东姐夫看看他，就哭起来。

顾允吉涎出口水，叫他一声：“三小姐。”

顾允吉的外甥却被赶出了那幢小楼，下乡的下乡，到边疆的到边疆，回老家的回老家，各自散了。顾允吉没有地方去，他又不晓得要到什么地方去，他就在街上到处晃荡，他是饿不死的，因为他什么都可以吃，还抢人家的吃，大家就骂他“痴棺材”。

有时候他也晃到顾衙弄去，老邻居见了，就对他说：“弟弟呀，你去寻你的姐姐呀。”

他就涎出口水，说：“三小姐。”

邻居是晓得三小姐出事体的。除了三小姐，顾家另外几个女儿的情况也是很不好的，有人看到二小姐在街上走，披头散发，衣裳破支落索，两只眼睛直定定，老邻居也不认得了，二小姐从前是顶顶艳丽的。

顾衙弄居委会的老阿姨就领了顾允吉去寻娘舅，寻到门上，才晓得，娘舅一家人下放到苏北乡下去了。

顾允吉实在没有地方去，大街上墙角里困困，讨来吃，拣来吃，总不是人过的日脚呀，顾衙弄居委会里有一个粘纸盒子的纸板社，就叫顾允吉来做做手工，发几个钞票给他，又在那里帮他搭一张小铺，顾允吉从此就开始自力更生，自己过日脚了。

再过了十多年，顾家的嫡系，基本上就断线了。

顾家的旁系，却还是有后人的，并且还是比较厉害的角色，吃过苦头，大难不死，越发老辣，到了一定的时候，就提出了顾宅的回归问题。

归还顾宅，其时已是势在必行，但有许多问题，比如什么时候归还，以什么方式归还，归还多少，归还给谁，等等，从政府部门来说，当然是拖一天好一天，少还一点好一点。现在顾宅里住着那么多人家，要叫他们搬出去，必定要先让政府解决新房子的。因为是百废待兴，有好多好多事情要做，就谈不上什么计划了，只能是黄泥萝卜，揩一段吃一段。及到有人提出顾宅问题，就躲不过去了，不过提出归还顾宅的，不是顾家的直系，人家就有话说了，你们不属顾姓，没有继承权，顾宅的事便又搁置下来。

顾允吉已经是纸板社的老工人，经过他的手做起来的纸盒子，也可以说是不计其数了，有洋火盒，有药盒，有装玩具装糖果的盒子，他脑筋慢，手脚也慢，做得不快，但很认真，质量是很好的。虽然那种粗黑的丑样子改不了，身上衣着特么倒是像模像样的了，不再有人叫他“痴棺材”。

突然说顾允吉可能要继承顾宅，居委会的老阿姨心里就有一种说不清的复杂的感想。

顾允吉终究是不能继承顾宅的。一则因为他是有毛病的人，二则是后来很快他的四个姐姐都有了消息，旁系里的人看到这种情况，也就退了，就由顾家四位小姐来做讨还顾宅的艰巨工作了。

这一年，顾家大小姐芝兰已过花甲，并且体弱多病，那位门当户对、性情相投的姑爷先她而去，一儿一女长进学好，先后考进大学，又分到外边大城市工作去了。顾芝兰形影相吊，对讨还顾宅无甚兴趣，她也曾写信给儿女，说清此事，参与与否，由他们自主。这一对儿女，各自家境不错，也不想来得什么遗产，所以大小姐这一系上，便是无人出面的。

二小姐芸香几十年来夹着尾巴做人，现在虽然晓得如今的世道和这几十年不大一样，但毕竟背着一个男人在台湾的包袱，胆战心惊惯了，只求过几日安逸日脚，对老家的房子，不敢奢求。

三小姐芬菲大难不死，却失掉了丈夫，她很坚强，那一天亲眼看见丈夫被斗死在台上，当晚还强迫自己吃了一大碗米饭。丈夫惨死，她很伤心，但她生性好动，守不住空房，后来几经折腾，又嫁了人，嫁的是省里的一位干部，她丈夫的顶头上级。三小姐就搬到省城去住了，仍然有花园洋楼，她就是那个命。她也未必再会回来动顾宅的心思。可是她的几个儿女，都是如狼似虎的，他们憋了十多年，现在恨不得把顾宅生吞了。可是他们毕竟隔了一代，要生吞顾宅，轮不到他们占先。

所以，顾家四位小姐中，也只有四小姐顾蔓菁可以出面了。

在四姐妹中，四小姐的婚姻，说起来是最自由的，但也是最不幸的。结婚不多久，她就发现男人是见好爱好的，四小姐和他作了两年的斗争，无望他改邪归正，便离了婚。她带着儿子又嫁了一个唱戏的，这恐怕也是悲剧因素。四小姐因为自己长得好，对男人就很吃卖相，可是长得好的男人，规规矩矩、从一而终的恐怕不多，四小姐就没有碰上。后来她又嫁第三个男人，还是以貌取人，人家问她怎么不会吸取教训，她想来想去也想不明白。第三个男人和她离异时，她已四十多岁往五十上算了。照理讲起来，心中有气，人会见老，四小姐却是一点也不见老的。现在轮到她为顾家出头露面，走出去，往人前一立，风度气韵，绝对是顾家的传统。

这一天，顾允吉和平常一样，在纸板社专心致志地粘纸盒子，四小姐就走到他的面前来了。她心里有些激动，她有十几年没有看见弟弟了。

顾允吉抬头看看她，想了一会儿，他涎出口水，叫了一声：“三小姐。”

四小姐的眼睛潮潮的。

别人就纠正他：“不是三小姐，是四小姐。”

四小姐就哭起来了。顾允吉继续粘纸盒子，四小姐就问别人，他弟弟一天能粘多少个盒子，他们告诉她，他能粘一百个盒子，她又问粘一百个盒子给他多少钱，他们说给他两块钱，并且说别人粘两百个是三块钱。

四小姐拉起顾允吉的手，眼泪汪汪地说：“弟弟，跟我回去吧。”

顾允吉看看四小姐的手，四小姐的手很白很腴。他看看自己的手，又黑又粗，他就把手缩了回去。

后来顾允吉就跟四小姐回家去住，四小姐供他吃穿，他就用不着再去粘纸盒子了。

再后来经过四小姐上下奔波，四方周旋，顾宅的问题终于得到解决，退还大小八间，大概有顾宅全部地盘的十分之一。

在顾允吉搬回顾宅住后，大小姐，二小姐，四小姐，还三小姐的儿女，也都搬回来了。

别人看着顾家又有点兴旺的样子，想想这世界，日月轮回，阴差阳错，谁又晓得谁怎么样呢。

## 二

顾宅的墙门间很大。因为墙门多，有八扇，墙门间就大。

老汪跟着父亲从浙江湖州乡下到这里来的时候，才是一个十来岁的小毛头。他父亲就带着他住在顾宅的墙门间里，一直就住了四十多年，先是他的父亲去世，后是他的老婆去世，再后来他的儿子长大了，到别的地方去了，老汪就一个人住在墙门间里。

当初老汪的父亲所以要离乡背井，是因为那一阵日本在他们那地方横行霸道，日脚很难过，听说苏州是块乐土，就奔乐土来了，其实苏州也未必是乐土。可是好多好多像老汪父亲一样的人都在苏州住下来，没有再回家去，就可以证明到苏州寻生活，求生存，还是对路的。

老汪的家乡，是以制湖笔出名的。名闻天下的湖笔，就是因为出在湖州才叫湖笔的。湖笔据说是始制于唐代，其制法是在清朝道光年间传入苏州的。从此以后，苏州人就非把自己制作的湖笔叫做苏州湖笔。湖笔原本的意思是湖州生产的笔，又加上苏州，就变成了苏州湖州的笔，从道理上讲也是不大通顺的。就好像大家晓得云烟是顶有名气的，苏州人倘是也仿照云烟生产一种烟，叫作苏州云烟，人家是会笑话的，所以看起来，苏州人原来也是蛮喜欢炫耀的。

在三十年代末期，有许多像老汪父亲这样的祖传做湖笔的浙江人，迁到苏州定居，后来苏州的湖笔生产就兴旺起来了。

老汪那时候想，今后要走的路，自然也是承袭祖业，以制笔为生了。

老汪就做湖笔工人，他学得早，到二十来岁，就是一个很老练的师傅了。老汪做到六十岁,就退休了。他是不想退休的,因为不可以不退休,他只好退了。老汪的技术是很好的，可是退了休，他的技术就没有用场了。

老汪退休的时候，正是顾家后代里搬回顾宅住的那一阵，老汪热心肠，看着他们忙乱，就帮他们搬搬弄弄，收作整理，尤其是二小姐这一房里，只有二小姐和养女，两个女眷，吃重的活全是老汪相帮的，他反正也空闲着没有事做。

等到大家搬了家，安顿好，日脚就正常了，老汪也帮不上什么忙了。他天天拖一只半导体，坐在墙门口听书。

顾宅是很进深的，顾家的人搬回来住在最里边的房间里。他们向政府讨还的八间正好是一进屋，所以，这一方小天井就归了顾姓，和别的住家分档了，隔开了，倒也清清爽爽，免讨气。

几位小姐都是经过大风大雨的人，数十年一直是惊心动魄的，现在有了一方自己的安逸世界，可以不听外面的闲话，可以不看外面的混乱，正合她们的心意，平常日脚，小天井的门是关紧的，大小姐和二小姐是不去上班的，就住在屋里，一点也不厌气。

顾允吉就有点气闷胀了，他从前在纸板社做生活，是很放松的，大家拿他寻开心，大家笑，他也笑。顾允吉就想起要去看纸板社。

原来的那个地方已经没有人，也没有纸板社，房间空荡荡，顾允吉看看，就立在那里“呜呜”地哭了两声。

老汪走过，看见顾允吉在落眼泪，想这个戆大也是念旧情的。他就告诉他，纸板社关门了，不再粘纸盒子了，现在他们改行去做别样了。

“走吧，你跟我回去吧。”老汪对他说。

顾允吉也不大明白什么叫改行做别样，他就跟着老汪到墙门间里去坐。

老汪的墙门间里很乱，一个单身的老人，是不会收作房间的。

顾允吉十分拘谨地坐在老汪的床沿上，盯住老汪看。

老汪问他：“你们大小姐在家吗？”

顾允吉就涎出口水，笑笑，说：“大小姐。”

老汪再问：“你们二小姐在家吗？”

顾允吉仍旧涎出口水，笑笑，说：“二小姐。”

老汪无可奈何地笑笑，说：“你这个人。”

串门的邻居到墙门间里来找老汪吹牛，看见顾允吉在，就对他说：“老汪蛮看中你们家二小姐的，你叫一声二姐夫吧。”

顾允吉就涎着口水叫老汪一声：“二小姐。”

老汪的面孔很红，说：“你们不可以瞎说的，人家二小姐听见了，要动气的，人家是顾家里的，金枝玉叶。”

别人就不以为然，鼻子里“嗤嗤”响，说：“什么金枝玉叶呀，一样变做干瘪老太婆了，配你老汪，她又不亏的。”

老汪就很认真地为二小姐辩护，说大户人家出来的，到底不一样，老虽老了，风度还是一等的。

人家就不服，指着顾允吉说：“什么大户人家呀，你看看这个人喏，什么风度呀，什么腔调呀，你老汪是苦人出身，一世人生做煞的，倘是重投人生，你同他换胎人世，你肯不肯呀。”

老汪心想我当然是不肯的，顾允吉的人生，算什么人生呀。

顾允吉晓得他们在议论他，他也不听，就在老汪的墙门间里东看西看，看到几支做工很精致的毛笔，他很开心，就叫了一声：“二小姐。”

毛笔是老汪从前做的，留着做纪念的，老汪看顾允吉喜欢，就拿出一支，对他说：“喏，这支送给你。”

顾允吉拿了那支毛笔，就走了。

过了两天，老汪身体不适意，正在睡觉，有人敲门，他爬起来开了门，看见顾允吉立在门口，后面还跟着一个五十来岁的男人，手里捏着老汪送给顾允吉的那支笔。

顾允吉看看老汪，就涎出口水，叫了一声：“二小姐。”

老汪的面孔很红。

后边的那个男人就自我介绍，说他姓张，是顾蔓菁的朋友。

老汪心想四小姐也真是个人物。

那个老张继续告诉老汪，他是在外贸上做事的，近一段时间，日本客商来订苏州湖笔，需求量很大，湖笔厂也来不及做，他在顾家看见顾允吉把这么好的湖笔在地上乱画。后来顾允吉就把他领到老汪这里来了。

他知道老汪是个老湖笔工人，他希望老汪不要把那一手技术白白地浪费掉了，他说现在做湖笔是很走俏的，因为日本人喜欢。

老汪叹口气说，现在没有人要他的手艺了，他一个人是做不成湖笔的。

老张提醒他，说居委会啦，街道啦，能办别的厂，就能办湖笔厂，湖笔厂的设备要求是顶简单顶好弄的，后来老张还说倘是需要投资，他可以承担一部分的。

老张带着顾允吉走了以后，老汪很激动。

顾家住的那方小天井里，有一口三眼井，三个井口，合一个井身。井水是很清的，可是大家都不用这井水，在井口上用一只铁网盖子盖住，前些年有一个人死在这口井里的，大家就犯忌。

顾家的人搬回来住，几位小姐自然也是不主张用这口井的，可是下一代的人不忌，就把铁网盖子掀在一边，就用这口井的水，当然是便利得多了。用了一阵，也没有犯什么忌，大家就定心了。

七月十五的夜里，月亮很圆，二小姐起来解手，看窗帘没有拉上，外面的亮光照进屋来，她去拉窗帘，就看见弟弟立在天井里的那口井边。

二小姐就出去叫他进屋睡觉，顾允吉摇摇头，手指着井里，神情很激动。

二小姐看看弟弟，又看看井，什么也没有。后来，她突然想起了什么，连忙问弟弟，是不是看见一团很浓很浓的云雾从井里出来。

顾允吉点点头，涎着口水，叫了一声："二小姐。"

二小姐心里害怕，把弟弟哄进去，自己回到屋里，睡不着了。她小的时候是听宅子里的老人说过汲云井的，说是汲云井因云从井出而得名。这种云从井出的怪状，一百年才出现一次，必是在七月半的三更，谁撞见了，必致祸。

天亮以后，二小姐就到大小姐那里去说这件事，大小姐也害怕。顾家的四位小姐，对这个痴愚的弟弟是十分疼爱的。大小姐和二小姐商量下来，决定这一段日子里守住弟弟，不让他出去乱跑，并且要动员三小姐的一个儿子陪他一起睡。

三小姐的一个儿子说："陪他睡，我恶心。"

三小姐的另一个儿子说："服侍他，你们给几块钱一天？"

后来大小姐想起来，说："我记得从前说的汲云井见云，要外出才能避祸，不是关在屋里的。"

二小姐想想，也记起了这种说法。四小姐虽是不如两个姐姐那样迷信得深，但从小也是受的那种教育，必是有影响的。大小姐说要让弟弟出去避一避，她就说，老汪要出去，要到乡下去收羊毛。

老汪怎么肯带顾允吉到乡下去呢，他这次是要回浙江老家的，他有好多年没有回去了。别人见他带一个痴子回去，会笑话他的。

大小姐和四小姐就对二小姐说："你去，你去求老汪，他必定是会答应的。"

二小姐不想去，她说："其实，其实，让老汪带弟弟也不大好。"

大小姐说："好的，老汪热心肠，做事也是有头脑的。"

四小姐说："老汪会对弟弟好的，老汪因为……"她没有再说，二小姐已经有点尴尬了。

二小姐就去求老汪。

老汪就答应了。

后来老汪就带着顾允吉到乡下去了，顾允吉很开心，他和老汪很合得来，他很服老汪。

几位小姐总算是松了一口气，夜里睡得也安稳，天井里是安静的。

过了几天，顾允吉跟着老汪回来了，一进门，他兴头十足对大家说："我回来了。"

顾允吉从来是不讲话的，顶多只喊一声某小姐。

几位小姐惊疑得不得了，围上去看他。

顾允吉把他们拨拨开，说："我要结婚了。"

小辈里都笑，几位小姐却是着急，大小姐和二小姐都到墙门间去看老汪。

不到半年时间，东吴湖笔社就很有点名气了，也很有点实惠了。

大家说，倒看不出老汪啊，看他样子蛮老实的，倒是别有一套功夫的。

总是把老实的人当做是没有能力的人，其实是不对的。老汪就是一个很老实的人，老汪也是很有能力的。

老汪白手起家办一个湖笔社，现在不光还清了当初的借贷，又盈利多少多少，是四位数，还是五位数，还是六位数，都有很多说法，问老汪，老汪就笑，就老老实实地告诉一个数字，别人总是不相信的。

老汪对顾家二小姐一直是有情有义的，从前人家说他想二小姐的心思，他是很自惭形秽的，现在他不一样了。但老汪不是那种骨头很轻的人，不会有了几个钱，就财大气粗的，他见了二小姐，仍然是很难为情，很不好意思的。

倒是二小姐对老汪比以前好，她有空闲就给老汪去烧烧洗洗，把墙门间弄弄干净，邻居里就有点看轻二小姐的为人。其实二小姐是因为老汪待她的弟弟好。她是很感激老汪的。大小姐有一日就问二小姐说 :“芸香，你同老汪，怎么样呢 ?”

二小姐摇摇头。

大小姐和二小姐一时都没有说话，她们大概在想海峡对面的那个人，他去了四十年，没有人晓得他的死活。

后来大小姐就对二小姐说 :“老汪人也蛮好的。”

二小姐说 :“老汪文化很低，他说吃中饭总是说吃点心，嘻嘻。”

二小姐一边说，一边抿着嘴笑。

大小姐也笑，她说 :“现在不大讲究了，从前是很讲究的，说维桢那时为了对我们的上句，苦读三年吟诗作对……”

维桢是大小姐的丈夫。两位小姐现在很容易就想起从前的事情来，从前的事情就像在眼前似的，很近很近。

她们就把老汪忘记了。

二小姐忘记老汪的时候，老汪正在出风头呢。有日本客人来参观湖笔社，老汪面孔上是很光彩的。

顾允吉是每天都要到老汪那里去的，他看见日本人拿照相机帮老汪拍照，灯光一亮一闪，他很兴奋，在边上转了半天，就奔回家去。

大小姐和二小姐看他气急吼吼地回来，不晓得有什么事，顾允吉涎着口水，喊了一声“二小姐”，就拉住二小姐的手，要她出去。

二小姐就跟着顾允吉到老汪那里去，老汪看见二小姐来，就更开心，话就更多。翻译也懒得再翻给日本人听，就只有老汪一个人讲。

后来日本客人就走了，老汪领着二小姐看湖笔社，告诉二小姐，现在收羊毛很难收了，要到苏北去收羊毛，苏州乡下的农民都是杀剥皮羊的，那种连皮一起下来的毛，是不能够做湖笔的，而且苏州乡下现在养羊也很少了，因为没有地方吃草，苏北乡下羊比较多，苏北人是习惯吃连皮羊的，所以到那里去收购羊毛比较好收。老汪又说兔毛也能做湖笔，但是兔毛太脆，容易断，所以兔毛笔是不值钱的。老汪说黄鼠狼的毛做湖笔是顶好的，可是现在黄鼠狼很少，就很珍贵，老汪还说做湖笔现在也不大容易的，笔杆也涨价了，浙江的山里人把竹子砍下来在石灰坑里浸泡，让它们变成纸金，省力并且还有效益。他们不高兴把粗大的竹子做成细小的精致的笔杆，他们嫌那样劳动代价太高，赚钱太费力，并且老汪还说羊毛也是越来越贵，现在美国人来抢羊毛，日本人也来抢羊毛，羊毛的价钱就上去了，跟着台湾人也来了。

老汪说到台湾人，二小姐心里就很难过，但是面孔上是看不出的，所以老汪是不晓得的。

二小姐不喜欢听老汪讲羊毛兔毛做毛笔，不过二小姐为人是很和善的，她不会打断老汪的话，她很懂礼。

所以老汪就一直讲下去，还把那些毛拿出来给二小姐看，二小姐闻到有一股臊气味，她没有说什么。

二小姐很想回去，就对顾允吉说："弟弟走吧，老汪很忙的。"

老汪连忙说："不忙不忙，我现在是不忙的，刚开始那一阵是很忙的。"

这时候居民里专门帮人家洗衣裳洗被子的包阿姨帮老汪送两条干净被夹里来，看见二小姐在，包阿姨就说："喔哟，二小姐难得，平常不大看见二小姐出来跑人家的，还是老汪面子大呀。"

二小姐的面孔就红了。

包阿姨就笑，又说："老汪老来福呀，运道不错呀。"

老汪是喜欢听这种话的，二小姐是不喜欢听这种话的。她听了以后，不光面孔红，眼泪也要落下来了。老汪看见了，就对包阿姨说："你不要瞎讲啊，都是一把年纪的人了，不可以瞎说的。"

包阿姨就白老汪一眼，说："喔哟，老汪已经会帮腔了，肉痛了，都是一把年纪的人么，装什么腔呀。"

二小姐真是气煞了。

后来包阿姨走了，老汪对二小姐说："你不要动气，你不要睬她，她这种人，没有知识的，没有水平的，粗鲁煞的，你晓得她为啥眼皮薄？"

二小姐不晓得。

老汪笑了一笑："她呀，面皮比城墙还要厚，她自己跑到我门上来寻过我的，她说是看中我的。"

二小姐听了老汪的话，面孔又红了，心里还有一种异样的感觉。

这时候顾允吉就走过来对他们笑，涎着口水，叫一声"二小姐"，之后他又说一句："我要结婚。"

二小姐要带他回去，他不肯，老汪说："你让他在这里吧，他不闯祸，还帮我拣羊毛，这种乱糟糟的毛，他会弄的。"

二小姐就一个人回去了，她没有再到大小姐屋里去。

到夜里，大小姐就到二小姐这边来，大小姐告诉二小姐，她白日里睡觉时，做了一个梦，见了父亲，父亲和她说了好多好多话，但是她醒来的时候，都忘记了。

二小姐叹了一口气。

大小姐看看她，就说："看我们弟弟的样子，脑筋像是比从前清爽得多了。"

二小姐点点头，后来又摇摇头，说："总归是不灵的。"大小姐也叹口气，说："不灵是不灵，不过倘是试一试，也是好的呀。"

二小姐说："这种事怎么可以试一试呀。"

大小姐说："不过我从前听大人说，有种痴毛病，阴阳一合，就会好的，再说起来，弟弟这一阵对这桩事好像是明白了一点的。"

顾允吉那次跟老汪到乡下去，不知为啥回来以后就晓得要结婚。大小姐和二小姐都问过老汪，老汪也弄不明白，想来想去，说顾允吉大概在乡下看见了什么。他们那地方的人家，过日脚是很随便的，做夫妻里的事也是很随便的。他说他以为顾允吉可能是看见了什么，有点开窍了。

大小姐和二小姐又去把四小姐叫来一起商量，四小姐就反对，说她们是去害人家女人的，可是大小姐眼泪汪汪说顾家没有后人传血脉，父亲死不瞑目的，四小姐就不说话了。

后来她们又把三小姐从省城叫回来，叫三小姐发表意见，三小姐说："弟弟既然自己有这个愿望，我们就帮他寻找一个，反正现在都要自愿的，不好强迫的。"

三小姐很忙，她帮两个姐姐拿了主意，就回省城去了，具体事情就由大小姐和二小姐去办。

大小姐和二小姐心里都明白，顾家虽然从前有一点名堂，现在也还有一点房产，有一点家底，但是弟弟要想讨一个城里姑娘是不可能的，找一个乡下姑娘，想办法把户口弄上来，倒是有可能的。

大小姐和二小姐就又想到老汪了。

二小姐求老汪的事，总是叫老汪为难的。不为难的事二小姐也不会去找老汗的。

老汪相帮二小姐，总是心甘情愿的，可是二小姐要老汪帮顾允吉讨一个女人，老汪就很犯难了。

老汪抽着烟，又是咳嗽，看见二小姐难过的样子，他心里也难过。

“你们乡下，”二小姐小心翼翼地说，“老汪你们乡下有没有小姑娘……”

二小姐和老汪说话，大小姐守在旁边是不大插嘴的，这时候，她也说：“不一定是小姑娘，二婚头也好的。”

老汪叹口气。

大小姐又说：“想办法把户口弄上来，你说呢老汪？”

二小姐说：“我还有几件金器。”

老汪摇摇头说：“人家不稀奇的，现在我们乡下那里，不稀奇的。”

大小姐就很着急，二小姐的眼圈红了，有眼泪水在眼眶里。

老汪心里很感动，二小姐对弟弟的真心，老汪看了很感动，老汪后来就丢下湖笔社的工作，专门回乡下老家去帮顾允吉物色对象。

二小姐把老汪送到码头，眼泪汪汪地对老汪说：“你走好，老汪。”

船就开走了。

二小姐回顾宅的时候，看见顾允吉坐在三眼井的井圈上哭，见了她，就涎着口水，叫一声“二小姐”。

本来围住顾允吉的外孙们，见二小姐来，就散了。二小姐晓得又是他们在欺侮舅公，就说他们几句，小孩子们就从窗户里探出头来，唱山歌，挖苦嘲笑顾允吉。

其实小孩子们是不懂这些的，必是他们的父母教的。二小姐就不去理睬他们。

顾允吉却是喜欢和他们纠缠，他又说：“我要结婚。”

小孩子们便一齐拍手大笑，朝顾允吉吐唾沫，扮鬼脸，并且说，戆大倘是结婚，他们就要搅得戆大结不成婚。

顾允吉就呜呜地哭了，二小姐劝他，他也不听，只是往井下边看。

这时候三小姐的大儿媳妇王莉和四小姐的女儿三三就从自己的屋里走出来了，她们看看二小姐，又看看顾允吉，相互做个眼色。

王莉说："小孩子的话，说起来是不大好相信的，但不过戆大结婚，真是出了世也没有听说过的。"

王莉一边说就一边走近顾允吉，问他："你晓得什么叫结婚啊！"

顾允吉往后一缩，涎出口水，叫一声："二小姐。"

王莉和三三一齐笑起来，小孩子们便也笑。

三三对二小姐说："二阿姨，你和大阿姨不晓得，人家外面全在笑我们顾家哩，说你和大阿姨老糊涂了。"

二小姐气得抖抖索索，话也讲不出来。

王莉说："哎呀，二阿姨和大阿姨的心思我们也是晓得的，传宗接代是不是呀，其实么，这种小人，也是顾家的血肉么，我再说回来，一个戆大，就算会结婚生儿子，会有什么好货生出来呀，不要再养个小戆大出来，现世报，叫别人笑煞啊。"

这桩事确实是二小姐和大小姐顶担心的，二小姐被说中心思，很伤心。

三三靠近二小姐，笑眯眯地说："二阿姨，说你有黄货要给戆大讨女人，真的呀？"

二小姐不说话，去拉顾允吉，要他进屋里去，顾允吉不肯，二小姐就一个人进屋去了，她听见他们一帮人在天井里笑。

二小姐坐在屋里生气，听见屋梁上老鼠追来追去，她轰它们，也轰不走，老屋里的老鼠，比人凶，比人老资格，那几年顾家里的人被赶出老屋，老鼠却是赶不出去的。

阿凤下班回来，把一包老鼠药抖在饭碗里，二小姐在一边看她拌。

阿凤突然回头问她："妈妈，你怎么不去打听台湾的消息。"

二小姐一吓，说："什么台湾消息？"

阿凤说："现在人家屋里有台湾关系的，全去联系了，联系上的，就额骨头了，人家台湾人回来转一圈，什么都有了。"

二小姐说："我们不想。"

阿凤说：“你不想，我想么，你不去联系，我要去联系的。”

二小姐说：“阿凤，不要去翻什么花头了，现在日脚也蛮好过了，你缺什么，你开口好了，我总归会让你称心的。我就你这样一个女儿，心思总归用在你身上的。”

阿凤说：“你的心思在戆大身上，大家全晓得的，你的黄货不肯给我，要给他的。”

老鼠在梁上打架，打得屋梁震动起来，阿凤拿一根竹竿去打老鼠，老鼠跑掉了，阿凤说：“是不是，你喜欢戆大？”二小姐看看她：“我不是已经给你两只戒指了么？”

阿凤也朝她看看：“两只线戒。”

二小姐说：“你们是好好的人，可以自己做出来的，你舅舅不来事，我不给他，他怎么办？他不会去做出来的。”

阿凤说：“你也不是自己做出来的，为啥要叫我们自己去做出来？现在外面就是要吃爷娘的，我们为啥不可以吃爷娘。”

母女两个总归是讲不清一个道理的，二小姐只好说：“我再给你一副耳环，要等老汪回来。”

大小姐和二小姐等老汪等得很是心焦，其实老汪去的时间并不是很长的，后来老汪回来了。老汪回来，也没有进自己的家门，就来看二小姐。

老汪很激动。

二小姐和大小姐就很紧张，二小姐给老汪拿烟，沏茶，老汪就先喝茶、抽烟，然后老汪就把好消息说出来了。

现在在老汪他们乡下，讨一个女人是很费钱的，造几楼几底的房子先就要几万，所以有些经济上搭不大够的，就有些困难。所以，后来就常常有人把四川或者其他什么地方的女人弄来卖给他们做女人，三千块、五千块就买一个。慢慢地，老汪他们家乡就和四川那些地方攀上了亲。四川女人也很是会合道的，自己来了，小日子自然比山里好，就要想到把姐姐妹妹们也弄来。所以老汪回去看，就看见有几个尚未攀亲的四川女人，老汪就去探她们的口风，四个人当中有两个人是情愿的。

老汪先是看中稍微稳当一点的一个，可另一个就缠住老汪，就要跟老汪上苏州，老汪看看这一个比另一个漂亮，又活泼讨人喜欢，他就有点动心了，他想二小姐她们肯定也是喜欢漂亮的，老汪一时不好做主，就带了两个人的照片先回来了。

大小姐和二小姐听老汪说了，又看了照片，老汪又介绍了两个女人，老汪介绍的时候，就偏向了长得漂亮的这一个。大小姐和二小姐也认为这一个好，后来就定下来了。

老汪说：“我先写封信，叫她就出来，好吧？”

二小姐看看老汪，眼泪汪汪地说：“老汪，你真好。”

老汪等大小姐走开了，就抓住二小姐的手说：“二小姐，你也好。”

二小姐心里一跳，她很想把手抽出来，可是老汪把她的手拉得很紧。

后来大小姐又进来了，老汪就放开了二小姐的手。

第二天，二小姐看着老汪把那封信丢在路口的邮筒里，她心里好像落下了一块大石头，轻松得多了，这么多年了，她一直是被束缚着的，什么事也不好做的，现在她终于做成了一件事。

## 三

对顾宅的历史考证工作，已经做了一段时间了，开始只查找资料，做书面文章，等这上面的头绪整理得差不多了，他们就开始实地考查。

顾宅很大，先是看房子，一落一落，一进一进，一间一间地考据，然后是过道，然后是看天井，最后就考证到顾宅的井。

顾宅里原先总共有水井十二口，后来废了三口，又后来封了两口，现在还继续用的，有七口。

水井本来是没有什么稀奇的，在地上挖个洞，三尺五尺就可以见水，就成水井了。这地方水高，好挖井，大家就挖了很多的井。不过也有另外的说法，说井都是在水位很低的，干旱时节挖出来的，总是因为遇旱了，临时抱佛脚，人就是这样过日脚的嘛。

一般的水井是没有什么稀奇的，可是汲云井就很稀奇。说汲云井下面有异物，要不然，怎么会有云从井里出来呢？

顾宅从前在太平军战役的时候，是被太平军打过馆子、做过行营的。宅里很粗很粗的木桩上，留着许多石砍的痕迹。并且说这汲云井里，有顾家上代避难时丢下去的金银财宝，也有说是太平军杀了人抛进井里的，还有说是顾宅的女眷遭了太平军的欺侮，投井的，各式的说法都有，反正从前大家都晓得汲云井是有点名堂在里边的。

考古的人就是要考证这么多说法中哪一种是正确的，是符合事实的。

这个事情就很难办，现在顾家后代里年纪最大的大小姐和二小姐都说不出什么名堂来，别人就更加弄不明白了。

人家就要把汲云井里的水抽干了看一看它的真面目。

大小姐和二小姐说，隔几日吧，这几日家中要办事情。

考古的事情反正也是不着急的，人家就同意了，说过一阵再来打扰。

大小姐二小姐她们就给顾允吉办婚事。

那四川女人从乡下上来之后，老汪就带着她到顾家来，一一拜见了大小姐，二小姐，四小姐。这个女人也是很乖巧的，很讨二小姐的喜欢，老汪自然也是很喜欢的。

后来就要开后门去办结婚证，就要准备办喜酒，都是老汪一个人奔前奔后相帮的，大小姐二小姐她们一则是上了年纪，二来她们本来也是不大会操办这些的，所以就让老汪去忙了。

别人看老汪奔来奔去，就对他说：“老汪啊，看你真是起劲，巴结得来。”

老汪说：“我是相帮的，他们顾家里没有男人撑场面，几个老小姐弄不来的。”

人家就说：“怎么没有男人，顾允吉不是男人啊？”

老汪笑了：“哎呀，你们又不是不晓得，他是脑筋里有毛病的人呀。”

人家看看老汪，反问他：“脑筋里有毛病的人，还要讨女人啊？”

老汪张张嘴，没有说出什么来。

人家又说：“老汪你这个人，把人家小姑娘骗来嫁一个戆大，你罪过喏。”

老汪想不落，过了一会才说：“人家小姑娘晓得顾允吉有毛病的，我同她讲清楚，她自愿的，怎么好讲骗呀？”

别人就取笑他：“老汪哎，等你做了顾家的上门女婿，还要起劲呢。”

听这样的话，老汪心里总归甜滋滋的。

顾允吉这几日像是很懂道理，每天也不出去瞎荡了，只是到二小姐屋里看一看四川女人在不在，若是在，他就笑嘻嘻地喊一声“二小姐”，就退出去。只有一次四川女人躲在里边换衣裳，他没有看见她，就哭了起来，四川女人走出来，他就不哭了。

二小姐就对四川女人说：“你看，其实他是很好弄的，他不是武痴，他的良心是很善的，他只是比别人笨一点。”四川女人点点头，看看顾允吉，朝他笑笑，顾允吉开心了，就要去拉她的手，二小姐说：“弟弟，你不要急，再过几天，你们结婚。”

顾允吉就走开了。

后来就办了喜酒，大家吃过喜酒，四川女人就搬到顾允吉房间里去了。

那一天夜里，二小姐开始睡不着，后来听见顾允吉房里很安静，不像要出洋相惹人笑的样子，二小姐就睡着了。

顾家办过喜事，人家就来抽井水了。可是这汲云井里的水，却是抽来抽去抽不干，抽了三天水，还是那样子。

地底下的东西，地面上的人看不见，也就搞不大清，谁晓得呢，那些阴沟洞大概和水井都是一个脉络的，所以抽出来的水灌进阴沟洞又回到井里去了。

井底下的古没有考出来，井水却弄浑了，井底的烂泥都翻了起来，好长时间沉不下去，这井水就不大好用了。

不过好在现在都接了自来水，自来水比井水更加便利一些。

老汪住的墙门间就要拆了，要恢复原来的样子。

原来的样子，应该是有墙门而没有墙门间的，所以老汪就不能再在这里住了。

照规矩政府动员拆迁，是要根据有一还一的政策，另外分配房子的，老汪就分到了一个小套的新公房，面积和顾宅的墙门间差不多，但是条件要好得多了，有厨房间，还有卫生间，大家眼热老汪，说老汪有福。老汪却拖拖拉拉不肯搬，人家都晓得为什么，二小姐心里自然也明白，可二小姐总是不开口。老汪就每天到这边来坐一坐，有时候二小姐在休息，他就坐在客堂间，或者立在天井里，抽两根烟，就走。

大小姐和四小姐看见老汪，心里就有点不过意。顾家小字辈里的人见了老汪，心里就有另外的想法。

老汪出去以后，大小姐和四小姐就到二小姐屋里去，二小姐其实没有睡，她只是想躲一躲老汪，大概除了老汪不晓得，别人都是晓得的。

二小姐见大小姐和四小姐进来，就为难地说："你们看，他这样。"

四小姐就说："人家老汪是真心诚意的，老汪人也蛮好的。"

大小姐点点头。二小姐不说话。四小姐又说："也不好太搭架子的。"

二小姐不开心，把面孔扭过去。

大小姐说："芸香的心思我晓得的，看不中老汪的，嫌避老汪粗俗一点，文化也嫌低一点。"

四小姐"哼"一声，说："我们二姐夫倒是不粗俗的，倒是知书达理的，可惜一走就走得没有影子了。"

大小姐看二小姐眼圈红了，连忙说："这也不可以怪他的，他也是没有办法才走的，那时他是要带芸香走的，芸香自己不肯走的。"

四小姐不服气，说："那时候走是没有办法，现在人家去台湾的，都回来寻亲人了，他为啥连封信也没有来？"

大小姐说："也不晓得……"才说几个字，看看二小姐的面孔，就不说了。

二小姐呆钝钝地坐在那里。

四小姐看看她，又说："要是看不中老汪，就早点跟人家讲清爽，这样不清不爽，吊人家胃口，弄得人家不定心，不好的，索性去讲讲清爽，叫人家死了心。"

大小姐连忙说："也不作兴的，人家老汪帮了我们多少忙，弟弟的事，全靠老汪相帮呀，事情办好了，就不要人家来了，不可以的，不作兴的。"

二小姐朝大小姐和四小姐看看，就哭起来了。

大小姐和四小姐拿她没有办法。

老汪回到墙门间，动员拆迁的人又在等他，老汪心里不舒畅，对人家摆面孔，说："烦煞人了。"

人家说："你嫌我烦，我还说你猪头三呢，配你新公房你不要，你要什么？"

老汪晓得自己没有道理的，只好不响了。

人家却不肯放过他，叫他定日脚搬走，说再不搬就要罚了，不识相要吃辣乎酱。

老汪烦不过，说："明天搬，明天搬，好了吧。"

人家不相信他，又缠了他半天，才走了。

老汪刚刚出了一口气，那个人却又追回来了，对他说："老汪你的心思大家晓得，其实老汪你真是拎不清，人家顾家门里的小姐，都是讲究文雅的，像你这样盯得急。人家不欢喜的，你索性走远点，人家反而会牵记你，你信不信？"

这一番话很见效果，老汪想了大半夜，第二天一早就跑到顾家去，告诉大小姐他要搬了，大小姐连忙去喊了二小姐出来，二小姐听了，果真有点不舍得的样子。

老汪房里东西不多，搬搬弄弄半天就搬完了，到下午，老汪正在收作新房间，大小姐就陪了二小姐到新公房来看老汪。

老汪很开心，一开心就更加紧张，他给她们倒了茶，就坐在一边看着二小姐，却是说不出什么来。

二小姐低了头，好像在等老汪说什么。

大小姐坐了一会，看老汪不开口，就说："老汪哎，我们和你，轧得像自己人了，对不对？有什么话你讲好了。"

老汪说："没有什么，没有什么，没有什么讲的。"

大小姐也不好再说什么了。

后来两位小姐要告辞，老汪就急起来，说："二小姐，你什么时候再来？"

二大姐不响。

大小姐说："要来的，总归要来望望你的，老汪你相帮我们的事，我们不会忘记的。"

老汪送她们出去，心里就很懊悔，到晚上，二小姐的养女阿凤来了，老汪就很奇怪，从前小凤看见他，都是冷言冷语，冷眉冷眼的。

阿凤进来笑眯眯地对老汪说："老汪哎，你为啥不开口呀？"

老汪叹了口气。

阿凤又说："其实么，我姆妈是怕难为情呀，你男人家不开口，她怎么会先开口呀？"

说得老汪面孔红了，现在的小青年，真是老吃老做的，不过他想想这几句话是有道理的，他也笑起来，说："我怎么开口呀，我这个人，嘴巴笨煞的，我不会的。"

阿凤笑了，她说："其实她的心是很软的呀！"

老汪听了很开心。

后来阿凤又说："到时候你倘是搬过去住，你这套房子不要随便出手啊，调给我，我要的。"

老汪点点头："那是自然的，自然要给你的。"

阿凤开开心心地走了，老汪也开开心心地睡了。

老汪的人缘看起来是很好的，顾宅的小辈里也愿意来撮合他和二小姐的好事呢。

可惜老汪和二小姐总是没有缘分。

有一天顾宅里突然来了一个台湾客人，说是二小姐男人杨兆麟的朋友，从台湾过来，兆麟托他带了一封信给二小姐，信中还夹了两张照片，一张是兆麟一个人照的，另一张是兆麟在台湾的一家人照的，有老婆和三个孩子，两男一女。兆麟的台湾老婆看上去很年轻，虽然没有二小姐年轻时漂亮，但是蛮有风度的，拿现在一个人老珠黄的二小姐和她比，是不好比的了。

二小姐一看这两张照片，就晕了过去，过一会醒过来，就不停地流眼泪。

兆麟的那个朋友说，兆麟过一阵也要回来了，听了这个话，二小姐又哭。

等二小姐哭得差不多了，兆麟的朋友也要回台湾去了，二小姐也请他带了信和照片给兆麟。

事情过去以后，四小姐和二小姐说："好了，现在那边的情况也晓得了，人家早就另娶了，你和老汪的事可以定了。"

二小姐说："他下半年可能要回来的。"

四小姐说："你以为他回来了就不走了呀。"

可是二小姐却始终没有松口。

顾家因为得了二小姐男人的信息，很乱了一阵，一时里对顾允吉和他的四川女人的事也就不大上心了，等到后来一切又恢复了原来的样子，大家就发现四川女人已经不是原来的样子了。

四川女人怀孕了。

大家数数日脚，心中就有数。

大小姐和二小姐也晓得蹊跷，她们倒不是非要戆大弟弟娶个处女，但倘是四川女人生下别人的小孩，冒充顾家的后代，那是要被人笑话的，祖宗也要动气的。

照理夫妻间的事，别人是不大好过问的，但大小姐和二小姐忍不住还是找了四川女人来问。

她们自然不好把话问得太明白，但四川女人是很聪明的，她自然晓得她们的意思。她就觉得很委屈，说："反正我是说不清的，我说了你们也不会相信的，反正我晓得现在是可以验血的，可以查出来是谁的小孩。"

二小姐听她这么说，就不好再去怀疑她了。

到了日脚，四川女人就生养了。她身体健壮，是顺产，没怎么听她叫痛，就生下一个儿子，四川女人很开心，她很喜欢自己的儿子。顾家的人，也是开心的，但总是有一点说不出的味道，外面的人当然是要说闲话的，没有人相信这个小孩是顾允吉的，因为小孩还很小，也看不出像谁，所以大家就乱猜。

顾允吉自己也蛮喜欢这个小孩，看看他，就朝他笑，叫一声"× 小姐"。

二小姐背地里问过顾允吉，顾允吉只是朝她笑，叫她一声"二小姐"。二小姐问不出什么来，只是心里不舒畅，她本来是很和善的人，可是见了四川女人，态度就和善不起来，四川女人也不计较她的态度，因为她是有话在先，她曾经叫她们去验血的。二小姐她们心里也想去验血，验了血就晓得了。但是她们是不会去的。所以四川女人抱了儿子在顾家里里外外前前后后走来走去，很神气。

大小姐二小姐她们心里总是不安逸，就想起来可以到老汪那边去打听打听，老汪是介绍人，老汪应该是有责任的。

去找老汪自然是二小姐的事，可是二小姐不肯去，四小姐说："你不去，谁去？我们同老汪，又没有什么。"

二小姐说："我同老汪，有什么？"

大小姐说："不是你同老汪有什么，老汪对我们顾家不错，他搬走以后，长远不来往，过去望望他也是应该的，老汪同你最谈得来，我们去，就没有什么话讲了。”

二小姐晓得躲不过，就挑了一个日子到老汪家去。

老汪的新家，在新公房的四层楼上。二小姐爬上四楼，喘着气，就去敲老汪的门，心里“扑扑”地跳。

老汪来开门，看见二小姐立在门口，面孔煞白，嘴唇发紫，呼哧呼哧喘气，老汪吓了一跳，连忙去搀住她，说：“哎呀，二小姐，你怎么啦？”

二小姐朝他笑笑，说：“我来望望你，爬四层楼，吃力了。”

老汪笑起来，连忙让二小姐进屋，叫她坐下，又去冲了一杯甜奶粉，二小姐喝了一口，就觉得心里好过多了，她又对老汪笑笑。

老汪立在二小姐面前，还是那种样子，有点难为情，又有点恭敬二小姐，又有点怕二小姐，二小姐看老汪这样，也很难为情，一时就说不出什么话来，两个人面对面，都很尴尬。

二小姐后来就听见卫生间里放水的声音，接着卫生间的门就开了，二小姐看见包阿姨一边索裤带一边走出来，包阿姨一看见二小姐，又看看老汪，看看两个人的样子，就说：“啊呀呀，你们两个人，像小青年谈恋爱。”

说得二小姐面孔通通红，老汪又偷偷地朝二小姐看。

包阿姨又说：“二小姐，长远不见了。这一阵日脚蛮好吧，听说你们家戆大生了儿子，大家稀奇煞了，真是滑稽事，戆大怎么……”

老汪连忙打岔，叫二小姐吃奶粉，二小姐听了包阿姨的话，奶粉就喝不下去了，她呆钝钝地笑一笑，才想起来问了一句：“包阿姨，你也到老汪这里来望望？”

包阿姨朝老汪丢了一个眼风，声音娇滴滴地说：“喔哟，二小姐，你消息不灵通么，我同老汪，做一家人家了，老来伴呀，你还不晓得，噢，对了，喜糖还没有派给你呢。”包阿姨就去拿了几包糖，给二小姐。二小姐拿也不好，不拿也不好，她的面孔更加红了。

包阿姨看看二小姐，哈哈笑，说：“二小姐，你已一把年纪了，怎么像小姑娘一样，面皮薄得来，一碰难为情，一碰不好意思，来来来，看看我们的新房间。”

包阿姨拖二小姐到房间里，虽然没有什么好料做的家什，但弄得整洁干净，十分清爽相，同从前老汪一个人住墙门间时，是不好比了，二小姐看了，心里又有点酸溜溜的。

包阿姨向二小姐炫耀了一番，回头看老汪，老汪就朝她笑，包阿姨也笑了。

老汪看二小姐不吃奶粉，就对包阿姨说："二小姐大概不喜欢甜的，你去泡杯茶吧。"

包阿姨泡了茶端了出来，老汪正在问二小姐有没有什么事，二小姐说没有什么事，只是过来望望，老汪就没有话说了。

后来就有人敲门，开门一看，是包阿姨的儿子建平，建平进来，朝二小姐看看，也不招呼，对老汪也不看一眼，就对包阿姨说："喂，什么时候调……"

包阿姨朝二小姐瞟了一眼，就把儿子推进里房，房间的隔音不灵，里房的声音外面也能听见。

二小姐听见包阿姨哭腔哭调地说："你不要再讲了，反正老汪答应了。"

二小姐对老汪说："你们有事，我走了。"

老汪也不好再留她，就说："你走，我送送你。"

老汪就送二小姐下楼梯，一路关照她小心，到了楼下，老汪又问："二小姐，你有什么事情，你讲好了，我总归会尽力相帮的。"

二小姐犹豫了一会，终究还是摇了摇头。

老汪送出她一段，就回去了。

二小姐回到家里，大小姐和四小姐就过来问。

二小姐有点急，说："我是不肯去的，你们偏要我去，人家老汪……"

四小姐说："老汪怎么样？"

二小姐就不开口了，被问急了，才说："老汪结婚了，是包阿姨。"

大小姐和四小姐互相丢个眼风，四小姐说："老汪结婚归老汪结婚，你是看不上老汪的，老汪也只配和包阿姨凑凑，你有没有问弟弟的事？"

二小姐说："人家结婚了，我怎么好问？"

大小姐和四小姐就不好再追下去了。二小姐不响，别人就更加不好问顾允吉生儿子的事，就只好这样糊里糊涂地摆在那里。

过了一段时间，二小姐就觉得身上没有力气，躺倒了，就没有再爬起来。

后来二小姐就过世了，也没有什么大毛病。二小姐临终，面孔看上去很安逸，看不出有什么掉不落的事情，但是大家想，二小姐肯定有事情掉不落，她的眼睛不肯闭，是大小姐帮她合上的。

# 光圈

## 一

吴影兰三十岁的时候，她的儿子三岁。她是二十六岁结婚，二十七岁生小孩的，按现在的眼光来看，不早不晚，正好。

三十岁的吴影兰又黄又瘦，三岁的小毛头又白又胖，大家同她寻开心，说，吴妹妹哎，你的血全给小毛头吸干了。

吴影兰当然是情愿的。

其实小毛头是吸不干她的血的，她自己晓得她是因为工作太忙，太吃力。她是一爿小烟糖店的店主任，虽然只管七个人头，却是又劳力又劳神，人不怕劳力，就怕劳神。

她晓得自己是胖不起来的，她好像也不在乎。

早上吴影兰匆匆忙忙地梳拢一下睡乱了的头发，在镜子面前一晃，然后一边开炉子泡冷饭一边说：“我又瘦了。”

丈夫给小毛头穿衣裳，满心不快活，斜眼看看她：“何止是瘦。”

现在他看她是横竖不顺眼，从前他看她是横竖都顺眼。现在她是直不落脱的女干部式短发，土不拉叽的灰色两用衫，伤风感冒的时候，连鼻涕都不擤，像小孩那样抽一抽鼻子，等要挂下来，再抽一抽。

他难免有点厌恶。这不怪他喜新厌旧。

他总是叫她不要做什么主任了。可是她很认真地说："这怎么可以，我不能不做的。"

确实是不能不做的。她做店主任已经做了十年。她参加工作第二年就开始做店主任。她调换过几次工作，也总是叫她做店主任。她已经和店主任分不开，她不能不做的。

丈夫说："人家那边小丁也是做店主任的，人家屋里收作得整整齐齐，像你这样做店主任，人都要给你做光了。"

吴影兰不服气地说："小丁做店主任不如我做得好，他们店里奖金没有我们多，我们店上个月纯收入多少？七万八千块！小丁他们只抵我们一个零头呀，他们也是八个人……"

丈夫于是没有话说了，只有在这一点上他是没有话说的。他在厂里做，清汤光水，屋里开支全是老婆的奖金撑场面的，还包括他白相麻将的一份开销。

他是个瘾头很大的麻将迷，他们一家门都是麻将迷。晚上他们是必定要开一桌的。吴影兰在店里忙，没有工夫领小毛头。他就很生气，把小毛头塞到外婆屋里去，收场以后再把睡梦中的小毛头抱回来。

小毛头的外婆家很近，就在同一扇大门里，合一方小天井，他们是近邻结亲，所以很方便。

小毛头的外公已经不在人世了。小毛头的外婆是做老师的，在小学教一年级的算术。她从前是教语文的，后来学校里缺少教算术的老师，她就改教算术了。学生的家长叫她张老师，隔壁相邻都叫她张老师。现在的小人是很聪明的，七八岁大就什么稀奇古怪的事都晓得，有一回她上课讲一加一等于二，学生就举手说一加一不等于二，她始终没有弄清这个道理。她就觉得自己老了，所以一到退休年纪，她就退休了。

张老师退休以后，她的老伴去世了，一百多块钱的工资自然也一起去了。她家小人多，五六个，最小的两个还没有出道，有了职业的，便要积钱准备婚嫁，家里经济便很拮据，张老师没办法，就到居委会去当了一个副主任，每个月有三四十块钱的补贴。

其实，张老师从前并没有正正规规地进过学校。解放的时候，她在厂里做工，文盲。因为长得比较好，性格又比别人活络一点，就从一大批女工中挑了她，先扫盲然后又去速成中学读书，原来准备回来提拔她做厂里的干部，后来她读完速成中学，社会上缺少中小学老师，党号召有文化有知识的人到学校去培养下一代，她就去了，她就成了一个知识分子。过了三十多年，她回头看看，当初那许多没有扫盲、没有保送去读书的女工，谁都比她过得好。她的男人就后悔，说当初不应该到小学里教书，她想想很冤，说，谁晓得事情会是这样发展呢，当时谁不眼热我呀，你不是顶支持我的么，人都晓得自己要死，为啥不早一点爬到棺材里去呀。

张老师因为读了书，又当了老师，比起那帮女工姐妹，心气自然要高一些的，可是弄到后来，样样都不如人家，她是很丧气很难过的，所以她就把希望寄托在她的子女身上了。她的六个子女，现在看来，也只有影兰有一点出息了。

影兰是她的头生。因为头生是个女的，她曾经被婆家小瞧过。她的意识中也就有了不大欢喜影兰的成分。

影兰被推选为市劳动模范，上电视，大家恭喜张老师，张老师总是说，我们影兰从小就懂事，就聪明，从小就能帮我的忙，带弟弟妹妹。

其实影兰小时候并不聪明，也不是个听话的小人，她带着弟弟妹妹出去，必是闯了祸以后才回家，她一直是不肯好好念书的，中学也是勉勉强强毕业的，要不然也不会分配到商店去。

影兰好像突然间长大的。分配到一爿小店里，别人都会气愤伤心，可是影兰却很开心，可能她天生适合做这种工作。后来影兰就突然地成熟了。

张老师就越来越喜欢影兰了，屋里其他人也对她很好。她虽是老大，大家却都叫她“妹妹”，是从小跟着屋里大人叫惯了。

张老师现在已经有了孙子了，可是她不肯照看孙子，她情愿带外孙，她要给影兰创造一点条件。

小毛头白天是送托儿所的，下晚领回来。所以，说来张老师的负担也不太重，她在居委会做事，比较自由，她又是副职，尴尬时候不去也不要紧。

前几年，他们居委会办了一个精神卫生工疗站，把附近几个街道和各家单位里不住院的精神病人集中到一起，一边负责他们每天用药，一边弄点简单轻松的加工活让他们做做。工疗站是很简单的，管理员是两个从福利厂转来的老阿姨。不过倒是办出了一点名堂，名气传到外面去了，不光本市的都要向他们学习，连外省市，甚至外国的精神病专家都来参观。这一天张老师正在向外宾介绍工疗站，讲得自豪的时候，就听见小毛头的哭声哇哇地由远而近，托儿所的阿姨把小毛头抱来了，小毛头生病了，发高烧，托儿所不肯管了。

张老师是分管工疗站的，材料数据都是她抓的。让别人介绍，她不放心，忽然她想起小女儿幼兰今天好像没有上班，可能调休了。她抱着小毛头跑回家去。

幼兰正在化妆，眼圈涂得乌青乌青。

张老师喘着气把小毛头往她手里一放："你带他去看医生吧，我那边走不开。"

"哎呀，"幼兰皱皱眉头，又把小毛头塞了回来，"哎呀！把我的眼影弄坏了！"

张老师求她："帮帮忙，我那边——"

幼兰翻了一个白眼："做啥！他又不是没有爷娘，管我什么事。"

"你这个小人真没有良心。"张老师气愤地说，指指她的手，"你的戒指也是妹妹送的。"

"我今朝有事体，今朝又不是我厂礼拜，我是特为调休……"

"啥事体。比小毛头看毛病还急？"

"考模特儿。"幼兰对着镜子做了几个表情，大方潇洒。

张老师有点糊涂："你搞什么脚筋，啥模特儿？"

幼兰不再说话，再说总不会有好结果。幼兰中学毕业后和影兰就不一样了，她功课比影兰好，考分高，再说现在的招工单位也比影兰她们那时多，可以称心挑挑拣拣的，幼兰就在电子系统拣了一个顶称心的单位，上班要换拖鞋穿白大褂，车间里有空调，恒温。

恒温的日脚自然是很惬意的，不过幼兰过几天就没有劲了。

幼兰说："好了好了，积极分子，你去吧。"

张老师放下小毛头，急急忙忙就走。

幼兰把小毛头反锁在屋里，到拐角上的小店去打公用电话叫姐夫，可是那边厂里说，上班时间不许听电话。幼兰就跑到影兰店里，把影兰一凶："有你这种做娘的，小人生毛病丢在屋里瞎哭，自己在外头瞎积极，陆建东也不是好货，打电话不接，小毛头该了你们这种爷娘，前世作的孽。"

她凶了一顿就走了。

吴影兰只好回屋里去。

小毛头哭得天昏地暗，喉咙嘶哑。吴影兰看他的样子坐不动脚踏车，想去借一辆黄鱼车。她到天井里看看，蒋骏声在孵太阳看书，吴影兰对他说："帮帮忙，帮我到隔壁工疗站借辆黄鱼车，小毛头要去看……"

蒋骏声朝她看看，摇摇头："我不会踏黄鱼车的。"

吴影兰说："你帮我推回来，我走不开，小毛头要哭。"

蒋骏声慢慢地站起来，想了一想，又坐下来："我不会推，黄鱼车的龙头很难把的，不要去撞了别人家的小孩。"

吴影兰没有办法的时候，魏汉成从他的屋里走了出来，不声不响地走出去，很快就把黄鱼车借来了。

吴影兰是会踏黄鱼车的。她在店里进货，经常踏黄鱼车，可是小毛头要她抱，不肯一个人躺在车上。魏汉成说："我来送你们去吧，烦煞人。"

魏汉成就帮着吴影兰把小毛头送到医院，看了病，配了药，打了针，又踏黄鱼车回家。

吴影兰抱着小毛头坐在车上，问魏汉成："哎，小魏，他们都说你在弄什么皮包公司，是不是？"

魏汉成宽宽的背没有动，他粗声粗气地一笑。

吴影兰又说："你今年……你好像比我小三岁是不是？还不找对象呀。"

魏汉成是找过对象的，后来那个女的跟别人走了，他好像很想得开，也没有找那个男的怎么样。

"你欢喜什么样的，要不要我帮你留心？哎呀，其实我是瞎起劲，你是有花头的……"

魏汉成突然回头对她一笑，他的牙齿很黄，肯定是烟抽多了，或者酒喝多了。他笑了之后突然说："你不晓得吧，从前我是想过你的心思的……"

吴影兰说："你这个小赤佬，你说死话。"

魏汉成便很正经地说："我刚刚高中毕业，你做了劳动模范，看你的样子，我蛮崇拜你的，勿瞎讲。"

吴影兰说："现在我不来事了，老了，瘦骨鬼，哎，不寻开心，你应该真的找一个了。”

魏汉成说：“我们这种人，先混混日脚吧，女人是逃不脱的，急什么，蒋骏声四十岁还不找呢。”

吴影兰笑起来：“你同蒋骏声不好比的，蒋骏声踱头，不讨人喜欢的，唉，什么前世，要房子有房子，要家私有家私，偏生——唉，总归缺一样。”

吴影兰和魏汉成一起笑了一会，小毛头也笑了一笑。

他们回到家里，蒋骏声还在老地方，看见他们回来，他的面孔很尴尬，他这个人是很怪的。他不沾别人光，别人也不要沾他的光。

魏汉成还了黄鱼车就走了，吴影兰弄药给小毛头吃。后来张老师回来了，吴影兰就急急忙忙回店里去。

吴影兰走出大门，就看见隔壁工疗站的病人在墙角里晒太阳，大概生活又做完了。工疗站做加工生活蛮难的，太复杂不行，太简单也不行，有危险性的不行，有技术性的也不行，他们去弄了给电表配件加工接线头的事，倒是蛮配病人胃口，既是机械性劳动，又要动点小脑筋。现在抢这批生活的人多，就轮不到工疗站吃饱肚皮了。工疗站就要做做歇歇，管理员是顶怕歇的，做生活做不出毛病来，歇倒会歇出毛病来的。

魏阿姨在抚摸病人的头部，轻轻地好像是没有什么规律的一人一个轮过来，吴影兰立定下来看了一歇，她想自己的头也要伸到那一双手下去了。

魏阿姨看见吴影兰立定，就喊她：“喂，吴妹妹，你做啥？”

吴影兰说：“小毛头生毛病，谢谢你们家魏汉成，帮我踏黄鱼车的……”

“喔哟，”魏阿姨说，“你这个小妹妹，客气起来了。”

吴影兰对她笑笑：“生活又没有啦？”

魏阿姨说：“生活还有呢。他们几个刚刚吃药，歇一歇做。”

魏阿姨是工疗站的医生。她从前并不是做医生的，也没有做过护士，后来就稀里糊涂地到工疗站来做医生了。她对病人的吃药是十分重视的，碰到病人不来上班，或者节假日，她就上门去喂药。

吴影兰想自己这个劳模应该给魏阿姨做的。自己做的是一般性的工作，魏阿姨做的是特殊的工作。

“大家排好队，做广播操。”魏阿姨说了一声，病人就排好队，里面又走出几个，也排好队，就跟着魏阿姨做操。

吴影兰没有工夫立在这里看，她想自己有十多年不做操了，伸伸手臂，弯弯腰，松松筋骨是蛮惬意的。她的腰很酸。

店里大家见她回来，就七嘴八舌怪她。说林老板等不及了，怨她不守信用，后来就被红星烟糖店的人拉走了，大概是上馆子去。

吴影兰原来是要同林老板谈一笔买卖的，林老板一直是她的支柱，许多紧俏货靠林老板提供，林老板大概算是知恩图报的。从前他吃瘪的时候，开个小烟纸店，吴影兰就批点货给他去，后来他就转运了，反过来做了她的后台。

吴影兰没有说什么，骑上自行车就出去了。骑了不多远，她看见魏汉成和一个女人勾颈搭肩地在街上走。初一看她以为那女人是她的小妹妹幼兰，再一看，不是的，她超过他们的时候，也没有再回头看。

林老板已经吃过饭走了，红星烟糖店的店主任告诉吴影兰，合同已经签了。

吴影兰当然很想和林老板做成这笔生意，做不成，让别人做去了，她自然是有点失望的，不过她的店也不是就靠一两笔生意做起来的，所以，她并没有很大的不高兴。现在大家都懂十网打鱼、一网成功的生意经，她当然也懂。她又骑上自行车到烟糖公司去。

“哟，小吴，你来了，我正要找你。”公司经理招呼她，随后对站在身边的那个年纪很轻的人说，“就是她，吴影兰，三元烟糖店主任。女同志，不简单的；市劳模，你要学学她……”

那人朝吴影兰点点头，不过没有向她学习的意思。

经理又把他介绍给吴影兰：“小吴，上次小刘调走以后，一直想给你派个副手，一直没有物色到合适人选，现在……喏……小李……”

“李永平。”小李干巴巴地说。

吴影兰和他握握手，他的手很凉。

“什么时候来，我们欢迎。”吴影兰说。她曾经和十几个副手配合过，她是有经验的。

“现在就跟你走。”小李说。

经理说：“小李很性急，就去吧。”

吴影兰和小李一起走出来，她说：“回去我先介绍一下情况。”

“不介绍我也有数。”小李正在开自行车锁，抬起手来甩了一下，“我晓得。烟糖店，小儿科。”

吴影兰笑笑：“小儿科是小儿科，不过……”

小李便打断她的话：“哎，以后是不是可以分分工，你抓全面，进货什么的，可以交给我……”

他们推车走出门，小李看见有个熟人骑车过去了，就对吴影兰说：“我还有点事，明天再来吧。”

他骑上车去追那个人。

吴影兰回到店里，把小李要来的事告诉大家，大家自然议论了一阵，不过因为从前都不认识小李，也谈不出更多的什么来。后来就到了平常的打烊时间，吴影兰说：“关门吧。”

“今朝不加班做夜市了？”有人问她。

他们经常加班做夜市，奖金都是做出来的。

“不做了吧，”吴影兰说，“今朝吃力了，腰酸。”

大家很听她的话，这爿店从前换过几个店主任，吴影兰他们是服帖的。

吴影兰和大家一起上好门板，锁上大铁锁，钥匙是她保管的，所以她就要管开门关门。

吴影兰骑车回家，腰很酸，就要来月经了。

天井左边是婆家，右边是娘家，婆家已经开桌了，稀里哗啦响，吴影兰就往娘家去。

小毛头体质好，已经退热了，吃过夜饭就睡了。张老师看见大女儿回来，就帮她去热粥，看着她的面孔说：“你的面孔不好看，吃了粥早点歇吧。”

“我今朝，”幼兰告诉影兰，“碰着的事体，笑煞人了。”

“什么事体？”影兰很想困了，上眼皮搭下来。

张老师就火冒起来，指着幼兰说：“你还有面孔讲，你叫妹妹评评道理，厂里不去做，调休去考什么模特儿。你吃饱了！日脚过得太惬意。”

“什么模特儿？”影兰问。

“总归是时装模特儿嘛，服装厂招的，我们这里又不会来招赤膊模特儿的……”幼兰兴致很高，“你们猜，今朝的主考官是啥人？”

“啥人？”张老师问。

幼兰“咯咯咯”地笑起来：“一个骗子，冒充的。我晓得了，全是骗人的，吴门针织厂，没有的，吴门么就是无门呀，哈哈哈哈，有劲煞了，那帮女的，起劲煞了，妖骚煞了，当真了，唱歌跳舞呢，全上当了，哟哟，报名费五块一个，一天报了五百多个，这小子，蛮会混的。”

“真的是骗子，你认得他？”张老师认真了。

“当然认得，不认得我怎么晓得他是骗子呀？”幼兰想想还想笑。

“你，有没有去报告，到派出所去报告呀？”张老师一边给影兰夹小菜，一边问幼兰。

“我做啥，反正我五块钱向他讨回来了，管我屁事，顶好看看西洋镜呢。”

张老师看看影兰，影兰不想插话，她要困了。张老师说：“这样不来事的，要去报告的，不好让骗子占便宜的……妹妹，你过去困吧，小毛头今朝跟我困。”

影兰点点头，就懵懂地到自己屋里去困了。

幼兰还在说：“你，你少管闲事啊，用不着你狗捉老鼠。”

张老师当然要继续接着话头往下讲的。

影兰走过外间，白相麻将的人都不看她，只看自己的牌。影兰对丈夫说：“小毛头今朝跟外婆困。”

陆建东手气不顺，说：“烦煞了烦煞了。”

影兰不再说什么。阿婆喊住她：“妹妹，你来几把，今朝难得早回转。来，白相相，散散心，一日到夜做煞。”

陆建东说：“她不会。”

阿婆说：“喔哟，有什么会不会，一看就会的，又不难的……来，妹妹，来不来？”

影兰两只手在两边腰眼里揉揉：“我不来，我腰酸，我要困了。”

陆建东说：“她就是这种腔调，做煞胚，没有白相的福气，扫兴的，不要去管她。”

阿婆对她说：“你吃力，你去困吧，我们再来两圈也要歇了。”

影兰爬上床就困着了。

后来，外屋那一桌麻将就散了，陆建东小赢了一点，情绪有点高了，钻到被子里就不想困，把影兰弄醒了，告诉她赢了钱，快活，便要她同房。

影兰正在做梦，看见自己赤脚在街上走，她很难为情，想躲，又想逃脱，弄得心里很难过。她醒过来看看丈夫，说："不来事，我腰酸，月经……"

"来了吗？"陆建东泄气了。

"还没有，快来了，腰特别酸……"影兰翻个身，"腰很酸……"

"没有太好了！"陆建东这时候不讨厌她了，贼皮癞脸地对她笑，"腰酸是因为你腰部活动太少。来吧，过了今天说不定又要等好几天呢。"

影兰说："我想困，我腰酸，你不相信，我是不来事……"

陆建东恼火了，骂她："你算什么老婆，老婆就是要给男人困的，你个骚货在外头奔来奔去倒蛮有劲的，夜里就不来事了，腰酸，有野男人了是不是？"

影兰说："你张嘴巴，瞎说什么，又不是小人，张开嘴就乱讲。"

影兰嘴上这么讲，但还是听从了男人。

后来陆建东满足了，翻过身困了，鼾声就起来了。

影兰腰酸得翻来翻去困不着，拿一只小枕头垫在腰眼里，总算适意一点。

她想明朝要抽点空去看一看医生了。

## 二

国庆节老规矩总是要放三日假的，两天国定假，调一个礼拜日，就是三天。凑在一起，大家心里快活。

放三日假，魏阿姨就要忙三日，比平常上班日脚还要紧张。几十年有毛病的人，她要一家一家上门送药，三顿药要送三次，两顿药要送两次，药配给家属她不放心，家属要拆烂污的。他们没有工夫。说是放了三日假，也没有空，当家的要收作屋里，不当家的要出去白相，没有工夫服侍痴子吃药。痴子不发毛病，他们就不把药给他吃，图省力。魏阿姨晓得不吃药就要发毛病，所以她对吃药抓得紧。所以工疗站三十几个痴子一年也没有人发毛病，发病率就是百分之零，所以看精神毛病的专家教授夸奖魏阿姨的工作做得好。

早上爬起来，魏阿姨肚皮里就有一本账和一条线路。吃过早饭她就开始分药。魏汉成睡一个懒觉，睁开眼睛就看见一桌子的白药，一摊一摊地分匀了，写了痴子的名字，然后包成一个个小包。

魏汉成看看妈妈认真的面孔，说：“你分错了，我看见你分错了，有一个包的药多，有一个包的药少。”

魏阿姨说：“没有分错，本来就是有多有少的，毛病重的多吃两片，毛病轻的少吃两片。”

魏汉成说：“多到吃六片呀？我看见一个包里包了六片药的。”

魏阿姨就有点急：“你瞎说，不会有六片的，最多的吃四片，你是看错了。”

“就算我看错了。”魏汉成出去刷牙洗脸。

魏阿姨想了一想，把那三十几个包包一个一个拆开来，她后来真的拆到一包是包了六片药的。她有点奇怪，怎么会是六片呢，她是从来不出差错的，刚才是不是想什么心思想岔了呢，也没有什么心思可以想的，她的心思都在痴子上面了。

魏汉成洗刷好了进来，魏阿姨对他说：“是的呀，是分错了，一包包了六片，幸亏你看见了，真是的，以前没有弄错过的呀。”

“你怎么晓得没有弄错过，都是你一个人弄的，弄错了也不晓得的。”魏汉成端了粥碗到天井里去吃粥，天井里爽气。他顺手翻了那张包药的纸看看，名字是郭根全。

魏阿姨重新包好药，儿子说弄错也不晓得，她稍微呆了一呆，不过也没有什么大的不开心。弄错怎么可以不晓得呢，都是有毛病的人，多吃药少吃药看得出来的，隔夜没有睡好也看得出来的，有了什么心思也看得出来的，有这种毛病的人就像小人一样，不会隐瞒的，魏阿姨一直把他们当小人看，她的办法是很灵的。

魏汉成回进来添粥，魏阿姨就说：“沈文荣老婆的户口办好了。”

魏汉成不记得谁是沈文荣，便问母亲：“做啥？”

魏阿姨说：“有一天到我们屋里来哭的那个人嘛，老婆是乡下的。”

魏汉成便想起来那个痴子，说老婆要同他离婚，说要去寻死。他问他怎么死法，魏阿姨便有点动气。痴子说，上吊再吃一瓶敌敌畏。后来工疗站就帮他去找派出所。派出所就叫那个女人写了保证书，保证不离婚，再后来户口就办过来了。总是皆大欢喜的结果吧。沈痴一定很开心，魏汉成想他开心的时候是一副什么样子呢。

“好像有点不道德。”他随随便便地说了，抹了一下嘴巴，粥吃饱了。

“谁不道德？”魏阿姨问，她奇怪地看着儿子。

魏汉成也不晓得谁不道德，他是不喜欢多劳神的，他说：“你说谁不道德？”

魏阿姨摇摇头：“你这个人，莫名其妙。”

魏阿姨到时间就去送药，她出门的时候，幼兰进她的家门，幼兰对她笑，说：“魏阿姨，我寻你们家魏汉成。”

魏阿姨自然是欢喜影兰那样的人，不过幼兰她也是蛮欢喜的。她也朝她笑笑，手戳戳屋里：“在里面，刚刚吃完粥。”

幼兰走进去了想想又退出来，咬耳朵对魏阿姨说：“下趟我告诉你一桩事体，拿你吓煞。”

魏阿姨又笑笑说：“小丫头，我不理睬你。”

幼兰就走进去了。

张老师在天井里晾衣裳，看见魏阿姨出来就对她说：“魏阿姨，智力竞赛的提纲你抓紧点啊，十月初头就要发下去的，中旬要考的。”

魏阿姨点点头：“我马上去弄，送掉这点药我回来就弄，你放心好了，我会弄好的。”

现在外面大家都讲要重视精神卫生工作，区里就要安排一次关心精神病人的智力测验。虽说现在外面智力竞赛像早几年的有奖销售一样多，不过拿痴子来做竞赛对象是没有的，所以街道里很关心，叫居委会出提纲，居委会自然要落到魏阿姨身上的。魏阿姨出题目是不怕的，她想想自己大概有一肚皮的题目。

魏阿姨走出不多远，就看见小闵立在街路上. 她走过去喊小闵，小闵朝她笑，仍立在那里。小闵是工疗站新来的一个病人，花痴，住了半年医院，刚刚出来。

“你怎么立在这里？回去吃药吧。”魏阿姨去搀她。

小闵退开，说：“我阿姐叫我死出去，不要死回转。”

“为啥？”

“阿姐今朝领男朋友上门，男朋友看见我戳气的，其实魏阿姨你讲我生得不戳气，是不是？”小闵用手指戳戳自己的面孔，“有酒靥的，这边一个，这边一个，你看，嘻嘻……”

魏阿姨总要怪小闵屋里人不上路，不过回过头来想想，也不好全怪他们，喜庆的事体，放一个痴子在里面，会弄出喇叭腔来的。她就对小闵说："你跟我去白相，先送药，你也拿药吃了，跟我回去白相。"

小闵后来就跟了去送药，又跟了她回去。

魏阿姨带了痴子回来，天井里大家也蛮习惯，工疗站在隔壁，天天有痴子看，就不稀奇了。

魏阿姨回到屋里，幼兰还没有走。魏阿姨叫小闵坐，倒了一杯糖开水给她吃，就问幼兰："你们家妹妹呢，腰酸好点了么？"

幼兰说："腰酸大概好点了，吃蒋家里的药，倒会有用场，滑稽事体。"

"蒋先生的名气又有点响了，不过你们家妹妹也要做做歇歇的，到底现在老点了。"魏阿姨是常要批评影兰的，"弄出毛病来，钞票再多也茄门了。"

幼兰立起来说："走了，瞎吹一泡，混了半日，走了走了。"她朝魏汉成眨眨眼睛，便走了。

小闵坐在边上轻声轻气地说："她没有酒靥的。"

魏阿姨看看小闵，把魏汉成拉进里间，问他："你们是不是想轧朋友？幼兰么，也蛮好，小几岁，不懂事体，你们要想轧，索性我也说穿。"

魏汉成喉咙"咕嘟"一声："小骚货，我不同她轧朋友。""不轧也好，不轧么就像不轧的样子。"魏阿姨看看小闵在门口探一探头，连忙走出来。

小闵说："魏阿姨，我要走了，辰光差不多了。"

魏阿姨说："好的，你回去吧，不要走开去了啊，就回去啊，屋里不便当，就到我屋里来啊。"

魏阿姨到天井里淘米，蒋伯行和蒋骏声在杀鸡，两个人弄得一身鸡血。蒋伯行问魏阿姨："魏阿姨，你吃过饭有没有空？有空过来坐一歇歇。"

"坐一歇坐一歇。"魏阿姨说。

蒋伯行叹口气："喏，还是骏声的事体么，又介绍了一个，下午上门。我这个人，你晓得的，不会调和的，你来帮帮忙，调和调和。"

蒋家爷儿俩，做一家人家，做得不像一家人家。蒋骏声讨老婆的事是应该上上心了。魏阿姨吃过饭就过去坐了。

蒋伯行是开业医生，中医，因为治了一些难治的病，就有了点名气。有的人被医院宣布生了癌，到蒋先生这里来寻活路，蒋先生就告诉他不是癌，叫再去复查，就再去复查，果真排除了。讲起来，蒋先生真是有点本事的。

蒋先生的老家，是这城里一户大家，他的祖上都是做官的，到蒋先生的父亲成人时，虽然没有科举了，但家里还是替他到北京去捐了一个监生，加捐了一个五品衔，戴起水晶顶子。蒋先生小时候家道自然大不如以前，但家底仍是厚实的，蒋先生的父亲那时也不好在外面做什么事，他是封建遗老遗少一类的人，在社会上混不出去，就在屋里教儿子念书。蒋伯行十六岁时，就是一个才学横溢的人了。他的父亲后来也受了一点新思想的熏陶，就到现政府里做了一个小官,他是希望儿子出洋留学,步步晋升的。可是蒋伯行不晓得吃错了什么药，偏要学医，他大概觉得中医十分神奇。蒋伯行的父母自然是不同意的，但终究拗不过儿子，就帮儿子求了一个顶有名的中医陈先生。陈先生是有架子的，一般不随便收徒。蒋伯行那时是一门心思要跟陈先生，陈先生不允，他就一边自学《内经》《药性赋》《汤头歌诀》等中医药基础书,一边天天到陈先生门上等候，后来陈先生见他心诚，就收了他。

对于中医，蒋伯行既非家传，从师又晚，根底是不足的，所以他是十分用功的，不到四年，他就出道，自己开业了。

解放后，不少开业医生都参加了工作，到国家的医院里去门诊。蒋伯行自然也想去，可是人家不要他，他就继续开业。蒋伯行的父亲是被现在的政府枪毙的。要换一个政府，总是要杀一些人的，就轮到蒋家，旁人想想也应该，蒋家想想就是想不通。从前讲起来，不去做官去学医，是丢门面的。不过大家说，蒋伯行幸亏去学了医，不然的话，事情怎样结果就难讲了。“文革”的时候，不许私人开业，蒋家的家私房产也都冲击掉了。蒋伯行一家吃穿没有着落，就求人介绍到一家中药房去做个小学徒，以后再也没有人来寻他看病。

一直到重新允许私人开业的时候，蒋伯行还在中药房的柜台上抓药、称药，做了十几年，倒也惯了。别人劝他再去挂牌，他犹豫了好长时间，最后才下了决心。

到私人医生这里看毛病的，一般都是有脚路的，看私人医生也可以报销的，或者就是疑难杂症，大医院跑了无数次，久治不愈的，实在没有办法，到开业医生这里来碰碰额骨头。蒋先生白日忙于看病，到夜里就觉得有点孤单了。老婆在“文革”中死了，留下一个儿子蒋骏声，四十岁的人了，尚未婚娶，脾气古怪，和老头子从来讲不满三句话。

后来，有人帮蒋先生介绍了刘爱珠。

刘爱珠原本也是知书达理的人，和蒋先生成了一家，本来是一件好事，可是她的两个女儿，就有点蛮不讲理了。先是反对老娘再婚，等到老娘嫁了一个有家底的老先生，心思就野野豁豁起来，贪得无厌。蒋先生自己只有一个儿子，对刘爱珠的两个女儿，也是蛮好的。但后来看看两个人实在不像腔，心里就有点气，也想到要为儿子争一点了。家庭矛盾就大起来，蒋家门里闹得一塌糊涂，蒋骏声就天天挖苦老先生。

蒋伯行就要和刘爱珠论理，刘爱珠自然要偏向自己的女儿，态度也不像从前那样温和了。她对他说，你老木了是不是？你有毛病是不是？弄点药吃吃吧。

蒋先生心里气，就回嘴说，你自己弄点药吃吃吧，我看是你有毛病了。

蒋家吵吵闹闹，别人也看惯了，这种婚姻，有这种结果，也是不奇怪的，但不晓得发展到后来会怎么样。

后来，刘爱珠得了一场急病，过世了，就结束了。

蒋家重新又冷清下来了，蒋伯行从此安分守己，一心看病，诊所十分兴旺，另外就是希望蒋骏声能够早一点讨老婆。

魏阿姨过来相帮，蒋先生自然很开心。

坐了一歇，说了几句话。魏阿姨朝蒋骏声笑，说：“你做啥，面孔壁板的。”

蒋伯行叹气说：“他就是这种腔调，不上台面，急煞人的。”

蒋骏声不开心，看看魏阿姨：“什么面孔壁板，我天生是这样。”

又说了几句闲话，媒人就领了一个女的进来了。

魏阿姨看看这个女的，有点逆面冲，颧骨高，现在颧骨高的女人比以前多，不过克男人的到底不多。

大家立起来，介绍过，晓得这个女的姓高，再坐下来，蒋骏声就在沙发上坐了半个屁股。

小高朝他笑，蒋骏声没有看见。媒人就对蒋伯行说：“哎哎，蒋先生，你们屋里这点房子，眼热煞的。”

“好像有点阴森森啊。”小高朝上梁看看，全是漆光光的银杏木，“我屋里是住新公房的，清爽相。”

蒋伯行点点头：“新公房总归是好的。”

蒋骏声拿两个膝盖并并拢，说：“不见得的，事物总归是有两个方面的，总归是各有利弊的。”

小高说：“自然是有两方面的。”

大家七嘴八舌地叫吃茶吃糖。魏阿姨说：“小高看上去文绉绉的，欢喜看书么？”

小高笑笑：“稍微看几本的。”

魏阿姨蛮开心：“巧了，蒋家里书香门第呀，书多煞的，你进他的书房间看看，摆满的。”

“没有看头的，没有什么书了。”蒋骏声坚持用半个屁股坐沙发，脚的支撑比较吃重，脚有点酸，不过他没有动。

大家心里就怪蒋骏声发寿，怎么可以这样讲话，这样猪头三，介绍一百个朋友，一百个朋友也很难成功的。

小高倒笑眯眯地立起来，熟门熟路地走进书房去看书，一群人自然跟进去。蒋骏声也跟进去。

小高看看书架上的书，说：“喔哟，我以为什么好书，老宿货，蓬灰尘的，不放樟脑要生蛀虫的。”

蒋伯行就搭话：“是的是的，生了不少蛀虫。”

小高就挨着念书名：“《伤寒论》《本草纲目》《张聿青医案》……”她念成《张律青医案》。

蒋骏声忍了没有去纠正她，面孔越发不好看了。

媒人笑笑对小高说：“现在认得了，就是自家人了。小高，你碰到什么尴尬事体，不要客气，开口好了，蒋家里帮帮忙，也是作兴的，对不对，蒋先生？”

蒋伯行点点头。

小高一本正经开口说：“我阿哥关照的，相帮弄两条‘红塔山’。”

蒋骏声说：“我是吃‘前门’的，还是‘前门’好。”

魏阿姨马上截断他的话：“‘红塔山’，好弄的，我去弄。”

蒋骏声就回头问魏阿姨：“你到哪里去弄？你有什么路子？你不要去买贩

子的烟啊，让他们剥削，敲竹杠，红塔山，五十块，不合算的。”

魏阿姨不听他说话，笑眯眯地对小高说：“你白相，我去去就来。”

小高问蒋伯行：“她是你的亲眷啊？”

魏阿姨没有听蒋伯行回应，照她想起来是远亲不如近邻。从前老人都这样讲。魏阿姨走出天井，走得急吼吼，人家问她做什么。魏阿姨开心地说：“女朋友上门，要两条香烟。”“你们家魏汉成交女朋友啦？”人家自然是这样想的。

“不是我们家魏汉成，是蒋家里，蒋骏声的，我们汉成还没有找呢。”

人家说她是热心肠，别人的事体比自家的事体还要上心。

魏阿姨走到转弯角上，问问阿三“红塔山”的价，就是蒋骏声讲的那个价。她摇摇头，就直奔吴妹妹店里去。

魏阿姨一路走一路就想着看见吴妹妹怎么开口，她以前没有向吴妹妹买过什么便宜货和紧俏货。早几年魏汉成弄不到好烟，叫她开口，她没有开口。开上口，不晓得吴妹妹肯不肯给面子。吴妹妹是大家吃不透她的，看看她不声不响，软疲疲的样子，做工作倒是很吃价的，一爿店给她弄得神里活现。

魏阿姨奔到吴妹妹店里，说是前脚后脚吴老板刚刚走开。魏阿姨没办法了，立在那里呆钝钝，回过去不好交代了。她认得小慧，不过小慧是不好做主的。

小李走进来看魏阿姨急煞，就问她：“你寻吴影兰有事体啊，急事体啊？”

魏阿姨看看小李的面孔，好像是肯相帮人的，就说：“是急煞人的事体，尴尬了，要弄两条‘红塔山’，想寻吴妹妹帮帮忙。”

“这桩事体，小事体一桩。”小李说，“我给你拿。”

小李去拿了两条“红塔山”，关照记账记在吴影兰头上。魏阿姨千谢万谢之后，挟了香烟就走。

蒋家屋里的人坐得有点厌气了，看见魏阿姨拿了两条香烟来，又活络起来，小高把香烟拿过去，看看，笑了，说：“啊哈哈，‘红塔山’，其实呀，我没有阿哥的呀，我们屋里没有人吃香烟的。”

魏阿姨想想有点奇怪，不过这个小高看起来也不像十三点呀。

蒋骏声就把香烟拿过来说：“你不吃，正好，归我了。”

场面上有点尴尬。

天井里有人喊：“魏阿姨。”

魏阿姨出去，看看喊她的是店里的小慧，就问："做啥？"

小姑娘急吼吼地说："两条'红塔山'……小李和吴影兰，吴影兰同小李，动气了，不过么，不过么，也不好怪小李，小李是好心，小李人蛮好的，吴影兰是有规矩的，不好破的。魏阿姨，你让我拿回去吧。他们动气，吓人兮兮的，吴影兰从前是不动气的，她同小李就怎么的，其实小李人蛮好的……"

魏阿姨说："也是的，没有规矩是不好工作的。"她去把两条"红塔山"拿了交给了小慧。

后来，媒人就领小高走了，蒋骏声说："这个女人是十三点。"

蒋伯行看看魏阿姨的面孔说："难为你了，魏阿姨。"

魏阿姨看蒋伯行有点伤心，劝劝他："蒋先生，不要紧的，人家也没有回头么，现在外头小姑娘的心思你捉摸不透的，面孔上不好看，作兴肚皮里称心呢。"

蒋伯行摇摇头："难的，难的。"

魏阿姨说："蒋先生你不要急，大家会帮你留心的。"

有人敲门，魏阿姨去开，居委会的周阿姨和杨玲娣笑眯眯走进来。

周阿姨拍拍蒋伯行的肩胛："蒋先生哎，杨玲娣来望望你。"

蒋伯行问："哪里不适意啊？"

"心里不适意呀。"周阿姨讲了一句，就笑起来。

杨玲娣就装装样子要打周阿姨，周阿姨就越发好笑。两个同年，五十五，比魏阿姨小一岁，像两个小姑娘，活泼煞的。

杨玲娣唱戏出身，她的娘就是唱戏出身，是唱草台班的，拖到七个月的身子，还在台上扮小姑娘，杨玲娣就从长裙里滚到台上，杨玲娣的娘还来一个噱头，说是小毛头出来撑台面了。可是那帮看戏朋友不肯过门，迷信的，要倒血霉的，退了戏票还砸了牌子，戏班子只好换场。好在杨玲娣的娘是个角色，缺了她戏是唱不下去的，倘是一般跑龙套演员，出这种洋相，饭碗肯定要被敲掉。话再说回来，跑龙套演员也不会让她留到大肚皮七个月的。

杨玲娣不晓得自己父亲是谁。杨玲娣的娘大概也不晓得，戏班子里这种事体是不稀奇，不难为情的。杨玲娣的娘蛮喜欢杨玲娣，老板叫她把杨玲娣贴给人家领，她不肯，就带着杨玲娣开码头。他们唱的是评弹、地方戏，开的码头不是太远，所以杨玲娣从小就在唱戏人堆里混，面孔生来也标致，从小看得出是一块唱戏的坯子。

杨玲娣的娘自然晓得唱戏的苦，不过除此之外，杨玲娣做别样也不合适，就让她学戏了。

到了杨玲娣可以上台唱戏的年纪，人民政府把戏班子归拢起来，成立剧团，成立演出队，杨玲娣福气，就成了国家的人，有了劳保，有了靠山。

杨玲娣做了国家的人，心里却原是戏班子里的一套，特别是在男人的事体上，随随便便，轧过不少男人，全是露水夫妻，没有一趟是正正规规做人家的。为这桩事，吃过不少批评，也受过处分，她是老吃老做，讲不听的。糊里糊涂，半世人生就过去了，后来回过头来一想，虽风流快活，却连个后代贴肉也没有，等到想要个子女，已经来不及了。

杨玲娣是乐开的人。一个人过过也无所谓。从剧团里退出来，拿几个退休工资，早几年还能唱唱，混到外头的培训班里教教学生，赚几个外快，后来就唱不动了，气吼吼地，喉咙也毛了，不再有人聘她。杨玲娣贪图惬意，喜欢吃喜欢穿喜欢白相，退休工资就紧巴巴了，老姐妹里就撺掇，叫她去嫁人，嫁个有家底的老甲鱼，经济一把抓，她求之不得呢。

蒋伯行的续妻过世，杨玲娣想嫁蒋伯行，是很自然的。虽说年纪相差十几岁，杨玲娣还是肯嫁的。

蒋伯行吃续弦的苦头，横不对竖不对，作天作地，弄得老先生有点木知木觉了。刘爱珠过世，他倒摆脱了，一轻松，人也活络起来，心思就只管往儿子身上去。谁晓得蒋骏声是见一个恶一个，名气传出去，上门的就少了。倒是帮蒋先生本人牵线的多了起来，想想也是冤枉孽障的事体。

男人欢喜女人，人之常情；老男人欢喜女人，也是人之常情。蒋伯行和杨玲娣原来就是认得的，住一条街路上，低头不见抬头见。蒋先生人老，心里不糊涂，周阿姨说“心里不适意”，再笑，老先生就有数脉了。

蒋伯行看看自己的儿子，总归有点尴尬。蒋骏声虽然碰到自己的事体总是要作对，不过别样事体倒也不是拎不清。他朝他们看看，就到书房里看书去了。

蒋伯行看看魏阿姨，对她说：“魏阿姨，你再坐坐。”

魏阿姨晓得蒋先生怕难为情，就不坐了。

魏阿姨是想得开的。下午她又去分药，分好了药，就去送药，看着病人把药吃掉。魏阿姨下晚回转的时候，魏汉成也回来了。她就告诉她蒋家里相亲的事体。魏汉成嫌她烦，不要听，就在自己屋里开录音机听。

魏阿姨在公用灶屋烧夜饭，看见陆建东也在烧，她想对他说你们吴妹妹现在也不肯帮帮忙，不过她想了想还是没有讲。她晓得吴妹妹总归是有难处的。魏阿姨很客气，她帮别人十次也不要别人帮她一次。魏阿姨年纪小的时候，跟好婆到庙里去烧香拜佛，后来好婆年纪大了，走不动了，不到庙里去，就关在屋里；屋里闷，魏阿姨想出去看看野景，就问好婆怎么不去拜佛，好婆就指指胸口。过了几年魏阿姨就嫁到魏家来了。魏家从前是开棺材行的，到魏阿姨男人这一代，解放了，不可以做这个行当了，就转了行，做竹器生意，到乡下去收乡下人做的竹器家什，摆在自己的门面上卖。魏阿姨的男人身体一直不好，所以只养了一个小人就养不出了，又做不动生活，门面全是魏阿姨撑的，一个人忙煞。到合营以后，魏阿姨就到厂里去做了，省心了。男人的毛病一直拖拖拉拉，也看不出什么名堂。男人拖到四十岁就过世了。魏阿姨也没有想再嫁人，拖了宝贝儿子，日脚倒也可以。

吃夜饭之前，周桦林夫妻两个抱了小人来看魏阿姨，亲亲热热，周桦林背一只旅行包，告诉魏阿姨，一家三口乘夜班轮船到杭州去游西湖，本来前一日要走的，因买不到船票，只好今日走，杭州要白相三日，倘是四号不来上班，就预先请一日假。周桦林的老婆就问魏阿姨讨三天的药。

魏阿姨很为他们开心，周桦林有一年时间不发毛病了，夫妻俩也好起来了。魏阿姨一边把药分成六包，一边千关照万关照，白相是开心的，可别忘记吃药。周桦林和老婆都说魏阿姨你放心就是了，药不会忘记的，不会少吃的。

周家一家人就开开心心地向魏阿姨告别，去乘轮船了。

魏阿姨对魏汉成说：“周桦林看着好起来了，做接线板也做得不错，再稳定一段，可以送到福利厂去了。”

魏汉成说：“你怎么晓得他好了？”

魏阿姨说：“怎么不晓得，你看他蛮正常的么。”

魏汉成说：“你怎么晓得他是正常的？这种毛病你晓得不会断根的。”

魏阿姨不作声，魏汉成的脾气就是这样，讲他有心，看看他又是无心的，就是欢喜作对。

吃过夜饭，魏阿姨一个人看看电视，她是顶要看越剧的，她欢喜越剧的唱腔，软糯糯、慢悠悠的，陪着娘子抹泪顶配她胃口。她看了一出折子戏《白蛇传》，后来吴妹妹就推门进来，就向她道歉，为香烟的事体叫她不要动气。

魏阿姨看吴妹妹人还是瘦，还是黄，心里就有点不过意，好像吴妹妹是帮她做成这样的。她连忙拉吴妹妹坐下，说：

“我没有动气，我晓得的，你是为难的，你不要摆在心上啊，看你样子，真是，歇歇吧。”

吴妹妹笑笑。

魏阿姨就叫吴妹妹一起看越剧。吴妹妹看了一段，对魏阿姨说：“我是想调个工作做做。”

魏阿姨问她要调什么单位。

“我自己也不晓得，”吴妹妹说，“我自己也没有数脉的。”

魏阿姨是晓得吴妹妹的，吴妹妹是上了架子不好下来了。

又看了一段，吴妹妹说：“我看魏阿姨你做的工作倒蛮好的。”

魏阿姨说：“哟，你客气，我的工作不好同你比的。”

吴妹妹没有再说什么，她看看手表，她还要到店里去。节日加班，店里人手少，她不去不行。

吴妹妹走了以后，魏阿姨就上床睡了。

## 三

秋冬交季，天井里的地盘就特别显得拥挤，各家都要买了生青青的雪里蕻来腌。先要洗干净，朝铅丝绳上晾，晾干了才好下甏。虽说今年盐也不富裕，凭票供应，不过办法总归会有的，到苏北盐场弄一麻袋回来，够吃几世人生。

湿漉漉的雪里蕻晾在天井里，就挡了天井大半的地方。从前这地方的人就有腌雪里蕻的传统。深秋下甏，到开春就开甏，雪里蕻还不老，很鲜嫩的，颜色有点青绿，滋味自然很好。新年头里吃腻了肉肥鱼腥，甏里捞点雪里蕻一炒，碧碧绿。

腌雪里蕻的传统，后来是断过一阵的。那一段里，眼看着人就变了，怕麻烦，市场上咸菜雪里蕻几分钱一斤，懒得去操一份心思。后来有一日买菜的女人叫起来："喔哟，吓煞人了，雪里蕻卖九角。"大家好像一齐困过魂来，回头看看，真是吓一跳。于是首先就有一家人家恢复传统，自己腌雪里蕻，别人打听下来，腌一担雪里蕻，活赚五六十块。

腌一担雪里蕻，也不容易。

张老师也去叫了一担雪里蕻，一早上就坐在井台上洗。

吴影兰腰酸背痛还没有好透，停了几天药，上了几天班，便又发了，早上爬不起来，张老师就叫幼兰上班路过到店里去请假。

幼兰说："什么请假，妹妹是老板，请魂假，自己歇。"

张老师只好自己过去。店里人听说吴影兰请假，关照张老师叫她多歇几日，张老师心里暖烘烘，就回来了。

影兰坐在天井里，看张老师洗雪里蕻，她要去相帮，张老师不让她做。影兰就觉得浑身骨头软。

有人来请蒋先生把脉开方，吴影兰就过去看蒋先生诊治。

病人是个老女人，瘪瘪缩缩的样子，面孔蜡黄精瘦，付过门诊费她就哭起来。蒋先生皱皱眉头，叫她不要哭，她就说她不想再活了。

蒋先生说："你不是来看毛病了么，对的么，看过，吃过药，就会好的么。"

老女人就说哪里哪里不适意，哪里哪里痛，哪里哪里酸。蒋先生叫她不要讲，有本事的先生是不听病人自诉的。蒋先生自然是有本事的先生。

蒋先生把过脉，看过舌苔、眼底又看过指甲，一言不发，就开方子。

病人就盯住他问："已经看好了，已经看好了？这一歇歇工夫，三块门诊费啊？"

蒋先生斜眼看看她。

病人就凑过去看蒋先生开方，嘴里一股酸臭气味冲出来，蒋先生缩退了一点，说："你坐好，你看药方又看不懂的。"

病人还是要问："我是啥毛病，看来看去看不出名堂呀，人难过煞了呀。我是啥毛病，是不是癌？"

蒋先生还是不说话，一门心思开药方，他手脚慢，写字一笔一画。开好药方，交给病人，对她说："去配吧，先吃五帖。"

病人接过药方一看，说："什么呀，开的都是什么呀，陈皮，甘草，姜枣，全是蹩脚货，大路药，三钱不值两钱的草药。"

吴影兰看看这个老女人，心想倒看她不出，她也懂一点中草药，老女人也是不可以貌相的。

蒋先生面孔上就不大好看，说："你懂不懂，用药贵在去病，能去病便是好药，没有什么蹩脚货的。我从前五分钱药方治一个病，这是我们吴门医派的特点，你懂不懂？你要用贵重补品，我给你开，不过，价钱是辣豁豁的啊。"

女病人火爆爆地说："你看不起我，告诉你，我离休工资二百多呢。"

蒋先生就说："不是吃不起药，不治毛病，补是无用的。"

"这句话倒还有点道理，我去配药，倘是吃着不好，我还要寻你的，卫生局王局长介绍我来的。"

蒋先生就立起来送她出门，回过头来对吴影兰说："掮牌头、摆架子的人我是顶不入眼的。"

影兰不晓得说什么话好，就问他："这个人是什么毛病？"

蒋先生说她没有什么大毛病，就是忧郁气结，气郁化火，口干热感，所以用点清肝药吃吃。

影兰看看蒋先生气色蛮好，就想起大家讲他要结婚的事，她就和他寻开心："蒋先生，说杨玲娣看得中你呢。"

蒋先生面孔有点红，说："喔哟，吴妹妹你打戆了，老骨头了，没有心思了，她是年纪轻呢。"

后来就有人来喊蒋先生出诊。看上去蒋先生不大情愿，不过他还是跟人家一起走了，蒋先生原本就是出诊先生。

吴影兰回过来坐在天井里，店里的会计小董眼泪汪汪地进来了。

吴影兰心里有点急，问她："你做啥，什么事？"

小董抹抹眼睛说："李，李，叫我走，不要我了，要调个会计来。"

"为啥？"

"他叫我划出二十万，到外面账号上，就是上次讲的进彩电的事。我讲老板不关照，我是不好划的，他就讲我会计做得不灵，要调人。”

吴影兰就很生气。前几天小李突然提出来要吃进一批彩电，吴影兰自然不好同意的。彩电不属于他们的经营范围，不好进出的，账面上也不好交代。小李说她古板，拎不清，说现在外面的什么公司，管什么经营范围，能赚就做，一笔糊涂账。这一批彩电，是他托人弄的，一进一出，可以净赚五万，抵人家死做活做做几个月。

吴影兰是不会动心的，这么多年来，她的利润全是一日一日做出来的。

吴影兰跟小董一起回到店里，小李看见她，笑笑说：“你来了，正好，你叫小董划账吧，人家那边等呢，错过这一次，就没有机会了。”

吴影兰摇摇头：“这种事体我们不可以做的。”

小李说：“我已经请示过经理，经理说可以的。”

吴影兰呆了一呆。

“你不相信，打电话去问。”小李说。

吴影兰说：“店是我承包的，我是法人，店里的事应该我作主，要不然，我就不做主任。”

小李说：“你作主是对的，不过也不可能全部你作主的，有不少事体你也晓得你是作不了主的，比如我调进来，也不是你作的主。”

小李一边说一边就打电话给公司经理，讲了两句，就叫吴影兰听电话，吴影兰不听，对小董说：“要划你划吧。”说过，就走了出去。

小李对电话机说：“她同意了。是的，我晓得，的确要搞好关系的。”

吴影兰腰酸，走得慢，一步一步摸回去。工疗站的痴子又在做操。吴影兰走过去，等痴子做完操回进去做生活，她就同魏阿姨讲闲话。

魏阿姨有点心神不定。她告诉影兰，有一个病员几天前出去，到现在还没有转回来，不晓得是不是出什么事体了。

影兰就劝她不要往坏处想，也可能在亲眷家里多住几天的。

可是周桦林杭州是没有亲眷的。

“啊啊，回来了。”魏阿姨朝街巷里一看，就看见周桦林的老婆抱着小人走了过来，身边跟着两个警察。

走近了，就看见周桦林的老婆在哭，眼泪鼻涕挂在面孔上，也不揩揩。

魏阿姨晓得出事体了，心里“扑扑”跳。

周桦林的老婆走过来手就戳到魏阿姨面孔上，回头对两个警察说：“喂，这个人，就是这个人，她管吃药的。”

警察就上来问魏阿姨：“你是工疗站的管理员吗？”

魏阿姨点点头。

警察告诉她，周桦林失踪了，在夜班轮船上失踪的。大家一夜睡到天亮，船要到杭州了，周桦林的老婆哭出来，说男人不见了。夜里船是一直开的，没有停靠过码头，所以分析下来是掉在水里了，公安局沿河寻了几日也寻不见死尸。

魏阿姨听了，吓得讲不出话来，只是“啊，啊，啊”。

周桦林的老婆就指住魏阿姨，眼泪鼻涕地骂出来：“全是你，不会弄药你瞎弄，你叫他吃多少药片？他吃药吃痴了，跳河了，你要赔命的。”

魏阿姨自然急了，说：“什么多吃了药片，我包好的，一包三片，总共六包，会不会你自己搞错了，让他多吃了。”

周桦林的老婆从口袋里摸出两个白纸包：“你看吧，我怎么会搞错了？你给我六包，上轮船我只叫他吃了一包，喏，还有两包，你自己看看。”

魏阿姨拆开两个包包看，每包里有三片药，还有两包不见了。

警察就问她：“你从前是精神病院的医生啊？”

魏阿姨摇摇头。

“是护士？”

魏阿姨也不是。

“你学过医？”

魏阿姨没有学过医。

警察就严肃起来：“这算怎么回事呢，不懂医的人，怎么可以做工疗站的医生呢？这是人命关天的呀，你们地段派出所的治安警呢，他们不晓得？”

魏阿姨很伤心，她做了许多年工疗站的医生，大家都晓得她的。

警察看看魏阿姨，再看看周桦林的老婆，拿着两包药片走了。

魏阿姨立在那里一动不动。

周桦林的老婆又哭叫，要魏阿姨赔她男人，说她不会看毛病，装做会看毛病，害人性命。魏阿姨想向她解释，又讲不清爽，扑落扑落就流下来两串眼泪。

后来周桦林的老婆也走了，魏阿姨顿顿地立在墙角里。吴影兰看她一时上就老了不少，她想劝劝她，又不晓得怎么开口，只有看着魏阿姨伤心。她从前总是想魏阿姨做的工作是顶了不起顶有意义的，她没有想到魏阿姨的工作也是难做的。

到吃饭时间，病员听见下班铃响，就涌出来，魏阿姨关照他们不要走开，病人就不走开，他们听魏阿姨的话，安安逸逸地在墙角孵太阳。吴影兰看他们的安逸相，好像有点眼热，他们是顶轻松的，他们用不着管别人的事。

吴影兰回家去，看见母亲和阿婆在天井里咬耳朵，盯住蒋先生屋里，“嗤嗤”地笑。

蒋先生出诊回来，杨玲娣就过来白相，这阵正在蒋先生屋里笑，咯咯咯咯，像小姑娘，不过不听见蒋先生的声响。杨玲娣又出来淘米洗菜，帮蒋先生烧饭。

吴影兰想想一对老人倒蛮有趣。

陆建东做早班，到中午一点钟就下班了，借了一只照相机，把小毛头也提前抱回来了。他看见吴影兰在屋里，大概没有想到。他说：“你是不记得的，小毛头明天过生日，今朝帮他去拍几张照，到狮子林去。”

他没有说要吴影兰一起去，也没有说不要吴影兰去。

吴影兰就说：“我也去。”

小毛头先开心起来。三个人就收作收作，到狮子林去拍照。

狮子林人特别多。陆建东翻过一堆假山，就一步退过来，贼忒嘻嘻地对吴影兰笑：“你过去看看。”

吴影兰不晓得叫她看什么，就探头看看，看见蒋先生和杨玲娣坐在一张条凳上。杨玲娣剥了橘子，一瓣一瓣喂到蒋先生嘴里。吴影兰连忙退下来。

陆建东乘机抱住她，在她面孔上啄了一口，吴影兰推他，他说：“你这种人，没有劲的。”

小毛头叫起来，说我要拍照。

陆建东不再啰唆，就帮小毛头拍照，帮吴影兰也拍了几张，吴影兰抱小毛头又拍了几张，她还想三个人一起拍一张，一时寻不到代拍的人，陆建东说：“算了。”

拍好照，吴影兰带小毛头先回去，陆建东去一个开个体彩扩社的小弟兄店里印照片。

到夜里那个小兄弟就把照片送来了。照片拍得不清爽。那个人说是光圈没有调好，吃光吃得太少。吴影兰看看自己的几张照片，灰蒙蒙的。

她叹了一口气。

## 四

日脚一天一天地过，总归平平淡淡，没有什么大事。出了一桩顶大的事，就是魏阿姨生毛病。

魏阿姨看上去瘦刮刮的，好像体质不强，不过平常不大生毛病，大家说，瘦人有精神。

魏阿姨这一次掼倒爬不起来，说是发寒热，其实，大家晓得还是心里的毛病。

周桦林的案子一直挂在那里，要寻活人不见活人，要寻死尸不见死尸，事情就难弄了。周桦林的老婆总归咬定魏阿姨不放。魏阿姨是不好承认的，承认了就等于害人一命，可是不承认又拿不出证明，所以大家就传说，上头要叫魏阿姨停职了，不可以再让她管痴子吃药了，她上了年纪，不灵清了。

传说只是传说，到底也没有人来通知她不要上班，倒是魏阿姨自己先躺倒不能上班了。

魏阿姨不上班，工疗站就混乱了，另外一个管理员，痴子只服她管做工，不服她管吃药，她一个人也弄不过来，吃药就误了。

吃药不正常，有人就发毛病了，好像传染病，一个一个传开去，发得凶的，就跑到市委、市政府，把牌子砸碎了。

影响就大了，市里就查什么人砸的，说是痴子，再查痴子怎么不关精神病院，说是有好几年不发痴了，并且精神病院也关不下，再查是哪个单位哪条街道上的，说是某某街道工疗站的。这样一级一级查下来，弄明白发痴的原因是没有服药，没服药的原因是魏阿姨没有上班，而魏阿姨没上班的原因，是工疗站失踪了一个痴子。

于是，市里就督促有关部门抓紧结案。

有关部门于是就抓紧办这个案子。

魏阿姨自然是不晓得这里边的过程的，她只是听说痴子去砸了市里的牌子，心里很急，人就更加没有力气。

魏阿姨生病，魏汉成就要在屋里照顾她，魏阿姨心里乱，看见魏汉成在屋里晃来晃去，她就问他："你怎么不去上班？我又不是什么大毛病。"

魏汉成说："上什么班，我老早不在厂里做了。"

魏阿姨不响了。魏汉成同她讲话，十句里不见得有一句是当真的，不在厂里做，会在哪里做呀，她就不去同他顶真。

魏阿姨想来想去不放心工疗站的痴子们，她想去看看，张老师就领着几个人来看她了。

"哟哟，魏阿姨，看你张面孔，难看煞了，你太上心了。"张老师关心地说，"本来又不是你的事。"

进来的几个人对魏阿姨笑，张老师就一个一个介绍，这是精神病院的专家，这是民政局的局长，这是公安局的科长。

公安局的科长说："魏阿姨，怪我们的工作做得不好，委屈你了，现在事情都弄清了。"

魏阿姨真心地说："我的工作是做得不好，有缺点的。"

大家就告诉魏阿姨，周桦林的案子了结了，突破口在周桦林老婆身上。她承认了，是她把周桦林推到河里去的。开始她不承认，说是吃药吃多了，吃痴了。医生说，这种药，吃多了，不会兴奋，人死要困，是不会动的。后来，她承认了，是她把周桦林推到河里去的。她想这份毒心已经想了几年了，夜里她把周桦林骗到船沿上，一推就推下去了。

魏阿姨就哭起来，不过也没有大哭，只是揩揩眼泪，大家就劝她。

她问："她人呢？"

告诉她捉起来了，等判。

"哎呀，"魏阿姨又上心思了，"他们的小毛头，怎么办，作孽煞了。"

魏汉成插上来说："悲剧。"

大家说是悲剧。

魏阿姨又说："唉，周桦林的老婆老早就提出要同周桦林离婚的，后来我劝劝她，倒也不说要离了，夫妻好起来了，不晓得她有了恶心思，要是晓得，我是要劝她的。”

魏汉成又说那两个字：“悲剧。”

他们几个人就对魏阿姨说：“你好好歇吧，等毛病好了，就去上班啊，工疗站不可以没有你的。”

魏阿姨点点头。

后来大家走了，魏汉成也走了，魏阿姨送他到门口，关照：“在厂里好好做，啊？”

魏汉成笑笑。

陆师母看见了就对魏阿姨说：“你们汉成，蛮好的，肯相帮人的。”

魏阿姨听见别人讲儿子好，总归是开心的。

陆师母又说：“他像你呀，热心肠。”

魏阿姨说：“这个小人，热心是热心，就是脾气古怪，讲闲话不着落。不过么，只要他在外面不闯祸，我就放心了。自己儿子，是有数脉的，这个小人，不会拆烂污。”

陆师母点点头：“那是自然，老话讲上梁下梁是有道理的呀。”

“所以我的儿子我是晓得的。”魏阿姨想到下午就要到工疗站去上班，心里快活，闲话就多了。

两个人正在讲话，吴妹妹店里有人奔进来，气吼吼地说：“你们快点去，吴影兰又生毛病了，走不动了，你们弄辆黄鱼车去拉吧，店里的黄鱼车，去提货了。”

家里没有男人在，魏阿姨就到工疗站去叫了两个痴子一起去把吴妹妹接回来。

吴妹妹面孔蜡蜡黄。问她，不肯开口，问店里其他人，也不肯讲。

后来终于弄清爽了，吴妹妹总归还是为店里的事情。

二十万的款子拨出去，一直没有回响，吴影兰不放心，就去查账，那个吃进款子的账号是什么单位的，一查，那个账号已经销掉了。

她自然要向小李追查，小李倒笃悠悠，说：“你急什么，账号逃得脱，人逃不脱的。”

吴影兰晓得小李外行头了，款子一出手就豁边了，现在外面做这种事的户头，为来为去为一桩事，叫你款子出手，他就达到目的。货色什么时候给，到底给不给，就没有底了。你去追他，他笑眯眯打你的回票，你急他不急，你去告他，他吃官司，你一分钱也追不回来，你杀掉他，你也拿不回款子，自己要做枪毙鬼。小李碰上这种人，吴影兰就晓得事体棘手，但是吴影兰是不肯罢休的，她是要去追的。小李给她盯得烦了，就领她去找人，找了张三推李四，找了李四推王五。最后大家都说到一个绰号叫“杀胚”的人。

吴影兰就和小李一起去寻“杀胚”。

吴影兰梦里头也不会想到，“杀胚”就是魏汉成。

她立在那里看着魏汉成，一句话也讲不出。

魏汉成看上去是吃进不少款子的，他大概也想不到有一笔吃到吴影兰头上去了。人家说兔子不吃窝边草，魏汉成自然比不上兔子聪明。

吴影兰立了半天，说了一句话：“你，还我钞票。”

钞票魏汉成是还不出的。事体穿绷，他也不窘，对隔壁邻居也不好客气的，几条路，摆在吴影兰面前，吴影兰一条也不能走的，让她等，总归是白等；要去告，就把自己的二十万和别人多多少少个二十万全告掉了。

吴影兰哭也没有眼泪哭出来。她心里急，回到店里就对小李说：“这是你的责任，你是逃不脱的，你不懂做生意，给别人当大头，我要去汇报的。”

小李失了款子，也不好过。他又要死挣面子。自己做了大头，只能自己承认，别人都不能指责他，吴影兰要批评他，他就不服。不服又没有理由，他就想蛮理，赖皮话就出来了。他对吴影兰说：“你要扳倒我，你试试看，我有什么？顶多也不过上当受骗，你呢，那个人和你隔壁邻居对不对？你们是不是串档的，谁晓得呢。”

吴影兰张张嘴，一口气噎住了。

店里的人晓得二十万块钱落了水，一点水花也没有溅起来，大家就吵起来，人心就有点惶惶。这爿店从来是小来小去，积少成多，没有一次经历这种大起大落的，所以就很混乱。

吴影兰噎住一口气，怎么也上不来，就一直往下钻，后来她就觉得腰里又酸痛了，好像千根万根的针在戳，两条腿很软，走不动路了。

中午幼兰回来，张老师就告诉她，店里的钞票被骗了，妹妹气得生病了。

幼兰翻翻白眼，说："气个屁呀，店里的钞票，又不是你自己的。"

吴妹妹不响。

张老师咬幼兰的耳朵说："你不要出去讲啊，你晓得骗子是谁？是魏汉成，你不要讲啊，魏阿姨晓得要气煞的。"

幼兰一点也不惊讶，说："魏汉成，这小子，我老早晓得他是骗子。"

张老师瞪眼看小女儿："你晓得，为啥不去报告？"

"我不高兴，他又不骗我的。"幼兰说。

张老师说："你看看，报应了，骗到妹妹头上来了。"

幼兰说："什么骗到妹妹头上来了，店里的，你管他呢，妹妹我老早关照过你的，店里的事你少操操心，骗脱钞票，管你屁事？"

张老师气不落，指指幼兰说："你这个小人，怎么可以这样，你这个小人，不懂道理的。"

"怎么叫不懂道理，你讲你的道理，我讲我的道理么，嘿嘿。"幼兰笑起来。

吴影兰不想听她们辩论，她立起来试试，腰可以活动了，腿也可以走了，她一个人就走了出去。

工疗站的痴子午饭后在转弯角上晒太阳，她走过去，对他们笑笑，他们也对她笑笑，她就和他们一起晒太阳。后来上工的铃响了，痴子们进去做活，吴影兰就跟进去。她轧在痴子堆里，管理员没有注意，就把门锁上了。

女痴子都看她，后来问她："你是新来的？"

吴影兰不好说，就支吾了一下。

她们就说："她难为情的，我们刚开始也难为情的。"

后来几个女痴子就教吴影兰怎么做接线板。

吴影兰也就学会了做接线板，把皮线绕在螺栓上，再拧上螺帽。

她做了几个接线板，女痴子们看她做得慢，就笑，她也一笑，笑了之后，她就觉得心里很轻松很安静。

到下昼，门开了，魏阿姨进来发药，看见吴影兰也坐在里面，叫了起来。

"哎呀，吴妹妹呀，你怎么跑到这里来的，你屋里人寻你一个下昼，急煞了，张老师哭也哭了几回。"

吴影兰笑笑，说："我在这里看看，她们做接线板，不难做的。"

魏阿姨看看她，讲话就有点小心了："吴妹妹，走吧，我同你回去。"

吴影兰摇摇头："我在这里看看，蛮有劲的，回去也没有事情做。"

女痴子们说："她蛮乖的，让她在这里吧。"

魏阿姨把药分给她们，说："你们吃药。"

痴子们吃过药，魏阿姨就把吴影兰拉回家去。

张老师在屋里抹眼泪，看见女儿回转，开口就要批评她，魏阿姨就把张老师拉到外面，告诉她吴妹妹可能有点不正常，是不是就近先请蒋先生搭搭脉。

张老师就去请蒋先生过来给妹妹搭脉。杨玲娣正好也在蒋先生屋里，跟了一起过来。

蒋先生看毛病是不开口的，张老师心里急煞，盯住他问。蒋先生说："你不要吵，你们妹妹没有毛病。"一边回头问吴影兰，"你没有哪里不适意，是不是？"

吴影兰想一想，说："我是没有哪里不适意，腰里也不酸痛了。"

蒋先生就有点不开心，他说："你拿我寻开心呀，没有毛病叫我来看毛病。"

魏阿姨就咬耳朵告诉他吴妹妹跑到工疗站去了。

蒋先生看看她："魏阿姨你说什么话，到工疗站去看看就是有毛病啊？魏阿姨你天天在工疗站，你也没有毛病么？"

魏阿姨看蒋先生拎不清，不明白她的意思，就对杨玲娣说："蒋先生到底有点岁数了，大不灵清，我是讲……"

杨玲娣靠在蒋先生身边，说："什么不灵清呀，什么有点岁数呀，我们蒋先生顶灵清的，要不然，也没有这样的名气。"

魏阿姨看看张老师，回头又说："就是相信蒋先生，请他过来看的，看毛病总归要有点名堂看出来的。"

杨玲娣说："蒋先生说没有毛病就是没有毛病。"

魏阿姨不相信，她看看吴妹妹总归是不大好，她又看看张老师的面孔。

张老师自然最好女儿没有毛病，但是不看出点毛病好像又不放心。

"魏阿姨呀，"杨玲娣笑着说，"你大概是看惯了痴子，看惯了有毛病的人，所以当人家都有毛病了，是不是？"

一边说一边搀了蒋先生出去。

魏阿姨还是不放心，跟他们出去，问："蒋先生，你看出来了是不是，不好当面讲是不是？吴妹妹……"

蒋先生咳嗽了一声，自顾自往自己屋里走。

魏阿姨就立在天井里叹气："呀，好好样的人，怎么就这样了呢？"

杨玲娣进了屋又回出来，问她："魏阿姨你晓得吴妹妹为啥不开心？"

魏阿姨说："骗脱了二十万洋钱呀。"

杨玲娣笑一笑："你晓得骗子是啥人？"

魏阿姨自然不晓得。

杨玲娣又是一笑："是你们家魏汉成呀。"

"你瞎说，"魏阿姨头脑里一轰，头上痛起来，"你瞎说，不作兴的，我们魏汉成……"

"不相信，你进去问问吴妹妹呀！"杨玲娣说了，就回到蒋先生房间里去了。

魏阿姨待了半天，终究没有走进吴家的门。

## 五

蒋先生的好日是在十二月初八。

先前就听说刘爱珠的两个女儿要叫了人来搅好日，说要撕老甲鱼的老面皮，要叫他坍坍台。

那两个女人是说得出做得出的，蒋先生心里就不安逸了，千想万想，想得头脑胀痛，晓得不出点血这桩事是不会过门的。他就叫杨玲娣去买了两只18K的金戒指，两百块一只，杨玲娣心里是不情愿的，但见了那两个女人也是有点吃软的。

两个女儿胃口倒也不大，一人得了一只戒指，也就平了气，偃旗息鼓。

所以蒋先生的好日仍十分热闹，十分风光。

蒋先生办酒水，是请了厨子在屋里烧的，亲眷朋友，街坊邻居，同行道人，开了五桌。

十二月里，大家肚皮里油水少，吃得快活，几杯酒落肚，就同蒋骏声寻开心，说是应该吃他的喜酒，却总是吃老先生的，颠五倒六，说蒋骏声不如他老头子有花头。

蒋骏声面孔壁板，说："吃吧，吃吧，多吃点，长肉。"

大家就拼命吃。

到半夜里，吃喜酒的人肚皮就不好了，有上了点岁数的，体质差的，还送到医院去吊盐水，医生问吃什么吃坏肚皮，也不敢讲自己贪嘴，酒水上吃对虾吃鲜贝吃得多了。

后来蒋先生晓得了，心里就有点懊躁，就怀疑是不是有人阴损他，他想和杨玲娣一起排排人头，看谁有可能会做这种下作事体。

杨玲娣现在是没有工夫同老先生闲话的。杨玲娣进了蒋家的门，做了太太，日日请一帮白相老姐妹回来搓麻将，自然是要铜钿输赢的，不带输赢，没有劲的，带了输赢，就有劲了。

杨玲娣搓麻将本来也是有瘾头的，中间停了一段，现在重新摸牌，兴致更加大，就嫌老先生烦。最好老先生日日去出诊。偏偏蒋先生现在也是有点名气的开业医生了，一般情况是不出诊的，坐在屋里等人上门。幸亏蒋先生屋里房间多，可以同杨玲娣的麻将摊分分开，免讨气。

杨玲娣要来麻将，就不肯做家务事，不肯烧饭，不肯洗衣裳，蒋先生说她两句，她就虎他几个白眼，说："你们蒋家里，小气得来，有钞票，不可以请个保姆呀，钞票省下来做啥，带进棺材啊？"

蒋先生心里就气，说："你没有进门，我们就不请阿姨，你进了门，更加不请了。"

杨玲娣说："啊，你跟我结婚是想骗一个佣人啊。"

蒋先生说："不可以讲得这样难听的，不做佣人，你屋里事体总归要相帮弄弄的，骏声下班回转，要吃饭的，吃过饭还要去上班的。"

杨玲娣就说："我一个人要服侍你们两个人，啊，你儿子要人服侍，去讨个家婆么，四十出头的人，不讨家婆，人家讲起来，多少难听，又不是憨大，痴子，讨不到家婆。"

两个人这样你一句过来，我一句过去，唠唠叨叨可以讲几个钟头，要到蒋骏声回来，板了面孔，两个人就不响了。

杨玲娣到底烦不过蒋先生，蒋先生一个道理讲一天也讲不完，她实在没有胃口听他讲，她就走出去，到人家屋里去搓麻将，成日不回转。蒋先生要面子，不会到人家屋里去喊她的。

老姐妹就对杨玲娣说："你不回去，蒋先生要急的，新箍马桶还要三日香呢，新结婚么总归欢喜要孵在一道的。"

杨玲娣就"呸"她们，说："老甲鱼，孵在一起也没有什么用场了。"

老姐妹放放荡荡地笑，在屋里，小辈面前，她们是不敢这样放肆的。

蒋先生讨了女人，钞票花了不少，本来想伴伴热闹，老来有个依靠。弄到结果却仍然一个人，孤零零守一个诊所。没有人来看毛病，他就呆钝钝地坐在窗口，直对大门口，也不晓得等什么。

这一日，他看见一个年纪很轻的女人走进来，面孔白嫩，胖胖的，穿的衣裳十分时髦好看，蒋先生想这个女人面相陌生，就看见她对他笑笑，进了吴家的门。

过一会，张老师出来，蒋先生就问她："刚刚进去的小姑娘，是啥人？"

张老师盯牢蒋先生看看，笑煞了，说："喔哟，蒋先生你眼睛不来事了，刚刚啥人呀，妹妹呀，我们妹妹，你不认得妹妹啦？"

蒋先生也笑了："是吴妹妹呀，真真不认得了。"

吴妹妹听见天井里的笑声，走出来看。

张老师把她朝蒋先生那边推推："喏，蒋先生，你看看，是不是妹妹？"

蒋先生说："是妹妹，是妹妹，我怎么长远不看见你了？"

吴妹妹笑。

张老师说："怎么长远不看见呀，妹妹天天走进走出，你看不见呀！是呀，屋里有了新人，别人全不在眼睛里，对不对，蒋先生？"

蒋先生摇摇头，叹口气。又问吴妹妹："你现在，腰不酸了？"

吴妹妹开心地说："不酸了。"

蒋先生看看她，好像不相信，说："吴妹妹，你胖了，你变脱了，我想起来，你小时候是这种样子的。"

吴妹妹点点头，她晓得自己是变脱了。

张老师说："我们妹妹从前太辛苦了，现在你看看，多少嫩相，断命店主任，真是辞掉不做的好，当初我还不肯呢，你看看，妹妹现在惬意煞的。”

吴妹妹现在是惬意，她活到三十岁，第一次发现，原来人生当中还有这么舒缓的日脚，从前她是根本没有想到的。

有个男人的声音在天井外面喊：“吴影兰。”

吴妹妹应了一声，回头对张老师说：“包里是十斤绵白糖，店里分的，你倒在罐头里，给他们拿五斤过去。”

张老师点点头，问：“外面啥人喊你，你到啥地方去？”

吴妹妹不响，对蒋先生笑笑，就走出去了。

到吃中午饭的时候，吴妹妹没有回来吃饭。陆建东就在屋里发脾气，说吴妹妹变世了，说这个女人翻花头是不停不息的，要么做什么主任做煞忙煞，要么吃吃白相相，惬意煞，说到底，不晓得张三还是李四告诉他，看见吴妹妹和一个男人在荡马路。陆建东声响很大，好像特为叫给别人听的。后来吴家就有人出来，自然是吴幼兰。

吴幼兰就立在天井里对准陆家的门说：“陆建东，你出来，有屁到外面来放，大家闻闻。”

陆建东对吴妹妹凶，对吴幼兰就不敢凶，他不走出来。

吴幼兰就发表演讲，贬低陆建东，抬高吴妹妹，说她家妹妹就算在外面轧姘头，陆建东只配靠边站站。

张老师忍不住走出来拉幼兰回家，幼兰不睬她，她就哭起来。

幼兰就凶她母亲：“哭个屁，陆家里有什么花头，他不中意我们妹妹，叫妹妹跟他离婚。”

张老师苦叽叽地说：“你张嘴，不要瞎嚼，妹妹听见，要气煞的，妹妹没有那种事体的，妹妹刚刚开心了几日，你们又要去弄苦她了。”

蒋先生在窗口看看他们，想想张老师的话也不错，吴妹妹，什么前世呀。

下昼蒋先生门诊上很清，就出去走走，一直就走到区法院的接待室，进去看看，有两个法院同志在接待，一个年纪大一点，一个年纪很轻，里面有很多人坐在长椅上等，蒋先生看看没有熟人，就在旁边坐下来。

轮到他的时候，年纪大的人就问他：“老先生，你是什么事情？”

蒋先生很难为情，他又不想说了。可是人家要催他的，他就支支吾吾地问：

“要离，离婚，怎么，怎么办法？”

他们盯住他看看，两个人又互相看看，别人先笑起来，他也笑了。

“你今年多少岁了？”年纪很轻的把钢笔搁在纸上问他。

蒋先生说：“六十九岁。”

别人又笑，蒋先生就很难过。

法院的老同志就对他说：“老先生呀，毛七十的人了，老夫老妻的，做什么？”

蒋先生吭哧吭哧，过了半天才说：“不是老夫老妻，是新结婚的。”

大家越发笑得起劲，盯住蒋先生的面孔看，看得蒋先生要出汗了。

“新结婚，”年纪轻的法院同志问他，“多少时间？”

蒋先生说不出来，两个月，他不好说的，他们又要笑。

“现在外面，骗钞票的女人多，就是看中老头子的钞票么。”

“是的，不过么，老头子倘是安逸点，也不会受骗。现在一把年纪的老人，寻女人可积极煞了。”

别人就议论起蒋先生来。他们自己的事体，既然要到法院里来，就不会是小事体，反而倒忘记了。

法院的老同志对蒋先生说：“你再回去考虑考虑，婚姻大事，不好随随便便的，你要离婚，总归要有理由的，你是什么理由呢？”

蒋先生说：“我和她，性格不合。”

“性格不合，结婚前为啥不互相了解呢？”老同志很有耐心。

小同志就没有很大的耐心，他对老同志说：“你同他啰唆什么呀，他要结就结，他要离就离。”

“是呀，爽气点。”别人说。

他就拿出两份状纸扔给蒋先生，说：“买吧，两份六角，自己会写吗？不会写，到隔壁法律事务所请人代写。”

蒋先生看着两份状纸退了一步，连忙说：“我不是来离婚的，我来看看。”

年纪很轻的法院同志就有点生气，说：“你把法院当白相场所呀，我们忙煞，你看这里排队排这样长，你来寻开心呀。”

年纪大的同志就说：“老先生，你回去吧，倘是夫妻感情不大好，大家忍让点吧。这把年纪了，刚刚结婚又要离婚，小辈里也要说闲话的，是不是？”

蒋先生昏沉沉地走了出来。蒋先生就觉得自己的老面孔没有地方放了。他走过他立过柜台的那个中药房，想起来进去看看。

中药房的老当家姚先生和蒋先生拜的同一个先生，说起来是师兄弟。

姚先生叫蒋先生坐。蒋先生说："不坐了，就要走的。"

姚先生就客气一句："急啥，坐一歇。"

蒋先生就坐下来。两个人一时好像没有什么话讲，后来还是蒋先生想起他们从前学医的情景，两个人就有话讲了。他们就想起了好多好多的往事，老人心里激动起来，就泡了茶吃起来。蒋先生说他们的先生陈文卿，给阊门卖粢饭的小贩朱三官看伤寒，朱三官已经病了十多日，屋里家私全当光，只剩一条裤子，叫女人去当了来请陈先生出诊，付了五角诊金，还多两块大洋，治伤寒的药用名贵的多，珠粉、牛黄、羚羊角。两块洋钱根本是不够的，陈先生看朱家里作孽，不光退了诊金，还付了两帖药的钞票，过两日，又专门送了四帖药上门，一直到朱三官毛病看好。现在回想起来，陈先生的为人，真正是好煞的。蒋先生和姚先生是自愧不如的。陈先生帮人家看病，肯担肩胛，也是有名气的。一回有个病人患癞疥疮，作得苦不堪言，陈先生就在方子里开了一点砒霜，病人家属看了，就责问陈先生，用砒霜用死了啥人负责，陈先生自然是要自己负责的。后来病人的病好了，人家就称他陈半仙，砒霜毒死人的物事，他用来治毛病，是有点仙气的。

蒋先生叹口气，对姚先生说："现在是没有人敢开砒霜的。这种肩胛，不好担的呀。"

姚先生摇摇头："现在花头多，就是敢开，药房里也不敢配，要上头批准的，烦煞人。"姚先生不做开业医生，名气没有他的师弟大，牢骚倒是蛮大的。

蒋先生又坐了一阵，看看时间不早，就告辞了。

到吃夜饭时，天井里大家就听见杨玲娣尖脆脆地喊："哎呀，你个死老头子，你做的啥呀，你要害人呀。"

一边叫一边跑出来告诉大家，说蒋先生拿中药摆到菜里，叫她吃，她怀疑他是想毒死她，又说刘爱珠过得活鲜鲜的，怎么就死了，说不定也是老头子下的手。

这种话就不好了。不光难听，关系人命大事，是不可以瞎说的，可是杨玲娣一张嘴巴，是不晓得轻重的。

蒋先生在屋里不出来，也不响；杨玲娣吵得狠了，蒋骏声却出来，说：“是我放的药。砒霜！我就是要毒死你。”

杨玲娣就哭起来，叫大家听，又去把一只菜碗端出来，大家看看，果真颜色不对。几个小青年就去弄来一只不知谁家的猫，叫它吃，它就吃了。不死。活灵活现。吃得摇头晃脑。蒋先生就在屋里说：“你不要出去坍台了，你回转来吧。我放的柴胡，解解寒气的。”

大家好笑煞了。不过想想蒋先生也是有点木觉了，菜总归是菜，吃菜是讲究滋味的，药摆在菜里，不晓得他是什么想法，头脑灵清的人，是不会拿药摆在菜里的。

有的人身体不好，经常请蒋先生开方子吃点中药的，以后就不大敢多请他开方子了。

杨玲娣还没有安逸，还要刮蒋先生的面皮。就有几个人进来寻蒋先生，是一个久治不愈的病人，吃了蒋先生十五帖药，毛病好了，把一张感谢信贴在蒋先生门上，称蒋先生“妙手回春”。

大家看看蒋先生家门里闹成这个样子，门上还贴了张红纸头。心里好笑煞了。